庶女攻略 第二版 壹

吱吱 著

浙江出版联合集团
浙江文艺出版社

目录
CONTENTS

第一章　芳魂替庶女备寿礼

罗府后花园的回廊里,十娘揪着十一娘的衣襟,满脸愤恨:"你给我脱下来! 你给我脱下来!"小小的十一娘被揪得趔趔趄趄,大大的眼睛噙着晶莹的泪水,却嘴角紧抿,不发一言。

十娘身边的丫鬟碧桃和红桃,一个低头望着自己脚下的青石砖,一个侧脸望着台阶旁那株光秃秃的玉兰树,都装作没有看见。

十一娘身边的丫鬟水苏看着就叹一口气,上前抱住了十一娘,笑着对十娘道:"十小姐,十一小姐没皮袄,杨姨娘就把您的皮袄借十一小姐穿穿,等会儿去给大太太请了安,立刻就还给您。"

十娘听说是生母杨姨娘把自己的皮袄借给十一娘的,满脸狐疑地望向碧桃。

碧桃在水苏开口的时候已抬起头来观察十一娘的神色,见十一娘望着她,她立刻笑着点了点头:"十小姐,您的皮袄是杨姨娘借给十一小姐的。"

十小姐闻言,脸上的表情有所舒缓,揪着十一娘衣襟的手渐渐放松:"姨娘借给你的你也不许得意,给母亲请了安,立刻脱还给我!"

水苏见这个混世魔王松了口,不由松了口气,笑着保证:"十小姐放心,请完安,立刻把皮袄还了。"

十娘很满意这样的回答,微微点头,松了手。

水苏也站了起来,准备带着十一娘去正房给大太太请安。

谁知就在这时,十一娘突然拔脚朝前跑去:"我要告诉母亲,你欺负我!"

十娘恼羞成怒,立刻跑了上去:"我打死你这个小油嘴!"

几个丫鬟大惊失色,正要追上去,就看见手长脚长的十娘已三步并作两步追上了十一娘,抓住十一娘的头发就要把她往一旁的墙上撞:"你还敢去告状……"

人小腿短的十一娘捂住头发,痛得嘤嘤哭了起来。

碧桃和红桃见自家小姐得了先,也不忙着去劝,远远地站在那里看着。

水苏上前去劝,却又不敢用力把十娘拉开,围着她们团团转:"十小姐,您别这样……"

天气寒冷,北风一吹,水就凝成了冰。清扫过落雪的青石砖沾了雪水,就更滑了。推推搡搡中，十一娘跌倒在地，头撞到了白石柱基上，绽开了一朵血色的花，人事不省。

连下了几天的雪，屋脊、树梢、地面白皑皑地铺上了一层寒霜，从糊了椒纱纸的窗棂映进来的光线比平常明亮了很多，屋子里就有了一种晶莹的清辉。

十一娘放下看了一半的《大周九域志》，推窗眺望，绿筠楼外的树林全都笼罩上了一层厚厚的积雪，偶有风吹过，歇在黄杨树梢上的雪绒球簌簌落下，就会露出绿色的叶子，让人看了精神一振。

原来她所在的余杭在杭州府西北。西南有大涤山，西北有径山，南有苕溪，发源于於潜县天目山。

资料太少了！

以前她也曾经来过余杭，不过，那次是出差。当事人的妻子带着孩子躲回了余杭老家，她找到余杭，说服当事人的妻子放弃了孩子的监护权。作为律师，她得到一笔六位数的报酬。这是她职业生涯中的第一桶金！

想到这里，十一娘不由叹了一口气。现在想这些有什么用？

来到这里三年，她到过最远的地方就是罗府内宅的二门——送罗府的大太太，也就是她的嫡母许氏到慈安寺上香。

余杭现在是什么样子？离杭州有多远？就算是知道了这一切并且亲眼看到了，又有什么用？

此世界已非彼世界！十一娘长叹一声，如要借着这口气把以前的东西都吹开般。

"十一小姐！"丫鬟滨菊端着热茶和小酥饼进来的时候，正好看见十一娘的额头抵在一旁的窗棂上，"您又把窗户打开了。今天有北风。"说着，她将茶盘放在了一旁的小几上，上前去搀她："今天做的是梅花馅的酥饼，您尝尝。"

三年前，这具身体摔了一跤，昏迷了三个月，然后又在床上躺了半年。如果没有滨菊和另一个丫鬟冬青的细心照顾，她就算莫名其妙地穿到这具身体里也不可能活下去。

十一娘不忍拂了她的好意，顺从地坐到了桌前，接过她递来的热茶喝了一口。

醇厚的红茶，加一点点的蜂蜜——她的最爱。十一娘的眼睛不禁微微地眯了起来，露出心满意足的表情。

滨菊看着，嘴角就翘了起来，转身去关了窗棂。

楼上突然传来"咚咚咚"的敲打声，响在头顶，让人听了心慌。

滨菊脸色一变，仰头望着承尘，正欲说什么，十一娘已如念经般地道："忍她、让她、避她、由她、耐她，不要理她，再过几年，你且看她！"

门口就传来"扑哧"一声笑。

十一娘和滨菊不由循声望去，一个身穿桃红色比甲的少女，提着个石青色包袱，正倚帘而立。

"冬青姐!"滨菊眼睛一亮，"你可回来了!"说着，迎上去帮她提包袱。

冬青是虞县人，妹妹出嫁，大太太给了五天假，今天正是第四天，没想到她没到晌午就回来了。

"怎不在家多待一会儿?"十一娘笑道，"这样的机会不多。"

"有什么好多待的。"冬青任滨菊把自己的包袱接了过去，"哥哥娶了嫂嫂，这几年又添了侄儿，家里本来就窄，我回去了，还得腾房子……不如不回去。"

这两年，冬青家里全靠她当大丫鬟的月例大贴小补的。去年夏天，她哥哥想把隔壁的地买下来，手头紧，她嫂嫂还来府里找过她，想让她帮着借几个钱。

看到冬青的神色有些讪讪然，滨菊笑道："这次又是为了什么?"说着，斟了一杯茶给冬青。

当时，滨菊借了五两银子给冬青，十一娘则给了她两根赤金簪子。

冬青回避了这个话题，笑着解开了滨菊放在圆桌上的包袱："我娘给小姐做了几双鞋，让我带回来。"

她们说话的时候，楼上的"咚咚"声一直没停，这个时候变得更急促了，吵得人不得安宁。

楼下的三人却神色依旧，好像坐在春风轻漾的花园里般。

"这个翠花手帕是给滨菊的……这个是酱的黄豆，给辛妈妈的……"

"今年又做酱黄豆了?"滨菊闻言笑眯眯，"看来你们家今年收成不错。小姐也爱吃，你应该多带些回来……"

冬青有些不好意思。家里人想得挺周到，连在十一小姐屋里做粗活的辛妈妈都给带了东西，却连一句还钱的话也没有提。

她正不知道该怎样解释好，十一娘已笑着问她："可去母亲那里谢恩了?"

冬青忙道："去了，还遇到了许妈妈，给了两罐子酱黄豆。"

十一娘笑着点了点头，把冬青娘给她做的鞋拿了左右看："冬青，你娘的手艺真好。"

"那还用说。"滨菊在一旁笑道，"冬青姐就是得了真传。"

不知道为什么，十一娘想起自己读大学那会儿，春节后开学，各人带了家乡的特产回来给同寝室的姊妹们品尝。只有自己，包里永远是超市里能买得到的最贵的零食。她脸上的表情不免有几分黯然。

冬青看着，不禁想起自己一直担心的事来。

"十一小姐，"她声音里有几分不安，"是不是为了我的事?"

十一娘一怔,片刻后才明白她在说什么。

冬青人长得漂亮,行事沉稳,针线也做得好,被大太太身边的姚妈妈看中了,想把她说给自己的侄儿做媳妇。偏偏姚妈妈这侄儿不仅人长得猥琐,还是个喜欢嫖赌的,别说是十一娘,就是冬青也瞧不上眼。年前,姚妈妈来和十一娘提了提。十一娘在她面前答应着,待姚妈妈一走,她就拿了给大太太打的络子去了大太太处,一边给大太太捶腿,一边茫然地问大太太:"姚妈妈说她侄儿满院子地看姑娘,就相中了冬青……我日日和冬青在一起,也不知她侄儿在什么地方见过冬青……"

大太太从此待姚妈妈就有些淡,这事自然也就黄了。可十一娘和姚妈妈的梁子也结下了。

过了一段时间,大太太又开始重用姚妈妈。姚妈妈腰也就挺了起来,还放出话来:"你们看着,不出两年,我就要那小贱人躺我侄儿身下任他骑!"

这大周富贵之家不成文的规矩,丫鬟到了二十岁还没有配人的,就要放出去了,免得有违天和。冬青今年十八岁了。

十一娘的生母吕姨娘不免劝她:"何必为了一个丫鬟和姚妈妈有了心结?她可是大太太的陪房。你自己的出路在哪里都不知道,还巴巴地为个丫鬟得罪人。"

想到这些,十一娘就有些烦躁。为冬青出头,她并不后悔。在罗家大院这种全是女人的地方生活,人善就会被人欺,连自己的丫鬟都护不了,谁还会把你放在眼中?何况,冬青为她也付出很多。

她担心自己的未来——庶女、长得漂亮、母亲不得宠……命运全掌握在大太太手里。

如果大太太只是个说几句好话就能糊弄的内宅妇人还好说,偏偏她出身钱塘望族,父亲累官至礼部侍郎,从小跟着父亲在任上,跑遍了半个大周,读书写字,如男儿般养大。十三岁嫁到罗家,十五岁掌家,大老爷身边抬了姨娘的就有六个,除了原是大太太贴身婢女的柯姨娘生下一个比嫡长子小九岁的庶子,其他的孩子,要么夭折了,要么是女儿……每次看到大太太那像菩萨般静谧的脸,十一娘都有些忐忑不安。

念头闪过,十一娘不由得抬头望了望头顶的承尘。

绿筠楼五间两层:一楼东边住着十一娘,西边住着十二娘,楼上住着十娘。

十一娘的生母吕姨娘和十娘的生母杨姨娘斗了大半辈子,最后两位姨娘都被十二娘的生母鲁姨娘给收拾了。十娘让丫鬟用大棒槌敲楼板,吵得她们两人不得安宁。

十一娘能沉得住气,身体里毕竟有个成熟的灵魂。而只有七岁的十二娘也和她一样沉得住气,就不能不让她刮目相看了。

"冬青姐别担心。"看到十一娘一言不发,屋里的欢乐气氛也不翼而飞,滨菊笑着安慰冬青,"不是还有两年吗?小姐那么聪明,这两年里一定能想出办法来的!"

冬青神色一黯,欲言又止。

十一娘看着心中一动,想到了冬青回来时的神色,问道:"冬青,姚妈妈是不是派人去你们家提亲了?"

冬青垂下了眼睑。

猜测得到了无声的确认,十一娘心里"腾"地冒出一把火来。她冷冷地"哼"了一声,正欲说什么,外面传来小丫鬟秋菊有意拔高了的声音:"姚妈妈,这么大的雪,您怎么来了? 快,快进屋去喝杯热茶驱寒。"

屋子里的人俱是一怔。

滨菊已脸色苍白地拉了十一娘的衣袖:"怎么办? 怎么办?"

冬青一向温和的目光中也有了几分锐利。

"慌什么慌!"十一娘笑着站了起来,神色自若地嘱咐两人,"冬青,你去把上次大太太赏的大红袍拿出来招待客人。滨菊,你去迎了姚妈妈进来。"

她的镇定感染了冬青和滨菊。

两人"诺"了一声,正要分头行事,姚妈妈已亲自撩帘而入,皮笑肉不笑地望着屋里的三个人:"十一小姐,大太太请您过去一趟。"

根据十一娘的目测,罗府大约占地三十来亩:东边是芝芸馆,中间是四知堂,西边是双杏院。双杏院后门有一道往外河引水成湖的闸口,过了闸口,是个有十来间屋子的小院,叫临芳斋,临芳斋的东边,就是罗府的后花园了。

而绿筠楼则在后花园的西北角。

十一娘带着滨菊,随着姚妈妈出了绿筠楼,穿过连着绿筠楼和芝芸馆的回廊,很快到了芝芸馆。

进门的时候,她们遇到许妈妈正带着四五个丫鬟婆子朝外走。

许妈妈是大太太身边最得力的人,协助大太太管着内宅的钱物和人事。姚妈妈则协助大太太管着内宅的日常琐事。

十一娘恭敬地喊了一声"妈妈"。

姚妈妈和滨菊则上前给许妈妈行礼,热情地打招呼:"您这是忙什么呢?"

许妈妈四十来岁,长得白白胖胖,虽然是大太太身边最得力的人,但见人就是一脸的笑,罗府上上下下的人都愿意亲近她。

她笑着给十一娘行了礼,又给姚妈妈和滨菊回了礼,这才道:"大太太派我去慈安寺送香油钱。"

姚妈妈愕然,道:"不是那慈安寺的住持来取的吗?"

许妈妈笑道:"大太太想再点盏长明灯。"

姚妈妈更觉得奇怪。那慈安寺离这里二十多里,往返得一天。既然要去,怎么这个时候才动身?

她还欲再问,那许妈妈已和十一娘聊上了:"还让您惦着,特意让冬青给我捎了酱黄豆来。"

十一娘笑得客气:"也不是什么好东西,妈妈别客气。"

一个是奉命来见大太太,一个是奉大太太之命去当差,都不敢多作停留,寒暄了几句,各自散了。

姚妈妈领着十一娘去了大太太日常居坐宴息的一楼东间:"十一小姐坐坐,我去禀了大太太。"

她丢下十一娘和滨菊转身上了楼,自有小丫鬟们上茶点招待她们。

平常都是冬青陪着十一娘来芝芸馆,这次十一小姐却带上了她。滨菊不由打量起屋子的陈设来:正面黑漆万字不断头三围罗汉床上铺着虎皮褥子,床上小几摆着掐丝珐琅的文王鼎、香盒。两旁的高几上摆着翡翠为叶、玉石为枝的万年青石料盆景,玻璃槅扇前的太师椅上搭着石青底金钱蟒的椅袱。脚下的地砖光鉴如镜,影影绰绰映着人影……

这屋子的摆设与她上次来时大不相同。上次她来的时候还是孝期,到处白茫茫一片,看着瘆得人心慌。这一次,却有种冰冷的华丽,让她不安。

想到刚才没有机会在十一娘面前说的话,又看小丫鬟们都退到了门外,屋里只留下十一小姐和她,滨菊不由上前几步,低声道:"十一小姐,要是万一……冬青姐的事推不掉……您就应了吧!"说着,眼泪忍不住浮上来,目光中晶莹欲滴,"这也是我们来时冬青姐嘱咐我跟小姐说的话。还说我们以后要求人的地方多着呢,犯不着为了这点小事惹得大太太不高兴。"

十一娘望着手边的麻姑献寿粉彩茶盅没有作声。

滨菊和她相处了三年,知道十一娘看上去随和,下了决心的事却是九头牛也拉不回来,不由低声劝她:"要是心疼冬青姐,以后嫁了人,点了她两口子做陪房。有了撑腰的人,凭冬青姐的本事,日子一样能过好……"

"小心隔壁有耳。"十一娘轻轻的一句,却让滨菊脸上一红。

她知道自己太心急了,唯唯地"嗯"了一声,站在十一娘身后不敢再说话。

当陪房?两个丫头想得倒好,可就算是事到无可奈何时想走这条路,也不是自己能做主的,只怕还需要花大力气周旋一番。

十一娘不由苦笑。

芝芸馆仆妇众多,又有几位姨娘在大太太面前凑趣,向来气氛热闹。她今天一路走来，却只见几个小丫鬟，而且个个神色间还都有几分小心……颇有山雨欲来风满楼之感。

难道是姚妈妈在大太太面前说了什么话？就像上次她诱导大太太，说姚妈妈的侄儿依仗着姚妈妈在大太太面前当差，窥内院一样……大太太为了教训自己所以才遣了身边的人？

十一娘脑子飞快地转着。今天早上晨昏定省的时候大太太还好好的，笑吟吟地说自己做的山药糕好吃，让她明天再做几个送来，还赏了她一根金镶青石寿字玉簪。如果有什么变故，那就是自己走了以后……可惜姚妈妈跟得紧，自己不能脱身，要不然，大太太身边的二等丫鬟珊瑚一向和冬青走得近，问一问，也可以知道些蛛丝马迹。

想到这里，她摸了摸来前特意插上的那根金镶青石寿字玉簪，希望大太太等会儿看到这根玉簪，能想起这几年自己在她面前的乖巧温顺来，说话行事给自己留几分颜面。

十一娘虽然在心里暗自打算着，但身体却像一根紧绷着的弦，时刻注意着周围的动静。

不一会儿，她就闻到有淡淡的檀香，听到轻轻的脚步声和窸窸窣窣的衣裙摩擦声。

大太太常年礼佛，身上总有一股檀香味。

十一娘忙站了起来，就看见帘子一晃，一个穿着茜红色棉纱小袄的少女扶着个身材高挑、举止端庄的妇人走了进来。

她们后面鱼贯着跟了七八个丫鬟婆子，那姚妈妈也在其间。

"大太太！"十一娘笑着迎了过去，虚扶住了妇人的另一个手臂。

"看你们俩！"大太太笑容亲切温和，"好像我七老八十走不动了。"

"母亲年轻着呢，怎么会走不动。"红衣少女奉承她，"是我们想趁着这机会和母亲亲近亲近，您可不能戳穿我们。"她语气娇憨，有种少女不谙世事的天真烂漫，让人听了只觉得俏皮可爱。说着，她又笑着问十一娘："你说是不是，十一妹？"

"是啊！五姐。"十一娘笑吟吟地望着她，似很欣赏她的开朗活泼。

这少女是十一娘的姐姐五娘，罗府四爷罗振声是她一母同胞的弟弟。他们的生母柯氏，在姨娘中排行第三。原是大太太从娘家时就在身边服侍的贴身婢女，虽然后来被抬了姨娘，又生了一儿一女，却还和以前一样，歇在大太太卧室外的贵妃榻上，尽心尽力地服侍着大太太。大太太待她也很亲厚，把她生的五娘和四爷带在身边，同亲生的元娘和大爷一样教养，情分不同一般。

大太太见她们姐妹亲热，笑容里就添了几分满意。

她先是安慰般地拍了拍十一娘的手背，然后伸出食指点了五娘的额头一下："就你能干！在我面前也敢排揎你妹妹！"

话里带着放纵的亲昵，五娘自然不把大太太的话当真，嘻嘻笑着问十一娘："母亲说

我排揎你,你说,我排揎你了没有?"

十一娘不答,只是掩袖而笑。

五娘就拉大太太的衣袖,撒着娇:"您看,十一妹也没话说。您就是偏心,生怕十一妹受了一点点的委屈。怎么也不怜惜怜惜我,我和十一妹一样,受不得一点委屈的!"

大太太被她的孩子气逗笑了,拉着五娘的手坐到了罗汉床上:"好,好,好,我冤枉了我们的五娘,让五娘受了委屈。"

"本来就是!"五娘嘟着嘴虚坐在罗汉床上,但看见丫鬟们端了茶进来,就起身端了一杯茶递给大太太:"母亲,喝茶!"

大太太笑着接了。

五娘又端了一杯给十一娘:"十一妹,喝茶!"

十一娘忙站起来接了。

五娘再给自己端了一杯,然后挤到十一娘的锦机上坐了,用大太太能听见的声音和十一娘说着悄悄话:"你看这茶……我刚才来的时候是龙井,现在是武夷。母亲果然是很偏心的!"

几句话逗得满屋的人都笑起来。

大太太就指着五娘对身后的人道:"你们看,你们看,我怎么就养出个泼猴来,天天闹得我不安生。"

五娘听了就往大太太怀里钻:"泼猴不闹王母闹谁?"

大太太扶着额头"哎呀""哎呀"的,一副无可奈何的样子。

一时间,屋子里笑语盈盈,热闹非常。

十一娘坐在一旁掩袖而笑。

大太太见了,就正色地问她:"我听简师傅说,你现在能绣双面绣了?"

罗家请了老夫子在家里教女儿读书,也请了杭州府最有名的绣娘简师傅在家里教女红,让灶上的婆子教做罗家的私房菜。

十一娘寻思良久,选择了在女红和厨艺上下功夫,从此一心一意跟着简师傅学针黹。简师傅看她用心,教得也欢喜,连自己的绝学"双面绣"都传给了十一娘。

见嫡母问话,十一娘站起来恭敬地应了一声"是",道:"只是学了些皮毛而已。"

大太太见她态度恭谦,几不可见地点了点头:"四月二十四是永平侯府太夫人的生辰,我让你五姐写一百个字体各异的'寿'字,你到时候照着用双面绣绣个屏风,带去燕京给太夫人做寿礼。"

罗家大小姐罗元娘嫁给了永平侯徐令宜。永平侯府的太夫人,也就是罗元娘的婆婆,大太太的亲家。

徐家长子夭逝，二子病逝，三子庶出，爵位由四子徐令宜继承了。随着徐令宜的胞姐两年前被新帝册封为皇后，徐家成为大周炙手可热的功勋世家。罗元娘这个永平侯夫人的地位也就水涨船高，不管是在燕京的贵妇圈子里面，还是在江南的罗家，都变得举足轻重起来。而太夫人的生辰礼物，自然也就成了需要大太太绞尽脑汁承办的头桩大事。

知道事情的重要性，十一娘不由迟疑道："女儿虽然能绣双面绣，可技艺不精。燕京藏龙卧虎，就怕到时候落了大姐的面子……"

没等她的话说完，大太太已笑道："要讲技艺精湛，谁又比得过宫里针工局上的人？我们送个百寿绣屏过去，也不过是表表心意罢了。"

十一娘迟疑道："这双面绣不比单面绣，花的工夫比单面绣多三倍……"

大太太皱着眉："我想了大半个月才想到这好主意。这样一来，岂不是要重新选寿礼？也不知道来不来得及。就算是来得及，送什么东西也让人犯愁啊！"

罗家世代官宦，根基在那里。就算没有什么稀罕之物，寻件表示吉祥的东西做寿礼还是不难的吧？或者，这次永平侯府太夫人的生辰有什么特别之处？

十一娘思忖着，抬睑飞快地睃了五娘一眼，她端着茶盅坐在大太太身边，眼观鼻，鼻观心，对大太太的话视若无睹。

十一娘不由心中一动，大太太让她用双面绣绣一百个"寿"字固然不容易，让五娘写一百个字体各异的"寿"字同样也艰难。这样的难题摆在前面，一向八面玲珑的五娘却突然变得沉默起来。

她又想到刚才大太太是由五娘扶着走进来的。

这样看来，五娘要么是不觉得为难，很爽快地应了；要么是虽然觉得为难，但想到绣一百个"寿"字比写一百个"寿"字更困难，等着自己来拒绝。这样一来，大太太只会把这件事没办成的缘由算到自己头上来。

不管是哪种情况，现在的形势已不容她拒绝，何况她根本就没有拒绝大太太的意思。只不过是不想答应得那样爽快，让大太太以为绣一百个"寿"字是件很简单的事，从而对她的辛苦视而不见。

念头一闪而过，她已沉吟道："要不，让简师傅帮帮忙……"

"那怎么能行！"没等十一娘的话说完，大太太立刻否定了她的提议，"送这百寿绣屏本是为了表示我们罗家的诚意，让别人动手绣，还有什么意义？"

十一娘听着脸色绯红，喃喃地道："是女儿想偏了！母亲勿怪。"

大太太听着就叹了一口气。

十一娘听了，一副不安的样子，忙道："要不，让女儿试试？"

大太太眼睛一亮："你有几成把握？"

十一娘沉吟半晌，低声道："我早起晚睡，再让冬青帮着分线、穿针……总能快一点。"不是很有把握的样子。

大太太思考了半天，不置可否。

十一娘看着有些沮丧。

五娘就笑着开口了："我也早起晚睡，两天工夫把一百个'寿'字写好了，不知道十一妹的把握会不会更大一些？"

十一娘精神一振，笑道："我原算着五姐要大半个月。如果只用两天的工夫，那自然能赶得出来。"

她实际上打定主意，到时候把五娘写的"寿"字描两份，让简师傅找人合绣一幅，自己绣一幅，谁先绣好就交谁的。万一大太太怀疑，她咬定是自己绣的，大太太还找人对质不成？就算是她找人对质，简师傅还能自打嘴巴不成？

大太太听了也高兴起来："既然如此，那你们姊妹齐心，共同把这百寿绣屏完成了，也为你们大姐长长脸，让燕京的人看看我们罗家的女儿不仅知今古情状，而且奉圣贤之仪。"

罗家有祖先绩公写给罗氏女的家训传下来。罗氏女识字之前先读《绩公女训》，再读《女诫》《内训》。这两句，就是家训里的内容。

十一娘和五娘站起身，半蹲着给大太太行了个礼，恭敬地应了一声"是"。

大太太很满意两人的态度，微微点了点头。突然想起什么似的，问身边的媳妇子吴孝全家的："我记得，十一娘屋里的乳娘是留在了福建的。"

吴孝全家的忙上前答话："当时十一小姐的乳娘不愿意离开家乡，所以没跟着来。"

"嗯！"大太太微微颔首，"那就把琥珀拨到十一小姐屋里给她使……"

十一娘愕然。把琥珀拨到自己屋里来，那冬青呢？难道姚妈妈真的说动了大太太把冬青配给她的侄儿，所以大太太先把琥珀拨过来，相互之间熟悉熟悉，等到把冬青配出去的时候自己屋里也不至于乱了方寸？

想到这些，十一娘心里翻江倒海似的，竟然隐隐有了怨怼。三年的经营，她好不容易和身边的人培养出了感情，让她们能按照自己的意思去行事了，大太太却突然把自己的丫鬟放到了她的身边。这就好比是卧榻之侧，有别人鼾睡，就算是没有恶意，也让人不安。

可她脸上却不敢露出分毫，嘴上不敢迟疑片刻，神色惶恐地道："母亲，这怎么能行？琥珀姐姐可是您身边得力的。给了我，您怎么办？"

大太太笑着摆了摆手，示意她不要再多说。

"我们府上的小姐，身边服侍的人都是有定制的。"她正色地对身边的丫鬟媳妇子道，

"都是配两个大丫鬟、两个小丫鬟、一个乳娘、两个粗使的媳妇。如今十一娘的乳娘留在了福建,我给她再添个大丫鬟,填了乳娘缺……也不算违例。"

身边的人或道"大太太说得是",或道"大太太考虑得周详",那吴孝全家的更是笑道:"按道理,大太太早就该把十一小姐屋里的这个缺补上了。如今才说起来,也不知道是想省了几年的月例钱,还是真的没有想到?"

大家都哈哈笑起来。大太太也笑起来。

罗家的大总管吴孝全,许家的家生子,大太太的陪房。对这些人,她一向很宽容。

大家笑了一会儿,大太太望着十一娘:"至于你屋里的冬青……"她顿了顿。

或许是因为琥珀的到来让她彻底地清醒过来,知道了自己全力搭建起的城堡在大太太面前,不,或者说,在上位者手中是多么脆弱。一向很能沉得住气的她突然变得浮躁起来,短暂的停留,竟然让她突然间汗透背脊,心怦怦地乱跳。

原来,这就是"我为鱼肉,人为刀俎"的感觉!十一娘放在裙边的手紧紧地攥成了拳,指甲掐在肉里也不觉得痛。得想办法改变自己的处境。这种把命运交给别人来掌控的感觉太难受了!

"也免了她的差事,让她一心一意在你身边服侍,让你可以安安心心地绣百寿屏风。"大太太的声音似远在天边,又似近在耳旁,让她脑子"嗡嗡"作响,"琥珀是个能干的人,有她在你身边服侍,我也放心些。以后你屋里的事就交给她吧!"

事已至此,她没有抵抗的能力,也就不去想反驳些什么。十一娘强迫自己收拾好心情。当务之急是要好好地应付眼前的一切。

十一娘露出受之有愧的表情,半蹲着给大太太行了一个福礼:"多谢母亲!"

"那就这样了!"大太太脸上就露出了几分倦意,吩咐吴孝全家的:"等会儿把屏风的尺寸、样式告诉两位小姐,免得她们两眼一抹黑。等她们姐妹商量好了,你再来回我一声。"

吴孝全家的笑着应了。

大太太就端了茶:"你们下去吧!"

全然没有提冬青的婚事。是忘记了,还是因为现在不是时候?

十一娘不由望了一眼远远立在大太太身后的姚妈妈,姚妈妈也望过来。两人的目光在空中撞到了一起,十一娘就看见了对方毫不退让的眼神。她突然为自己悲哀起来,现在的她,也只有能力和姚妈妈这样的人斗一斗了。

五娘、十一娘和吴孝全家的出了门。

大家站在门口,好像心情都变得轻松,脸上的表情柔和了不少。

吴孝全家的就笑着问两姊妹:"我这就去找我们家那口子把屏风的尺寸、款式拿来。

只是不知道等会儿到哪里找两位小姐为好?"

做一个百寿绣屏,先要确定绣屏的样子和尺寸,再由五娘按照绣屏的大小把要绣的字写好。十一娘把屏风的面料、丝线选好,然后就可以以针代笔,根据布料经纬的走向,照着五娘所写的字体开始着手绣了。

所以,刚开始是吴孝全家的和五娘的事。十一娘自然不便插手,便笑吟吟地望着五娘。

五娘也知道,自己在大太太面前许了两天的日子,如果两天后没有东西交给十一娘,万一十一娘到时候拿不出东西来,那可就全是自己的责任了。

"要是妹妹不嫌弃,不如到我那里去坐坐!"她笑望着十一娘,"我那里离母亲这里要近些,等会儿吴妈妈也好去给母亲回话。"

"还是姐姐考虑得周到。"十一娘笑道,"那就叨扰姐姐了!"

"自家姊妹,何必这样客气,倒显得生疏。"五娘笑道,"你天天窝在屋里做针线活,除了大太太处,哪里也不走动,是我请也请不到的贵客,我巴不得你天天来叨扰叨扰我。"

十一娘听了笑道:"那我就不和姐姐客气了!"

吴孝全家的也极赞同五娘的决定:"既然如此,那我等会儿就去五小姐的娇园回话。"

五娘和十一娘点头:"这样冷的天,辛苦妈妈了!"

"小姐说哪里话,这本是我分内的事!"吴孝全家的客套了两句,转身去找自己家那口子去了。

十一娘就吩咐一旁的滨菊:"你去跟冬青说一声,母亲身边的琥珀姐姐从今儿起就要到我们屋里来当差了,让她叫人给琥珀姐姐收拾一处歇脚的地方,然后到母亲那里去迎迎,看琥珀姐姐那里有没有能帮得上忙的。"

自从知道大太太把琥珀拨到十一娘处,滨菊心里就抓肝抓肺地不是个滋味,巴不得一下子飞回绿筠楼去和冬青商量该怎么办好。现在十一小姐让她回去给冬青报信,正中了她的下怀。她恭敬地应了一声"是",疾步而去。

五娘望着滨菊的背影目光一闪,笑道:"妹妹待人真是客气!"

"毕竟是服侍过母亲的人。"十一娘笑容温和,"到我那里就是受了委屈的,我们再不对人家好一些,白白拂了母亲的好意!"

五娘深深地望了她一眼,笑着带她去了娇园。

娇园位于芝芸馆正屋的西边,三间两进,中间隔着个天井,几株芭蕉树比屋子还高,原叫蕉园。后来这里成了大小姐罗元娘的住处,大太太嫌这名不好,"蕉"又同"娇",就改了名叫"娇园"。元娘出嫁后,大太太就把五娘安置在了这里。五娘为了尊敬这个姐姐,留了原来元娘住的第二进小楼,日夜让人打扫,如元娘在家里一般。自己住进了第一进的小楼,将中间做了日常居坐宴息之处。东边做了书房,西边给小丫鬟、婆子住了。自己和两个大丫鬟紫苑、紫薇住在二楼。

进了门,紫薇带着两个小丫鬟迎了上来。

互相见了礼,五娘和十一娘分主次坐下,小丫鬟们上了茶,紫薇用水晶盘子装了黄灿灿的凤仙橘:"前日大太太赏的,十一小姐尝尝。"

十一娘笑吟吟地拿了一个橘子在手里剥。她手指纤长,素如葱白,金黄的橘皮翻飞指间,竟有彩霞般的艳丽。

五娘的目光不由落在了十一娘身上,发如鸦青、肤赛初雪、目似秋水、唇若点绛……什么时候,十一娘已长得如此漂亮!

她心里一阵恍惚,耳边又响起十一娘温柔舒缓的声音:"整整一百个'寿'字,姐姐可想好了怎么写没有?是想在中间写一个大'寿'字,然后背后写九十九个小'寿'字呢,还是准备每纵横各排十个'寿'字呢?我想来想去,觉得这两个图样都不错。不知道姐姐觉得哪个好?可有什么我想不出的好主意?"

五娘一震,回过神来。再漂亮又如何?嫁不到一个好人家,光阴再把人抛,只怕又是一番光景,徒让人好笑罢了。

她笑着起身:"妹妹随我来。"

五娘的书房很宽敞,但屋里只有两件家具:一是临窗的黑漆大画案,案上整整齐齐摆了一叠名人法帖,又摆了四五方砚,一个天青色旧窑笔海,林林总总地插了不下十来支粗细不一的笔;二是靠墙的一张黑漆贵妃榻,铺了个不新不旧的秋色云纹锦垫,不免空荡荡的显得有些冷清。

十一娘就搓了搓手:"姐姐也不生个火盆?练字的时候怎么办?我可不行。我要是要绣花了,非得生了火盆不可。"说着,她笑起来:"不过,我住的地方只有姐姐的书房这么大,而且常有丫鬟、媳妇子找我帮着做针线,就是不生火盆,挤在一起做活,也不冷。"

五娘知道十一娘擅绣,家里的丫鬟、媳妇子都爱找她,或是帮着绣点东西,或是指点绣工。她戏谑道:"我这里哪比得上你那里门庭若市。"

十一娘有些不好意思地笑了笑,指了笔海中笔管最粗的那支笔:"姐姐什么时候开始写大字了?我记得姐姐是最喜欢写簪花小楷的。"

五娘笑道:"我和妹妹想到一块去了,想中间用草书写个大大的'寿'字,然后在旁边用簪花小楷写九十九个小一些的'寿'字……"

十一娘不由惊讶。五娘这样说,相当于暗示自己,她早就知道大太太要送永平侯府太夫人什么寿礼。她又怎么会那么早知道?不是大太太说的,就是有早知道大太太心思的人给她通风报信。如果是前者，说明她比自己更得大太太的欢心，大太太不仅把自己的打算告诉她，还让她提前准备，免得事到临头在她手里迟缓失了颜面；如果是后者，说明她与好些有体面的丫鬟、妈妈们关系非比寻常，不是自己可以比拟的！

不管是哪种，这样表达，都是赤裸裸的示威！

而五娘话未说完，脸上就露出后悔的表情，好像很后悔自己刚才所说的话，又急急地道："你知道，我平时喜欢书法，没事的时候喜欢琢磨这些。"颇有些此地无银三百两的味道。

十一娘听了笑着点头："姐姐一向聪慧，是我所不及。"

并没有五娘预测中的苦涩或是黯然，好像对五娘那个"没事的时候喜欢琢磨这些"的话完全没有任何怀疑似的。

五娘不由气馁。每次和她说话都这样，好像一拳打在棉花上，没有一点成就感。不像十娘，满眼怒火却不敢发作。她觉得很无趣，把以前写的几张草稿拿出来给十一娘看："这张是我们刚才都提到的，中间一个大'寿'字，旁边九十九个小'寿'字……这张是写成一个菱形，中间用小楷，菱边用隶书……这张写成个圆形，全用小楷……"

两人正说着，紫苑给十一娘端锦杌来。

十一娘刚坐下，吴孝全家的来了。

"这是先前照着大太太的意思画的一个。"吴孝全家的拿了一张牛皮纸给五娘看，"底座用黄杨木雕了彭祖八百子，边框用鸡翅木……"

"怎么不用黄梨木？"五娘打断吴孝全家的话，"既然底座用了黄杨木，边框用鸡翅木只怕有些不好吧？"

黄杨木颜色偏黄，鸡翅木颜色偏暗红。

"谁说不是。"吴孝全家的原也是大太太身边的大丫鬟，跟着读书写字，基本的鉴赏水平还是有的，"原来打过别的主意。一是将底座换成和鸡翅木同色的紫檀。只是现在黄梨木难寻，更别说是紫檀了。这个法子是肯定不行的。二是将底座换成鸡翅木，这样边框和底座材质一样，是最好不过的了。我们家那口子正好有印象，说家里好像有个能用的。去库房里领的时候才知道，上次浙江按察使黄大人的母亲过生辰，大爷请人雕成寿星翁做了寿礼。这件事大太太决定得又急，市面上一时没有，跟相熟的几家做木材的留了信，至今都没有回信。"

五娘听了不由皱了眉："这个是谁定的？也太不讲究了！母亲可知道？"

吴孝全家的听着五娘的语气很是不满，忙赔着笑脸："大太太是知道的，只是没五小姐问得这样仔细。"

平常那样伶俐的五娘此刻却是神色一变，正色道："母亲最是讲究，又把这件事交给了我们三人。如果有个万一，我们谁也脱不了干系。有些话，我也就不能不说了……"

这吴孝全虽然是罗家的总管，吴孝全家的却并不在罗府当差，平常只是跟着大太太身边转，陪着大太太说些闲话，或是帮着做些跑腿的琐事。大太太好像挺喜欢身边有个这样的人，待她虽然没有许妈妈那样倚重，却也有几分信任。因此罗家上上下下都给她几分颜面。

十一娘听五娘一副教训的口气，不由在心里暗暗叹了口气。

大家都是看着大太太的眼色行事，有时候，五娘表现得过于急迫了。

她看着吴孝全家的笑容有了一丝生硬，就打断了五娘的话，笑问道："吴妈妈，这屏风的尺寸不会改了吧？"

十一娘的插言打断了五娘的教训，吴孝全家的自然是乐见其成的，忙笑道："再大些，显得笨拙；再小些，显得轻浮。不会变了。"语气十分温和。

"那姐姐就先照着这尺寸写字吧！"十一娘笑吟吟地望着五娘，"现在离送寿礼的日子还有三个多月，我们先着手做着，等合适的木材找到了，再雕屏风底座、做屏风框架也不迟。"

"正是这个理。"吴孝全家的满脸笑容附和着十一娘，"那些做木材的都是杭州府最有实力的，家里也有存货，只是不太符合我们的要求罢了。万一不行，退而求其次，用几块拼了，也是一样。"

五娘看着吴孝全家的眼中一闪而过的讽刺，心中一惊，意识到自己话多了。

转念又觉得暗暗恼怒。这些恶奴，不过是仗了大太太的势，就连小姐都不放在眼里了。说起来，还不是因为自己不是大太太亲生的。元娘在家的时候，她年纪虽小，有些事却记得清清楚楚。

有一次元娘嫌汤圆里的豆沙馅太甜，吃了一半吐在了碗里。这吴孝全家的，端起来就吃，还喷喷地说，还好大小姐不爱吃，便宜了我。那模样，就是条摇尾巴的狗。

她的双手，不由紧紧拧在了一起。

就有小丫鬟进来问："五小姐，午饭摆哪里？"

"只管说话，倒忘了看钟了。"五娘长长地透了一口气，掏出怀表看了一眼，"可不是有些迟了。两位就留下来一起吃午饭吧！"又吩咐那小丫鬟："去跟厨房里说一声，十一小姐和吴妈妈在我这用饭，挑两位爱吃的做过来。"

想到事情还没有个定章，回大太太那里还不知道有没有备她的饭，回自己家吃，不免要生火淘米，不如在五小姐这里吃了的好。吴孝全家的笑道："那就让五小姐破费了。"

大家吃公中的，每顿都有定制的，要加菜，得自己出钱。

五娘笑道："放心，吃不穷我。"

十一娘却有几分犹豫。她是担心屋里的事,但却不能对五娘说,怕她觉得自己重视琥珀胜于她——虽然这是事实。

只是还没等十一娘开口,那小丫鬟已道:"十一小姐放心,滨菊姐姐早到了。看着您和我们家小姐在说话,没敢回禀。听她说,您屋里的事冬青姐姐都安排好了。琥珀姐姐住的地方收拾好了,人也接回了绿筠楼,还让厨房加了菜给琥珀姐姐接风。您就安心在我们这里用饭吧!"

她声音清脆,口齿伶俐,说话有条理,大家的目光不由得都落在了她身上,这其中也包括了五娘。

那小丫鬟不过八九岁的样子,还没留头,生得杏眼桃腮,穿着了件淡绿色的棉纱小袄,亭亭地站在那里,鲜嫩得如三月柳梢上的嫩芽。

灼桃回毕,转身去传饭。

吃过饭,十一娘忍不住打了一个哈欠。

五娘微怔。

十一娘不好意思地道:"每天这个时候睡惯了,就是冬天也不例外,所以不想留在姐姐这里吃饭……"

先头十一娘要回去的小小不快在五娘心里烟消云散,她笑道:"既然如此,你就到我床上去眯一会儿吧!"

"让紫薇姐姐给我们泡杯浓茶吧!"十一娘笑道,"还是屏风的事要紧。要不然,我也睡不踏实。"

五娘笑着点了点头,和十一娘、吴孝全家的去了书房,叫紫薇泡了浓茶来。

大家商量好了一些细节,吴孝全家的就要去报大太太:"免得让大太太着急。"却把几个五娘认为样子最好的纸稿都拿在了手里。

五娘看得明白,起身笑道:"那就一起去,正好让母亲看看我画的这些纸稿,看她老人家喜欢哪幅,十一妹也好照着哪幅绣。"

十一娘不由苦笑。这两人打擂台,倒把她也扯进去了。

不过,这样报功的事,她是不会拒绝的。

"我也想知道母亲最喜欢哪个样子!"十一娘笑着跟她们去了大太太处。

第二章　暗波起嫡母赐新仆

远远地，就有小丫鬟给她们请安、撩帘子。

进了门，就看见大姨娘和二姨娘坐在罗汉床边的小杌子上，正陪着大太太说话。

大姨娘段氏和二姨娘袁氏原都是大老爷身边的大丫鬟，大太太嫁过来后，做主收了房、抬了姨娘。大姨娘生了二娘和三娘，二姨娘生了二爷。二娘三岁的时候夭折了，二爷却只活了两天。三娘是没足月的，从小身体不好，长到十五岁，由大太太做主，嫁给了自己娘家一个庶出的侄儿，没三年就病死了，又没有留下儿女，只好把妾室的女儿过继到名下给她摔丧驾灵。

从那以后，大姨娘就随着二姨娘吃起了长斋。大太太也特请了斋菜师傅给两位姨娘做小灶。因是在家的居士了，两位姨娘早几年就不在大太太面前服侍了。

怎么今天突然陪着大太太说起话来？十一娘狐疑，脸上却半点不敢露出来，笑吟吟地跟着五娘给大太太和两位姨娘请了安，就安安静静地站在了五娘身后半步的距离。

两位姨娘都是华发早生，只是大姨娘人生得圆润，看上去很和气，二姨娘人生得瘦削，看上去就有些严厉。但不管是大姨娘还是二姨娘，看见十一娘，都朝她微微笑起来。

大太太看着也笑："不过帮你们绣了幅佛经供到了慈安寺，你们倒看着她就欢喜。"

大姨娘笑道："还愿意跟着我们学经，我们怎么能不喜欢！"

十一娘脸色微红，低了头。

大太太望着十一娘笑了笑，很是和蔼。

五娘就示意吴孝全家的把纸稿拿出来："我们几个商量了几个样子，想请母亲帮着拿个主意！"

大太太的另一个大丫鬟落翘，接过吴孝全家的纸稿递给了大太太。

大太太看了一眼，递给了一旁的大姨娘："你也帮着看看，哪个样子好？"

大姨娘接了，笑着看了一眼，道："太太知道，我这几年眼睛越发不行了，还是让二姨娘帮着看看吧！"

二姨娘默默地接过那些纸稿，认真地看了一遍，然后挑出一幅递给大太太："这个最好！"

大太太看着一怔，道："那个中间写个大'寿'字的不好吗？"

二姨娘淡淡地道:"五小姐毕竟年纪小,笔力不足,写那簪花小楷的时候还不觉得,写斗方大字,未免过于妩媚了。"

五娘听着脸上红一阵白一阵。这话,教小姐读书的夫子也曾经说过。

她并不服气,私下找了名帖来练大字。

大太太听了就叹了口气,将二姨娘挑出的那幅递给了五娘:"就这幅吧!"

趁着递过来的机会,十一娘看见了图样:是那幅圆形百寿图。

"老人家都喜欢圆圆满满……就这幅吧!"大太太的语气里有几分疲惫,"五娘尽快写出来,十一娘好绣。"

五娘怎敢有异议,接过图样,屈膝应"是"。

二姨娘突然望向十一娘:"那这段时间就要绣'百寿图'了?"

十一娘恭敬地应了声"是"。

二姨娘点了点头,不再询问。

"我们原本想让十一娘帮着打几副络子。"大姨娘笑着解释道,"看来十一娘没这工夫了。"

十一娘就笑着望了大太太一眼,好像在看大太太的眼色似的,见大太太并无不悦,这才笑道:"五姐写字还要两天工夫。您要打什么络子? 多了只怕要等等。"

"我给麻哥做了两个披风,"大姨娘笑道,"想让十一娘帮着打两根五蝠络子。"

用一根线打出五个蝙蝠,是简师傅的绝技之一,后来教了十一娘。

蝙蝠,有"福"的谐音。五个蝙蝠,寓意长寿、富贵、康宁、好德、善终五种福气,用一根线编出五个蝙蝠来,没有比这更吉祥的物件了。

三岁的麻哥是大爷的长子,更是大太太的心头肉。

大太太脸上的表情变得非常柔和:"也不知道那些丫鬟媳妇子有没有在好好地照顾他。"

三年前,罗家老太爷去世,罗氏三兄弟辞官回乡丁忧。今年十月二十四日三年期满,三兄弟都需回吏部报备。二老爷和三老爷带了家眷随行,大太太想着家里的事丢不开手,就让儿子、儿媳带着孙子和鲁姨娘一起,跟着大老爷去了燕京。一来大老爷身边有个照应的人,二来让儿子带了家眷去看看姐姐和姐夫,借永平侯之势留在燕京国子监读书,以便参加明年的会试——两年前新帝登基开恩科,罗振兴有孝在身没有参加。

"麻哥身边有大奶奶。"吴孝全家的笑道,"您就放心吧!"

而十一娘既然知道了这络子是做什么用的,自然立刻表态:"别的不敢说,打两根络子的工夫还是有的。"

"那敢情好。"大姨娘笑道,"我那边彩绣坊的五彩丝线都准备好了。"竟然一副迫不及待的样子。

"那你就帮姨娘打络子去吧!"大太太笑着吩咐十一娘,"我这边让吴孝全家的陪着说说话就是了。"

话音刚落,两位姨娘、五娘和十一娘都起身退了下去。

大姨娘就拉了十一娘的手:"走,到我那里去,等会儿我让彩霞做玫瑰莲蓉糕给你吃。"顿了顿,又对五娘笑道:"五小姐也到我屋里去坐会儿吧!"

看着大姨娘那言不由衷的样子,五娘心中不悦,又想着这两位姨娘现在都是尸位素餐只等着死了的人,连应酬的心也没了。

"不用了。"她表情淡淡的,"大太太交代的事我可不敢马虎。"

大姨娘还欲说什么,二姨娘已拉了大姨娘和十一娘往居所去:"既然如此,那我们就不留了。五小姐快去忙吧!"

十一娘被二姨娘拽着,回头朝着五娘说了一声"姐姐慢走",便跟着二姨娘匆匆而去。

五娘望着三个人的背影撇了撇嘴,回了娇园。

大姨娘不由抱怨:"何必这样,她也是个可怜人!"

二姨娘冷冷地"哼"了一声,道:"这屋里谁又不是可怜人。只不过是你可怜,却还有比你更可怜的人罢了。何况我们都这样了,横竖不过是一个死,还有什么怕的。"

大姨娘看了站在一旁有些无措的十一娘一眼,到底把没说的话忍住了,只笑着招呼十一娘:"你坐,我去拿线。"

两位姨娘比邻而居,但大姨娘除了礼佛,还喜欢给罗府那些小孩子做针线打发日子。十一娘和两位姨娘有点交情,也是大姨娘听家里的仆妇说起十一小姐擅长针线,是简师傅的得意弟子,这才起心请十一娘帮着绣了幅佛经。后来接触多了,又发现十一娘性情温和,虽言语不多,却行事稳重大方,待人温和宽厚,与她投缘。她常邀了十一娘到自己居所坐坐,或是自己去她那里走动走动,说说闲话,做些针线。而二姨娘除了礼佛之外,什么事也不感兴趣。几次偶然遇到,十一娘也只是恭敬地问声好,二姨娘都是板着脸与她点点头,并不和她说什么。

而今天的情景却有些奇怪。大姨娘去取线了,二姨娘不仅没有像往常那样回自己屋里,而是吩咐大姨娘身边的彩霞:"你们家姨娘说了,要做玫瑰莲蓉糕招待十一小姐的,你还不快去。"

彩霞应声而去。

她又呵斥自己的丫鬟:"杵在那里做什么? 来了客人也不知道沏什么茶,你能做什么!"

说得彩云满脸通红,给十一娘福了福身,转身去换茶了。

十一娘忙端起茶来喝了一口:"这茶就极好,是上等的西湖龙井吧?"

二姨娘脸上很难得有了一丝笑意:"是上好的西湖龙井。不过,我这里还有福建送来的安溪铁观音。你尝尝!"

十一娘暗暗吃惊。

她现在的父亲,也就是罗府的大老爷罗华忠,在福建连任三届布政使而没能挪个地方。但也因为这样,他在福建根基深厚,虽然在家里丁忧,以前受过他恩惠的下属却常给他送福建特产来。这安溪铁观音就是其中的一种。

当然,罗华忠这种做到了这个位置的人,不管是在朝廷还是在皇帝眼中,都是有一定分量的。只要不涉及谋逆,迟早要被拔擢,何况他还和永平侯是亲家。那些人是不会马虎他的。

一时间,她心乱如麻。她觉得有什么东西在她脑海里一逝而过,想要抓却抓不住。

十一娘不由抬头朝二姨娘望去——她突然发现,二姨娘竟然有一双清亮如水的眸子,波光流转间,有吸人魂魄的激艳。

一个非常平常的人突然在你面前露出与众不同的特质,十一娘骤然生警,想着今天发生的事。

大姨娘虽然爱给小孩子做针线,可这小孩子并不包括大少爷在内——因为在罗府,他不是普通的小孩子,还要她打五蝠络子,这种除了简师傅只有她会的络子。

二姨娘突然笑了起来:"青桐那样老实的人,竟然生了你这样一个女儿。真是有趣!"

青桐,是吕姨娘的名字。

"二姨娘说什么,我怎么听不懂?"十一娘不动声色。

"听不听得懂没关系,你只要不聋就行了。"二姨娘神色怡然,好像对十一娘的装聋作哑不仅没有恼怒,还很欣赏,"算算日子,大老爷和大少爷应该到燕京了的。也不知道出了什么事,大老爷和大少爷竟然一前一后各自差了身边得力的人来给大太太送信。大太太接到大老爷的信,就叫你来做屏风。接到大少爷的信后,就差了许妈妈去慈安寺送香油钱,还把她身边那个漂亮的琥珀赏给了你,突然叫了我和大姨娘去问印一千本《法华经》怎么个印法……你就不觉得奇怪吗?"

不过在隔壁,拿个线用得着这么长的时间吗?十一娘已有九分的把握,这两位姨娘挖了个坑让她跳。

一个妻子六个妾,还有一大堆同父异母的儿女在争斗,鬼也不会相信这个家就表面那样和和睦睦,兄友弟恭。可不管这本质是什么,十一娘也不会插脚其中。既不愿意,也没有这个能力。

"大太太本就信佛,让许妈妈去慈安寺送香油钱,问姨娘怎么印《法华经》,我看着平常。"她笑望着二姨娘，"至于赏了我个丫鬟，说实在的，我身边的冬青和滨菊也一样是大太太赏的，都是极忠心厚道的人。我实在不知道姨娘所说的'奇怪'从何而来。"

"的确没什么奇怪的。"二姨娘在她的注视下绽开了一个愉悦的笑容，"我也只是说说罢了，有的人听得进去，有的人却听不进去。"

十一娘笑而不答，低下头吹开茶盅里的浮沫，轻轻地喝了一口。

屋子里陷入了寂静。

"这个彩霞，把线放到了我的枕头下，让我一阵好找。"不一会儿，大姨娘笑着走了出来，"让你久等了！"

"没有！"十一娘笑容温婉，"有二姨娘陪着呢！"

大姨娘笑着点了点头，将丝线交给了十一娘："你看看，这线行吗？"

"长度正好。"十一娘仔细地看了半天，"那我就先回去了。今天母亲把琥珀赏了我，我还没见到人，也不知道屋里到底怎样了，得回去看看才成。等络子打好了，我让冬青给您送过来。"

大姨娘没有留她，笑着点了点头，送她出门。

二姨娘却在她一只脚踏出门槛的时候不冷不热地说了一句话："说起来也奇怪，我们家大小姐生的谆哥是嫡子，如今都四岁了，却还不是世子。难道我们家大姑爷讲究立长不立幼，立贤不立嫡?"

十一娘脚步一滞。

这时，五娘已回到了娇园，正和连翘说着话。

"大太太说那野菌野鸽汤做得好，又听说四爷这两天吃得不香，就让奴婢给四爷送了去。"

五娘笑道："那我四弟可吃得香?"

连翘笑道："大太太送去的，自然吃得香。"

五娘就叹了一口气："我四弟身边也没个体贴的人。要是有个像连翘姐姐这样知热知冷的人，也不会这样三天两头地不舒服了。"说着，把手里拈的那个蜜渍梅子轻轻放进了嘴里。

连翘听着心中一阵狂跳。从三等丫鬟做到大太太身边贴身的婢女，并不是件容易的事。她可不想就这样配了小厮，然后生了儿子继续当小厮，生了女儿再去当丫鬟。可府里的几位爷，大爷身边自有从小服侍的，何况大少奶奶进后又带了四个来；二爷早逝；三爷是二房的嫡子，轮不到她们大房的去献殷勤；三房的五爷和六爷，一个八岁，一个五岁。只有四爷，虽然是庶出，但大太太是要脸子的，到时候分家，多多少少会给四爷分点。

况且四爷又性格温和,对身边的姊妹十分体贴,还曾经亲手做了胭脂给他房里的大丫鬟地锦。要说这满府丫鬟的相貌品行,十一小姐屋里的冬青她自认比不上,难道还比上地锦那个眉目稀疏的丑八怪不成?她不由激动得脸色绯红。

四爷和胞姐五小姐最要好,这两年她走五小姐处走得勤,为的也不过是五小姐到时候能帮着筹划筹划。没想到,五小姐今天竟然松了口。

"我哪里比得上地锦姐姐,"连翘一双水汪汪的大眼睛眨也不眨地望着五娘,像是要从她神色中看出什么端倪似的,"四爷有她在身边,五小姐还有什么不放心的?"

五娘嘴角微翕,好像有话不知道该怎么说好。

一旁的紫苑却轻轻地"咳"了一声,指了指连翘手边的茶盅:"连翘姐姐喝喝看,是大太太赏的大红袍。"

五娘听了紫苑的那声咳,脸色一变,不提四爷的事,反而顺着紫苑道:"连翘姐姐尝尝这茶如何。"

连翘心里一阵恼怒,暗暗怪紫苑多事。五小姐本来就有些为难的样子,她再一打岔,五小姐肯定不会再提四爷的事了。这样好的机会,却让紫苑给搅黄了。与其跟着五小姐不知道嫁个跛的还是个麻的,还不如早作打算,跟了四爷的好。

念头闪过,连翘不由对紫苑由怨转恨。

如果紫苑真有这心思,今天可就不是说话的时候。

又想到自己还有差事在身,如果大太太问起,自己还没有回去,还以为她留在了四爷那里,到底是不美。

她和五娘寒暄了几句,就站起来告辞:"免得等会儿大太太找不到人。"

五娘亲自送她到了房门口:"连翘姐姐有事,我就不耽搁了,以后有了空闲我们再一起坐坐。"

连翘客气了几句,不远处隐隐有哭闹声传来。

她听着不由一怔。

紫苑已笑道:"是紫薇姐姐在教训新来的小丫鬟。也不知怎的,现在的人不像我们那会儿,姐姐们要略提一句,立刻记在心上时刻也不敢忘。现在倒好,如那豆腐掉在了灰塘里,拍也拍不得,打也打不得。一个不好就寻死觅活的,实在是不知道该怎样管教的好。"

"谁说不是。"连翘释然,笑着和紫苑往外走,"你不知道,我们屋里新进来的那个双荷,竟然和姚妈妈吵起来了……搁我们那会儿,可想都不敢想。说起来,这两年许妈妈办事也渐不如从前,新进的人一个比一个刁蛮了。有次大奶奶就说了,许妈妈年纪大了,调教起人来不比从前了。"

"姐姐毕竟是大太太屋里当差的,见识不凡。"紫苑笑道,"不像我们,见到许妈妈就全身发软,哪里还去注意这些……"

两人说着,紫苑把连翘送出了娇园。

过了一会儿,紫苑折了回来。

把连翘和她说的话都告诉了五娘:"看样子,大少奶奶对许妈妈不是很满意。"又想到了连翘那双不安分的眼睛,"五小姐,您真的准备让连翘去服侍四爷啊?"她重新给五娘沏了茶,端到他手边,"她的个性那么强,又是在大太太身边服侍过的,去了四爷屋里,只怕是……"

"我什么时候说让她去四爷屋里了?"五娘端起茶来喝了一口,那慢条斯理的样子,像足了大太太,自己却并不知道,"再说了,她是大太太屋里的人,就是老爷,也没有安排她的道理,何况是我。"

知道五娘没有把连翘要过来的意思,紫苑不由松了一口气。五小姐真正能依靠的,也只有四爷。偏偏四爷是个耳根软的,连翘那样的人去了,只怕会对她们娇园不利。

五娘却想着另一桩事,迟疑道:"你说,连翘那话是什么意思?"

紫苑想了想,低声道:"是不是因为大小姐的身体,大太太才会派了许妈妈去慈安寺,又要印《法华经》?"

"应该是这样!"五娘沉吟道,"父亲走了不过月余,这么快就有信来,除了大姐的事,我想不出还有什么事。何况,她自从生了谆哥就一直病着。如果真是这样,那大太太又是什么意思呢?"

吴孝全家的用帕子将剥好的橘子放在泥金小碟里,拿了细长的银剔准备像往常一样把那些白色的橘络除了,大太太却突然摆手:"就这样吧! 我年纪大了,不比从前,吃些橘络顺顺气。"说着,长长地叹了一口气。

"大太太这是什么话。"吴孝全家的依她所言,将小碟端到了她的手边,"您还年轻着,大奶奶还需要您扶持,可不能这个时候说老。"

大太太笑起来,吩咐身后的落翘:"你们都退下吧!"

落翘等人应声而去。

见屋里没人了,吴孝全家的就笑道:"两位小姐有商有量的。看到屏风样子,十一小姐倒没说什么,五小姐却嫌鸡翅木配了黄杨木不太好。我瞧着五小姐说得有道理,十一小姐也说,暂时先按着尺寸把字写了,她先绣着,最后做屏风的底座和框架,等有了五小姐说的木材再换木材也不迟……"

没待她说完,大太太已摇手示意她不用再说:"你只告诉我,绣屏风的事,两位小姐,谁更有把握些?"

"自然是五小姐。"吴孝全家的笑道,"我去的时候,五小姐桌上一堆样子,正让十一小姐挑呢!"

"哦?"大太太扬了扬眉,"那十一小姐挑了哪幅?"

吴孝全家的笑道:"十一小姐好像也拿不定主意,让五小姐来找大太太商量商量。"

"那五小姐呢?她自己最喜欢哪幅?"

"中间写大字的那幅。"吴孝全家的笑道,"说,既有大字,也有小楷,最适合不过。"

既有大字,又有小字,的确最适合不过——她显摆自己的字写得有多好吧?大太太在心里冷笑:"只可惜,二姨娘说她的大字不够端庄。"

"还是大太太和二姨娘有眼光。"吴孝全家的眼珠子直转,笑道,"我就看不出来。也和五小姐一样,瞧着那中间写大字的好!不过,奴婢好歹有个做伴的。"

"哦?"大太太笑望着吴孝全家的。

吴孝全家的心里一跳。可话说到这个份上了,却只得死咬着不放。

"还有十一小姐啊!"她笑道,"奴婢至少还能挑出个好的,十一小姐却看着什么都好。"

大太太嘴角就浮出几分笑意来:"那孩子,做事还行。问她什么好,她总是左瞧右看,觉得这也好,那也好!就是不好,她也能挑出个好来。"说着,脸色一正,高声喊了落翘进来,问她:"连翘回来了没有?"

落翘笑道:"刚回来。说是四爷那边的地锦带着几个小丫鬟在烤洋芋吃,留了她,这才回来晚了。"

大太太又吩咐她:"和连翘一起去给四爷送东西的小丫鬟是谁?"

"是杜鹃。"

"你去问问她,连翘从四爷那里回来,都去了哪里。"

落翘一怔。

大太太已神色淡然地道:"要是你问不好,趁早跟我说了,我好派别人去问!"

落翘一愣,笑道:"大太太放心,我知道该怎么做!"

她刚走几步,大太太又叫道:"回来。"

落翘恭敬地垂手而立。

大太太端着茶细细地喝了半晌。

吴孝全家的就站起身来,笑道:"这天气怪冷的,我去重新提壶热茶来。"说完,疾步出了内室,看到外面没人,却又把耳朵贴在了门帘子上。

"你……绿筠楼……看看十一娘……这段日子……干些什么……见了哪些人……"

先还有断断续续的声音传出来,后来,就再也听不到了。吴孝全家的走出去,随手指了一个立在屋檐下的小丫鬟："你,快去给大太太提壶泡茶的热水。"

小丫鬟飞跑着去了一旁的茶水房,提了壶热水来。

吴孝全家的接过来,走了进去,正好和落翘迎面撞上。

"大太太说有点乏了,您也歇歇吧!"

吴孝全家的点了点头,笑道:"我就在这外面坐坐。今天许妈妈又不在,免得等会儿大太太醒了身边没个服侍的人。你就不用管我了。"

落翘笑着点头而去。

吴孝全家的就蹑手蹑脚地走到门帘子前,轻轻扒了个缝朝里望,就看见大太太手里紧紧地捏着一封信,眼角闪烁着晶莹水光。

十一娘的双手紧紧攥成了拳,想用和平常一样不紧不慢的步履朝前走,脚步却怎样也不受控制地加快起来。

"大老爷和大少爷一前一后地送了信回来……"

"接着信,就叫你做屏风……"

"派了许妈妈去慈安寺……"

"又问我们怎样印《法华经》……"

"谆哥是嫡子,却不是世子……"

"难道还立长不立幼,立贤不立嫡……"

十一娘的脚步骤然停下,身后的滨菊差点撞到她的身上。

"十一小姐,您这是怎么了?"她看到十一娘额间有细细的汗。

"没事,没事!"十一娘看见滨菊目光里流露出浓浓的担忧,不由笑着安慰她,"我就是有些事想不通……"

"是不是要到林子里转一转?"滨菊笑着接了十一娘的话茬。

平常,十一小姐要是有什么不顺心的事,就会到绿筠楼前那片黄杨树林子里转转。转一转后,心情就会好很多。想到今天大太太安了个人到她们屋里,别说是十一小姐了,就是她,也想去转转了……

两个人去了黄杨树林。

皑皑白雪,油绿枝叶,凛冽的空气……清冷的颜色,却让十一娘心中的怨怼渐渐散去。

滨菊看她脸色好些,笑道:"十一小姐,冬青姐说让我告诉您,我们都会听您吩咐的。"语气里有小心翼翼的试探。

十一娘一怔。

滨菊已道："小姐还记不记得我们刚到绿筠楼的时候？"

怎么会不记得。当时她由冬青扶着，站在屋子中央，对滨菊和小丫鬟秋菊、月香说："以后，这里就是我们的家了。"后来，发现月香在大太太那边走得勤，她给月香下了泻药，利用罗府"病者回避"的规定，把月香送到了外院去静养，换上了吕姨娘推荐的竺香。当然，事情的经过也颇有些周折。但这样的功夫付出得很值得，至少，镇住了身边的人，让她们从此对十一娘的手段深信不疑。

"冬青姐姐说，她一直记得小姐的话。"滨菊笑道，"这是我们的家。"

十一娘不由得紧紧握住了滨菊的手。

"我也是这样想的。"滨菊笑道，"有小姐，有冬青姐，有秋菊，还有竺香、辛妈妈、唐妈妈，我们一定会过得很好的。"

十一娘的心突然间镇定下来。是啊，她这三年费尽心机，不就是为了身边这些人能在关键的时候站在自己身边吗？

她笑着问滨菊："有没有官宦人家，把女儿送人做小妾的……嗯，还不是那种破落户，就是为了巴结上司，把女儿送人做小妾的？"

滨菊想了想："应该没有吧。"语气并不十分确定。

十一娘不由得叹一口气。自己这也是病急乱投医了。

滨菊五岁就进了府，从小在这大院里长大，又怎么会知道有没有官宦之家送女儿去做小妾的呢？她仰起头来，天空碧蓝如洗，而自己的目光却只能到达笼罩着罗家后院的这一小块。

十一娘和滨菊回到了绿筠楼。

和往常一样，绿筠楼前冷冷清清，大家都尽量待在自己的地方，免得一不小心介入了别人的生活。

她们走进去的时候，辛妈妈和唐妈妈正围着火盆烤火闲聊，看见十一娘，两人都满脸是笑地站了起来。

辛妈妈更是第一时间塞了一个手炉给她："一直帮您加炭，热乎着呢！"

十一娘接过手炉笑得眉眼舒展，让辛妈妈也高兴起来。

她朝着东边厢房使了个眼色，这才扬声笑道："秋菊，小姐回来了。"

出来的却是冬青："小姐，您回来了？"说着，转身给十一娘撩了帘子。

十一娘和滨菊走了进去，迎面就撞到了琥珀。

她身材高挑，肌肤白净，长得明眸皓齿，普普通通的一件青蓝色比甲穿在她身上，却掩饰不住明媚的艳光。

琥珀沉稳地蹲下身给十一娘行了福礼："十一小姐，奴婢是琥珀。"

以前在大太太处也常见。十一娘笑得亲切，问了她多少岁，家里还有些什么人，到这里来习惯不习惯。又说了一些"委屈姐姐了""以后屋里的事就全靠姐姐帮着张罗"之类的客气话。

琥珀在十一娘说话的时候，一直恭敬地立着，待她问完话，又一一回答。

说自己十五岁，是家中的独女，娘和老子都在农庄上干活。冬青姐姐很漂亮，长得像画里的人，待她如亲生妹子一样，她看着就觉得亲切。又说了些诸如"我是庄子上长大的，不懂规矩，还请冬青姐姐和滨菊姐姐不吝指教"之类的话。

十一娘对她很满意的样子，吩咐滨菊："你陪着琥珀到处看看，冬青帮我更衣。"

琥珀对十一娘的吩咐表现得很恭顺，并没有去抢着帮十一娘更衣，而是跟着滨菊给十一娘行了礼，应了一声"是"，目送十一娘和冬青去了梢间的卧房。

十一娘对她这点还是很满意的。至少，是个聪明人，没有急切到不知进退的地步。

趁着更衣的机会，十一娘低声把大太太让琥珀接管她屋里事务的事告诉了冬青。

冬青对这样的结果早就有心理准备，她担心的是自己会不会被大太太配给姚妈妈的侄儿。

"大太太根本没有提。"十一娘摇了摇头，"我这段时间要绣屏风，大太太说让你帮我的忙。我想，至少明年三月以前都不会提这件事。"

她平静的神色有种稳定人心的沉着，让冬青心里安定下来。她望着十一娘的目光有些闪烁："那，怎么个交法？"

十一娘常绣了佛经让冬青拿到外面去卖，她们手里也有两三百两银子的积蓄，还有一些吕姨娘偷偷给十一娘的金银首饰。

"留一百两银子，其他的全交出去。"

冬青有些吃惊："全交出去？"

"你照我说的做就是。"十一娘示意冬青把用梅花攒心络子系着的玉佩给她戴上，"等会儿你把钥匙交给琥珀，然后想个什么法子把她给我调开，我有话跟你和滨菊说。"

冬青点了点头："小姐放心，我省得。"

十一娘换了衣裳出来，大太太那边的珊瑚来了，琥珀正陪着说话。看见十一娘，珊瑚上前行了礼，笑道："十一小姐，奴婢来求您给个恩典。"

既来求人，都在心里琢磨了一番的，有个四五分把握才会开口的。

十一娘看她眉目带着笑，所求之事肯定是件很容易的，遂笑道："珊瑚姐姐有什么事只管说！"

珊瑚就看了琥珀一眼，笑道："您也知道，琥珀原管着大太太屋里的衣裳首饰，如今拨到您屋里了，她原来的差事就由我接了手。大太太匣子里几件步摇，镶着金丝绒放着，小

丫鬟们拿出来看了，不能还原了……想让琥珀过去看看。"

是她自己好奇，拿出来看了不能还原了吧？十一娘嘴角含笑："你与琥珀是一个屋的姊妹，与冬青也是相好的，有什么事，只管让她们去帮忙，不用这样客气。"

珊瑚听了面露喜色，高兴地给十一娘行了礼，拉着琥珀出了门。

外面，天清云净，手臂粗细的黄杨树静静而立。

琥珀不由得透了一口气。

"这才来了不到一天，就开始长吁短叹起来。"珊瑚见了打趣，"怎么？想回大太太屋里了？"

琥珀笑而不答，只是亲热地挽了珊瑚的手臂："多谢姐姐及时赶来。要不然，真不知道该怎么办才好。"

"有什么不好办的？"珊瑚笑道，"你本意不过是找个借口避开，让她们主仆能说几句体己话罢了。就是我不来，你再寻个其他借口也是一样，有什么不好办的？还非巴巴嘱咐我一定这个时候来把你叫出去！这是你的好意，让她们知道了又何妨！"

琥珀轻轻地叹一口气："我毕竟是中间插进去的，不比冬青姐姐和滨菊姐姐，是在十一小姐病中尽心服侍过的。有些事，还是多留些心的好！"

珊瑚不以为然，听了"扑哧"一笑："你呀，还真是忠心护主，我真不知道说什么好。你就是让得了一时，能让得了一世？妹妹是聪明人，那冬青比十一小姐大六岁，只怕是等不到小姐出嫁的时候了。就算是能等得，姚妈妈吃了暗亏，不找回这场子是不罢休的。如今大太太把你拨到十一小姐屋里，明面上，是你吃了亏，从人人眼红的正屋到了庶小姐的屋里。实际上，这可是大太太对你的恩典。"说着，已语带怅然，"不像我们，以后就这样了，不是赏给大爷、四爷，就是配个小厮。配个小厮还好说，要是赏给了大爷、四爷，奶奶们想着我们原是服侍过大太太的，心里又怎么会没有一点疙瘩？真正等到奶奶当家，我们年华已逝，早就不知道被爷们丢到哪个角落里了……还是你这样好！只比十一小姐大三岁，以后跟过去了，凭你的相貌、才情，总有几年恩爱的日子，再生个一男半女的，后半辈子也就有了个依靠……"

琥珀没有作声，望着黄杨树的目光却有些呆滞。

"也只有姐姐和我说几句心里话。"她握了珊瑚的手，指尖冰冷如霜，"正如姐姐所说，到时候，只怕我得陪着十一小姐去姑爷家了。虽说这是大太太的一片善心，可你看大姨娘生的三小姐，听说跟过去的四个，一个病死了，一个赏给姑爷牵马的小厮，另两个姑爷喝醉酒送了人……就是十一小姐，只怕也不知道自己要落在哪里，更何况是我们这样的人！姐姐，哪条路都不容易走！"

珊瑚嘴角微翕，欲言又止。的确，哪条路都不好走！

她目光中闪过一丝无奈，不由搂了琥珀的肩膀安慰她："好妹妹，大太太在我们这么多人里选中了你，你自是个有福的！"

这样的劝慰既苍白，又无力。

看着琥珀和珊瑚出了绿筠楼，十一娘招了身边的人说话："既然大太太把她拨到我们屋里了，那就是我们屋里的人了。她初来乍到，不免有些生疏，大家要像亲姊妹似的相待才是。"

冬青、滨菊和秋菊、竺香、辛妈妈、唐妈妈都屈膝行礼恭敬地应"是"。

十一娘就笑着端了茶："冬青和滨菊留下，我还有几句话要问。"

秋菊几个屈膝行礼退了下去。

十一娘就指了身边的小杌子："坐下来说话吧！"

知道十一娘不是讲究虚礼的人，冬青和滨菊就一左一右地坐在了小杌子上。

十一娘沉思半晌，这才低声道："你们两人是我屋里的主心骨，趁着琥珀不在，我有几件差事要你们去办！"说着，又语气一顿，"这几件事，暂时你们两人知道就行了。"

言下之意，是让她们别告诉其他人。两人看见十一娘眉宇间露出几分肃然，俱神色一正，异口同声地道："十一小姐放心，我们不会乱说的。"

十一娘点了点头，又沉思了片刻，这才道："滨菊，你和五小姐屋里的紫苑关系不错。这几天就多到她屋里走走，看看五小姐这段时间都在干什么，有什么人去她屋里拜访过她，她又到哪家去串了门。越详细越好！"

滨菊忙点头应"是"。

"你让秋菊帮着打听一下大姨娘和二姨娘当年的事……她是家生子，身边总有人知道这些事。"

既然是让她去吩咐，那就是连秋菊也要瞒着，不让她知道是十一娘要打听两位姨娘的情况。

滨菊立刻应了"是"。

十一娘的目光就落在了冬青的身上："我准备给琥珀办个接风宴，把许妈妈、吴孝全家的、姚妈妈，还有大太太屋里的丫鬟、绿筠楼的丫鬟和娇园的丫鬟都请过来热闹热闹。这件事，就由你来承办。"

"也请几位妈妈？"冬青愕然，"这几位都是大太太身边得力的，只怕是……"意思是，只怕她们分量不够，请不动。

"来不来是她们的事，请不请是我们的事。"十一娘对她的迟疑不以为意，"你听我的吩咐去请人就是。"

也是，不请就失了礼数，横竖不会来，走个过场也好。冬青点了点头。

十一娘又道："大太太屋里的，我去请；三位妈妈那里，你亲自去请；至于娇园和绿筠楼，送个帖子去就成了！"

还是小姐考虑得周到，派了自己去，就是几位妈妈不来，也不至于太伤了颜面。冬青应了一声"是"。

"宴请的时间就定在酉正。宴请的地方，就在大家宴请时常用的暖阁。到时候，你多和大太太屋里的几位姊妹说说闲话，问问大太太屋里这段时间都有些什么事。比如说，大老爷和大爷都给大太太送信来，大太太接到大老爷的信是个什么态度，接到大爷送来的信时又是个什么态度……"听到这里，冬青才恍然大悟。

冬天的日子短，酉正天色已暗，各房的主子也用了晚饭，丫鬟媳妇子不用当差了。把宴请的时候定在这个时间，想来的，自然会来，不想来的，就会找借口不来。谁想来，谁不想来，也就一目了然。

再说这请客的人。自己是丫鬟，却被派去请三位得势的妈妈。娇园住着五小姐，绿筠楼住着十小姐和十二小姐，这都是罗府正经的主子，却只是派送个帖子去。小姐根本就没准备请三位妈妈和三位小姐。

到时候，天寒地冻的，宴席上又只有她们这群大大小小的丫鬟，几杯酒下肚，大家松弛下来，该说的，不该说的，只怕都会说出来……

这样的拐弯抹角，不过是为了知道大太太那边有什么异常罢了。

她又想到琥珀的突然到来……看样子，事情只怕不是仅仅拨个人来那么简单了。再想到琥珀的相貌、年纪……

冬青心里就有了几分烦躁。

她向十一娘保证："奴婢一定把这件事打听清楚。"

听冬青那斩钉截铁的语气，十一娘知道冬青误会了，她纵然想打听消息，但更怕打草惊蛇。

"这件事，能行则行，不能行，也不要勉强。"十一娘尽量让神态显得轻松，"让别人知道了，那就不好了。"

冬青这三年在十一娘身边，怎么不知道她处境艰难。

"小姐放心，不会有人知道的。"

十一娘知道冬青一向谨慎，又见该做的事都已吩咐下去了，能不能成，就是天意了。她紧绷的心也略略放松了些，笑道："既然明天给琥珀接风，拿十两银子给厨房，让她们帮着置办一桌。"

冬青应了"是"。

滨菊笑道:"小姐糊涂了,冬青姐姐已交了钥匙,难道让她自己贴钱不成? 就算冬青姐姐愿意,她也囊中羞涩,拿不出来啊!"

十一娘倒忘了这事,不由得呵呵笑起来。

晚上,等琥珀回来,十一娘把宴请的事跟她说了:"也是想借着这机会让你和其他房里的姊妹们正式见个面。"

短暂的惊愕过后,她很快笑着向十一娘道谢,眼底却有无法掩饰的不安。

十一娘看得分明,眉头几不可见地蹙了蹙。

第二天,十一娘比平常要略早一点去给大太太请安。

大太太正在梳头,知道她来了颇有些意外。

"一天才能打一根络子。"十一娘有些不好意思地解释,"没简师傅打得快。"

大太太眼里就有了笑意,道:"既然这样,那以后你也不用来给我晨昏定省了,好好地把那屏风绣好了,就是对我的孝顺。"

十一娘想了想,恭敬地应了"是"。

大太太知道她有事,赏了碗羊奶子,就让她退了下去。

送她出门的是落翘,她趁机邀请落翘和连翘。

落翘微怔,笑道:"可不凑巧,连翘姐姐病了,大太太身边只有我带着几个小丫鬟服侍,也不知道得不得闲。"

"只是聚聚,"十一娘笑道,"姐姐的差事要紧。大家一个院里住着,以后也有机会。"

落翘也笑:"哪天得了闲我们再去吵十一小姐也是一样。"

两人正说着话,屋里的大太太问身边的小丫鬟:"十一小姐已经走了吗?"

小丫鬟出去看了看,折回来回话:"没有,正和落翘姐姐说话呢!"

大太太点了点头,落翘就撩帘走了进来。

"和十一娘说什么呢?"大太太状似无意地问道。

落翘心中一紧,笑道:"十一小姐中午在屋里摆酒给琥珀接风,请我和连翘去热闹热闹。"

大太太没再追问,转移了话题:"吴孝全怎么说?"

落翘道:"吴总管说,这段时间朝廷传出皇上年后会再对北疆用兵,金价跌得厉害。您兑换的数目又大,一般的钱庄吃不下,有实力的钱庄见您急等着,价钱上更是不会让。这样一算,差价就在四五千两之间,实在是不划算。"

大太太皱了皱眉:"你跟他说,就四五千吧,想办法在明年二月中旬以前都给兑换出来。"

落翘应声而去。

十一娘回到绿筠楼，让滨菊给娇园、十娘和十二娘下了帖儿。冬青则去了许妈妈的住处。

许妈妈不在，她身边服侍的小丫鬟态度敷衍："妈妈回来了我会说一声的。"

冬青本只是尽礼数，和小丫鬟寒暄了几句，转身去了吴孝全家。

吴孝全家的正在吃早饭，听说十一小姐屋里的冬青来了，趿了鞋子就迎了上去："有什么事让小丫鬟来说一声就是，冬青姑娘何必亲自跑一趟？吃了早饭没有？进来添点。"

这样的客气，倒把冬青说得一怔，半晌才回过神来："多谢妈妈。已经吃过早饭了。"然后把来意说了。

吴孝全家的听说她还有事，也不留她，很爽快地应了："跟十一小姐说一声，到时候一定去！"

冬青满腹狐疑地去了姚妈妈那里。

姚妈妈叉了腰站在西跨院的大门口，怕别人听不见似的高声道："请我去吃酒啊？你们十一小姐倒有心，只是我哪有那空闲！大太太刚才还差了我派人把后花园的暖亭都打扫出来，再把地火生了，好过年的时候用。"说着，像赶蚊蝇似的挥了挥手，"到时候再说吧！"

冬青来时就有心理准备，知道她对自己肯定没个好言语，可在一个院里当差，低头不见抬头见，躲也是躲不过的。她只当不知道她的恶意，赔着笑脸："到时候我再差了小丫鬟来请妈妈！"

伸手不打笑脸人。姚妈妈欲言又止，然后冷冷地"嗯"了一声，算是回答了。

旁边却有人笑道："以后你们是一家人了，她又是在主子跟前当着差事，你好歹给她几分颜面，等会儿去吃杯酒就是了！"

冬青身子一僵。有这样的话说出来，肯定是那姚妈妈说了些什么的。

她又想到前些日子姚妈妈提了八色礼品在村里到处问"夏家怎么走""她们家那个在罗府当差的闺女配给我侄儿了，我来走走亲家"，以至于她回去，来家里吃妹妹喜酒的那些三姑六婆，左邻右舍都问她什么时候出嫁……

想到这些，冬青气得胸口发痛，转身去了厨房。

管厨房的曹妈妈看见她，面色不悦："姑娘还是换换菜单子吧。十两银子，买八汤里的那只鸭子绰绰有余，可这入汤的人参、天麻、当归、枸杞……"说着，她眼底闪过不屑，"何况你还点了爆炒河虾、鸡汤氽海蚌、糟银鱼、冬笋玉兰片……姑娘既然给十一小姐当家，也得斟酌斟酌，知道的，说姑娘心大了点，不知道的，还说我们这些人欺负十一小姐不懂厨房的事。"

冬青的脸涨得通红。

上次五小姐请客，也只拿了十二银子，还做了个佛跳墙。她可是照着份子减了量的，怎么到她手里就不够了？说来说去，不过是世态炎凉，瞧着十一小姐没五小姐在大太太面前有体面罢了！

"是我不懂事，还望妈妈不要放在心上。"她强笑着给曹妈妈赔不是，"妈妈看着添减添减吧！"

曹妈妈点点头，转身吩咐厨房的婆子去剁鸭，留下个背影给冬青。

冬青高一脚低一脚地回了绿筠楼，被穿林冷风一吹，才有些回过神来。今天是她们请客，还有好多事要做，怎么放着正事不管，和两位妈妈生起闲气来？

说起来，两位妈妈年纪比自己大，进府比自己早，位分比自己高，自己有什么不好的地方，本来就应该训导自己。想当初刚进府那会儿，规矩没学好，打骂是小，不给饭吃、不让睡觉的时候也是有的，怎么跟了十一小姐几年，倒受不住这些了呢？虽然这么开导自己，冬青心里还是有说不出的难受。

她望着冬雪中的粉墙灰瓦发了会儿呆，这才转身去了今天宴请的地方——绿筠楼前的一个暖阁。

白雪翠绿掩映中，红漆暖阁如一团火似的暖人。

撩开大红罗夹板帘子，热气迎面扑来。

滨菊带着秋菊和竺香刚收拾停当——黑漆座椅擦得铮亮，小机子上垫了银红色团花坐垫，茶几上摆了茶皿，正中并排两个大方桌。

"冬青姐，你看看还有没有什么要添减的地方？"滨菊笑着迎了上来。

没待冬青回答，秋菊已在一旁笑道："我看要供几棵凤梨才好。"

滨菊却道："供凤梨，不如插几枝梅花。"

"可插梅花要开了箱笼拿梅瓶。十一小姐统共三个梅瓶，一个旧窑五彩金泥的，一个汝窑天青釉的，一个官窑甜白瓷的，都是上好的东西。等会儿人多手杂，要是失了一个，那可就哭也哭不回来了。"秋菊有些不服气地辩道。

滨菊不由叹了口气："凤梨、香橼都由管院子的妈妈收着，去拿，还要许妈妈的对牌……还不如开箱拿梅瓶。"

一时间，三人语塞。刚才淡淡的伤悲突然间就化了一阵波涛，冬青不由搂住了十二岁的秋菊："要是有哪天我们能想干什么就干什么就好了！"

中午吃饭的时候，十一娘问冬青请客的情况。冬青一一都说了。

许妈妈没谋面，姚妈妈、娇园、十娘和十二娘的态度都一如从前。也就是说，只有吴孝全家的,突然变得非常热忱起来。

十一娘微微点头,没有作声。

屋里陷入一片寂静。

而站在她身后的琥珀脸上露出了若有所思的表情。

下午申末,吴孝全家的就来了,还带了两坛金华酒:"我是闲人,十一小姐看有没有用得着我的。"

听着这就是客气话,十一娘哪能真的让她去帮忙,忙放下打了三分之二的络子起身招待她。

"别,别,别。"吴孝全家的连连摆手,"您给麻哥打吉祥络子,这是一等一的大事。我有琥珀陪着就行了,您忙您的,我到冬青姑娘那里听她差遣去。"

十一娘也的确惦着这还没有打完的络子,吩咐琥珀陪着吴孝全家的去暖阁。

冬青到厨房里催菜去了,滨菊领着秋菊和竺香在屋里候着客人,看见吴孝全家的进来了,大家都热情地给她行礼。她回了礼,妙语连珠地和滨菊几人聊起来,逗得几人呵呵地笑。

不一会儿,雨桐和雨槐领了白珠、金珠来,看见吴孝全家的,都露出吃惊的表情,吴孝全家的却神色自若地和几人打招呼。

雨桐几人忙收敛了异色和吴孝全家的行礼。

这时,五娘屋里的紫薇来了。吴孝全家的主动上前打招呼。

紫薇满脸惊愕,半晌才回过神来和吴孝全家的行礼。

"妈妈也在这里,真是没有想到……"她喃喃地吐出两句,又惊觉自己失言,忙笑着补救,"我道妈妈是个忙人,却比我来得早。"

吴孝全家的不动声色,笑得一团和气:"我是闲人一个,不像你们,都有差事,丢不开。"

闲人?这人闲得可真是妙啊!一会儿在大太太那里,一会儿在五小姐那里,一会儿又到了这绿筠楼的暖阁……只怕没有比她更闲的人了!

紫薇在心里冷笑,面上却一味笑吟吟的,和吴孝全家的说了几句场面上的话,然后将手里提着的两包东西递给琥珀:"是信阳毛尖。小姐为绣屏的事忙着,让我来给琥珀姐姐见个礼。"

琥珀收了茶叶,客气地请她到一旁坐。

紫薇婉拒了她的邀请:"小姐面前离不开人,偏偏新来的小丫鬟又病了。我就不坐了,改日来和姊妹们聚聚。"

大家都是在主子面前当差的,主子的差事最要紧。琥珀不好强留她,待她向吴孝全家的辞了行,送她出门。

两人走到屋檐下,遇到了被提着红灯笼的小丫鬟们簇拥着的珊瑚、翡翠、玳瑁和杜薇、杜鹃几人。

大家少不得又寒暄几句。

知道紫薇是代表五娘送了茶叶,又因五娘面前没人服侍不能久留,大家说了客气话,复由琥珀代送,珊瑚几个则由小丫鬟服侍着撩帘进了暖阁。

主子分三六九等,丫鬟们也一样,而且还是随着主子分等级。珊瑚几个是大太太屋里的,自然就是贵客。她们到了,气氛又不一样了。

吴孝全家的主动上前来打招呼,雨桐和雨槐主动帮着滨菊待客,或帮着解披风,或帮着挪椅凳,还有的指导秋菊、竺香、白珠、金珠等小丫鬟帮着上茶上点心。一时间,铿锵叮当的玉佩摇曳之声、窸窸窣窣的衣裙摩擦之声、莺莺燕燕的问候之声交织成一片,热闹非常。

又有琥珀送完紫薇回来,珊瑚几个或拿了手帕,或拿了汗巾,或拿了翠花送她,又是一番笑语喧阗。待冬青领着粗使婆子提了食盒来,大家又你推我让,分了主次坐下。

有人撩了帘子探头探脑的。

秋菊眼尖,喊道:"百枝姐姐怎么这个时候才到?"

大家听着望过去,就看见一个身材高挑纤细的女子走了进来。正是十娘屋里的大丫鬟百枝。

她进来就给屋里的姊妹蹲着行了个福礼:"我来迟了,姊妹们多多谅解!"

琥珀和冬青站了起来,雨桐起身拉着她往自己那一桌去:"今天众姊妹都在,你这次来迟了,花言巧语可推托不了,等会儿要罚三大杯才行!"

百枝连连求饶:"好妹妹,我这可是抽了工夫出来的。"说着,从衣袖里拿出一个大红缠枝花的荷包、一个官绿色绉纱汗巾来,"这是我和九香给妹妹的见面礼。"又对冬青福了福身,"今天的酒我们就不吃了,改天我们姊妹两人做东,请姊妹们吃酒。十一小姐那里,也帮我们请个安,说我们姊妹俩多谢她惦记着。"

翡翠见她说得好听,想到上次许了送给自己的荷包上绣个金丝的缠枝花,最后荷包拿到手里,却只闪金丝线,就笑着接话茬:"百枝姐姐,既是改天,不知道改到哪天。"语气里不免带了几分讽刺的味道。

百枝红了脸:"得闲了就请。"她也想在姊妹们面前做人,可实在是做不起这个人。

"也不知道姐姐什么时候能得闲。"翡翠扬着脸,笑望着她,"上次陪着十小姐去给大太太请安的时候,姐姐还许了杜薇那小丫鬟的鞋,到今天我们也没有看见。"

百枝脸上青一阵红一阵,嘴角微翕,只听见一阵嘟囔,却是谁也听不见说了些什么。

珊瑚不由蹙了蹙眉,笑着上前拉了百枝的手:"她是见到铁公鸡都要拔根毛的,我们人人避之不及,偏偏妹妹不知道她这人,撞到了她手里头。"又望了琥珀一眼,"既然妹妹不得闲,我们也不好久留,让小丫鬟们挑几样菜妹妹带回去,也全了姐姐的心意。"

琥珀当着这么多的人,不好出这个头,怕伤了冬青的面子。

冬青却想着大太太发话让琥珀管十一小姐屋里的事,屋里又多是她原来当差的姊妹,自己要给她留颜面才是,也站着没动。

吴孝全家的目光一闪,很快垂了眼睑,手里拿着个酒盅捻来捻去的,像没有看见似的。

这一下,倒让场面冷了。

百枝脸上青一阵红一阵,低声道:"不用了,吃啊喝啊的,什么时候少着了,只是想着姊妹们难得有这样的机会聚聚……"

虽然不知道冬青和琥珀为什么都不发话,可百枝的窘态秋菊却看在眼里。她也顾不得许多,笑着吩咐竺香:"百枝姐姐爱吃煎银鱼,九香姐姐爱吃腊鹅脖子,快开了食盒找出来,好让百枝姐姐带回去。只可怜了我,也爱吃那腊鹅脖子,本想借着九香姐姐的名头吃一顿的……"

大家哄堂而笑。一旁提食盒的婆子听着立刻把两碗菜端上了桌。

百枝看还真有这两碗菜,望着秋菊的目光中就有了几分感激。

大家都不容易……她深有体会。推让了一会儿,到底让秋菊把两个菜各拨了一半放入一个碗里,用食盒装了送百枝出门。

珊瑚就说翡翠:"我们这些姊妹里面,百枝和九香是最难的,何必非要和她斤斤计较。"

翡翠是个性子好强的,又当着这么多的人,嘴里不由嘀嘀咕咕的:"我也没有冤枉她,她当初是许了杜薇鞋子……"

冬青见几个意见相左,怕起了争执,忙高声笑道:"几位姊妹也别光顾说话,小心菜冷了。"

珊瑚知道刚才失言了,笑着接过小丫鬟的酒壶给吴孝全家的斟酒,打趣道:"虽然比不上妈妈平常喝的五两银子一坛的金华酒,但这是十一小姐的心意,到底不同。"

吴孝全家的就笑着点了点珊瑚的额头:"就你是个清楚明白的。"

大家又是一阵笑。

帘子外面却传来清脆的声音:"妈妈说谁是个明白的?"

话音未落,就看见披了件石青色多罗呢灰鼠披风的落翘走了进来,灯光下,她乌黑的头发上闪烁着点点水光。

满屋的人都怔住，片刻后才陆陆续续站了起来。

吴孝全家的目光微闪，已第一个笑道："落翘姑娘来晚了，罚酒，罚酒！"

听到声音，秋菊回过神来，忙上前把落翘解下的披风接在了手里："落翘姐姐，外面下雪了吗？"

大家这才发现，她的鬓角还沾着几朵未化的雪花。

吴孝全家的目光更亮了，而一旁的琥珀脸色却微微有些发白。

"落翘姐，您可是稀客。"琥珀已下位迎了上去，拉了落翘的手让到了自己的位子上，又让竺香重新上碗盏。

那边珊瑚等也都纷纷下了位，都要让自己的座。

冬青却趁着这乱把滨菊叫到一旁："快，去厨房，让曹妈妈做个醋熘鱼片来。"又苦笑，"她一向对这样的事兴致不大，就是五小姐请客，也从不去，谁想到她会来啊！"

滨菊捏了捏衣袖里的荷包，面有难色："这都酉正了，厨房的大灶早熄了，曹妈妈那里……只怕不好说话。"

那边琥珀见冬青叫了滨菊已暗暗留心。她不动声色地叫了滨菊，微微侧了身，把刚才紫薇送的信阳毛尖递与她："等会儿就泡这茶！"

滨菊应声接了，就发现手里一硬，琥珀已塞了个东西进来，入手硬硬的，样子虽小但有些沉。她微微惊讶，不由拿手去捏。

琥珀已朝着她点头微笑："最好烧了热水来泡……"

滨菊已明白过来，朝着琥珀点了点头："妹妹放心，我这就去厨房里让人送些热水来。"

两人相视一笑，竟然有了种因拥有共同秘密而与众不同的亲昵。

落翘酉末时分回到了芝芸院。

小丫鬟们忙上前接了伞，蹲下来给她脱了木屐，把她迎进了屋，又有小丫鬟递了手炉上来。

她摇摇头，吩咐道："打水来给我净个脸，我还要去大太太那里回话。"

小丫鬟们不敢怠慢，忙拿了干净的衣裙让她换上，打了热水来给她净面，重新梳头。落翘看着收拾停当，拿起一旁烧得热乎乎的手炉暖了片刻，这才去了大太太屋里。

三姨娘正带着几个小丫鬟围着堂屋的火盆做针线活，看见落翘，笑道："那边散了吗？怎么这么早就回来了？"

落翘笑道："还没有散，珊瑚几个行令喝酒痛快着呢！"说着，上前打量着三姨娘手中的活，"这鲤鱼，绣得可真鲜活，是给五小姐绣的吧？"

柯姨娘眼底就露出一丝温柔来:"我闲着没事,给她做件综裙,明年开春了正好穿。"

落翘和柯姨娘说了几句,起身上楼去大太太的卧房:"去给大太太请个安!"

"大太太正和许妈妈说话呢!"柯姨娘头也不抬地绣着手中的鲤鱼,"说有事等会儿!"

原话是说"谁也不见"吧? 落翘在心里自嘲地笑了笑,脸上的笑容却十分明快:"旁边肯定有小丫鬟候着,我去露个脸,免得大太太以为我去了哪里,玩得不知道白天黑夜了呢!"

柯姨娘抬头笑了笑:"也是。"复又低下头去做手中的活。

落翘轻手轻脚地上了楼。

楼上静悄悄的,只有个小丫鬟围着火盆,手里拿着个手炉呆坐在楼梯旁。东边卧房的门帘子下透出来的昏黄灯光被拉得老长,映在深褐色的木地板上,有一种孤单的寂静。

听到轻盈的脚步声,小丫鬟猛地抬起头来,看见落翘,她笑起来。

落翘没等她开口,吩咐道:"你去禀了吧! 大太太正等着我回话呢!"

小丫鬟犹豫了一下,放沉了脚步走到了帘子前面禀了。

"让她进来!"大太太的声音里有着掩饰不住的疲惫。

落翘扯了扯衣角,这才走了进去。

平常在屋里服侍的丫鬟婆子全不见了,只在拔步床庑廊上的闷户橱上点了一盏八角宫灯,豆大的灯光照着床前踏脚上大红色五蝠捧寿的绣鞋,四周摆放的红漆高柜此刻都成了黑漆漆的阴影向那灯光扑过来,如噬人的野兽般让人害怕。

"回来了?"大太太倚在床头大迎枕上,白皙的面庞在大红罗帐子旁半隐半现,显得很模糊:"许妈妈,给她个座。"

坐在床边的许妈妈笑着起来端了个小杌子放在了床头。

落翘屈膝行礼向大太太道了谢,虚坐在了小杌子上。

"那边的情况怎样?"大太太坐直了身子,锐利的眸子在黑暗中闪烁着光芒。

落翘顿了顿,才斟酌地道:"我去的时候,见到了吴孝全家的……"她睃了一眼大太太,想看清楚大太太是什么表情,不知道是光线太暗,还是大太太并没有露出什么异样,落翘一无所获,"还有我们屋里的珊瑚、翡翠、玳瑁、杜鹃和杜薇。十二小姐屋里的雨桐、雨槐、白珠和金珠。十一小姐屋里的冬青陪着吴孝全家的,和琥珀、珊瑚坐了一桌,滨菊和秋菊、竺香在一旁服侍着。一共做了四个味碟、四个冷拼、四个热拼、十个大菜、一个汤。我没等席散就回来了,不知道主食是什么。"

"五娘和十娘屋里就没什么动静?"大太太的声音有些冷。

落翘忙道:"听说五小姐派了屋里的紫薇过来,送了两包信阳毛尖做贺礼;十小姐屋里是百枝去的,送了一个荷包、一条汗巾。"

大太太沉默半晌,道:"你退下去吧!"

落翘起身,低头垂手走了出去。

大太太就问许妈妈:"你看呢?"

"太太心里明镜似的。"许妈妈笑容温和,"哪里需要奴婢插嘴。"

大太太叹了一口气,拍了拍许妈妈的手:"到头来,还是只留下我们主仆二人。"

许妈妈动容,眼角有泪水晶莹闪烁:"太太又说泄气话了,您家大业大,子孙满堂,满余杭也找不出比您更有福气的人。"

大太太叹一口气,颓然地倒下,靠了大迎枕上:"也不知道能不能用。"

许妈妈就起来俯身托了大太太的背,把靠着的迎枕抽了出来,缓缓地让大太太躺了下去。

"这世上哪有不能用的人,只看您怎样用罢了!"她声音温和,不紧不慢,有种安定人心的沉稳,"大小姐是我在这世上见到过的最聪明的人,您想的,她一定想到了;您没有想到的,她一定也想到了。您是生她养她的人,我是看着她长大的,这个时候,我们不帮她一把,谁帮她一把?您就是不相信自己的眼光,也要相信大小姐的眼光。何况,大小姐这几年在京里,来来往往的又是那样一群富贵的人,眼光早已不同一般。您啊,只顾把这心放回原处,安安心心地过过舒坦的日子。"说话间,已将被角掖好。

"冬晴,今天你跟我睡吧!"大太太嘴角有了笑意,"我们很久都没有这样说话了。"

许妈妈笑起来:"我也好多年没有睡大太太的床榻脚了,还怪想的。"说着,出去叫小丫鬟卷了铺盖进来。

此时,暖阁正热闹着。冬青朝着滨菊使了个眼色,悄悄回了绿筠楼。

"大太太是午睡后接到大老爷来信的,没一盏茶的工夫,西府的三奶奶来与大太太商量祭田的事,进去通禀的是杜薇。"冬青和十一娘围着火盆坐着,"那天正刮着北风,不知道谁把楼梯间后面的窗棂给打开了,她进去的时候,板帘打在了门框上,哐当响得厉害。大太太当时就一个茶盅砸了过来,差一点就砸在杜薇的头上。"

罗家在老太爷手里曾经分过一次家,老太爷分了原来罗府的东院,老太爷的一个堂弟分了罗府的西院。大家就东府、西府地叫着。

十一娘用火钳拨了拨火盆里烧得红通通的银霜炭。也就是说,大太太接到大老爷来信后,生气到迁怒于撩帘的小丫鬟。

"接到大老爷的信是在吃了晚饭后。"冬青整理着自己听到的消息,"因为大太太下午发了一通脾气,大家都战战兢兢的。当时是翡翠在一旁服侍,接到信后,大太太捏着信什么话也没说,起身在屋子里走了几圈,然后就叫人去请了许妈妈来。两人单独在屋里说

了大半宿的话。"

十一娘愕然，难道大太太是那种越遇到大事越冷静的人？或者，是自己猜错了？不，就算是自己猜错了，大姨娘和二姨娘难道也猜错了？吴孝全家的，难道也猜错了？

想到这里，她不由得起身在屋子里踱起步来。这次宴请，本来就是个试金石。五娘、十娘、十二娘的态度都和平常一样。不寻常的是吴孝全家的和落翘，两人都太热忱，偏偏这两人又都是最能揣摩到大太太心思的人。特别是吴孝全家的，她自己在内院行走，与各房各屋都交好，丈夫又是罗家大总管，管着罗家对外的一切事务。有什么事，她的消息应该是最灵通的。

十一娘不由得停下了脚步。

"吴妈妈呢？吴妈妈有没有什么特别的举动？或者，说了什么奇怪的话？"

冬青微怔，低头沉思半晌，迟疑道："吴妈妈一直在听我们说话……"话说到这里，她突然一震，"对了，酒吃到一半，吴妈妈让我陪她去净房，她嘟着嘴和我说了一些很奇怪的话。"

十一娘不由走过去坐在了冬青的身边。

"说了什么话？"

见十一娘神色紧张，冬青想了一会儿，把吴孝全家的说的话原原本本地重复了一遍："她说：'还是在这里快活。回到家里，常常是一个人，冷冷清清的。我们家那口子，每天忙着拆了东墙补西墙，看我一眼的工夫都没有。偏偏是讨好了这个，就得罪了那个；讨好了那个呢，又得罪了这个。里外不是人。这不，今天一大早就被落翘传到大太太那里去了。回来就愁眉苦脸到现在。不像跟着大小姐去了燕京的卢永贵，几年不见，就在燕京买了宅子，过上了京里人的日子。这真是宰相的门房七品官啊！我呀，懒得看他那个嘴脸，借着这机会到外面乐和乐和，免得他以为我待在内宅就没地方玩去。'"

拆了东墙补西墙……两头不好做人……被落翘传去见大太太……回来就愁眉苦脸……不像跟着大小姐去了燕京的卢永贵……懒得看他那个嘴脸……借着这机会到外面乐和乐和……

吴孝全家的到底想要表达些什么？他们两口子可是大太太的心腹，又有什么东西值得她冒着得罪大太太的风险出头暗示她呢？十一娘陷入了沉思。

"后来我们回到暖阁，落翘已经走了，翡翠正在排揎连翘。"

"哦。"十一娘回过神来，"她都说些什么？"

冬青笑道："您也知道，她们两人一向不对。好像是连翘当差的时候出了什么错，被许妈妈扇了耳光，在脸上留了印迹，这段日子都不能在人前露脸了，翡翠有些幸灾乐祸的样子。"

十一娘再一次陷入了沉思。

第三章　知旧事娇女讨母欢

既然说了要抽出时间打络子,十一娘早上就照着昨天的时辰去了大太太处。

远远地,她就看见了披着猩猩红锦缎披风的五娘——正在屋檐下和柯姨娘说话。

柯姨娘穿了件石榴红十样锦妆花褙子,蓝绿色梅竹兰襕边综裙,秀丽的五官在檐下大红灯笼的照射下比平常显得更为柔美。两人不知道说了些什么,突然间都掩袖而笑。场面十分温馨。

十一娘正寻思着要不要过去,站在台阶旁那株修剪成了大圆球般冬青树旁的紫薇已经看到了她。

她笑着朝十一娘迎了过去:"十一小姐,您今天可真是早!"声音比平常高,在这安静的院子里就显得有些尖锐。

屋檐下的小丫鬟们都望了过来。当然也惊动了五娘和柯姨娘。

就是想躲也躲不了了! 十一娘笑着走了过去:"因为要打络子,所以早点来。"

"难怪我昨天来给母亲请安没有碰到十一妹。"五娘笑道,"我是昨天写了大半夜的字,躺下怎么也睡不着了,在床上翻了大半夜。索性早点起来,到母亲这里来和母亲说说话,没想到竟然碰到了妹妹,等会儿一起走吧!"

有必要这样详细地向她解释吗?

"好啊!"十一娘笑着上前给她行了礼,很关心地道,"姐姐现在好些了没有? 我有时候绣花绣到半夜,明明倦得很,躺下后却睡不着。要几天工夫才能复原。姐姐还是要多多注意才是,免得伤了身体。"

五娘回了礼,笑道:"也就是这两天为了寿礼的事太操心了。"

"外面冷,你们姊妹屋里说话去。"柯姨娘走了过来。

十一娘笑着喊了一声"姨娘",和五娘进了屋。

大太太还没有起来,而且不准备起来,知道她们来请安,只派了个小丫鬟说了句"知道了",就让她们散了。

五娘和十一娘面面相觑,五娘更是焦急地望向了柯姨娘。

柯姨娘也是满脸困惑:"昨天晚上是许妈妈在值夜……"

"怎么是许妈妈值夜?"五娘脸色微变,看了看周围的小丫鬟,欲言又止。

十一娘目光微闪,笑道:"既然这样,那我们就先回去吧!晚上再来看母亲。"

这种情况下也问不出个所以然来。五娘只得收敛了心绪,笑着点头,和十一娘出了正屋。

路上,五娘和十一娘聊着闲话。

"听紫薇说,昨天晚上吴妈妈也去了?"

"嗯。"十一娘笑道,"还送了两坛金华酒。"说着,又笑着向她道谢:"还劳姐姐送了上好的茶叶来。"

"姊妹之间,说这些做什么!"五娘笑着,还欲问什么,有小丫鬟气喘吁吁地赶过来:"五小姐,您今天怎么这么早就去大太太那里了?让我好一通找。要不是遇到了珊瑚姐姐,只怕就要错过了。"

十一娘看着那小丫鬟面生。

五娘就笑着解释道:"这是四弟屋里的小丫鬟倚柳。"

四爷罗振声住在外院,难怪她不认识。既然派了小丫鬟来找,肯定是有什么事。

十一娘了然,笑道:"姐姐也别送我了,我上了回廊就到绿筠楼了。"

五娘想了想,笑道:"那我就不送妹妹了。"

"姐姐请留步。"十一娘笑着和她寒暄几句,然后转身朝绿筠楼去。

一旁跟着的琥珀频频回头,看见小丫鬟在五娘身边耳语数句,两人转身去了正屋。

既然是四爷屋里的丫鬟,怎么又带着五小姐去了正屋?

念头闪过,琥珀脸色微变。那小丫鬟只是说来找五娘,而五娘也只是说那小丫鬟是四爷屋里的,却只字没提这小丫鬟是奉了四爷之命来找她的。只不过这样一番说辞,任谁也会误会,以为这小丫鬟是奉了四爷之命来找五小姐的。

她又想到十一娘来之前五娘和柯姨娘站在屋檐下说话,那紫薇却像在提防什么似的站在台阶旁。她又想到这几天发生的事……不由有些惶恐起来。

琥珀看眼前步履轻盈却带着几分优雅的十一娘,欲言又止。她实在不知道怎么开口好。

回到绿筠楼,十一娘笑着对琥珀道:"我这里人多事少,大家闲着的时候本来就多,你来了,大家就更清闲了些。我今天一天都关在家里打络子,你有什么事,自己办去。过几天,我开始绣屏风了,冬青要在一旁帮忙,这屋里的事就全交给你了。再要走动,就不如现在这样方便了。"

意思是说,你有什么事快去办,等我开始绣花了,你最好哪也别走,保证这屋里的一切事务运转自如。本来,未及笄的小姐,屋里能有什么事?何况因为进了腊月,夫子闭馆回家了,除了晨昏定省,像十小姐那样天天关在家里读书的,可以哪里也不去。

十一小姐这样说,是在告诫她吧? 告诉她和以前的一些事都断了,告诫她以后别乱跑。琥珀深深地吸了一口气,笑着蹲下去行了个福礼:"十一小姐放心,我来这儿之前,已经把事都办好了。您开始绣屏风了,我自然什么地方也不能走。虽然小姐屋里的事少,可吃饭、浆洗、各房之间的应酬也是一样少不了的。"

十一娘微怔。不愧是大太太屋里出来的,真是聪明伶俐,一点就透……说起话来不用费功夫、伤脑筋。

她点了点头,坐到火盆旁的锦杌上开始打络子。

琥珀轻手轻脚地走了出去,叫了冬青进来服侍,自己带着滨菊开始打扫屋子。

滨菊轻声笑道:"二十六才开始扫尘呢!"

琥珀笑道:"那几天小姐已经开始绣屏风了吧,也免得吵到她。"

滨菊笑道:"我们小姐看着不说话,却是个喜欢活泼热闹的,脾气又好,你不用担心。"

琥珀目光一亮,笑道:"哦,我看小姐举止沉稳,还以为是个爱静的。"

"我们家小姐是举止沉稳啊。"滨菊不以为然,"她只是喜欢身边热热闹闹罢了!"

"怎么个喜欢热闹法?"琥珀笑道。

"喜欢养花养草啊,喜欢听身边的人在她面前有说有笑的,还喜欢大家穿鲜亮的衣裳……"

琥珀认真地听着,一一记在心里。

卧房里,冬青也在和十一娘说话。

"滨菊说,五小姐那里没什么异样,和以前一样。"

"应该是这样的。"十一娘手指非常灵活,左弯右绕的,一下子就把一个小蝙蝠的身子打好了,"看那天紫薇的态度就知道了,她之前应该还没有什么察觉。"

"之前?"冬青愕然。

十一娘眼不离手中的络子,点了点头:"之前不知道。不过,刚才去给大太太请安的时候,遇到个面生的小丫鬟,说到处找她,她又向我解释,说是四爷屋里的。这个时候,内宅还没有除钥,她从什么地方来的? 说谎,也要编得合情合理些嘛!"她手略停,抬脸望着冬青,"昨天吴孝全家的来了,肯定让五娘察觉了什么,所以一大早去了柯姨娘那里,看能不能得到些消息。走了又被柯姨娘叫回去,肯定是发现了些什么。你让滨菊继续到五小姐屋里走动。有什么事,也就是这两天的时间了。"

冬青恭敬地应了"是",又道:"今天一大早,大姨娘来了。"

十一娘手一顿:"她来干什么? 人呢?"

"在楼上。"冬青指了指头顶的承尘,"说是来找十小姐帮着抄本经书。"

两位姨娘信佛。五娘虽然字写得好，却不是谁都请得动的。姊妹里，十娘的学问最好，常得夫子夸奖，可她性情急躁，又喜怒无常，并不是好相处的人。在这风声鹤唳的时候，大姨娘的这番举动不免让十一娘隐隐有些不安。

"不过，您也别担心。"今天大姨娘的到来，让冬青觉得很反常，她就留了一个心眼，"百枝和九香跟我们屋里的人交情不错。有什么事，瞒得了一时，也瞒不了一世！"

十一娘笑着点头，打趣道："冬青越来越有管事派头了。"

冬青听着掩嘴而笑，没等笑容到达眼底，目光已是一暗。

十一娘只得安慰她："我还有两年及笄，你也还有两年。"

在罗府待的时间越久，就越能体会到主子那种予生予死的强大。冬青没有十一娘这么乐观，却不想让虽然言语不多却从不曾对她失言的小姑娘感到不快。

"嗯！"她笑着点头，"我们一定能想出办法来。"

十一娘不想和冬青讨论这个话题。在绝对的力量面前，阴谋、手段都变得没有意义。

古时的人早婚，她虽然想用手段为自己找个老实的人嫁了，可一来是潜意识里对这种做法是有些鄙视的，二来没有机会，行事就有些拖拉。

没想到，这个时空的生活节奏虽然慢，但事情的变化却一样快。掉以轻心，活该变得这样被动。

想到这里，她转移了话题："秋菊那边有什么消息没有？"

冬青笑道："今天早上才和秋菊提起，只怕要过两天才有消息来。"

十一娘"嗯"了一声，低下头去专心打着络子。

屋子里安静下来，周围的动静就被放大，一炷香的工夫后，她们听到楼梯间传来不紧不慢的脚步声。

"去看看。"低头打着络子的十一娘突然抬头，吩咐冬青，"看看十姐有什么举动。"

冬青一直惦记大姨娘到来的这件事，十一娘没有动静，她也不好说什么。现在见十一娘让她去探消息，立刻喜上眉梢，笑吟吟地应了一声"是"，轻手轻脚地走了出去。

不一会儿，她折了回来："十一小姐，是大姨娘，她刚走。"

十一娘打着络子的手顿了顿，道："大姨娘走的时候，是什么表情？"

冬青沉吟道："和平常一样，看不出有什么不同的。"

果然是个高手。十一娘在心里暗暗思忖。

楼梯间又传来了轻盈的脚步声。

两人面面相觑。

十一娘低声道："快去看看！"

冬青立刻应声而去，很快折了回来："是十小姐，由竹桃陪着，披了灰褐色锦绸披风，下楼来了。"

十一娘面露沉思。

十娘上下楼，总是会把楼板踏得"咚咚咚"直响，今天怎么一反常态，脚步这样轻柔？还有，她既然出门，不带百枝，不带九香，怎么带上了小丫鬟竹桃？或者，与大姨娘的到来有关？

念头闪过，十一娘已道："你去看看，看十小姐这是去哪里。"

冬青点头，轻手轻脚地走了出去。

十一娘打完了一个蝙蝠，冬青才回来。

"十一小姐，十小姐去了四姨娘那里。"她表情有些凝重，"我原想跟过去，听听四姨娘和十小姐说了些什么，但四姨娘身边的丫鬟守在屋外面，我没敢靠近……"

三年前，十娘把十一娘推倒在地，当着外面的人，大太太说是"地上滑，十一娘不小心摔着了"，可当着大老爷，却发了一通脾气。她说大老爷纵容妾室，几位小姐不仅养成了飞扬跋扈的性情，而且没有半分手足之情，更没有小姐气度。大老爷不敢反驳。

四姨娘杨氏是当时大老爷在陕西做参政时的上峰所赐，等大太太知道有这么一个人的时候，四姨娘不仅已经怀了身孕，而且还打理着大老爷的俸禄和家中送去的体己银子。大太太一寻思，就将身边最漂亮的婢女吕氏送了去。大老爷一见，果然喜欢。吕氏很快有了身孕。孩子还没有生下来，大太太就抬了吕氏做五姨娘。谁知道，五姨娘虽然漂亮，却是个性格懦弱的，没几个照面，就被四姨娘压了下去。大太太见了，就又从婢女中间找了年轻漂亮的鲁氏送到了大老爷身边，生了十二娘。当时，大老爷已经任福建布政使了，她们三个，也都是跟着父亲在任上长大。因为出了这件事，她们被安置在了绿筠楼，由大太太派了身边得力的丫鬟婆子亲自管教。而教女不严的四姨娘杨氏则被大太太罚跪祠堂。天气冷，在祠堂前铺着青砖的空地上跪了一夜，四姨娘就病了，被移到了双杏院旁一个两间的厢房里养病。这一养，就三年。在这三年间，十娘去看四姨娘的次数一只手的指头都数得完。没想到，大姨娘一走，她竟然会去四姨娘那里。

要说这是巧合，十一娘无论如何也不相信。

何况，那四姨娘还在两人谈话的时候让婢女守在门外。

她指间飞快地翻飞："你去找个扁方的匣子，等会儿把我打好的两根络子装进去。"

冬青微怔："您要去亲自去给大姨娘、二姨娘送络子？"

十一娘答道："我是要去给大太太请安，顺便送这络子罢了。"

十一娘到的时候，大太太屋里已欢声笑语。

紫薇和紫苑扯着一幅字画站在大太太面前，五娘倚坐在大太太身边，指点着字画：

"您看，这个字好看不？是我仿的古篆。还有这个，是仿王羲之的行草……"

大太太微笑着点头，不停地点头，好像很满意眼前的这幅作品似的。看见十一娘，大太太就朝她招手："来，看看你姐姐写的这百寿图。"

这么快就写好了！十一娘心里暗暗奇怪，笑吟吟地给大太太问了安，又和五娘见礼："这是给做绣样的吗？姐姐好快啊！"

五娘给十一娘回礼，笑道："想着要给大姐家里送寿礼，我这也是急赶出来的。就怕有写得不好之处，连累了妹妹也绣不好。"

"我倒看不出有什么不好的。"十一娘笑着打量五娘写的字。

六尺见方的一张宣纸上，楷、隶、篆、行、草……字体各异，大小不一，琳琅满目，让她不由暗暗吃惊。姑且不论这些字功底如何，单单这份用心，已让人佩服。没想到，五娘的书法已经到了这种程度。

大太太也笑："我看着也觉得写得好！"

"多谢母亲夸奖。"五娘笑着谦虚了一番。

大太太就让紫薇和紫苑把字画给十一娘："就照着这个绣吧！"

十一娘屈膝应"是"，琥珀忙上前去收字画。

大太太就指了琥珀手中的匣子："这是……"

十一娘笑道："那是给麻哥打的络子。"

大太太听了眼睛一亮，道："拿来我看看。"

琥珀听着，忙将匣子打开，递了过去。两根代表五行的白、蓝、黑、红、黄五色的丝线色彩斑斓，静静地躺在大红绒的匣子里。仔细看时，才发现两根丝线是被编成了攒心梅花的络子，中间缀着五个枣大的蝙蝠。

"真是精巧。"大太太把在手里啧啧称赞，"不说别的，就凭着这两根络子，十一娘的女红在杭州府也算是屈指可数的了。"

五娘听着目光一闪。

十一娘已笑道："女儿能打出这样的络子来，也是因为母亲远从杭州府给我们请了师傅来。"

大太太听着，眼底流露出几分欣慰："给两位姨娘送去吧，免得天色晚了。"

十一娘笑着应了，正要屈膝行礼退下，有小丫鬟来禀，说十娘来了。

大家都露出惊讶的表情，就是大太太，也挑了挑眉角。

自从三年前她陪着四姨娘跪祠堂受了风寒得了哮喘后，一到冬天，大太太就会免了她的晨昏定省。

十一娘想到来之前所发生的事，心里不由得有些忐忑，总觉得十娘的突然到来不是那么简单的一件事。

"快让她进来,免得吹了冷风又喘起来!"大太太吩咐那小丫鬟,语气却带着几分鄙夷。

屋里的人个个左顾右盼,装没听见。

很快,小丫鬟就领着十娘走了进来。

十一娘微怔。她连衣服都没有换就直接从四姨娘那里来大太太这里了……

小丫鬟小心地帮她解了披风,露出半新不旧的草绿色柿蒂纹缂丝褙子来。

"女儿拜见母亲。"十娘给大太太跪下。

大太太受了她的全礼,这才抬了手:"这么冷的天气,你怎么来了? 要是冻坏了,我怎么能安心。"说着,吩咐身边的许妈妈:"给十小姐煨杯姜汤来。她身子骨弱,不比五娘是石头缝里蹦出来的猴儿,风吹雨打都不怕;也不比十一娘,北风还没有刮,她棉衣棉裙就穿到身上了,不用我操心。"

她说话的时候笑吟吟的,语气也很关心,可听在十一娘耳朵里,却有种异样的感觉。

五娘听着已是拉着大太太的衣袖撒娇:"女儿如今已经长大了,母亲还拿这话排揎女儿,女儿可不依。我怎么就是石头缝里蹦出来的,十妹您就捧在手心里,十一妹就乖巧得让您不用操心。"

"你看看,摇得我头昏,不是猴儿是什么?"大太太笑着抚额。

大家都应景地笑。

十一娘却是上前和十娘见了礼。

十娘平日里紧绷的脸上有了一丝笑容,让她清丽的眉目如夏花般盛放,有种动人心魄的惊艳。

十一娘看着心中一紧,想到了第一次见到四姨娘时的情景。

那时候也是冬天,四姨娘穿着件颜色鲜亮的草绿色柿蒂纹缂丝褙子,外面披了件白貂披风,手里是宝蓝色珐琅开光花鸟手炉,施施然地走了过来。

她刚醒过来,蒙蒙眬眬间,还以为自己睡糊涂了,梦到古仕女图中的美人走了下来。直到四姨娘那温暖的柔荑轻轻地抚在了她的额头上,她这才有了真实感。

十一娘还记得她当时满脸爱怜:"可怜的孩子,都是我们家十娘的不是,我待会儿就让她来给你赔罪。"

说这话的时候,四姨娘柳叶般的黛眉微微蹙起,好像很担心的样子。只是,四姨娘还没有走出她的院子,就被许妈妈叫去了大太太的屋里。从那以后,她就再也没有见过四姨娘了,也不知道她现在是怎样一副模样了。

念头闪过,她打了一个寒战。十娘穿的这件衣裳,就是当年四姨娘穿过的,不过已经

旧了。

十一娘不敢多想,十娘已和她寒暄:"妹妹也在这里!"

"正要去段姨娘和袁姨娘那里。"当着大太太,十一娘从来不称段氏为大姨娘。

十娘笑着点了点头。

十一娘已趁机向大太太告辞:"母亲,那孩儿就去姨娘那里了。"

大太太的注意力已全被十娘吸引,有些心不在焉地点了点头。

十一娘如释重负,忙带着琥珀退了下去。

门帘子垂下来时,她听十娘笑道:"女儿想到天冷,也不知道母亲身体如何,特意过来看看。"

她不由加快了脚步。

琥珀也不作声,跟着十一娘匆匆离开了大太太处,这才叫住了十一娘:"小姐,您还是把披风披上吧!"

十一娘这才放缓了脚步,去了两位姨娘处。

堂屋正面有三尺见方的神龛,供着观世音趺坐像,像前一尊小小的三足泥金香炉,供着三支伽南香。

袅袅香烟中,观世音菩萨正用慈爱悲悯的表情注视着芸芸众生。

听丫鬟通禀,说十一娘亲自来送络子了,两位姨娘联袂而来。

大姨娘表情温和中带着亲昵,高声吩咐彩霞:"快,快给十一小姐上茶!"二姨娘瘦削的脸上也露出了几丝笑意,指了一旁的太师椅:"坐下来说话吧!"

十一娘笑着给两位姨娘行了礼,半坐在了太师椅上,示意琥珀将匣子交给两位姨娘,谦虚道:"也不知道合不合意。"

大姨娘亲手接了匣子,未看已笑道:"合意,合意,怎么会不合意!"

丫鬟们上了茶,大姨娘笑吟吟地道:"我今天一早去绿筠楼,听说你在打络子,就没有打扰,去了十小姐那里。"

自己既然亲自把络子送来,就是要借这个机会说清楚一些事。对方既然一点不忌讳,也有挑开窗户说亮话的意思,再兜圈子,就显得矫情了。

十一娘微微笑:"听说您去了十娘处,我让冬青去请,谁知道您已经走了。我想着络子打好了总要送过来,就没让她去追。"

大姨娘笑容慈祥:"我去了五小姐处。"

十一娘忍不住心中的惊讶,嘴角微翕,正思忖着要说什么好,大姨娘已叹道:"你们年轻,以前的一些事不知道。你们大姐的婆家永平侯徐家,祖籍河北,因从龙有功,得了世袭罔替的爵位,评了开国十将,配享了太庙。正安年间,徐家因卷入'郑安王谋逆案'被夺爵,延年年间虽然复了爵,声势却大不如前。老太爷在京为官之时,与徐家老侯爷交好,就把你大姐许给了徐家。那时候,徐家二小姐只是个无权无势的简王妃,姑爷读书不多,又上有哥哥下有弟弟,在禁卫军任个七品的营卫,大太太不太愿意。谁知道,时来运转。先是姑爷的哥哥病逝,姑爷得了爵位,大小姐成了永平侯夫人。后来简王登基做了皇帝,封徐家二小姐为皇后。姑爷又先后平了苗司和北疆之乱,封了大将军,做了正三品的都督。这样的富贵,却不是人人都能享的。"

话说到这里,大姨娘的眼中有了几分冷意。

"大小姐第一胎小产了,徐家老夫人做主,先是把大小姐进门前姑爷房里的两个通房秦氏和佟氏的药停了,后又为姑爷纳了扬州文家的大小姐为妾。第二年,秦氏生了儿子,抬了姨娘;文姨娘虽然没有秦氏的福气,但也生了个女儿。而我们家大小姐呢,却几年也没一点动静,就将贴身的婢女秋罗收了房。好不容易,秋罗也怀了身孕,第二年生了个儿子,可孩子没足月就夭折。为了这件事,我们大太太不知道求了多少神,拜了多少佛,大小姐不知道寻了多少秘方,吃了多少服药,终于在成亲的第八年有了喜讯。谁知道,孩子怀到第七个月,早产了,生了个孱弱得连大哭几声的力气都没有的儿子,取名叫谆哥。"

十一娘不由轻轻地"啊"了一声。

在罗家仆妇和这些姊妹的眼中,罗元娘一直是个遥远的存在。相貌出众,才情过人,嫁给了当朝权贵,又生了嫡子。世间能想到的一切幸福,在她身上都能找得到。可没想到……更让她没有想到的是,号称"江南四大巨贾"之一的文家,竟然同意让女儿给永平侯做妾室。

她又想到那天二姨娘的话:"谆哥是嫡子,却不是世子。"会不会,这就是内幕呢? 十一娘觉得嗓子眼发干,想问,又不知道该怎样开口。

"到底是没足月的,就是人参燕窝地喂着,也不比秦氏生的儿子,欢蹦乱跳不说,还聪明得很。三岁能识文,五岁能断字,七岁就会策论,如今刚刚九岁,说是明年就要下场考秀才了。"说着,大姨娘深深地瞥了十一娘一眼,"所以,我们的大小姐这几年简直是寝食难安,身体自然也就不可能好了。"

徐家真是复杂。十一娘在心底苦笑,沉吟道:"文家怎么会答应把女儿送给别人做妾? 这也太失颜面了吧?"

一直没有出声的二姨娘却冷冷地"哼"了一声,语气讽刺地道:"颜面算什么? 是能吃,还是能喝? 文家有了这层关系,今年才拿下了内府的瓷器生意。比起瓷器上的利润,颜面算什么?"

十一娘欲言又止。正如二姨娘所言,颜面既不能吃,又不能喝,可关键的时候,它却

能让人挺直了脊背,克服没有吃、没有喝的窘境。

但她不是来和两位姨娘辩驳的,也没有要去改变别人观念的想法。她淡淡一笑,道:"这样说来,我们府上的秋罗有文家的小姐做伴,也还不算孤单。"

实际上是委婉地问大姨娘,为永平侯生过孩子的秋罗怎样了。

大姨娘也是个聪明人,立刻笑道:"秦氏是从小在徐家老夫人身边调教的,文氏是嫡女,我们秋罗虽然漂亮,可是这女人只靠漂亮就行,那又怎么会有'门当户对'的说法呢?"说着,掩嘴一笑,眼角眉梢竟然就有了几分妩媚。

也就是说,秋罗连个姨娘都没能到手。

十一娘脸色微变。这两位姨娘虽然年华已逝,容颜憔悴,但举手投足中无意间流露出来的风情却也能让她猜到她们当年的美艳。连她们都落到这样的下场,不正是"女人不能只靠漂亮"的最佳论据吗?她不由得轻轻叹一口气。

"可我们罗家是官宦之家,世代书香,老太爷累官至内阁大学士,不是文家世代商贾可比拟的。"十一娘进一步求证,"点长命灯,也不是普通的佛事吧?"

"没想到你还知道点长命灯的事。"一直冷着脸的二姨娘眼中就有了浓浓的笑意,"前吏部侍郎马子夫在陕西做参政的时候,曾有外室妇携子归,先帝还不一样称他'居官甚好,才品俱优',何况你们三个都是没有上族谱的呢!"

这下子,十一娘再也掩饰不住心中的悸动,脸色唰的一下变得苍白。

"没上族谱?"她从来不知道自己是没有上族谱的。

大姨娘长叹一口气,望着她的目光就有了几分悲悯:"你们刚从福建回来的时候,二老爷、三老爷也带着家眷从任上回来,家里本来事就多,正好你又跌倒……大太太可能忘记了吧。"

十一娘心情复杂地回到了绿筠楼。

她让冬青去打探了一下消息,百枝说,十娘自从下午出去后就没再回来。

十一娘听了,静静沉默了半天,让琥珀将五娘写好的字展开给冬青看:"我给你一夜的时间,你用明纸描一幅。"

虽然不知道十一娘要做什么,冬青还是像以前一样恭敬地应了。

十一娘没再说什么,由琥珀服侍着歇下。

第二天一大早,冬青顶着个黑眼圈将她交代的差事交了。

十一娘拿过来仔细看了半天,然后点头笑道:"冬青的画功越来越好了。昨天辛苦了,快去休息吧!"

冬青应声退了下去,十一娘写了一封信,然后将信和明纸一起装进信封封好交给秋菊："你把这个送到杭州府简师傅处。"又让琥珀给了她五两银子，"万万不可让别人知道。"

进了冬月，简师傅就回杭州过年去了，明年三月才会回罗府。

秋菊接过信装在了怀里："小姐是为了绣屏风的事向简师傅请教吧？我一定不会告诉别人的。"

她有个哥哥在马苑当小厮，和给罗家运货的那些船夫关系都非常好。

十一娘没有多做解释，笑着去了大太太那里。

"昨天晚上好好地睡了一觉，等会儿回去就要开始绣屏风了。"尽管她今天来得比昨天还早，但她还是见到了五娘。

大太太立刻让人给她上羊奶子，待她喝了，又让她安心绣屏风，晚上不用来请安了，还强调："把那屏风按时绣好了才是真正的孝顺。"

上次她也说过这样的话，看样子，大太太倒不是假意。

十一娘思忖着，就笑着应了，和大太太略聊几句，就回了绿筠楼，开始聚精会神地绣屏风。

过了几日，大太太派了人来给十一娘做春裳。

冬青愕然。做春裳，是有定制的，要在二月初二之后。现在，还没有过年呢。

十一娘知道后只是抬头问了一句："是只给我做，还是大家都有？"

来量衣的人笑道："自然是人人都有。不过，大太太说，十一小姐今年个子长了不少，让我们给多做几套。"

十一娘听了，就有些心不在焉地点了点头，然后低下头去继续绣屏风。

琥珀听了却很是不安，拉了滨菊："趁着小姐身边有冬青服侍，我们去趟五小姐那里。我以前在大太太处，与紫薇和紫苑相处得不多。我现在是十一小姐屋里了，和几位小姐屋里的人还是多多亲近些才好。"

滨菊对她的说法还是很支持的，和琥珀去了五娘那里。

五娘早交了差事，天天腻在大太太处，琥珀她们去的时候，她并不在。

接待她们的是紫薇。她笑吟吟地给两人上茶："琥珀妹妹可是稀客！"语气里有亲昵，却没有敬重。

以前，琥珀是大太太的人，现在，是十一娘屋里的人。大家都一样了。不，凭在大太太面前的体面，十一小姐哪里及得上五小姐！

琥珀哪里听不出来，她淡淡地笑："原是想让五小姐帮着拿个主意，没想到五小姐去了大太太处。"

紫薇微怔。

琥珀解释道:"你也知道,我们家小姐这段日子大门不出二门不迈,一心一意绣屏风。偏偏今天早上大太太叫了针线上的嫂子们来给十一小姐量衣:四件绫衣、六件褡子、四件挑线裙子、一件综裙、一件月华裙,外加四件亵衣、四件亵裤、六双鞋、十二双袜……以前都是冬青姐姐帮着打点。这次冬青姐姐帮着十一小姐做绣活,我不好打扰。想着五小姐最有眼光,就是大太太做新衣裳,也常让五小姐帮着参谋,就想让五小姐也给我出个主意。"

紫薇望着琥珀神态中一闪而过的得意,在心里冷冷一笑。她这哪里是来讨主意,分明是来炫耀的!

"不如照着我们家小姐做。"紫薇的表情淡淡的,"今天早上针线上的嫂子们也到了娇园,说是奉了大太太之命来给五小姐做春裳。我们家小姐去见大太太,也正是为这件事。一来要给大太太磕头谢恩,二来是想听听大太太的意思,做哪样的质地,哪样的颜色好。"说着,她端起茶盅轻轻地呷了一口,笑道:"说起来,琥珀妹妹是在大太太身边服侍的,又专管那首饰衣裳,帮十一小姐的衣裳拿个主意,还不是手到擒来的事!"

滨菊听了不由蹙眉。大家不都说琥珀性情温和敦厚吗?怎么到了绿筠楼,却说出这样轻狂的话来!

"就是想来问问五小姐都做了些什么颜色。"滨菊笑着接了话茬,不想让琥珀再说出什么得罪人的话,"免得大家重复了,总是不美。"

紫薇念头一闪,笑道:"我们家小姐的意思,绫衣就月白、茜红、松绿、姜黄各做一件,半臂和褡子就得配着这颜色,一件玫瑰红、一件石榴红、一件大红、一件葡萄紫、一件草绿、一件藕荷色。至于裙子,挑线裙子就做白色,两件做襕边,两件不做襕边。综裙做豆绿色,月华裙做真紫。至于亵衣、亵裤、鞋袜,自然与平常一样。"

一边听她说,滨菊一边暗暗地记在心里。

"我们小姐还想做两件主腰,两条月华裙。"紫薇目光闪烁,"大太太特意吩咐了刘家嫂子帮着做。"

刘家嫂子,是罗府针线上手艺最好的。

"说起来,也是因为我们家小姐没有十一小姐那手在杭州府都屈指可数的好绣工,"紫薇掩袖而笑,"要不然,何至于惊动刘家嫂嫂,她可是我们大少奶奶的陪房。"

这分明就是在告诉她们,十一小姐有的,她们五小姐有;她们五小姐有的,十一小姐未必就有。

滨菊脸色发青,却并不怪紫薇说话尖锐,只怪琥珀做人张扬。

"五小姐和我们家小姐一个师傅学艺,只是我们家小姐爱女红多一些,你们家小姐爱书法多一些罢了。"她笑着说了几句奉承五娘的话,就起身告辞,"你这边也忙,我们还要帮十一小姐挑料子、选颜色。"

紫薇也不留她们,不冷不热地送出了门。

路上,滨菊想到琥珀的来处,只得强忍着怒气,委婉地和琥珀说起刚才的事来:"我们家小姐一向是个柔和的性子,有什么好东西,自然先让了姊妹,特别是这些吃吃穿穿的,一向不讲究也不看重。"

琥珀听了笑道:"都是我不好。没想到一句无心之话,竟然把紫薇姐姐给得罪了。她不会怪我们吧?"说出来的话却没有一点担忧。

滨菊知道她没有把自己的话放在心上,在心里暗暗叹一口气。自己没有这资格说她,小姐总有资格说她吧? 可小姐当务之急是绣屏风,怎好在这个时候让她分心? 还是等这屏风绣好了再说吧。实在不行,以后自己多看着她一点就是。

转念间,两人已下了回廊。

琥珀笑着对滨菊道:"姐姐要是有事就先回吧! 我去刘家嫂子那里一趟。"

滨菊愕然:"你干什么?"

琥珀笑道:"你不是说要帮小姐挑料子、选颜色吗? 不去刘家嫂子那里看看,又怎么帮小姐挑选呢?"

滨菊急起来:"你明知道我说的是应酬话,怎可当真? 我们屋里的人一向不在外走动,你要有什么事,待回去禀了小姐再说。"

琥珀笑道:"小姐一心一意做屏风,我们怎可为这样的小事打扰小姐。"说着,也不待滨菊发话,转身匆匆往西边去,"姐姐放心,我去去就来!"

滨菊跺了跺脚,赶上前去硬把她拽回了绿筠楼:"我也不是拦着你,只是要禀了小姐才行。"

十一娘正在绣荷包。冬青和十一娘一样,也在绣荷包。

她一边绣,一边抱怨:"今年大家都知道您在赶绣屏风,不送也不会怪您失礼。"

自从十一娘的女红略有小成,每年春节前她都会绣上一大堆荷包,到了大年三十的晚上送给来祭祀的罗家亲眷。

十一娘笑道:"我就是绣寿屏绣累了,换个手罢了。"

冬青忙放下手中的活要扶她去床上躺着:"要是累了,就歇歇。"

十一娘正要笑着推辞,小丫鬟禀说琥珀和滨菊来了。

两人微怔,立刻收敛了笑容。十一娘坐到了绣架前,冬青去撩了帘子:"什么事?"

滨菊和琥珀走了进来,把琥珀要去刘家嫂子那里的事说了。

十一娘望着满脸坦荡的琥珀,沉思了片刻,问她:"为什么要改?"

琥珀笑道:"小姐的身量还小,皮肤又细如凝脂、吹弹欲破,我就想给小姐选几件质地柔和、颜色素雅的绢绸做春裳……"

没等她说话,十一娘已点头:"你原是母亲屋里管衣裳首饰的,自然比我们有眼光。这件事,你做主就是了。"

琥珀笑着应声而去。

滨菊叹气:"小姐,您不知道,五小姐这次的春裳,都选的是些颜色鲜亮的,要是我们依琥珀所言,全做些颜色轻柔素雅的,岂不是和五小姐打擂台吗? 这可是您最忌讳的。"

十一娘听着一怔,问滨菊:"五姐都选了些什么颜色?"

滨菊细细地说了。

十一娘听着笑了起来:"你有什么可担心的。可别忘了,这件事,全是琥珀做的主。"

滨菊隐隐已有些明白,但还是觉得这样有些不妥。她迟疑道:"可不管怎样,她现在是我们屋里的人,我们总不能让她这样乱闯吧?"

十一娘听了却若有所指地笑了起来:"她可不会乱闯。"

滨菊还欲说什么,一旁看着的冬青已笑着上前:"现在及时把绣屏绣好才是正事。其他的,以后再说吧!"

她自然不好再说什么,屈膝行礼退了下去,但心里到底是放不下,坐在宴息处听着外面的动静,想问问琥珀去刘家嫂子那里的情况。

不一会儿,她听到辛妈妈和人打招呼:"琥珀姑娘,你回来了?"

滨菊就站起来整了整鬓角,静坐在那里等琥珀进来。脚步声渐走渐近,却从门外而过。

滨菊一怔,起身撩帘朝外望,就看见琥珀转身进了套间。套间有楼梯到楼上的十娘处。

难道她是要去十小姐那里不成? 念头掠过,她暗暗吃惊,想到刚才琥珀在五娘那里说的话,她更觉得自己所猜不错。

犹豫片刻,滨菊跟了过去。

刚上了几阶,她就听到了琥珀的声音:"仅是袜子就做了十二双。"

然后是百枝强打起精神的应酬:"十一小姐是长身子的时候,不像我们家小姐,每年都做,几箱子手都插不进去了。"

"谁还少了衣裳穿不成!"琥珀笑道,"不过是添几件图个新鲜罢了!"

"是啊!"百枝的声音已有些勉强,"只是我们家小姐脾气怪,做衣裳,还不如买几本书回来让她高兴!"

"这样说来,十小姐这次没有做衣裳了?"琥珀的声音里隐隐有些兴奋。

滨菊听了大怒,在楼下喊琥珀:"小姐等着你去回话呢!"

琥珀不再说什么,笑着下了楼。

滨菊面带愧色地向百枝道歉:"她是大太太屋里的……"

没等她说完,百枝已握了她的手:"妹妹什么也别说,我心里知道。"

"许是针线上的事多,要分次数做。"她不由得安慰百枝,"过两天针线上的人就要来给十小姐量身了。"

百枝却是苦笑:"府里小姐们添衣裳都是有定制的,我还怕她们不给十小姐做不成?只是,十小姐是大的,却让十一小姐给跃到前头去了……我们本就艰难,以后只怕日子更难过。"

不是有句诗叫"本是同根生,相煎何太急"吗? 认真说起来,她们和十小姐相比不过是从地上滚到了竹席上——高了一篾片罢了。所以十一小姐才会对十小姐那样地容忍。谁知道,琥珀却是惹事的主,搅得大家不安宁。

滨菊带着怨怼去了十一娘处,正好看见琥珀在和十一小姐说做衣裳的事:"先帮您和五小姐做了,十小姐那里还没开始。只是不知道十二小姐是随着您后面做衣裳呢,还是随着十小姐后面做衣裳。"

十一娘的眸子明亮,只是微笑。滨菊却是脸色发青,那天晚上在暖阁宴客时对琥珀生出的好感立刻烟消云散了。

冬青看着情况不对,给滨菊找差事:"我要帮着小姐分线、做荷包,你去趟许妈妈那里。小姐连夜赶绣屏,这银霜炭用得多,让她给我们多拨一些。"

滨菊只得点头去了。

十一娘就拿起了针线,表示自己要开始绣花了。

琥珀只当没有看见,拿起火钳把火盆里的炭拨了拨,笑道:"我还听说,这几天十小姐在给大太太抄佛经,说是想赶在过年前写好,让大太太能在初九观世音菩萨的诞辰日之时带到慈安寺供给观世音菩萨呢!"

十一娘听了微怔:"那大姨娘处……"

"听珊瑚姐姐说,正是因为大姨娘求十小姐抄佛经,十小姐这才想起大太太也是那信佛的人。"琥珀笑道,"十小姐还说,以前年纪小,大太太宠溺着她,她也不知道。如今长大了,又跟着夫子读了书,这才知道大太太的好。大太太听了,还说'人从书里乖',如今十小姐也知道好歹了。"

十一娘眼底闪过诧异:"她当着大太太说的这番话?"

琥珀给火盆里加了两块炭,笑道:"自然是当着大太太说的这番话。当时,珊瑚姐姐

就在一旁服侍呢!"

没想到,十娘竟然开始低下头去奉承大太太了。只是,临时抱佛脚,会不会太迟了些?

十一娘思忖着,琥珀又道:"说起来,这几日大太太那里真是热闹。五小姐从早到晚都陪在大太太身边,十小姐又不时地去凑个兴儿,就是十二小姐,也比平常走得勤,晨昏定省后,常常陪着两位姐姐说话儿,逗得大太太笑得合不拢嘴。"

十一娘愕然,继而苦笑,就这样还是个香饽饽不成……

琥珀仔细地打量着十一娘的神色,嘴上却没有歇:"这天色也不早了,我去看看秋菊的饭提回来了没有。小姐这样辛苦,怎么也得弄点好吃的才是。我下午再去趟刘家嫂子那里,看看她们什么时候做十小姐的衣裳……我们也好有个准备。"

十一娘笑起来:"也是,我们也好有个准备。"

琥珀听着眼睛一亮,璀璨得像夏夜星辰:"小姐,那我就去准备了。"

十一娘点头。

琥珀脚步轻盈地走了出去。竺香来了。

她屈膝禀道:"小姐,五姨娘来了!"

十一娘很是意外。想当初,她刚醒没多久,有天夜里突然被一阵哭泣声惊醒,张开眼睛一看,竟然有个白裙曳地的绝色女子坐在她床前抹着眼泪。她当时就呆了,还以为自己又遇到了什么匪夷所思的事,吓得不敢动弹。待听到冬青和她的对话,她这才知道这女子竟然是自己这一世的生母吕氏。

看到她只敢偷偷摸摸地对女儿表示关心,十一娘立刻就对这个我见犹怜的女子生了怜悯之心。

后来又见五姨娘把自己的金饰剪成一小截一小截地拿给冬青,让冬青给她买人参、燕窝之类的珍贵药材补身体,她更是感动。

所以,在明白了自己的处境和大太太的为人后,她就和五姨娘保持着一定的距离。

她可不希望惹怒了大太太,牵连到这个性格懦弱、身如浮萍的女子。而五姨娘,自从感觉到了十一娘对她的疏远后,虽然神色黯然,但还是毫无怨言地配合着她的决定。没什么事,决不登十一娘的门。

她来,肯定是有什么事。

"快请姨娘进来!"十一娘虽然心里很焦急,脸上却不露半分,笑吟吟地嘱咐竺香。

竺香忙把五姨娘请了进来。

冬青上前给她行礼。她有些心不在焉地点了点头,问十一娘道:"你这屏风还要多长时间才能绣好?"

看着她一副忧心忡忡的样子,十一娘一怔,道:"姨娘可是要我帮着做什么绣活?"

"不是,不是!"五娘忙否认,随后又一副欲言又止的模样。

十一娘就朝着冬青使了个眼色。

冬青笑着带竺香退了下去:"我去给姨娘沏杯茶。"

五姨娘胡乱点了点头,见两人退了下去,没待十一娘开口,已道:"你就是太实在,总是吃亏。"

十一娘听着有些摸不着头绪。

"你天天在家里绣这个什么屏风,五小姐和十小姐却陪在大太太身边。你也要多个心眼才是!"

要论心眼,只怕这府上少有比五姨娘迟钝的了!十一娘忍不住笑起来。

没想到,连一向不理世事的五姨娘都知道这段时间五娘和十娘很得大太太的欢心,为自己急起来。

五姨娘看着她笑,嗔怪道:"你别总是把我的话当耳边风,我全是为了你好。"说着,眼睛一红,"说起来,都是我不好。你这样伶俐的一个人,偏偏托生在我肚子里……"

这又不是自己能选择的!十一娘忙掏了手帕给五姨娘擦眼泪,又安慰她:"看姨娘说的,我要不托生在您肚子里,哪有今天这样的好日子过。您别哭了,您说的我都知道。说起来,绣屏风也是尽孝。大太太是个明白人,一定会知道我的苦心的。"

五姨娘听了情绪好了很多,道:"也是,大太太心如明镜似的,什么好,什么不好,什么错,什么对,她一向是清清楚楚的。"

生母对嫡母一向评价很高,十一娘早已习惯。五姨娘喝了冬青上的热茶感觉好多了,起身告辞。

十一娘亲自送五姨娘出了绿筠楼,抬头却看见滨菊和秋菊两人站在绿筠楼外一个十二级台阶的八角凉亭里说着什么。秋菊的表情有些不屑,滨菊的表情却很是严肃。

琥珀不是说要去督促秋菊提饭吗?怎么秋菊却在这里和滨菊说话?

她不由抬头看了看天空,大朵大朵的乌云像破絮似的飘在空中,使得光线有些阴暗,看不出是什么时辰。

两人也看见了十一娘,联袂过来给五姨娘行礼。

五姨娘和两人说了几句闲话就由小丫鬟扶着回去了。秋菊也和滨菊散了:"我提食盒去。"

"小姐,我有话跟您说。"滨菊眼底闪烁着欢愉。十一娘看着心中一喜,不由低低地道:"是不是姨娘……"

滨菊点头。

两人重新出了绿筠楼,站到了刚才滨菊和秋菊说话的凉亭。这里视野开阔,有人来,一眼就可以看见,不容偷听。

"秋菊回去问了她娘。"滨菊正色道,"她娘说,大姨娘是家生子,不过父母早逝,靠着一个叔叔过活。后来叔叔娶了婶婶,容不下了,这才想方设法进府当了差。因为人长得漂亮,性情又温和,就被去世的老太君放在了大老爷的屋里。家里上上下下的人都很喜欢她。而二姨娘却是当年发大水的时候逃难逃到我们这里来的,自卖为奴,进了府里。她先是在外院扫地,不知道怎么就搭上了原来的大总管牛安理在账房里当管事的外甥,借着牛大总管的势,从外院调到了内院的花房,专管暖房里的花。没几日,又趁着给老太君送花的机会得了老太君的欢心,把她调到了大老爷屋里。两人在大老爷屋里待了五六年,从三等丫鬟做到一等大丫鬟。大太太进门后,就做主将两人收了房。"

牛安理是吴孝全的前任。吴孝全做了总管后,他要求脱籍,全家迁到了扬州。不过,牛安理虽然离开罗家十几年了,罗家的仆妇偶尔提起他时语气间都是亲昵。看得出,他在罗家的人缘关系很好。

十一娘却听着眉头微蹙。这样看来,大姨娘有些老实,二姨娘有些心机。不管是哪种,在罗府从来不缺这样的人。

"小姐,还有一件事。"滨菊的声音压得很低,"秋菊说,她娘说起二姨娘的时候,很是鄙视。"

十一娘听着精神一振:"可知道是为什么鄙视?"

"说二姨娘是个狐狸精,把牛大总管的外甥给害死了!"

十一娘吃惊地望着滨菊。

"牛大总管的外甥一直等着二姨娘放出来,结果,二姨娘却被大老爷收了房,牛大总管的外甥一气之下,就跳了井。秋菊的娘还说,牛大总管的走,也与这件事有些关系。"

事情远比十一娘想的复杂。她决定以静制动,对自己屋里的下了禁足令:没什么事的话全都待在屋里,就算是有相好的来约,也不许出去。

五姨娘那里,她派了冬青去,说自己要绣屏风,让五姨娘没什么事就不要来绿筠楼了。

还好十一娘屋里的人早就习惯了她的低调,五姨娘也早已习惯了女儿的疏离,就是琥珀,对十一娘的命令也表现出了足够的恭顺,每天只在宴息处陪着秋菊、竺香做些针线,说说话儿。

她们这边寂然无声,外面却笑语喧阗。

一会儿五娘给大太太画了幅观世音的图,那图上的菩萨嘴脸竟然和大太太一样。大太太极喜欢,让人挂在了自己宴息处。西府三奶奶来的时候,还特意领了三奶奶去看,让三奶奶好一番夸奖。一会儿是十娘陪着大太太念经,慈安寺的住持慧真师太来看大太太,十娘竟然能和慧真师太讲经,慧真师太直夸十娘是观世音座前的玉女转世,喜得大太太合不拢嘴,当场就将自己最喜欢的一串沉香念珠赏给了十娘。一会儿是十二娘,用绢纱做了各式的绢花送给大太太,大太太当时拿在手里,一时分不出是真是假,还用手摸了摸……只有十一娘,不声不响地待在屋里绣屏风。

别人都好说,辛妈妈和唐妈妈回到自己的住处,却常听到十娘和十二娘屋里的妈妈眉飞色舞地讲自己家的小姐是如何在大太太面前露脸,又是怎样讨大太太欢心。特别是十娘屋里的两位妈妈,以前十一娘虽然风头不如五小姐,但比起十小姐来,那也是一个天上一个地下,她两人也常常叹息十娘性子太犟,自己跟错了主子。谁知道,十小姐一夜之间像是开了窍似的,不仅把十一小姐压了下去,就是五小姐,如今在十小姐面前也不像从前那样目中无人了。两人突然看到了希望,话里话外自然也都是这些事。更有十二小姐屋里的两个妈妈在一旁笑道:"说起来,我们家这几位没有出阁的小姐,十二小姐年纪小,不能算在其中,五小姐、十小姐、十一小姐,瞧那身段眉眼,最漂亮的要数十小姐了。只是她以前身子骨弱,在大太太面前走动得少,如今全好了,又有不输那青女、素娥的才情,大太太自然是十分喜欢。"

十娘屋里的两个婆子听着欢喜,拿了五百文出来让厨房里添菜,请她们吃酒,还道:"终是有了扬眉吐气的一天。"听在辛、唐两位妈妈耳朵里,全不是个滋味。

两人知道冬青陪着十一娘在绣屏风,不敢去找,拉了两个小丫鬟说事:"说的是初一、十五去请个安。可你想想,接这屏风的时候已过了初一,只在十五去给大太太请了安。等到下个初一,又是新年,大家都要去给大太太请安的,这就吃了一次亏。等到十五元宵,又是个全家欢聚的,这就又吃了一次亏……这样一次两次,等到能天天晨昏定省的时候,只怕那屏风早就绣完了。"

秋菊也急,苦着脸:"有什么办法?难道还让小姐丢了那屏风不管不成!你也不看看,小姐每天晚上绣到亥初才歇下,寅末就起来,哪里有工夫啊!"

竺香生母早逝,父亲续弦,继母虽然不曾打骂她,却从来也没给过一个好脸色。要不是她生母曾经和五姨娘一起在大太太屋里服侍过,五姨娘念旧情,她纵然有机会进府当差,也不可能分到小姐屋里,还拿三等丫鬟的月例。

看到大家都很担心,沉默寡言的她不由安慰大家:"姐姐和妈妈们别急,大太太只让给五小姐和我们十一小姐做了衣裳,这样看来,还是我们小姐在大太太面前更有体面。"

正好琥珀来找秋菊,让她去提食盒,听了竺香这番话,不由暗暗点头,索性不作声,看她们都说些什么。

"大太太不是说,快过年了,家里的事多。等忙过了年关,再做十小姐和十二小姐的

衣裳吗?"辛妈妈咕噜道,"这是什么体面?"

"妈妈糊涂了!"秋菊已回过神来,满脸是笑地解释,"我们家小姐能越过十小姐先做衣裳,说不定这就是大太太在补偿我们小姐这些日子的辛苦给的体面呢。妈妈们以后别听那几个婆子嚼舌头。"

辛妈妈和唐妈妈都觉得两人说得有道理,不住地点头:"难怪小姐让我们少和别人说话,少和别人来往,想来是早就算到了会有这样的事。"

琥珀正听得入迷,突然有人在她身后高声喊道:"琥珀姑娘!"

她回头,就看见一个面目清秀的三旬妇人带了一个十七八岁的丫鬟正笑吟吟地站在门口,两人的手上还各捧了一个靓蓝色粗布包袱。

想到自己刚才偷听被这两人看见了,琥珀羞得满脸通红,快步迎向前,走了一段距离才高声笑道:"刘家嫂子、含笑姐,你们怎么来了?"

"我们来给十一小姐送做好的春裳。"那妇人笑道,"没想到刚进门就看到了琥珀姑娘,这可太好了。"

琥珀忙帮着刘家嫂子和含笑撩了帘子:"还劳烦两位亲自送来。"

"我们也是奉了大太太之命。"刘家嫂子和含笑进了屋,将包袱放在了屋子正中的圆桌上,"说是让我亲自交到姑娘手里。"

琥珀忙给刘家嫂子和含笑斟茶。

刘家嫂子拦了她:"不用了,我手里还有大把的活计要做,实在是不能得闲。等过几日闲了,再来看十一小姐就是。"说着,竟然执意要走。

琥珀和滨菊心里都觉得有些奇怪,又见刘家嫂子留不住,只得送她们出了绿筠楼。

回到屋里,打开包袱一看,两人都怔住了。

如桃花般轻柔的醉仙颜,如雨过天晴般清澈的天水碧,如皓月般皎洁的玉带白,还有似白而红的海天霞色……无一不是只在大太太身上见过的稀罕料子。

两人面面相觑,抖开了放在最上面的一件葱绿色褙子:对襟,平袖,膝长,收腰,冰梅纹暗花,衣缘饰月季花蝶纹织金绦边,胸前钉三颗白玉扣。

两人同时倒吸一口冷气。这样新式的样子,这样精致的工艺,她们从来没有见过。

琥珀像拿着个烫手的山芋般,忙把散开的包袱重新系起来:"快,放到小姐的箱笼里去。"

滨菊的脸色也有些白。小姐曾经说过,枪打出头鸟。想不被人打,最好不做那出头的鸟。这件衣裳要是穿出去了,只怕不是出头鸟,是开屏的孔雀了。

她忙捧了另一个包袱和琥珀一起进了卧房。

"你们这是怎么了?"冬青坐在十一娘身边,帮着她把细如发丝的丝线再一分为二,而十一娘飞针走线，头也没抬一下。

滨菊把手中的褙子抖给冬青看："这是刚才刘家嫂子送来的，说是新做的春裳。"

"怎么会这样？"冬青的声音有些发颤。

十一娘闻言不由抬起头来，看见那件褙子，她也怔住。

琥珀就上前几步，在十一娘耳边把刚才刘家嫂子说的话一五一十告诉了十一娘。

十一娘听了沉默半晌，起身道："我试试，看这春裳合身不合身。"

琥珀忙上前帮十一娘脱了小袄，穿着绫衣把那褙子套在了身上。

十一娘站在镜台前，摸着胸前的白玉扣长叹一口气："你们说，我的脸色是不是比以前差了不少？"

冬青和滨菊怔住，仔细地打量着十一娘的脸。

琥珀却笑道："要不，您用点胡粉？据说，这是宫里的东西，市面上十两银子一盒。我们大太太就是用的这种粉。"

十一娘黝黑的眸子闪了闪，又道："要不我剪个齐刘海吧？"

琥珀又笑道："大太太最不喜欢有人剪齐刘海的，说是把脸挡了一大半不说，还显得畏畏缩缩的。听说以前五小姐最喜欢剪齐刘海，大太太让人做了倒梳给五小姐用。"

十一娘笑了笑，脱了褙子让琥珀收起来："这既然是春裳，当然要在春季的时候穿。"

离春季虽然有些日子，但春节很快就到了。

第四章　贺寿辰二娇齐进京

扫尘、祭灶王、祭祖、守岁、拜年……十一娘只在守岁的那天晚上去吃了个团圆饭,初一大早去给大太太拜了个年,其余的时候都在屋里绣屏风,春节的喧嚣自然也就与她无关。到了正月十五元宵节,罗家和往年一样,晚饭的时候吃了汤圆,留了各处守夜的婆子和护院的,各屋的丫鬟、媳妇子都放了。秋菊也跟着杜薇她们走百病,只是回来的时候腰间多了一个荷包。

十一娘把荷包里简师傅绣的那幅百寿图拿出来摊在桌上,又望了望绣架上那幅自己只完成了一半的作品,轻轻叹了一口气。

"小姐,那我们还要不要继续绣下去?"冬青有些犹豫地道。

"当然要继续绣下去。"十一娘笑道,"虽然我不管是绣技还是速度,与简师傅相比都相形见绌,可你发现了没有,我现在绣出来的'寿'字相比刚开始绣出来的'寿'字是不是有了很大的提高?"

冬青掌了灯,仔细看了半晌,点头道:"是与以前不同些,感觉您针脚比以前更平整细密了。"

十一娘点头笑道:"所以说,这也是磨炼绣技的机会。"

冬青笑了笑,道:"那小姐今天早点睡吧。有了简师傅帮着绣的这幅百寿图,您到时候也有交差的东西。"

这段时间日日夜夜盯在寸尺见方的地方,眼睛都有些痛起来。难怪好些绣娘年过三旬眼睛就瞎了。这真是一碗吃青春饭的差事。像简师傅那样,专门到富贵人家传授绣艺,虽然是一条不错的出路,但对绣艺的要求也十分高。

十一娘思忖着,笑道:"今天就早点睡吧,好歹是正月十五元宵节,别人出去狂欢,我们也给自己放个假吧!"

冬青掩嘴而笑,亲自服侍十一娘歇下,安排竺香值夜,这才回到了自己的住处。

她进门的时候,滨菊和秋菊两个人都没有睡,正窝在滨菊的床上看她攒的花样子,讨论着明年做春裳在挑线裙上绣什么样的襕边好看。

看见冬青进来,秋菊立刻机敏地跳下床迎了上去:"小姐歇下了?"

冬青点了点头。

秋菊给她打了洗脸水："简师傅送了什么东西给小姐？"

冬青笑道："就是写了封信来问候小姐一声。"

秋菊眼露艳羡："小姐和简师傅的关系真好！"

"那是自然。"冬青笑道，"要不然，跟她学艺的人这么多，怎么就只把双面绣的绝技传给了我们小姐呢！"

秋菊点头，道："冬青姐，你说，要是我好好服侍小姐，让她把这绝技也传给我，小姐会不会答应？"

"这个我也不好说。"冬青笑道，"不过，平时府里有谁来请教女红，小姐也是尽心帮忙的。你要是真感兴趣，不如哪天问问小姐。"

秋菊点头。三人歇下无话。

第二天寅正时分，天空还没有一丝光亮，辛妈妈和唐妈妈已经起床，到了厢房旁的小厨房烧好了热水。寅正三刻，十一娘起床，滨菊服侍盥洗，秋菊已经熬好了白粥，十一娘就着一碟笋脯、一碟酱黄瓜吃了小半碗粥，就坐在绣架前开始绣字了。

眼看着窗外天色渐明，有小丫鬟来禀："十一小姐，大太太让您现在就去趟芝芸馆。"

十一娘愕然。这个时候，大太太传她做什么？心中疑惑，手脚却不敢慢半分，让冬青赏了那小丫鬟一把窝丝糖，进屋换了件衣裳，她带着琥珀去了大太太处。

走到屋檐下，她就听到了五娘欢快的笑声。

看样子，大太太的心情不错。十一娘心中略定，一旁的小丫鬟已撩了帘子禀道："十一小姐来了！"

屋里的人收敛了笑声，十一娘进了屋。

大太太穿了件丁香色蝴蝶葡萄纹妆花袄，笑吟吟地坐在堂屋的罗汉床上。五娘穿了件月白色竹节纹小袄，身姿婀娜如风拂柳般立在床踏上，脸上的笑容还没有散去，嘴角眉梢都洋溢着愉悦。

看见十一娘进来，她掩袖而笑："正说着妹妹，妹妹就来了！"

十一娘笑着上前给大太太行礼。

大太太就指了床边的一个锦杌："坐！"

十一娘笑着虚坐在了锦杌上。

五娘就有些迫不及待地笑道："十一妹，母亲要带我们去燕京看大姐。"

十一娘吃惊地望着大太太。

大太太对十一娘的惊讶很是满意，笑着点了点头："年前，你们大姐派了嬷嬷来给我请安。说你们祖父母都已去世，大老爷如今在燕京候职，你们的大哥又准备进国子监读书,趁着这机会,让我也去趟燕京,一家团聚。"说着,大太太叹了口气,"说起来,自从你们大姐嫁人后,我也有十几年没见着了,心里怪想的。听她这么一说,还真动了心思。偏偏你们大姐怕我丢不下家里的这些人事,频频写信催我去燕京。我一合计,正好四月份逢着徐家太夫人过寿,我去给太夫人拜个寿也不错。想着一个人去也没什么意思,就想把你们两人也带去见识见识。"

该来的事终于还是来了……十一娘心里反而平静了。

"十一妹,"五娘满脸是笑,"我们可有福气了。"

十一娘脸上露出犹疑之色,嗫嚅地道:"屏风还没有绣完呢……"

大太太笑道:"我原准备只送礼去,现在既然带了你们去拜寿,以前准备的寿礼就有些寒酸了。屏风就暂时放一放吧!"

十一娘恭敬地应了声"是"。

"我们过完年就启程。"大太太笑道,"你下去收拾收拾吧!有什么要添要减的,让许妈妈帮着置办就是。"

十一娘笑着站了起来:"平日母亲赏了不少,在我看来,也没什么可置办的。只是我眼皮子浅,想请许妈妈去我屋里看看,有没有什么不妥当的。毕竟是去大姐家给大姐的婆婆拜寿,体面上的事还是要顾着的。"

大太太听了连连点头:"我的儿,你说得对,这可不是你们一人的事,还有你们大姐的体面。"说着,直接叫了许妈妈进来:"把老吉祥的掌柜叫来,给两位小姐都添些头面首饰。"

许妈妈笑着点头。

十一娘又问了些进京要注意的事项,看着五娘在一旁有些不耐烦了,这才起身告辞回了绿筠楼。

她前脚刚踏进门,吴孝全家的后脚就跟了过来,手里还提了个小罐:"十一小姐,我有个事想求琥珀。"

十一娘自然不会拦着,笑道:"妈妈有什么吩咐只管叫她去办就是。"

"也不是别的。"吴孝全家的指了指手中的小罐,"知道您要去燕京,我想让琥珀帮着把这罐糟鲞带给大小姐的陪房卢永贵。"

十一娘面露难色:"还不知道大太太那边怎样安排的……"

没等她的话说完,吴孝全家的已笑道:"大太太带许妈妈去,内院的事托给了姚妈妈,外院的事托给了我们家那口子。连翘病着,就留在家里了,落翘和珊瑚几个都去。您和五小姐,各带两个大丫鬟、两个小丫鬟、两个粗使的婆子……"

十一娘在心底苦笑。她屋里有三个大丫鬟,琥珀却是大太太赏的,怎么也得把她带上,难怪吴孝全家的来求琥珀帮着带东西。

"既是这样,就让琥珀帮着跑一趟吧!"吴孝全家的话已经说到这个份上了,再拒绝,只怕吴孝全家的会有想法,"只是不知道我们到时候怎样找这个卢永贵。您也知道,我们毕竟是女眷,又是去徐家做客。"

"小姐放心,我不会做那糊涂事。"吴孝全家的忙笑道,"这卢永贵帮着大姑奶奶掌管着陪嫁的产业,平常在外面跑得多,在家里待着少。您到燕京要走二十来天,等您到的时候,都开春了,他只怕早就出了门,您到时候让琥珀把这交给卢永贵的弟弟卢永福就行了。卢永贵的父亲原是账房的大管事,我们家那口子,当初多亏有他老人家帮着照顾,所以两家走得很近。卢永贵上次回余杭,说就这糟鳌好吃,我原是答应了给他糟些的,可燕京山长水远的,我也没人带去。因是您跟着去,我这才起了这心思。"

十一娘笑道:"那这个卢永福又怎样找?"

吴孝全家的答道:"他如今在永平侯府的马厩里当个小管事。那里是外院,您到时候拉个小厮一问就知道了。"

十一娘笑着应了,让冬青把东西收了。

到了下午,五娘和十一娘要陪着大太太去燕京的事就传开了。

十一娘屋里的气氛却有些压抑。带两个大丫鬟、两个小丫鬟、两个粗使的婆子,小丫鬟和粗使的婆子好说,这大丫鬟,带谁去好?

十一娘决定去大太太那里。

毕竟这话只是出自吴孝全家的,就算大太太真有这打算,在她没有宣布之前,还是有机会为她屋里争取一个名额的。

打定主意,十一娘站起来,门前的帘子突然毫无征兆地被撩开,十娘那张宜嗔宜喜的脸出现在十一娘的眼前。

"好,好,好。"她一副气极而笑的模样缓缓地走了进来,"你可真行! 去燕京……"

十一娘见十娘面色狰狞,乌黑的眸子里像有两团火在烧,又想到她曾经把自己推倒在地丧了性命,不由心中一悸。可这个时候,却不是退缩的时候,你越是退缩,别人就越觉得你懦弱。

她笑吟吟地望着十娘:"母亲是有这么一说,也不知道什么时候走。姐姐可是有什么东西要我捎带?"说话间,十一娘背脊挺立如松,竟然有了一股凛然之气。

十娘一怔。十一娘却不敢把她逼得太紧,要是两人真闹起来,不管是谁对谁错,总会给人心胸狭窄、尖嘴薄舌之感。大太太知道了,虽然会怪十娘脾气暴烈,更会怪自己不懂处理这些矛盾。说不定,还会让自己在大太太心目中的形象大打折扣。

她示弱着退后几步,笑道:"姐姐难得下楼来,我这里也没有什么好招待的。上次宴请,五姐送了我两包上好的信阳毛尖,姐姐知道我是个不懂茶的,我喝也就是牛嚼牡丹,姐姐不如尝尝味道如何。要是觉得还顺口,我让冬青给百枝送去。"

十娘不由冷笑:"到底不同,竟然还有信阳毛尖!"眼底的怒气却少了几分。

十一娘望着她笑容亲热,然后把身上的披风解下来递给琥珀,一副诚心待客的模样,又吩咐冬青去沏茶,让滨菊把自己常用的那个灰鼠皮的坐褥拿来垫到杌子上,好让十娘坐。

十娘的脸色微微一霁。

谁知道,接过披风的琥珀眼珠子一转,笑道:"十一小姐,大太太差人传您去的……要不,我去跟珊瑚姐姐说一声,说您立刻就去,让她在大太太面前暂时帮您打个掩护?"

十一娘心里暗暗喊糟。十娘平日里最听不得有人拿大太太来压她。

只是她呵斥琥珀的话还没有说出口,十娘已脸色一变,上前一步就要把她屋里那黑漆圆桌掀了。这圆桌是紫檀木的,很沉,她连使了两次力都没能掀翻,索性衣袖在桌上一扫,茶具器皿"哗啦啦"落地碎了一片。

十娘的动作很快,琥珀几个看得呆若木鸡。

十一娘不由呻吟。各屋里的器皿都是要上册的,按着四季更换,桌上摆的这套粉彩十样锦的茶具最少值十两银子,她是要赔的。

这念头一闪,十娘已挽着衣袖朝她冲来。

十一娘知道,十娘这拳头要是打下来,除非像以前一样,把自己打个半死,要不然,这"没有手足之情"的大帽子十娘固然要被扣上,自己也跑不了。她刚想抬手护着头,眼角扫过冬青惊恐的面孔,心中一动。

如果自己真的被打了,是不是就可以不用去燕京了? 一瞬间,她硬生生地压住了用手护头的本能。

"十小姐,你不顾自己,总要顾着四姨娘才是!"

在琥珀焦急的叫喊声中,冬青已一把将十一娘拽到了自己的身后,帘子一晃,百枝和九香冲了进来,一左一右地挟了十娘,让十娘不能动弹。

"狗东西,你们眼里还有我这个主子吗?"十娘鬓角青筋凸起,满目赤红,像困在笼子里的野兽,样子十分吓人。

百枝的脸色更不好看,她朝着十一娘点了点头:"十一小姐,我们家小姐失礼了,等会儿我们再来给您赔罪。"

九香也满脸歉意地朝十一娘点了点头,然后两人拽了十娘就走。

十娘一边叫骂,一边挣扎着,扬起的脚踢翻了一旁的小杌子。百枝和九香却是一言不发,只管奋力架着十娘往外走。

她们两人俱是高大的个子，十娘很快被架了出去。

"你们两个小娼妇，那小蹄子给了你们什么好处，你们要帮外不帮里……"

"十小姐，"百枝的声音有些沮丧，"您也不用骂，我们只是不想落得碧桃和红桃的下场罢了！"

十娘的声音戛然而止。

据家里的妈妈们说，碧桃和红桃都被打得半死，然后被卖到了娼寮，她们都是从小服侍十娘的。

"十小姐，您就消停消停吧！"百枝的声音里透着疲惫，"您这样闹了有什么好？大太太就会正眼瞧您，还是四姨娘就能从那破厢房里搬出来？说起来，您今年也十五岁了，嫁得早的，都是做母亲的人了，您怎么还一点也没长进……"

声音渐行渐远，半晌，十一娘屋里的人才回过神来。

"小姐，您没事吧？"冬青拉了十一娘的手，有些激动地上上下下打量她，"您怎么也不避一下？这要是一巴掌打上去了，非破相不可……"

她的话音刚落，门帘子毫无征兆地被撩开，一张笑眯眯的圆脸出现在大家的视线里。

"哎哟，这是怎么了？十一小姐发好大的脾气啊！"

"许妈妈！"屋里的人都微微变色，冬青更是张口欲解释。十一娘已狠狠捏了一下她的手，笑吟吟地迎了上去："妈妈真是稀客！"

许妈妈眼珠子一转，把屋子里的情况看了个遍，这才笑着向十一娘福了福身，道："大太太吩咐我到五小姐和十一小姐屋里看看，看有没有什么要添的东西。没想到，五小姐那里缺两支上等的狼毫笔，您这里，倒是缺一套粉彩的茶盅。"说着，抿着嘴笑起来。

十一娘也笑："那就有劳妈妈帮忙记着，到时候给我们添上。"又绕过地上的碎瓷把她迎进自己的卧房，"妈妈进来喝杯茶吧！"

许妈妈看也不看脚边倒的小杌子，神色自若地跟着十一娘进了卧房。

琥珀忙指挥着竺香上茶上点心，冬青则领着滨菊和秋菊打扫宴息处。

许妈妈端起茶盅喝了一口茶，竖耳听宴息处的动静，竟然只有轻微的窸窣声。她不由得暗暗点头，想必冬青和滨菊看到有客人，所以蹲在地上用帕子包着手在捡碎瓷。

许妈妈放了茶盅，琥珀忙将早已准备好的账册递了过去："妈妈请看。"

"那我就不客气了。"许妈妈笑着，将账册摊在了一旁的茶几上，然后从衣袖里掏出一个小小的匣子，打开，拿出副眼镜仔细地看起来。

十一娘却想着十娘。据说，当年四姨娘从福建回来的时候立刻将手中的账册全交了，在太太面前循规蹈矩不越雷池一步，要不是十娘把自己给打了，大太太还真找不到发落她的借口。这样缜密的人怎么会养出十娘这样一个鲁莽到无知的女儿来呢？

两人各有心思沉默不语,许妈妈翻账册的沙沙声让屋子更显静谧。

良久,许妈妈抬头,笑着将眼镜放进匣子,重新装进衣袖:"正如小姐所言,大太太平日赏的东西就多,要是日常用度,也就不用添什么了。只是这次进京,是去大姑奶奶家里给徐家太夫人祝寿,到时候,满堂富贵,我们比不得皇室贵胄,可也不能太寒酸。大太太已经在老吉祥给十一小姐订了一套珊瑚玳瑁贝壳头面,一套珍珠赤银头面。我又瞧了十一小姐前几日做的春裳,倒是正好,不用添置什么了。只是不知道十一小姐还有什么想添的东西没有?"

十一娘笑道:"我也没什么想添的东西了。"

许妈妈听了就笑着站了起来:"既然如此,那我就去回了大太太了。"

十一娘站起送客:"有劳妈妈走一趟。"

"十一小姐总是这么客气。"许妈妈笑应着,和十一娘告辞,去了大太太处。

"怎样?"大太太半倚在卧房的贵妃榻上,面无表情地望着屋里蹑手蹑脚收拾箱笼的丫鬟们。

许妈妈犹豫了片刻。

大太太起身:"你跟我来。"

许妈妈应了一声"是",和大太太去了楼下的宴息处。

"怎么?两个小丫头都提出了要求?"大太太的目光有些冷。

许妈妈忙给大太太斟了一杯茶,笑道:"两位小姐的东西我都看了看,平时您赏得多,又新做了春裳,也没什么要添的。私下里呢,五小姐提出来要买两支好狼毫,也不过是五十两银子的事。十一小姐倒是什么也没提……不过,我去的时候,却遇到了一桩事。"

不愿意当着屋里的丫鬟说出来的事,自然不是普通的事。大太太"哦"了一声,坐直了身子,一副侧耳倾听的样子。

许妈妈上前两步,压低了声音:"十小姐到十一小姐屋里闹事,把屋里的东西都砸了。我进去的时候,佯装不知的样子看着十一小姐,说,十一小姐好大的脾气。十一小姐却避而不答……太太,您开始选十一小姐的时候,我还有些不大乐意,觉得不如五小姐,有个兄弟在家里。现在看来,她倒真是个宅心仁厚的。"

"宅心仁厚有什么用?"大太太苦笑,"总归不是自己生的……"

许妈妈欲言又止,到底没有作声。

两人沉默半晌,大太太叹一口气,强打起精神来:"好了,说不定是我们虚惊一场呢!等到了燕京再说吧。对了,我让吴孝全准备的东西他可准备好了?"

许妈妈迟疑片刻,道:"一共九万六千四百两银子。"

大太太脸色微变。

许妈妈已急道："我去看了账册……大老爷临走时拨了五万两银子在身边……"

没等她的话说完，"哐当"一声，原本被大太太端在手里的掐丝珐琅三君子的茶盅已被砸得粉碎。

一时间，芝芸馆正屋内外鸦雀无声。

许妈妈眼角微红，连忙撩了帘子吩咐外面的人："没事，大太太失手落了个茶盅，你们来个人收拾一下。"

玳瑁走了进来，用帕子包着手，将地上的碎片都拾在了小匣子里，然后悄无声息地退了下去。

"唉！"大太太低低叹一口气，"我的脾气越来越坏了。"

"泥菩萨还有三分土性呢！"许妈妈笑着道，"何况这次是大老爷做得太过分了。"

大太太的目光直直地盯着脚下还残留的茶水水渍："我嫁进来这么多年，他是什么也不管。我赚多少，他就能花多少。这我也不说，赚钱本是为了花的。可他倒好，在外面养妓包娼，还嫌我啰唆……还说什么要不是我'与更三年丧'，早就容不下我了。"

"大太太，"许妈妈忙打断了她的抱怨，"夫妻口角，哪句话伤人就拾了哪句说。大老爷一时的气话，您何必放在心上？"

"我怎能不放在心上？"大太太虽然声音压得低，但神色激动，"他要是因我教子无方，或是治家不严教训我，我也没什么话可说。可你看，他做的都是些什么事，竟然看中了儿媳妇贴身的婢女，还是国丧家丧两重孝。我要是答应了，儿子、媳妇的脸往哪里搁？亲家那里，我又拿什么颜面去见他们？他竟然打这主意，哪里还是个人！"

许妈妈眼角的泪水也忍不住滴落下来，她何尝不替大太太不值……可这个时候，就是有千万怨怼也不能当着大太太透露一点半点，免得火上加油。

"您和大老爷这么多年的夫妻，大老爷的性情您还不知道？"许妈妈劝道，"大老爷就是个怜香惜玉的个性。不过是和屋里的姊妹们吵了几句，竟然跑到外院的小花园里去哭，谁都看得出来那小蹄子不安好心。就是大奶奶知道了，不也是涨得面红耳赤，当天晚上就将那小蹄子送回了娘家。大太太，谁是谁非，大家一眼就能明白……"

"呸！"大太太目光凌厉，"蝇蚊不叮无缝的蛋。那小蹄子在那里哭，怎么不见大爷去那里劝？怎么不见三爷去那里劝？偏偏他就去了……"

许妈妈还欲说什么，大太太已摇手："你不必说，我心里明白着呢！论才学，他是建武三十九年的两榜进士、庶吉士；论才干，吏部考绩他连续五年得'优'。可你看，他在福建一待就是九年，为什么借了老太爷以前的官位都升不上去？就是因为他行为不检，多次受御史弹劾。"说着，大太太拉了许妈妈的手，眼泪涌了出来，"他要是个好东西，我早让他把你收了,你也不至于嫁给许德成,落得个年少守寡的下场。我们的命怎么都这么苦!"

许妈妈想到成亲三个月就坠马而死的丈夫,再也忍不住,掩着嘴小声低泣起来。

两个人哭过后,都觉得心情平静了不少,许妈妈亲自打水服侍大太太重新梳妆,又端了热茶给大太太,说起自己一直有些担心的事来:"您把家里交四爷管,姚妈妈负责内院的事,吴孝全负责外院的。我们又一去大半年,只怕……"

大太太冷冷地一笑:"我就是给他们个机会,看看他们到底能干出些什么事来!"

许妈妈听着眉角一紧。

四爷罗振声今年已经十六岁了,被大太太养得如井底之蛙不知道天高地厚,总自以为才高八斗,学富五车,还曾对身边的丫鬟说:"如果不是三年孝期,我去考个秀才还不是手到擒来。"

大太太让他管家,岂不是让个孩子去捉弄老虎——就算是有这能力,只怕也没有力气,一个不好,把自己也给卷进去;而姚妈妈,她扬言无论如何都要把十一小姐身边的冬青弄给自己的侄儿做媳妇的时候,大太太就已经很是不满,现在又把内院的事交给她,家里五位姨娘、两位小姐,她一个下人,说狠了是以上欺下,说轻了只怕压不住……至于吴孝全,大太太抬他做了总管,他倒好,大老爷要多少,他就给多少,比那牛安理在的时候还要方便。

看样子,大太太是要收拾这些人了。她正思忖着,外面有小丫鬟颤颤巍巍地禀道:"大太太,十一小姐来了。"

大太太和许妈妈微怔。

"她来干什么?"大太太蹙了蹙眉,"难道是来告状的?"

"应该不会吧。"许妈妈笑道,"要不,让她进来说说?"

大太太点了点头,重新露出亲切的笑容。

许妈妈让小丫鬟带十一娘进来。

十一娘给大太太请了安。

大太太让人给端了座,问她:"可是有什么要置办的东西忘了?"

"不是。"十一娘笑着,"妈妈帮我看过屋里的东西,我的心就落了下来,寻思着要把箱笼收一收了,免得因我手脚慢耽搁了大家的行程。所以特意来请母亲示下,我屋里带哪几个人去为好?"

大太太就笑着问她:"那你想带哪些人去?"

"女儿就是没个主意,所以想请母亲指点指点。"十一娘赧然地笑,"我以前虽然跟着父亲在福建住了一段时间,可那时候年纪小,很多事都不记得了。这次不仅是出远门,而且还是要去燕京,我都不知道该怎么办才好了,自然是希望身边的人都去。又想着,要是都像我这样,巴不得身边的人都去,那得多少车船啊!"

大太太笑着点头:"你和五娘各带两个大丫鬟、两个小丫鬟、两个粗使的婆子。"

十一娘听了很失望,却笑着应着大太太的话:"琥珀原是在母亲身边服侍的,自然比冬青她们有眼界,她是要去的。冬青年纪最长,遇事有主见,她也是要去的。那就让滨菊在家里看家吧!她性情温和,又细心,我们一去大半年,家里的瓶瓶罐罐都得有人保管。"

一席话说得大太太笑起来:"这孩子,倒是个有心的。"

"谁说不是!"许妈妈在一旁奉承,"谁强谁弱,谁能做些什么,一清二楚!"

十一娘被夸得有些不好意思,微微低了头,起身告辞:"那我就回去收拾箱笼了。"

大太太点了点头,笑道:"去吧!"

十一娘屈膝行礼退了下去。

外面的琥珀一声不吭地跟着十一娘回了绿筠楼。

不管十一小姐求不求得动大太太,事情都是因自己而起。如果不是自己突然被拨到十一小姐屋里,她又何必为难?可她也有自己的委屈,这又不是自己能做主的。

滨菊知道自己被留下来,倒也没有什么不悦,她只是笑道:"小姐,回来的时候可别忘了给我带那燕京的豌豆黄和驴打滚。"

十一娘自然不会去破坏气氛,和她们说说笑笑:"还可以见到三老爷家里的五爷和六爷。"

大爷罗振兴年少中举,对罗家其他的人都是一个震动。三太太也不例外,对自己的两个儿子非常严格。回乡守孝期间,还让自己的父亲专门从燕京请了个夫子教两个儿子读书。但两个孩子毕竟还小,顽皮的时候多,常常偷偷溜到后花园里摘花逮鸟,一来二去,就和十一娘认识了。

听十一娘提到罗振开和罗振誉,大家都笑了起来。

"小姐不如带点我们自制的玫瑰酱去,也好给六爷做软饼吃!"

"滨菊的主意好!"十一娘笑道,"还要带点青梅酒才好,三太太曾经说过好喝。"

"小姐也别忘了大爷和大奶奶,还有二太太那边的三爷和三奶奶。"

"好。"十一娘兴致勃勃的样子,"我们来合计合计,看要带些什么东西去燕京。东西不必多,也不必贵重,大太太那边肯定早有准备,但我们也不可空手而去。"

大家点头,七嘴八舌地出主意。

一时间,倒也笑语盈盈,暂时忘记了离别的伤感。

正月十八,岁煞西,宜破土、修坟、修造、招赘、出行、求财、求医,忌嫁娶、上梁、分居、纳采。

天刚刚亮，罗府大门皆开，领头一辆翠盖珠璎八宝车，随后两辆朱轮华盖车，然后是二十几辆黑漆平头车紧随其后，里三层外三层的由护卫护着。嘚嘚嘚马蹄车，骨碌碌轮子声，喧阗着朝东面的驿道奔去。

整个余杭城都被惊醒了，早起赶街的人三三两两地在一旁看热闹。

十一娘端坐在马车里，听不见外面的议论，手笼在衣袖里，指尖轻轻划过宝石冰冷却光滑如镜的切割面，心里却似翻腾的江水般无法平静。

那是一颗鸽蛋大小的蓝宝石，是昨天晚上她去向五姨娘告别时五姨娘送给她的。

"我屋里只有大太太赏的那些东西了，那都是有账册可寻，动不得。只有这蓝宝石，是我刚去福建的时候大老爷给我的，别人都不知道。你这次去燕京，千里迢迢，我又不能跟在你身边，这个你收好了，有什么事也可换些银两防身。一路上要听大太太的话，不可惹她生气，要和五小姐好好相处，不可起争执。凡事要忍让，万事要小心。"说到最后，眼泪已是如雨般落下，"我也想明白了，我这里你少来些，只有大太太喜欢，你才有好前程。我这一生，也就求你有个好归宿了。"

真的是想明白了？恐怕只是不得已吧。想到这里，十一娘已觉得鼻子微酸。

五姨娘早就失宠了，自己病的时候，私房钱用得也差不多了，这颗蓝宝石，估计是她留给自己防身保命的。

十一娘怔怔地坐在马车里，想着五姨娘塞给自己蓝石宝时的情景，心里五味杂陈，说不出是什么滋味。她只知道，自己欠五姨娘太多……

琥珀望着沉默不语的十一娘，心乱如麻。

昨天中午，许妈妈突然来告诉她们，滨菊也可以跟着一起去。当时屋里就一片欢腾。她至今还记得十一小姐的笑容，不是那种让人如沐春风般温和的笑容，而是像雨后初霁的天空一样的笑容，干净，澄明。她突然明白，原来，这才是十一小姐发自内心的笑容。

她的心微微被刺痛，只有在信得过的人面前，十一小姐才会这样吧？

所以许妈妈传完话，她主动送许妈妈出门，想避开屋里即将来临的欢快。

谁知道，走出了绿筠楼，许妈妈却拉了她的手，笑吟吟地打量了她良久，说了一句让她心惊肉跳的话："琥珀长大了，变漂亮了，可也要记住，你有今天，是受了谁的恩典才是！"

许妈妈不会无缘无故地说出这样一番话来的。她想着，背脊就有些发冷。

谁也不知道燕京到底发生了什么事，以及大太太带她们去的真正用意。万一大太太和小姐之间……里外不是人且不说，出了什么事，恐怕她就是那个背黑锅的倒霉蛋了！

马车里静悄悄的，外面马车急驰的声音清楚地传来，十一小姐闭着眼睛在养神，她却觉得很压抑。

马车行了一个多时辰后缓缓停下,大太太身边的一位姓江的妈妈来问十一娘:"小姐可要如厕?"

十一娘撩了帘子,看到路旁有个简陋的茶寮,茶寮四周已被罗家的护院团团围住,几个五大三粗的婆子正用玄色的粗布围帐把那茶寮周围围起来。

"地方寒酸,可再要如厕,要到一个时辰以后,小姐还是将就些吧!"那江妈妈劝着十一娘。

十一娘就看见大太太由许妈妈搀着下了马车朝茶寮走去。

"多谢妈妈!"十一娘笑着向江妈妈道了谢,然后戴了帷帽,由琥珀扶着下了车。

她刚下车,坐在她前面马车上的五娘也由紫薇扶着下了车。两人隔着白纱帷帽相视一笑,朝茶寮走去。

那茶寮分成两部分,外面是用竹篾搭了个棚子,里面是一间小小的屋子。

两人站在棚子里等了一会儿,大太太由许妈妈扶着走了出来,看见五娘和十一娘都规规矩矩地戴着帷帽,她微微点了点头,笑道:"路上不比家里,你们都要担待着点。"

两人屈膝行礼应了"是"。

大太太上了马车,十一娘让五娘先去,等五娘出来,她才进去。

那屋子里面分前后两间,前面是个小小的茶室,后面是灶台,一个红漆马桶就放在人家的茶室中央。

十一娘强忍着不适解决了生理问题,然后走出茶室等琥珀出来,两人重新上了马车。

过了晌午,她们的马车到了杭州府,却没有进城,绕城往北,到了码头。

那里早有一艘三桅红漆大帆船在等着,管事们已经用围帐围好了一条通道,派了粗使的婆子站在搭好的红漆船梯上准备服侍她们上船。

马车停在通道前早已清空的空地上,有个三旬男子带着个须发皆白的老者和一个二十出头的英俊小伙子上前给大太太请安,大太太隔着马车的帘子和他们说了几句,老者就和那小伙子恭敬地退下。

琥珀在十一娘身后解释:"中年人姓陶,是罗家在杭州城里的总管。头发花白的是牛大总管,他在杭州府开了一个小小的绸布店,在罗家的总店拿货。每年端午、中秋、春节都会去给大太太请安,跟在他身后的是他的小儿子牛锦,打理牛家的那个绸布店。"

人都走了,茶却不凉。这样看来,这位牛大总管还真是个能人。

十一娘微微点头,撩着马车的帘子继续往外望,就看见两个轿夫抬了顶锡皂盖皂帏的轿子朝这边走来,轿边跟着个四旬的精干婆子,轿前轿后还有七八个穿皂衣的衙役。

琥珀笑道:"是杭州知府周大人的夫人。"

她的话音刚落,十一娘就看见大太太由许妈妈扶着下了马车,朝那轿子迎了上去,那轿旁的婆子看了,就低低地和轿里的人说了两句。轿子停了下来,衙役四周散护着,一个穿着宝蓝色妆花通袄、头戴翠绿大花的四旬妇人下了轿。两人远远地就互相行礼,满脸是笑,把手握在了一起。说了几句话,许妈妈送上几匣子礼物,大太太送那妇人上了轿,看着轿子远去,这才转身吩咐了江妈妈几句,和许妈妈朝船上走去。

江妈妈先是跑到五娘马车前低声说了几句,又跑到十一娘马车前:"十一小姐,大太太让下车上船。"

十一娘看着五娘踏着脚凳由紫薇扶着下了马车,自己也由琥珀扶着下了马车。

两人跟在大太太身后,一前一后地上了船。

船很大,分两层。护卫、粗使的婆子住上面,她们住下面,大太太有四间房,她和五娘各两间房。

大舱里早有人准备了热气腾腾的吃食。

大太太吩咐她们:"我们半个时辰以后就启程。"

两人都不饿,途中吃了点心的,但却不敢拂了大太太的意,都吃了小半碗。吃饭期间,不时可以听到沉重的脚步声从大舱旁的回廊走过,待放下碗筷时,那声音已经不见。许妈妈就出去看了看,回来禀了大太太:"箱笼都收拾好了。"

大太太点头,吩咐许妈妈:"那就开船吧! 争取今晚宿在苏州。"

许妈妈应声而去,很快折回来回话:"再有半炷香就可以启程了。"

大太太点点头,对她们姐妹道:"你们一路也乏了,各自下去歇着吧!"

十一娘屈膝行礼退了下去,五娘却道:"母亲也乏了,要不我帮着捶捶腿?"

"不用!"大太太笑道,"你们第一次坐船,也不知道晕不晕船,照顾好自己就行了。"

五娘见大太太心意已决,笑着退了下去。

十一娘回到屋里的时候,冬青也在清点箱笼,想到她们是随着江妈妈一起上的船,她不由问道:"你们都吃过饭了没有?"

滨菊满脸上还残留着能上燕京的喜悦,立刻笑道:"没吃,我们都不饿,路上吃了点心的。"

冬青也笑道:"小姐不用管我们,江妈妈说了,半个时辰以后让我们去小舱,安排了吃食,让我们各屋把各屋的东西先清点清楚再说。"

十一娘看安排得井井有条,不再说什么,由滨菊和秋菊服侍着歇下,睡了一个好觉。

当天半夜,她们就到了苏州,船并不靠岸,而是泊在河中央。

天刚亮,就启程,路经镇江、扬州、淮安、徐州、济宁、聊城、临清、德州、沧州、天津,然后到达了通州。

在镇江的时候，牛大总管的长子和长媳曾带了礼品到船上给大太太请安；到扬州的时候，扬州知府浦大人的夫人曾到船上探望；在淮安靠岸留了一日，大太太会了她以前的一个闺蜜，其夫在陕西任按察使。一过徐州，这些应酬就都没有了。待船行至天津的时候，还差点因为船停岸的位置和一位回京述职的参政发生了冲突。对方是镇南侯府王家的子弟，大太太则打出了永平侯府徐氏的名号，对方立刻派了夫人上船给大太太请安，还相约到了燕京一起去赏景。

待那夫人走后，许妈妈不由感慨："要不是有姑爷，今天的事只怕不好善后。"

连着几天赶路，大太太也有些疲惫，苦笑道："京城里藏龙卧虎。不是有个笑话吗，一个匾额砸下来，十个里头有七个是三品。"

许妈妈因此而很有些感慨，不仅把护院的叫去训斥了一番，还把丫鬟、媳妇、婆子都叫去好好地嘱咐了一番，让大家到了燕京千万不要惹是生非，如若不听，立刻撵出去。

滨菊回来说给十一娘听，十一娘失笑，觉得许妈妈有些乡里人进城的惶恐："是要注意点，一个不小心，说不定你们撞到的就是哪个王府、侯府的大管事。"

秋菊却眨着大眼睛："我们家的大姑爷不是很厉害的吗？要不然，那个什么侯爷的儿子为什么要给我们家赔礼啊？"

一时间大家的表情都有些与有荣焉。

十一娘觉得这不是个好现象，却也心中一动，让冬青和滨菊搀着她去了五娘的船舱。

不过一丈多的距离，她中途歇了一回。

自从上船，她就开始晕船，吃不下东西，脸都睡肿了。

看见十一娘，五娘非常吃惊，忙上前替滨菊搀着她："马上就要到通州了，到了通州，我们就改坐马车，你也就会好受些了。"

她轻声地安慰十一娘，身上淡淡的玉簪花香让人闻了非常舒服。

"五姐，我们大姐夫是不是个很厉害的人？"十一娘目光里带着艳羡。

五娘怔住，身子渐渐变得僵硬，脸虽然在笑，却只浮在面上，没有到眼底。

"你就为这事跑到我这里来？也不怕累死！"最后一句，声音骤然拔高，显得有些尖厉。

十一娘笑道："姐姐还能每天陪着母亲聊天，到船舷去看风景，吟诗作对。我只能躺着，连针线都拿不住……实在是无聊得很。五姐，你陪我说说话嘛！"声音里露出罕有的撒娇。

五娘的目光更冷了："不错，我们大姐夫是个很有权势的人。你看见给母亲赔礼的那位王夫人了没有？她不仅是镇南侯的媳妇，还是东阳江家的小姐。"

"东阳江家？"十一娘突然发现，五娘对江南世家好像都很了解。

"嗯!"五娘点头,"东阳江家和我们余杭罗家一样,都是江南大族。虽然他们祖上不如我们祖上那样显赫,但他们家一向与燕京世族联姻,还曾经出过一位太妃。"

"啊!这样的人家听了大姐夫的名声都要礼让三分,大姐可真是有福气啊!"

五娘胡乱点头,一向俏丽活泼如向阳花般的脸上有了恍惚的神色,第一次没有请十一娘坐下来说话,而是就那样站在离舱门不过五六步的地方。十一娘也是第一次到五娘屋里没有坐坐就转身告辞。

紫薇望着十一娘有些跌跌撞撞的身影,脸色阴晴不定:"五小姐,十一小姐她……"

五娘神色一凛,恍惚之色尽收,正色道:"锦帛动人心,就是十一娘也难幸免!"

"那我们……"

"不用管她。"五娘冷冷一笑,"不管母亲和大姐打的什么主意,她今年才十三岁,还小了点。"

紫薇想到十一娘如初蕾般的面孔,还是不放心:"可大太太带了她来……"

"不带她来,难道还敲锣打鼓告诉别人我们去燕京是干什么的?"

紫薇这才松了一口气。

那边回到船舱的冬青却低声劝着十一娘:"小姐这是怎么了?您刚才还教训秋菊来着……怎么自己去蹚那浑水呢?"

十一娘气喘吁吁地躺下,低声道:"这世上从来没有免费的午餐!"

冬青没有听清楚,道:"您说什么?"

十一娘笑道:"我说,越是抢的人多,这东西越是珍贵。我不添柴加火的,到时候怎能全身而退?"

冬青听着更糊涂了,低声嘟囔:"也不知道是怎么了,上了船就不顺。"

十一娘笑笑不理她,翻了身睡觉。真希望早点见到罗元娘,快点过关,这样自己就可以想吃什么就吃什么了!

这样的念头在心里没有盘旋两三天,他们就到了通州。

那时是酉末,天上乌云密布,四周阴暗不明,像要下大雨或是下大雪似的,压得人有些透不过气来。

路上虽然用徐令宜的名帖消了一场无妄之灾,但这个时候,大太太不敢有丝毫的大意,早早就吩咐撑船的,排队进码头,如果有人要他们相让,他们让让也无妨。反正罗家只是去走亲戚,又不赶着进京述职,也不赶着进京贩货。

等到船靠岸,已是一个时辰以后,哗啦啦地下起了大雨。

船梯刚搭好,一个穿着玄色披风的高挑男子就跳了上去,急急朝大太太站着的船头走来。

撑伞的珊瑚眼尖，立刻惊喜地叫道："大太太，您看，是大爷。"

大太太扶在珊瑚肩头踮了脚打量："真的是兴哥儿。"

"娘！"来人穿过重重雨幕停在搭了雨篷的船头，"扑通"一声跪了下去。

大太太忙上前将人扶了起来，她身后的丫鬟媳妇婆子齐齐蹲下福身："大爷！"

来人起身，就笑着朝人群喊了一声"许妈妈"。

许妈妈已是热泪盈眶，又蹲下去深深行了一个福礼，有些激动地喊了声"大爷"。

那边大太太已迫不及待地和儿子说起话来："这么大的雨，你在客栈里等就是，干吗巴巴地跑来。要是淋病了可怎么好？麻哥还好吧？你们在燕京吃住可习惯？"

"母亲不用担心，儿子一切安好，麻哥儿也好。"

他们母子絮叨着，全船人的目光都落在了罗家大爷罗振兴的身上。

十一娘也不例外。她回罗家的时候，罗振兴早已搬到了外院的镝鸣院居住，他们见面的次数细细数来用不完一只手。最后一次，是前年年三十的祭祖，他轻裘锦衣站在罗家列祖列宗的牌位前，接过大太太递给他的各种祭品小心摆好，英俊的面容在晨光中透着少年不知愁滋味的宁静与明朗。可今日再见，罗振兴已不是她印象中的形象，他的目光温和，举止大方，秀雅的眉宇间隐隐有了刚毅。

十一娘暗暗吃惊。到底发生了什么事，让罗振兴有了翻天覆地的变化？

大周的运河贯通南北，通州是终点，那里不仅有各色的客栈，还有装饰豪华的驿站，不管走到哪里，都人头攒动，人喧马嘶。

罗家住进了一家不太起眼的中等客栈，包了西半边的跨院，陪着大太太的罗振兴有些不安地解释："开了春，进京述职的人多起来。驿站住满了人不说，就是客栈也不好寻，母亲将就些。"

大太太"啊"了一声，笑道："时间过得可真快，一眨眼，皇上登基都三年了。"

大周官吏进京述职，每三年一次。

罗振兴笑道："可不是！明年，母亲也要做五十大寿了。"

大太太开怀的笑容一直到了眼底："也难为你记得。"又道，"我们不过在客栈里住一夜罢了，你也不用自责。通州拥挤，那可是天下有名的，能找到这样干净清静的地方已是不易。再说了，我年幼的时候随着你外祖父走南闯北，怎样腌臜的地方不曾住过，也没你说得这样娇气。"然后指了五娘和十一娘拜见哥哥。

罗振兴还了礼，送了五娘和十一娘各一支羊脂玉莲花簪子做见面礼。

两人道了谢，各自回了屋。

不一会儿，就有粗使的婆子端了吃食来，更是指了其中一个大海碗："这是我们这里

有名的烧鲇鱼,歇脚的人都要尝尝,小姐也试个新鲜味儿。"语调已带着京味。

原来离家已有千里!念头闪过,十一娘不由一怔。什么时候,她已经把那个地方当成自己的家了?

第五章　见长姐十一访徐府

罗家老太爷在燕京为官时,在城东的黄华坊老君堂胡同置下一个四进的宅院。后来罗家二老爷留在京里做了堂官,这宅子也就给他一直住着。

再后来,三兄弟一齐回燕京吏部报备,这宅子自然也就住不下了。

三老爷因为三太太在燕京的仁寿坊钱唐胡同有座三进宅子的陪嫁,就搬到了那里去住。

这样一来,大老爷就要和二老爷挤在一处了。

二老爷夫妻不仅要把正屋让出来搬到后罩房去和女儿一起住,就是三爷罗振达和媳妇、幼子也要把外院让出来给罗振兴夫妻居住。听起来就麻烦,更别说是搬移了。而大老爷想着儿子带着儿媳,还要在国子监读书,万一考场失利,住个五六年也是常事,这样和二房挤着总不是个事,就托了二老爷,在保大坊的弓弦胡同买了幢三进的宅院。

因此,下了马车的大太太望着宅院门前两棵合抱粗的槐树,脸色很不好看。

"这宅子花了多少钱?"

黄华坊老君堂的宅子是公中的,大家都有份。原来是二房在京中为官,所以才把这宅子给了他们居住。现在几房齐聚京里,二房就应该将宅子腾出来才是,怎么还在外面置宅子? 难道二房以为那宅子是自己的不成?

罗振兴是知道母亲心思的,低声劝道:"娘,钱财乃身外之物,我们自己住着舒坦就好。"

大太太望着儿子,脸色大霁:"儿孙不问爷娘田。兴哥,这才是顶天立地男子汉的做派。我有这样的儿子,钱财的确是身外之物。"

罗振兴脸色微赧:"儿子哪有母亲说得那样好!"

大太太笑而不语,望着儿子的神态却有几分骄傲,由他挽着进了门。

罗振兴的妻子——大奶奶顾氏抱着儿子麻哥早领了六姨娘、丫鬟、媳妇、婆子候在垂花门前。

看见大太太,她忙迎了上去。麻哥更是立刻兴奋地张开了双臂,大声地喊着"祖母,祖母"。

笑容再也无法掩饰地从大太太的眼角眉梢流出来。她疾步向前,伸手把麻哥抱在了

怀里:"好麻哥,想祖母了没有?"

"想了!"四岁的麻哥奶声奶气地回答,抱住了大太太的脖子,把脸贴在了大太太的下颌处。

"真是乖。"大太太轻轻地拍着孙子的背,满脸的笑容。

六姨娘等人纷纷上前给大太太请安,大太太好心情地应了,然后抱着麻哥抬脚就要进屋。

大奶奶忙伸手去接麻哥:"娘,您一路劳累了,麻哥还是让我抱吧!"

"我还不至于连个孩子都抱不动!"大太太把麻哥抱得更紧了,一副生怕有人从她怀里抢走的样子。

大奶奶伸出去的手就挽在了大太太的手臂上:"媳妇挽您进去。"说着,和大太太肩并着肩地进了正院。

金鱼缸、花架子、石桌椅、高过屋檐的大树,还有窗上贴着的红窗花……虽然是冬天,但院子里透着股居家的温馨气息。

再望过去,一男子穿了件宝蓝色团花束腰褡衣,背着手站在正屋的屋檐下。他头发乌黑,皮肤白皙,目光明亮,身材挺拔。远远望去,气宇轩昂,如三十七八岁的样子,非常俊朗。

看见大太太,他微微点头,笑着打招呼:"来了?"

大太太目光一凝,把麻哥给大奶奶抱了,缓缓地走到台阶处,屈膝给大老爷行了个礼,喊了声"老爷"。

这男子正是罗家大老爷罗华忠。

十一娘还记得自己第一次见到他时的震惊,她以为自己会见到一个形象猥琐的老头子,谁知道却是个气质绝佳的中年人。

大老爷客气地问妻子:"路上可平安?"

大太太敛衽行礼,恭敬地应了一声"是",笑道:"拿了大姑爷的名帖,一路上倒也没出什么岔子。"

大老爷听了轻轻"嗯"了一声,好像并不十分愿意多谈这件事似的,把目光投在了大太太身后的五娘和十一娘身上。

两人忙上前给大老爷行礼。

大老爷望着她们的表情闪过一丝惊讶:"怎么一眨眼都长这么大了!"

就这一句话,十一娘就把他归到了没有责任心的花花公子的行列。

大太太听着目光一冷,许妈妈瞧在眼里,暗暗喊了一声"糟糕",立马上前给大老爷行了个礼:"大老爷安好!"

大老爷望着许妈妈微微一点头，对大太太道："大家都累了，进屋歇息吧！"说着，转身进了屋。

众人就随他进了屋。几个小丫鬟轻手轻脚地上茶。

大老爷突然问道："怎么十娘没有跟着来？"

屋子里的空气一滞。

大太太笑容恭谦："她的哮喘又犯了，所以没带她来。"

大老爷微微蹙眉："不是说好了吗？怎么又犯了？"

"这几年一直时好时坏的，我这次来燕京，也寻思着给她找个好一点的大夫，"大太太表情平静而自然，"总这样拖着也不是个办法。说起来，她今年都十五岁了，要开始找婆家了。万一让人家知道她有这个病，只怕要生出波折来。"

大老爷点了点头，不再提十娘，而是问五娘："你的字练得怎样了？"

五娘站起身来，恭敬地道："回父亲，母亲一直在指点女儿练字。"

大老爷看了大太太一眼，笑道："你母亲从小跟着你外祖父读书，一手颜体比我写得还好。你能得你母亲的指点，可要懂得珍惜。"

五娘躬身应"是"。

大太太脸上闪过一丝笑意。

大老爷又问十一娘："你还天天窝在家里做女红？"

十一娘如五娘一样站起身来，恭敬地应了一声"是"。

"你脸色怎么这么差？晕船？"大老爷打量着十一娘。

十一娘点头："是。"

"晕船不要紧，下了岸就好了。"大老爷笑起来，"那改天给我做双鞋，让我看看你女红到底怎样了。"

十一娘肃然地应了一声"是"。

大老爷望着她摇头，笑道："小小年纪，也不知道像谁，一板一眼，拘谨得很！"

十一娘脸色通红，默然无语。

"好了，"大太太出声解围，"孩子们许久不见你，偏偏人人都训到，谁又能放得开！"

大老爷笑了笑，还欲说什么，有小丫鬟进来禀道："大老爷、大太太、大爷、大奶奶，大姑奶奶派人来给大老爷、大太太请安了！"

屋子里的人俱是一怔。

大太太前脚到，大姑奶奶的人后脚就到，是大爷派人去给大姑奶奶报信了？

大家的目光都落在了罗振兴的身上，罗振兴也很意外，对大太太道："娘，我没派人去禀告姐姐。"

大太太望着大老爷。

大老爷也摇了摇头:"我估计你们还得有个四五天才能到。"

那就是一直关注着这边的情景。大太太表情微凛,忙吩咐许妈妈:"快,快去迎了进来!"

许妈妈应声而去,不管是大老爷、大太太,还是大爷、大奶奶,脸上都露出几分肃穆,没有一点亲人重逢的喜悦,屋子里因此开始隐隐弥漫起一丝不安来。

小孩子最敏感,被母亲抱在怀里的麻哥望望大老爷,又望望大太太,露出怯生生的表情。

五娘看着,轻声地笑道:"母亲,大姐可真有孝心,一心一意盼着您来呢!"

大太太嘴角微翘:"她从小就黏我!"

"也不知道大姐现在是什么模样了!"五娘笑着和大太太说着话儿,"说起来,大姐出嫁的时候我还小……"

她的话音未落,许妈妈已带了个穿着丁香色十样锦妆花褙子的妇人走了进来。那妇人不过三十五六的样子,乌黑的头发整整齐齐梳了个圆髻,露出光洁的额头,端庄中透着几分干练。

五娘忙停下未说完的话。

妇人已跪在了地上磕了一个头:"奴婢陶氏,给大老爷、大太太请安了。"

大太太轻轻地"啊"了一声坐直了身子,神色间颇有几分激动地道:"原来是陶妈妈!"

"正是奴婢!"那陶妈妈站起身来,复又跪在地上"咚咚咚"地给大老爷和大太太连磕了三个响头,口中道,"奴婢代夫人给大老爷、大太太磕头了。"

大太太见了竟然起身上前,亲自将陶妈妈携了起来:"我的元娘可好?"话音未落,已是泪眼婆娑。

"好,好,好。"陶妈妈热泪盈眶,紧握住了大太太携她的手,"夫人一切安好!就是多年未见大太太,心里想得慌。"

大太太一听,眼泪唰唰如雨似的落了下来,惹得那陶妈妈忙赔不是:"奴婢失言,让大太太伤心。"

许妈妈则在一旁劝:"这是天大的喜事,大太太怎么哭了起来?"

大奶奶更是将麻哥给一旁的奶妈子抱了,掏了帕子亲自给大太太擦脸:"喜极而泣,喜极而泣,您虽然是高兴,可也不能这样吓我们。"

五娘和十一娘、六姨娘也上前劝:"大太太可别哭了!"

大太太有些不好意思地拿过大奶奶的帕子,自己擦了擦眼角,笑道:"我年纪大了,倒喜欢伤春悲秋起来。"

大家都笑起来。

陶妈妈就笑道:"我受了夫人之托,请大太太明天下午到府上一叙,也不知道您方便不方便? 要不要改个时候?"

听说女儿要见她,大太太忙应道:"不用改日。你去回了元娘,我明天下午一准到。"

陶妈妈应了一声"是",叫了随行的丫鬟进来,将罗元娘送的礼物奉上:"一些药材,大老爷、大太太补补身子。"

大太太笑着让许妈妈收了。

珊瑚已端了锦杌:"陶妈妈,您请坐。"

陶妈妈连称"不敢",再三推辞,道:"大太太一路劳乏,我们家夫人又等着我回话,我就先回去了,明天再来接大太太过府。"

大太太略一思忖,道:"来日方长。你回去给元娘报个信,让她安安心也好。"

陶妈妈听了便起身告辞,许妈妈亲自送她出了门。

大老爷就站了起来:"大家都去歇会儿吧,等会儿晚上一起吃饭。"

屋子里的人均躬身应"是",许妈妈和珊瑚等人留下来服侍大太太梳洗,罗振兴和大奶奶带着其他人鱼贯出了门。

一个胖墩墩的妇人笑吟吟地站在屋檐下等,见到他们出来,上前给罗振兴行了礼,禀大奶奶道:"大奶奶,小姐们的住处都收拾出来了,大太太的箱笼都卸下来了,数目也对,只是不知道哪些是哪屋的。"

这妇人姓杭,是大奶奶的陪房,也是她身边得力的妈妈。

大奶奶听了朝着五娘和十一娘笑道:"燕京寸土寸金,不比余杭,宅子有些小。爹和娘住了正屋,把你们安在了后罩房,还请两位妹妹不要嫌弃,先将就着住下。"

她笑容亲切,语言柔和,让十一娘不由在心里暗暗称赞。

顾氏不愧出身江南大家,虽然知道大太太对她们这些庶女外甜内苦,但行事做派依旧温柔大方,不失世家女子的气度。

十一娘朝着大奶奶微笑道谢:"多谢嫂嫂了!"

五娘却拉了大奶奶的手:"看嫂嫂说的,难道我们都是那不知道轻重的人不成? 这宅子统共就这点大,父亲、母亲住了正房,我们住了后罩房,大哥和大嫂就要住在倒座了。倒座坐南朝北,冬冷夏热,又临近外院,喧哗嘈杂……大哥又要读书……"说着,已是泪盈于睫,"嫂嫂这样说,让我们真是无地自容。"

大奶奶听了颇有些感动,难为五娘知道自己的好,还当着丈夫罗振兴点出自己的苦心。难怪人人都说五娘聪明伶俐,实在是讨人喜欢。

她的笑容里就更多一分亲昵:"妹妹快别这样,你们是闺阁女子,不比我们,可以与外院毗邻而居。"

五娘和十一娘随大奶奶去了后罩房。后罩房的正房和正院的正房一样,五间,各带一个耳房,东、西厢房三间,各带一个耳房,只是院子里没有正屋的鱼缸、花架,台阶前的槐树也换成了垂柳。

大奶奶笑道:"你们看喜欢哪处,将就着挑一处吧。"

五娘忙道:"妹妹先挑吧,我住哪里都无所谓。"

十一娘也不多说,笑道:"姐姐年长,那我就住西间吧。"

"那怎么能行?"五娘笑道,"你身子骨还弱着,还是住东间吧。"

"我下了船,养养就好了,又不是什么大事。"十一娘笑道,"还是姐姐住东间,我住西间吧。"

五娘还要推让。大奶奶已笑道:"你们也不用推来让去,我看,就如十一妹说的,她是妹妹,住西间,你是姐姐,住在东间好了。"

十一娘笑道:"就如大嫂所言吧!"说着,已是气喘吁吁,一副吃力的样子。

大奶奶趁机告辞:"你们歇了吧。我先走了,还要准备晚饭。"

两人送大奶奶出门:"让嫂嫂费心了。"

"我是做嫂嫂的,何来操劳之说。"她笑着出了门。十一娘对着五娘苦笑:"姐姐,我要去歇会儿……"

"你去吧。"五娘笑着转身去了东间,一句客气的寒暄都没有。

紫苑几个忙不迭地跟着五娘进了屋。

十一娘望着五娘的背影无奈地笑了笑。

自从她流露出对罗元娘感兴趣的意图后,五娘对她就隐隐有了些敌意。如果自己真的要和她争什么……只怕,会恨之入骨!

"小姐,五小姐……"冬青也看出些名堂,"您得找个机会和她解释解释才行。要不然,这误会越结越深。"

"我心里有数。"十一娘不想多谈这些,现在情况不明,还是不要轻举妄动得好。

西次间临窗一个大炕,左右是小几,铺了猩猩红的毡毯,左右各四把太师椅,被布置成了一个宴息处。梢间临窗是书案,左厅是书架,一张小小的拔步床放在屋子正中,后面还有个小小的暖阁。

十一娘看着很满意。如果五娘不住在隔壁,那就更完美了。她在心里暗忖着。

冬青和滨菊几个却看着咋舌:"这是个怎样的布置? 床后面还有小阁,又没生火盆,却暖烘烘的。"又伸手去摸临窗的大炕,"也是热的。"

十一娘笑道:"南方和北方不一样。南方潮湿,要住楼上;北方寒冷,要睡火炕。"

"小姐怎么知道?"秋菊笑吟吟地坐在暖阁的床上。

"看书知道的呗!"内向的竺香显得很兴奋,比平常的话多,"小姐看了那么多的书,当然什么都知道!"

当然不是看书知道的,是她以前走南闯北亲眼所见、亲身所遇。

十一娘笑而不答,有个面生的小丫鬟进来禀道:"十一小姐,六姨娘来了。"

大家一怔。

六姨娘已撩帘而入:"十一小姐!"她笑吟吟地和十一娘打招呼。

冬青几个忙敛了笑容,肃穆地立在了一旁。

"姨娘怎么来了?"十一娘笑着应道,"快进屋喝杯茶!"

秋菊忙端了杌子给六姨娘,冬青在次间的角落找到了温着水的木桶给六姨娘沏茶。

六姨娘笑着摆手:"我不坐了,等会儿还要服侍大太太歇息。我来就是想问问,"说着,她犹豫了片刻,脸上的笑容也有了几分苦涩,"我就是想问问十二小姐,她可好?"

十一娘暗暗在心里叹了一口气。儿行千里母担忧。她出门的时候五姨娘哭得稀里哗啦。同理,六姨娘在这里想着年幼的十二娘,只怕也是辗转反侧吧?

"挺好的!"十一娘从来都觉得六姨娘是个极聪明的人,"前段日子,我天天窝在家里绣屏风,五姐和十姐常到母亲面前尽孝,十二妹有时候也会到母亲面前陪着姐姐说说笑笑,十二妹还用绢纱做了绢花奉给母亲,母亲竟然分不出真假来……手巧得很。"

六姨娘听着就松了一口气,笑道:"那我就不打扰十一小姐了。说起来,我和五姨娘也是在一个屋里住了五六年的,你要是有什么事,只管来找我就是。"

"多谢姨娘。"十一娘不知道六姨娘来她这里大太太知道不知道,又怕五娘看见,自然不敢留她,借口自己头晕,让冬青送六姨娘出了门。

六姨娘刚走,去拿箱笼的琥珀回来了。

冬青先开了装着被褥的箱笼,然后铺了暖阁里的床,打了水来服侍十一娘洗漱歇下,让竺香守着她,这才和琥珀两人带着滨菊、秋菊开箱笼收拾东西。

十一娘睡了一觉,神清气爽地起了床。她对着镜子仔细地照着自己的脸:"我又长胖了没有?"

"脸都瘦得只有一巴掌大了,"冬青正将两朵指甲盖大小的石榴花插到十一娘的发间,"看您还嚷不嚷着减肥了。"

十一娘抿着嘴笑。

琥珀催着十一娘快走:"我看着五小姐已经动身去大太太那边了。"

十一娘不敢再照镜子,披了件玫瑰红灰鼠皮披风疾步朝大太太处去,终于在五娘进门前赶上了她,和她一前一后地进了屋。

两人站在门帘子前由丫鬟服侍着解披风,五娘似笑非笑地望着十一娘:"看不出来,妹妹病了手脚都这么快!"

十一娘嗔道:"都怪姐姐走也不叫我一声!"

五娘冷冷一笑,还欲说什么,那边帘子已经撩开,珊瑚出来笑道:"大太太正等着两位小姐呢!"

两人不再说话,一前一后地进了屋。

次间的宴息处摆了张黑漆彭牙四方桌并八张黑漆铺猩猩红坐垫的玫瑰椅,箸碟都已摆好。几个小丫鬟立在幔帐下,许妈妈、落翘、玳瑁等人则围在临窗的大炕前。麻哥欢快的笑声不时从那里传出来。

"大太太,五小姐和十一小姐来了!"珊瑚笑吟吟地禀道。

人群就散了开去,十一娘看见大老爷和大太太一左一右地坐在大炕上,中间的炕桌早就不知道挪到什么地方去了,麻哥正在上面翻跟头,大奶奶怕孩子落下去,正伸开双臂站在大炕前护着。

"好了,好了。"大老爷笑着抱了麻哥,"我们去吃饭了!"

麻哥一副意犹未尽的样子,扭着身子还要翻跟头。

一旁立着的罗振兴就板了脸:"还不给我站好了!"

麻哥听了果然不敢再闹,乖乖地伏在大老爷身上不敢动弹。

那边大太太一边由杜薇服侍着穿鞋,一边笑道:"也不怕把孩子吓着!"

麻哥听了立刻从大老爷怀里抬起头来,可怜巴巴地望着大太太。

大太太就伸手把麻哥抱在了怀里:"不怕,不怕,有祖母呢!"

罗振兴有些哭笑不得地望着母亲,欲言又止。

大奶奶看着,忙转移视线:"爹、娘,快入座吧!想必两位妹妹也饿了。"

大家的视线果然被转移,大太太甚至抱怨道:"怎么现在才来?"

五娘笑道:"等妹妹呢。"

十一娘赧然:"我睡迟了。"

大太太笑起来:"倒是个老实的!"

十一娘红着脸低下了头,惹得大家一阵笑。

笑声中,许妈妈引了众人入座,大奶奶指挥着丫鬟们上菜,六姨娘则站大老爷身边帮着布菜,麻哥自有奶妈子抱着另坐了一桌。因此圆桌上只有大老爷、大太太、罗振兴、五娘和十一娘,还余了三个绣墩。

大老爷大手一挥，道："这里也没有外人，大家都坐下来吃饭吧！"

屋子里的人都滞了滞，然后望向了大太太。

一个是自己的儿媳，一个是自己得力的人，大太太自然不会在这个时候反对，笑道："老爷说得是，这里又没有外人，大家都坐下来吃饭吧！"

大奶奶就笑着坐到了罗振兴的身边，六姨娘则向大老爷和大太太福了福身才半坐到了绣墩上，许妈妈却是执意不坐："都是主子，哪有奴婢坐的地方。"

大老爷听了表情淡淡的，倒没有勉强，大太太见大老爷淡淡的，就越发要许妈妈坐，竟然亲自下位去劝许妈妈："元娘、兴哥都是你从小帮着带大的，你不坐，谁还有资格坐？"

六姨娘听了就有些坐立不安起来。

许妈妈就笑着半坐在了绣墩上："那我就僭越了。"

大老爷笑了笑，吩咐丫鬟上菜。

这杏林是大奶奶的贴身丫鬟，自他们搬到这宅子里后，就一直帮着大奶奶管家。听到大老爷的吩咐，她立刻应了一声"是"，传了小丫鬟们上菜。

雪菜黄鱼、西湖醋鱼、银芽鸡丝、水晶肘子、美人肝、清炖蟹粉狮子头……都是大家熟悉的江南菜，摆了满满一桌子。就在大家以为菜已经上齐的时候，杏林端了一碗红红白白的糊糊放到了大太太面前："大太太，这是大老爷特意吩咐给您做的。"

大太太微怔。

大老爷已道："这是燕京有名的疙瘩汤，红的是番茄，很稀罕的东西，从广东那边来的；白的是面，酸酸甜甜的，与我们那边的东西大不相同。开胃，你尝尝。"

大太太"哦"了一声，神色有些恍惚地拿起调羹尝了一口。

大老爷笑着问她："怎样？还合口味吧？"

大太太听着神色一敛，笑道："正如老爷所言，这汤酸酸甜甜的，很是开胃。多谢老爷了！"

大老爷笑了笑，拿了筷子夹了一筷子雪菜黄鱼里的黄鱼，其他人才开始动筷子。

大家都举止优雅，细嚼慢咽，桌上除了轻微的碰瓷声，再没有其他声音。

吃了饭，丫鬟们上了茶。大太太突然对五娘和十一娘说道："明天你们也跟我一起去见见你们的大姐。"

两人俱是一怔，但都很快收敛了情绪，笑着应了一声"是"。

因时间不早了，麻哥平常都睡了，这个时候就揉着眼睛有些吵闹。

大太太掩嘴而笑，道："今天不早了，你们都下去歇着吧！"

罗振兴和大奶奶、五娘和十一娘就请安告退了。罗振兴和妻子回了倒座房，五娘和十一娘回了后罩房。

路上，五娘笑道："明天去大姐那里，你可要打扮得漂亮些，别丢了大姐的颜面才是。"

十一娘笑道："我也不知道明天穿什么好，不如姐姐来帮我看看吧？"

五娘冷笑："我怎么敢？有些人，主意多着呢！"说完，扬着脸走了。

十一娘不由叹了口气。没想到，五娘的反应这样大。不过，今年她都十九岁了，适婚人的选择范围已经很窄了，这种急切能理解。但是，如果罗元娘只是想从姊妹中找个人做妾室去固宠或是生子呢？退一万步说，就算罗元娘身体不行了，想从姊妹中找个人代替自己照顾年幼体弱的儿子，那也要等她驾鹤西归以后啊！如果罗元娘拖一年，她岂不要等一年？如果拖两年，她岂不要等两年……用一个自己根本不能掌握、充满了变数的未来去赌运气，是不是太冒险了些？

想到这里，十一娘不由愣住。难道，大太太带她们来的本意就是如此？如果元娘还能等，那就是她；如果元娘等不得，那就是五娘。她感觉自己的思绪有些乱，那婚姻的另一方徐氏呢？他们可是比罗家更显赫，比罗家更有权势，难道就会这样听任罗家的摆布不成？或者，元娘有办法说服徐家？

十一娘心里乱糟糟的，一夜没睡好，早上起来，眼底有明显的青影。

冬青煮了鸡蛋给她敷眼睑："总能退一点，免得大太太看见了又要问，您总不能回答说自己认床吧？"

十一娘笑："你连借口都帮我找好了。"

"小姐有这闲心，还是想想今天下午的事吧！"

"我们又不知道人家真正的意图，再怎么防也没有用。"事到临头，十一娘反而平静下来，"如今只有不动声色地观察了。"又吩咐琥珀，"你等会儿出去走走。这边虽然大部分都是大奶奶的人，但大老爷身边肯定有大太太的人，还有姨娘那边，都可以想办法打听打听，看看大老爷和大爷来燕京过得怎样。我瞧着昨天那样，大姑奶奶的人突然来给大太太请安，大老爷和大爷十分惊讶的样子。你也要问问大姑奶奶平时和这边走动得勤不勤。"

琥珀表情严肃："小姐放心，我知道该怎么做。"

"让冬青和滨菊陪着我就行了。等会儿我还要梳洗打扮一番，要不然，大太太会认为我对去永平侯府的事不重视的。至于秋菊和竺香，要是能帮上你的忙最好，你只管让她们帮你跑跑腿。还有吴妈妈托我们带的东西，我们到徐家毕竟是客，人生地不熟，麻烦人家总是不好。琥珀你也问问，看这边有没有和徐家相熟的人，如果能帮着把这事办了那就更好了。"

几个丫鬟恭立着听十一娘吩咐，许妈妈来了。

十一娘压下心底的惊讶迎了许妈妈："妈妈有什么吩咐？"

许妈妈笑道:"吩咐可不敢,只是奉了大太太之命,让我来看看十一小姐准备穿什么衣裳去永平侯府。"

竟然重视到了这种程度!十一娘暗暗心惊。

她原想穿件银红色的褙子,这样一来,就会让已经变得很瘦削的她不仅显得瘦削还会显得单薄。如果元娘问起,到时候,她再以晕船之事暗示元娘自己的身体很差。况且,晕船是事实,就是大太太,也挑不出什么毛病来。

不管元娘她们出于什么目的要自己来燕京,在"不孝有三,无后为大"的重要前提下,一个身体不好的女孩就意味着子嗣艰难,那她入选的机会骤然间就会少了很多。要不然,徐家老太太就不会在元娘小产后不仅停了通房的药,还为儿子纳了一房妾室。

想到这些,十一娘心里略略镇定了些。说起来,这个主意还是从十娘那里得到的启发,她可是想什么时候"哮喘"就什么时候"哮喘"的。

但现在,这主意至少废了一半。深闺女人多的是时间,大部分都花在怎样打扮自己上。别说是大太太,就是许妈妈,也有不俗的见地。而且教她们女红的简师傅,也曾经不厌其烦地告诉她们各种复杂的颜色搭配,既为了绣花,也为了怎样让自己穿得更得体。十一娘可以佯装要出风头穿了银红色,却不能在试了银红色的效果之后继续穿它。

这些念头在她脑海里不过一闪,她已让冬青帮她把那件鹅黄色净面四喜如意纹妆花褙子拿出来,又将来时大太太给她打的赤银珍珠头面中的簪子和珠花递给许妈妈看:"您看这样穿着如何?"

许妈妈笑着点头,眼底有深深的赞许:"十一小姐模样儿娇嫩,穿这些素净的颜色,戴这些秀气的饰物最合适不过,不愧是跟着简师傅学了绣花的人。"

十一娘在心里暗暗苦笑。

等许妈妈一走,她就把冬青用来给她敷眼睑的鸡蛋都吃了,还差点噎着,以至于滨菊笑她:"小姐可是在船上饿着了,现在看什么东西都好吃!"

十一娘不理她,去了大奶奶那里。

倒座屋七间正房,因东边的耳房让出来做了个值夜婆子的暖房,梢间又做了垂花门,耳房那边又辟成了一个小花圃,只有西边有幢三间的厢房。不说和正院相比,就是比起五娘和十一娘住的后罩房,都少了三分之一的面积。

十一娘进去的时候,垂花门前的花圃旁正有五六个妇人围着杏林在说些什么,杏林脸上的表情有些不耐烦,看见十一娘,她远远地打招呼:"十一小姐,您来了?"说着,推开围在自己身边的妇人迎了过去。

"我就是来看看嫂嫂。"十一娘笑着,"你有事忙,别耽搁了。"

杏林却是一副大大松了口气的模样,笑道:"多亏您来,要不然还不能脱身,何来耽搁之说?"

十一娘笑了笑,并不问她出了什么事,而是道:"大奶奶可在屋里?"

杏林笑道:"在屋里和杭妈妈算账呢!我领您过去吧。"

十一娘犹豫道:"既然如此,那我就不过去了。"说着,让冬青把手里的包袱递给杏林,"这是我给大爷做的一件襕衫,给大奶奶做的一件绫裙,给麻哥做的一件小袄,烦请姐姐交给大奶奶。"又让冬青拿了一个匣子给她,"这是我闲时做的几个荷包,姐姐拿去分给几位姊妹,是我的一点心意。"

杏林高高兴兴地蹲下去,朝着十一娘福了福身:"让十一小姐费心了。"然后接了包袱,笑道,"上次劳烦您给我们奶奶绣了件披风,我们奶奶到今天还念叨着,说您那梅花绣得跟真的一样,来燕京走亲戚的时候大家都问是谁的手艺,让她出了一番风头。要是知道您送了东西来连门也没进个,到时候会责怪杏林不懂规矩,十一小姐无论如何都得进门喝杯茶再走。"

十一娘执意不肯:"我等会儿再来看大奶奶也不迟。"

杏林见留不住,送十一娘出了门,转身去了大奶奶处。

大奶奶正看着账本报着数字,杭妈妈十指如飞地打着算盘。

杏林不敢打扰,等杭妈妈停下来报了个数字,大奶奶提笔记在了账本上,她这才笑着上前给大奶奶行了个礼:"奶奶,刚才十一小姐来了,说是给大爷和您,还有麻哥各做了件衣裳。"说着,将包袱奉了上去,"十一小姐听说您和杭妈妈在算账,执意要走,说改天再来看您。"

大奶奶望着杏林:"你为什么不留了她?"

杏林微怔。

大奶奶已道:"你把包袱留下,到外面去和那些妇人把账对清楚了。"

"是。"杏林神色微凛,屈膝行礼退了下去。

杭妈妈笑道:"杏林年纪小,奶奶慢慢教就是了!"

大奶奶摇了摇头:"她今年都十八了。我原想让大爷收了她,我也有个帮手。谁知道……"她叹了一口气,"她人不大,心眼倒大,连罗家的小姐都敢这样轻待,只怕以后也不是个省事的。"

"她是生是死还不是您一句话。"杭妈妈笑道,"再说了,我们姑爷是从来不沾身边人的,当初桃林在的时候都没动什么心思,何况是杏林这样的姿色和做派。"

桃林,就是当初那个惹了大老爷的婢女。

听杭妈妈提起她的名字,大奶奶不由脸色一沉:"真是丢我们顾家的脸,让我在大爷面前也抬不起头来!"

杭妈妈就朝四周望了望,见没什么动静,这才压低了声音道:"奶奶放心,太太早处置了,保管让人神不知鬼不觉。"

她口中的太太,是大奶奶的母亲。

大奶奶的脸色并不因杭妈妈的话而有所好转,反而有些烦躁地解开了十一娘送来的包袱:"不说这些乱七八糟的事了,看看十一娘都给我们做了什么。"

大爷的襕衫针脚细密,大奶奶综裙上的一丛兰花栩栩如生,麻哥小袄上绣着的鹿儿活灵活现。

杭妈妈不由叹了口气:"可惜没托生在大太太的肚子里。"

"谁说不是。"大奶奶也面带怜惜,"这都是命。"

两人同时想起罗元娘来。一时间,沉默无语。

半晌,大奶奶打起精神来:"对了,给二老爷和三老爷的土仪可都送去了?"

杭妈妈忙道:"早就按许妈妈的吩咐送去了,这个时候只怕已经到了。"

大奶奶点了点头,又和杭妈妈说起刚才的账目来。

那天的午饭比平常开得要早一个时辰,吃过饭,大太太让她们去小憩片刻:"可别让徐家的人看到夫人的妹妹一个个像霜打的茄子似的蔫蔫的! 你们梳妆打扮好了,到我屋里来。"

五娘和十一娘自然是不敢违抗,各自回屋休息片刻,敷脸,沐浴,梳头,换衣。大太太则和许妈妈整理着从余杭带来的各种土物,准备等会儿到了徐家好献上。

不久大家在大太太屋里碰了头。

五娘里面是件白绫袄,下面是白色的挑线裙子,外面一件玫瑰红织金缠枝纹比甲,乌黑的头发绾了一个纂儿,插了支仙人吹箫的缠丝赤金簪子,耳朵上坠了对紫英石的坠子,看上去秀丽端庄。

大太太看了皱眉,道:"去,把那裙子换成鹅黄色的。"

五娘面色绯红,去换裙子了。

大太太的目光就落在了十一娘身上,里面一件淡绿色的绫袄,下面是豆绿色的挑线裙子,鹅黄色净面四喜如意纹妆花褙子,梳了双螺髻,戴了几朵珠花。衣饰虽然淡雅,却有些呆板。

大太太不由抚了额头:"今天是怎么了,一个两个都不让人省心。"

"许是太紧张的缘故。"许妈妈想到自己是去看了各人的衣饰的,笑着解释道。

大太太叹了口气,吩咐十一娘:"穿件粉色绫袄,藕荷色褙子,白色的挑线裙子。头发

也散了,绾个纂儿,插几朵珠花……快去!"

十一娘无法,只得飞奔回屋,照着大太太的意思换了衣裳。

待回到屋里,五娘已换了衣裳,玫瑰红的褙子配上了鹅黄色的裙子,端庄中就有了一丝明艳。而她,粉色的绫袄配了藕荷色的褙子,娇柔中就有了一丝秀雅。

十一娘突然发现,自己在罗家找不到一丝可乘之机。她的手不由紧紧攥成了拳,一定还有其他办法……

马车缓缓驶出保大坊弓弦胡同,向左拐,就到了保大街,出了保大街往右拐,就上了东正大街。然后沿着东正大街往西走,过了正安门和皇家园林太池苑,再走上一炷香的工夫就到了永平侯府所在的荷花里。

这荷花里原来叫荷花坡,是属于太池的一个小湖泊。太宗皇帝修太池苑的时候,嫌它的位置有些偏,就被宁国长公主要了去,把那湖泊圈进去修了座别院。后来长公主参与"郑安王谋逆案",事败后服毒自尽,家资充公,这别院也就被内府收了回去。再后来徐家恢复爵位,徐家原在石狮胡同的府邸早被孝宗皇帝赏给了自己的舅舅,英宗皇帝就把宁国长公主的这座别院赐给了徐家。

"那大姐家岂不是住在皇家别院里?"听大太太讲她们即将要去的荷花里,五娘满眼的兴奋。

"也不全是。"大太太就顿了顿,"当年因'郑安王谋逆案'沉冤昭雪的功勋之家很多,徐家就主动提出来和定国公郑家、威北侯林家一起分居长公主的府邸。要不然,'荷花坡'又怎么会被称为'荷花里'呢?"

听说徐家是和别人挤在一个别院里,五娘微怔。

大太太看出她的不以为然,心中有些不悦,道:"虽然郑家得了别院的正屋,林家和徐家分了别院的花园子,但英宗皇帝念着徐家当年府第不比长公主的别院小,只将花园的三分之一给林家,徐家得了三分之二。那别院又是长公主为自己晚年静养所建,花园里叠石为山、藤萝掩映,十分雅致。要讲府第大小,徐家在燕京的公卿中不算什么,但讲景致,却也是数一数二的。"

五娘知道自己失态,忙笑道:"我就是在想,等会儿母亲能不能让大姐差个人带我去逛逛。我长这么大,还从来没有到过这样尊贵的地方,想开开眼界。"

大太太脸色微霁:"我们还要在燕京待一段时间,以后有的是机会。"

她的话音刚落,有人隔着马车的帘子道:"亲家太太,我们正路过太池苑呢!您要不要看一看?"说话的是徐家派来的一个跟车的粗使婆子。

五娘听着露出笑容,却被大太太狠狠地瞪了一眼,就听她不紧不慢地隔了帘子和那婆子道："不用了。从东正大街望过去,也不过是看到几棵合抱粗的大树罢了。如果是夏天,倒可以看看,可这天寒地冻的,我看还是免了吧!"

那婆子"嘿嘿"笑了两声,不再作声。

大太太就低声嘱咐五娘和十一娘:"等会儿到了徐家,不要东张西望,不要含胸垂头,不要惊慌失措。该说话的时候说,不该说话的时候记得微微地笑。赏了东西大方接了,不要推推搡搡的一副小家子气;端出点心来只管尝一尝,不要畏畏缩缩的像没有见过世面的……"她啰啰唆唆地说了一大堆,把五娘也弄得紧张起来。十一娘见了,自然也要露出一副忐忑不安的样子来。大太太这才停了下来,"总之,徐家门第高贵,你们不要给罗家丢了颜面。"

两人忙恭敬地应了一声"是"。

大太太抬手捋了捋自己的鬓角,然后又扯了扯本已十分平整的衣襟。

马车已停了下来,外面有人低声地说着什么,过了一会儿,嘈杂的声音没了,然后马车像碾着了什么似的颠簸了一下,重新动起来。

马车内,大家都不说话,气氛有些压抑。

还好马车行了不到一盏茶的工夫又重新停了下来。

车帘被撩开,陶妈妈笑吟吟的圆脸出现在她们的眼前:"大太太,我们到了!"

十一娘随着大太太下了马车,发现自己站在一个黑漆灰瓦的垂花门前。赶马的车夫、随行的护院,还有拉车的骏马都不见了,只有几个穿着靓蓝色袄儿、官绿色比甲的妇人正殷勤地上前给大太太请安。

陶妈妈有意向大太太引见了其中一个身材高大、皮肤黝黑的三旬妇人:"这位是李全家的,专管府里的车驾。"

"李妈妈。"大太太客气地笑着朝那妇人点头,许妈妈已拿了荷包出来打赏。

众人笑吟吟地接了荷包,谢了大太太的赏,陶妈妈就陪着大太太上了垂花门的台阶。

五娘和十一娘不紧不慢地跟在大太太的身后,听见陪在一旁的李妈妈笑道:"我们家夫人天天念叨着亲家太太,昨天得了信,说您来了,中午就吩咐奴婢把车辇准备好了。"

说话间,她们已进了垂花门,看见迎面的一字影壁前并排停着三辆用来在内院代步的青帷小油车。

"让李妈妈费心了!"大太太笑着和她应酬了几句,就由许妈妈服侍着,上了停在最前面的那辆马车。

"两位小姐也请上车吧!"陶妈妈望着五娘和十一娘微微地笑着:"免得夫人等急了。"
五娘和十一娘都微笑着朝陶妈妈点头,然后学着大太太的样子上了小油车。

与外面的朴素无华相比,车内却装饰得精致华丽。

车帷挂着用五彩琉璃珠绣成云纹样的绣带,四角挂着大红织金香囊,靓蓝色的锦缎迎枕和坐垫上绣了月白色的梅花。

冬青看得两眼发直,把那迎枕抱在了怀里:"小姐,是仙绫阁的叠针绣,简师傅原来的东家……"已然激动得有些说不出话来。一旁坐着的琥珀脸上也闪过震惊——仙绫阁用叠针绣绣出来的绣品和双面绣一样,千金难求。没想到,徐家竟然用来装饰代步的青帷小油车。

十一娘没有多看一眼。她一向觉得,凡是用钱买得到的东西都不是真正珍贵的东西。

因为没有了外人,十一娘毫无顾忌地将车帘撩开了一条细细的缝朝外窥视。

有粗壮的妇人牵了驯骡出来,手脚麻利地套了车,然后轻轻拍了拍骡子的脖子,骡子就嘚嘚嘚地绕过影壁,上了条两边皆是苍松翠柏的青砖甬路。

马车走了大约两盅茶的工夫,然后向左拐了个弯,上了一条夹道。两边皆是高高的粉墙,从十一娘的视角望去,竟然有种没有尽头的感觉。

过了一会儿她才发现,马车每走一段距离就会遇到一个靠墙而立的四方青石灯柱。

这种灯柱,她曾经在书上读到过,通常都是用在皇家宫苑或是广场——因为点燃它需要大量的松油,而松油价格昂贵不说,还很稀少,并不是有钱就买得到的。就算是买得到,长年累月地使用,也是一笔非常惊人的开支。

难道徐家晚上真的把这些灯柱点燃了做路灯? 十一娘不由向前俯身,想看清楚那灯柱上有没有使用过的痕迹。

"小姐,别让跟车的婆子们看见了!"冬青小声地提醒她。

十一娘望着车窗外跟车婆子头上清楚可见的赤金镶碧玺石簪子,笑着放下了帘子。

冬青看着就松了一口气。

十一娘不由笑她:"一个梅花枕头就把你给镇住了?"

"小姐,这可不是说笑话的时候。"冬青嗔道,"您又不是不知道,大姑奶奶就是大太太的一块宝,含在嘴里怕化了,捧在手上怕摔了。要是您坏了大姑奶奶的事,大太太……"她欲言又止。

"我知道!"十一娘连忙保证,"我乖乖坐着不动就是了。"

冬青不由露出了一个甜美的微笑。

十一娘看着却心中一涩。她身边的人对这次与元娘的见面都很是不安吧? 要不然,怎么会这样地担心?

想到这里,她望了一眼坐在冬青身边的琥珀——她自从上车后就没有说过话,表情看上去很平静。

也许是大家在一起的时候有长短,感觉有深浅,所以她不像冬青那样患得患失吧。十一娘自嘲地笑笑,眼角一扫,却看见了被琥珀揉成了一团的帕子。

单调而冰冷的骡蹄声让时间骤然拉长。也不知道过了多久,马车朝左转了个弯,然后过了大约半炷香的工夫,停了下来。

应该到了元娘的住处了。十一娘思索着。

跟车的婆子声音温和地隔着车窗的帘子道:"亲家小姐,到了!"

琥珀应了一声"知道了",然后猫身打了帘,看见跟车的婆子已将脚凳放好,她踩着脚凳下了车。

她们停在一个砌着礓礤的蛮子门前,人高的石狮子正憨态可掬地靠立在门槛旁,大太太的身影在许妈妈的搀扶下已消失在门口。

十一娘暗暗有些吃惊,又觉得自己有点大惊小怪。她们母女毕竟有十几年没见了。

念头一闪,她已是汗透背脊。既然思念这样强烈,元娘为什么没到二门口去迎接母亲?是不是可以理解成,她的身体已经虚弱到如果去二门口迎接母亲就会有很不好的后果?所以,她不能……

想到这里,十一娘的目光落在了那礓礤上。如果下了高高的门槛,马车就可以从门外一直驰进去。

她看见五娘带着紫薇和紫苑进了蛮子门,遂收敛了情绪,带着冬青和琥珀跟了进去。

迎面是个穿堂,左右有通往穿堂的抄手游廊,院子里铺满青石方砖。穿堂的门口和抄手游廊的四角都有穿着靓蓝小袄、官绿色比甲的丫鬟,都敛声屏气地垂手立着。看见五娘和十一娘,丫鬟齐齐屈膝行了福礼。

十一娘跟着五娘从右边的抄手游廊进了穿堂。

穿堂西厅摆着长案、太师椅、茶几等,布置成了一个待客之处。中间和东边却空荡荡的什么也没有摆。

出了穿堂,并没有看见大太太一行人。她们面对的又是一个院落,迎面一个五间带耳房的正房,两边是三间带耳房的厢房,由抄手游廊连成了一个回字环形长廊。院子里铺着青砖十字甬路,四角各种了一株人高的小松树。

看见五娘和十一娘从穿堂出来,正屋房檐下那些穿着靓蓝小袄、官绿色比甲的丫鬟齐齐地屈膝给两人行了福礼。

十一娘就听见五娘轻轻地叹了口气,很是怅然的样子。是在感怀自己,还是在感怀元娘呢?

"亲家小姐,这边!"陶妈妈可能是发现她们没有跟上,所以回过头来找她们,站在正

屋的耳房前向她们招了招手。

两人忙从右边的抄手游廊走了过去。

"夫人住在后面的院子里。"陶妈妈笑着向她们解释,然后领她们从耳房旁黑漆角门进了第三进院子。

第三进院子和第二进院子一样,都是五间带耳房的正房、三间带耳房的厢房,院子里也铺着青砖十字甬路,只是西北角是太湖石叠成的一座假山,东南角种着几株冬青树。相比上一个院子的清冷,这个院子看起来有生气多了。

五娘和十一娘跟着陶妈妈从右边的抄手游廊到了正房的门前,立在一旁的小丫鬟早就殷勤地撩了帘子,见她们走近,笑容满面地喊了一声"亲家小姐"。

五娘和十一娘都朝着那小丫鬟笑着点了点头,进了正屋。

地上铺的是光滑如镜的金砖,承尘上绘着鲜艳的彩色绘饰,挂着联三聚五羊角宫灯。中堂一幅观世音趺坐图,长案正中摆着个掐丝珐琅的三足香炉,檀香的味道正从那香炉中袅袅散开。长案的左边供着个尺高的紫檀木座羊脂玉佛手,右边供着个汝窑天青釉面的花觚。

十一娘不由愕然。

再向东边望去,步步高升的紫檀木落地罩挂了靓蓝色的幔帐,次间中央立了个多宝格,摆着什么铜珐琅嵌青玉的花篮、青花白地瓷梅瓶、琦寿长春白石盆景、绿地套紫花玻璃瓶。

向西望去,十二扇紫檀木嵌象牙花映玻璃的槅扇,中间四扇开着,可以看见一座隔开西次间和西梢间的紫檀边嵌象牙五百罗汉插屏。

十一娘不由屏住了呼吸。实在是太……奢华了!

如果仅仅是奢华,她也不会吃惊,问题是,这和她一路上看到的朴素的青砖灰瓦形成了鲜明的对比。特别是那紫檀木嵌象牙花映玻璃的槅扇,宝蓝玻璃里浮着赤金色的牡丹花,那种绚丽彩色,简直可以让人窒息。

想到这里,她不由望了五娘一眼,五娘的脸上依旧挂着得体的微笑,只是那微笑已经有些勉强。她的身姿依旧笔挺,只是那笔挺已经有些僵硬。看样子,她好像受了点小小的打击。

突然间有微弱的抽泣声传来,走在前面的陶妈妈脚步一顿。

五娘已回过神来,笑着站在了帘子前:"妈妈,这羊脂玉佛手真漂亮,可是整块羊脂玉雕成的?"

陶妈妈转过身来,望着五娘的目光中有无法掩饰的惊讶和赞赏:"这佛手的确是整块的羊脂玉所雕。原来五小姐对这些感兴趣。"说着,领了两人往西间的多宝格去,"这边还陈设了一些玉器,五小姐可以赏析一番。"

有意让她们回避回避。

五娘笑道:"多谢妈妈,我正好开开眼界。"

十一娘微微笑起来。五娘越积极,自己就越安全。

她跟五娘站在多宝格前观赏里面陈放的各种玉饰、瓷器,陶妈妈却支着耳朵听着东间的动静。

三个人都有些心不在焉。

好在这种情况没有持续多久,就有个穿着红绫袄、蓝绿色比甲作丫鬟打扮的小姑娘从西间出来:"陶妈妈,夫人说请两位小姐到里边坐。"

马上就要见到那个可以操纵她们未来的罗元娘了。五娘和十一娘脸上虽然都没有露出一丝异样,心里却不约而同地"咯噔"了一下。

陶妈妈则立刻应了一声"是",笑着请她们两人进了西次间。

十一娘垂着眼睑,循规蹈矩地跟着陶妈妈绕过屏风进入了元娘的卧房,然后按照一般卧室的陈设朝右飞快地睃了一眼。

黑漆螺钿床的大红色罗帐被满池娇的银勾勾着,一个年约二十五六岁的女子神色疲倦地靠在床头姜黄色绣葱绿折枝花的大迎枕上。她穿了一件石青色绣白玉兰花的缎面小袄,鸦青色的头发整整齐齐地梳成了一个圆髻,鬓角插了支赤金镶蜜蜡水滴簪。苍白的脸庞瘦削得吓人,乌黑的眸子亮晶晶地望着坐在床边眼角还泛红的大太太,两人脸上都洋溢着母女重逢的喜悦。

这样的罗元娘……十一娘有些意外。

她曾经无数次猜测,以为会看到一个冰冷倨傲的女郎,或是一个严谨端庄的妇人,或是一个表情凄婉却目光锐利的女子。没想到,她竟然会见到一个如此温和,甚至带点孩子气的罗元娘。

"一眨眼都过去这么多年了。"一个陌生却带着几分笑意的声音在她耳边响起,"原来总跟在我身后的小丫头都长成了一个亭亭玉立的大姑娘了!"

"大姐!"走在十一娘前面的五娘突然间哽咽着跪了下去,"我,我很想您……还记得您从杭州府给我带回来的窝丝糖!"话到最后,已是嘤嘤小泣。

十一娘见状立刻跟着跪了下去,低头垂手,十分温顺的样子。

"快起来,地上凉!"温和的声音里就有了几分娇嗔,"都是这么大的人了,怎么还和以前一样,动不动就哭,动不动就跪下了……"

立刻有丫鬟过来扶她们。

十一娘不动,眼角瞟着五娘,见她站了起来,自己才跟着站了起来。

"来,到我们身边坐会儿,我们姊妹也好说说话儿。"

她的话音刚落,就有丫鬟端了锦杌放到了床边。

五娘和十一娘起身道谢,又上前给元娘磕头正式行姐妹之礼。旁边立刻有机敏的丫鬟拿了锦垫,在她们还没有跪下之前放在了她们的膝头,待她们磕完头,又马上有丫鬟上前将两人搀起。

丫鬟的动作悄无声息,反应迅速。

十一娘一面暗暗吃惊元娘屋里的丫鬟训练有素,一面和五娘一前一后半坐在了床前的锦杌上。

元娘笑吟吟地打量起两个妹妹来:"五妹从小就漂亮,倒和我心目中的样子没什么区别。十一妹我还是第一次见到,看这尖尖的下巴,倒和五姨娘颇有几分相似。不过,这头发随我,乌黑浓密。"

十一娘听到有人提她,脸色微红,低头喃喃半天,也不知道都说了些什么,显得很是羞怯不安。

"什么随你了?"大太太笑道,"那是随了你们的祖母。"

元娘嘴角微翘,大家都跟着笑了起来,屋里就多了几分热闹的气氛。

元娘吩咐身边的丫鬟:"来,把我枕头下的两个雕红漆的盒子拿出来。"

丫鬟应声蹲了下去,在元娘的迎枕下摸了两个巴掌大小的圆形盒子出来。

"姐姐也不知道你们喜欢什么,想着手里还有两块玉佩能拿得出手,就让人给找了出来。"说着,示意那小丫鬟将手中的雕红漆盒子送给五娘和十一娘,"你们一人一块,戴着玩吧!"

元娘说得客气,两人却不会真的以为那两块玉佩仅仅是"拿得出手"而已,遂起身道谢,郑重地接了盒子。

"打开看看,"元娘笑道,"看看喜欢不喜欢。"

五娘和十一娘俱是一怔,哪有当着送礼的人拆礼品的道理?

大太太也在一旁说:"打开看看,是你们大姐的一点心意。"两人不再迟疑,各自打开了手中的盒子。

温润莹透,洁白无瑕,如同凝脂,一看就知道是上好的羊脂玉。

两块玉都是一寸见方,只是一块雕的是枝头开了几朵梅花的"喜上眉梢",一块雕的是蝙蝠嘴里衔着石榴的"多子多福"。

这是什么意思?难道还抓阄不成?那是"喜上眉梢"中了,还是"多子多福"中了呢?

十一娘望着手里的那块"多子多福"的玉佩,有些啼笑皆非的感觉,而五娘却如手中的玉佩一样,有些喜上眉梢。

"多谢大姐!"她的笑容一直到了眼底,"我很喜欢。"

十一娘点头,表示同意五娘的说法:"真漂亮。"

元娘听了微微地笑着颔首:"你们喜欢就好!"

她的话音刚落,就有丫鬟隔着屏风恭敬地道:"夫人,谆爷来了!"

元娘的脸庞立刻就亮了起来:"快进来!"

立刻有身材高大丰腴的妇人抱个穿着大红色缂丝十样锦大氅的小男孩走了进来,身后还跟着两个明眸皓齿的丫鬟,但大家的目光全落在了那个孩子身上。

他皮肤白净,眉目精致,漂亮得像人偶似的。身量只有两三岁的样子,眉宇间又带怯弱之态,一看就是不足之症。

"谆哥!"大太太泪水盈眶地迎了上去,伸手要抱他。

他却一扭头,躲在了抱他的妇人怀里,手上小金镯挂着铃铛叮叮当当一阵乱响。

大太太神色微僵。

元娘已歉意地解释:"他有些认生。"

大太太讪讪然地拉了拉谆哥的衣裳:"只怪我来看他看得少。"

那抱着谆哥的妇人就笑道:"要怪只怪我们家哥儿年纪小。"说着,抱着谆哥行了个蹲礼,"谆哥给外祖母请安了!"

丫鬟们都称谆哥为"谆爷",这妇人却称"谆哥",看来应该是谆哥的乳娘了。

十一娘思忖着,就看见大太太毫无芥蒂地笑了起来,然后从许妈妈手里接过一个红漆描金的匣子递给谆哥:"这是外祖母给的见面礼,一块端砚,等你长大了用。"

跟谆哥进来的丫鬟就上前屈膝给大太太行礼道谢,替谆哥接了。

元娘就指了五娘和十一娘:"谆哥,这是你五姨,这是你十一姨。"

谆哥听到母亲的声音,立刻抬起头来,看了一眼五娘和十一娘后,又把头埋在了那妇人怀里。五娘和十一娘却不敢怠慢,忙站了起来。

那妇人就抱着谆哥嘴里说着"谆哥给五姨请安""谆哥给十一姨请安",分别给五娘和十一娘行了个蹲礼。

两人都嘴里说着"不敢当",侧着身子受了。

五娘就从衣袖里掏了块桃木福牌:"这是我抄了血经供在慈安寺时,请慧真师太亲自开过光的,给谆哥做个见面礼吧!"

十一娘送的是套大红遍地织金绣翡翠色青竹的衣裳、鞋袜:"自己缝的,一点心意。"

跟着谆哥来的丫鬟笑着上前代谆哥道谢,接了过去。

大家重新坐下,丫鬟们换茶。

那妇人就把谆哥抱到了元娘床前,屈下膝去要行礼,谆哥突然抬起头来,眼巴巴地瞅着元娘喊了一声"娘"。

元娘的脸立刻柔和了几分:"把他放到我身边来。"

那妇人犹豫片刻,将谆哥放在了元娘身边。

谆哥滚了几下,就钻到了母亲怀里。

"谆哥,您轻点!"抱谆哥的妇人战战兢兢地望着孩子,元娘却笑着摸了摸儿子柔软的头发:"没事。"

那妇人还欲说什么,元娘已转头和大太太说起话来:"怎么不把弟妹和麻哥也邀来,谆哥就是喜欢和麻哥玩!"

大太太笑道:"我一早让人送了土仪去你二叔和三叔家里,怕他们那边派人回礼,就让她在家里帮着照应点。"

元娘就嗔道:"娘也真是的,既然这样,何不改日再来? 爹要出去访友,弟弟又要到国子监去读书,您再把妹妹们都带了出来,让弟妹带着侄儿一个人在家里,总是不好。"

"知道你要当讨人喜欢的姑奶奶,可也不能拿我排揎。"大太太听着笑起来,"我问过她了,她说你身子弱,谆哥前两天受了风寒又刚刚好,怕我们都来,吵了你们母子,说等谆哥好些了再带麻哥来看你们。"

元娘就笑道:"娘也别怪我,除我这个做女儿的能这样直言不讳地说您,还有谁能说您?"

大太太一听,眼圈就红了。

元娘见了忙道:"您难得来燕京一趟,明天让爹爹陪着您看看燕京的景致,您给我带几串糖葫芦回来。"

大太太听着脸一红,然后像要掩饰什么似的"嗔"了一声,笑道:"看看,这哪里是做了母亲的人,竟然还惦记着街上的糖葫芦! 我等会儿跟你婆婆说去,让她给你做上个十串八串的,吃得你见到就烦。"

元娘掩嘴而笑:"婆婆做的糖葫芦好吃,您给我买回来的也好吃。"她掩着嘴的手背如八十岁的老妪般青筋暴起。

大太太看着心里一酸,好不容易盼来了这场富贵荣华,没想到女儿却……又想到徐府锦衣玉食,女儿主持中馈哪里就缺了那点吃食。这样说,不过是想在自己面前撒撒娇罢了。在家里比掌上明珠还珍贵的女儿一旦成了别人家的媳妇,就是想说声自己的母亲好,还要把婆婆搭在里面。她悲从心起,眼泪再也止不住地落下来。

元娘看着也眼睛微红。不管怎样逗母亲开心,自己的病就如鲠在母亲喉头的刺一样,不动都会疼,何况是挑动了那根刺。

元娘和大太太伤心起来,屋里的气氛立刻一变。

谆哥从母亲怀里探出头来,张着清澈无瑕的大眼睛好奇地望着大太太,好像不明白外祖母怎么无缘无故地就哭了起来。

五娘目光一转,掏了帕子上前递给大太太擦眼泪:"今天母女重逢,是喜事,母亲怎么就伤起心来了。"

大太太听了破涕为笑,接过帕子擦了擦眼角:"看我,越老越不经事了。"那笑容,还是有点勉强。

元娘的眼角有泪水晶莹闪烁:"娘是在女儿这里呢!哪有那么多的讲究。"

就有丫鬟们打了水进来给大太太和元娘净面。

元娘身边自有服侍的人,大太太这边则由十一娘端了盆,五娘帮着挽袖卸镯。

净完脸,元娘吩咐丫鬟:"将上次皇后娘娘赏的宫粉拿出来。"

丫鬟应"是",很快拿了珐琅开光花卉小盒来。

"娘试试,内府的东西。"元娘笑道,"我一向不用这些东西,也不知道好不好。要是您用得顺手,我让人送几盒过去。"

大太太拿了粉盒,嫩黄色的底,繁杂的天蓝色纹样,淡雅素净。

"不愧是内造之物。"她拿在手里把玩了几下才轻轻拧开盒子,立刻有股清雅的茉莉花香散发出来,淡淡地飘满整个屋子,让人闻了精神一振。

十一娘动容,不由打量了那盒子一眼,眉角一挑。

现代彩妆技艺,在肤色粉底里添上一点点黄色粉底抹在脸上,能让黄色的皮肤变得明亮光洁。罗家的女眷,用的全是纯白色的粉,不仅如此,而且还认为越白越好。这完全是两种不同的理念。

内造的东西,果然比市面上的东西好不止一点两点啊!感慨中,大太太已将粉抹在了脸上。果然如十一娘所料,粉妆自然柔和,让大太太骤然年轻了五岁。

五娘在一旁啧啧称奇,眼底有艳羡之色闪过。就是许妈妈,也满脸的惊讶。

元娘抿嘴一笑,吩咐丫鬟:"你明天去跟宋买办说一声,就说上次娘娘赏的宫粉不错,让他再送几盒进来。"

丫鬟屈膝应"是"。大太太已摆手:"不用,不用,何必为几盒宫粉欠了人情。"

元娘笑道:"不打紧,现在掌管内府的是顺王,是从小和侯爷一起长大的,熟得很。"

大太太还在那里推辞,就有小丫鬟禀道:"夫人,文姨娘来了!"

元娘微怔,笑道:"她的耳报神倒灵,让她进来!"眉宇间并没有悲怨愤然,而是平和自然,就好像听到相好的邻居来访。

大太太就有些狐疑地望着女儿,低声道:"是扬州文家的……"

元娘点头,笑道:"娘也见见,都是江南人。文家虽是做盐引起的家,可这几年丝绸生意做得也不错,多认识一个人多一条路。要是有机会,让吴孝全去趟扬州,看在我的分上,文家的人定会对他礼遇的。"

罗家的财产除了田亩就是丝绸铺子,但罗家毕竟以诗书传家,如果不是田里的收成要靠天,丝绸的利润又实在是让人心动,也不会去开铺子做生意。所以罗家的元德丝绸虽然是江南的老字号,却一直做杭州府附近的生意,并没有在其他地方设分店。虽然经营几代,但也只是比上不足,比下有余而已。

十一娘听元娘这口气,竟然是让大太太借文家的势力扩张生意似的,不由得微微吃惊。

和十一娘同样感到吃惊的还有大太太:"你这是……"

元娘朝母亲笑了笑,道:"这件事我们以后再说。"转身吩咐丫鬟:"去将我那柄掐丝珐琅镶猫眼石的镜表拿给太太。"又向大太太解释,"你给她做见面礼吧。"

十一娘若有所思。

大太太还欲说什么,屏风外面已传来一个娇滴滴的声音:"姐姐,可把亲家太太给盼来了!"

一时间大家的目光都集到了屏风旁,就看见一个香坠般娇小的女子走了进来。她穿了件姜黄色素面小袄,茜红色折枝花褙子,月白色挑线裙子。青丝梳成坠马髻,左边戴朵西洋珠翠花,右边插三支赤金石榴花簪子,耳朵上赤金镶翡翠水滴坠儿颤悠悠地晃在颊边,更映得她肤光似雪,妩媚撩人。

十一娘眼睛一亮。真是个美人!

"大太太,奴婢文氏给您行礼了!"文氏未语先笑,言语爽利,上前几步,稳稳当当地蹲下给大太太行了个福礼。

大太太脸上早已换上了盈盈笑意:"快起来,快起来,一家人,何须这样多礼!"那边许妈妈已递了个红漆描金的匣子给大太太,大太太看那匣子漆工精湛,描金花卉典雅大方,不是自家之物,知道这就是女儿刚才提到的镜表了。心里虽然不舒服,但还是笑着接了递给文氏:"你拿去玩吧!"

文氏笑吟吟地接了,眼睛却在那匣子上打了个转才递给身后的丫鬟,然后笑着上前给元娘行礼:"姐姐可好些了?"

元娘的笑容到达眼底:"你这一来,不好也好了!"

文姨娘听着花容失色:"姐姐,这话可不能让侯爷听见了。要不然,我这小命不保,定被侯爷送到王太医那里做了羹汤……"

在元娘怀里的谆哥突然道:"姨娘,你说错了,黄妈妈才管厨房……"

元娘大笑起来。众人也跟着笑起来。

只有谆哥，左顾右盼的，先是不知道大家为什么笑，后来看着大家都笑，有些羞涩地躲到了母亲怀里。

文姨娘就上前半蹲在床前笑望着谆哥："好谆哥，要是侯爷问起，你可要像刚才那样，说王太医可不管厨房，管厨房的是黄妈妈。"

谆哥抬头朝文姨娘点了点头，又把头埋到了母亲的怀里。

大家又是一阵笑。

或许是笑得太频繁，元娘竟然咳嗽起来。

文姨娘忙上前帮元娘顺气，又接了丫鬟递过来的茶，倒了一小口在盅盖里尝了，然后才坐到床边扶了元娘服侍她喝茶。

她的动作做得极熟，一点不生涩，看得出，是常做这种事的。

十一娘目光微闪，五娘脸上却露出惊容。

喝了茶，元娘顺过气来。文姨娘就望着神色关切地立在床前的五娘和十一娘："这两位想来就是五小姐和十一小姐吧？"

元娘笑着点头。

文姨娘飞快地打量了两人一眼，笑着上前拉了五娘的手："我第一次见到姐姐，觉得见到了仙女似的，姐姐却常说家里的妹妹们才是真正的漂亮。今天一见，果真是名不虚传。"

五娘忙笑道："姐姐一向对我们这些妹妹颇为照顾，心中亲厚，不免偏袒，让姨娘笑话了。"

文姨娘目光闪烁："哎呀呀，可真是个爽利人。"然后回头望了元娘："倒对我的脾气。"

元娘呵呵地笑。

文姨娘对自己的丫鬟打了个手势，那丫鬟就捧了两个匣子。

"刚知道大太太带了两位小姐来家里玩，匆匆忙忙的，两位小姐不要嫌弃。"

五娘和十一娘道了谢，接在了手里。

这样遇人就有见面礼，自己倒小发了一笔。十一娘不无自嘲地在心里笑了笑。

又有小丫鬟隔着屏风禀道："太夫人屋里的姚黄姐姐来了。"

一个又一个，真像群英会啊。十一娘不由睁大了眼睛。

"快请进来！"元娘笑着，就有个身材高挑的丫鬟从屏风后面绕了进来。

她不过十七八岁的样子，身段纤细，却长了张圆圆的胖脸，看上去像大头娃娃，虽然有些不合比例，却十分可爱。

看见满屋子的人，她笑眯眯地上前给众人请了安，然后对大太太道："太夫人特意让我来传个话。说，知道亲家太太要来，本应亲自来迎。可巧程国公夫人带着侄女过来，只有烦请亲家太太先坐一会儿，还请亲家太太不要见怪。"

一直仔细观察着元娘的十一娘就看见她眼中有一转而逝的凛冽。

那边大太太已客气地道："太夫人比我年长，本就应该我去见太夫人，怎好让太夫人移步。"说着，略带迟疑地道，"不知道程国公夫人还要盘桓多久？我既然来了，怎能不给太夫人请个安……"

不待姚黄回答，元娘已笑道："娘，婆婆是主人，不好弃客而来。您却是客人，自然是客随主便，有什么不能去的。"说着，吩咐身边的丫鬟："你们帮我换件衣裳。"一副要陪着大太太去见太夫人的样子。

女儿这样的身体，让她陪着去自己心中不安；不让她陪着去又有失礼节。一时间，大太太左右为难起来。

文姨娘看着，目光闪了闪，笑道："姐姐，要不，我陪着大太太去吧？要不然，太夫人见姐姐这样不顾身体，又要伤心了。"

元娘沉思。

文姨娘又道："我抱了谆哥，陪着大太太过去。"

"也好！"元娘笑道，"到时候让谆哥代我给娘请个安。"

文姨娘笑道："姐姐放心，我们去去就来。"

元娘满脸歉意地望着母亲，还没有开口，大太太已笑道："姨娘这个主意好，让谆哥陪着我去见太夫人。"又道，"你放心，有我在身边，定不让谆哥吹了风受了寒。"

元娘望着母亲的目光渐渐变得认真起来："那我就将谆哥交给您了。"

大太太郑重地点了点头。

第六章　谋继位众人各谋思

从元娘那里出来,她们依旧坐着来时的青帷小车,朝着西边走了大约一炷香的工夫,然后左拐上了一条夹道,出了夹道再左拐,停在了一个广亮门前。

灰色筒瓦,清水墙,黑漆大门,门外有八字影壁,左边雕一个"福"字,右边雕一个"寿"字,都有一人高。门前五级石青色台阶,凿成五福捧寿花样。两个未留头的小丫鬟正在台阶上玩,看见马车停下来,一个一溜烟地跑了进去,一个迎上前行礼。

谆哥就朝着那小丫鬟喊了一声"小芍"。看得出来,他和太夫人院里的人都很熟。

小芍笑嘻嘻地应了,许妈妈就从衣袖里摸了几文钱赏了那个小丫鬟。小丫鬟谢了赏,就有几个穿着官绿色比甲的丫鬟簇拥着个穿着牙黄色比甲的丫鬟走了出来。

"亲家太太,奴婢是太夫人跟前的魏紫。"穿牙黄色比甲的丫鬟恭恭敬敬地给大太太等人行礼,又笑着给谆哥行礼,"谆爷,您可是陪着外祖母来看太夫人的?"

谆哥腼腆地笑。

许妈妈则拿了荷包出来给众人打了赏,魏紫等人落落大方地谢了赏,一行人进了门。

迎面是座怪石嶙峋的假山,两边都是抄手游廊。假山上攀着或如翠带摇曳、或如绿线盘曲的藤萝,山脚草木葱茏,点缀着几朵或黄或红或蓝的小花,虽然野趣十足,却是一幅春暖花开的景象。

十一娘大吃一惊,再仔细一看,这才发现,那些草木间隐隐露出如棋盘般纵横交错的暗红色大方陶格。原来这些草木并不是长在地下的土里,而是种在一个个正方形的陶缸里。

应该是在温室里培养好了,然后搬过来的。她一面暗暗思忖着,一面面带微笑地跟着大太太从右边的抄手游廊到了穿堂。

穿堂三间,正中立着一面四扇的松鹤迎客的紫檀木屏风,绕过屏风,左右都是抄手游廊,正中一个小小的三间厅房。

那姚黄就笑道:"几位妈妈辛苦,随我去吃杯茶吧。"

许妈妈就朝着紫薇、琥珀等人使了个眼色,笑道:"有劳姚黄姑娘了。"然后带着她们随姚黄从小厅旁的角门去了后面的罩房,谆哥由乳娘抱着,大太太、五娘、十一娘、文姨娘,还有跟着谆哥的两个丫鬟,一起跟着魏紫穿过小厅,到了后面正房大院。

五间的上房,黑漆落地柱,玻璃大窗,雪白锦帘,石青色西番花夹板帘子,两边各色鹦鹉、画眉等雀鸟。院子正中铺着十字青石甬道,西北角两株合抱粗的参天大树,枝叶如伞遮在屋顶。东北角一株人高的树,无叶无花,褐色的枝丫虬结。东南角一座花架,爬满了绿色藤萝,底下摆着石桌、石凳,有清雅古朴之气扑面而来。

早得了信的丫鬟立在台阶前,看见她们走过来,有的帮着打帘,有的朝内通禀:"谆爷陪着亲家太太来了。"

她们进了房,一大群穿红着绿的女人簇拥着个身材高挑的妇人走了进来。

谆哥已大喊:"祖母!"

十一娘知道,这位就是元娘的婆婆——永平侯府的太夫人了。她不由细细打量,太夫人看上去比大太太年轻两三岁的样子,穿了件石青色缂金瓜蝶纹褙子,姜黄色综裙。乌黑的头发梳成圆髻,只在鬓角戴了两朵珊瑚绿松石蜜蜡的珠花。皮肤白皙,体态微丰,圆润白皙的脸上有双非常温和的眼睛。

她朝着谆哥笑了笑,然后上前几步给大太太行了个福礼:"妹妹,让你移步,实在是惭愧。"

大太太在太夫人蹲下身去的时候也蹲下身给太夫人还礼:"姐姐这样说岂不是羞煞我。"又向太夫人介绍五娘和十一娘:"这是我两个不成器的女儿,大的是五娘,小的是十一娘。"

五娘和十一娘忙上前给太夫人行礼。

大太太笑着端详两人:"明珠朝露般,真是两个漂亮的闺女。"

"太夫人过奖了。"大太太谦虚着。

太夫人就向大太太介绍身边一个穿着深藕荷包缎绣云鹤纹的四旬妇人:"这位是程国公府乔夫人。"

两人互相见了礼。

太夫人又指了乔夫人身边一个明眸皓齿的小姑娘:"这是程国公府的六小姐。"

大太太笑着朝那小姑娘点了点头,客气地称了一声"乔小姐"。

乔小姐给大太太行了礼,又和五娘、十一娘见了礼。

乔夫人就指了文姨娘道:"这位是……"

太夫人笑道:"是四儿的小星。"

文姨娘忙上前给乔夫人行礼,乔夫人笑着点头,赏了她一个荷包,道:"侯爷可真是有福气,瞧姨娘这模样,小小巧巧,真是惹人怜爱!"

太夫人笑了笑,请大太太和乔夫人去了西边日常宴息的次间。太夫人和大太太分宾主坐到了临窗的炕上,又有小丫鬟端了太师椅放在太夫人的下首给乔夫人坐了,端了锦杌给乔小姐和五娘、十一娘、文姨娘坐。

谆哥给太夫人和乔夫人请了安。乔夫人就抱了谆哥左右端详了一番，称赞了一番，赏了荷包不说，还把谆哥交给乔小姐，让乔小姐把孩子抱给太夫人。

不知道是乔夫人给的那个荷包好玩被吸引了注意力，还是因为马上就能回到自己祖母的怀里，谆哥在乔夫人怀里还挣扎了一下，待被乔小姐抱在怀里的时候，竟然动也没有动。

乔夫人就笑道："谆哥倒和我们家六姐有缘。"

太夫人什么也没有说，只是笑着摸了一下谆哥的头，吩咐魏紫："把谆哥带去暖阁里玩吧！"

魏紫应声抱了谆哥，文姨娘就笑着站了起来："太夫人，我去陪陪谆哥吧！"

太夫人笑着看了她一眼，道："那可要小心点，别把孩子磕着碰着了！"

一旁的乔夫人突然插嘴道："要不，六姐你也去陪陪谆哥？"又对太夫人道："我们家六姐就是喜欢孩子，家里的几个侄儿侄女看见她就吵着闹着要她。"

太夫人就笑了笑，道："六小姐是客，怎好麻烦她。"

"您是长辈，她一个小辈，只管指使就是，何来'麻烦'之说！"一副执意要乔小姐陪谆哥去暖阁的样子。

太夫人就笑道："要不，乔小姐就帮我陪陪两位亲家小姐吧！我们年纪大的在一起说话，也免得她们年轻的无聊！"

乔小姐立刻乖巧地站起来应了一声"是"，又把锦杌搬到了五娘、十一娘边上，太夫人就和大太太说起一路上来的事，什么时候从余杭启程，什么时候到了哪里，又是什么时候到的通州……

说是陪着五娘和十一娘，但大人在讲话，谁也不敢插言，更不敢在一旁小声嘀咕，乔小姐也只是挨着五娘、十一娘坐坐而已。

就有丫鬟进来禀道："太夫人，侯爷身边的临波来说，皇上留了侯爷说话，今天怕是回来得晚，让跟亲家太太说一声，明天得了闲亲自去府上拜访。"

"这孩子，也不知道在忙些什么！"太夫人听了叹口气，转身对大太太道："还请亲家太太不要怪罪。"

大太太正要说什么，那乔夫人已笑道："侯爷乃国之栋梁，自当以国事为重，亲家太太怎么会怪罪？"

太夫人听了就朝着大太太歉意地笑了笑："程国公府和我们家是世交。"好像在向大太太解释乔夫人的热情。

"正是。"乔夫人听了笑道，"我们国公爷进御林军虎威营的时候，老侯爷是领队，我们

家国公爷是个营卫，天天跟着老侯爷身后转。那时候，我们还没有成亲，他家也不回，天天跟着老侯爷到姐姐这里来蹭饭吃……"说着，呵呵笑起来，"后来我们成了亲，他总说姐姐家里的熏鹿肉好吃，还曾经差人来向姐姐要了一块回去。姐姐可还曾记得？"

"记得。"太夫人淡淡地笑，并不像乔夫人表现得那样热忱。

乔夫人就轻轻叹了一口气："后来，老侯爷去世了，我们家国公爷也被派到了西北。姐姐闭门谢客，我们也来得少了……"

大太太却听出些端倪来。

既然是世交，怎么会因为丈夫被派到了西北就来往得少了呢？况且老侯爷去世前，徐家一直寄予厚望的世子徐令安病逝了。徐令安的遗孀项氏和太夫人都受不了这个打击病倒了，女儿突然接手中馈，徐家三奶奶甘氏一向不管事，又正怀着身子，别说是帮什么忙了，就是在婆婆床前侍疾也指望不上，还特意把太夫人的妹妹接到府上陪了太夫人大半年。

想到这些，她就望了太夫人一眼。太夫人感觉到大太太的目光，就侧脸朝着大太太无奈地笑了笑。

大太太突然明白过来，那年还出了件事。

建武四十六年的"巫蛊案"把几位成年的皇子都牵扯进去了，皇后、太子饮鸩而亡后，先帝一直没有再立后、立储。那年有人上书，建议立贵妃叶氏所生十皇子为储君。皇上震怒，令内阁大学士李清彻查此事——事后大家才知道，李清与九皇子相好，乘机打击其他几位皇子。但在当时，"巫蛊案"查了五年，牵扯的臣子不知有多少，徐家作为七皇子的岳家也被卷了进去。要不是自己的公公护着，当年老侯爷又病逝了，只怕事情不会那么简单就平复下来。

她那时在余杭服侍生病的婆婆，不能到燕京来，消息闭塞，心中焦急，还曾抱怨公公不该把她的女儿许配给徐家。

如果乔家和徐家是在那个时候不来往的，那么也就是说，乔家当时是支持其他皇子的。

大太太不由在心底冷冷一笑。现在知道当初投错了人赶着来巴结了。难道就没有听说过"锦上添花易，雪中送炭难"吗？

十一娘也看出点问题来。这位乔夫人，虽然看上去落落大方，但行事说话却对太夫人多有巴结，难道是有所求？

她心念一动，目光不由落在了乔小姐的身上，乔小姐看上去不过十五六岁，皮肤雪白，目光明亮，嘴唇红润，笑容恬静，安安静静地坐在那里，像朵含苞欲放的花儿般柔美娇嫩。

感觉到十一娘的目光,她微微侧脸,露出甜美的笑容。十一娘朝着她微微点头,态度友善。

大家听乔夫人絮叨了半晌,又闲聊了几句,太夫人留大家吃饭,大太太推辞:"刚来,家里的事乱着,还要去两位叔叔家看看。我难得来一趟燕京,一时半会儿也不会走,过几天理顺了再来看您。"

太夫人想着亲家和儿媳十几年没见,自然有些体己的话要说,今天也不留她,道:"今天是十四,十六来家里,我请吃顿饭。"

"好啊!"大太太还没有开口,乔夫人倒先开了口,"见者有份,到时候,我也要来凑热闹。"说着,拉了太夫人的衣袖,"姐姐可不能不答应。"

太夫人就看了大太太一眼,对乔夫人笑道:"你能来帮我陪亲家,我感谢还来不及,何来推辞?"

乔夫人笑成了一朵花:"那就这样说好了。"

太夫人送大太太和五娘、十一娘出门,那乔夫人和乔小姐却留了下来。

大太太望着乔夫人的背影,笑着对陪她们回元娘那里告辞的文姨娘道:"这位乔夫人真是热心。"

文姨娘目光转了转,笑道:"他们府上的人能说会道,那是整个燕京都有名的。要不然,怎么会被人戏称为'不倒翁'呢?"

大太太挑了挑眉。

文姨娘笑道:"我们府上还曾经陷入过困境,人家程国公府可是一帆风顺,经历六朝不倒。特别是这一代的国公爷,自建武四十一年以来,先后任过甘肃总兵、宁夏总兵、保定总兵、宣府总兵、大同总兵,在西北军里根基深厚。别说是我们家侯爷了,就是皇上,也是十分器重的。"

大太太若有所思。

文姨娘笑着扶大太太上车:"夫人只怕也惦记着这边的事,我们回去跟夫人说说,也让姐姐解解闷。"

大太太点头,和文姨娘上了车,五娘却望着太夫人的大门微微发呆。

到了元娘那里,大太太立刻问起乔夫人来:"和你可熟?"

元娘笑着点头,却问起了谆哥:"留在太夫人那里了?"

"嗯。"大太太有些心不在焉地道,"我看他和那几个小丫鬟玩得起劲,太夫人又留得诚,就没有带他回来。"

是想有些话不能当着谆哥的面说吧? 元娘微微地笑。

那边文姨娘已笑道:"姐姐,您猜猜看,我们在太夫人那里碰到了乔家的几小姐?"

元娘揶揄地笑道:"你娘家和龚家是死对头,龚家有女儿嫁到了蒋家,这乔家的事,还有谁比你更清楚的?"

文姨娘掩嘴而笑。

大太太几个却听得一头雾水。

文姨娘就笑着解释道:"在我祖父那一辈,扬州半塘龚家是和我们家并驾齐驱的人家,都是以盐业起的家。同行相忌,成了冤家。我们两家斗了这么多年,彼此也算是知根知底了。那龚家有个女儿嫁到建安蒋家为媳,而建安蒋家,正是乔夫人的娘家。所以姐姐才有这么一说。"

大太太动容:"建安蒋家? 是不是那个'一门四进士,祖孙两阁老'的建安蒋家?"

文姨娘点头,眼底闪过一丝冷意:"正是出了蒋荣、蒋漤两位阁老的建安蒋家。"

大太太微怔。

"官宦人家,祖上再荣耀,子孙里没有及第的进士,败落也是很快的。"元娘淡淡地望了文姨娘一眼,笑道,"说起来,蒋家已有两代没出一个进士了,还不如我们家。"

大太太的笑意就从脸上一直到了眼底:"你弟弟是个成器的。"

"谁说不是。"文姨娘笑得与有荣焉,"二十二岁的举人,就是满大周也找不出来几个。等明年下了场,中了皇榜,那就是少年进士了。大太太,您是有福之人啊!"

"承你吉言,"大太太的高兴掩也掩不住,"希望兴哥能光耀门楣。"

"一定会的!"文姨娘笑着奉承。元娘却突然问她:"乔家的六小姐是哪一房的?"

文姨娘身子微震,脸上的笑容有了几分勉强。自己并没有提乔家来的是第几位小姐,元娘却能一口说出乔家来的是六小姐。

她不敢深想,忙笑道:"是三房的长女。不过,三房也只有这一个女儿,她父亲与国公爷是一母同胞的兄弟。"

元娘微微点头,嘴角轻轻地撇了撇,一副并没有注意到文姨娘异样的模样,笑着望向了五娘和十一娘:"我不能起身待客,两位妹妹都正是年少爱玩的年纪,听我们说话不免气闷。文姨娘,你代我陪五娘和十一娘去后花园看看吧! 年前皇后娘娘赏的蝴蝶兰应该开花了。"

五娘忙道:"姐姐不用管我,我听着母亲和姐姐说话,觉得很有意思。平日在家里,我也常陪着母亲说闲话,何况我是个喜静不喜动的人。"

她说话的时候十一娘却已站起身来,见五娘坐着,脸上不免露出几分尴尬来。

文姨娘只好呵呵笑了两声,殷勤地道:"两位亲家小姐就当是陪我去看看吧。据说皇后娘娘赏的那两盆蝴蝶兰是福建的贡品,一共只活了三十株,乾清宫、慈宁宫、坤宁宫各十盆。我们家倒好,皇上赏了一盆给侯爷,太后娘娘赏了一盆给太夫人,皇后娘娘赏了一盆给二夫人,赏了一盆给三夫人,赏两盆给我们夫人,赏了一盆给五夫人,算下来,竟然得了七盆……都养在后花园的暖房里,我还没见过呢!"

五娘猛然醒悟过来,元娘这是要支开她们和大太太说体己话。

一时间,她满脸绯红,起身和十一娘一起给元娘和大太太行了礼,跟着文姨娘去了后花园的暖房。

一直在元娘身边的丫鬟也朝着屋里服侍的人打了一个手势,然后领着一帮丫鬟、媳妇悄无声息地退了下去。

大太太见屋里只剩下她们母女,眼眶立刻变得湿润起来。她拉了女儿的手:"侯爷待你可好?"语气有点小心翼翼的。

元娘笑着点头:"侯爷是个念旧的人,待我极好。"

大太太有几分不信:"那件事……"

元娘笑道:"我都这个样子了,要不是有他帮衬着,那文姨娘又怎会在我面前伏低做小?娘,侯爷是个极好的人,娘不用猜疑。只是我命薄,不能和他白头到老……"

大太太听着已是泪如雨下:"快别这么说,皇后娘娘不是帮着你在民间找偏方吗?这江湖之大,藏龙卧虎,异士能人辈出。你又是个有福的,不会有什么事,定能遇难成祥,逢凶化吉……"却没有注意到女儿叹息不能和女婿白头到老的时候,没有一点点的戚容。

元娘微微地笑,神色非常平静:"正如母亲所言,我一定会好起来的,母亲您也别伤心。"不知道是在安慰自己,还是在安慰母亲。

大太太哭了几声,又怕引了女儿伤心,遂强忍着擦了眼泪,笑道:"对了,那个乔夫人是什么意思?我听文姨娘那话,乔家很不简单。侯爷他……可透出什么话来?"

元娘笑道:"娘,您就是不相信女儿,难道还不相信祖父的眼光?侯爷不是那种人。要不然,家里何止这几个人!"

大太太只是关心则乱而已,听了女儿的话,不由讪讪然地笑了笑:"他对你好,我就放心了。"

"娘,"元娘一副不想再说这些事的样子转移了话题,"您怎么把十一娘也带来了?她今年太小。"

大太太就想起自己来的目的。

她脸色一凛,道:"你来信说,让我带两个妹妹来燕京看你。那话虽然说得模糊,可我明白你的意思。只是有些事,你不如我清楚。我们家适龄的女儿里,只有五娘和十娘了。那杨氏,是个破落户,什么事情都干得出来。要是真的被徐家选中了,自缢、服毒的事她

可都做得出来的。到时候,我们不仅仅是蚀把米的事,而是树了个强敌……你可别忘了,万一……她可是谆哥名正言顺的母亲!"

元娘没有作声,垂着眼睑看不出情绪。

112

"五娘倒是个好人选,况且她那边还有个老四。这几年,我大把的银子给他败,临走前,又找了桩事给他做。我瞧着,也就差不多了,就算是以后她想扶一把,也得扶得上才行。最终还是得靠着你弟弟。十一娘没有兄弟,青桐又是个胆小的。虽说年纪是小了点,可你看那眉眼,不知道多精致。况且,年纪小有年纪小的好处……"说着,大太太的声音低了下去,"身子骨都没长成,子嗣保不住是常事。一旦成了习惯,那就更艰难了……我想来想去,觉得十一娘比五娘都要好,就做主把五娘和十一娘带来了。"说着,大太太笑了笑,"当然,这事还要你拿主意。徐家那边同不同意,也是个坎儿!"

"娘的眼光我自然信得过。"元娘抬脸笑了起来,"而且我对家里的妹妹都不太熟。这事,只怪我没有和母亲说明白。不过,这样只怕是更好。"

大太太怔住。元娘就低声和母亲说起话来。

回到保大坊的弓弦胡同,已是华灯初上。

大奶奶顾氏扶着大太太下了马车,低声道:"娘,二老爷和二太太来了。"

大太太微怔:"还没有走吗?"

"没有。"大奶奶低声道,"四姑奶奶也跟着来了……"

大太太眉角一挑:"她来干什么?"

正房那边已有爽朗的笑声传来。

十一娘正脚踏脚凳准备下车,听到那笑声,动作就顿了顿。

燕京戌初宵禁,现在已是酉正。不知道黄华坊离这里有多远,半个时辰赶不赶得回去。

她思忖着,那笑声越来越近,二老爷说话的声音清晰可闻:"大哥,那明天辰正我来邀你。"

大老爷的声音温文尔雅:"那我等你,一起吃了早饭再去。"

话音刚落,大老爷和二老爷的身影出现在了垂花门前,一内一外,大家碰了个正着。

"回来了?"大老爷笑着和大太太打招呼,二老爷则作揖喊了一声"大嫂"。

大太太朝着两人屈膝行礼,恭敬喊了一声"老爷",又朝二老爷喊了一声"二叔"。

两人身后就走出个四旬妇人,白脸皮,容长脸,穿了件香色地百蝶花卉纹妆花缎褙子,镶玉赤金观音分心,碗口大的西洋珠翠花,又围了圈翠梅花钿儿,被垂花门上挂着的红灯笼一照,珠光宝气,十分耀眼。

"大嫂。"她满脸是笑地朝着大太太福身,"知道您来了,我特意带了几个孩子过来给您请安。谁知道您却去了永平侯府……等到了现在,还好把您给等到了。"

她是二太太喻氏。

"劳你久等了。"大太太朝着二太太福了福身,有年轻妇人从二太太身后闪出来,喊了一声"大伯母"。

那女子二十出头的样子,身材高挑,皮肤白皙,眉眼柔顺,看上去十分舒服。

"四娘!"大太太笑着和那女子打招呼,"没想到你也来了!"

"原是回去看看娘,这才知道您来了燕京,就随着一道来给您请个安。"四娘笑如春风,"听说您去了永平侯府,大姐还好吗?"

大太太笑着点头:"还好!托你惦记。"

"那就好。"四娘听着松了口气,"我听人说她病得不轻,我又正坐着月子,不方便去,一直担心着呢!"

七年前,三太太做保山,把四娘说给了大理寺丞余乃硅的长子余怡清。谁知道,她嫁过去没两年,余乃硅就病逝了,她随着婆婆回了富阳老家。余家原是赤贫之家,余乃硅中了进士后才慢慢办了些家产,统共不过四五百亩水产,城里城外各有一幢宅子,加上余怡清兄弟姊妹众多,日子过得有些紧。二太太心疼女儿,每年都要从自己公中所得分出五百两银子让人送到富阳去。

那余怡清学问不错,建武五十九年中了举人。第二年新帝登基开恩科,他匆忙下场应试,落了第。二太太就以"富阳没有好先生"为由,把女儿、女婿接到燕京,又走二老爷的关系进了国子监读书,帮着在老君堂胡同附近租了一个宅子。

或许是有了母亲的照顾,一直没有动静的四娘连生了两个儿子——幼子上个月才出生。

"孩子长得可好?"大太太笑着和她寒暄,"我前些日子让人给你送了些山东的阿胶,你可收到了?吃不吃得惯?那东西最补血气。"

"收到了!"四娘忙向大太太道谢,"多谢大伯母挂念。"

五娘和十一娘就趁着这机会上前给二太太和四娘行礼。

四娘回了礼,莺莺燕燕的,好不热闹。

大老爷就笑道:"站在这里总不成样子,要不回屋去喝杯茶?"

二老爷却道:"天色不早了,明天我和你还要去柳家,来日方长。"

大老爷遂不留客,只吩咐:"路上小心。"又叫了一直垂手站在一旁的罗振兴帮着送客,自己和大太太站在垂花门,待二房的马车驰了出去才返回正屋。

大太太就问道:"你明天要去柳阁老家?怎么也不跟我说一声,我也有个准备。去柳

家做什么事?"

罗家三老爷娶的是柳阁老的幼女,罗家老太爷致仕后,柳阁老对罗家三兄弟多有照顾。而罗家三兄弟对柳阁老也很是尊敬,除了端午、中秋、春节外,上至柳阁老的生辰,下至柳家少爷纳了小妾,罗家都会派了管事前去恭贺。

114

"临时决定的。"大老爷眉头微蹙,颇有些心烦的样子,"柳阁老为茶税的事和陈阁老起了纷争,一气之下提出致仕。谁知道,皇帝竟然就准了……"

"什么?"大太太大惊失色,"怎么会这样?"

"后天就离京。"大老爷神色一黯,"我们还是听老三说的。老二听说你来了,准备邀老三一起来家里聚聚的,谁知道,却出了这样的事。老三两口子赶去柳家了。"

大太太烦躁地朝着五娘和十一娘摆了摆手:"你们今天也累一天了,都下去歇着吧!"

五娘和十一娘乖巧地屈膝行礼应"是",起身时,大老爷和大太太已进了正屋,说话的声音却依稀可闻。

"元娘怎样了?"

"还好。"大太太的声音紧绷绷的,"正好,我有事要对你说……"

声音渐行渐小,院子里恢复了安静。

五娘和十一娘一前一后地回到了后罩房。

第二天一大早,大老爷留二老爷吃了早饭,然后两人一起去了柳家。

五娘和十一娘去给大太太请安的时候,大太太有些心不在焉,就连麻哥的到来也没能让她真正开怀,反而让乳娘抱了他下去,单留了大奶奶一个人说话。

两人出了门,五娘笑吟吟地望着十一娘:"说起来,我们姊妹好久都没有一起坐坐了。趁着今天得闲,妹妹到我屋里来喝茶吧?"一改往日的冷淡不屑。

十一娘微微吃惊,只要五娘一天没有达到目的,她就一天不可能和自己和解。这样的温和亲切,只怕是有目的的吧? 可不管她有什么目的,如果自己不理不睬,五娘说不定还以为自己要和她宣战呢。

十一娘思忖着,云淡风轻地笑:"好啊! 我们真的好久没有坐在一起喝茶了。"

五娘微微颔首,一副对十一娘很满意的样子,然后带着她去了自己的住处。

看得出来,大奶奶为了安置她们很花一些心思。东、西厢房不仅陈设一样,就连茶盅、椅垫之类的小东西都一模一样,不分彼此。

两人在临窗的大炕上坐下,紫薇上了茶,五娘笑着对十一娘道:"我想和你说说体己话。"说着,遣了紫薇几个退下。

十一娘也笑着遣了琥珀几个退下。

屋里只留她们两人,五娘就叹了一口气,满脸歉意地望着十一娘:"好妹妹,是我误会你了,所以才会处处看你不顺眼,你可不要恼我才是。"

十一娘很是意外。这样低声下气,看样子,五娘是下定决心要得到了?

她露出不安的样子:"姐姐快别这样说,定是我什么地方做错了,所以才让姐姐误会。"说着,睁大了眼睛望着五娘,"姐姐,我到底……"

"都是我不好。"五娘很是愧疚的样子,"你不知道,母亲选了你和我到燕京来看望大姐,不过是因为大姐已嫁,大哥又远在燕京,膝下空虚,想找两个合她心意的女儿一路相陪,说说笑笑解解闷罢了。"她脸上露出愤然之色来,"谁知道,这件事落在有心人眼里,就成了谆哥身体不好,姐姐想在庶妹中挑个去做妾室……"

十一娘配合她露出惊容:"还有这事? 我怎么从来没有听说过?"

"那些人欺妹妹年纪小,不屑在妹妹面前说。"五娘目光转了转,"却嚼舌根嚼到我屋里来了。"说着,语气一顿,"实话不怕告诉你,说这话的人就是大姨娘和二姨娘。"

十一娘惊讶地望着五娘。她还真能掰! 不过,大姨娘和二姨娘到处撺,说不定还真说过这话。

五娘看到十一娘的表情,很满意,笑道:"何止这样。还说,母亲带我们两个人来,是为了让大姐从中挑选一个。所以,那天你病恹恹的还到我屋里来问我大姐的事,我就很生气!"

"姐姐!"十一娘有些惶恐地望着五娘,"姐姐莫非以为我是想……我真的不知道还有这样的事……只是船上无聊,所以和姐姐说些闲话罢了。"说着,又露出自责的表情来,"早知这样,我就应该和姐姐说清楚才是,也免得姐姐误会我。"

"不,不,不。"五娘忙道,"说起来,这件事都怪我,是我没有和妹妹讲清楚,所以才……"她低下头,脸色绯红,一副娇羞模样,"母亲曾经跟我说过这件事,说姐姐身体不好,又担心自己去了没人照顾谆哥,所以想在妹妹里找个人帮着照顾谆哥。说,家里适龄的只有我和十娘……你也知道,十娘不讨母亲的喜欢。还问我,问我愿意不愿意。我一个未出阁的姑娘家,怎好回答? 所以,母亲让我来燕京的时候,我死活不肯来。母亲就劝我。我说,我一个人来,大家岂不都知道了? 母亲就让我和你一起来了燕京……"

十一娘愕然。五娘为了元娘的那个位置,已经不择手段了。以大太太的性格,就算是真的有这样的事,也不可能说出来,何况元娘还没有死! 对自己最爱的人,再有理智,也会抱有一丝侥幸的心理,认为她一定能够康复,那些以防万一的招数永远也不会使出来。

"后来你盯着大姐家里的事,我还以为你在笑我,所以才对你冷言冷语的。"五娘拉了十一娘的手,"好妹妹,你不要放在心上。都是我的错,我在这里给你赔不是了。"

"姐姐快别这样。"十一娘表情真诚,"常言说得好,百年修得同船渡。你我姐妹一场,还不知道是几世修得的缘分。既然是误会,如今说开了也就是了。"

五娘点头,悄声嘱咐十一娘:"这件事,你暂时别往外说。你知道,大姐她还……"

十一娘连连点头:"我知道,我知道。你放心好了,你对我说了真心话,我决不会告诉其他人的。"

五娘神色间就有了几分娇羞:"母亲曾经问我,几个姊妹里和谁最好。我说,和十一妹最好……你也放心,万一有那天,你的婚事就包在我身上……姨娘那里,也有四爷奉养……不会让你吃亏的。"

"姐姐说些什么呢!"十一娘甩开了五娘的手,一副娇嗔的样子。

五娘看着,低声笑起来。

两姊妹闹了一会儿,十一娘就起身告辞:"姐姐总拿我说笑话。"

五娘也不留人,掩袖而笑,送十一娘到了门口。

折回来,紫薇担心地道:"小姐,万一大太太是要在姊妹里找个人做妾室呢?毕竟,永平侯府门第高贵……"

"不会。"五娘摇头,眸子明亮,好像有团火在烧,"我听娇园的老人们说过,大姐看上去风轻云淡,却很是要强。只要觉得有了不如别人的地方,定要想法子赶上,决不示弱。如果这些人所言是真的,以大姐的性格,她身体好的时候还有可能,现在她身体不好了,决不会把自己的妹妹送去做小妾,让未来的继室骑在罗家的头上作威作福……"说着,她淡淡地一笑,"所以,她只可能在妹妹中找继室!"

紫薇点头,又道:"五小姐,您让我探听的消息,我探听到了。"

五娘眉角一挑,道:"怎样?"

紫薇的声音压得低低的:"给您猜中了!"

五娘微微笑起来。

"大老爷来燕京后就赋闲在家里,说是没有缺,可吏部十天前还放了一个云南布政使出来……现在柳阁老又致仕了……大老爷恐怕只有永平侯这一条路走了。"

五娘和紫薇在小声议论的时候,十一娘和琥珀在床后的暖阁里说话。

"大老爷隔三岔五地就出去会朋友。听杏林那口气,大太太来时给的一千两银子的家用早就用完了,如今我们日常的嚼用花的都是大奶奶的体己银子了。"

看样子,大老爷自己的路子没走通!

十一娘暗忖着,有些心不在焉地应付琥珀:"也有可能燕京的物价高,她们来后又要添这添那的。不过,大太太是个要强的,就是自己没有,也不会在这上面短了媳妇的。"

"小姐倒把大太太的性格摸熟了。"琥珀笑着奉承十一娘,却被十一娘训斥了几句:"以后不可再说类似的话,让人听了不好。"

琥珀心中一凛,忙道:"是我错了,再也不敢说这样的话了。"

十一娘倒也不想让琥珀太没有面子,见她认了错,笑着转移了话题:"永平侯府和这边可走得亲近?"

琥珀忙道:"杏林说,大姑奶奶隔三岔五地就会送些东西过来。大爷入国子监,拿的是侯爷的名帖。侯爷亲自来过两次:一次是大老爷来燕京的第二天,请大老爷、大爷去了燕京最有名的听鹂馆吃了饭;一次是大年初三,带了小半车的东西,还和大爷说了半天的话,留下来吃了晚饭才走的。"

十一娘听着点了点头。永平侯和这边走得亲近就好!要不然,大老爷的仕途不顺,她们也跟着没有好日子过。但这样一来,只怕罗家不管是从哪方面考虑,都是不可丢了徐家这门亲事了。

真希望这件事早点尘埃落定,总这样拖着,让人的心情也变得浮躁起来。十一娘决定暂时不去想这个问题。一个巴掌拍不响,徐家不点头,罗家也只能想想罢了。等明天去了徐家看看情况再作打算吧。

主意已定,心情好了很多,她问起琥珀送糟鲞的事来:"让你找个和卢永贵兄弟相熟的,你可找到?"

琥珀笑道:"这段时间我们府里有什么事,都是杭妈妈的儿子杭六在跑腿。我试着问了问他,他说不认识卢永贵,和卢永福却很好,两人还曾经一起喝过酒。"

"那你就早点把这事办了,我们也可了桩心事。"

琥珀应声而去。

冬青望着神色有些疲惫的十一娘,笑道:"小姐,您要不要再歇会儿?您昨天夜里到了半夜才睡着,今天一大早就起了……可不能再这样熬下去了,小心生出病来。"

"我知道。"十一娘笑道,还真觉得头有些沉,"我和衣躺躺。今天太阳还不错,你派个人到屋檐下做针线。万一有人来,立刻把我喊醒。"

"您放心去歇着。"冬青笑道,"我就站在窗棂旁,外面的人一咳,我就把您给拉起来。"

十一娘笑着和衣躺在了床上,嘴里还嘀咕一声"真是麻烦"。

也不知道什么时候能过上想睡就睡、想吃就吃的日子。不怪五娘要争,有了元娘的地位,至少在那个院里是自由的。

她刚躺下,冬青疾步进来:"小姐,六姨娘来了!"

十一娘有些意外。她来干什么?

在余杭的时候,她们从不来往。偶尔遇到她去看十二娘,她也只是对自己点点头打

个招呼就走。

十一娘把这几天发生的事仔细地想了想。没有什么特别的事啊！或许,是替大太太传话? 也不对,大太太一向不喜欢姨娘们和庶女多接触。或许,是有什么东西让自己带给十二娘? 也不对,她们刚来,又没有定下回余杭的日子。

念头只是一闪而过。得不到答案,她通常都不会钻牛角尖。

她笑着起身:"请姨娘到宴息处坐吧。"

冬青应声而去,十一娘抚了抚鬓角,扯了扯衣襟,去了宴息处。

六姨娘坐在临窗的大炕前,表情有些木然,不像平常眼角眉梢都带着笑、看上去一团欢喜。

这样严肃……十一娘想着,笑吟吟地走了过去:"姨娘来了?"

六姨娘凝望着她,不说话,从头到脚,又从脚到头地把她打量了一遍,目光无比认真。

这又是唱的哪一出? 十一娘笑着站在那里,落落大方地让她瞧。

"我想和你说几句话。"六姨娘徐徐地开了口,但一开口就要求其他人回避。

今天是怎么了? 一个两个的都要和自己说体己的话。十一娘朝着冬青使了一个眼色,冬青给六姨娘上了茶后,立刻带着屋里服侍的退了下去。

六姨娘拿起茶盖轻轻地拂着茶盅里的浮叶,笑道:"五姨娘知道姚妈妈想把冬青说给自己的侄儿,在我那里哭得昏天黑地的,说,冬青是你身边最得力的人,姚妈妈要谁不好,偏偏要了她去,你以后的日子可怎么过!"

十一娘颇有些意外。她从来不知道,五姨娘竟然到六姨娘面前哭诉过。

"五姨娘来找我商量。"六姨娘笑容亲切,"我和五姨娘商量了半天也没有个好法子。正犯愁,谁知道,你一句'姚妈妈说她侄儿满院子地看姑娘,就相中了冬青。我日日和冬青在一起,也不知她侄儿在什么地方见过冬青'就让大太太改变了主意。我当时就在想,冬青可真是个有福的,能服侍你这样的主子。也不知道我们家十二娘有没有她那福气,以后也能得你的庇护!"

十一娘怔住。

六姨娘已敛了笑容:"十一小姐,说起来,我和五姨娘在一个屋里住了好几年,情同姐妹。五姨娘膝下只有你,我膝下只有十二娘。知道你们两人一起住进了绿筠楼,我和五姨娘不知道多高兴。希望你们能和我们一样,情同姊妹,以后万事也有个照应。"说着,她叹一口气,"你也是知道的,从前在余杭,不管是五姨娘还是我,都不太敢到绿筠楼去,可我们疼爱你们的心却是一点也没有少。要不然,我也不会冒险来告诫你了。"

十一娘愕然。

"实际上,大太太带你和五娘来燕京,是大姑奶奶的意思。"六姨娘的声音淡淡的,给人一种沁入心脾的冷意，"大姑奶奶身体不行了，想从妹妹中找个好拿捏的照顾谆哥。以你的聪明，这件事，想必已经猜到了。"

十一娘低头喝了一口茶，既没有否认，也没有承认。

"可还有一件事，你肯定不知道。"六姨娘语气平静，"就是我，也是昨天晚上才听说的。"

十一娘静静地听她说。

六姨娘眼中已有掩饰不住的嘲讽："元娘还想从自己的妹妹中挑一个给茂国公王信的独生子王琅做媳妇。"

茂国公的独生儿子，堂堂正正的嫡妻。十一娘从来不相信天上会掉馅饼！她望着六姨娘，表情有了几分郑重。

终于打动了眼前的人，六姨娘眼中闪过一丝欣慰。

"大太太跟大老爷一说，大老爷直摇头。说，茂国公虽然这些年家道中落，可毕竟是大周开国功勋，烂船还有三斤钉，怎么会同意娶个庶女为媳。这其中肯定有什么不为人知之事，不可轻易允诺。"

十一娘很意外。一直以来，大老爷对于十一娘来说只是个名字，一个称号。他在自己困难的时候不能帮忙，在自己无助的时候不能依靠，在自己挣扎的时候不能支持……印象中，他只是那个温和地问她有没有吃饭的人。没想到，有一天他会说出这样的话来！

"大太太听大老爷这么说，就冷笑起来。说，当然是因为王琅有问题，所以茂国公才会退而求其次，不求出身门第，只求女方家世清白、温柔敦厚。可就算这样，'毛病'也分三六九等。那长得丑是一等，那扶不上墙的阿斗是一等，那病恹恹活不长了的又是一等。你以为我是那种不问青红皂白的人，一听说人家是什么国公爷就会巴上去非要把女儿嫁了？大老爷听了，就有些烦。说，既然如此，你说说看，茂国公家的世子爷是第几等的毛病？"

十一娘的拇指摩挲着茶盅上鲜艳的红梅花。

"大太太就哭了起来。说，这本是大姑奶奶的一片好心。想着家里的庶妹多，总得谋个体面吧！不能要么嫁了庶子，要么给人做了续弦，要么配个破落户……大老爷一听，气势就短了三分。嗫嚅地说，那总得问问吧？大太太就瞪了眼睛，说，徐家和王家同居燕京，有什么风吹草动不知道。你在这里不愿意，人家说不定还瞧不上呢！这也只是大姑奶奶自己的意思，至于到底怎样，还要请了保山去探探口风才知道。"

"然后父亲就同意了？"十一娘放下了手中的茶盅，表情平静。

她的态度让六姨娘微怔，半晌才道："是啊，所以大老爷就同意了。对大太太说，这本就是你们妇道人家的事，你觉得好就行了！"

十一娘微微点头，一副若有所思的样子。

没有六姨娘想象中的担心、害怕或是愤怒。她有点吃不准了，咬了咬牙，抓住了十一娘的手："傻孩子，你难道还看不出这其中的凶险？瘦死的骆驼比马大。那茂国公府再落魄，也是拿铁券吃皇粮的簪缨之家。难道整个燕京找不出个'家世清白、温柔敦厚'的女子来与他们府上的世子相匹配？我们罗家虽然显赫，那也就是在余杭一亩三分地界上。到了燕京，在那些豪门世家的眼里也不过是乡下土包子。那王公子的毛病要是不厉害，又怎么会舍近求远找个乡下媳妇？"

生活经历不同，看问题的角度不同，选择就不同。她所求的，不过是有一处能让她自然呼吸的庇护之所罢了！

与徐家的复杂相比，就算王家公子是因为有病要找个不知根底的女子，两相权衡，她觉得自己也能接受。到时候，她一个守贞的寡媳，只要循规蹈矩，王家人就是不敬着她，想来也不会为难她的吧？十一娘一面心不在焉地听着六姨娘唠叨，一面想着自己的心事。

"你和五娘，二选一，不是嫁入王家就是嫁入徐家。如今罗家不比从前，几位老爷的仕途能仰仗的只有徐家了。如果能嫁到徐家去，你想想，到时候，罗家上至大老爷、大太太，下至许妈妈、姚妈妈，别说给你脸色看了，就是巴结都来不及。五姨娘一生凄苦，她也就可以扬眉吐气了。要是嫁了王家，一是不知根底，谁知道是傻还是痴，你的一生就毁了；二是王家处处不如徐家，以后罗家有什么事，王家使不上力，罗家也就不会把你这个女儿放在心上。你没有了娘家人倚仗，婆家的人定会轻瞧。到时候，你可就叫天天不灵，叫地地不应，别想有一天的舒坦日子过。你再想想，万一嫁过去的是五娘，这些荣耀给了她不说，以她那逢高踩低的心性，见你娘家、婆家均不得意，事事处处要比着你是小，就怕她会落井下石……你要是日子不好过，五姨娘看在眼里还不知怎样地伤心呢。十一小姐，我把你和我们家十二娘一样地看待，所以才会不怕得罪你说了这些话。你可要把我的话多想想才是，也不枉我做了一回小人。"

意思是说，除非嫁到徐家，要不然，她就是死路一条。

十一娘自有主张，并不和她多说，笑道："姨娘的好心我知道，只是我现在心里乱得很，一时也拿不出个主意来。你容我好好想想！"

毕竟只是个十三岁的小姑娘。六姨娘释怀。

她捏了捏十一娘柔软的手，低声道："你可要快点。这件事，也不知道能瞒多久！谁占了先机，谁就能先行一步，可不能辜负了姨娘的一片心意。"

十一娘郑重地点了点，送六姨娘出门，结果在门口遇到了许妈妈。

"姨娘在这里啊？"许妈妈目光一闪，"大太太正问您呢！"

六姨娘有些慌张地点了点头,和十一娘打了个招呼就匆匆走了。

许妈妈就问十一娘:"姨娘来找您做什么?"

十一娘笑道:"问我十二妹的情况。"

许妈妈点了点头,眼底的戒备一下子消失了。

也许是受了六姨娘那番话的影响,许妈妈的眼神让一向很明白自己处境的十一娘第一次感觉到了寒冷。

"妈妈屋里坐!"她笑吟吟地招呼许妈妈。

许妈妈却道:"不了。侯爷来了,大太太让您和五小姐梳洗梳洗,去给侯爷请个安。"

十一娘微怔,许妈妈已转身去了五娘处。

冬青忙拉了十一娘回屋,喊了滨菊打水给她洗脸,自己在那里翻箱倒柜:"小姐,穿什么好? 要不,就穿了来时大太太叫人做的那件醉仙颜的褙子……"

"你镇定些好不好?"十一娘笑道,"那可是件春裳,你难道想把我给冻坏啊?"

"要不就穿那桃红色的缂丝小袄,有百子戏婴图,又是大太太赏的,穿出去又体面。"

"我平日里也没有少那绫罗绸缎,"十一娘调侃她,"你这话要是让许妈妈知道了,可要把你喊去问话了,看你把我的衣裳都弄哪里去了?"

她心情很好地和冬青说笑了几句,吩咐冬青把她的绣具拿出来:"趁着这两天得闲,给谆哥做件春裳。"

冬青听了心喜,应声去把装了绣花针、大小绷子等物的藤箧搬出来。十一娘则由滨菊给自己梳了个纂儿,换了件杏黄色的素面妆花褙子,又戴了对珍珠耳钉,去东厢房邀五娘:"我们一起去。"

五娘梳了高髻,戴了赤金步摇,插了大珠翠花,穿了件玫瑰紫事如意妆花褙子,脸上淡淡敷了粉,抹了胭脂,看上去明艳照人。

看见十一娘来邀她,她嘴角轻翘,绽出一个极其潋滟的笑容:"我马上就好。"

灼桃和穗儿正蹲在那里给五娘染指甲。

"时间太短,只能先将就了。"穗儿笑着解释道,"原是准备了今天晚上用的。"

五娘看了看自己如桃花般绽放的指甲,笑道:"颜色有点淡,晚上再仔细加遍颜色。"

穗儿笑着应了"是",和紫薇几个一起送五娘和十一娘出门。

灼桃低头垂睑,一直默默跟在几个丫鬟的身后。

姐妹俩去了大太太的正屋。

屋里静悄悄的,屋里服侍的个个噤若寒蝉,杜薇面无表情地朝她们眨了眨眼睛。

"怎么这个时候才来?"大太太的声音听上去平静,却像雨前的天空,让人能感觉到那种隐忍的暴躁。

五娘笑道:"我和妹妹一起来的。"

让听话的人觉得她是因为十一娘所以才晚了。

平时她说这些话十一娘并没有太在乎,可今天,她感觉很刺耳。这个女孩子,在任何时候都不忘记把责任推到别人的身上去。但她依旧如往昔,面露不安,保持着沉默。

大太太目光锋利如刀锋在她身上打了一个转,低声喝道:"都给我滚!"

屋里的人俱骤然变色,立刻低下头去,装作没有听见,没有看见。

五娘脸色煞白,和十一娘退了出去。出了门后,她犹不死心地抓了一旁的杜薇:"大太太……"

杜薇朝着左右看了看,见立在屋檐下的丫鬟们个个恭敬地垂手立在那里,她低声地道:"侯爷说来看大太太,可大太太刚露了个脸,侯爷就说有事要走,坐了不到一盅茶的工夫……"

所以心里不痛快了? 十一娘听着心中一动。

琥珀探来的消息说,侯爷在初二的时候曾经和大爷说了一下午的话。

而五娘微微一怔后,眼中闪过懊恼,望着自己粉色的指甲嗔道:"害得我指甲没染好!"

送走女婿,大老爷回了正屋。大太太不由冷笑:"莫不是家里太寒酸,国舅爷坐着嫌腌臜?"

大老爷皱了眉:"你胡说些什么! 侯爷不是那样的人,的确是皇上有事找他商量。你又不是不知道,柳阁老致仕,朝中诸事繁多,于公他是朝中重臣,于私他是国舅爷,哪能置身事外……"

"我倒不知道他什么时候做了大学士了?"大太太虽然语带讽嘲,但比刚才要缓和了不少。

"你来燕京还没有见柳夫人呢。"大老爷也不想和大太太多说,提醒她,"她们明天一早就动身,你抽空去看看吧! 还有三弟妹那里,看有没有能帮得上忙的地方。"

"我还要你说!"大太太嗔道,"东西我早准备好了,就等你回来一起过去了。"又叫了落翘给大老爷更衣,两口子出门去了柳府。

五娘在屋里敷脸洗头,十一娘则在屋里给谆哥做衣裳。

第二天,徐家来接她们的马车是巳初三刻到的,大太太正好把家里的事都嘱咐好。

六辆马车浩浩荡荡地出了弓弦胡同,往荷花里驶去。

第七章　徐家宴十娘突现身

到徐家的时候,正是午初,她们先去见了元娘。

文姨娘早就到了,大家见了礼,谆哥就和麻哥笑嘻嘻地抱成了一团,两人手牵着手要去后花园看锦鲤。

"今天你要陪着麻哥去祖母那里吃饭。"元娘温声细语,"等吃了饭,让魏紫姐姐带你们去看锦鲤,好不好?"

谆哥乖巧地点头,麻哥也说"好"。

大家又说了几句闲话,就由文姨娘陪着去了太夫人那里。

太夫人带着个八九岁的穿红绫小袄的小姑娘在穿堂里等。

谆哥一见那小姑娘,就从乳娘怀里挣扎着下了地,朝那小姑娘跑去。

小姑娘笑吟吟地上前牵了他的手,道:"你怎么把麻哥给丢了?"

谆哥不好意思地低了头,小声地喊了声"麻哥"。

麻哥也不介意,跑过去拉了谆哥的手,朝那小姑娘喊了一声"表姐"。

徐家到了谆哥这一辈,只有文姨娘生了一个女孩子。不用多想,十一娘也知道这小姑娘就是徐令宜的长女了。

她不由仔细地打量了贞姐儿一眼,身量好像比同龄的孩子高,皮肤雪白,浓眉大眼,和文姨娘的娇小精致截然不同。

或许,长得像父亲? 十一娘思忖着,贞姐儿已冲着文姨娘喊了一声"姨娘"。

文姨娘听着满脸是笑,喊了一声"大小姐"。

太夫人已笑着让人给麻哥赏银锞子。

麻哥奶声奶气地给太夫人道谢,太夫人抱了麻哥不停地夸奖:"这孩子真是讨人喜欢!"

大太太眼底全是笑,谦虚了一阵。罗大奶奶、五娘、十一娘和文姨娘上前给太夫人行了礼,一行人说说笑笑去了太夫人日常安息的厢房。

大家刚坐下,有小丫鬟来禀:"程国公夫人和小姐来了。"

"快请!"太夫人的声音刚落,乔夫人就带着上次见过的乔家六小姐走了进来。

乔夫人今天穿了件大红色遍地金的通袖袄,梳了牡丹髻,当中插赤金拔丝丹凤口衔四颗明珠宝结,右戴一支映红宝石的大朵,打扮得十分华丽。乔家小姐则穿了件鹅黄绣葱绿柿蒂纹的妆花褙子,梳了坠马髻,插了金步摇,戴了蜜蜡石珠花,耳朵上坠了对赤金镶紫瑛坠子,却是一副温柔妩媚的装扮。

十一娘不由看了身边的五娘一眼,她今天穿了件石榴红遍地金的褙子,梳了高髻,插了三支景泰蓝镶红珊瑚如意金簪,耳朵上坠着赤金镶翡翠色猫眼石坠子,华丽中带着三分端庄。

再看自己,梳了双螺髻,并戴了两朵指甲大小的石榴红绢花,耳上坠一对赤银珍珠坠子,穿了件豆绿色云纹妆花褙子,有点孩子气。

十一娘很满意这样的效果,嘴角微微翘了起来。

大家见礼坐下,丫鬟上了茶点。魏紫带着贞姐儿、谆哥、庥哥去了暖房。

就有笑语声从门外传来:"我来迟了,贵客休怪。"话音一落,一群丫鬟、媳妇簇拥着个二十五六岁的少妇走了进来。

她身段婀娜,穿了件大红百蝶穿花遍地金褙子,梳了桃心髻,正中插一支赤金满池娇分心,右边佩戴一朵大西洋珠翠叶嵌的宝花,柳眉杏眼,粉黛略施,神采奕奕,爽利干练。

十一娘看着面生,那乔六小姐却是认识的,笑着站起来喊了一声"三夫人"。

三夫人?那就是徐令宜庶兄徐令宁的妻子了。

五娘和十一娘听着也跟着站了起来。

大太太已和来人打招呼:"三夫人,好久没见了。"

三夫人忙上前给大太太屈膝行礼,笑道:"我来迟了,大太太勿怪。"

大太太忙携了三夫人的手:"可不是,你越发标致了。"

"承大太太夸奖。"三夫人客气地和大太太应酬了几句,又和乔夫人见了礼,这才笑吟吟地和乔家六小姐打招呼,"莲房,你可是稀客!"

原来乔家六小姐叫莲房啊!十一娘在心里暗忖着。

乔夫人就望了一眼太夫人:"她是大门不出二门不迈的,整日里不是做针线,就是教几个侄女识字。"

乔家六小姐听着脸色微红,问三夫人:"怎不见两位侄儿?"

三夫人笑道:"还没有下学。"然后转身打量五娘和十一娘:"我说是谁呢!远远看着,恍若仙女似的,原来是亲家小姐!"

大太太听了连忙向三夫人引见五娘和十一娘。

十一娘听大太太说过,徐家三夫人的父亲是忠勤伯甘家的庶子,苦读不辍,二十一岁中秀才,四十四岁中举人,如今和罗振兴一起在国子监进学。

听她这口气,与乔家的人很熟。是乔夫人的交际圈子很广呢,还是说燕京的权贵之家都盘根错节呢？她更相信后者。

十一娘目光微转。

大家见过礼，罗大奶奶已笑着和三夫人打招呼。

三夫人笑着携了她的手，嗔道："大嫂就是念着你，也不多来走走。"

罗大奶奶笑道："如今娘来了燕京，家里有人主持中馈，我定要多来走走，到时候只怕你嫌。"

两人寒暄几句，三夫人上前给太夫人行了礼，笑着向太夫人解释道："三爷回来了，我服侍他梳洗，所以才来迟了，母亲休怪。"

太夫人和颜悦色地点头，道："老三回来了？"

"是！"三夫人恭敬地道，"刚回来。本想立刻来给母亲请安的，听说母亲这边有客，就先歇下了。"又向乔夫人和大太太解释："我们家三爷去天津收了笔账。"

徐令宁是秀才出身，徐家给他捐了个正四品的同知，没有做官，帮着管些家里的琐事。

太夫人微微颔首，笑着起身："亲家太太坐在这里听我闲话，只怕早已饿了。我们去花厅，亲家太太也尝尝我们燕京的风味，虽比不上江南，却也自有特色。"

三夫人忙上前搀了太夫人。

"太夫人客气了。"大太太客气道，"燕京乃京畿重地，怎是我们江南小镇可比的！"

五娘上前搀了大太太，十一娘则默默地跟着两人身后，留了贞姐儿、谆哥和麻哥在太夫人屋里，大家说说笑笑去了太夫人屋后新盖的五间花厅。

路上，乔夫人笑着对大太太道："这里原是一处没用的书房。五爷孝顺，去年将倒座改了花厅，在院子里给太夫人盖了个戏台子，叫什么'点春堂'来着。"又扬了脸问太夫人："是这个名字，我没记错吧？"

"是这个名！"太夫人的笑容就一直到了眼底，看得出，她非常高兴有人提这个事，"他呀，就是喜欢瞎折腾，还想买几个孩子回来请人教戏，组个内班。说以后有什么喜庆的事，也不用请外面的人，免得腌臜。"

"这是好事啊！"乔夫人笑道，"要是没有中意的，我那里还有几个聪明伶俐的小丫鬟，都还没有留头，我瞧着比进宫给皇后娘娘唱戏的什么'德音班'的几个长得还好。"

凡是太夫人的话，那乔夫人就要搭腔，她又一味地说些她们才相熟的人事，有意无意地把大太太冷落到了一旁。太夫人一副毫不知情的样子，时不时地和大太太说上几句话。

"亲家太太爱不爱看戏？"她笑道，"燕京这两年出了个'德音班'，是从扬州来的，专唱弋阳腔。皇后娘娘生辰时，皇上还钦点了进宫献艺。现在整个燕京的人都追着这德音班

的戏看,他们唱戏的'就园馆'听说场场爆满,一座难求呢!"

大太太笑道:"德音班曾经到我们杭州府唱过戏,也是顶有名的。只是我在家的日子多,还不曾听过这德音班的戏。"

太夫人听了就笑道:"要不过几天我们请了在家里唱堂会?"

"这怎么好意思!"大太太婉拒,"深宅内院的……"

"我瞧着这主意好!"乔夫人笑着打断了大太太的话,"您是不知道,我们五爷最爱听戏了,偏偏侯爷嫌吵。每次五爷见了侯爷惊得就像燕子飞似的……"又低声道,"与其让爷们到外面去,不如就在家里玩。"

十一娘听着那话里有话。

徐家五爷徐令宽今年才十八岁,在御林军天策营任把总,正四品武官,三年前娶了定南侯孙康的嫡女为妻。在大太太口中,这徐令宽是个不学无术,靠着祖宗余荫只知道飞鹰走马的纨绔子弟。

难道乔夫人说的是徐令宽?

太夫人却是笑而不答,领着大家进了花厅。

花厅里有地龙,温暖如春。桌子摆在花厅西次间,早已布了碟、箸,服侍的丫鬟、婆子都肃然地立在一旁。

三夫人热情地招呼大家坐下。

你推我让一番后,太夫人、大太太、乔夫人、三夫人坐了一桌;罗大奶奶、五娘、乔家六小姐、十一娘坐了一桌;文姨娘则避到了厅外。

有丫鬟们端了泡着桂花的水给大家净了手,给太夫人一桌上了君山银针,给罗大奶奶这桌上了庐山云雾。

三夫人在一旁给太夫人、大太太等人斟了金华酒。

太夫人客气地对大太太说了句"家常便饭,亲家太太不要嫌弃",然后举杯敬了大家一小盅。

大太太和乔夫人回敬。

宴席正式开始。

十一娘这边菜虽然多,但谁也不好意思往远处盯着看。否则旁边帮着布菜的见了,定会伸了长长的筷子夹了过来,不免给人贪吃之感,所以大家都规规矩矩地吃着自己跟前的菜。

至于太夫人,推说身体不好,又陪了一小盅,遂放下酒杯不再喝酒,由三夫人代陪。太夫人虽然看上去和大太太差不多年纪,实则已是年过六旬的人,大家不敢多劝。大太太就盯了乔夫人不放。几杯酒下肚,乔夫人已面红耳赤,大太太却神色依旧。

没想到大太太竟然有副好酒量！十一娘坐在一旁看好戏。

不一会儿，乔夫人说话都不利索了。

太夫人看着情况不对，连连对三夫人使眼色。三夫人端酒盅就要为乔夫人代酒，大太太也不想在亲家的宴席上闹出事来，这才罢休。

一顿饭下来，已是未初，大家就移到西梢间喝茶。

或许是喝了酒的缘故，乔夫人的话特别多。

"能和您做亲家的，都是有福的。别的不说，就说孙家，要不是有您这个婆婆，她这嫁出去的女儿，怎么能婆家住半月，娘家住半月。"

太夫人呵呵笑，见大太太满脸困惑，解释道："定南侯膝下只有这一个女儿，如珍似宝般的，能和我们家结亲，就是看中了我们家儿子多，以后女儿女婿能常到娘家走动。我也是养儿养女的人，可怜天下父母心。就让他们在家里住半个月，去红灯胡同定南侯府住上半个月，两边都图个新鲜劲。您来得不巧，正是下半个月，他们还在定南侯府。等他们回来，让他们给您请安去！"

"不敢，不敢。"大太太忙道，"五夫人是先帝封的丹阳县主，身份尊贵，怎能让她给我请安！"

定南侯的胞姐是先帝的宠妃，膝下空虚，在世时常宣了孙氏进宫相伴，先帝看着也喜欢，封了她个"丹阳县主"，这在这些侯伯公卿之家还是头一份。

"大太太客气了。"乔夫人笑道，"皇帝还有几门穷亲戚，何况你我。再说了，我们郡主可是一等一的贤惠人，自从嫁到徐家，就再也不让人喊她'县主'。亲戚朋友间素来大方，人人都喜欢……"

大太太听着她越说越不像话，心中动怒，却又碍着在太夫人家做客不好发作，只在心里冷笑。真是井底之蛙，夜郎自大。大周开国至今百余年，所谓开国功勋，太宗晚年已借着"郑安王谋逆案"或杀或贬或夺爵，家资多充公或变卖，余下几家战战兢兢如丧家之犬惶惶不可终日。好不容易到了孝宗期间，虽有几家恢复了爵位，却已是惊弓之鸟，但求性命能保，不敢建功于朝廷。百余年下来，大多外强中干，靠着祖宗田产勉强维持日常用度。怎比他们这些子孙成材的官宦世家，置田开铺不说，甚至领内府帑币做买卖。要不是程国公那几年在西北军上挣了些钱，乔家也不过是其中一家罢了，竟然在她面前大放厥词。

她越想脸色越不好看。

太夫人看得分明，在心里暗叹一口气，笑着站起身来："不如去看看新盖的戏台子，也好消消食！"

大太太知道太夫人这是为她解围，感激地望了太夫人一眼，一行人去了新盖的戏台。

戏台很小,两间,粉墙灰瓦,屋檐四角如飞燕般高高翘起。戏台屏墙用五色填漆绘了大朵大朵牡丹花,十分华丽。戏台后面是一排七间的厢房,左边是三间的厢房,右边是个穿堂,对面七间正房,四面出廊搭了卷棚。

三夫人笑道:"五爷的主意,夏天在卷棚檐上垂了帘扇,边听戏边扇风,清风徐徐,可解夏暑。冬天可挂夹板帘子,或垂或卷,再生了火盘,烤了地瓜豆子,嬉戏玩耍,逍遥自在……"

罗大奶奶连连称赞:"实在是奇思妙想。"

众人也都说"好"。

五娘目露艳羡,乔六小姐淡淡地笑了笑。

十一娘则仔细地打量着周围的陈设,门栏窗槅皆用五彩销金,或雕了花卉,或雕了鸟兽,或雕了百婴,或雕了博古。与常用的五蝠捧寿或是五子登科之类的纹样大不相同。热闹中透着庄重。看得出来,很花了些功夫。

太夫人呵呵笑:"为了这戏台子,不知道花了多少功夫。"说着,指了戏台后面七间厢房,"建了这一排,就直接通到花园子了。"又指了穿堂,"把小四的书房也给拆了一半。也是他脾气好,要是遇到老侯爷,只怕要吃一顿排揎了。"

乔夫人"哦"了一声,目光转了转:"那这边要是唱起戏来,岂不要吵着侯爷?"

"吵什么啊!"太夫人笑道,"早搬了。小五娶媳妇的时候就搬了,搬到后花园的半月泮去了。要不然,借小五一个胆也不敢在这边大兴土木。"

大家都笑起来。

太夫人索性领着她们进了穿堂。

里面小小一个院子,只有坐南朝北正房三间,灰瓦粉墙黑漆落地柱,糊了白色窗槅纸。院中点衬几块太湖石,左边种几枝修竹,右边种几株芭蕉,清静雅致。

大太太赞了一声"好地方"。

"可不是。"太夫人就笑着望向了三夫人,"要不是小三拦着,说,要是有了贵客来,可以到这边来歇歇脚,小五早就拆了。"

三夫人掩嘴而笑:"我们家老爷是看着侯爷脸色发青,这才出来拦了拦。"

大家笑着出了院子,出了戏台后的厢房,上了一条青石铺成的甬道。甬道左边是漏窗墙,砌成或圆或方或海棠花式样的窗,可以看见花园里的清泉奇石,一路走来,颇有些一窗一景的江南园林味道。

乔夫人笑道:"五爷可真花功夫,连这墙都改了。"

太夫人笑了一声,指了右边不远处粉墙内伸出来的几根绿枝:"那是老五的住处。"

十一娘望去,看见一个五级的台阶,两三个未留头的小丫鬟正在那里丢沙包。

小丫鬟们看见太夫人走过来,纷纷上前给太夫人行礼,太夫人身边一个穿丁香色素面妆花褙子的五旬妇人就从荷包里拿了糖出来赏她们。小丫鬟们个个喜笑颜开地跑开了。太夫人又指了前面的一段粉墙:"那是元娘的院子。"

墙头露出竹梢。

三夫人笑指了甬道尽头的粉垣:"我住那里!"

太夫人屋后是花厅,花厅旁边住着徐令宽,徐令宽旁边是徐令宜,再过去是徐令宁。太夫人指了那广亮大门,对大太太道:"从这进去就是后花园了。"

大太太点头。

三夫人就笑道:"走了这一会儿,不如去我那里喝杯茶!"

太夫人就望了大太太,大太太怕太夫人累着,笑应道:"好啊!"

她们沿着刚才三夫人指的粉垣朝南,到了三夫人的住处。

三夫人的住处五间四进,比罗家在弓弦胡同的宅子还大。粉墙灰瓦,黑漆如意门,倒座隔成了书房和花厅,迎面是穿堂。进了穿堂,十字青石甬道,种了芭蕉、杏树,搭了花架子。三间正房带耳房,抄手游廊连着东西厢房,住着徐家长孙徐嗣勤和徐嗣俭。第三进住着徐令宁夫妻,院子里种着玉兰树和松柏。第四进是后罩房。

她们在三夫人住的堂屋里喝茶。清澈明亮的淡金色茶汤,碧绿的叶片点缀其间,飘着缕缕馥郁的桂花香。

十一娘微怔,轻轻啜一口,龙井特有的豆花香和桂花的甜味交织在一起,醇厚甘润,唇齿留香。

是桂花花茶。虽然味道独特,但她并不喜欢。她喜欢清茶。茶各有禀性,有其他掺杂其间,总觉得少了原来的纯粹。

她思忖着,已有人赞道:"真是好茶!"

十一娘循声望去,是乔家六小姐。

"这可是灵秀楼今年新出的花茶?"她妙目微眯,表情满足。

三夫人笑道:"妹妹真是雅人。不过,这不是灵秀楼的茶,是二嫂去年秋天亲自采了花园子里百年桂树所结之花窨制而成。"

乔家六小姐微怔。她没有想到二夫人会和她一样亲手制作花茶。

徐家二夫人项氏出身书香门第,父亲是建武三十年的状元,曾任翰林院学士、国子监祭酒。她幼有贤名,徐家曾三次央人做媒不成。后由项父见到了英俊聪慧的徐令安,又由白太妃做保山,这才同意了这门亲事。

谁知道,项氏嫁过来不过三年,徐令安就病逝了。

"二夫人她还好吧?"大太太神色微黯,问道。

太夫人已难掩怆然："自从安儿故去，她心如缟素，已不大出来走动。"

乔家六小姐面露不忍之色。

乔夫人目光一转，笑道："那您也要劝她出来多走动走动。她本是聪慧之人，身边没个照应的人，不免伤春悲秋。要不是三夫人端了这杯桂花茶出来，我还没想到。我们家六姐也是极喜欢做这些东西。要不，我们趁着这机会去看看二夫人？一来让她那里热闹热闹些，二来让她和我们六姐见个面，一准投缘。有个人来来往往的，也好些。"

太夫人动容："这主意好。"立刻起身，茶也不喝了，"我们去她那里坐坐。"又喊了身边一个叫冬绣的丫鬟："跟二夫人说一声，亲家太太来了，我们到她那里坐坐。"

冬绣应声而去。

三夫人则吩咐身边一个叫金蕊的丫鬟："安排几辆青帷小油车来。"

太夫人就摇了摇手，笑道："今日难得的好天气，我们走走，回来的时候再让车来接。"

三夫人应了。一行人朝北返回刚才的广亮门。

守门的妇人忙迎了过来，陪着太夫人进了门。

迎面一座用白色太湖石堆成的假山，山旁植了几株参天的古树。绕过假山，左边是植满绿树的大山，右边是有曲径通幽的树林。

三夫人扶着太夫人领着她们进了树林，沿着石子铺成的小径一路行去，不过一盏茶的工夫就看见一片青翠的竹林，小径直通竹林里的一个小小院落。

院落门前的石阶有七八级，一个穿着漂色素面妆花褙子的女人由冬绣和一个面生的丫鬟陪着，正站在石阶上张望。

看见她们，冬绣和那个面生的丫鬟就搀了那女人下了台阶。

那妇人应该就是徐家的二夫人了。十一娘想着，不由张目打量那女子，看上去不过二十五六岁的年纪，身材瘦削，皮肤白皙，五官秀丽，目光沉静而安详，缓缓走来，有种从容不迫的镇定。

"怡真！"太夫人已满脸笑容。

"娘！"二夫人笑着给太夫人行礼，太夫人忙携她起来，大太太、乔夫人纷纷和她打招呼，又引见罗大奶奶、五娘、十一娘和乔家六小姐与她认识。

二夫人很客气，笑道："也没什么好东西，这几串檀香珠你们拿去玩。"那面生的丫鬟就拿了几个雕红漆的小匣子给几人。

几人接过谢了，二夫人扶了太夫人上了台阶："您慢些！我这里不好走。您有什么事，让人来叫我一声就是。"

三夫人也忙过去扶了另一边。

"我们能有什么事。"太夫人小心着脚下，"亲家太太来了燕京，我们来你这里坐坐罢了。"

身后跟着的由各自的丫鬟扶了上台阶。

十一娘发现那台阶是用带有水纹的太湖石砌成的,石阶缝隙里还不时冒出几株小草。走完台阶,看见门楣上海棠门牌上写着"韶华"两个字。等进了院门,翠竹夹道,苔藓浓密,偶有风吹过,沙沙作响,颇有深山幽静的古意。

进了门,小小一个三间,黑漆落地柱,白石铺地,中堂上挂一幅观音拈花图,还有副"瓶中甘露常遍洒,手内杨枝不计秋"的紫黑色泥金云龙笺的对联。黑漆长案只用甜白瓷盘摆了几个香橼,前面一张黑漆四方桌,左右各一把黑漆太师椅。

二夫人将太夫人和大太太让在太师椅上坐了,有小丫鬟从里间端了把黑漆玫瑰椅出来给乔夫人坐,又有小丫鬟端了黑漆小杌子来给其他人等。一时间,小小的堂屋挤满了人。

太夫人就将乔六小姐叫到跟前,对二太太道:"她听说你做了桂花茶,要来见见本尊,就带了来。"

乔六小姐忙上前给二夫人行礼:"我在家里用纱布包了茶叶放在未开的荷花里,香味却总是淡了些,没有夫人的桂花茶醇香。"一副急于请教的样子。

太夫人目光灼灼地望着二夫人。

"做莲花茶啊!"二夫人的笑容淡淡的,"最好选白莲花,早上未开时用麻皮略系,第二天早上摘花,把茶叶烘干,如此三四次,既不会夺了茶味,又有莲香。"

"啊!"乔六小姐眼睛睁得大大的,掩嘴轻叹,说不出的天真烂漫,"要用白莲花吗?"

二夫人点头:"白莲花比红莲花的香味更清馥。"

两人说话间,已有丫鬟上了茶,有梅花的清香。

乔家六小姐已是满脸的惊喜:"夫人还用梅花窨了的茶叶吗?"

二夫人笑道:"只要有香味的都可以。"说着,望了望窗外,"园子里一年四季花开不断,想窨哪样的茶叶都很容易。"听不出孤单寂寞的味道,反而显得悠闲自在。

十一娘就想到了她院门前的那些台阶。有点陡,像爬山,一般的人不会上来吧!

乔家六小姐就一直请教二夫人一些关于做花茶、做点心、做粥食的小窍门。十一娘觉得有些夸大其词,有些矫揉造作了些,也有些很有道理。

二夫人的表情温和有礼,却带着一点点的疏离。太夫人看着眼底闪过一丝失望。

乔夫人见了立刻提出来去花园里走走:"春妍亭旁的迎春花应该开了吧?"

二夫人听了笑道:"昨日刚开。"说着起身陪她们去看迎春花。

太夫人就携了二夫人的手出了韶华院,穿过树林中的小径,到了青石铺成的甬路上,往北，迎面一条宛若游龙的丈宽小河，河上有座叫碧漪的闸亭。过了闸亭，是东西走向的蜿蜒青石甬道。她们沿着甬道往东去，一边清波荡漾，一边陡山丛林，迎面是不寒面的微风，让人从心底明媚起来。

十一娘的脚步越行越缓，渐渐落在众人后面。

有丫鬟过来问她："亲家小姐可是乏了，要不要在一旁歇歇？"

十一娘忙道："不累，不累。"脚步却越来越慢。

冬青和琥珀在一旁着急，要上前去搀她，被她拒绝："免得母亲问起来。"

那丫鬟听了低眉顺眼地跟着她身边，并不催促她。

十一娘一面朝着琥珀使了个眼色，一面笑道："姐姐怎么称呼？"

丫鬟笑道："我叫秋绫。"

琥珀"啊"一声，道："我有个姐姐和你同个'秋'字……"

秋绫抿嘴一笑。十一娘已带着冬青走到了前面。

琥珀和秋绫低声细语起来："这园子可真漂亮。听说隔壁住着定国公和威北侯？"

秋绫点头，笑道："定国公郑家住在我们前面，威北侯林家住在我们西边。"

琥珀很是羡慕的样子："那来来往往岂不都是簪缨鼎盛之家？"

秋绫笑着点头。

"那她们也和我们一样，时不时地互相串门吗？"琥珀很好奇地问。

"当然。"秋绫笑道，"林家的大奶奶和我们四夫人最是要好，隔三岔五地就会来看四夫人一次。"

琥珀目光微转："那茂国公王家也常来吗？"

十一娘嘴角微翘，领着冬青追上了五娘。

那边秋绫已是一怔："你怎么问起那家来？"

琥珀忙解释："我听人说起燕京的权贵之家，提到了你们府上，还提到了茂国公府……"

"他们家怎么能和我们家相比。"没等琥珀说完，那秋绫已面露不屑，"我们家虽然也是靠祖上余荫过日子，可我们老侯爷当年也曾做到礼部侍郎；他们家国公爷呢，好不容易通过亲家谋了个苑马寺主簿的职，却是连牧养的马驹数目都弄不清楚，被革了职……"

琥珀已面露惊讶："靠着亲家谋了个职位？茂国公的亲家是谁啊？"

"已故的文渊阁大学士姜捷啊。"秋绫笑道。

"姜捷？"琥珀目光微闪，"我从来没有听说过。"

"你当然没有听说过。"秋绫掩嘴而笑，"姜大人已经去世十九年了。"

琥珀讪笑："姐姐跟我说说，我以前只在家做针线，从来没听说过这些事。"

秋绫笑道："我也是因为我们家夫人喜欢问老爷这些事,所以才略知一二的。"

琥珀主动上前挽了秋绫的胳膊："好姐姐,你给我讲讲,我回去也和我们家小姐说,让她也听听。"

"这也不是什么秘密。"秋绫笑道,"乐安姜家你听说过吗?"

琥珀摇头。

"他们家曾经出过两位帝师……"秋绫声音渐渐低下去,两人的脚步也慢下来。

两人站在一株大树下细细说起来。

十一娘跟在五娘身后,随着太夫人一路往北,看见山那头有片梅林,只是梅花已残,只余绿荫。

太夫人指了笑道："那里是香玉馆。早两个月,可以赏梅。"

往前走了几步,看见了半坡迎春花,一丛丛,一束束,浓绿如碧,灿烂如金箔,星星点点,开到山坡的尽头。

"真是漂亮!"一旁的五娘喃喃地道。

十一娘轻轻"嗯"了一声,表示赞同。

迎春花她不是没见过,罗家在余杭的家里就种了十来株,可像这样漫山遍野,已不仅仅是漂亮,而是绚丽了。

太夫人携了二夫人的手往前去。山坡旁有个八角黑漆凉亭,亭楣上写着两个鎏金大字"春妍"。

"到亭子里坐坐,喝杯茶。"三夫人招呼后面的人。

大家跟着进了春妍亭,有婆子拿了大红云龙捧寿的锦垫铺在栏椅上,大家散开坐了,丫鬟们上了汤色黄绿清澈的白茶。

走累了,喝点这样味道清淡回味的茶,让人感觉通身都舒畅起来。十一娘捧着茶,看见文姨娘在一旁小心服侍着。

她在人群中寻找琥珀,没看见她,也没有看见那个叫秋绫的。她微微笑起来。

喝着茶,话着家常。五娘偷偷指了亭对面遥遥相望的半弯状湖水和湖边的三间草堂："那里是不是半月泮?"

"可能吧!"十一娘笑应着她,抬头却看见坐在对面的乔家六小姐支着耳朵。

她淡淡地一笑。或许,对徐令宜感兴趣的不仅仅是乔夫人。

休息够了,太夫人又领着她们在园子里转了转,有四面卷棚可垂钓的垂纶水榭;有种了梨树、桃树、杏树、桐木的丽景轩;有遍植海棠的照妆堂;有黄泥土壁的依香院;有可以泛舟的流芳坞;最后沿着后山的青石板台阶到了凌穹山庄,把徐家后花园的景致尽收眼底。再下山,早有青帏小油车停在山脚的聚芳亭,大家登车回到了花厅——那边已摆了饭菜。

吃过晚饭,一群人去了太夫人那里。

谆哥和麻哥玩得高兴极了,两人手牵着手,一刻也不愿意放开。贞姐儿在一旁看着掩嘴而笑。

大家略坐一会儿,逗了孩子几句,大太太起身告辞。

太夫人留大太太:"过两天再来家里坐坐。"

大太太笑着应了,带着罗大奶奶、五娘、十一娘、文姨娘和麻哥、谆哥等人去了元娘那里,乔夫人、乔家六小姐和二夫人、三夫人依旧留在太夫人屋里说话,贞姐儿则由乳娘、丫鬟陪着去了太夫人卧室的暖阁。

十一娘不由多看了一眼。

文姨娘在一旁解释:"她从小跟着太夫人……"表情中有几分骄傲,也有几分伤感。

而谆哥见到母亲,立刻噔噔地跑了过去。

元娘笑容里满是溺爱:"轻点,轻点,别碰着了。"

谆哥的动作果然轻了不少,他伶牙俐齿地向母亲说着今天在太夫人那里的事:"吃了松花饼,姐姐还拿了手帕给我擦嘴,魏紫姐姐带着我们去看了锦鲤,麻哥要下池捞鱼,被姐姐给揪了回来……"

元娘认真地听着谆哥的话,没有一点点的不耐烦。

待谆哥说完,大太太又反复叮嘱元娘"不要过于操劳""我在燕京,有什么事,让人给我送信"之类的话,然后起身要告辞。

看见她们要走,谆哥眼巴巴地望着麻哥:"你什么时候再来?"

罗大奶奶轻轻叹了口气。

大太太却露出欣慰的笑容:"毕竟是姑舅表亲,打断了骨头还连着筋,不过见了几面,就像亲兄弟似的。"又摸了谆哥的头,"过两天外祖母就来看你!"

和第一次的疏离不同,这次谆哥没有避开大太太的手,不仅站在那里任她摸着自己的头,还乖巧地点了点头。

文姨娘殷勤地送大太太,却被元娘叫住:"让陶妈妈送就行了,你坐下来陪我说说话吧!"

她恭敬地应了"是",大太太也不以为意,由陶妈妈陪着出了徐府。

回到弓弦胡同,杭妈妈早已在垂花门前等:"大太太,您回来了?"

逛了一天的园子,大太太有些疲惫,她微微颔首,杭妈妈已道:"二老爷和三老爷来了,和大老爷在书房。"

大太太微微一怔。

杭妈妈笑道:"您前脚走,二老爷和三老爷后脚就来了,在书房里待了一个下午了,到现在还没有出来!"

"我知道了!"大太太沉声应了一句,疾步进了垂花门。

其他几个人忙跟了进去,就看见大太太步履匆匆地去了大老爷的书房。

罗大奶奶和杭妈妈交换了一个眼色,然后笑着对五娘和十一娘道:"今天大家都累了,快歇了吧!"

两人屈膝行礼各自回了屋。

更衣的时候,琥珀欲言又止。

十一娘沉住气,梳洗完了,坐到临窗的大炕上,端起冬青上的清茶啜了一口,这才问早已立在炕边的琥珀:"怎么样?"

琥珀看了冬青一眼。

"一个屋里的人,"十一娘笑道,"也没有什么好瞒的。何况这件事虽然大家嘴里不说,心里都明白着。"

冬青却忙停了正在收拾的手,笑道:"小姐,我去厨房看看给您做的白粥做好了没有。"

"坐下听听吧!"十一娘笑着拍了拍炕沿,"双拳难敌四手,你也帮着想想办法!"

冬青应了一声"是",立在了琥珀旁边。

琥珀想了想,斟酌着把从秋绫那里得到的消息告诉了十一娘:"王家早就外强中干了。日常用度除了俸禄和祖上在新州的两个庄子外,就是在东大门开的一家米铺的收益。"

十一娘微微点头。富不过三代。百年世家,能这样已经不错了。

"茂国公膝下只有一女一儿,女儿嫁到了乐安姜家,儿子就是王琅公子。"琥珀娓娓道来,"这王公子是国公爷晚年所得,极其宠爱,因此……"她顿了顿,"据说脾气十分暴躁……两年前,曾经打死过人……"

十一娘微微有些意外,突然怔住。意外,为什么自己会感到意外呢? 或许,在心底,她希望有个能带自己走出困境的人。恰巧就出现了王琅!

是不是渴望得太久,一点点的希望都会被她无限地放大,而忽略了心底的不安呢?

琥珀看见十一娘低头沉思,也噤了声。

一时间,屋子里陷入了沉静。

过了好一会儿,十一娘才长长地透了口气。她的表情渐渐有了几分毅然:"除了说王

公子曾经打死过人,还说了什么没有?"

琥珀摇头:"以前徐家五爷和王公子也曾经一起玩耍,出了这件事以后,太夫人就发了话,不准徐家五爷和王公子再来往。还说,如果五爷再敢和王公子一块,就要侯爷把五爷送到甘肃守边去,十年八年别想见到燕京的城墙!"

十一娘有些吃惊。太夫人的反应这么大……

念头闪过,她已问道:"王家的嫡长女嫁给了姜家的谁?"

"嫁的是姜捷的六子姜桂。"琥珀把她听到的消息都告诉十一娘,"姜桂是进士出身,现在在太原任知府。有一个胞兄姜柏是庶吉士,现在任翰林院的掌院学士。还有一个胞兄叫姜松,是建武四十六年的状元,在翰林院做了三年的编修就辞官回了老家乐安,开了家叫'谨习'的书院,专门收贫家子弟读书。姜捷的祖父是先帝的帝师,听说他是因为这个缘故才做了首辅的。他的高祖父是景宗的帝师。"

十一娘心中一动:"琥珀,你可听清楚了,姜松是建武四十六年的状元?"

琥珀忙道:"我还特意问了秋绫,你怎么记得那样清楚。秋绫说,因为她正是那年状元郎披红游街的时候出生的,她娘常说起。"

"建武四十六年,"十一娘喃喃地道,"二老爷也是那年中的举……这样说来,是同科了……"

琥珀倒不知道这些,她没有作声。

一个人做事肯定是有目的的。元娘的目的是什么呢? 这其中有什么联系?

十一娘软软地倚在了身后秋香色素面锦缎迎枕上。这就好比填字游戏,只要填对了,答案就会出来。

可这中间缺的一环是什么呢? 有什么在她脑海里掠过,想抓,却没抓住……

一个落魄的王家,一个声名显赫的姜家! 如醍醐灌顶,她猛地坐了起来:"琥珀,王公子打死了人,是谁帮着开脱的?"

琥珀道:"是徐家五爷!"

"徐家五爷?"十一娘目光一闪,"徐令宽!"

"秋绫说是五爷插的手。"琥珀忙道,"为这件事,侯爷还扣了五爷整整一年的月例,全靠着三爷暗中救济过日子呢!"

"那姜家呢?"十一娘的表情有些肃然,"作为姻亲的姜家这个时候干什么去了呢?"

琥珀愕然:"不知道。"

她从来没有想过这个问题。十一娘眼睛一亮,终于看到了一丝曙光!

"宅子里的人可以从余杭老家带来,那赶车的车夫却是万万不能从老家带来的。"她笑着对琥珀道,"你明天拿二两银子,让那赶车的帮着买点燕京有名的吃食进来。趁这机会问问他,知道不知道乐安姜家。"

琥珀犹豫道:"一个赶车的,怎么会知道乐安姜家?"

"你在内院长大,有些事不知道。"十一娘笑着,"要论消息灵通,谁也比不过脚夫、轿夫、挑夫。他们走乡串户,认识的人多,见过的事多,燕京有点风吹草动都逃不过他们的眼睛、耳朵。你只管去问好了,甚至还可以打听一下王公子打死人这件事。"说到这里,她眉头微蹙,"既然徐家的丫鬟都知道,这些人不可能不知道。"她声音渐渐低下去,"要是运气好,说不定那王公子为什么一直没有娶妻……都会有一些传闻出来。"

琥珀点了点头,应声而去。

冬青却十分沮丧:"小姐,那王公子……不管是为什么,打死了人,总归不是什么好人。您还是打消那念头的好!"

"我知道。"十一娘笑容苦涩,"人总有种侥幸心理,觉得还有未来,还会遇到更好的,所以犹豫、彷徨、踌躇……可当未来都没有的时候,就只能顾着眼前了。"

冬青十分不解:"小姐,您这是……"

"没事,没事。"十一娘摆手,"我们早点睡吧,今天逛了一天,可真累啊!"

第二天巳初,五娘和十一娘去给大太太请安。大太太早已起床,屋里横七竖八地放着箱笼,大太太坐在罗汉床上,听着大奶奶和许妈妈拿着账册对着箱笼里的东西,六姨娘则低眉顺眼地在一旁服侍着。

看见她们进来,大太太只是抬了抬眼睑:"来了!"

五娘和十一娘忙上前给大太太和大奶奶请了安。

"我这边正忙着,你们下去歇着吧!"大太太语气淡淡的。

大家都知道柳阁老如今致仕,罗家的三位老爷都赋闲在家,俱绷着心弦过日子,谁还敢在大太太面前多问多说。

两人屈膝行礼退了下去。

五娘问送她们出来的杜鹃:"这是做什么?"

杜鹃悄声道:"送礼!"

五娘目光明亮:"给侯爷那里?"

杜鹃摇头:"不知道。"

五娘的目光暗下去,颇有几分失望,差了紫薇到落翘面前走动,只是那落翘有了连翘在前,口风十分紧,问来问去也问不出个什么。只看着大老爷和大太太都很忙——大老爷每日早出晚归,大太太常带着大奶奶清点箱笼。

这期间,大太太曾经去过两趟永平侯府。把五娘和十一娘留在家里,只带着许妈妈,午休后去，晚饭前回。如寻常走亲串户般，或带了几匣点心，或带了几匹尺头。

这让十一娘很关注——大太太去的目的是什么？她不时会停了手中的针线暗暗发呆。

好在琥珀那边却有消息传过来："王公子清早从翠花胡同出来，有卖菜的老汉正好从他面前过。也不知怎的，王公子一怒之下就把那卖菜的老汉……后来徐家五爷出面，赔了一千两银子，民不告官不究，就这样算了。"说着，她脸上露出几分犹疑之色来，"我跟那车夫说，我原是燕京人，老太爷死的时候被二太太带回余杭，后来又赏给了小姐。这几年一直待在余杭，原有个妹妹在茂国公府当差……"

这借口不错！十一娘看琥珀的目光有了几分赞赏。

"谁知道，那车夫一听，忙跟我说，你赶紧想办法去茂国公府看看吧！就上个月，他们家就没了两个丫鬟——说是病死了一个，失足落了井一个。你这三四年不在京里，谁知道你妹妹是死是活。"

十一娘掩不住吃惊。

琥珀额头也有细细的汗："小姐，要不，我偷偷去一趟茂国公府？就说是去找妹妹。那车夫也说了，我如果要去，换身装扮，他借了朋友的车，一个时辰的工夫就行了。只要内宅的事安排好了，神不知鬼不觉的。"

"不行。"十一娘断然拒绝，"他这主意出得的确是好，可要是他把你拉到别的什么地方了，也一样神不知鬼不觉的。"

琥珀欲言又止。

十一娘神色一肃，郑重地道："这件事，就此打住，再也不许提什么去茂国公府打探消息的事了！"

琥珀只得应了。

十一娘看她神色间有几分勉强，又反复叮嘱了几句"小心驶得万年船"之类的话，问起姜家的事："可打听到些什么？"

琥珀忙道："姜家在石狮胡同有个五进的宅子，如今住着姜翰林和几个来国子监读书的姜家子弟。他们家家风严谨，待人十分谦和。那小六子说，他有相熟的车夫有次经过石狮胡同时，有人突然从胡同口出来，他急忙拉缰，把那人吓得一屁股坐到了地上。他朋友见那人穿得虽然十分朴素，却长得唇红齿白，手伸出来比姑娘家的还要白净漂亮，一看就是哪家的公子哥，吓得忙上前赔礼。谁知道那公子不仅不责怪，还给了他一两银子压惊。他不敢接。那公子给了他就走。他怕是'仙人跳'，特意去打听，知道是姜家的公子。那人还说，既然是姜家公子给的，你只管拿了，他们不是那种仗势欺人的人家。他这才喜滋滋地接了，还到处说给亲戚朋友听。"

因此王琅的事姜家不愿意管？十一娘思忖着，问琥珀："小六子是谁？你还知道'仙人跳'了？"

琥珀脸色微红，颇有些不安地道："我们家请的那个车夫叫小六子。'仙人跳'是他告诉我的，说是设了圈套让那些贪小便宜的人上当受骗吃大亏的局……"

十一娘笑起来，又想到王、姜两家截然不同的行事风格，脸上的笑容不由敛了。

这两家怎么就结了亲的？念头闪过，她不禁沉思。结亲要讲究门当户对，互帮互衬，同声同气。罗家为什么要和王家结亲呢？

如果是为了让庶妹们有个好归属，可仅凭自己打听到的这一鳞半爪就可以知道，这王琅并不是什么良人。如果是为了权势，连徐家的丫鬟都知道茂国公府落魄了，元娘不可能不知道。那还不如嫁给那些死了老婆的、掌握实权的官员做继室更划算。

况且，按一般的情况推断，罗元娘这个时候应该全副精力都放在如果自己死了如何保证谆哥利益最大化上，怎么还会分出精力来为自己十几年没见过面的庶妹保一门亲事？

想到这里，十一娘一惊。不错，这个时候，罗元娘所思所想所做都应该是为了谆哥。那么，这门亲事对谆哥又有什么好处呢？

罗家、王家、徐家、姜家……如走马灯似的在十一娘脑海里旋个不停。

她自问：如果自己是罗元娘，会怎么做？念头一起，就止不住地往下想。对内，找个能被罗家掌握的继室，确保谆哥顺利长大；对外，寻求强有力的支持，早日确定谆哥的世子之位。毕竟，谆哥是徐令宜发妻所生的嫡子，比继室所生的嫡子身份尊贵，是爵位的第一继承人。

如今，对内元娘已有了主意，那对外……十一娘不由抚额。姜家，一个能洁身自爱、低调内敛的世族，享有清誉的望族。不需要它包庇，只需要在关键的时候站出来为谆哥说一句公道话。可同时，它也是个政治世家。这样的人家，说话做事自有衡量……怎样才能让这个世家与谆哥绑在一起？

最好的办法，当然是——联姻！正好，茂国公有个女儿嫁到了姜家，一个儿子需要娶媳妇。

她苦笑："姜家有女儿吗？有几个女儿？"没等琥珀回答，又喃喃地道，"当然是有女儿的。要不然，何必绕这么多的圈子……"

琥珀忙道："要不我再去问问小六子？"

十一娘摇头："一次就够了，不要再去打听什么了。"说着，指了指东边，"免得让人起了疑心。"

琥珀连忙点头："我知道了。"

十一娘微微颔首,笑道:"你去歇着吧!"她得仔细想想,这件事该怎么办。

琥珀退了下去,迎面和翡翠碰个正着。

"妹妹怎么过来了?"她笑着招呼翡翠去自己住的西厢房。

翡翠笑着摇头:"我是来请十一小姐的——三太太来了,带了五爷和六爷,正在大太太那里喝茶。大太太让我来跟五小姐和十一小姐说一声,过去请个安。"

琥珀笑着点头,等翡翠去五娘那里传了大太太的话,然后陪着她去了十一娘处。

知道了翡翠的来意,十一娘收拾收拾,带着琥珀跟着翡翠去了大太太处。

与在余杭时相比,二十七岁的三太太明显地憔悴了不少。

待十一娘给她行了礼,立在一旁的五爷和六爷就笑着喊了声"十一姐"。

罗振开和罗振誉还是一副机敏活泼的样子,十一娘笑着和他们打了招呼,五娘就来了。行了礼,小丫鬟端了小杌子给两人坐。三太太却起身要告辞:"这几天多亏有大伯、大嫂帮衬。"说着,她眼圈一红,"我来就是为了谢谢大嫂的。"

"一家人不说两家话。"大太太站起来携了三太太的手,"我是想留你在这里散散心,可我也知道,这个时候,也留不住你。客气话我就不说了,你回去好好歇歇,这天下没有过不去的坎。等过几天,你心情好些了,再到我这里来,我再约了二弟妹,我们妯娌三个好好聚聚。"

三太太连连点头:"大嫂,那我带着孩子先回去了。"

五爷和六爷给大太太行辞别礼。

大太太摸了摸两人的头,笑着送三太太出门:"孩子们也累了,让他们也暂时歇歇。我也是做母亲的,知道你望子成龙的心思。可这心急吃不了热汤圆,有些事,得慢慢来。"

"大嫂说得是。"三太太神色间有几分疲惫,"多谢大嫂提醒。"

跟在身后的十一娘就想到了自己第一次见三太太时的情景。梳着牡丹髻,插着翠叶大花,穿着玫瑰紫二色金的缂丝褙子,看人的时候目光微斜,带着居高临下的优越感。现在,却再也不复以往的神采。没有了显赫的娘家,就没有了以前的底气。三太太毕竟阅历少了些。

她站在大太太的身后,笑望着三太太离开,然后陪着大太太回正屋。

路上,大太太问五娘和十一娘:"这几天都在做些什么呢?"

五娘笑道:"在练字呢。看到大姐家园子里那些牌匾,这才知道什么叫'山外有山,人外有人'。再不沉下心写,怕丢了大姐的脸。"

"永平侯府的牌匾不是御赐的,就是历代翰林院掌院学士写的,你有所不及,也是正常。"大太太笑道,"不必放在心上。"又望向十一娘。

十一娘忙道:"女儿在家里做针线,准备给麻哥做件杏黄色的春裳,给谆哥做件湖色春裳。"

大太太点了点头。

落翘赶在大太太之前撩了帘子,却有小丫鬟跑进来禀道:"大太太,永平侯府的妈妈来送帖子。"

大太太原地转了个身:"快请!"

小丫鬟应声而去,不一会儿就带了两个四十来岁的妈妈来。

两位妈妈快步上前给大太太行了礼,大太太客气地请了两位妈妈屋里坐。

大家回屋重新坐了,丫鬟们上了茶。其中一个嘴角长了颗红痣的妇人就将手中雕红漆牡丹花开的匣子递了过去:"我们太夫人说,过几天就是三月女儿节了,请亲家太太、亲家奶奶、亲家小姐和麻哥一起去家里热闹热闹。她老人家请了德音班的在家里唱堂会。"

一旁的落翘忙接了匣子,拿了里面装着的大红洒金请帖给大太太看。

因为已经知道内容,大太太只是象征性地看了看,然后笑道:"还烦请两位妈妈回去跟太夫人说一声,说我多谢她惦着,那天一定带了媳妇、女儿和孙子去热闹热闹。"

"那我就代太夫人多谢您了。"嘴角有红痣的妈妈起身朝着大太太福了福身,然后寒暄了几句,就起身告辞了。

大太太望着屋外枝头刚刚冒头的嫩芽儿,吩咐五娘和十一娘:"该换春裳了。"

两人齐齐应"是",陪着大太太坐了一会儿,然后起身各回各屋。

到了三月初三,十一娘把乌黑的青丝在脑后绾了个纂儿,戴了朵珊瑚绿松石珠花,穿了天水碧的褙子,月白挑线裙。仗着青春靓丽,只在脸上擦了点茉莉花香蜜,素面朝天地就去了大太太那里。

五娘先她来的,穿了件银红色的褙子,梳了坠马髻,并插了三把赤金镶各色宝石的梳篦,耳朵上坠了赤金灯笼坠子,描眉画眼,薄粉略施,比平常又明艳了三分。

大太太看着两人露出满意的神色,交代了几句"见了人要大大方方地喊""有戏子在内院,你们不要乱跑,小心见了不该见的人"之类的话,等大奶奶领着穿了大红绸子的麻哥来,一家人起身上车去了徐府。

在徐府垂花门前,她们遇到了一个满头银丝的华服老妇人。老妇人很热情地和她们打招呼:"是徐太夫人的亲家吧?"

虽然不认识,但看那妇人身边簇拥着二十来个穿金戴银的丫鬟、媳妇子,大太太也不敢马虎,忙笑着上前行礼,道:"我是罗许氏。"

老妇人微笑颔首，旁边有人向大太太引见："这位是定国公府的老太君。"

原来就是和徐家分了长公主院子、住在徐家前面的郑家人。

大太太忙笑道："原来是老太君，恕奴家失礼了。"又向郑老太君引见罗大奶奶、五娘、十一娘和麻哥。

几人上前给郑老太君行礼。

正在环佩叮当之时，又有马车骨碌碌驶来。

大家都不由循声望去，是辆和罗家一样的黑漆平头马车。

马车停下，有妇人跳下，拿了脚凳放在车辕前，又伸出手臂去，恭敬地对车内的人道："小姐，到了！"

葱白修长的柔荑从石青色的车帘里伸出来，轻轻地搭在了妇人穿着官绿色褙子的手臂上，然后车帘撩开，一个曼妙的绯色身影从马车上缓缓地走下来。

在场的都倒吸一口凉气。

"这是谁家的姑娘，真是漂亮！"郑老太君眼里难掩惊艳。

大太太的脸却在这一瞬间如素纸般苍白。

绯色身影徐徐朝着大太太走来，在离她五步的地方轻轻蹲下，恭敬地行了个福礼："母亲，女儿十娘给您请安了。"

一时间，所有的目光都落在了大太太的身上。

大太太嘴角微翘，褪去的红润一点点地回到脸上："十娘……"

"正是女儿。"十娘侧着头望着大太太，妙目中闪烁着宝石般熠熠光彩，"母亲给女儿安排的马车走得慢，女儿这时才到。"

"到了就好，到了就好！"郑老太君笑眯眯地望了一眼十娘，对大太太道，"你们家的小姐可一个比一个漂亮。"

大太太脸色绯红："是啊！我们家的小姐可一个比一个漂亮。"

十娘已上前给郑老太君行礼。

郑老太君亲自上前携了十娘的手："快起来，快起来，这样花骨朵般的小姑娘，可别给磕着哪里了。快起来！"

十娘顺势而起，挽了郑太君的手："夫人，我搀您进去吧！"

"我可怕你母亲吃醋。"郑太君调侃道。

大太太微微地笑："我们家姑娘能入老太君的眼，我高兴都来不及，怎么会吃醋呢！"

十娘已掩嘴而笑，乌黑的眸子一闪一闪，说不出的俏皮可爱。

"十娘！"五娘脸色阴沉地从大太太身后蹿上前，想要拦住十娘，却被罗大奶奶一把拉住："老太君身边有十娘就够了！"捏着五娘的手指微微发白。

十一娘则后退两步,站在了罗大奶奶的身后。

气氛顿时有些诡异。

郑老太君目光一转,笑道:"时间不早了,我们还是早点进去吧,免得主人等得急!"说着,径直上了垂花门的台阶,并没有理睬十娘。

十娘妩媚地斜睨了大太太一眼,笑着微提裙摆,跟着郑老太君上了垂花门前的台阶。

大太太深深地看了五娘一眼。

五娘已脸如死灰:"母亲,不是四弟……"

大太太的笑容有些勉强,吩咐罗大奶奶:"今天人多事繁,麻哥年纪小,经不得这样的吵闹,你还是带了麻哥先回去吧!"

罗大奶奶神色凝重,应了声"是",不顾麻哥喊"我要和谆哥玩",带着儿子转身上了马车:"回弓弦胡同。"

望着马车"嘚嘚嘚"地在她们面前转弯,朝南上了青石甬道出徐府,大太太脸上的笑容恢复了和蔼可亲。她吩咐五娘和十一娘:"我们也进去吧,免得让人等。"

两人都有些战战兢兢地应了"是",随着大太太进了垂花门。

门后,依旧有一青帷小油车等着她们,却不见了郑老太君和十娘。

有人上前笑道:"郑老太君和贵府的十小姐各乘了一辆油车先去了花厅那边。"

大太太笑着带五娘和十一娘上了青帷小油车去了花厅。

十娘并没有随郑太夫人进花厅,而是笑着站在花厅前卷棚里和一个穿着大红色十样锦妆花褙子的女子说话。看见大太太,她笑着对那女子道:"母亲来了!"

那女子侧过脸来,柳眉杏眼,正是徐家的三夫人。

"正准备去迎您,结果遇到贵府的十小姐。说下车没有看见您,正慌着找您……"三夫人笑着迎上前,"咦,怎么不见大奶奶?"

"今天天气热,我让她带麻哥先回去了。"大太太笑得开怀,"有劳三夫人挂念了。"

"真是可惜!"三夫人笑道,"今天是德音班的班主周德惠亲自唱堂会。"又望了十娘,"大太太是不是要金屋藏娇?这样漂亮的女儿也不让我见见,难道怕我们抢走了不成?"

十娘望着大太太直笑。大太太也抿着嘴笑。

谁也不说话,场面有些怪异。

三夫人眼底不由闪过一丝狐疑。

此刻花厅那边却传来了一阵笑声。

三夫人顾不得多想,挽了大太太的胳膊:"您快进去吧,就差您一人了。"

第八章　群芳斗元娘巧捉奸

一行人进了花厅，迎面摆了几张黑漆四方桌，桌上用甜白瓷的盘子供了味道香甜的香橼、菠萝等物。墙角高几上摆了鲜花、盆景，明亮的八角琉璃灯照着如镜般的墁砖，反射出柔和的光泽。

太夫人穿了件丁香色缂丝葫芦纹样的褙子，正笑吟吟地坐在西敞间黑漆万字不断头的罗汉床上。旁边几位珠环翠绕、锦衣辉煌的妇人被一大群穿红着绿的女子簇拥着，有说有笑地围坐在她的身边。又有七八个穿着青蓝色褙子的丫鬟，或续茶或上瓜子点心或换碟，忙个不停。

看见大太太，太夫人起身迎了过来。那群妇人也都纷纷起身跟在太夫人身后。

十一娘看到了乔夫人和虚扶着乔夫人的乔家六小姐乔莲房。

乔莲房也看见了十一娘。她没来得及细想，就被十一娘身边一个穿着绯色衣裙的女孩子吸引住了目光。虽然是个难得一见的美人，却也称不上举世无双。但她跟在罗大太太的身后，背脊挺得笔直，下巴微翘，顾盼间流露出几分寻常女子不敢表露的骄傲，使她在一屋子低眉顺眼的女眷中如鹤立鸡群般光彩照人。

乔莲房倒吸一口冷气。这个女子是谁？难道不知道女子德容恭顺为要？就是徐家的五夫人丹阳县主也不敢如此。或者，她是哪家的郡主？

思忖间，太夫人已携了大太太的手："怎么现在才来？就等着你开席了。"

大太太连忙告罪。

太夫人就看见了她身后的十娘，眼中露出惊艳："这是……"

十娘落落大方地上前给太夫人行礼："罗氏十娘，给太夫人请安！祝您福寿安康，万事顺意！"

太夫人笑眯眯地点头，望着大太太："你真是有福气。"又问十娘："上次怎么没有跟着你母亲一起过来玩？"

十娘看了大太太一眼，笑道："大姐身体不好，我立了愿，要吃九九八十一天的斋，抄一章血经。前两天刚完成，今天母亲就带我来给太夫人请安了。"

"真是难为你了！"太夫人拍了拍十娘的手，一旁有人笑道，"还是罗大太太教女有方，姊妹们亲亲热热一团和气。"

"您过奖了。"大太太笑得谦虚,笑着给郑太君和乔夫人行礼,又引见五娘、十娘和十一娘给几位夫人。几位夫人又引见自己带的人。

屋里莺莺燕燕,珠佩叮当,十分热闹。

十一娘算了一下,除了几位夫人,林家来了大奶奶、三奶奶和一位五小姐;唐家来了四奶奶和一位三小姐;黄家来了一位三奶奶;甘家来了一位二奶奶,一位三小姐,一位七小姐;加上乔莲房……嗯,加上自己这边,一共是十三人,除了已婚的奶奶们,未婚的小姐有八位!

甘家还来了两位小姐,俱是年轻貌美的。特别是林家那位五小姐,穿了件月白色衣裙,姿容秀逸,婉约如月,仿若画上走下来的仙子。

正说着话,有个穿着葱绿色妆花褙子的女子冲了进来。

"娘,您可不能怪我来迟了。"她朝着太夫人撒着娇道,"我帮着五爷去搬那荷花灯了。"

太夫人就点了她的额头:"你一个女人家,跟着他疯什么?"语气里并没有责怪,只有溺爱,"以后再不许去!"

"好!"那女子大声地应着,大大的眼睛笑成了弯月亮。

"还不见过各位夫人。"太夫人呵呵笑着嘱咐她。

"是!"她爽快地应着,一一给诸位夫人行礼。

诸位夫人都笑吟吟地望着她,口中称"丹阳县主"。

原来是徐家的五夫人、定南侯孙康的女儿孙氏。

十一娘仔细地打量她,不过十七八岁的模样,身量不高,很纤细,相貌清秀,皮肤非常好,凝脂般细腻,笑起来有邻家小孩的亲切甜美,左颊还有个深深的梨窝,十分讨人喜欢。

给大太太行礼的时候,她望着五娘和十娘,目光突然一亮,笑道:"是五小姐和十一小姐吧? 上次我回娘家了没见到,这回我们可要好好聊聊。"

五娘笑着给五夫人回礼,十娘却笑道:"我是十娘。"又指了身边的十一娘,"这才是十一娘。"

十一娘笑着给五夫人行了个礼。

五夫人见她小小年纪,却娴静大方,不由目露惊讶。只是还没有等她开口说话,那边林小姐已笑着和她打招呼:"表姐!"

"明远。"五夫人笑道,"你怎么也来了? 今天可是唱堂会!"

没想到林小姐和五夫人是表姐妹。

看来燕京世家果真是盘根错节。十一娘暗暗观察周围的环境。

"今天可是三月三。"林小姐掩嘴而笑,姿态优雅。

"也是!"五夫人笑道,"你总不能一年三百六十五天关在家里读书写字、作画吟诗。"又道,"要不,我们等会儿去太池旁玩去。今天风大,正好放风筝。"

"又胡说。"太夫人笑斥道,"只能在园子里玩,不许出去。"

五夫人嘻嘻笑,拉了太夫人的手:"那我们等会儿去园子里放风筝?"

"这猴儿,真是一刻也坐不住。"

"要不怎么姓了孙呢!"黄夫人在一旁打趣道。

大家也跟着笑起来。

甘家的七小姐和十娘差不多的年纪,悄声对姐姐道:"难怪大家都说丹阳县主好玩……等会儿可以去放风筝了。"语气里带着几丝兴奋。

她姐姐却皱了皱眉,为难地道:"毕竟是在别人家做客……你要是实在是想放风筝,回家了让你放个够。"

妹妹心不在焉地"嗯"了一声,眼睛却一直追着五夫人。

站在她们旁边的十一娘不由微微一笑。这位甘七小姐却还保留着几分小姑娘家的纯真,真是难得!

五夫人和林小姐是表亲,和其他几人也不陌生,大家见过礼,太夫人就招呼大家入席:"好早点听戏。"

大家笑着分主次坐了。

丫鬟们端了橘子水给大家净了手,又有丫鬟轻手轻脚地上了汤羹。

几位夫人奶奶都略略喝了些酒,小姐们却是规规矩矩地由着身边的人服侍着吃饭。

饭后,大家移到西敞厅喝了茶,然后才去了点春堂。

点春堂戏台上背景已经搭好,院子里静悄悄不见一个人影。戏台后面的厢房紧闭,对面北面的厢房却大开着,里面燕翅摆开几张矮足长榻,榻前几上摆了果盘、茶茗,左右还各置一掐丝珐琅的西瓜形漱盆。

三夫人引导着大家进了北面的厢房,一阵客气后,众人按年纪两两坐了,太夫人自然和郑太君坐到了一起,大太太则和年纪最轻的甘夫人坐到了一起。

就有丫鬟搬了锦机放在长榻边。

奶奶、小姐们就各自围着各自的长辈坐了。

有穿着杏黄底团花锦衣的修长男子走进来:"请夫人们点戏。"说着,微微低头,拱手将烫金帖子献上。

林小姐几人就惊得站了起来。

夫人们却都笑起来,调侃道:"我们五爷什么时候做了德音班的班主了?"

那男子抬头,露出一张如阳光般灿烂明亮的英俊脸庞。

"听说几位夫人在此,我特讨了这桩差事。"他戏谑道,"不知道几位夫人是听文戏呢,还是听武戏? 要不,我报个戏名?"颇有几分玩世不恭,却惹得几位夫人又是一阵笑。

林小姐几人也掩袖而笑,坐了下来。

一时间,屋里的气氛欢快极了。

太夫人就笑着训徐五爷:"就爱作怪,也不怕吓着妹妹们。"又往后望了一眼站在自己身后的五夫人:"丹阳,你得好好管管才是!"

五夫人搭了太夫人的肩膀,拿眼睛睨着丈夫抿着嘴笑。

"五叔也是好意!"三夫人笑道,"看着这么多长辈、姊妹们在这里,总不能让那些唱戏的进来献戏单吧。"说着,亲自过去接了徐五爷手中的戏单呈给太夫人。

太夫人却将戏单递给了郑太君:"您看看,哪出戏中您的意!"

郑太君推辞,执意让太夫人点戏:"客随主便!"

太夫人见她推得诚,就将戏单递给了旁边的黄夫人。

黄夫人不客气,笑着接过了戏单:"你们都推来让去的,有这工夫,唱都唱了一折了。"身后就有丫鬟递了玳瑁眼镜过来。

她接了眼镜细细地看起戏单来:"《织锦记》《同窗记》《琵琶记》《金貂记》《金印记》……还是看文戏吧。这武戏噼里啪啦一通打,不过是翻来跳去的,也不知道唱的是些什么。"说着,看向在座的众人。

大家自然没有异议,都说:"就听您的。"

黄夫人合了戏单,笑着对徐五爷道:"那就唱《琵琶记》,我喜欢听!"

徐五爷学着戏园子里的伙计应了声"诺",拿着戏单去了戏台后面的厢房。

不一会儿,厢房开了一扇门,有几个男子拿了各种乐器走了出来,坐到了戏台右边。

有个四旬男子上台说了一句场面上的俏皮话,然后锣鼓一声响,戏就开了锣。

弋阳腔高亢激扬,铿锵有力,器乐以大锣小锣鼓板为主,铿铿锵锵十分有力,还没开腔,场面已经热闹起来。

这还是文戏,要是武戏,声音岂不更大? 十一娘有点怀念起越剧来,咿咿呀呀地水袖长舞,多有意境。这种剧种她没见过,也沉下心来仔细地看。

《琵琶记》第一折是《分离》,讲新婚不久的书生蔡伯喈因要进京赶考,与妻子赵五娘分别。

台上演员唱得情真意切,眼神举止很到位,可惜他们是用方言唱念,十一娘要集中精力才能勉强听懂七八分。

要是能把台词印在小册上给看戏的人对照就好了。十一娘记得以前陪外公、外婆去戏院看戏,都会发这样一个小册子。

突然有人拉她右边的衣袖。十一娘不用回头也知道是五娘。

"十一娘,不能让十娘出了风头……"她声音很低很低。

十一娘索性回头,睁大了眼睛:"姐姐说什么,我听不见!"

锣鼓声刚巧停了一拍,她的声音清脆洪亮。

大家的目光都望了过来。

十一娘朝众人露出一个歉意的笑容。

五娘则讪讪地笑了笑,道:"我说你坐过去一点,挡着我了!"

"哦!"十一娘笑着挪了挪位置,靠大太太更近了。

锣鼓声再次响起。

第二折是《高中》,写蔡伯喈高中了状元,准备衣锦还乡的喜悦,结果却被牛丞相看中,欲招之为婿。

十一娘看着甘七小姐坐在那里偷偷地左右张望,一副无奈、忍耐的样子,而甘三小姐却听得津津有味,甚至在牛丞相说要招蔡伯喈为婿的时候紧紧握住了拳头。

再看其他几位小姐。乔莲房有些心不在焉,林小姐眉头微蹙,唐小姐虽然正襟危坐,脸上的表情却随着唱戏人的喜怒哀乐而时笑时忧。

十一娘不禁莞尔,看五夫人。没想到,她竟然和唐小姐一样,一副全然进入剧情的模样。

十一娘思忖片刻,回头看了五娘和十娘一眼。五娘脸色铁青,脂粉也掩不住她的气急败坏,哪里有心情听戏。而十娘呢,笑眯眯地望着戏台上,表情惬意满足。

十一娘突然想到"鹬蚌相争,渔翁得利"的典故来。

第二折唱完,中场休息了片刻。

有演滑稽戏的出场插科打诨。

这下不管老的少的都被吸引,看得笑逐颜开。

太夫人打了赏。

有人用红漆描金的梅花茶盘托了五个明晃晃的大元宝过去。

十一娘咋舌。那元宝每个足有二十两,这一托盘就是一百两。她做了大半年的针线活才勉强卖了这个数,那还是因为是简师傅帮着托卖的……

第三折戏是《逼婚》,写牛丞相怎样说服皇帝赐婚,又怎样强迫蔡伯喈留在京都。

唱到蔡伯喈独自在书房惆怅的时候,有未留头的小厮跑了进来,站在厢房外面张望,却不敢进来,满脸的焦虑。

三夫人看着就悄悄走了过去低声和那小厮说了几句,然后匆忙折回来在太夫人耳边细语。

"小四回来了?"太夫人微怔,"今天怎么这么早? 让他进来吧,这里也没有外人!"又对身边的郑太君笑道:"侯爷回来了,听说诸位都在这里,想进来问个安!"

"这怎么敢当!"郑太君十分高兴,嘴里却说着推辞的话。

黄夫人却笑道:"我有些年头没见到侯爷了——前年他去打仗了,去年我身子骨不好没参加宫里的赐宴……现在只怕是越发沉稳了。"

三夫人得了太夫人的意思,出去低声吩咐了小厮几句,小厮连连点头,一溜烟地跑了。

太夫人笑眯眯的:"他从小就沉稳,现在那是木讷了!"

"我可没见过比太夫人更苛求的人了!"唐夫人揶揄道,"我瞧着五爷不知道多好,愿意彩衣娱亲,您倒是左一个'胡闹',右一句'泼猴'。"说着,望着五夫人掩嘴而笑,"弄得两个孩子都不知道怎样巴结您好。轮到侯爷了,人人都赞'老成内敛',到您嘴里就成了'木讷'了……唉,也不知我两个孩儿什么时候能像侯爷和五爷这样木讷的木讷、胡闹的胡闹一番,我也就心满意足了。"这话说得十分讨巧,既夸了徐令宜,又夸了徐五爷,还捧了五夫人,却唯独没提一直在众人面前服侍的三夫人。

十一娘目光流转,太夫人呵呵地笑,脸上全是满足之情。其他的人也跟着笑起来,只有大太太,眼中闪过一丝失落。

十一娘不由轻轻叹一口气。如果元娘不病,大太太也会感到与有荣焉吧?

就有小厮高声喊道:"侯爷来了!"

原来热热闹闹的戏台骤然间停了下来,声息全无,乐师和戏子都立在原地,一动不动。

徐五爷突然间冒了出来:"怎么了? 怎么了?"他依旧穿着原来的衣裳,脸上是画了一半的花脸。

五夫人看着笑得前仰后合:"侯爷回来了! 你没有听到么?"

"哎呀!"他大叫一声,急急冲进厢房,"千万别说我在这里……"

满院的人笑得直不起腰来。

三夫人就笑着领了小姐们避到了西边的屏风后面。

屏风后面是个宴息的地方,大家分头坐了,只有甘七小姐,凑在屏风的缝隙边朝外望。

甘三小姐忙去拽妹妹:"有什么好看的。过几天爷爷寿诞,侯爷会去祝寿,你只管看个够,别在这里丢人现眼!"最后一句非常轻,但屋子里没有人说话,大家都听了个一清二楚。

甘七小姐甩姐姐的手:"哎呀,我就看看。六弟天天在嘴里唠叨着他多厉害,我倒要看看他有没有三头六臂。"

甘三小姐拉了妹妹的手不放:"你这样,我就再也不带你出来了。"

林小姐掩袖而笑,唐小姐却面露不屑,只有乔莲房若有所思地望着甘家三小姐。

外面就传来七嘴八舌的招呼声:"侯爷来了!"

一个醇厚温和的声音穿过那些嘈杂琐碎直叩人心:"见过母亲!"

甘家两位小姐就愣在了屏风前,其他的人都屏声静气坐直了身子,包括十一娘在内。

"快起来,快起来!"太夫人的声音里有掩饰不住的喜悦,"今天怎么这么早就下了朝?朝中没什么事吗?"

"这几日还算清闲。"那声音不紧不慢地道来,给人一种从容不迫的笃定,"听说几位夫人在这里,特来问个安。"

"不敢! 不敢!"几位夫人纷纷客气,但也听得出来,对于徐令宜的这种举动,她们都挺高兴的。

甘家七小姐眼珠子一转,重新凑在屏风前窥视,甘家三小姐站在那里,拉了,又怕外面的人听到动静,不拉,又是极失礼的动作,真是进也不是,退也不是,十分尴尬。

乔莲房掩了嘴直笑,就是十一娘,也不免莞尔。

简单的寒暄后,徐令宜就起身告退:"不耽搁诸位夫人雅兴。"

大家纷纷道:"侯爷慢走!"

甘家三小姐就趁着外面有动静狠狠地拉了妹妹:"回去我要告诉娘!"

甘家七小姐却一点也不害怕,得意地望着众人:"我看到侯爷的样子了!"

乔莲房几个面面相觑,不知道说什么好。十娘却是一笑,道:"可有三头六臂?"语气十分活泼。

甘家七小姐微讶,看十娘的目光转为赞赏,又扫了一眼屋子里的其他人,扬着脸笑道:"只有我们两人想知道侯爷长得什么模样。"神色间带着几分戏谑,"你过来,我只告诉你。"

十娘轻轻一笑,竟然就施施然走了过去。

五娘大急:"十娘,你要干什么?"

十娘转身,下巴微翘,虽然笑吟吟地望着五娘,但眼底有一丝轻蔑掠过:"姐姐何必大动肝火,我等会儿告诉你就是了!"

屋里全是聪明人,都看出了罗氏两姐妹不和,一个个都作壁上观。

十娘莫名其妙地出现,大太太对她的冷眼,胞弟情况又不明,此刻十娘的挑衅让本就不是十分沉得住气的五娘立刻陷入了狂怒中,她两眼冒火,上前两步,张嘴就要训斥十娘,却被一旁的十一娘及时拉住。

"十姐说话可要算数哦!"十一娘微微侧头,笑容俏皮,"不然回去告诉母亲,说你借了我们的胭脂不还,让母亲训斥你!"说完,朝着五娘眨了眨眼睛:"五姐,你说好不好?"

十一娘看似柔软无力的纤细手指紧紧地捏着五娘的手臂,让她感觉到一阵疼痛。可也正因为这疼痛,她很快清醒过来。等到十一娘说出"告诉母亲"的话时,她已冷静下来。

是啊,万事还有母亲做主呢!四弟胆子小,就算是放了十娘出来,肯定是上当受骗。母亲就是责罚,也不过是禁足、夺了月例之类,等日子一长,三姨娘再帮着求求情,也就过去了。如果自己此刻做出了什么失礼的举动,丢了脸不说,还连累了罗家的声誉,心里的那点小盘算就永远不可能实现了,白白让十一娘得了好处。

想到这里,她不由看了十一娘一眼,那个在自己面前总是谦虚忍让的妹妹,此刻眼中全是担忧地望着她。是怕她乱来吗?五娘心里突然间涌出一分内疚。

自己总是防着她,这样关键的时候,她却帮了自己。有四姨娘这个前车之鉴,母亲是决不会让十娘进徐家门的,因此只要十一娘保持沉默,鹬蚌相争,得利的就是十一娘这个渔翁。她却放弃了这个机会……

念头一闪而过,心里却有个声音告诉她:也许十一娘根本就不知道这其中的利害关系,只是出于对十娘的讨厌而选择了帮助自己。毕竟,十娘住在十一娘楼上的时候,没少欺负她。

说来话长,五娘的心情也不过是一瞬间的事。看见屋里人的目光都落在了自己的身上,她笑道:"十一妹这主意好,要是十妹不告诉我们,我们回去就告诉母亲……让母亲去教训她。"说着,呵呵地笑起来,欢快的表情中带着几分促狭,就像在和姊妹们开玩笑。

十一娘看着五娘的表情时明时暗,最后说出"十一妹这主意好"的话来,再一次把责任推到了自己的身上。

她非常失望。五娘已经自私到了不顾大局的地步,她难道没听说过"覆巢之下没有完卵"这句话吗?别人看她们姐妹这样斗,心里一定觉得很好笑吧?心中一动,眼睛已经止不住地睃了屋里众人一眼。大家神态各异。

乔莲房目光闪烁,一副看戏不怕台高的模样;唐小姐面露讥讽;林小姐则低头整着自己挑线裙的褶皱,好像根本没有注意到这边的情况似的;甘家三小姐嘴角微翕,欲言又止;甘家七小姐则睁大了眼睛望着自己,目光中充满了惊叹。

其他人的表情,十一娘很能理解,可甘家的两位小姐一个看上去对她们的事充满了同情,一个看上去对她本人很是好奇的样子。

十一娘心中一动,耳边却传来十娘的嬉笑:"你们又到母亲面前告我的状……"

只是她的话还没有说完,三夫人出现在屏风处:"侯爷走了,我们接着听戏。"

大家自然不能再说什么,由离屏风最近的甘家姐妹领头,鱼贯而出,重新坐下。

十一娘就发现十娘把自己的锦杌朝着甘家七小姐的位置挪了挪,等戏开场,她就和甘家七小姐窃窃私语起来。

五娘也发现了。她哪里还看得进戏,眼睛一直睃着她们,却被坐在对面的乔夫人看见了。

等第三折唱完换场景时,乔夫人突然道:"我们这边听戏,也别拘着孩子们。你们看罗家的小姐和甘家的小姐,早就坐不住了!"

大家的目光一下子全都望了过去,特别是大太太投过来的目光,犹如刀锋般锐利。

十一娘优雅地坐在那里,微微地笑。

五娘却回头狠狠瞪了十娘一眼,换来十娘不以为然的一笑。

甘家七小姐索性站了起来,不顾一旁姐姐拽她的衣襟,嘟着嘴对太夫人撒娇:"我要去放风筝,我不想听戏!"

太夫人好像很喜欢那些活泼可爱的孩子,很纵容地笑道:"去吧,去吧!"然后叫了身边一位姓杜的妈妈:"你带了甘家七小姐去库里,看她喜欢什么样的风筝。"想了想,把屋里的小姐扫了一遍:"还有谁要去放风筝的? 一块儿去了,也免得在我们听戏的时候在一旁扭来扭去的。你们难受,我们也难受。"

大家都笑起来。

十娘就笑着站了起来,高声道:"太夫人,我也要去!"

太夫人呵呵地笑:"好,好,好。"十分喜欢的样子。

五娘有几分迟疑,十一娘笑道:"我还是看戏吧! 也不知道那蔡伯喈会不会答应入赘牛丞相家里。"语气里一副意犹未尽、很是向往的样子。

她觉得今天情况很复杂,最好的办法就是以静制动,跟在大太太身边,在大太太眼皮子底下让她看着,总是不会出错。

太夫人听着点了点头,望向了林小姐。

林小姐微微地一笑,道:"我想去看看二夫人。"

十一娘就看见乔夫人、唐夫人、乔莲房和唐小姐都微微变色,望着林小姐的目光很是阴晴不定。

"上次来看丹阳表姐的时候,蒙二夫人青睐,送了我几张澄心堂纸。"林小姐在几人的目光下神色自若,优雅如昔,"我前几天得了一卷二王府本的《淳化阁帖》,想送给二夫人。"

太夫人喜不自胜,连声说"好",还道:"那帖珍贵得很,给了怡真你怎么办? 这样吧,我手里有幅夏圭的《松溪泛月图》。"说着,喊了魏紫:"你去拿了给林家小姐。"

林小姐听了忙站起来推辞:"怎能收了您的礼!"

太夫人已笑着摆手:"我这也是红粉赠佳人……我知道你喜欢画画。"

林小姐考虑片刻,大方地给太夫人屈膝行礼道谢:"早知道这样,就应该寻些法帖来和太夫人换画了。"

太夫人听了呵呵笑:"我也就这些老底子了……"后面的话却很突兀地咽了下去。

十一娘觉得有些奇怪,飞快地打量了三夫人和五夫人一眼,却见两人都笑吟吟地望着林小姐,并没有露出什么异样。

或许是自己多心了? 她思忖着,就看见乔莲房缓缓站了起来,笑道:"我陪林姐姐一起去看二夫人吧! 上次她和我说可以用松花做饼,我回去以后试了试,却没做成……正好去请教一番。"

"好,好,好。"太夫人笑眯眯地望着她,"你们各自寻了各自喜欢的玩,宾至如归,我心里才高兴。"

她的话音一落,唐小姐也站了起来,笑道:"我和明远一道吧。说起来,我很久没有见到二夫人了,还记得她酿的'青梅酒'呢!"

"我也去看看!"五娘咬了咬牙,突然站了起来,"上次喝了二夫人泡的茶就一直惦着,现在听大家这么一说才知道,原来二夫人不仅会窨茶,还会酿酒,擅长书法。说起来,我也很喜欢书法,也想见识见识林小姐手中二王府本的《淳化阁帖》。"

大太太脸上的表情已有些僵硬。

十一娘恨不得上前捂住她的嘴。你既想到去看一个寡居的二夫人,怎么就没有想到去看看自己卧病在床的姐姐呢?

十娘也察觉到了五娘的急切,她嘴角一翘,挽了甘家七小姐的胳膊,笑着问甘家三小姐:"甘姐姐,你是和我们一起去放风筝呢,还是和林姐姐她们去看二夫人呢?"

甘家三小姐忙道:"我自然和你们一起去放风筝。要不然,兰亭还不知道要闯出什么样的祸来!"

甘家七小姐跺着脚娇嗔着喊了一声"姐姐",惹得大家一阵笑。

十一娘也笑,心里却想:原来甘家七小姐叫甘兰亭,不知道甘家三小姐叫什么。

甘夫人就叹了口气,望着甘家两位小姐无奈地笑道:"可不许惹事!"又叫了身边的丫鬟:"跟着两位小姐。"

丫鬟忙上前屈膝应了"是"。

这样一来,人就分成了三拨:甘家两位小姐和十娘一拨,去放风筝;乔莲房、林家小姐、唐家小姐和五娘一拨,去看二夫人;十一娘自个儿一拨,留在这里看戏。看戏的好说,坐在这里就行了,去看二夫人的也好说,让姚黄带上几个丫鬟好生服侍就是。放风筝的却有些麻烦,又叫开库去挑风筝,又要去花园找了适合的地方,还怕靠近水失了足……琐事很多。三夫人想了想,带着丫鬟、媳妇亲自去安排两位甘小姐和十娘三人。

厢房里安静下来。

太夫人就瞧着各府一直没有作声的奶奶们:"要不让丹阳陪着你们抹牌去?"

唐家的那位四奶奶就笑道:"看您说的,我们又不是十四五岁的小姑娘,只知道玩;也不是不谙世事的大小姐,说了柴米油盐都是个'俗'……我就喜欢这个,听听戏,说说闲话,快活似神仙。"

太夫人笑起来。

十一娘却由衷地佩服。这些笑眯眯坐在那里不作声的奶奶们,只怕没有一个好惹的。瞧人家唐家四奶奶这番话,既点了甘家的两位小姐只知道玩,又点了林家的小姐不谙世事,既打击了甘家,又打击了林家……实在是厉害!

戏"铿铿锵锵"开了锣,唱的是第四折《寻夫》。婆婆、公公去世了,赵五娘一路乞讨去京都寻找蔡伯喈。路上遇到下雪,赵五娘拿着破碗,哆哆嗦嗦地在一座破庙里,憧憬着与丈夫团圆的美好未来。

与越剧的婉转内敛不同,赵五娘唱词深情大胆,唱腔热情奔放,就是唱到自己的窘境时,虽然悲伤,却不幽怨……这就是不同剧种间各自的魅力吧。

十一娘大感兴趣。据说,燕京除了弋阳腔还流行昆山腔、余杭腔,不知道这昆山腔和余杭腔又是怎样一番光景。听三者的名字,都是以地名命名,应该与发源地有关。说起来,昆山和余杭同属江南,自己在罗家的时候却没有听说过……或许因为罗家在孝期,所以自己不知道。

她胡思乱想着,有小丫鬟跑进来禀道:"太夫人,四夫人来了。"

屋子里的人全怔住,大太太第一个站了起来:"这孩子,身体不好,凑什么热闹!"嘴里抱怨着,人却往屋外走去。

十一娘立刻起身跟了过去,就看见文姨娘、陶妈妈等人簇拥着一架肩舆过来。

太夫人走到了厢房的门口:"快抬进来,快抬进来。"

肩舆就一直抬了进来。日光下,元娘的脸色呈现出一种冰冷的蜡黄。

太夫人就嗔道:"有什么事让人带个话就是,怎么还自己来了?"

跟在她身后的几位夫人也七嘴八舌地附和:"就是,你这样折腾,小心又折腾出病来!"

元娘神色恹恹地歪在肩舆上,吃力地露出一个笑容:"几位夫人都来了,我怎么也得来请个安。"

"又不是外人。"黄夫人快人快语,"讲这些虚礼做什么!你只管静心养着,自己的身体要紧。"

那边戏台上看见这边喧闹起来，不知道发生了什么事，都停了唱。

院子里一下子安静下来。

"就是为了这事啊！"太夫人嗔道，"你好好养病才是正理，这屋里又没有外人。"虽然语带关切，但不像提起二夫人，笑容就从脸上一直到了眼底深处，也不像提起五夫人，带着纵容与溺爱。

这屋里没有一个糊涂人，谁又听不出其中的区别来？

大太太脸色微僵，气氛就有些冷。

五夫人忙笑道："今天天气暖和，四嫂出来走走也好，免得天天关在家里，没病也能闷出病来。"

"是啊！"元娘笑道，"还是丹阳知道我的心思。"直呼五夫人的名字，很是亲昵的样子。

大家说笑了几句，侧身让了道，让元娘的肩舆抬了进去，停在了左边的短榻旁，抬肩舆的媳妇退下，自然有人招呼不提。

几位奶奶纷纷上前和元娘见礼，元娘勉强应着，大家都知道她身体不好，自然不会见怪。一圈应酬下来，元娘额头汗水淋漓。文姨娘忙拿了帕子给她擦拭。

五夫人亲自给元娘斟茶："四嫂，正唱到第四折，还赶得及。"

元娘由文姨娘托着手接过了茶盅——好像连端茶的力气也没有了。

"第四折《寻夫》……"沉吟道，"正如弟妹所言，我来得还不算晚。"

大家捧场似的笑了起来。

元娘就问道："怎么不见其他几位小姐？"

五夫人笑道："林小姐、乔小姐、唐小姐和罗家五小姐去了二嫂那里；甘家三小姐、七小姐和罗家十小姐去花园放风筝了……"又指了十一娘，"这个倒和我一样，是个喜欢听戏的。"

元娘微微地笑，对十娘的突然出现并没有露出异样的神色，这让十一娘不禁猜测，她早就知道十娘来了。

说了几句笑话，大家坐下，五夫人叫了身边的妈妈去招呼戏班重新开演。

大太太端了锦杌坐在女儿身边，十一娘只好立在她们的身后。

台上赵五娘声泪俱下："不幸家乡遭荒旱，粮米歉收少吃穿，头一年不分昼夜织布纺线……"

身后唐家奶奶和乔夫人窃窃私语。

声音或高或低，却正好能让她听到只言片语："也不好好歇着，这几年都是三夫人帮着掌家……非要在亲眷故交面前出这风头，也不想想三夫人的立场……"

十一娘不由得打量元娘,元娘歪在银红色七彩团迎枕上,双眼微闭,好像睡着了。又侧脸去看大太太,眉头微蹙,脸色紧绷,显然是听到了两人的对话。

十一娘在心里暗暗叹了一口气。成大事者不拘小节。元娘这样,的确容易给人气量狭窄的感觉。不过,这不是自己能说的话,不如老老实实站在这里听戏。

心念一转,她把注意力放在了戏台上。

蓝色缎面的百衲衣半掩粉面,妙目转动,凄婉悲切,赵五娘腔调高亢:"那东邻西舍都全然借遍,卖了纺车又卖了衣衫……"

"十一妹,"身前的人突然唤她,声音微弱却柔韧,"你在家时住哪里?"

十一娘微怔,片刻才回过神来——元娘在跟她说话。

"回大姐,"她恭敬地道,"我住绿筠楼。"

"绿筠楼啊?"元娘已睁开了眼睛,看着戏台,目光平静而清明,"在什么地方? 在娇园附近哪个地方?"

"在后花园。"十一娘尽量清晰明了地向她说明,"从芝芸馆的后面门出,向东有卷棚,出了卷棚向北有回廊,下了回廊,是片黄杨树林。绿筠楼就修在那树林西边。"

"西边?"元娘回忆道,"我记得那里有个暖阁的,把暖阁拆了重建绿筠楼吗?"

"没拆。"十一娘笑道,"就在那暖阁前面不远。"

元娘点头。

戏台上一幕唱完,锣鼓声突然静了下来。

她并没有察觉到,依旧和十一娘闲聊:"我小的时候时常在那暖阁里看书,现在那暖阁做什么用了?"

满屋的人都听到她的声音。

十一娘压低了声音:"冬天下雪了,母亲会让人点了地火,我们姊妹都会在那里做针线,又明亮又暖和。"

元娘笑起来,转头对一旁坐着的几位夫人道:"我精神不济,就陪大家听这半折,算是我的心意。"

大家纷纷道:"正当如此,你快去歇着吧。"

元娘笑道:"听说晚上还要放烟火,我等会儿也去看看热闹。"

太夫人和大太太都露出犹疑之色,但太夫人毕竟是婆婆,有些话不好说。大太太则直接些,问道:"你身子骨能撑得住吗?"

元娘望着五夫人:"正如丹阳所说的,我总关在家里,没有病也闷出个病来,何况是有病,应当多动动。"

五夫人笑吟吟地连连点头。

大太太还要说什么，元娘已笑道："娘放心，我就在隔壁院子里歇着，能行就出来陪陪大家，要是不行，我就在院子里看看……到时候大家别怪我失礼。"

众人纷纷应"好"。

太夫人就叫了刚才去给甘家小姐和十娘开库拿风筝的杜妈妈："你带几个人去打扫打扫，然后留在身边服侍。四夫人要茶要水，也有个使唤的人。"

"多谢娘的好意。"元娘委婉地拒绝，"我身边有文姨娘、陶妈妈，您身边也不能缺了人。"说着，顿了顿，看着十一娘："妹妹也过去陪我说说话吧。"又望了望太夫人："我有什么事，再叫杜妈妈也不迟。"

"也好！"大太太帮元娘掖了掖身上搭着的薄被，"十一娘向来沉稳，有她在你身边，我也放心了。"

太夫人见了，不好再多说，点了头。

五夫人送元娘过去，出了厢房门就被元娘劝了回去："满屋子的人，我来就是添麻烦，又想来看这热闹，弟妹帮我在娘面前尽孝就是。"

那边锣鼓已经起了个音。

五夫人看着把元娘团团围住的十一娘、文姨娘、陶妈妈，以及大小丫鬟、媳妇，笑着点了点头，送到穿堂门口就折了回去。

进了穿堂，元娘示意放了肩舆："让十一娘扶我走走，你们就在这里歇了吧。"

"那怎么能行？"陶妈妈立刻反对。

元娘摆手，面露异色。

大家都噤了声。

文姨娘则笑道："要不我去帮您把屋子收拾收拾吧？那边一向没有什么人住，虽说天天打扫，浮尘却也是少不了了……"

"不用。"元娘笑道，"我只是找个地方和十一妹说说话。"她再一次拒绝，让大家都留在了穿堂。

十一娘半架着元娘出了穿堂，慢慢进了小院。

那太湖石高过屋檐，挡住了进门的视线，迎面是婆娑摇曳的绿竹，身后热闹的锣鼓声隐隐传过来，让小院更显静谧。

"我以前天天吃药，人肥得跟猪似的。"她自嘲地呵呵笑，声音却冰冷，"现在连你都扶得动我了。"

元娘比十一娘高了半个头。

"以前是虚胖吧？"十一娘声音温婉，"停了药，自然就瘦下来了。"

元娘停下脚步看了十一娘一眼："你还挺会安慰人的。"她眉角挑了挑，有股凌厉之气。

十一娘微微地笑了笑，却在心中暗暗思忖，她没有生病的时候，恐怕是个很锐利的人吧。

她神色自若，自有落落大方的从容。元娘见了，眼底不由掠过一丝惊讶，然后嘴角微翘，低头朝前走。

长期生病卧床的人总会生出几分别人不能理解的怪脾气，不管元娘为何惊讶，只要真诚以待，想来也不会出什么大乱子。

十一娘笑着架了元娘，绕过太湖石朝正屋去。

路上，十一娘感到元娘的身子越来越沉，不由慢了脚步，柔声道："要不要歇歇？"

元娘侧脸笑望她，眉角轻挑，嘴角却一撇，表情很怪异："别作声！"

十一娘有些奇怪，但还是顺从她的话，不声不响地架着她上了正屋的台阶。

正屋门扇虚掩，东西两边的窗棂半开，好像在敞开透气似的。她一手扶了元娘，一手去推门，指尖刚触到门上，突然听到一声男子的怒喝："谁在门外？"

十一娘心中一惊，手一颤，就拍在了门上，门"吱呀"一声被推开，屋里有女子低低的惊呼声传来。

有人！这是闪入十一娘脑海里的第一个念头。而且是一男一女！这是闪入十一娘脑海里的第二个念头。她愕然，继而心里隐隐升起一股不妙的感觉。

一直有气无力地靠在她肩头的元娘此刻却站直了身子，大声道："谁？谁在里面？"说着，动作敏捷地扶了门框，抬脚就走了进去。

十一娘看着元娘步履踉跄，犹豫片刻，疾步赶上前扶了元娘，就看见一个男子龙行虎步地从西厢房走了出来。

他身材高大挺拔，相貌英俊，穿了件月白色中衣，看见元娘，表情微讶："元娘？"

元娘却是张口结舌："侯爷，您、您怎么在这里？"

侯爷？永平侯徐令宜？十一娘眉眼一紧，不由打量对面的男子，看上去二十五六岁的样子，皮肤白皙，一双丹凤眼，既大且长，炯炯有神。眉宇间那种久居上位者的庄严，让他有着超越年纪的沉稳干练。

她颇为意外，没想到徐令宜这样年轻。

他凝望着元娘，没有回答，眉头却微微蹙了一下。

元娘看着冷冷地"哼"了一声，推开十一娘，跌跌撞撞地经过他身边进了西厢房。

徐令宜看着她进了屋，既没有扶，也没有拦。

十一娘想到了刚才听到的那声女子的惊呼……

真是屋漏偏逢连夜雨。十娘的事情还没有解决,自己现在又进了不该进的地方。

她蹑手蹑脚地朝后挪着步子,想躲进墙角,变成无人注意的高几。如果能变成尘埃,她也没有任何意见。可这个时候,想不被注意也成了奢望,有一道凌厉的目光落在她的身上。

"你是谁?"问话的人眼中有寒光闪过,花骨朵一样的小姑娘,眉目精致,穿着低调却华丽,举手投足间落落大方,气质娴静,一看就是哪家的小姐。

十一娘不由在心底叹了口气。该来的总会来!

"妾身罗氏十一娘。"她屈膝给徐令宜行了个福礼,声音平静而温和,"问候爷安!"

徐令宜微怔:"罗家?"

十一娘微笑:"正是!"

徐令宜颔首,正要说什么,元娘已经冲了出来,手里还拿着条月白色绣竹梅兰襕边挑线裙子。

"徐令宜,"她潸然泪下,"我还没死呢!"

一句憎恨的话,却带着悲凉的调子,让人听了心酸。

徐令宜凝望着元娘,一言不发,表情认真,让十一娘心中生出异样之感。

元娘伤心欲绝,本就瘦削的身子瑟瑟发抖,摇摇欲坠。十一娘忙上前扶住了她。

徐令宜神色自若地转身坐在了堂屋里的太师椅上,然后沉声对十一娘道:"你先出去,我和你姐姐有话要说。"语气中带着一丝疲惫。

十一娘不敢多想,不敢多看,垂了眼睑,姿态恭顺地屈膝行礼,应了一声"是",转身就要出门。

谁知道,西厢房内却突然冲出一个穿着桃红色裙子的女子来,差点撞着十一娘。

十一娘本能地朝后退了一步,眼角却扫过那女子的脸,然后如遭雷击般地呆在了原地。

"您误会了……我和侯爷真的没有什么!"声音柔美动听,"我的衣袖刚才在花园里刮破了,只是想借这里换件衣裳罢了!"她拉了拉元娘的衣袖,苦苦哀求,"真的,不信您可以去问甘家七小姐,我刚才和她在一起放风筝来着。"

元娘站在那里冷笑。

她泪眼婆娑地转身去求徐令宜:"侯爷……"走了两步,又觉得不妥,手足无措地停在了原地,"我真的不知道您在这里……真的不知道……"说着,掩面嘤嘤哭了起来。

十一娘一个激灵,这才清醒过来,忙低下头,轻手轻脚地走了出去。

竟然是乔家六小姐乔莲房!她怎么会出现在这里?不,是元娘怎么会出现在这里?她连十几年没见的母亲来探望都没有出门迎接,却为了几个通家之好的夫人到了点春堂。

十一娘轻轻关上了门，又想到刚才来的时候，门是虚掩的，窗是半开的。

她刚站定，就看见文姨娘目光闪烁地走了过来，身后的门内有元娘悲愤的声音和乔家小姐低低的哭泣声。

十一娘叹口气，高声道："文姨娘，您怎么来了？"

身后突然间就静了下来。她已心如明镜——元娘并不想把这件事闹开。

文姨娘已经上了台阶："亲家小姐，你怎么在这里站着？"

十一娘微微地笑："大姐说有点累了，想歇歇！"

文姨娘踮了脚，目光从她肩头掠过朝里张望，有些心不在焉地道："要不要我给姐姐倒杯茶？"

文姨娘是徐令宜的妾，和元娘好比上司和下属的关系。

念头一闪，十一娘已笑道："那就有劳姨娘了！我正想去给大姐倒杯茶，地方不熟，没敢乱走。"

文姨娘听着一怔。她没有想到十一娘真的会指使她。

十一娘把她的表情看得分明，索性笑吟吟地望着她："有劳姨娘去帮着沏杯茶来。"

文姨娘脸色微沉，目光一转，又笑起来："我去给姐姐沏杯茶。"转身下了台阶，还回头望了一眼。

如果有其他人来，自己肯定挡不住的。不管这件事的真相是什么，元娘是自己的姐姐，徐令宜是自己的姐夫，外面还坐了一圈贵妇。十一娘看着文姨娘的背影消失在了眼前，然后疾步跟了上去，在太湖石旁朝着穿堂探头，看见一个小丫鬟在台阶上，忙对着那个丫鬟招了招手。

丫鬟是元娘屋里的，很是机灵，立刻跑了过来。

十一娘笑着问她："你叫什么名字？"

丫鬟笑道："奴婢叫文莲。"

"哦，文莲。"十一娘笑得亲切，"我有点要紧的事，你偷偷帮我叫了陶妈妈来，别让人知道了。"说着，笑容里就有了几分羞怯。

难道是要上净房？文莲猜测着，笑着应了，忙转身去叫了陶妈妈来。

十一娘拉了陶妈妈到院子中央："侯爷、大姐和乔家六小姐都在屋里。"她一边言简意赅地对陶妈妈说，一边观察着陶妈妈的表情。

陶妈妈微微有些吃惊地望着十一娘，却并不感到震惊。

十一娘心中有数，忙嘱咐她："千万别闹起来……那可是丑闻。乔家小姐固然没个好下场，大姐这几年贤德的名声也就完了。烦请妈妈悄悄告诉太夫人一声，就说姐姐不舒服,想见她一人。其他人千万不可漏一点的风声,就是母亲那里,也暂时别说。"

陶妈妈用一种陌生的目光望着十一娘。

事已至此,再畏畏缩缩没有任何意义。十一娘微微地笑,坦然地接受陶妈妈的目光,再一次告诫她:"妈妈快去吧!刚才要不是我拦着,文姨娘就冲了进去。我能拦一次,可拦不了两次。"

陶妈妈脸上这才有了几分急切,她客气地跟十一娘说了声"劳烦您了",转身小跑着出了穿堂。

十一娘抬头望着被分化成四方块的碧蓝天色,长长地叹了口气。

第九章　巧谋算莲房深中计

文姨娘很快就来了，雕红漆海棠花茶盘里还托了个天青色旧窑茶盅。

十一娘接过托盘，笑道："有劳姨娘了。"

文姨娘站在那里，笑望着十一娘，好像在待她进屋后再走。

十一娘却捧着托盘站在那里，笑望着文姨娘，好像在待她走后自己再进屋。

一时间，两人僵持在了那里。

文姨娘笑容满面，眼中却闪过一丝锐利："亲家小姐，我服侍姐姐也有十几年了，我待姐姐如亲生，姐姐待我也很尊敬。"意思是说十一娘对她太失礼了。

十一娘笑容温和："只是姐姐久卧病榻，不免多思多虑，我们这些她身边的人，理应多顺应着点才是，姨娘也太急切了些。"意思是说文姨娘见元娘病了就对元娘的话不听从了。

文姨娘脸上的笑容渐渐敛去："我是怕亲家小姐不知道姐姐的习惯、嗜好，我也好在一旁提点提点。说起来，你们毕竟只见过三面。"

十一娘笑容灿烂："正因如此，大姐才会拉了我到这里来说些体己话。"说着，露出几分怅然，"大姐不说，我都不知道我住的绿筠楼是大姐出嫁以后才建的。还有绿筠楼后面的那座暖阁，余杭不像燕京，木炭十分难得。母亲又怕我们姐妹冻着，下雪的时候常点了地火，我们姐妹们就在暖阁做针线。我家十二妹常常抱怨说不如燃火盆，这样就可以烤红薯和板栗吃了……"竟然要长篇大论说一通的架势。

文姨娘脸上的笑容渐渐敛去，有了几分郑重。这位十一小姐，年纪轻轻，前两次看她低眉顺眼十分老实，没想到却是这样难缠。想到这里，她不由起了忍让之意。

元娘不会无缘无故地拉了自己只见过几面的妹妹在这里说话，陶妈妈也不会无缘无故地守在门口说只准进不准出……还有侯爷，小厮说早就回了。偏偏正屋那边奉了元娘之命用雄黄粉杀虫，谆哥早就跑到太夫人屋里和贞姐儿做伴去了，屋里的丫头、媳妇子全都避开了，秦姨娘那边没人。至于半月泮，甘家两位小姐和罗家的一位小姐在那甬道里放风筝，侯爷就是想去也去不成。

这样大的一个府邸，她竟然找不到侯爷。她想来想去，这点春堂旁的小院原是侯爷的书房，所以才跟了过来的。如今这十一娘这样大的胆子拦在这里，难道是侯爷和元娘在这里不成？如果是这样，有什么话是不能说的，却偏偏拦了自己？

她越想越不安。谁也不敢保证自己就没有做过几件不如侯爷意的事。侯爷一向尊重元娘，内宅之事全部交与元娘做主，元娘看上去和善，脾气上来却是不饶人的。不如等晚上去找侯爷，有什么事也可以大事化小，小事化了……

拿定了主意，文姨娘脸上立刻换上了热情的笑容："看我，关心则乱，忙糊涂了。我还不放心亲家小姐不成……"意思是她之前的言谈举止都是因为关心元娘。

是与不是，十一娘并不和她计较这些口舌，她只要能把文姨娘拦在屋外就成。见文姨娘不再坚持，十一娘决定和这个文姨娘说几句好话。

只是她还没来得及开口，院门口传来陶妈妈的声音："太夫人来了！"

两人又扭头朝穿堂那边望去，就看见太夫人由五夫人和陶妈妈一左一右地搀着从假山边拐了进来。

看见十一娘和文姨娘站在正门屋檐下，太夫人脸上闪过一丝惊讶。

两人忙上前给太夫人行礼。

"起来，起来！"太夫人笑吟吟地望着她们，"怎么站在这里？"

文姨娘望着十一娘，一副"我不知情，得问十一娘"的样子。

十一娘的目光充满了担忧："回太夫人话，大姐突然说有些不舒服，想一个人静一静。我们看着大姐脸色不好，心里惶恐，没了主张，所以请了太夫人来。"

太夫人点了点头，笑道："既然如此，丹阳，你在这里等我，我进去看看。"

五夫人屈膝应"是"，十一娘上前叩了一下门，低声道："大姐，太夫人来了。"这才轻轻推了半扇门。

太夫人深深地看了十一娘一眼，这才抬脚进了屋子，然后反手将门关上。

这家里果然没有愚蠢的人！十一娘此刻才松了一口气。

转身却看见五夫人似笑非笑地望着她。聪明人一看就知道这其中有蹊跷，可是没有证据，蹊跷就永远是蹊跷！

十一娘笑得从容："五夫人，戏唱到哪里了？那赵五娘可曾找到了蔡伯喈？"

"在唱第五折《相见》。"五娘笑道："蔡伯喈也思念着赵五娘，在书房里弹琴抒发幽思，被牛氏听见，知道了实情，告诉了父亲……"

十一娘"哎呀"一声，上前挽住了五夫人的胳膊，笑道："那牛丞相知道了，会不会派人去捉着赵五娘，然后逼着她和蔡公子和离？"

五夫人笑道："牛丞相一开始是气愤，后来被牛氏说服，派人去接那蔡公子的父母、妻子一起来京。"

"那就好！"十一娘亲切地挽着五夫人往前走，"他们那腔调我听得不十分懂，要是能印个小册子，把唱词都写在上面就好了。"

五夫人微怔："你这主意好。我告诉五爷去，他定十分欢喜。"说着，脸上露出笑容，隐隐透着几分真切。

十一娘想到了五爷那画了一半的花脸……她决定和五夫人就着这个话题交谈。

"我听说燕京还有唱昆山腔和余杭腔的戏班子，是真的吗？"

"不错！"五夫人笑吟吟地点头，"燕京唱昆山腔最有名的是'长生班'，唱余杭腔最有名的就是'结香社'。"说到这里，她"咦"了一声，道："说起来，这余杭腔可是你们那里传到燕京来的，你怎么好像完全不知道似的？"很是惊讶的样子。

十一娘笑道："我之前跟着父亲在福建任上，直到祖父去世才回余杭守孝，来府上听堂会的时候才听说了一些，正想找个知情的人问问呢。"

五夫人释然地点头："五爷和长生班的班主庚长生、结香社的社主白惜香也认得。"说着，她笑起来，"要不哪天我们把三家都请来唱堂会吧？"话音一落，她对自己的说法有了极大的兴致，"我看看，三月还有没有什么节气……清明不行，大家要去祭祖……然后是四月初八的浴佛节，也不行，娘要去拜药王的……"她思忖着，"那就只有等四月二十四侯爷生辰了。"说完，她眼睛一亮，"到时候，我们把三大戏班都请来，那可就热闹了。"

两人边说边进了穿堂。文姨娘站在台阶上，望着紧闭的门扉犹豫半晌，最后抿了抿嘴，还是疾步追了上去。

穿堂里，陶妈妈早已设好了座。

五夫人和十一娘分左右坐下，丫鬟们上了茶，五夫人还在为刚才的主意高兴："庚长生最擅长唱《浣纱记》里的'寄子'；白惜香最擅长唱《珍珠记》里的'后园'。"她越说越兴奋，"不过，余杭腔也有《琵琶记》这一出，到时候我们让庚长生也唱这一出……"

十一娘就陪着她说这些事，心里却早已七上八下了。元娘拉了自己来捉奸，到底是临时起意，还是早有预谋？大太太是否知道这件事？是不是可以理解为元娘和大太太已经选定了五娘嫁过来？十娘是肯定不成，而自己于这种情况下在徐令宜面前露了脸，但凡有个血气的只怕都不会喜欢。元娘要的是个能让徐令宜看得顺眼的，自然不能把个他讨厌的放在身边。不然，不仅帮不上谆哥，还可能害了谆哥。

一旁的文姨娘也很是不安。不知道出了什么事，竟然把太夫人请来了。她把自己这段时间的所作所为一一想来，并没有觉得自己有半点出错之处。到底出了什么事呢？

思忖间，突然听到太夫人的声音："丹阳，你来一下！"

五夫人、文姨娘、陶妈妈都小跑着去了小院，十一娘慢慢跟在她们身后。

进了小院，看见太夫人笑吟吟地站在院子中央，正吩咐五夫人："你四嫂不舒服，你去把我身边服侍的人叫过来,再派人去请太医。"又望着文姨娘:"今天元娘就歇这里了,你去我那里,把几个孩子照看好。"对陶妈妈等人道:"派几个人跟了文姨娘去,留几个常服侍的在这里照应着。"最后问:"怎么不见罗家的十一小姐?"

十一娘心里颇有几分苦涩。一团和气的太夫人不动声色地为儿子解围,诸事安排得合理又合情,是个绵里藏针的。自己是局中人,太夫人自然不放心。只是不知道会怎样处置。

她脸上却不敢流露半分,笑吟吟地应了一声"太夫人"。

"她们都有事。"太夫人笑望着她,"你来扶我一把吧。"

事已至此,多想无益,只能见招拆招。十一娘屈膝应是,大大方方地上前扶了太夫人。

太夫人看着众人:"大家都散了吧。"

众人应声而去,分头行事,院子里只留下了太夫人和十一娘。

太夫人就笑着问她:"你今年多大了?"

"回太夫人,"十一娘笑道,"今年十三岁。"

太夫人点了点头,笑道:"听说你的针线做得很好,都读些什么书?"

十一娘笑道:"跟着先生识了几个字,读了一部《女诫》、半部《列女传》。"

太夫人笑道:"亲家小姐还和我客气。我瞧着五小姐都去看那二王府本的《淳化阁帖》了!"

十一娘笑道:"我五姐在这方面有天赋,不像我,跟着先生也是混日子。"

太夫人笑起来:"只怕是亲家小姐过于自谦了。"

两人说的全是些家常话,让十一娘完全摸不清太夫人的意图。

很快,五夫人就带了杜妈妈和魏紫、姚黄来。

几位给太夫人行了礼,太夫人就笑道:"让亲家小姐陪着我说了这会儿话,倒耽搁你看戏了。"说着,望了五夫人,"你和亲家小姐一起回点春堂吧,好好看戏去!"

十一娘心中一凛。什么也不跟她说,是因为不用和她说,还是因为什么也不用说?前者是因为自己没有任何发言权,后者是表现出完全的信任。凭这几次短短的见面,信任,不太可能吧! 可不管是怎样,容不得她多想,五夫人已经笑着屈膝应声,挽着十一娘的胳膊:"别担心四嫂,有娘在这里呢!"

十一娘笑着向太夫人辞行,和五夫人去了点春堂。

戏台上,蔡伯喈和赵五娘对面而泣。

有人看得全神贯注无暇顾及其他,有人看得动情拿着帕子擦着眼角,也有人关注着周围的人,看见两人轻手轻脚地走了进来,露出了惊讶的表情。

第九章·巧谋算莲房深中计

十一娘在大太太身边坐定。大太太已悄声问十一娘："你怎么回来了？出了什么事？"

十一娘不敢肯定大太太知道了多少，但大太太与元娘是嫡亲母女，有些话，不是自己应该说的。她笑道："大姐有话对太夫人说，让我和五夫人先回来听戏。"

大太太若有所思地点了点头，脸上有了一丝笑容。

最后一折是《团聚》。蔡伯喈与赵五娘相见，赵五娘告诉蔡伯喈家中之事，蔡伯喈悲痛至极，立刻上表辞官，要赵五娘和牛氏一起回乡守孝。皇上和众大臣听了都称赞赵五娘"贤淑纯孝"，要旌表蔡氏一门。

皇上一出场，十一娘不由睁大了眼睛。她发现皇上身边站着一个随身附和的大臣，穿着蟒袍，画了花脸，身材挺拔，举止大方，比身边的皇上还有气势。

十一娘不禁莞尔。看样子，这个大臣就是徐家五爷客串的。可惜，太夫人这个时候不在……

她不由仔细看徐五爷的表演，只有一句台词，表情却很认真。

十一娘望向五夫人，她正微笑着望着台上，眼底深处都是欢快。

十一娘嘴角轻翘。五夫人，好像对五爷的事都很上心似的。

她思忖着，就看见一个穿着桃红色褙子、绿色西番花缂丝综裙的女子轻手轻脚地走了进来。

十一娘定睛望去，竟然是乔家六小姐乔莲房。

她神色恍恍的，强笑着和乔夫人说了句什么话，就坐到了乔夫人身后的锦杌上。乔夫人扭过头去和她说什么，她恍恍惚惚，半晌才应一句，换来乔夫人的频频蹙眉。

十一娘的一颗心这时才完全落定。当事者之一不在现场，事情就好办了。毕竟，捉贼捉赃，捉奸捉双。

她又想起那条白色绣竹梅兰襕边挑线裙子来。怎么穿了件缂丝的综裙来？一来是综裙多是妇人穿着；二是缂丝灿若云锦，很是打眼。既然已经这样了，为什么不索性让太夫人给她找条白色挑线裙子穿？

十一娘思忖着，感觉有一道目光落在自己的身上，久久不愿离去。她凭着感觉睃了一眼，发现乔莲房正面无表情地盯着她。

十一娘苦笑。最不堪的形象被看见了，就算是心胸再大度的人也会心有疙瘩吧？她只能装作不知道，露出一副正在认真听戏的样子。

不知过了多久，粘在她身上的那道目光才消失。十一娘松了一口气，就看见林小姐和唐小姐两人笑着并肩走了进来。五娘跟在后头，脸色不太好。

看见乔莲房，几人俱是一怔。

乔莲房也看见了三人,笑容有些不自然地朝着她们点了点头。

三人也朝着乔莲房额首打招呼,但是打过招呼之后,唐小姐却望着乔莲房,低声和林小姐说了几句话。林小姐一面听着,一面似笑非笑地望了一眼乔莲房,让人感觉两人好像在私底下议论着乔莲房。

乔莲房的脸立刻涨得通红。

两人却不再看她一眼,各自回了自己长辈跟前,各家的长辈也都低声问起小辈来。

五娘也回到了大太太这边,大太太笑吟吟地问她:"见到二夫人了?怎么这个时候回来了,也不在那里多待一会儿?"

五娘恭敬地道:"见到二夫人了,二夫人还留我们喝了清泉白石茶,后来太夫人身边的杜妈妈来请,说戏马上就要散了,我们就回来了。"

清泉白石茶又是什么茶?十一娘心里奇怪着,大太太却笑着点了点头,好像对五娘的回答很满意似的,然后笑道:"坐下来歇歇吧,戏快散了,也不知道是不是不习惯,我对这样一坐半天什么事也不做觉得十分没有意思。"

"母亲在家里操劳惯了,难免不习惯。"五娘笑道,"时间长了就好了。"

大太太笑了笑,侧了脸去听戏,五娘就乖顺地坐到了十一娘的身边。

她刚坐下,甘家两位小姐和十娘回来了。十娘挽着甘家七小姐甘兰亭的胳膊,两人笑语盈盈,相谈正欢。而甘家三小姐却满脸无奈地走在两人身后,跟着的两个丫鬟手里还各捧着一捧野花野草。

三个人看到乔莲房,神色很平静,没有像林小姐、唐小姐和五娘似的露出吃惊的表情,但她们大摇大摆地走进来,引起了满屋人的注意。

黄夫人更是笑道:"快坐下,挡了我们看戏。"

甘家三小姐脸色微红,喃喃地应了一声"是",甘家七小姐却嘻嘻一笑,丢了十娘跑到了五夫人那里,低头和五夫人笑吟吟地说起话来。十娘则屈膝向黄夫人行了个礼,笑着上前给大太太行了个礼。

大太太笑容温和地朝她点了点头,她就笑着坐到了大太太身边。

甘家三小姐也跟着走了过来,屈膝向甘夫人行礼:"母亲!"

母亲?十一娘很是意外。难道甘家三小姐是……又想到甘夫人年轻的面孔……或许甘夫人是继室?

"可闯祸了?"甘夫人笑容和蔼。

"怎么会?"甘家三小姐嗔道,"我们就算再不知事,也不可能在徐家做出什么失礼之举。"态度并不十分恭敬。

甘夫人不以为意,微微地笑:"快坐下喝杯茶——看你,脸上都有汗了!"

甘家三小姐无所谓地点了点头,坐了下来,自然有丫鬟上前斟了半温的茶,还有丫鬟拿衣袖给她扇风。

她就笑着和十一娘寒暄:"戏好看吗?"

十一娘点头:"唱得很好。"

"都是兰亭这丫头,要不然我也可以好好看看了。"她语带抱怨,却并不恼怒,"你平日里在家听戏吗?都喜欢听些什么戏?"

"平日里在家不听戏。"十一娘笑道,"这是第一次。"

她睁大了眼睛,然后很理解地点了点头:"也是,你们乡下地方也没什么好玩的。"没有趾高气扬,也没有居高临下,纯粹在叙述一件事,并不让人反感,反而让人觉得她有点不谙世事的天真。

十一娘嘴角微翘。

"三姐又说什么呢?"甘家七小姐突然出现在了三小姐身后,"燕京三大戏班之一的结香社就是唱余杭腔的,罗妹妹老家就在那里。"

甘家三小姐微怔,看十一娘的目光就有了几分不快,好像受了欺骗似的。

十一娘有点哭笑不得。犯不着和这些小姑娘一般见识。她只好又解释道:"我以前跟着父亲在福建任上,后来祖父去世才回家守孝,并没有听过戏。"

甘家三小姐脸色微霁,点了点头。

甘家七小姐却抿嘴笑起来,然后拉了十一娘的手:"妹妹勿怪,我家三姐说话直爽。"

又不是什么大不了的事,人家还特意来道歉,十一娘又怎会不接受别人的好意。她睁大了眼睛,表情带着几分促狭:"甘家三姐姐说的是对的啊!我们那里是没有什么好玩的地方……甘家七姐姐何来'勿怪'之说?"

甘家七小姐笑起来,道:"你真是个有趣的人。"

十一娘也笑。

黄夫人就扭过头来:"兰亭,你真是一刻也静不下来,快给我坐好了。台上唱了些什么,我都听不见了。"

甘家七小姐就朝着十一娘吐了吐舌头,坐在了她身边,但还是忍不住和十一娘咬耳朵:"莲房去找四夫人借裙子了?"

十一娘心中一动,脸上却不动声色:"你怎么知道?"

甘家七小姐朝着她眨眼睛:"她原来说好和明远她们去看二夫人的,走到半路又说要和我们放风筝去。本来甬道上风挺大的,是个放风筝的好地方。结果她遇到个小丫鬟,说什么春妍那边的风景好,结果她非要去春妍亭那里放风筝。去就去呗,祸又从天降。她好好地站在那亭子旁边远眺,却被个到春妍亭采迎春花的丫鬟没头没脑地撞在了身上,把裙子给钩破了,只好先回来了……却没有想到她会向四夫人借裙子。"

十一娘只觉得心跳得厉害。从春妍亭远眺,可以看见一个半月形的小湖,湖边有水榭……五娘还曾经和她交头接耳,问那里是不是侯爷的书房半月泮。

她望向甘家七小姐,甘家七小姐满脸是笑,眼底闪过一丝狡黠。

如醍醐灌顶,十一娘突然明白过来。原来,甘家这位七小姐句句珠玑,均有深意。

她索性和甘家七小姐打起太极来:"咦,三夫人不是在吗,怎么还要向大姐去借裙子?"

甘家七小姐的目光骤然一亮,笑容更灿烂了:"大堂姐走到半路,被厨房叫去了,说什么太夫人亲自点的鲥鱼不见了,让大堂姐快去看看。因此大堂姐的脚还没有踏进园子门就被人叫走了。要不然,莲房又怎么会临时改变主意呢?"她望着十一娘,若有所指地道。

十一娘不由苦笑。一个偶然接着一个偶然,变成了一个必然。却不知道谁是那蝉,谁是那螳螂,谁又是那黄雀。

天空的光线已渐渐转弱,徐府粗使婆子蹑手蹑脚地穿梭在点春堂的屋檐下,大红灯笼一个个被点燃。

戏台旁锣鼓依旧铿锵作响,戏台上的人儿却由激昂变得婉转,那蔡伯喈左边赵五娘、右边牛氏,效仿那娥皇、女英的贤德。

耳边传来众位夫人的称赞。

"五娘有福了,做了状元郎夫人!"

"牛氏贤淑,宽宏大量!"

十一娘有片刻的恍惚。原来,赵五娘吃糠咽菜,麻裙包土,得到的也不过是这样的一个结局罢了!

戏罢曲终,按规矩,班主要着主演的几个人在台上给看戏的人磕头,看戏的人要给这些人赏钱。通常是东道主出大份,其他人随意给些就成。

五夫人眼看着那蔡伯喈就要带着两位夫人返家了,心里急起来。太夫人到现在还没有出现,又把边上能说得上话的丫鬟、妈妈都带去了小院,她根本不知道这赏钱由谁拿着。

还有三嫂甘氏。以前一直都是四嫂当家,今年翻过了年,四嫂的精神越发不济了,就主动提出来把家里的事情交给三嫂主持,当时三嫂喜不自禁,笑容掩不住地溢出来。这次是她第一次主持家宴,按道理,她应该战战兢兢全力以赴才是,怎么送甘家和罗家小姐去放风筝?甘家和罗家小姐都回来了,她自己却不见了踪影。

可不管怎样,自己总是徐家的主人之一,总不能因为两个主事的人不在就冷了场面吧?她立刻低声吩咐自己的贴身丫鬟荷叶,让她赶快回自己屋里,开了箱笼拿三百两银子来应应急,又吩咐自己另一个贴身的丫鬟荷香,让她快去报了小院那边的人,就说点春堂的戏已经散了场。

两个丫鬟应声而去,一溜烟不见了人影,她心里这才定了定。

四嫂那边到底出了什么事?要说是病,她病了不是一天两天了,也不至于避着自己。难道是和侯爷有了争执?念头一闪,她更觉得自己想得有道理。

谁不是把丈夫当天似的敬着,只有四嫂,看上去对侯爷客客气气的,衣食住行也都安排得极为妥帖,可不知道为什么,她总觉得两人之间好像少了点什么。至少不像她和五爷,吵起嘴来虽然你不理我,我不理你,可要是好起来了,离了一刻也是难受的。

想到这里,她不由脸色微红,就听到戏台那边传来喝唱:"德音班给诸位夫人、奶奶、小姐磕头了。"

五夫人听着一个激灵,就看见独坐在短榻上的郑太君朝着自己投来了个尴尬的笑容。

可荷叶还没有来啊!她有些头痛地上前,和德音班的人寒暄起来。

"周班主辛苦了。我听着五娘在破庙那一出,唱腔婉转清丽,与之前的铿锵有力大为不同,不知这是何缘由。"

扮赵五娘的周德惠跪在戏台中央,恭敬地道:"那是小人的一点鄙见,寻思着五娘的为人是柔中带刚的。她麻裙包土葬了公婆,已然是刚强贞烈,因此在破庙那一出的时候,唱腔上就婉转了不少,让大家知道,五娘除了有刚强贞烈的一面,还有婉转温顺的一面。"

厢房里的人听着都不住地点头。

而五夫人看见荷叶,立刻松了一口气,适时打断了周惠德的话,略拔高声音说了一个"赏"字。

周惠德立刻带着德音班的人一边称谢,一边伏在了地上。

荷叶就上前将托盘递给了一旁未留头的小丫鬟,小丫鬟捧着又递给了戏台旁服侍的小厮。那小厮都不过十来岁,两人一左一右地抬着托盘上了戏台。

周德惠再次道谢,然后起来恭敬地接了托盘。

厢房里的郑太君、黄夫人等人也纷纷打赏,周德惠谢了又谢。

正热闹着,有个清脆的声音嬉笑着传来:"哎呀,还是娘厉害,请了德音班的人来唱堂会,结果戏散了大家还不愿意走。我可是算了时候让人蒸了鲥鱼,这下子只怕要蒸过头了……"一眼望着短榻前站着的五夫人,声音就卡在了嗓子里。

"娘呢?"她笑容有些僵。

怎么是丹阳以主人之姿站在这里招待这些故交旧友?又想到厨房里发生的事,心里不由冷冷一笑。

大家只看见四夫人身边的妈妈奉四夫人之命送了两盘桃子给大家尝尝鲜。太夫人吃了两口就觉得不舒服,让五夫人陪着出去了。

大家都猜测着是吃坏了肚子上了净房。现在三夫人一问,大家这才惊觉,太夫人去得也太久了些。

"丹阳,"那郑太君就有些担心地道,"刚才是你陪着太夫人出去的……她老人家可还好?"

"太夫人让我先回来了。"五夫人含含糊糊地道,"要不我去看看? 正好三嫂也在这里。"

她也担心着,怎么荷香去了这么长时间也没有回来,加之现在三夫人来了,有人主持大局了,自己不在也没有关系了。

可三夫人却听着糊里糊涂,满脸困惑地望了望郑太君,又望了望五夫人。

黄夫人就解释道:"刚才四夫人拿了些桃子给我们尝鲜……"

三夫人不由嗔道:"太夫人年纪大了,怎么能吃这些东西。"眼睛却望着五夫人,颇有些责怪的意思。

谁知道五夫人听了一脸平静,却让大太太很不舒服,眉头直皱,正想为女儿辩解几句,抬头却看见太夫人扶着个小丫鬟走了进来:"老了,老了,吃了几个桃子,这肚子里就翻天覆地似的。"五夫人派去的荷香却没有看见。

"娘!"三夫人离得近一些,先扶了太夫人的左手,五夫人远一些,晚一步扶了太夫人的右手。两人搀着太夫人进了厢房。

大家纷纷上前问候太夫人,太夫人呵呵地笑,不住地道:"没事,没事。"又"咦"了一声,道:"戏散了? 赏钱还没有给吧?"

五夫人忙道:"给了,给了!"

太夫人就轻轻地拍了拍五夫人的手背,笑道:"既然如此,我们去花厅吧,我还叫了人来放烟火。"

屋子里的人都笑吟吟地应了声"是",簇拥着太夫人往花厅走去。

那乔夫人突然道:"要不要派人去跟四夫人说一声? 她出来一趟也不容易。"

"不用,不用。"太夫人笑道,"我刚才去看了看她,她有些不舒服,刚吃了药歇下了。"

大太太听着"啊"了一声惊呼道:"她哪里不舒服了?"

太夫人笑道:"她身子骨虚,这边闹腾得厉害,自然会觉得不舒服了。吃了些安神的药,没什么大碍。我也怕她受不得这折腾,特意让人把谆哥接到我那里和贞姐儿做伴去了,让她今天晚上就在小院里歇一晚上。"

母女连心。太夫人说得再好,大太太还是担心,犹豫片刻,道:"我还是去看看她吧。"

十一娘发现太夫人的目光在众人的脸上飞快地扫了一眼,笑道:"亲家把女儿交给了我,我当自己的女儿一样疼爱,难道还有什么不放心的吗? 何况那边有小四在看着,你就放心随我去吃饭吧,端茶也好,倒水也好,让他们夫妻自己忙活去。"说着,一副老大宽慰的样子笑了起来。

"侯爷在啊!"大太太很是吃惊。

"可不是!"太夫人笑得灿烂,"要不然,我这做婆婆的怎么像没事人似的跑了过来了。"

十一娘看着心里不由一凛。太夫人……也很厉害!

太夫人已携了大太太的手往外走:"走,我们吃饭去。小辈的事,自有小辈们自己操心,管东管西的,永远没个头……"语气里透着几分欢快,好像没有一点点的烦恼。

大太太点头,一行人说说笑笑去了花厅。

十一娘沉默。要经过多少事,才能练就太夫人这样喜怒不形声色的本领呢?

花厅里灯火通明,黑漆方桌明亮得可以照自己的影子。

十一娘随着十娘和甘家两位小姐坐在一张桌子上,五娘则和林、唐两位小姐坐在一张桌子上。名茶小点、时令鲜蔬、水陆珍肴一样样地端上来。

林小姐奇道:"咦,莲房呢?"

唐小姐道:"刚才还走在我身后呢。"

太夫人听着眼睛微眯,笑道:"快去找找,这黑灯瞎火的,可别磕到哪里了。"

三夫人立刻站了起来:"我去看看吧!"

"不用,不用。"花厅外传来杜妈妈笑吟吟的声音,"乔小姐刚才在看灯,走得慢了些。这不来了!"

随着她的声音,一个女子神色木然地走了进来。

"莲房!"乔夫人面露不悦之色,"快要开席了,你跑哪里去了? 快和姊妹们一起坐下!"然后像看见了什么似的,神色一怔,眼底全是困惑,脸上露出几分异色,"莲房,你怎么换了……"

"好了,好了。"太夫人突然笑着开口打断了乔夫人的话,"人来了就行了,乔夫人少说两句。"又笑着对莲房道:"来,坐到我身边来,免得被唠叨。"

大家都怔住,没想到乔莲房会得了太夫人的青眼。

有人艳羡,有人嫉妒,有人惊讶,有人狐疑,一下子成了众矢之的……乔莲房自己也没有想到,面露震惊之色,望着太夫人,半晌没有说出话来。

乔夫人眼底闪过惊喜,忙推了乔莲房一把:"还不快去陪陪太夫人。"

乔莲房被乔夫人推得踉跄了一下,神色有些愣怔地"哦"了一声,走到了太夫人身边。

通明的灯光中,十一娘发现乔莲房的裙裾颜色比其他地方深一些。她若有所思。

那边三夫人已回过神来,忙在太夫人和黄夫人的拐角加了一个锦杌,却忍不住看了乔莲房几眼。

乔莲房像个孩子似的坐在了两人中间。

太夫人就满意地点了点头,笑道:"开席吧! 时候不早了,等会儿大家还要看烟火呢。"说完,起身举了酒盅,"诸位都是稀客,我先满饮此杯。"说着,抬手一饮而尽。

几位夫人都七嘴八舌地应着,纷纷端了酒盅回答。几位奶奶们跟着饮酒,小姐们则象征性地举了茶盅各啜了一口。太夫人就笑呵呵地拿起了筷子。

大家举箸,宴会开始了。

隔壁桌子的唐小姐就和林小姐说话:"你说,刚才莲房去哪里了?"

十一娘那一桌听得一清二楚。

林小姐笑道:"不是说了在看灯吗?"

唐小姐低低地笑,眼露几分不屑:"圆圆的大红灯笼,有什么好看的? 谁家屋檐下不是挂了一排。"

林小姐没有作声。

唐小姐又道:"这也是说不准的事,说不定徐家的灯笼真的有什么别具一格之处呢! 至少,徐家的抄手游廊就与别家不同,一路走来,竟然会湿了裙裾。"

十一娘颇有些意外。这位唐小姐观察得真仔细……而且,也很聪明。不过,这样议论乔莲房毕竟有些不妥……

她轻轻地咳了一声,正准备说什么把话岔开,甘家七小姐已高声道:"大堂姐,唐小姐说鲥鱼好吃,还想要一碟。"

大家都笑吟吟地望了过来。

唐小姐气得脸皮发紫,盯着甘家七小姐:"你……"

甘家七小姐嘻嘻地笑,朝着十一娘眨眼睛。

她定是觉得唐小姐的话太过分了,所以才会出言阻止吧? 十一娘对她好感倍增,不由莞尔。

"自己要吃,还赖到我身上!"唐小姐冷笑,"莫不是家里太苛刻?"

"我妹妹要吃,自会向徐家太夫人讨。"没等唐小姐说完,甘家三小姐突然站了起来,侧着身子,一副要把妹妹挡在身后的模样,大有"翻脸就翻脸"的气势,"何必要赖了你。"

十一娘很是意外。她没有想到这个一直像小老头般循规蹈矩的甘家三小姐会大言不惭地帮着妹妹"诬陷"唐小姐,更想不到她会站出来为妹妹说话。

"你!"唐小姐气得直发抖,就要起身和甘家三小姐理论,却被林小姐一把拽住。

"曹娥!"甘夫人有些不知所措地喊甘家三小姐,"快坐下来。这个样子,成什么体统!"

一个叫曹娥,一个叫兰亭——两张名家法帖。也不知道是谁给取的名字。

黄夫人抚额而笑:"曹娥,你不要什么东西都顺着兰亭,你看她被你宠成了什么样子……快坐下,又不是什么稀罕东西,让人给唐小姐上碟鲥鱼就是!"

甘家三小姐这才气呼呼地坐了下来。

唐小姐目光如炬地在甘家三小姐身上转了一个圈,然后转身背对着甘氏姐妹,只和林小姐低声说话。

甘家三小姐则狠狠地瞪了妹妹一眼,低声道:"兰亭,你再这样,我回去告诉祖母了!"很是生气的样子。

甘家七小姐闻言很无奈地朝着十娘叹气:"都这样——管不住了就要告诉大人!"

十娘掩袖而笑,目光却瞟向了十一娘,十一娘正襟危坐,视而不见。

"你们两姐妹真有意思!"甘家七小姐望了望十娘,又望了望十一娘,"我以后找你们玩去。"惹得甘家三小姐直瞪眼睛。

千金小姐,出来一趟不容易。不过,只要她能出来,自己当重礼以待。因为不管是有些老气横秋的姐姐,还是玲珑剔透的妹妹,大事上都不糊涂,是个值得一交之人。

十一娘笑着点头,又想到自己姊妹三人,不由神色一暗。

十娘听着喜笑颜开,连连点头:"好啊! 我等着你。"

甘家七小姐就坐直了身子,认真地吃起饭来,倒也是副大家闺秀的优雅端庄模样。

奶奶和小姐们的饭桌上只听到轻轻的撞瓷声。夫人们那边却要热闹得多,你劝我喝一杯,我劝你尝一尝这道菜。

乔莲房一直坐在太夫人身边,被人看过来望过去,十分局促不安。

吃完饭,大家移到西边去喝茶,太夫人依旧招了乔莲房在自己身边坐。

有粗使的婆子摘了窗格门槅,小厮们或在花厅前的露地上或在树上,置了大大小小各式各样的爆竹。

卸了妆的徐五爷就领着四五个小厮过来。他笑嘻嘻地朝着几位夫人行了礼,然后喝了一声"点起来",身后的小厮就拿了长长的香烛猫身点了爆竹的捻子。

在一阵或长或短的"吱吱"声中,红黄蓝白绿紫诸色火花次第喷出来,把花厅前的露台点缀成了火树银花的璀璨世界。

"好漂亮!"十娘望着那些姹紫嫣红,喃喃低语。

五光十色的颜色映着她美丽的脸庞,如盛放的花儿般鲜艳。

甘家三小姐却拿了帕子递给妹妹："快捂上，小心烟气进了喉咙。"

甘家七小姐忙掏了帕子，好心地提醒十娘和十一娘："烟火有硝味，闻不得。"

十一娘点头，学着甘家七小姐的样子拿了帕子出来半捂了鼻子。

十娘却望着那烟火绽颜一笑："能闻到硝味也不错啊……只怕是以后想闻也闻不到了。"

十一娘若有所悟。

就有小厮拿了合抱粗的爆竹四下散放着，趁着烟花未尽，又点了。沉闷的"砰砰"声中，烟花直冲半空，屋里的人被屋檐挡了视线，只看到半朵盛开的烟花。

"看不清楚。"黄夫人索性起身去了花厅的檐下。

太夫人呵呵地笑，起身邀众人："我们也跟着去瞧瞧。"

大家自然应"好"。

太夫人就携了乔莲房的手："走，陪我去看烟花。"

乔莲房低声应"是"，样子乖巧地随着太夫人去了檐下。

甘家七小姐拉十娘："我们也去看看！"

十娘点头。两人雀跃着去了。

甘家三小姐望着妹妹的背影无奈地叹了口气，邀十一娘："我们也去看看吧？"

"好啊！"她笑着和甘家七小姐起身，就看见林小姐和唐小姐手挽着手从她们身边经过，身后跟着笑容勉强的五娘。

看见十一娘和甘家三小姐，她亲切地打招呼："你们也出去看烟火吗？我们一道吧！"说着，就靠了过来。

十一娘不由暗暗叹了一口气。有些圈子不是那么好打入的。

三夫人已让人在檐下摆了太师椅，几位夫人随意坐了，其他人则立在周围，或仰头观赏空中的烟火，或三三两两聚在一起交头接耳。

就有小丫鬟走到乔夫人身边低语数句。

乔夫人面露惊讶，望了望站在太夫人身边的乔莲房，犹豫片刻，和身旁的林夫人低语几句，然后起身随那丫鬟回了花厅。

十一娘站在屋檐的东边，状似在观烟花，实际上一直注意着周遭的情况，看见乔夫人进了花厅，她的目光立刻追了过去。

乔夫人撇下贴身的丫鬟，轻手轻脚地跟着个小丫鬟出了花厅，朝东边去。

东边，是小院的所在。

乔莲房出现在点春堂的时候，《琵琶记》正唱大结局，大家的注意力不免被吸引，后来太夫人出现，就把她带在身边，以至于乔夫人一直没有机会和乔莲房说上一句话。

现在,元娘又派人把乔夫人找了过去。太夫人、侯爷、元娘三人关在屋里都说了些什么呢? 十一娘颇有些不安,一回头,却看见太夫人正扭头望着乔夫人的背影。满院灿烂中,她的目光如子夜般黯淡。

是无奈,还是失望? 十一娘有些拿不定主意,望向大太太。

大太太却神色愉悦地看着烟火,还和一旁的甘夫人笑道:"还是这冲上天的烟火好看。"

甘夫人并没有注意到周遭的异样,笑着应大太太:"您在燕京还会待些日子吧? 六月是万寿节,每年都会用火炮放烟火,一直冲到天上,整个燕京城的人都看得见,真正是世间少有。"

大太太点头:"家里也没有什么事。我准备在燕京多留些日子。也让几个女儿增长些见识,免得以后遇事一副畏畏缩缩的样子……"

甘夫人很是赞同:"女孩子到处走走,见见世面,以后行事也大方些!"

"正是这个理……"

过了大约两盅茶的工夫,乔夫人转了回来。

她脸色苍白,神色恍惚。丫鬟上前去扶她,却被她猛地一下推在了地上。

那丫鬟脸露痛苦,却哼也不敢哼一声地爬了起来,又去扶乔夫人。

这一次,乔夫人呆呆地由那丫鬟扶了,眼睛却死死盯着坐在太夫人身边的乔莲房,半晌才高一脚低一脚地回到了自己的位子上。

"乔夫人,"林夫人见她额头有细细的汗冒出来,人像虚脱了般摇摇欲坠,不禁担心地问,"您可是哪里不舒服?"

一向活泼敏捷的乔夫人转头望着林夫人,目光有些涣散,好半天才凝神道:"我是有点不舒服。"

林夫人忙道:"要不要请个大夫?"说着,就要起身,"我去跟太夫人说一声去!"

乔夫人猛地抓住了林夫人的手臂:"不,不用,我只是吃坏了肚子。对,吃坏了肚子,四夫人送的新鲜桃子……"

林夫人不由皱了皱眉。乔夫人的力气很大,抓得她手臂生疼,说话又语无伦次,哪里像没事的样子。可她说没事,自己又何必多事!

想着,她不露痕迹地把手臂抽了回来,笑道:"您要是不舒服就作声,我也好去叫大夫。"

乔夫人点了点头,瘫了般地半倚在太师椅上。

十一娘看在眼里,隐隐觉得元娘定是把乔莲房的事告诉了乔夫人。

那大太太知道不知道呢? 她睃向大太太,大太太和身边的甘夫人有说有笑。

十一娘正要转头，看见大太太站了起来，低声和甘夫人说了几句，甘夫人笑着点头，她进了花厅，叫了一个小丫鬟："带我去净房。"又吩咐落翘："你随我来。"

落翘屈膝行礼，跟着大太太，由那小丫鬟带着去了花厅后面的净房。

大太太在净房前停下，塞了一个小小的银锞子给那丫鬟："你不用在这里服侍了，我不习惯。"

小丫鬟望了落翘一眼，喜滋滋地接了银锞子，退了下去。

大太太就低声吩咐落翘："你在这里守着。如果有人来了，就在外面等我，知道吗？"

落翘忙道："知道了。"

大太太微点头，站在净房门口四处张望了片刻，见周围的确没人，然后一个人从旁边的角门出去，穿过点春堂，匆匆去了小院。

穿堂的台阶前站了两个婆子，正跷了脚看热闹，见大太太过来，上前行了礼："您这是要去哪里？我们四夫人早歇下了。您有什么事，还是明早再说吧。"

立刻有人呵斥道："天黑着，你们的眼睛也跟着瞎了不成？"

两个婆子立刻畏畏缩缩地转身恭敬地喊了一声"陶妈妈"。

半明半暗的穿堂里，一个穿了官绿色妆花褙子的妇人满脸严肃地走了过来，正是元娘身边服侍的陶妈妈。看见大太太，她脸上添了笑容："大太太，您来了？"

大太太点头，急不可待地朝前走："元娘怎样了？"

"正等着您呢！"陶妈妈一面应着，一面陪大太太进了小院。

小院里黑漆漆的，只有正屋屋檐下挂了两个大红灯笼，有个小丫鬟立在门前无聊地掰着手指甲，看见有人来了，她立刻睁大了眼睛，很警惕地问了一声"谁"。

"是我！"陶妈妈应着，就看见那小丫鬟松了一口气，转身推了门，"四夫人刚还问了。"

陶妈妈点了点头，服侍大太太进了屋，转身对那小丫鬟严厉地说了一声"小心看着"，然后反手关了门。

门轴的"吱呀"声在寂静的院子里清晰幽远，把那小丫鬟吓了一跳。

元娘歇在西边厢房临窗的镶楠木床上，看见大太太，她嘴角绽开了一个笑容，在莹白的羊角宫灯下，柔和又恬静。

"陶妈妈，你把东西给娘。"她轻声地道，神色间虽然很疲惫，但一双眼睛却亮晶晶的。

陶妈妈应声，将那件白色绣竹梅兰襕边挑线裙子拿了出来。

大太太接了，却叹了口气："你又何苦这样……乔家可不是好惹的。"

"娘，您应该比我更清楚才是。"元娘微微地笑，乌黑的眸子在灯光下如古井般深沉，"卧榻之侧，岂容他人鼾睡？她们以为我病了，就没有办法了，所以才这样肆无忌惮地进

进出出。我要是不挑了最硬的那个敲碎了，只怕会后患无穷，这也是没有办法的办法。要是认真论起来，这圈套虽然是我设的，可她要不是想着去侯爷面前显摆，又怎么会上当？怎不见其他人家的小姐来凑热闹？要怪，只能怪她自己太急切，怨不得我!"大太太没有作声，显然是同意女儿的说法。

"这件裙子您收好了。"元娘笑道，"免得被有心之人找了去，以为就此可以高枕无忧了。"

大太太点头："我省得。"然后当着女儿的面，把自己的裙子脱了，把那条裙子穿在了身上，又把自己的裙子套在了外面。

乔莲房没有大太太高，裙子又是大褶，大太太这么一套，竟然还真看不出里面又穿了条裙子。

"侯爷是什么意思?"她穿裙子的时候问，"可同意了你的主意?"

元娘答非所问，笑道："太夫人同意为谆哥向姜家求亲了。"

大太太脸上露出几分惊讶，很显然没有想到元娘会说出这样一句话来，犹疑道："那侯爷……还有继室的事……"

"现在不是时候。"元娘笑道，"先把这件事处置好，那件事不急。就是急，也急不来，总得等我死了吧!"她嘴角一撇，表情里就有了几分讥讽。

大太太看着眼睛一红，忍了片刻，终是没有忍住，眼泪扑簌簌落下来。

"娘，您别这样。"元娘拉了母亲的手，"我找您来，可不是为了惹您哭的。"

大太太胡乱地点着头，掏了帕子出来擦了眼泪："你还有什么事？我听着呢，一定帮你办到。"又忍不住抱怨，"我真是不明白，姜家门生旧交遍朝野，能和这样的人家结亲，不知道多荣耀，侯爷为什么死活不同意？要是他早答应了，又怎么会累得你……"说着，像想起什么似的，语气突然变得小心翼翼起来，"难道他真有什么想法不成？废嫡立庶，那可是触犯了大周律令的，会被御史弹劾的！他难道就不怕百年之后声誉受损吗？"

"娘，这么多年了，您难道还不明白?"元娘笑道，"要是那律令真那么有用，何至于再设个都察院?"

"也是。"大太太心有不甘地应道，神色间颇有些无奈。

"所以说，当务之急是和姜家结亲。"元娘表情淡淡的，"到时候，谆哥有了这样强有力的岳家，谁也别想动摇他世子的位置。"话到最后，已是掷地有声。

"嗯。"大太太点头，"你可想好了给谆哥定哪一房的小姐？我看在翰林院任掌院学士的姜柏最好。他现在已经是掌院学士了，要是不出意外，入阁拜相那是指日可待。"

"嗯!"元娘微微颔首，"娘和我想到一块去了。他们家有个幼女，而且是嫡出，今年刚两岁，和谆哥的年纪也相当。至于王氏，我已派人带了重礼到太原府，加上我们家愿意和王琅结亲,相信她不会拒绝为谆哥做保山。"

大太太有些迟疑:"茂国公府毕竟是没落了,让王氏去做保山,也不知道姜家的人会不会给她脸面。"又怕女儿以为自己不愿意,解释道,"我倒不是舍不得几个女儿,是怕白白便宜了那王家人!"

"有些事您不知道。"元娘笑道,"那王氏虽然出身贵胄,在姜家却伏低做小,极会做人。当初姜柏在燕京任庶吉士的时候,姜柏的夫人身患重病,她不仅衣不解带地在一旁服侍,而且还四处为姜柏的夫人求医问药,拜神参佛。后来姜柏的夫人吃了她寻来的药方病愈了,对王氏就不是一般的亲昵了。我曾经让人给姜家递过音,姜家婉言拒绝了。要不然,我何必要去求她从中说合。"

"这些事你比我明白。"大太太笑道,"你拿主意就行了。"

元娘就沉吟道:"娘,三位妹妹的婚事,您可要操操心了! 毕竟,长幼有序!"

大太太眼角一挑,脸上流露出几分冷峻:"你放心,我知道该怎么做!"

元娘就长长地叹了口气,表情中第一次有了怅然之色:"有时候,人不能不信命! 偏偏就她留在了花厅,偏偏这事就成了,偏偏她一点也不慌张……原来还想看看的……现在却只能选她了。只望老天爷保佑,怜惜我一片苦心,让她表里如一,我没有看走眼……"

就在大太太和元娘说着体己话的时候,三夫人借着给太夫人上茶的工夫使眼色和五夫人去了花厅。

"从南京快马加鞭运来的,每条花了二十两银子,突然一下子全不见了。你说奇怪不奇怪?"三夫人的声音压得极低,"要不是我和刘记的人相熟,今天可就出了大洋相了——第一次办家宴,太夫人亲点的鲥鱼竟然没上! 结果我一查,说那个当差的是你陪房的娘家外甥。说实在的,我们娘家又不是从什么地方迁来的外来户,娘家的差事都要请外人,怎么会跟到徐家来当差。五弟妹,这件事我实在不好插手,还是你亲自过问一下的好!"

五夫人笑道:"三嫂放心,要是当差的是我的人,我一定会给您个交代的。"

"看弟妹说的。"三夫人笑道,"我也不是要追究什么,就是觉得这事太蹊跷了! 你也知道,家里的事我刚接手,难免有做不到的地方,也难免有人给我下马威……我不处处小心不成啊!"说着,很是无奈地叹了口气,"真希望四弟妹早点好,我也就不用这么操心,能早点把这担子交出去啊!"一副不情不愿的样子。

五夫人微笑着听着,正要说几句客气话,突然花厅檐下有人惊呼:"乔夫人,您这是怎么了呢?"

乔夫人只觉得一阵天旋地转,和徐家结亲的事是自己出的主意,拍胸这事能成的也是自己,说动莲房点头的还是自己……如今闹成今天这个样子,她可如何向国公爷交代?何况那莲房又是侄女,她父亲还早逝。这要是传出去,自己可怎么做人啊!旁边有人急急地在她耳边喊着什么,她全然听不见,只想着要能晕死过去就好了,这样也就不用担心害怕了。又有一个声音在心底大声地道:这又不是自己的错!虽然说这样到徐家走动是自己的不对,可自己没有让她跑到什么鬼亭子前面去吹寒风,也没有让她不避男女之嫌跑到小院里去……不是自己的错!这绝对不是自己的错!要说有错,全是弟妹没有把女儿教好,与她有何关系?

她猛地直了身子,大喊一声"莲房"。

"伯母,"耳边传来莲房带着抽泣的声音,"您、您这是怎么了?"

她转头,就看见侄女那张白嫩的可以掐出水的粉脸。都是这张脸害人!要不是有这张脸撑着,她又怎么敢这么做?

念头一闪,她扬手就想朝着乔莲房扇过去,耳边却传来太夫人的声音:"醒了就好,醒了就好。你们也别围着了,让她透透气。"

乔夫人一个激灵,完全清醒过来。现在想这些还有什么用?得赶快回去想对策才是!

"怎样了?"太夫人的声音温和亲切,"哪里不舒服?来,和我去花厅坐坐。外面降了寒气,小心凉着了。"

五夫人已过来扶了她右手。

她顺势站了起来,脸上已有了精神:"太夫人,我没什么大碍。有点累,就打了个瞌睡。"说着,不好意思地笑了笑,"天色也不早了,客走主人安,我们就先回去了。"然后叫了莲房:"我们先回去吧!"

黄夫人几人就过来留人:"看你脸色煞白的,还是坐一会儿再走吧。"

"我回去躺躺就好了。"乔夫人执意要走,大家见她刚才的确不好,太夫人更是心中有事,都说了几句客气话,太夫人就叫了徐五爷:"你去送送程国公夫人。"

徐五爷躬身应"是",送乔夫人和乔小姐离开。

有人先离开,就有了散场的感觉。

不一会儿,郑太君也来向太夫人告辞。

太夫人亲自携手送到了花厅外,然后由徐五爷代送出了门。

十一娘不由急起来。大太太这个时候还没有回来。

她正寻思着要不要派个人去找找,大太太带着落翘施施然从花厅角门走了进来。

十一娘装作没有注意到她离开的样子,低声和甘家三小姐闲聊了几句。大太太却叫了五娘、十娘和她:"我们也走了吧!你大嫂一个人在家呢!"

十娘随着五娘、十一娘屈膝行礼应"是"。

大太太什么也没有说，带着三人向太夫人辞行。

太夫人说了几句客气话，和送郑太君时一样，送大太太出了花厅外，上了徐家的青帏小油车，然后由徐五爷护送到了垂花门，换了马车。那徐五爷就很贴心地送了一张永平侯的名帖给大太太："要是遇到五城兵马司的人，你拿了帖子给他们看就是了。四哥这点面子还是有的！"

一副怕岳母娘瞧不起女婿的口吻。十一娘不由嘴角一翘。

已经过了宵禁的时辰，大太太正担心着，徐五爷之举不亚于雪中送炭。她喜笑颜开地向徐五爷道了谢，又客气了几句，这才动身回了弓弦胡同。

大奶奶带着杭妈妈在垂花门口等。她一面亲自扶婆婆下了马车，一面笑道："下午的时候，王夫人来看您了。听说您去永平侯府了，她留了名帖，略坐了一会儿就走了。"

王？难道是茂国公家的谁？

十一娘如惊弓之鸟，竖了耳朵听，差点踩翻了脚凳，还好冬青眼疾手快地扶了她。

"哪个王夫人？"大太太也很奇怪。

"说是在天津的时候和您偶遇的，"大奶奶笑道，"丈夫是镇南侯府王家的子弟。"

那个为了抢船位差点打起来的？大太太恍然大悟："原来是她啊！她来干什么？"一面说，一面朝里走。

十一娘长长地透了口气。

大奶奶虚扶着大太太的右臂，跟着进了垂花门："说是王大人放了福建布政使，这几天就要启程了，特意过来看看，看看爹和娘有没有什么要带过去的东西或传的话。"她的声音压得很低。

大太太的脚步一顿，片刻后才重新抬脚："我知道了。人走茶凉，也没有什么好带的东西。"

大奶奶恭顺地点了点头。

"麻哥呢？"大太太问道，"可曾歇下？"

"歇下了。"

"兴哥人呢？"

"在书房里读书。"

"大老爷在家吗？"大太太又问。

大奶奶笑道："爹一早就出去了，刚刚才回，听说您把十娘接了回来，高兴着，正在堂屋里等。"

自己的这位大嫂真是个伶俐的！十一娘微微一笑。

丫鬟已撩了帘子服侍大太太和大奶奶进了屋，三人鱼贯着跟了进去。

大老爷看见三个女儿很高兴，问了问她们去永平侯府的情况，然后问大奶奶："十娘住的地方可曾收拾妥当了？"

十娘忙道："我跟十一妹挤在一个屋就行了。"

大老爷笑道："家里又不是没有地方住，何况还有丫鬟、婆子，一大堆人，想挤也挤不下啊！"

屋里气氛就滞了滞。她们回来的时候，谁也没有提十娘身边的那些人。十娘跟着大太太回来，连件箱笼都没有，哪里来的丫鬟、婆子。

十一娘睃了一眼大太太，大太太神色自若。

大奶奶已笑道："十妹这次来得急，也没带什么人。虽然说她一向和十一妹亲近，可这样挤在一起也不像话，我把十妹安置在东厢房，又拨了两个丫鬟过去服侍。爹，您看这样可好？"

大老爷很是满意，微微点头，不再问十娘的事，语气温和地对几个女儿道："虽然说是去别人家做客，可这做客也是件累人的事，天色不早了，你们都歇着吧！"又对大奶奶道："你也辛苦了，又要照顾小的，又要伺候大的，早些歇了吧！"

得到了公公的表扬，饶是大奶奶，神色间也忍不住闪过一丝激动。她屈膝行礼，带着五娘等人鱼贯着退了下去。

大老爷就问起元娘可好些了。大太太叹了口气："能这样拖着就是好事了！"

大老爷神色一黯。

大太太犹豫片刻，迟疑道："要不你去求求侯爷？元娘都病得这样厉害了，他总不能……"

没等她的话说完，大老爷就冷冷地"哼"了一声："你也知道元娘正病着，我怎么能挟以自重，这种话，你再也别提。"

大太太脸上青一阵子白一阵子，半晌才应了一声"知道了"。

第十章 求亲家侯爷筹谋高

而此刻的永平侯府徐家太夫人所居之处灯火通明,虽然已是半夜,屋檐下的丫鬟们却一个个庄重地站得笔直。

魏紫小心翼翼地将天青色旧窑盅放在临窗大炕的黑漆螺钿炕桌上,然后蹑手蹑脚地退了下去。临出屋的时候,还不忘将那黑漆嵌玻璃彩绘的隔扇轻轻地关上。

屋里只留下了徐令宜母子。

太夫人的话自然也就没有什么顾忌:"说起来,这件事你自己也有错。既然中午在春熙楼喝得有点多,就更要谨言慎行才是。明明知道家里有女客,你歇哪里不好,要歇到点春堂旁的小院? 还连个贴身的小厮都没带……"又看着儿子脸色铁青,笑道,"别出了事就摆脸色,有时候,也要检讨检讨自己才是!"

徐令宜一言不发,面无表情地端起茶盅来喝了一口,随即又将茶盅"哐当"蹾在了炕桌上:"这都是些什么乱七八糟的!"

"你也用不着拿这东西撒气。"太夫人打断了徐令宜的话,"说说,到底是怎么回事?"

"事已至此,有什么好说的?"徐令宜脸色生硬,"这件事我会处置好的。"

"处置好?"太夫人笑望着儿子,"那你说说,怎么个处置法?"

"这些事,您就别管了!"徐令宜语气里透着几分不耐烦,"总而言之,不会让徐家丢脸就是了!"

"不让徐家丢脸?"太夫人的笑容渐渐敛了,"现在这样,还叫不丢脸啊? 人家好好的一个黄花大闺女,堂堂正正的国公府小姐,到我们家里来听了场戏,就要委身做姨娘,这不叫丢脸? 你让别人怎么想? 说是那乔家得了失心疯,小姐嫁不出去了,所以送给徐家做小妾,还是说我们永平侯府的徐侯爷拥功自重、荒淫无度,什么失德失礼的事都做得出来?"话到最后,已带了几分讥讽。

"娘,您也不用拿那话挤对我。"徐令宜"腾"的一声站了起来,"先帝殡天之时,皇上曾命王厉密召程国公进京勤王,他却多有敷衍,虽然未酿成恨局,却也让人不悦。皇上宽宏大量不与之计较,他却心胸狭隘,惶惶不可终日。如今我纳乔氏女,别人只会说乔家攀附权贵,凭什么扯到我身上来?"说着,他冷冷一笑,"娘可知道她为何要给谆哥求娶姜氏女?"

徐令宜凤眼一扬,不怒自威,竟然让太夫人一时语塞。

"至于到姜家求娶之事,"他缓缓坐下,沉吟道,"还要请娘多斟酌。"

太夫人回过神来,轻轻叹了一口气,苦笑道:"我知道你心中不快,可是我也有我的用意。当时元娘神情激动,你又一步不让,外面满室贵客,我要是不答应,谁知道会再闹出什么事来! 再说,姜家满门清贵,又曾出过两位帝师,深受世人崇敬,只怕未必想和我们家扯上关系。我寻思着,就算我去求,姜家答不答应还是个未知数。不如暂时应下,以后再作打算。"说完,叹了口气,"姜家门风清白,又有浩然之风,说起来,元娘还是有眼光的。而且,当年你父亲就曾说过,娶妻娶贤。这种世代书香人家出来的女子多半都聪敏文雅,又能修身洁行,因此才不顾他人耻笑,三次上门为你二哥求娶你嫂嫂。"提起病逝的儿子,太夫人眼角微湿,"你也看到了,你二嫂正应了你父亲所言,主持中馈时,敦厚宽和。你二哥病逝后,又能恪守不渝。这全因项家教女有方。如谆哥能娶了姜氏之女,我不知道有多高兴呢!"

听母亲提起病逝的哥哥,徐令宜的表情缓和了不少。他坦然地道:"娘是怕因此惹得皇上不快吧?"

"不错。"太夫人神色间就有了几分凝重,"皇上与皇后娘娘乃是结发夫妻,皇后娘娘又诞育三子;你先平苗蛮,后征北疆,立匡危扶倾之功。我们家此刻正如那鲜花着锦,烈火烹油。我怎么能不怕? 怕皇上心里不安,怕有心之人在皇上面前说三道四,更怕因小失大,怕连累了皇后娘娘……"说着,她目光灼灼地望着儿子,"我们现在是一步也错不得,只要等……"说着,指了指天上,"就是出头之日!"

"娘,月圆则缺,水满则溢。"徐令宜表情淡淡的,"这世间之事,哪有长盛不衰的。总不能因噎废食,怕被人惦记就什么都不做吧!"

太夫人微怔:"你是说……"

徐令宜点了点头:"我不同意与姜家结亲,倒不是怕皇上起了猜疑之心,也不是怕那姜家不答应。我既然担了振兴家业这担子,要是连给儿子选个知书达理、恭良敦厚的媳妇都做不到,还谈什么其他? 不如老老实实地守着旧业过日子,何必又去那苗蛮、北疆与人一争长短!"说着,他眉头微微蹙了蹙,"我主要还是觉得谆哥太小了,这时提婚事,只能选个年龄相当的。孩子太小,就不定性。现在看着好,大了未必就佳,这样的例子不少。"

太夫人听着微微点头。

"可要是找个比谆哥年长许多的,又怕他们以后琴瑟不和。"徐令宜眉宇间有淡淡的担忧,"我原想等谆哥大一些,再帮他仔细瞧瞧……他是嫡子,以后的媳妇是主持中馈,表率全族的,不能马虎!"

太夫人不住点头:"你所虑极是,只是元娘那边……我们等得,只怕她等不得了。"说着,语气里就有了几分无奈,"何况她一向聪明伶俐,如今到了油尽灯枯之时,不把一桩桩事安排妥帖了,只怕是不会放心。"

徐令宜没有作声,垂了眼睑,拎了茶盅盖子拂着茶盅里的浮叶:"所以这件事还要烦请您多斟酌斟酌。"

"你的意思是……"太夫人颇有些困惑。

"我从小院出来,就让人去打探了一下姜家的事。"徐令宜轻轻啜一口茶,"姜氏兄弟里,姜柏、姜松、姜桂是嫡子。这其中,姜柏在翰林院任掌院学士,有三子两女,其中长子和次女是嫡出;姜松回乐安开了一家叫'谨习'的书院,有一子一女,均是嫡出;姜桂在太原任知府,有两子两女,其中长子、长女是嫡出。姜柏的次女今年两岁,姜松的长女今年四岁,姜桂的长女今年十二岁。我想为谆哥求娶姜松的长女。"

太夫人沉吟道:"孩子虽小,没有定性,可谁养的像谁。那姜柏在仕途上沉浮,子女不免染些富贵习气。而姜松在乡间教书育人,子女恐怕也有些峻峭风骨……像我们这种站在风口浪尖的贵胄之家,却是宁愿她孤芳自赏清高些,也不愿意她长袖善舞撺掇丈夫去争名夺利……"

"我正是如此打算。"徐令宜凤眼微闪,刀锋般的寒光从眼底一掠而过,"只怕元娘不是这样想的,而且她做事除了样样要争最好,还喜欢留一手。想来这件事也不例外。我来之前已请了行人司的马左文为我向姜柏说项。如果姜柏目光远大,自然知道,所谓的清贵,要先有贵,才能清。帝师,已是几十年前的老皇历了。他们家想继续这样显赫下去,总得另寻出路才是。他要连这点眼光都没有,姜家离没落之日也就不远了。"

"还是爷们考虑周到。"太夫人笑道,"姜松无官无爵,姜柏却是掌院学士,内阁人选,我们与姜松结亲,自然比与姜柏结亲要好得多。而且,万一有什么事,说起来我们两家总是姻亲,互相帮帮,也是应该的。就是皇上知道了,也只会觉得我们隐忍谦让。"

"所以这件事,明着要由元娘去闹,让大家都知道我们家是为了什么要和姜家结亲。"徐令宜点头,"暗地里,却还是要您亲自出马,免得弄巧成拙,和那姜柏成了亲家。"

"我知道利害。"太夫人微微颔首,看了儿子一眼,犹豫了片刻,道,"还有一件事,二月初二我去宫里拜见皇后娘娘的时候,遇到了皇贵妃娘娘,她问起了元娘的病,还半开玩笑半认真地说,她有个妹妹,长得天姿国色,要不是你早有了夫人,配你也不算辱没……"

徐令宜笑起来:"既然如此,那乔家的事您就别管了,免得您为难!"

太夫人见儿子没有一丝的诧异,奇道:"你可是听说了什么?"

徐令宜笑容渐渐敛了,答非所问地道:"让元娘敲打敲打也好,免得以后再弄出这种麻烦事来!"说完起身,"天色不早了,您今天也累了一天了,早点歇了吧。估计明天一早马左文那里就应该有信递来了。要是还没有回信,那和姜家结亲的事以后就不要再提

了——反应这么慢，免得受他家连累。"

今天发生了太多的事，太夫人的确也累了，叫了魏紫送徐令宜。

魏紫带了两个小丫鬟，提了八角玻璃灯，送徐令宜出了院子。

186

徐令宜的贴身小厮临波和照影早带了两个青衣小帽的使唤小厮在门前候着了，看见徐令宜，两个使唤的小厮忙上前接了丫鬟手里的灯，临波同时上前两步，笑着对魏紫拱了拱手："辛苦姐姐了！"

魏紫福身："不敢。"又给徐令宜行了礼，带着小丫鬟折回闭了院门。

徐令宜却站在院门口抬头望着天空，半晌不语。

临波就和照影交换了一个眼神，都在对方的目光中看到了不安。

"走吧！"过了好一会儿，徐令宜才抬脚往太夫人屋后花厅去。

两人不敢迟疑，临波带着两个小厮提灯走在前面，照影则在一旁服侍着。

半路，徐令宜突然道："问清楚了吗？"

"问清楚了。"临波忙道，"因为夫人差了嫣红来喊他问话，他见您又歇下了，这才跟着去了。"

徐令宜神色如常，道："那夫人都问了他些什么？"

"说是把他喊了去，夫人却不在。"临波低声道，"嫣红让他在那里等着，他不敢走，所以才……"

"把他交给白总管吧！"徐令宜轻声道，"让白总管再给添个机灵点的。"

临波恭敬地应了一声"是"，跟着徐令宜穿过花厅上了东西夹道。

"侯爷！"犹豫了好一会儿，才低声地道，"后花园这个时候只怕已经落了钥。"

徐令宜怔了怔，停下脚步，站在花窗墙前发了一会儿呆，轻声道："那就去秦姨娘那里吧！"

临波应诺，服侍徐令宜往秦姨娘那里去。

叩了门，应门的却是文姨娘的贴身丫鬟玉儿。

"侯爷！"她睁大了眼睛，"您怎么来了？"又惊觉失言，忙道，"不是，我的意思是，以为您会歇在小院，所以文姨娘来和秦姨娘做伴……"说着，忙侧身让了道，朝里喊着："侯爷来了。"

小院立刻被惊醒，都慌慌张张地穿了衣裳，或点灯，或上前给徐令宜请安。徐令宜看着这阵势，没等秦姨娘和文姨娘迎出来，就丢了一句"让两位姨娘好生歇着吧"，转身去了太夫人那里。

太夫人刚歇下，听说儿子折了回来，忙披衣起身："出了什么事？"

"没事!"徐令宜道,"我到您暖阁里窝一宿吧!"

太夫人看了儿子一眼,什么也没有问,吩咐丫鬟们开箱笼把前两天收起来的半新不旧的被褥拿出来给他铺了。

第二天一大早,淅淅沥沥下起了雨,落在刚刚冒出来的嫩叶上,比平时更加新绿。

十一娘开了箱笼让十娘挑衣裳首饰。

滨菊脸色很差,和冬青在门口嘀咕:"怎么不让她去挑五小姐的东西,就看着我们小姐脾气好。"

"你少说两句!"冬青低声道,"大太太的火还没消呢!你小心惹上身把我们小姐也给烧了。"

滨菊不由喃喃地道:"我这不是只跟你说说嘛!"

她话音未落,就有人在她身后道:"十一小姐在吗?大太太请她过去。"

两人回头,看见落翘含笑站在身后。

"在,在,在!"冬青忙去禀告十一娘。

十一娘让琥珀陪着十娘挑东西,自己换了件家常的衣裳去了大太太处。院子里,遇见了许妈妈。她客气地和十一娘打招呼:"您来见大太太啊?"

"是啊!"十一娘笑着和她寒暄,"您忙着呢!"

这本是句陈述的客套话,谁知许妈妈扬了手里的东西:"大太太库房里两枝百年的老参,让我给大姑奶奶送去。"昨天发生了那么多的事,大太太想必放心不下吧?十一娘朝着许妈妈笑了笑,然后撩帘进了堂屋。

大老爷不在,大太太一个人在吃早饭,面前摆了碗白粥,桌上还有四五个小菜。

"吃了没有?"她和颜悦色地问十一娘,不待十一娘回答,已吩咐一旁的珊瑚:"给十一小姐拿副碗筷来。"

十一娘吃过了。可这种亲昵她却不能拒绝,笑吟吟地道谢坐下。珊瑚给她上了小半碗白粥。

真应了那句"朝中有人好做官"。琥珀和珊瑚交好,珊瑚对十一娘屋里的人也颇多照顾,明知道十一娘是吃了早饭来的,粥就只有小半碗,既随了大太太的意思,又免得吃不完剩下了失了礼仪。

十一娘感激地朝着珊瑚笑了笑。

珊瑚知道十一娘明白了自己的好意,也笑了笑。

大家默不作声地吃了饭,十一娘随着大太太去了西次间临窗的大炕。

大太太抱怨道:"这床不床,榻不榻,铺了坐垫热,不铺坐垫硬人,还是我们拔步床、罗

汉床好。"

十一娘扶着大太太上了炕,帮着推了半扇窗户,凉爽的微风夹着春雨就扑面而来。

"我给您做几个竹面坐垫吧。"十一娘笑道,"这样舒服些。"

大太太笑着点了点头:"你总是想得那么周到。"又携了她的手,"十娘在你屋里挑衣裳吧? 委屈你了。"

"有什么委屈的。"十一娘笑道,"百年修得同船渡。我和十姐今生是姊妹,还不知道下辈子有没有这个福缘,几件衣裳、首饰算什么。"

大太太笑着颔首,道:"你放心,我心里有数,不会亏待了你的。"又叫了翡翠和玳瑁进来开箱笼,携了十一娘过去看,"想赏几件衣裳给珊瑚她们。你眼光好,帮我看看。"

十一娘微怔。这以前都是五娘干的活。可望着大太太笑眯眯的表情,她不露声色地应了"是"。

大太太的笑容就到了眼底。

几个人就在挑拣大太太华美绚丽的衣饰中度过了上午的时光。

中午大太太留十一娘吃了饭,十一娘服侍大太太午睡。大太太刚躺下,大奶奶来了。

刚才吃午饭的时候没来,这个时候来了,又想到昨天大奶奶为十娘的事先回来了,今天一早上都没见踪影。应该是有什么事要禀吧? 十一娘借口去给大奶奶沏茶,躲到了一旁的耳房。大太太见十一娘走了,脸立刻就沉了下来:"可有什么消息?"大奶奶上前几步,低声道:"问清楚了,是威远镖局送她来的。问谁是委托人,却怎么也不告诉我们。打听多少保费,也守口如瓶。媳妇愚见,只怕还是要从家里打听,昨天就差人去了余杭。"

"你做得很好!"大太太脸色微霁,"家里恐怕是出了事……待派去的人回来了再说吧。这段时间,你好好陪着十娘,别让她乱跑乱说。"说着,冷冷地"哼"了一声,"现在她身边是哪两个丫鬟服侍呢?"

"一个叫金莲,一个叫银瓶,原都是我身边的二等丫鬟。"

"还好有你帮我一把。"大太太很是感慨,"要不然可真要乱套了。"

"看娘说的。"大奶奶谦虚道,"我也是照您的吩咐行事。"说着,从衣袖里掏了几张银票出来,笑道:"这是您上次给的一千二百两银子。家里的开支只是刚来的时候有点多,后来每个月也就七八十两,我也就拿了六百多两银子出来贴补家用,多的还您!"说着,就要将银票给大太太。

"傻孩子,我的就是你的。"大太太不接,"你收好了,买些胭脂水粉、翠花环钗也好。"

大奶奶还欲推辞,大太太已道:"我还有件事要嘱咐你去做。"

"您请说。"大奶奶见大太太诚心给自己,就收了银票。

大太太沉吟道:"你们年轻人脑子活,抽空的时候到西栅门去看看,看着新式样子给五娘、十娘添置些嫁妆。"

大奶奶微微有些吃惊，但还是恭顺地应了"是"。

大太太犹豫片刻，加了一句："每人就以五百两银子为限吧！"又问大奶奶，"五百两银子，不少吧？"

大奶奶嫁过来的时候不算田亩之类的就花了差不多五千两银子，五百两银子当然不算多。可五娘和十娘又不一样，她们是庶女。

她忙笑道："不少，不少，这置办东西也要看怎么个花法。"

见媳妇领会了自己的意思，大太太满意地点了点头，道："等会儿我们合计合计，看余杭那边还有什么东西可以动的，免得再拿钱出来置办田亩房产。"

大奶奶忙点头应了，就有小丫鬟进来禀道："许妈妈回来了！"

"快进来！"大太太忙去穿鞋子，许妈妈却撩帘而入。

"怎样了？"大太太急切地问，"元娘可还好？"

许妈妈蹲下身给大太太行了个福礼，笑道："您放心，一切都好。今天一早，徐家的太夫人就去了永昌侯黄府拜会黄夫人，说是想请黄夫人出面试试姜家的口气。您就等着听好消息吧！"

大太太听着双手合十朝西边拜了拜："阿弥陀佛！您要是保佑我们家谆哥一切如愿，到时候我一定给您重塑金身。"

大奶奶和许妈妈都笑了起来，许妈妈更道："您就等着准备金箔吧！我听陶妈妈说，今天一早太夫人临走前还特意去见了大姑奶奶，把姜家的事跟大姑奶奶说了，还问大姑奶奶哪个好呢。"

大太太听着很高兴，笑道："当然是姜柏家的闺女好啦！"

"大姑奶奶也这么说。"许妈妈笑道，"还给太夫人讲道理。最后太夫人什么也没有说去了永昌侯府。"

"她一向聪明。"女儿能摆布丈夫，大太太听着满脸是笑，问许妈妈，"吃饭了没有？"

许妈妈笑道："大姑奶奶赏了点心，还不饿。大太太可是有什么事？"

大太太就让大奶奶吩咐厨房送点吃食给许妈妈，又道："正准备和兴哥媳妇算算账，你回来得正好。"

她话音未落，有小丫鬟来禀："大奶奶，大爷让您置办一桌酒席，钱公子来了！"

大奶奶闻言微微蹙了蹙眉，但还是吩咐那小丫鬟："你去跟杭妈妈说一声，照着以前置办就是了。"

小丫鬟应声而去。

大太太若有所思，问大奶奶："这个时候要置办酒席……可是有什么人常常来打秋风?"

大奶奶笑道:"打秋风也不至于,只是来得勤。每次来了,就把家里的东西都仔细地瞧上一遍,什么李记打的太师椅啊,宋瘦梅的笔洗啊,多宝阁的狼毫笔,样样都认得。言谈之间又常常议论哪家的酒楼气派,哪家的茶楼茶好喝,近日燕京都上了什么样的新戏,谁谁主演,他又去哪位达人家拜访过,见了些什么稀罕物……不像是埋头苦读的人。"

大太太表情凝重起来。她最怕儿子到燕京花了眼,没了读书精进的心思。

"这人叫什么名字?多大年纪?哪里人?是监生还是荫生?"问得十分仔细。

大奶奶估计对这个也很注意,答得挺顺溜的:"此人叫钱明,字子纯,四川宜春人,比相公大两岁,是个廪生。据说家里还有几亩田地,我看那行事做派,也不像个穷苦的。可就是那打量东西的眼神直勾勾的,让人看了不舒服。"

"是廪生?"大太太颇有些意外,"能到国子监来读书,应该还是有几分本事的。你可不能以貌取人,怠慢了人家。看小不看老,说不定哪天这个人就会封相拜阁。"

大奶奶忙应道:"娘放心,每次他来我都好酒好肉地招待。上次他说春熙楼的水晶烩好吃,我还特意差人去春熙楼买来招待他。"

大太太满意地"嗯"了一声,想了想,道:"既然兴哥那边有客,你就去忙你的吧!我这边有许妈妈呢!"

大奶奶笑着应声而去,有丫鬟端了一碗煎银鱼、一碗椿芽炒鸡蛋、一碗白米饭进屋。

十一娘见了,就端了两杯茶进去:"大嫂已经走了吗?"

许妈妈正坐在小枕子上吃饭,看见十一娘进来,忙站起来。

大太太这才想起十一娘来,笑道:"你也回去歇着吧!"

十一娘求之不得,笑着应声而去。

许妈妈吃完饭,大太太和她商量着办嫁妆的事。

"淮河那边发了几次水,地也荒。不过,那是您的陪嫁……"

大太太倒爽快:"也不拘这些了,把那些包袱都甩了。"

许妈妈应"是",认真地和大太太算起账来:"这样说来,我们在虞县还有块山林,只能种些杂木,去年刚砍了一片,卖了六十几两银子。"

"这个也算在里面。"

许妈妈点头,提笔在账册上又记了一笔。

正算着,元娘身边的陶妈妈来了。

大太太和许妈妈微怔,大太太更是担心地道:"难道有了什么变故不成?"

"许是我们早上送了人参去,大姑奶奶还礼来了。"许妈妈安抚着大太太亲自去迎了陶妈妈进来。

陶妈妈果然带了几匣子点心来,笑着给大太太问安:"说谢谢大太太的人参。"

许妈妈接了匣子,有意回避,去了东次间放点心。

陶妈妈趁机对大太太低声道:"夫人说,姜桂的夫人今天一早已经回了燕京,让你明天带了小姐们去护国寺上炷香。"

是要相看吧?大太太对自己几个庶女的相貌很有信心,她点头:"知道了!"

陶妈妈见目的达到了,闲聊了两句就起身告辞:"这两天夫人身边的事多。"

大太太自然能理解,没有留她,赏了二十两银子,让许妈妈送她出了门。待许妈妈回来,又吩咐她:"明天我带三位小姐去护国寺上香,你去跟大奶奶说一声。"

许妈妈应声而去。

那边徐府太夫人刚落座,手里端着的茶还没来得及啜上一口,徐令宜就来了。

太夫人看了看自己手中的茶,又看了看坐在自己对面的儿子,忍不住笑道:"好多年没看到你这样急了。"

徐令宜微微一笑。

太夫人就吩咐身边的人:"我有话跟侯爷说!"

丫鬟们屈膝应"是",鱼贯着退了下去。

太夫人就打趣儿子:"你不是说姜家要是今天一早没有准信来,就别提结亲之事了吗?怕我把事情办砸了?"

"看您说的。"徐令宜笑道,"黄夫人是您自小玩到大的姊妹,您有什么话也爱跟她说,家里的情况她也熟,所以才请了她出面为谆哥的事走走过场,我有什么不放心的。我是看您这个时候回来了,特意过来看看。"

"算你还有点孝心。"太夫人听着微微点头,"黄夫人是留我下午在她那里抹牌来着,可我心里有事,就回来了。"

徐令宜微怔,仔细打量母亲的神色:"出了什么事?"

"你猜,我在永昌侯府遇到谁了?"太夫人微笑着望着儿子。

徐令宜略略思忖片刻,迟疑道:"难道是遇到了姜家的人?"

太夫人表情失望:"你这孩子,真是……也太耿直了些!就不能让我高兴高兴?"

徐令宜却是眼睛一亮:"这样说来,您在永昌侯府真的见到了姜家的人?姜家派谁去见的您?是姜夫人还是管事的妈妈?"

"都不是。"太夫人摇头,"是姜家一位姓陆的清客。"

徐令宜眼中就露出了欣赏之色:"没想到,这个姜柏竟然有这样的手段。"

不直接托人给自己递音,反而让门下谋士借太夫人去永昌侯府之际拜访太夫人,一来表达了他对这桩婚事的重视;二来借此机会告诉自己,我们姜家是有实力和徐家一较高低的。

192

不过,既然摆出了势均力敌的阵势,那就是想谈条件了。他笑容愉悦。有这样一个盟友,怎能不让人高兴?

"姜家来人怎么说?"

太夫人见儿子一副踌躇满志的样子,忍不住泼他的冷水:"那位陆先生说了,虽然姜柏很希望和我们家结下这门亲事,但他毕竟是做伯父的,还需要和姜松商量。"

"那是自然。"徐令宜不以为意,"姜家这几年远离中枢,能窥视朝中局势的怕只有姜柏一人。他提出与我们家联姻,肯定会在姜家内部掀起轩然大波,自然得给时间让他周旋一番。还有姜松,当年挂印而去,肯定是对朝廷不满,现在让他把女儿嫁到我们家来,只怕也不会是件简单的事。不过,姜柏的反应我很满意,至少向我们表了一个态。至于成不成,那就看他的本事了。他能说服姜家的人,我自然乐见其成;他要是不能说服姜家的人,我也给了他机会。"

他侃侃而谈,语气温和、神色平静,眉宇间透着那种胸有成竹的镇定从容,让太夫人不由叹了口气:"姜家怎么会想到与你联姻?"

徐令宜微怔,随即哈哈大笑起来:"娘,您把姜家看得太刚正。您可别忘了,姜家是靠什么起的家。所谓的帝师,说白了,就是权臣。要不是姜柏在掌院学士的位置上一坐就是十四年挪不了地方,要不是皇上的七位皇子中有三位是皇后娘娘诞育,姜柏又怎会下决心奋起一搏?"

"我知道。"太夫人正色地道,"我是在想,姜家在朝中一直保持中立,这次与我们家联姻,以后不免会被贴上后党的条子。姜家付出了这样大的代价,到时候只怕所求甚巨,只怕我们负担不起!"

"有什么负担不起的?"徐令宜笑,"想再做帝师?如今皇上有七子,谁知道花落谁家。就算我想,他也不敢。想入内阁?就凭他对待谆哥婚事上所表现的果敢,足以匹配。我就是推荐他,也不负朝廷社稷!"

一席话说得太夫人忍俊不禁:"照这样看来,姜柏倒是做了桩赔本的买卖。"

"那也不见得。"徐令宜笑道,"先帝喜欢臣子们谄媚逢迎,他是姜家子弟,怎能做出这种事来。所以每次先帝召见,他就反其道而行之,板了脸给先帝讲先贤之事。时间一长,人人都知道姜柏乃直言敢谏的正人君子。所以皇上登基后,他虽想奉承圣意,奈何贤名在外……和我们家结亲,等于是得到了一个既不伤颜面,又可以改变的机会。以他的能力,飞黄腾达指日可待。相比之下,倒是我们赔了。"

太夫人听着摇头："你们这些男人,样样都算到了,就是没有算到身边人的伤心!"

徐令宜一怔。

"我去永昌侯府之前,去看了元娘。"太夫人语气怅然,"她总归是谆哥的母亲,我想,这件事还是要跟她说说……"

"娘,"徐令宜很无礼地打断了太夫人的话,"您怎么能和她说这些? 她的性格您难道还不知道? 从来只有自己没有别人……"话音刚落,又觉得自己失言,眉宇间闪过懊恼之色,质问母亲:"您告诉她我的意思了?"

"没有。"太夫人看着儿子发脾气,有些不高兴,"我就是试了试她,看能不能让她改变主意。"

徐令宜见母亲脸色微变,知道自己行事不妥,忙笑道转移了话题:"娘,黄夫人虽然与您交好,可我们这样麻烦人家,该讲的礼节还是要讲到。您看这样行不行? 哪天问问黄夫人,说山东那边的都转运盐使司有个盐仓大使的缺,虽没入流,可盐仓出入都由大使检验,是个肥缺。看他家有没有合适的人,我跟吏部说一声。"

"你这是典型的打个巴掌给个枣。"太夫人听着笑了起来,"你放心好了,黄夫人不会出去乱说的。不过,你有这番心,我还是会把你的话带到。"说着,又正色道,"你既然有这能力,为什么不给你岳父谋个差事? 说起来,罗家当年对我们也是有恩的。何况大家都是亲戚,让人说起来总是不好听。"

徐令宜不由皱了眉头:"娘,这件事您别管,我心里有数。"

"你是怕元娘又有什么主意,你好拿这件事和她谈条件吧?"太夫人直言不讳地道,"你们两人玩什么花枪我不管,可是亲家老爷的事你不能乱来。要是你不出面,我出面!"一副徐令宜不答应就不罢休的口气。

"有些事您不知道。"徐令宜颇有些无奈,"皇上采纳陈阁老提的建议,准备实行新的茶税。岳父又是一直反对陈阁老提的茶税法……这也是皇上的意思。等过段时间,我会再跟皇上提的,您可别再掺和进去了。"

"那这话你跟亲家老爷说了没有?"这样的结果太夫人很是意外,再看儿子一副不想多谈的样子,她不由道,"你还是给亲家老爷透个底吧。他心里有数,以后也知道哪些话能说,哪些话不能说了。"

"我怎么没说。"徐令宜道,"岳父反而给我举了一大堆的例子,说陈阁老之法如何不可行,如何劳民伤财……我又不能往深里说,只好暂时先这样了。"

"那你把这话跟元娘说说。"太夫人思忖道,"让元娘劝劝亲家老爷,他们是父女,总比你好说话。"

"这有什么好说的。"徐令宜不以为然,"说不定她还以为这是我不想帮她父亲的推托之词呢！政见不同的多的是，难道政见不同就不能做官了？分明是我要面子没有尽心尽力求人，要不然堂堂一个国舅爷，怎么连这点事都办不到！"话说到最后，已语带嘲讽。

太夫人听着眼神一沉，欲言又止，最后摇了摇头，化作一声叹息。

护国寺位于燕京城西，每月初七、初八有庙市。今天不是庙市，但依旧游人如蚁，香客众多，很多人坐马车或骑毛驴到寺里上香。

十一娘随着十娘下车来，就看见山门前一溜小摊，支着蓝白布棚子，或卖吃食，或卖玉器，或卖绢扇茶盅等日常之物，琳琅满目，什么都有。

罗振兴和他的同窗钱公子走在前面，身边围着丫鬟、粗使的婆子和人高马大的护院，一看就知道非富即贵，普通百姓自然不敢靠近。

她们很快到正殿上了香，然后被住持请到了寺后的山房歇息。

五娘和十娘很兴奋，戴着帷帽东张西望的，进了山房，还跑到窗棂处朝外看。

大太太看着神色自若的十一娘，不由微微点了点头。

罗振兴就陪着钱公子进来给大太太问安。

五娘几个忙回避到了内室。

那位钱公子是个十分善谈的人物，几句简单的问候过后，就和大太太聊上了："有卖木梳的，各种质地的都有，我有一次还买了把正宗的牛角梳子，只花了十文钱。西边有个卖鞋面的，花色可齐全了，虽然与江南的苏样不能比，也颇有特色。您等会儿可以派了妈妈去看看。南边有个叫'年糕李'的茶汤摊儿，专卖扒糕、凉粉、炸灌肠、卤煮丸子，地道的燕京口味，您得尝尝！炸灌肠您听说过没有？里面灌了白面粉、红曲水、丁香、豆蔻，十分讲究……"他滔滔不绝，话题如天马行空，硬把大太太和屋里的五娘、十娘逗得呵呵直笑。十一娘却觉得这男人话太多，且常常夸大其词，有些轻浮。但大太太却很喜欢，竟然差人去那个年糕李那里买了吃食回来。

十一娘看着像糍粑却叫灌肠的东西，一口也没敢吃，倒是十娘，吃得津津有味。

因为有了这插曲，大太太和钱公子之间少了几分客气，多了几分亲昵。

钱公子就问大太太："这护国寺旁边有家叫'顺德庄'的茶楼，有个专唱余杭腔的戏班子在那里唱，您要不要去听听？"

大太太笑道："不用，我们坐坐就走。"

正说着，外面有妇人进来："这里是余杭罗府家的女眷吧？我们家夫人乃太原知府姜大人之妻。"

十一娘听着身子一僵。听说要来护国寺的时候她就纳闷，现在总算明白了！

一旁的五娘和十娘看上去并不知情，两人一东一西地坐着，各自行事，并没有因这位即将要出现的姜夫人而有所不同。

她就听到钱公子"咦"了一声,奇道:"难道是乐安姜家的姜大人不成?"

"正是。"大太太笑着应道,然后那钱公子就笑道,"既然如此,我和振兴兄暂且回避回避。"说着,屋外有脚步踢踏之声。

五娘见十一娘支着耳朵听外面的动静,跑过来笑道:"十一妹听什么呢?"比平常亲热了许多。

十一娘知道她是为了拉拢自己孤立十娘,觉得十分无趣,朝着十娘笑,却答着五娘的话:"母亲好像遇到了熟人。"

五娘先前也听到了动静,现在听十一娘这么一说,也静下心来听外面的动静。

窸窸窣窣的衣裙摩擦声中,有个陌生却热情的女声传来:"罗家大太太,这可真是缘分。我偶回燕京,没想到会在这里遇到您。我和您虽然是第一次见面,可我和元娘情同姊妹,所以特来拜会,失礼之处,还请多多见谅。"话说得十分客气、殷勤。

"姜夫人太客气了。"大太太和那姜夫人寒暄着,两人分宾主坐下。

姜夫人就"咦"道:"怎么没见你们家的几位小姐?听元娘说,个个都天仙似的漂亮!"

"那是元娘抬举自己的妹妹呢!"大太太谦虚着,叫了许妈妈把五娘她们三人都叫出来见客。

姜夫人三十来岁的年纪,长眉入鬓,非常漂亮,只是一双眼睛十分犀利。当她的目光落在十一娘身上的时候,十一娘有种被探照灯射中的感觉,感觉很不舒服。

"果然是个个美如天仙。"姜夫人望着给她行礼的三姊妹,啧啧称赞,每人赏了一串檀香珠、一支珠簪。

大太太谦虚了一番。

姜夫人就问她们姊妹多大了,针线做得怎样,识不识字。虽然是问三姊妹,但目光停在五娘身上的时间却长一些。

她们一一回了姜夫人的话,那姜夫人就要起身告辞了:"我母亲常年茹素,家里的事不大管,都交给了管事的妈妈们,不免有些乱糟糟的,还要回娘家看看。"说着,长叹一口气,"什么时候弟弟娶了媳妇就好了,我也不用这样两头跑了。"

"您是姑奶奶,就是娶了弟媳妇也是最大。"大太太客气地道,"这担子只怕是放不下了。"

姜夫人呵呵地笑:"到时候不外是贴些银两,至于管家,我哪里顾得上了。"

两人说笑着,大太太亲自送姜夫人到了门口,然后吩咐打道回府:"我们去三太太家吃晚饭去。"

这样好的兴致!十一娘不由得在心里暗暗嘀咕。但从今天姜夫人的表情来看,她估

计比较满意年纪最大的五娘。也就可以推断，那王公子要么是年纪不小了，家里急盼着他娶媳生子为王家开枝散叶。

路上，钱公子问罗振兴："你们家怎么认识乐安姜家的人？"

罗振兴笑道："我们家不熟，好像和我大姐很熟。"

钱公子点头，眼底闪过一丝艳羡："像你们这样多好啊，走到哪里都有亲朋故交。"

罗振兴笑了笑。

钱公子又道："说起来，伯父和两位叔叔都在候缺吧？国舅爷也不管管？"目光有些闪烁。

罗振兴微怔，片刻才反应过来，钱公子嘴中的国舅爷指的是他的姐夫永平侯徐令宜。

他看着钱公子一副急于知道答案的样子，淡淡地笑了笑："姐夫让爹爹别急。"

钱公子听着若有所思地点了点头，又问罗振兴："你常去侯爷家吗？他待你如何？我听说他脾气十分温和，是真的吗？"

"我不常去！"罗振兴笑道，"和他接触也不多。"

钱公子眼中有淡淡的失望。

罗振兴看得明白，又道："不过，他待我还不错。听祭酒说，姐夫曾经专程去找过他，问我的学问，还拜托他多多照顾。就在祭酒说这事的前一天，他还特意请我去春熙楼喝酒，虽然也问了我学问上的事，却提也没提去找过祭酒的事，想来是怕我因此自满，耽搁了学业。"

钱公子听了精神一振，笑道："你姐夫也喜欢到春熙楼喝酒吗？我也很喜欢。不知道他喜欢吃些什么，鲥鱼、河豚、水八鲜，还是鹿肉？"

鲥鱼、河豚在四五月上市，水八鲜在夏季，鹿肉在秋冬季。

罗振兴一时对钱公子大为佩服。书读得好，又擅钻营。一时间，他起了结交之心。

"你说的这些东西他府上都有，又怎么会特意跑到春熙楼去？"罗振兴注意着钱公子的表情。

钱公子的笑容就有些不自然了："也是，他堂堂国舅爷、永平侯，春熙楼再好，也比不上皇家盛宴，没什么稀罕的。"

这已经是第二次提到永平侯是国舅爷了。

罗振兴心里有些肯定了。他笑道："姐夫喜欢吃什么我不知道，不过，我三婶却最喜欢吃春熙楼的烤乳猪……"说到这里，他"哎呀"一声，"我怎么忘了，应该到春熙楼订一只带去，让三婶也高兴高兴的。"

钱公子忙道："你说的三婶，是柳阁老家的千金吧？"

罗振兴点头："柳阁老已经致仕归乡了。"

钱公子却笑道："就算这样，我却听说陈阁老的新茶税法困难颇多啊！"

罗振兴呵呵笑："今天走亲戚，不谈这些，不谈这些！"

钱公子笑道："也是！"又道，"既然如此，我也不能空着手去打秋风。这样，我快马加鞭，这就去春熙楼订一只乳猪送到三叔家。"

从"罗大人"变成了"三叔"。

罗振兴笑望着他："不用，不用，哪能让你破费。"

"再说下去就不是兄弟了。"钱公子很是爽朗，不待罗振兴回答，已扬鞭而去。

钱公子在罗家众人到达钱唐胡同之前已经置办好了烤乳猪，正带着春熙楼的两个伙计在罗华义门口等。

罗振兴怔住，然后发现钱公子一直挂在腰间的那块雕着步步高升的羊脂玉佩不见了。

他暗暗点头，叩了三叔家的门。

三太太看见他们，喜出望外，忙叫了三老爷出来待客，又亲自张罗着准备晚饭。

大太太拦住了她："外面还有个烤乳猪，是兴哥买的。你让厨房随便做几样小菜就行了，我们妯娌坐下好好说说话儿。"

三太太听了更是欢喜，叫了妈妈们把烤乳猪拿去厨房，挽了大太太的手去了正屋的堂屋。

大家坐下，大太太就问起了五爷、六爷。

"去学堂了。"三太太笑容有些勉强，"老爷被困在燕京，总不能耽搁了孩子们的学业吧。正好中山侯府的家学离家只隔一个胡同，我就把孩子放那里了。"

大太太颇有些意外："你和中山侯府唐家很熟吗？"

"和他们家倒不熟。"三太太道，"不过他们家请的一位门生的侄儿，姓赵，学问很好，是因为这个才去的，说起来，唐家为人跋扈，并不好相与。赵先生原也是碍着朋友的面子才去的，准备教到今年就辞馆。我听着一年的束脩十五两银子，四季衣裳各一套，配一个小厮，还准备与老爷商量，这样的费用我们也承担得起，不如请到家里专教开哥和誉哥。"

大太太很是吃惊："束脩十五两银子，四季衣裳各一套，配个小厮，这也……"说着，沉吟道，"三弟妹这个主意好，还不如请来家里。什么东西都可以马虎，孩子们的学业可马虎不得。说起来，我们又没有分家，这钱就从公中出了吧。"

三太太一怔，忙道："这怎么能行……"

大太太已携了三太太的手："一家人不说两家的话。"又道，"既然赵先生想辞馆，想来

是不满意东家了。我看,不如将束脩提到每年二十两,四季衣裳各两套,配个小厮。我看倒座还有个小院,不如把那小院专拨给先生用。"

三太太还欲推辞,大太太已笑道:"我是大嫂,你得听我的。"

柳家这个时候倒下,对于人情世故,三太太比平常更敏感。大太太许承的东西并不贵重,三老爷也不是负担不起,但大太太的这番话却让三太太很是感激。

她握了大太太的手,眼角有点湿润,重重地点头。

大太太就望着静静围坐在她们面前的五娘、十娘和十一娘笑道:"我们大人说些家长里短的,你们听着也无趣。你们三婶屋后有两株梨树,这个时候应该开花了,让妈妈们领你们到院子里转转去,免得难受。"

三太太听出音来,知道大太太是要支了几个女儿和自己说体己话,笑着帮腔道:"到梨花树下坐着喝茶更惬意!"又叫了贴身的妈妈带几个人去后院转转。

三个人明白过来,屈膝给大太太和三太太行礼,然后跟着妈妈去了院子里。

大太太就长长地叹了口气,苦笑着望着三太太:"三个一般长短了,真有操不完的心。"

三太太朝着身边的丫鬟使了个眼色,丫鬟们无声无息地退了下去。

她笑道:"等她们做了母亲,自然就明白您的一番苦心了。"

"但愿有那日。"大太太语气怏怏地应了一句,然后坐直了身子,问三太太,"对了,你可认识哪家适龄的公子? 说起来,五娘和十娘年纪也不小了。你也知道,她们都是庶出的。我们看得上人家,人家未必看得上我们,真是让我愁死了。"

原来是为这事! 三太太想到在余杭守孝时听到的一些风言风语,不由笑道:"如果是从前,问问我娘,总能找到几个合适的。可现在却……"

"看我,说着说着,又说到你的伤心处了。"大太太自责地道。

"不关大嫂的事。"三太太眼角一红,"是我自己想不开罢了。"

大太太安慰了三太太几句,然后叹了口气,把话题又绕了回来:"其他的我也不敢想,只求人品端正,家世清白就行啊!"

三太太见她念念不忘,只好道:"大嫂放心,我会帮忙看着点的。"

大太太点了点头,还欲说什么,有小丫鬟进来禀道:"两位爷下学回来了!"

三太太满脸是笑:"快进来,他们大伯母来了。"

大太太见状,知道自己所求之事泡汤了。

从三太太那里出来,大太太的神色有些恍惚。

罗振兴看在眼里。回到家里,他和母亲说体己话:"您今天怎么突然想到去护国寺,又不辞辛苦地去了三叔家里?"

大老爷一早出去还没有回来,加上今天去三太太那里没有得偿所愿,她心里有些不痛快,也想和人说说话,就把这件事一五一十地告诉了儿子:"要是十一娘的事成了,五娘和十娘就得赶快嫁出去。我瞧着姜夫人的意思挺满意的,这还有一个没着落呢。"

罗振兴之前隐隐听妻子提起过,当时只觉得是妇人的荒唐之言,现在亲耳听母亲一说,不由沉了脸:"娘,大姐还好好的,您怎么能?"

"你懂什么!"大太太见一向孝顺的儿子竟然出言顶撞她,想到万一女儿走了,外孙还有这个舅舅撑腰,要是儿子因为这件事生出罅隙来就不好了,又想到,说不定因为这件事,能让儿子感受到世事的艰难,她索性道,"人走茶凉,人死灯灭。侯爷再念旧情,可天天看着新人笑,任是那铁打的也要变绕指柔。到时候谁知道会出什么幺蛾子,现在不早作打算,难道等谆哥成人再去谋划不成? 你可别忘了,他上有祖母,下有父亲,我们再怎么亲,也是外家。就是有心,只怕到时候也鞭长莫及。"

"侯爷不是这样的人!"罗振兴把徐令宜暗中去拜访国子监祭酒的事告诉了母亲,"他完全可以在我面前夸耀一番,可他却什么也没有告诉我。要不是祭酒在我面前提及,我可能永远都不知道。"

"侯爷是什么人,有谁比你大姐更清楚!"大太太不以为然,"我这段日子忙前忙后,也没有顾得上和你说话。我看着你与在余杭大不相同,可是出了什么事?"

罗振兴有些意外。他没有想到母亲会问他这个,更不明白母亲是什么意思。

"是不是进了国子监以后,突然发现以前自己不过是井底之蛙?"大太太没等儿子回答,冷冷一笑,"你要学的东西还多着呢! 侯爷到国子监给你打招呼,你要是那祭酒,只怕也会卖弄这人情吧?"

罗振兴脸色微白。想到自己刚进国子监时,谦虚慎行。有人问起他家中之事,他常常含糊其词,结果被人调侃嗤笑。

后来他无意间透露了与永平侯府的关系,大家对他一下子亲昵起来,让他深刻体会到了世态炎凉。

大太太见儿子不作声,知道自己的话起了作用,遂放低了声音,缓缓地道:"侯爷这个人,虽有不世之材,却耳根子软,遇事胆小懦弱,优柔寡断。别的不说,当初你大姐刚嫁过去的时候,想开府单独过日子,侯爷当着她的面答应得好好的,可到了太夫人面前,又立刻变了卦。你大姐一怒,他又变了卦,说过几天就跟太夫人说,反反复复的,没有个主意。后来承了爵,更是让你姐姐受累。侯爷是皇后的兄弟,按律令,本应封爵,结果侯爷怕皇上猜疑,硬是上奏请辞了。你说,这有什么好怕的? 难道本朝就他一个国舅爷,还是那些受了爵位的国舅爷没一个寿终正寝了? 哦,敢情别人都不怕,就他怕? 你大姐为这件事,没少和他怄气。"

大太太有些激动起来。

"后来平了北乱,皇上又提起给侯爷封爵的事。那时候,谕哥已经启了蒙,人人都夸聪明。偏生谆哥年纪小,又有不足之症,亲戚间就有'以后这家里全靠谕哥撑着了'之类的话了,还有些糊涂人,竟然凑到秦姨娘那里献殷勤。你大姐就想把谆哥过继到二房的名下,可一来这事得太夫人和二夫人同意,二来得族里同意,颇有些为难,正愁着。知道侯爷又得了一个爵位,心里不知道有多高兴。想着,这个爵位就给谕哥承了,一来解了谆哥之危,二来说出去你大姐也有面子。谁知道,又让侯爷请辞了。请辞不说,还没跟你大姐商量,你大姐还是事后从别人的嘴里听说的。这下子,把你大姐气得……从此就落下了个咳血的毛病。"

说着,大太太不由眼泪涟涟。

"侯爷可是一点也没有为你大姐着想。那外戚的爵位只封本人,没了就没了,可这战功得来的爵位可是功封,是世袭的。你想想,你大姐在的时候他都这样,如果不在了,谆哥儿还能有个活路啊!你可别忘了,徐家叫你舅爷的孩子再多,可只有谆哥是你大姐的骨血,只有他和你是打断了骨头还连着筋的!"

罗振兴听着很是狐疑:"可我听人说,侯爷在平苗蛮的时候,苗人假意投诚,还献上锦帛美女,侯爷毫不动心,杀伐果断,当即斩下苗人头领的头,让苗人弄假成真,这才有了之后的七战七捷,平苗蛮之功……怎么又'耳根子软,遇事胆小懦弱,优柔寡断'?您会不会是听错了?"

"你知道些什么!"大太太冷冷地一笑,"当初,太后为了助皇上登基,也可谓是散尽家财。要不然,扬州文家又怎么会和侯府搭上关系呢?后来皇上登基,一心一意想给皇后长脸,顶着几位大学士的反对,硬让从来没领过兵、打过仗的侯爷做了平蛮大将军。兵部的人都看出了皇上的意思,知道这仗打起来是要粮有粮,要人有人,只要得胜,拜相封侯是跑也跑不了的。所以当时很多赫赫有名的大将军都在侯爷麾下做了参将或是把总。这样的仗他还打不赢,也就是个扶不起的阿斗了!"

罗振兴语塞。这么多赫赫有名的大将军在麾下,想让他们听从指挥,也是件不容易的事吧?可这话说了,母亲又不懂。

大太太和儿子说了半天的话,也有些倦了,道:"今天忙了一天,也早点歇下吧!"

罗振兴这才想起自己来的目的,忙道:"娘,我有件事想与您商量!"

大太太一听,立刻正色道:"有什么事,你只管说。"

罗振兴就笑道:"您觉得钱明这个人怎样?"

大太太一怔。

罗振兴道："他今年二十七岁,还没有娶妻。"然后把买烤乳猪的事说了,"我看他处事极灵活,以后只怕非池中之物。您看……要不要我找个人暗示他一下?"

大太太立刻来了兴趣:"你可要问清楚了。别家里有一个,然后又在外面说自己没成亲,到时候,我们罗家可就成了大笑柄了!"

"您放心吧!"罗振兴笑道,"我会好好查查的。"

大太太想着就觉得兴奋:"这个钱明的确不错,光那份机灵劲就没人比得上。要是真能成,这可是桩得来全不费功夫的好姻缘。"

罗振兴见母亲应了,笑着起了身:"那您歇着吧! 我得了准信就来回您。"

大太太点头,让落翘送罗振兴出了门,歇下不提。

十一娘辗转反侧不得入眠,第二天起来照镜子,脸蛋像新剥的鸡蛋,没有一点点痕迹。

这就是年轻的优势啊! 她在心里叹着,然后吃了早饭和五娘、十娘一起去给大太太请安。

大太太和以前一样,笑容亲切,语气和蔼,和她们略说了几句,许妈妈就拿了日常的账目来,大太太就示意她们先退下。

既没有问十娘为什么会来,也没有问家里到底发生了些什么事,就好像时光不曾流逝。到燕京,见元娘,都只是一场梦似的。

不说别的,仅这份沉得住气,就足以让人敬佩了。十一娘暗暗叹气,有些恍惚地出了门。

五娘过来挽了她的胳膊,亲切地道:"十一娘,你等会儿做什么? 要不,我们下棋玩吧? 我让你十子如何?"

"我等会儿要做针线。"十一娘笑着应付五娘,"要不,五姐和十姐下棋吧? 我坐在一旁做针线。"

五娘却笑意亲切地望着十娘:"好啊!"

十娘扬着下颌看了五娘一眼,不屑地转身回了屋。

五娘在她身后喃喃地道:"唉,也不知道百枝和九香怎样了。外院采买上的初五老娘相中了百枝,大太太原应了今年秋天就放她出去的……"

十一娘就看见十娘的脚步顿了顿,然后挺直了脊背进了东厢房。

"十一娘,可辜负了你的好意。"五娘见了微微一笑,对十一娘道,"我热脸贴人家冷脸,也丢不起这个人,回屋去了。"

"又不是我们家小姐让十小姐不答应的。"出来迎十一娘的滨菊看了不由小声嘀咕，被冬青狠狠地瞪了一眼。

十一娘笑着回了自己的住处，然后拿了针线出来，坐在临窗的大炕上给麻哥做春裳。

到了中午，派了琥珀去打听大太太那边的动静。

琥珀回来道："和大奶奶、许妈妈算了一天的账。"

"黄昏时分再去一趟。"十一娘怔了怔，道，"看有人来拜访母亲没有。"

"知道了。"琥珀到了黄昏时分又去了一趟，"陶妈妈奉了大姑奶奶之命来给大太太问安。"

姜夫人没有来……十一娘颇有些意外，随即又释然。就算是心里再满意，也要矜持一番吧。

到了晚上，她和五娘、十娘去给大太太请安。

大太太正和大奶奶说话："娘家再珍贵那是在娘家，这夫富妻贵，不能走错一步。"看见三人进来，大太太打住了话。

这是在说谁呢？十一娘困惑，却不动声色，给大太太问了安。

大太太的心情很好，不仅和她们有说有笑地闲聊了几句，还留她们吃了晚饭。

这让十一娘更是不安，回到屋里就差了琥珀去打听陶妈妈来到底说了些什么。

琥珀拿了个绣样伴装送给珊瑚，去了大太太哪里。不到一盅茶的工夫，她就折了回来。

"小姐，小姐。"她的样子很激动，拉了十一娘到暖阁说话，"珊瑚说，侯爷要纳妾了。"

十一娘心里"扑通"一下："说仔细些！"她不由握了琥珀的手。

琥珀匀了匀气，道："侯爷明天晚上抬乔家六小姐进府。徐家请了几桌酒，也请了我们家大爷和大奶奶。大太太让大奶奶送套头面做贺礼。"

乔莲房……不知道为什么，十一娘脑海里就浮现出她静静地坐在那里，莲花般白净柔美的面孔来。这样一个女孩子，却要给人做妾室了。

代替喜庆热闹婚礼的是跪下给正室敬茶，代替凤冠霞帔的是粉红色的褙子，代替昂首挺胸的是卑躬屈膝……她心里五味俱全。这才是元娘要的吧？觊觎她的位置，这就是下场。十一娘隐隐觉得，自己可能就是那个人选。因为只有这样，元娘的计划才算完美。

一个出身卑微的继室，一个出身高贵的妾室：出身高贵的那个被出身卑微的那个看到了人生中最不堪的一面，在她心中埋下了一颗不安的种子。这个样样不如自己的女人，会不会因此瞧不起自己？会不会拿这件事做把柄而对自己予取予求？

谁愿意生活在这种恐惧之中？唯一的办法就是反抗。何况，她还有家族做靠山。如果能取得那个位置，家族也是乐见其成的吧？而那个出身卑微的呢？除了这个位置，没有其他的依仗。不管是为了性命还是尊严，都想尽一切办法保住她所拥有的。谁敢挑战，就必须拿出雷霆手段杀一儆百，才能震慑住那些在一旁观望的。

这样的两个人，放在一个笼子里，只会斗。不仅斗，而且还会斗得死去活来，斗得家宅不宁，让太夫人失望，让侯爷厌倦，让谆哥越来越安全！

没有敌人，那就培养一个敌人，让她们互相牵制掣肘。这才是最高明的计谋！想通这些，十一娘反而松了一口气。这样惴惴不安的日子过得太久了。她真怕大太太突然一个不高兴，就把她当出气筒给随随便便嫁了。

这样也好！至少，眼前是条看得清楚的路；至少，自己还有机会事先提防未雨绸缪；至少，徐令宜是个没有缺胳膊少腿，思维正常的；至少，徐令宜看上去冷峻威严不好相处，但在元娘算计让他难堪的时候，没有恶语相向面目可憎；至少，徐令宜骨子里透着骄傲自大。通常这样的人，虽然不会有恩情，但在生死关头，起码不会置妻儿于不顾。

她想到姜夫人那探照灯似的目光，这样总比自己被大太太拉着由人用审视的目光挑肥拣瘦，还不一定能入人家的眼要强吧？这样就足够了吧？再多的，她求不来，也不会有人给！

十一娘不无自嘲地想着，夜里居然睡得很安稳，连个身都没有翻。

第二天去给大太太请安。

大太太红光满面，看得出来，心情非常好，还笑吟吟地和她们聊天："这个时候春笋应该上市了吧？我让许妈妈买点回来，晚上我们用春笋炒酸菜吃。"

"莴苣也该上市了吧？"和往常一样，十一娘笑吟吟地坐在一旁只听不议。十娘面无表情，心不在焉。只有五娘应承着大太太，"我记得您最喜欢吃莴苣炒鸡蛋。要不要让厨房给您做一个？"

大太太点头："我实在是吃不惯那香椿的味道，十一娘倒吃得津津有味。"

听大太太点到了自己，十一娘掩袖笑起来。

就有小丫鬟来禀："大太太，王夫人拜访。"

"王夫人？"大太太困惑道，"哪位王夫人？"

"说是福建布政使王大人的夫人……"小丫鬟的声音就低了好几度。

大太太皱了皱眉："请她进来吧！"

五娘、十娘和十一娘就避到了大太太的卧房。

不一会儿，次间就传来了王夫人的声音："大太太，真没有想到，您和姜夫人也熟。这不，姜夫人特意托了我来……"

她的话还没有说完，就被大太太打断："您可真是稀客。上次来我不在家，还以为您

已经随着王大人去了福建,所以没差人去问安,还请王夫人不要见怪才是。"

十一娘却被王夫人那一句"姜夫人特意托了我来"的话吸引。

难道姜夫人是托了这位王夫人来做保山? 不过,这也有可能。两家都是燕京贵族,有往来也是正常的。

她思忖着,就听见大太太又道:"来,我们到东边的炕上坐着说话……我这边乱糟糟的。"

显然是在回避她们。

十一娘就打量了五娘和十娘一眼,两人神色平静,一个坐在临窗的大炕上,一个站在墙角,摩挲摆放在那里的冬青树树叶。

人不怕被人算计,就怕被人算计了自己还不知道。不知道为什么,十一娘打了个寒战。

说起来,五娘能放下自尊心伏低做小,能逮着机会就踩人一脚,也是个有手腕的。可就算这样,一旦谜底揭开,就算有千般手段,只怕也没有机会去施展了。

王夫人并没有待很久,送走她后,大太太脸上的笑容掩都掩不住,十一娘就在五娘眼中看到了狐疑。

到了下午,又有一位什么刑部给事中黄仁的夫人来访。

那时候十一娘几人都各自回了屋。来给十一娘报信的是珊瑚:"说是来给钱公子提亲的。"说着,深深地看了十一娘一眼。

是想让自己去争取吧? 十一娘思忖着,却不由苦笑。如果自己当时没有留在厢房看戏,也许还有机会。但现在,想通了元娘的局,十一娘觉得自己一点机会也没有了。

第十一章　嫁庶妹元娘终托孤

茂国公府王氏和钱公子来求亲的消息像长了翅膀似的,很快传遍了整个宅院。

十一娘看见紫薇和紫苑进进出出,一会儿和珊瑚说话,一会儿给杭妈妈送吃食,十分活跃。而十娘却厢房门紧闭,两个丫鬟金莲和银瓶也不见踪影。

她不禁微微摇头,问琥珀:"大老爷真的这么说?"

琥珀点头:"真的。说钱公子太灵活,只怕是个眼高手低的,仕途上不会太顺当。"

"那大太太怎么说?"一向不多语的冬青忍不住问。

琥珀就露出几分尴尬的表情来。

不用多问,大老爷准是吃了一顿排头。

"知道是把谁许给了谁吗?"十一娘沉吟。

琥珀摇头:"大太太说,要八字合上了再说。"

十一娘望着东厢房陷入了沉思。大太太就这样放过了十娘?

中午吃过饭,珊瑚过来请十一娘帮她打两个方胜络子。

"这也要劳烦我们小姐。"和珊瑚熟了,滨菊倒也快人快语,"我帮你打好了。"说着,就要伸手去抓珊瑚手中的丝线。

珊瑚一躲,笑道:"方胜的络子谁不会打? 可要打得好,却非得十一小姐出面不可。"

"你给谁做? 还要求了我们小姐打络子。"滨菊也只是和她开开玩笑,一面说,一面端了小杌子给珊瑚坐。

珊瑚坐在十一娘炕边,笑道:"我给大太太做的针线。"

"那就拿我们小姐送人情啊?"

大家说笑了一番。十一娘盘腿坐在炕上给珊瑚打络子。

珊瑚就陪着十一娘说话:"听说大姨娘和二姨娘也不见了。"她突然低低地道。

琥珀几人立刻意识到珊瑚是来干什么的,冬青立刻道:"我把屋里的几株海棠花拿出去晒一晒。这天天放在屋里,只怕要蔫了。"滨菊也去帮忙。

"这消息怎么得的?"十一娘手上一点也不慢,低声地问珊瑚。

"吴孝全来了。"珊瑚道,"在倒座回大爷话,应该很快就会到正屋给大太太问安了。"

十一娘的手就顿了顿:"吴孝全来了?"

"嗯。"珊瑚低声地道,"大奶奶身边的杏林说的,说大姨娘和二姨娘要去参加庙会,四爷答应了,吴孝全说他不好拦着,就备车让去了。谁知道,到了下午,四姨娘竟然上吊死了。四爷让人去叫十小姐来见四姨娘一面,这才发现十小姐也不见了。这下子大家慌了手脚,到处找十小姐,四爷还要到官府去报案。要不是吴孝全拦着,只怕这事还要闹得大。到了点灯时分,两位姨娘一直没有回来,四爷就派了人去找……吴孝全就连夜赶了过来。"

"四姨娘上吊死了?"别说是十一娘,就是一旁的琥珀听了,也怔住了。

珊瑚就轻轻叹了口气。

一时间,大家都心有戚戚。

沉寂中,十一娘低低地道:"十姐……她知道不知道?"

这个答案,只能问十姐。可这个当口,这种情况下,谁又有立场去问什么。

半晌,十一娘才道:"知道大爷怎么说的吗?"

珊瑚摇头:"听说让人去找大老爷了。"

她的话音刚落,冬青就急急撩帘而入:"小姐,大太太让人来请十小姐。"

十一娘不由和珊瑚交换了个目光,彼此都在对方的眼睛中看到了担忧。

"你在外面候着,等会儿十姐回来,看看她的样子怎样。"十一娘吩咐冬青。

冬青点头而去,很快就折了回来:"许妈妈带人去了十小姐的住处。"

"你们都快进来。"十一娘微微变色。

冬青忙去叫了滨菊和秋菊两人进来。

珊瑚也有些不安起来:"也不知道出了什么事。这十小姐才刚去,怎么许妈妈就带人去了十小姐的住处?"

十一娘想到她看在琥珀的面子上常常帮自己些小忙,也算得上是个有情有义的人了,就有些直言不讳地把自己的猜测说了出来:"十姐来燕京,可是请镖局的人做的保,就是镖局里常常说的活标。这种生意,是最贵的。我想,十姐肯定花了不少钱。"

珊瑚很聪明,立刻明白过来:"您的意思是说,家里还丢了钱,所以许妈妈带了人来搜十小姐的屋?可十小姐来的时候什么也没有带啊。"

十一娘没有作声,心里却想着,金子银子之类换了汇票,卷成卷缝在衣襟或是塞在空心的簪子、镯子里,不知道有多安全。

念头闪过,就想到了十娘这几天一直戴在手上的一支赤金石榴镯子。希望大太太没有往这方面想就好。

十娘住处有声响传来,大家忙躲在窗棂后观看。

许妈妈脸色铁青,和安妈妈几人空着手从十娘的住处走了出来,然后急匆匆地去了正屋。

大家都松了口气。

又过了半炷香的工夫，十娘回来了。

十一娘一眼就看见了她手腕上的那个镯子。

就在十一娘为十娘担心的时候，五娘也坐在临窗的大炕上。不过，她的窗帘是拉紧了的。

"你可问清楚了？"紫苑打量着五娘的神色，代她出口询问紫薇，"别到时候丢了西瓜捡了芝麻。"

紫薇连连保证："放心，错不了。这是杭妈妈亲口对我说的。"

五娘不由露出了沉思的表情。

紫薇和紫苑交换了一个目光。

"茂国公府真如杭妈妈说的，落魄到了靠姜家接济过日子的地步吗？"良久，五娘低低地道。

这也关系到自己的前程。

"杭妈妈是这么说的。"紫薇忙道，"还说，正因为这样，所以王公子的婚事就一直耽搁了下来。他们家想找个门当户对的，可门当户对的又嫌王家只有个空架子。今年年初王家才松了口，想找个身家清白的。不过，话虽然这样说，但他们家也相看了好几家，隐隐也透出些口风来，嫌女方底子薄，陪嫁少。"

五娘听着目光一亮。

紫苑就接了话头："这样说来，要是这桩事成了，陪嫁必定不少了？"

紫薇笑道："应该会这样吧！要不然，大太太这几天为什么总拉着许妈妈算账呢！"

陪嫁，是女方的财物，男方是不得动用的。如果男方想动用，得女方同意。

五娘想到大太太。大老爷在大太太面前这么没底气，说白了不过是个"钱"字罢了。

她不由沉吟道："要是他们家真的那么缺钱……这就好办了！"

紫薇和紫苑连连点头。

"那钱公子……"五娘吞吞吐吐地道。

"杭妈妈说，钱公子十分聪慧，十五岁就中了秀才。可惜家境贫困，连去府里参加乡试的盘缠都屡凑不齐，到了二十二岁才中举人，得江西教谕资助才得以到国子监读书。三年前开恩科落了第，正准备今年的会试。"

五娘没有作声。

紫薇就犹豫道："小姐……永平侯府那边，难道我们就不……"

"姐姐此言差矣。"紫苑忙道,"三年前就说大姑奶奶气若游丝了,可你看现在,她还不是活得好好的。十小姐和十一小姐能等,我们家小姐可等不得。再说了,谁会放着好好的嫡妻不做去做继室? 你再看徐家那气派,只怕把我们罗家全贴进去给小姐做了陪嫁,人家也不稀罕。既然如此,还不如嫁到茂国公府去,一样都是功勋世家!"

紫薇见五娘低头喝茶,知道紫苑说中了她的想法,忙点头:"妹妹说得有道理,是我糊涂了。"

"看姐姐说的。"紫苑当然不会就这样一棒子把紫薇打下去,有时候,她也需要紫薇这样帮帮她,"如果不是等不得,能嫁到永平侯府去当然是好。不说别的,至少可喝到那位乔小姐亲自奉的姊妹茶!"说着,又掩嘴而笑,"哎呀,现在不能称乔小姐了,要称乔姨娘了。"

五娘听着嘴角就绽出了一个笑意,但很快,这个笑意消失了。

"大姐的手段真是厉害。"她神色有些凝重,"这事至少可让人乐呵个六十年。乔姨娘这辈子也就别想挺直腰杆做人了。"

"说不定这件事人家会说是侯爷的错呢?"紫苑看着五娘高兴,有意奉承她,装作不知道这其中蹊跷的样子笑道。

"你们知道什么!"五娘果然出语训斥她们,"你们是没有听到当初唐家小姐在酒宴上都说了些什么。要是没有那帮子什么国公府小姐、侯府小姐,自然可以把这事压一压,怕就怕人家早就等着看笑话。要不快刀斩乱麻,到时候传开了,乔家就更没脸面了。"

"可是,那天到底出了什么事呢?"紫苑很是困惑。

五娘冷冷一笑:"不管出了什么事,能让好好一个千金小姐嫁人做妾,肯定是见不得光了!"

那边许妈妈正回大太太的话。

"什么也没有找到。"许妈妈满脸通红。

"以她的个性,不可能就这样放着十娘不管,那些细软肯定全交给了十娘。要不然,那两个也没这个胆量跑了。"大太太脸色有些阴沉,"你给我再好好查。我就不信,她一点破绽都不露。"

许妈妈忙道:"我已经嘱咐金莲和银瓶了,让她们两人多多注意。"

大太太微微颔首,道:"听吴孝全的口气,声哥这两天就会到燕京的,你给我把他安置到正院的西厢房吧!"

许妈妈一怔。

大太太看了她一眼,轻轻地道:"我听说他把地锦收了房。"

让他管家，弄得两位姨娘失踪，一位姨娘吊死，又没有经过长辈的同意就收了身边的丫鬟……前者是没有能力，那是没有办法的事；后者完全就是失德，是品行有问题。一个无德无能的儿子，与大爷再一比较，就算他是大太太肚子里出来的只怕也让人喜欢不起来，更何况是个失宠姨娘生的！

许妈妈恍然大悟，连连点头："您放心，四爷偷偷收了地锦这件事，我一定会闹得让大老爷知道的！"

大太太点了点头，转移了话题："五娘和十娘一前一后地嫁，这嫁妆我们得好好斟酌斟酌才是。"

许妈妈听着心念一转，试探道："要不把那块山林给五小姐，把那块旱地给十小姐？"

见许妈妈完全明白了自己的意思，大太太眼底闪过一丝笑意："不错，就这样！"

罗家的产业都在江南，那山林还能收上几两银子，可那旱地，除了能种点花生，什么东西也种不了。

"还有就是压箱的钱，五娘多给点吧！"大太太神色间就闪过一丝疲惫，"不管怎么说，她在我跟前一向乖巧听话。"

许妈妈笑道："我会跟五小姐说的。她是乖巧人，定会承了您这份厚恩的。"

大太太就冷笑了一声："想用死来打动大老爷，哼……"

许妈妈不敢接言。

一时间，屋子里鸦雀无声。

就有小丫鬟隔着帘子禀道："大太太，大老爷回来了！"

大太太就朝许妈妈使了个眼色，许妈妈微微点头。帘子"唰"的一声被撩开了，大老爷沉着脸走了进来。

"那个孽子什么时候来？"说着，一屁股坐在了大太太对面。

"就这两天吧。"大太太道，"我已经吩咐许妈妈收拾屋子了。"

许妈妈已亲自给大老爷上了茶，然后领着屋里服侍的退了下去。

"老爷，"大太太叹了口气，"你喝口茶顺顺气，可别气坏了身子。"

大老爷接过茶盅，脸色微微有所缓和。

"孩子小，做错事也是常有的。"大太太轻声劝着大老爷，"倒是两位姨娘我很是担心，她们在罗家几十年，一直大门不出二门不迈的，这要是说有什么图谋，我还真想不出来。而且，声哥就算是再糊涂，家里还有吴孝全他们，去庙会定会安排人手跟着的。我看，只怕是凶多吉少。可偏偏四姨娘选在这个时候死了。余杭地方小，这要是传出去，我们罗家只怕是颜面扫尽，而且对四爷的名声不利，又正逢着五娘、十娘说亲事，真是让人犯愁。"

大老爷听了狠狠地"哼"了一声,道:"把杨氏给我丢到乱坟岗上去!"

大太太心中一喜,脸上却愁道:"老爷又说胡话了,怎么能把四姨娘丢到乱坟岗去呢?我的意思,是想暂时先把这个消息瞒着,等五娘和十娘嫁了,再给四姨娘发丧,您看怎样?"

大老爷有片刻的犹豫:"十娘可知道了?"

"我还没有跟她说。"大太太道,"您也知道,我们家这几年不比以前,嫁女儿拿不出更多的钱来。茂国公府也好,钱公子也好,都是一等一的好亲事。过了这村,就怕没有那店了……"

大老爷听着嘴角微翕,正欲说什么,大太太已道:"我知道,你对这两门亲事都不太满意。可你想想,我们家两个女儿都多大的年纪了。再说二房的四娘,嫡女,陪嫁三千两银子,最后怎样? 二弟妹还不是又贴银子又贴人情,好容易才供出了个举人……"

"好了,好了。"提起钱大老爷就心虚,"你做主就行了!"

大太太微微笑,就有小丫鬟隔着帘子道:"大太太,永平侯府的嫣红姐姐来了。"

嫣红是元娘的贴身丫鬟。

两人一怔,帘子已"唰"的一声被撩开,一个眉目清秀的女子闯了进来:"大太太,快,夫人、夫人有些不妥当。"

大太太听着脑袋"嗡"的一声,人就歪了下去。

大老爷吓得脸色发白,一面去捏大太太的人中,一面喊人:"快,快去请大夫!"又道:"叫了大奶奶来!"转身责怪起嫣红来:"你就不能缓口气再说话!"

嫣红看着这情景倒不好再说什么,心里却想着元娘吐在衣襟上那刺目惊心的鲜血。

"娘,常言说得好,堂前教子,枕边教妻。可侯爷他,却是什么也不跟我说……"苍白瘦削的元娘静静地躺在床上,衣襟、被褥干干净净的,还散发着淡淡的茉莉花香。她大大的眼里盛满了泪水,"明明知道我中意的是姜柏的女儿,却偏偏要定姜松的女儿……也不想想,姜松的女儿只比谆哥小十个月。女子本来就比男子不经老,到时候,岂不是像谆哥的娘……"

"是,是,是。"太夫人不住地点头,"都是小四不好,我说他,我一定说他。"太夫人握着媳妇的手,"我让他给你赔不是。"

两口子口角,不,连口角都没有,就要让身为朝廷重臣的丈夫给妻子赔罪,这要是传出去,悍妇之名岂不是铁板钉钉地扣在她的头上? 元娘无力地倚在枕头上,轻轻地摇了摇头,嘴角却绽出一个笑意,不知道是在笑自己,还是在笑太夫人。

再一侧头,就看见卧房门前屏风下有双黑白皂靴。这个时候,这个地点,除了徐令宜,还能有谁? 他站在屏风后面,是愧对自己呢,还是不屑见到自己呢? 她眼底掠过一丝嘲讽,幽幽地道:"娘,您还记不记得我刚进府那会儿的事?"

元娘突然说起这个,太夫人不由怔了怔。

"那时候还是二嫂当家。"她露出回忆的神色,"我听说后花园里的两只兔子是皇后娘娘寄养在家里的,就主动向二嫂提出来每天给两只兔子喂食。结果,把两只兔子给养死了。您费了好大的功夫,才找了两只一模一样的蒙混过了关。"

太夫人听着脸上有了一丝笑意:"当时你抱着兔子笼哭得那叫个伤心啊!"

"当时我想,二嫂是您得意的人,三嫂是聪明伶俐会说话的,我样样不如她们,所以事事强出头,想讨您的欢心。"说着,元娘就攥了太夫人的手,"娘,我是真心想做您的好媳妇,只是愚钝,总是做不好而已,您不要怪我……"她就看见屏风后的靴子有些不安地挪动了几下。

听着这似遗言的话,再看着媳妇苍白的脸,太夫人不由眼角微湿:"我一直知道你孝顺,别说了,养养精神。"说着,亲手将一旁丫鬟托在托盘里的青花瓷小碗接在了手里,碗里放着切得薄薄的参片。

"来,含一片。"

元娘摇头,漆黑的眸子定定地望着太夫人,透着一股子真诚:"娘,我没事,就想和您说说话。"

"说话也先把这参含了。"太夫人笑着哄她,语气里有着几分对待孩子似的溺爱。

元娘婉言拒绝:"我等会儿睡的时候再含,效果更好。"

太夫人知道她的脾气,想着她说得有道理,也不勉强她,轻轻叹了一口气,将碗递给了一旁的丫鬟:"那你记得等会儿含了参片再睡!"

"嗯!"元娘乖顺地点头。

媳妇说有话要和自己说,不外是今天把她气得吐血的事。这才刚接了庚帖,以后事还多着,想绕过做娘的是不可能的。念头闪过,太夫人就先开了口:"元娘,谆哥的事,原是我们不对。那姜松的女儿虽然比谆哥只小十个月,但姜松无官无职,我们家是功勋世家,又出了皇后娘娘,要想平平安安、顺顺利利,只能小心行事、低调隐忍……"她脸上有几分愧色。

"娘,我知道。"元娘微笑着打断了太夫人的话,"您和侯爷都是有见识的人,我知道您这样做是有原因的。我就是气侯爷不与我商量。"说着,像个撒娇的孩子般轻轻地摇了摇太夫人握着自己的手,"娘,我不是想不通说这个。我是怕自己这一闭眼睛,就再也没有机会和您说说心里话了。"

元娘越是和自己说心里话,就越说明这事搁在了心里。但在这种情况下,太夫人又不好执意去说这个话题。她只好佯装生气的样子板了脸："胡说,你还年轻呢! 谆哥还没有娶媳妇,我还指望着你给我养老送终……"说着说着,想到媳妇这几年不过是强撑着,眼角就有了几分水光。

"我自己知道自己的事!"元娘眼角瞥了一下屏风,声音低了下去,有了淡淡的悲怆,"我在家是长女,父母如珍似宝。后来嫁到这里,您待我如己出,侯爷对我事事尊重。女人能像我这样,也没什么可遗憾的。可我舍不得谆哥,舍不得您,舍不得……侯爷……"说着,眼泪唰唰唰地落了下来,抽泣几下,好像一时喘不过气似的,突然间捂了胸咳了起来。

太夫人忙抚着她的背给她顺气。好一会儿,元娘才止住咳嗽,伸开手掌一看,手心里一团暗红色的鲜血。

太夫人看着吃惊,脸上却不露异色,忙叫了丫鬟们过来给元娘清洗,嘴里却安慰着元娘:"没事,没事,你是郁气攻心,现在吐出来了,很快就会好了。"

而元娘望着手掌心里的血,眼角沁下一滴泪。

机敏的丫鬟们已打了水上前,或跪着端了铜盆,或猫腰帮她褪了镯子,轻手轻脚地帮她洗干净了手。

元娘的贴身丫鬟绿萼眼里含泪,上前喂茶给她喝:"夫人,您漱漱口。"

元娘呆呆地任她扶自己起来喝茶,神色木然地重新躺下。

看着这样毫无生气的媳妇,太夫人不由得心里一酸,想到她刚嫁进来那会儿,巴掌大一张莹玉的小脸,看人的时候目光清澈又明亮。小四望向她的时候,她眸子里就会闪烁着欢快的光芒。

是从什么时候开始那种光芒再也不见了? 孩子流产的时候,她虽然伤心,却还安慰小四;纳文氏的时候,她虽然不快,但有时还会目带戏谑地调侃小四;说她以后难以生育的时候,她虽然悲痛,却心如蒲苇没有放弃……是什么时候呢?

好像是从怡真搬到韶华院之后。安儿死后,怡真一直住在正屋,几次提出来要搬到后花园里的韶华院,都被小四拦住了。后来有人给元娘介绍了个看风水的,那人说元娘住的地方与她的八字不合,所以她子嗣艰难,还指点她,让她住到坤位,这样有利于子嗣。徐府的坤位,正是正房的位置。怡真听了,执意搬了出去。后来,两人同进同出的时候渐渐少了,再后来,小四打仗,两人之间就几乎不再说话了。

太夫人眼角微涩,看着绿萼服侍完元娘退下去,元娘却"腾"地一下坐了起来。她紧紧地攥住太夫人的胳膊,就像攥住一根救命的稻草:"娘,娘,我不能丢下谆哥,我不能丢下谆哥……您救救我的谆哥……您还记不记得,大夫说我不能生了,我不信,您也不信,到处给我求医问药。什么样的江湖郎中您都礼贤下士,什么蝎子、蛤蟆我都尝遍了……

好容易怀了谆哥,您带着我去庙里谢菩萨。晚上庙里凉,您怕我受不住,把我的脚揣在怀里……"

太夫人再也忍不住,泪如滚珠般地落了下来,想起自己长子夭折,二儿子什么也没有留下就走了……谆哥是元娘的亲生子,更是自己最看重的孙子!

"你放心,你放心,我帮着带着,养在我身边!"太夫人掩面而泣。

元娘却"啊"的一声惊呼:"娘,怎么天突然黑下来了。"说着,两手在空中乱摸,"娘,娘,您在哪?"

太夫人忙去携媳妇的手,却有人先她一步握住了元娘的手:"没事,没事,你好生躺着就没事了。"

温和宽厚的声音,带着镇定从容的力量,让元娘突然间安静下来。

"侯爷,侯爷……"她紧紧攥住那个温暖的手,却不知道自己力气小得可怜。

"是我。"徐令宜的声音平静如昔,听不出来与往日有什么不同。

太夫人忙站了起来,把地方让给儿子坐下,又指挥丫鬟们端了安神汤来。

徐令宜亲自接了,低声地道:"药煎好了,喝了好好睡一觉,醒了就好了。"

元娘一声不吭,由徐令宜服侍着把药喝了。

徐令宜安置她重新躺下,给她掖了掖被角,正要起身,元娘却突然伸手抓住了徐令宜的衣角:"侯爷,我是不是要死了?"

徐令宜怔了半晌,道:"你好好养着,别操这些心。"

"我知道,我活不长了。"她的眼睛空洞无神,声音平静中带着一点点安详,"我们夫妻一场,我想求你一件事……"

"你说。"徐令宜垂了眼睑。

"我死了,你从我妹妹里挑个续弦吧!"

所有的人全怔住,丫鬟们更是大气不敢出,屋子里仿若沉水般凝重。

徐令宜看了看满屋子屏声静气的丫鬟、媳妇、婆子,目光微沉:"好!"

元娘侧头,空洞的眸子没有焦点地到处乱晃。

"我答应你了。"徐令宜声音很轻,"你好好歇着吧!"

太夫人望着表情平和的元娘,不知道为什么,脑海里突然浮现出十一娘那恬静的脸来。

元娘睁着一双大眼睛,努力地寻找徐令宜。

徐令宜思忖片刻,道:"你放心,这件事我会与岳母商量的。"

元娘听着,就慢慢地闭上了眼睛。

徐令宜看得明白,轻轻叹了一口气,吩咐陶妈妈:"你派人去弓弦胡同,请罗家大太太来一趟。"

陶妈妈应声而去。

元娘嘴角翘起，绽开一个笑容，歪着头，沉沉睡去。

徐令宜看了妻子一会儿，站起身来挽了太夫人："娘，我扶您回去。"

太夫人点头，把元娘交给了陶妈妈。

两人一路沉默回了太夫人的住处，丫鬟们服侍太夫人更衣梳洗，母子俩坐到了西次间临窗的大炕上，丫鬟们上了茶，杜妈妈就把屋里服侍的全遣了下去。

"这个时候去请亲家太太来，不大好吧？"太夫人声音里透着几分迟疑。

徐令宜望着玻璃窗外已绿意荫荫的杏树，淡淡地道："她既然说出这一番话来，想必已衡量良久，深思熟虑过了。我要是猜得不错，她们母女应该早就定下了人选，只等着机会向我提罢了。"

太夫人并没有过多的惊讶，眼角微挑，冷静地道："那你准备怎么办？"

"娘和大太太商量吧！"徐令宜回头望着母亲，目光沉沉，看不出情绪，"她怕的是谆哥长不大，我也不放心。就随她的意思吧，她觉得谁好就谁吧！"

"你啊！"太夫人望着儿子摇了摇头，"亲姊妹又怎样？要反目的时候还不是一样的反目？她挑了自己的妹妹，就能保证谆哥没事？我看，要是她真的挺不过这一关，谆哥还是抱到我这里来养吧，还可以和贞姐儿做个伴。"

徐令宜有几分犹豫："您这么大年纪了……"

"又不是要我亲手喂饭喂水的，不是还有乳娘、丫鬟、婆子嘛。"太夫人笑道，"再说了，他到我这里，我这里也热闹些。我喜欢着呢！"

太夫人见儿子答应了，点了点头，沉吟道："你看，罗家十一娘怎样？"

徐令宜微怔："那个把文姨娘拦在门外的？"

太夫人点了点头："我瞧着挺稳重的。"

徐令宜突然明白母亲的用意，不由张口结舌："她和贞姐儿差不多大呢！"

太夫人不由苦笑："这也是没有办法的事。排行第五的年纪倒合适，可我看着有点轻浮，排行第十的长得倒挺漂亮，可我瞧着一团孩子气。"

"娘。"徐令宜不由皱了皱眉，正说什么，有小丫鬟禀道："太夫人，太医院的刘医正来了。"

太夫人看了儿子一眼，笑道："请刘大人进来。"

小丫鬟应声，不一会儿领了个头发胡子全白的老头进来。

"给太夫人请安了。"一进门，他朝着太夫人行礼，看见徐令宜，又给徐令宜行礼，"侯爷也在家啊!"

太夫人虚抬了抬手:"刘大人不必多礼。"徐令宜则和刘医正点了点头。

有小丫鬟端了杌子给他坐。刘医正坐下,将刚才写好的方子奉上。

一旁的小丫鬟拿了,递给太夫人。

太夫人拿出眼镜,歪在大迎枕上看了半天,然后将方子递给了徐令宜。

"这可都是些补血益气的药材。"太夫人的表情有些凝重。

刘医正看了徐令宜一眼,低声道:"现在只能尽人事,听天命了。"

写着药方的白纸被徐令宜捏得翘起来。

"多谢刘大人了!"他的声音淡淡的,吩咐丫鬟送客。

刘医正起身,想了想,说了一句"四夫人需要静养,不宜再动怒",然后才给太夫人和徐令宜行礼退了下去。

徐令宜就对母亲道:"您看能不能再给元娘请个大夫?"

太夫人叹了一口气,苦笑道:"刘医正掌管太医院二十年了,你说,让我再给她请个怎样的大夫?"

徐令宜一时语塞。

外面有孩童和少女的嬉笑声传来。

"给我,给我。"谆哥幼稚的声音里透着欢快。

徐令宜朝外望去,一大群穿红着绿的丫鬟、媳妇围在贞姐儿和谆哥的身边,贞姐儿的手高高举过头顶,不知道拿了个什么东西,正逗着谆哥玩,谆哥踮着脚,怎么也够不着,急得围着贞姐儿团团转。有妈妈走过去说了几句,贞姐儿和谆哥就敛了笑容,然后贞姐儿给谆哥整了整衣襟,两人手牵着手朝这边来。

太夫人也看见了:"贞姐儿是个好孩子。"

"那也是您教得好。"徐令宜不冷不热地应了一句,转身正襟危坐。

太太太叹口气,也转身坐好了。

外面就传来丫鬟们的禀告声:"太夫人、侯爷,大小姐和四少爷来问安了。"

"进来吧!"太夫人声音和蔼,徐令宜的表情却带着几分肃然。

贞姐儿和谆哥进来,恭敬地给祖母和父亲行了礼。

太夫人就朝着谆哥招手:"来,到祖母这里来坐!"

谆哥看了父亲一眼,才怯生生地迈开小腿朝太夫人走去。

徐令宜看着就皱了皱眉。

谆哥的步子就挪得更小了。贞姐儿也有些手足无措地站在那里。

太夫人看着微微摇头,笑道:"侯爷要是有事就先行吧!"

徐令宜欲言又止,想了想,还是恭敬地给太夫人行礼,应了一声"是",然后走了出去。

没有了徐令宜,谆哥立刻快活起来,他笑着问祖母:"娘还要睡觉吗? 她醒了没有? 有没有问我?"

贞姐儿也懂了些事,望着谆哥的目光就充满了同情。

太夫人呵呵笑:"是啊,你娘还在睡觉。她醒了,肯定会问起谆哥的。到时候,陶妈妈就会来这里抱你去的。"

谆哥抿着嘴笑起来。

就有小丫鬟禀道:"太夫人,亲家太太来了!"

太夫人忙将谆哥交给一旁的乳娘,小丫鬟刚蹲下帮她穿鞋,大太太就疾步走了进来。

她脸色苍白,神色慌张,未开言泪已坠,说:"元娘她……"

"没事,没事。"太夫人给大太太使眼色,示意谆哥在场,"就是说想您,让我接您过来说说话。"

大太太这才发现太夫人身边的谆哥。她朝着谆哥勉强笑了笑:"谆哥儿,吃饭了没有?"

谆哥抿着嘴笑,奶声奶气地回答外祖母:"吃了,吃的米团子。"

"真乖。"大太太强笑着摸了摸他的头,乳娘抱着谆哥给大太太行了礼,贞姐儿也上前见了外祖母。大太太从怀里掏了个玉雕的小猴给贞姐儿玩。太夫人那边正好穿好了鞋,笑着叫魏紫带着两人下去玩,自己陪着大太太去了元娘处。

屋里悄无声息,点着安息香,甜甜的味道让人闻着觉得很舒服。

看见太夫人和大太太,在元娘床边照顾的陶妈妈忙站了起来。

太夫人示意她别作声,陶妈妈就无声地给两人行了个福礼。

大太太走到床前,在陶妈妈之前坐的小杌子上坐下,眼泪无声地淌了下来。

太夫人拿了帕子给大太太擦眼泪,和陶妈妈陪着她在元娘床前坐了一会儿,然后留了陶妈妈,两人去了前头的院子。

"请太医院的刘医正来把过脉了,开了几剂定神的药。"太夫人很委婉地向大太太说了元娘的病情,然后从衣袖里把刚才刘医正的药方子拿出来递给了大太太。

"怎么会吐了血呢? 这段时间不是好好的吗?"大太太一面接了药方子,一边嘀咕着,又趁着院子里的亮光仔细地看药方子,"这就是副补血益气的方子,药材虽然贵重,我们这样的人家也不是吃不起……"说着,突然醒悟过来,呆了呆,捂着嘴又哭起来。

太夫人看着也伤心,陪着哭了起来。

姚黄几个见了纷纷上前劝慰:"可别哭伤了身子,四夫人那边还指望着您帮着照看四少爷呢!"

两人听了,这才渐渐收了泪。

丫鬟们就簇拥着两人去了正屋东边的次间,打了水来服侍两位净脸。

太夫人和大太太重新梳洗了一番,刚刚坐下,大太太的眼泪又扑簌簌地落了下来。

"好妹妹,"太夫人忍着伤心劝她,"要是元娘醒了要见你,你这个样子,岂不是让她更伤心。"

大太太这才掏出帕子擦了眼泪。太夫人就让人去打井水来给她敷眼睛,又见她的情绪渐渐平静下来,就亲手沏了一杯茶给她。

大太太接过了茶盅,刚喝了一口,就有小丫鬟跑进来:"太夫人、亲家太太,四夫人醒了,要见您二位。"

大太太听着茶盅一丢就朝外走,把来报信的丫鬟丢开了四五步的距离。太夫人忙疾步跟了过去。

元娘仰面躺在床上,听到动静,侧过脸来,眼睛暗淡无光,没有焦点。

太夫人心中一凛。元娘,看不见了……

大太太还没有发现女儿的异样,走过去握了她的手:"元娘,你可好些?"

元娘的眼珠子朝大太太转过去,却找不到地方落下,又滑向了另一边:"娘,您什么时候来的?"她声音微弱,细如蚊蚋。

"刚来。"绿萼已端了小杌子放在大太太的身后。大太太顺势坐下,问元娘:"你可有哪里不舒服?"

"没事!"元娘笑着摇头,"您看见谆哥了没有?"说话很吃力。

"看见了,看见了。"大太太忙道,"他正和贞姐儿玩得高兴呢!"

"那就好。"元娘笑了笑,道,"娘,是我让侯爷……接您来的。我想着……要是我有个三长两短……谆哥身边……没人照顾……想从妹妹里面……从妹妹里面……挑个……温柔敦厚的……照顾谆哥……"

这话终于说出来了!大太太没有一点点未雨绸缪后胜利的喜悦,反而觉得心里酸酸的不是滋味,更多的,是替女儿不值。好不容易走到了今天,眼看着就要苦尽甘来,谁知道,却是为别人做了嫁衣。

她望着面黄肌瘦的女儿,心里悲愤交加,泪流满面,一句话也说不出来。

元娘看不见母亲的表情,手在空中乱抓:"娘,娘……"

大太太吃惊地望着女儿:"元娘……"紧紧地把女儿的手攥在了手心,"你的眼睛……"

"没事,没事。"元娘握住了母亲的手,"一时头晕,看得不十分清楚!"

大太太听着很是狐疑，还想仔细问问，元娘已笑道："娘，您就帮帮我……从妹妹里挑一个来……照顾谆哥吧！我放心不下他……"几句话，已嘴唇发白。

大太太流着眼泪点了点头。

元娘只好再次问母亲："好不好？"

是要说给太夫人听吗？

大太太思忖着，道："我答应你，我都答应你！"

元娘就露出一个笑容，然后眸子乱转地找太夫人："娘，您看，您看我哪个妹妹好？"

太夫人想到大太太听到元娘说"找个妹妹照顾谆哥"的时候，只有伤心没有惊愕，心中已是百转千回。现在见元娘问她，她淡淡地笑了笑："亲家太太是母亲，几个小姐都由她亲自教导，最是熟悉不过的。我只望谆哥好就行了！"

大太太反而不知道该怎么说了。直接说十一娘，会不会引起徐家人的反感？不说十一娘，要是弄巧成拙了怎么办？可要是今天不把话说明，又辜负了女儿的一番苦心。

她犹豫着，元娘已轻声道："娘，您看，十一娘怎样？虽然说年纪小，但端庄大方，举止得体……"声音非常虚弱。

太夫人微微一怔。没想到，元娘选中的是十一娘！她就想到了那天小院里发生的事。难道，这十一娘也参与了其中不成？念头闪过，心中微微有些不快起来。

大太太见这话是女儿说出来的，知道她定是有几分把握的，连连点头，附和着女儿："你说好就好，都依你。"

元娘就问太夫人："您觉得怎样？"

太夫人沉吟道："会不会太小了些？"

"年纪是小了些。"元娘笑得苍白，"可年纪小也有年纪小的好处，到时候您亲自带在身边调教两年，想来性子会更沉稳，做起事来也让人更放心了。"

电光石火中，太夫人突然明白过来。年纪小，就不能圆房……拖个几年，谆哥长大了……这才符合元娘一贯的行事做派！太夫人想想也好，兄弟间相隔岁数大一些，矛盾也会小一点。

"还是元娘考虑得周详。"太夫人笑道，"就看亲家太太觉得怎样了。"

大太太轻轻松了口气，点头道："十一娘是我看着长大的，是个好孩子，以后定会对谆哥好的。"

元娘听着，眼睑就缓缓地垂了下去。

"元娘！"大太太心中一悸，泪流满面。

太夫人也紧张地上前几步走到了床头，喊了一声"元娘"。

元娘又缓缓地张开了眼睛："娘，我累了，想睡一会儿。"

"好,好,好。"大太太忙道,"你睡,你睡,娘在这里守着你。"

元娘听着微微笑,露出了孩子般恬静的笑容。

送走大太太,太夫人去了半月泮。

徐令宜正在作画,看见母亲进来,他丢下画笔迎了上去:"您有什么事让小丫鬟叫一声就是了,何必自己过来,这么老远的……"

"我正想走走。"太夫人说着,就由儿子挽着走到了画案前。云山雾绕中,一个老樵夫戴着蓑笠盘桓独行于羊肠小道间,孤寂落寞跃然纸上。

太夫人看了半晌,轻轻叹了一口气,转身坐到了堂屋的罗汉床上。

徐令宜亲自沏了一壶老君眉给太夫人。

太夫人接过茶盅喝了一口,望着堂屋外初雪般的梨花,笑道:"这花倒开得长。"

"今年春天来得晚。"徐令宜坐到母亲下首的太师椅上,顺着母亲的目光望过去,"不过,一旁的杏树倒结了几个小青果。您等会儿要不要去看看?"

太夫人听着来了兴致,起身道:"我们去看看!"

徐令宜忙挽了母亲,丫鬟婆子簇拥着去了半月泮旁的杏林。

春光下,太夫人缓缓把元娘的决定告诉了徐令宜:"都想到一块儿去了,只是不知道这小姑娘是不是表里如一。"

徐令宜的脚步就顿了顿:"娘,不管她是不是表里如一,既然元娘敢让她来照顾谆哥,必有能拿捏住她的手段。"他望着身边融融春日,"您就放心吧!"

太夫人就停下了脚步,打量着儿子,表情十分认真。

"怎么了?"见母亲停了下来,徐令宜低头,看见母亲目光异样,笑道,"您想说什么?"

"我听说小五让丹阳穿了小厮的衣裳,带着她跑到茶楼里听戏……"

徐令宜忙笑道:"娘,您放心,我会好好说说他的,他再不会这样胡闹了。"

太夫人怔怔地望着儿子,沉默片刻,怅然道:"不用了,他们过得快活,我也快活。随他们去吧……"眼角微湿。

徐令宜不解地望着母亲,不知道她为什么伤心。

第十二章　嫡母哀十一亲侍疾

大太太匆匆地下了马车，在垂花门前迎接的杭妈妈见眼睛浮肿，知道元娘的情况肯定不妙，一面跟着大太太往屋里走，一面急急地道："忠勤伯府来了两个妈妈，说是请五小姐、十小姐和十一小姐五日后到忠勤伯府赏春。"

大太太突然停住了脚步，杭妈妈差点撞到她的身上。

"忠勤伯府甘家？"大太太目光凌厉，"赏春？"

杭妈妈连忙点头："是甘家七小姐派来的，请得极诚，大奶奶接了帖子。"

"大奶奶人呢？"大太太的声音有些严厉。

"在堂屋。"杭妈妈忙殷勤地笑道，"大奶奶把几位小姐的嫁妆都拟了单子，正准备等您回来商量着好去买些什么东西。"

大太太微微颔首，快步进了屋。

大奶奶忙迎了上前："娘，大姑奶奶她……"

大太太眼角的泪水又涌了出来："虚惊一场！"不想过多地谈起这件事。

"那就好。"大奶奶庆幸，"我陪嫁里还有两枝百年的何首乌，要不给大姑奶奶送去补补身子？"

大太太略一思忖，竟然道："也好，这样的好东西我一时也凑不到。"

大奶奶就让杭妈妈去拿，自己扶着大太太坐到了西次间临窗的大炕上，然后接了丫鬟们上的茶，亲自端给了大太太。

大太太啜了一口茶，道："大老爷呢？"

大奶奶笑道："被同窗拉去喝酒了，还嘱咐了外面的小厮晚上给他老人家留门。"

大太太脸色铁青，手里的茶盅就簌簌地抖起来。

大奶奶屏声静气，不敢多言。

半晌，大太太的脸色才慢慢缓和了些："听说忠勤伯府的甘家七小姐给五娘几个下了请帖，想请她们去赏春？"

大奶奶忙应了一声"是"，笑道："正等娘回来拿主意呢！"

"让她们去。"大太太表情淡淡的，突然转移了话题，"我让你给她们买嫁妆办得怎样了？"

大奶奶就从衣袖里拿了一份厚厚的单子出来："这是我没事的时候拟的,您看怎样?"

大太太看得很仔细。不过,刚看了几行,就有小丫鬟禀道："大太太,大老爷差人来问您回来了没有。要是回来了,想问问大姑奶奶怎样了。"

大太太听了脸色就柔和起来,道："回了大老爷,没什么事。"

小丫鬟应声而去。

大太太就将单子递给了大奶奶："你想得很周到,就照你拟的单子买。要是钱不够,再添点也行。这两天就把这事给办了。"

前两天还说不急,慢慢买,要紧的是不要超了。怎么今天就……又想到婆婆回来时的模样,心里若有所感。大奶奶就笑着应了声"是"。

大太太又吩咐大奶奶："我要让杭妈妈帮我办点事。"

大奶奶自然是应"是",待杭妈妈拿了何首乌过来,就笑道："您有什么事,尽管吩咐她就是。"

大太太将何首乌交给许妈妈："送到大姑奶奶那里去。"

许妈妈应声而去。

大太太让大奶奶去拿了皇历来。她一边翻着皇历,一边吩咐杭妈妈："你去趟刑部给事中黄仁黄大人的府上,就说下聘的日子就定在……"说着,翻到了三月初九,"三月初九好了。"

大奶奶和杭妈妈都吃了一惊。这是不是太急了些?离会试的日子不到九天。

如果说刚才大奶奶还有些怀疑,那现在,就很肯定了。她不敢多问,笑道："那我得准备准备才是。"

到了下聘的那天,女方要招待男方的来人大吃一顿的。杭妈妈更是福身给大太太道了一声恭喜,这才笑吟吟地去了。

大太太并没有喜悦之色,神态间反而有了一丝疲惫："我们刚搬进来,东西都新着,到时候在门口处挂两个大红灯笼就行了。至于酒席,什么东西燕京都有卖的,挑了贵的回来让灶上的婆子做了就是,又不是不会。"

大奶奶笑着点了点头："我这就去安排。"

大太太"嗯"了一声,又道："你明天一早就去趟王夫人家里,请她做我们家的媒人。态度不妨诚恳些,能把她请来为好。"

大奶奶应了,大太太这才叫了珊瑚和翡翠几个进来给她更衣。大奶奶识趣地退了下去。

到了晚上,大家都知道大太太把五娘许配给了钱公子。

五娘脸色煞白。紫薇和紫苑立在一旁大气也不敢出。

十一娘知道了不由在心里叹气。看样子，这位茂国公府的王公子问题不小。

冬青正服侍她洗脚，笑着和她说话："听说大奶奶把嫁妆都买回来了，满满地堆了大半边屋子。"

十一娘笑道："就是堆了一屋子，也顶不过薄薄几张银票。"

"那倒也是。"冬青笑着，拿了干帕子重新给十一娘擦了脚，这才拿了丝袜给她套上，"您说，要是钱公子金榜题名了，我们家岂不有了个进士姑爷？"

大周乡试是每年的十月，会试在次月中旬，殿试在四月初一。

正好琥珀捧了衣裳进来，听了笑道："今年参加会试的人可真多啊！"

冬青点头："我们的大爷、二房的四姑爷，还有钱公子……要是都中了，那我们家就是一门三进士了。"

琥珀掩嘴而笑："我们家早就一门三进士了。要说父子同进士，也不对，姑舅三进士？也不能这样说……哎呀，我们家好多进士！"

大家都哈哈哈笑起来。

那边大老爷听了却直皱眉头："会不会太快了？哪有这个时候定？还是等五月份再说吧！"

"老爷也有糊涂的时候。"大太太笑道，"等到了五月份，新科的进士出来了，这门亲事我们攀不攀得上还是两说呢！"

大老爷不以为然："要是那姓钱的这样短视，这门亲事不要也罢！"

"看你，是面子要紧，还是女儿的前程要紧？"大太太嗔道，"这个事我说了算。"又道，"我有件事跟你商量。"大太太笑道，"你也知道，那姓钱的家境贫寒，我怕五娘过去了吃苦，想给她一千两银子的压箱钱，你觉得怎样？"

看见大太太这么大方，大老爷自然很是高兴，连连点头："好，好，好。"

到了初九那日，黄夫人一大早就带了银锭、如意金钗和八色果品、茶叶等物登了门，坐下来喝了一杯茶，罗家的媒人王夫人才姗姗而来。

两人交换了写着五娘和钱公子名字的礼金，黄夫人将带来的东西交给了罗家的人，由大奶奶陪着在内宅吃酒。其间提起钱公子的住处："国子监旁边租了个两间小屋，这一时半会儿又找不到房子。只有等五月过后再商量婚期了，正好那个时候考完了，来个双喜临门。"

大太太想着，要是钱公子真中了进士，那就得考庶吉士，如果再考中了庶吉士，就得在燕京再留三年。如果没有考上，少不得要在燕京候缺。要是快的话，到了七、八月份就能谋个差事了,要是慢,恐怕要到明年开春也不一定。

她在心里盘算着,笑道:"五月也快了些,不如等到九月份再看看有没有什么好日子。"

大户人家说亲,一年半载是常事,四年五年也平常。能得到罗家这样一句话,黄夫人已是很满意,忙笑着应了。

五娘的婚事就算是定下来了。

第二天,大奶奶把钱公子带来的果品和茶叶等物分了两份,差人给二老爷和三老爷各送去了一份。

二太太和三太太知道了,都纷纷登门祝贺。

五娘就躲在屋里不出来。十娘和十一娘出来给众位长辈行礼。

大家说说笑笑去了五娘那里,五娘羞答答地站在那里不说话,十一娘却想起了昨天晚上听到的碎瓷声。

二太太就拉了五娘的手笑道:"我们家五小姐有福气,一嫁就嫁了个举人,以后定能挣个凤冠霞帔回来。"

三太太也笑道:"这也是大嫂的福气。"

大太太呵呵笑,看五娘的脸红得快滴出血来,笑着请大家去了自己屋里。

吃完晚饭,送走了二房和三房,五娘突然来了。

"十一妹,我有话跟你说。"

十一娘就遣了屋里的人。

她忍不住抱怨起来:"我自认从来没有做过一桩让母亲心烦的事,怎么给我定了这样一门亲事!如若是落魄的士族,我也好过些。钱公子这样的人家,眼界只有芝麻大小,自以为家里出了个举人就上了天,却不知天外有天,人外有人。你眼里的富贵,和别人相比是寒酸,偏偏还不知道轻重……到时候,不做官,实在是有负母亲这番恩情;做了官,只怕是自己脚上的泥还没有洗干净,那些三姑六婆就又来打秋风了……"

十一娘倒了热茶听她唠叨,续了两三杯茶,她的情绪才渐渐平静下来。"我反正就这样了。年纪轻的时候跟着他受苦,等年纪大了,他出人头地了,我也人老珠黄被人嫌了!"说着,她握了十一娘的手,"十一妹,你一向宽容大度,待人真诚。不过因为我们是庶出的,在家里说不上话。想当初,母亲对我说,让我进京是帮着大姐照顾谆哥的,可你看,她转眼又把我许给了钱公子。"她望着十一娘,眼角微湿,"我们姊妹只有互相照应,以后才有好日子过。"

她是猜到了自己会嫁到永平侯府里去吧? 和十娘相比,大太太明显要喜欢她。不管出于什么样的考虑,大太太都不可能把十娘嫁到永平侯府去。两相比较,结果立现。所以这个时候来向自己解释当初的说法,挽回些颜面。

十一娘微微地笑:"我瞧着钱公子也挺好,你看我们四姐,二婶花了这样大的精力,也不过和五姐一样。"

五娘听着微微笑起来:"你真的这样想?"

十一娘点头,语气真诚:"人是好是坏要看以后。像母亲,大家都说她有福气,倒不是父亲做了多大的官,是说大爷孝顺。"她是真的想打消五娘心中的不平,不管怎样,大家姊妹一场,能点拨她的时候就点拨一下,至于五娘能不能听进去,那就是她自己的事了。

五娘果然是个聪明的,脸上的表情渐渐舒缓,她笑道:"你们后天要去忠勤伯府赏春吧?我看十妹在你那里搜刮了不少东西,我那里还有套青金石的头面,明天借了你戴去,压她一头再说。"说到最后,已语带愤然。

相比十娘,她更愿自己好吧?十一娘谢了她,两人又说了几句话,五娘起身告辞,十一娘亲自送她到了门口才折回来。

滨菊奇道:"真是太阳打西边出来,五小姐竟然来找我们家小姐说心事了。"

琥珀笑道:"这有什么好奇怪的!我们家小姐温柔敦厚,又不是那嘴角轻佻的,大家有话都愿意跟她说。更何况,这院子里,五小姐除了我们家小姐,还能找谁说心事。"

"大家都别说了。"十一娘可不想这话传出去,要不然,五娘还以为自己在丫鬟面前夸耀了些什么,恨上自己,未免得不偿失,"歇了吧!"

第二天去给大太太请安,大太太提起去忠勤伯府做客的事:"趁着这大好春光出去走走也好!"

五娘立刻道:"母亲,我不去,我就在家里做针线。"

大太太很满意她的表现,笑道:"这原是我们家十一小姐的话,现在倒从五小姐嘴里说出来了,到底是懂事了!"

五娘羞赧地低了头。

十一娘很感激甘家七小姐,不仅记得她们,还派人送来帖子,而且知道她们处境艰难,派来的妈妈极善言辞,把大奶奶说得没有招架之力。

虽然最终大奶奶也没有松口,但这份心意她却能感觉得到。

"十一娘也留下来吧!"大太太笑望着她,"你五姐要做的针线多,你又是个好手,留下来帮帮她也好。"

十一娘不敢违逆,笑着应了"是",心里有淡淡的失望,觉得辜负了甘家七小姐的好意。

大太太点头，笑着对许妈妈道："那你陪着十小姐去吧，让你也出去玩一天。"

像这样的春宴，府里有丫鬟、妈妈服侍，跟过去的人自然有招待，被当成宾客，有人陪着吃酒赏春，是件十分畅快的事。不过，大太太派许妈妈亲自跟过去，恐怕不仅仅是为了让许妈妈当这份美差，更有管束十娘的意思吧？

许妈妈估计也想到了，笑着应了"是"，还打趣道："我也可以跟着去见识见识。"

大家都笑起来，众人又说了几句笑话，见有管事的妈妈来回话，都准备起身告辞，刚站起来，有小丫鬟禀道："大太太，王夫人来了！"

这么早……十一娘微怔，大太太已笑道："请她进来！"一面说，一面去迎。

王夫人却笑吟吟地走了进来："恭喜大太太了，我特来讨杯喜酒喝。"

大太太听了喜上眉梢，忙上前携了王夫人的手："全是您的功劳。"又吩咐五娘几个："你们回屋歇着去吧！"

一听这口气，大家都知道这王夫人是来做什么的了。

五娘不免有些迟疑，十娘却是转身就走。五娘望着她的背影，抿了抿嘴，这才和十一娘退下。

果然，那王夫人是来为茂国公家提亲的，所提之人正是十娘。

大太太很爽快地应了，下午亲自去了一趟三太太家，请了柳阁老一位在翰林院任修撰的门生金大人为大媒。

这样一来，第二天忠勤伯家的赏春宴十娘就不能去了。大太太就让十一娘写封信去，把情况委婉地说一说。

十一娘应了，不仅写了一封信给甘家七小姐，还让送信的人带了两个荷包、两块帕子给甘氏姊妹，谢谢她们的邀请。

过了两三天，王家来罗家拿庚帖——请的大媒是已去了福建上任的王夫人胞兄，现在在禁卫军虎威营任都指挥使，正三品的大员，算是比较有面子的事。

两家换了生辰八字，定了四月十二日下聘。

大家都很高兴，觉得家里又会出一位公卿夫人，罗家会越来越好。

然后大太太就投入到了为罗振兴准备会试的事情中。不仅从里到外做了一身新衣裳，还特意派人去燕京最好的笔墨店多宝阁买了两套文房四宝回来，一套给了罗振兴，一套让人送去了钱公子处。

钱公子接了东西，还特意写了一封感谢的信来，说他日后飞黄腾达，定不忘大太太的恩情。

大太太看着喜笑颜开，让人买了春熙楼的水晶烩送过去。

到了三月十八那天，大老爷天没有亮就起来了，祭拜了祖先，又说了一些下场考试应该注意的事。然后和大太太、大奶奶、五娘、十娘、十一娘，还有丫鬟、婆子，浩浩荡荡一大群人送罗振兴到了门口。

外面的车马早就备齐了，小厮打着灯笼扶着罗振兴上了车，直到看不见了，大太太还站在那里张望。

"回去吧!"大老爷看着笑道,"还有几天工夫呢!"

大周科举，三场连考，要到二十一日罗振兴才考完。

大太太点头，随大老爷回了屋，路上还在念叨着:"也不知道钱公子身边有没有人照顾。"

"你就不要操这么多心了!"大老爷道,"这种事也讲究谋事在人,成事在天的。要不然,怎么有那么多鸿学才子曾经落选。"

大太太听着也有道理，不再唠叨。只是吃完早饭后，就开始念经。大奶奶也很是不安，跟着大太太一起念。

满屋的人都屏声静气，蹑手蹑脚。

到了吃午饭的时候，四爷罗振声来了。

大老爷听着脸就冷了三分，待罗振声进来，他手里的筷子就丢在了他的脸上:"你总算知道来了。你大哥今日下场,你知道不知道?"

十六岁的罗振声正处于发育期，个子高高的，白皙清瘦，像站不直似的总含着胸，给人感觉有些畏首畏尾的。

看见父亲发怒，他立刻吓得脸色苍白，呆呆地站在那里，不知道该如何是好。

大太太就朝着一旁的许妈妈使了一个眼色，然后笑着起身劝道:"好了,好了,孩子没出过远门,晚来几天也是常事。今天是兴哥的好日子,你就别发脾气了,小心触了……""霉头"两个字就咽了下去,改口道"不妥当"。

大老爷就瞪了罗振声一眼，大太太忙吩咐一旁的吴孝全——罗振声是他去通州接回来的:"四爷赶路也累了,下去吃午饭吧。"

罗振声忙给大老爷和大太太行礼，由吴孝全带着退了下去。

那边五娘听到消息已派了丫鬟紫薇来迎:"四爷,您可来了!"

罗振声却急急拉了紫薇的手:"紫薇姐姐,你快去跟五姐说一声,地锦病了。"

紫薇一怔，又看着罗振声满头大汗，应了一声，匆匆去了五娘那里。

地锦比罗振声大两岁，从小就在他身边服侍，对他忠心耿耿，是三姨娘和五娘最信任的人，现在听说她病了，五娘也很急，忙跐鞋下炕:"四爷住哪里?"

"住正院的西厢房。"紫薇迟疑道。

五娘的动作就慢了下来,想了想,道:"你去看看地锦是哪里不舒服,我这里还有些百合固金丸、枳实导滞丸、五苓丸……"

紫薇应着去看地锦。

地锦脸色苍白,人恹恹的:"都是我不好,耽搁了四爷的行程。我没什么事,你跟五小姐说一声,就是晕船。"

紫薇见她只是精神不好,安慰了几句,回了五娘。

五娘还是有些不放心,让紫薇带了些百合固金丸去。

她们这样进进出出,十一娘那里也得了消息,派了琥珀去问候了一声,回来道:"地锦姐姐也晕船。"

十一娘就让琥珀送了一包龙井去:"喝点清淡的茶,人感觉舒服些。"

地锦谢了十一娘的好意,琥珀就坐在那里和她闲聊了半天,其间有小丫鬟送了面汤进来,地锦闻一口都觉得难受,又晕晕地要睡。琥珀见着就告辞了,回去告诉十一娘:"家里出了事,五姨娘一开始常常哭,后来吴孝全家的常去开导五姨娘。地锦她们来的时候,五姨娘好多了,开始跟着慈安寺的师父吃长斋了。"

十一娘不由眼神一黯。五姨娘还不到三十岁呢!

琥珀知道十一娘担心生母,可担心有什么用,除非是能嫁了。

心念一转,自己倒吓了一跳,遂逃也似的转移了话题:"小姐,四爷去大老爷那里回话了,也不知道大老爷会怎样处置四爷。"

"事已至此,不过是训诫两句罢了。"十一娘打起精神来应付了几句,然后让人拿了针线来做。

琥珀见状不再说什么,端了小机子在十一娘身边坐下,帮着给五娘做出嫁的鞋袜——大奶奶拿了单子来,让十一娘屋里的人照着单子做针线。

大老爷果如十一娘所说,把罗振声大骂一顿后,气消了不少,又看着他一副畏畏缩缩的样子,长叹一口气,让他退了下去。

他就去看五娘。

五娘看着摇头,只好笑道:"你哪天才能让人不操心啊!"又问:"三姨娘可好?"

罗振声笑道:"你们走后没多久受了点风寒,我到杭州府请了大夫来给姨娘看病,还用了上好的人参、燕窝,姨娘的病很快就好了。"

五娘听了不由瞪眼:"你怎么能到杭州府请人给姨娘看病,余杭就没有大夫了吗? 还用上好的人参、燕窝,是从库里拿的,还是买的? 要是从库里拿的,你来之前还上了没有?"

罗振声听姐姐这么说不免有些失望,低声道:"你怎么和姨娘说一样的话……"

五娘就轻轻拍了一下桌子:"那些人参、燕窝从什么地方来的?"

罗振声吓了一跳,忙道:"从库里拿的。不过姨娘都给我补上了。"

五娘这才松了口气,然后脸上飞起霞色:"你好好的,别惹事。要是你姐夫这次高中了,我让他带你去任上,做个师爷之类的……你也不用这样拘谨了。"

罗振声听着愕然:"什么姐夫? 四姐夫吗? 他要请师爷也只会请三哥,怎么会轮到我?"

紫薇在一旁掩嘴而笑:"是我们家小姐! 我们家小姐前几天刚刚定了亲,姑爷是大爷在国子监的同窗,今天也参加会试。"

罗振声听着精神一振:"真的? 真的? 这可是天大的好事!"

五娘笑着没有作声。

姐弟俩正高兴着,有罗振声那边的小丫鬟进来道:"四爷,地锦姐姐刚才又吐了。"

罗振声听着脸上立刻露出惊慌的表情,匆匆和姐姐说了一句"等会儿再来看你",就随着那小丫鬟去了。

五娘看着不由皱眉:"这个地锦,什么时候这样娇嫩了!"

正说着,紫薇进来道:"小姐,永平侯府的人又来请大太太了。"

五娘不由微怔,喃喃地道:"难道是拖不得了……"

大太太脚步匆匆地跟着嫣红去了元娘的住处,一进门,吓了一跳。

屋子里鸦雀无声地立满了人,三夫人、五夫人,还有文姨娘和那个新进门的乔姨娘都在,个个拿着帕子在擦眼角。

大太太看着心里"咯噔"一下,正要开口问,太夫人身边的魏紫已神色肃然地迎了过来:"请您跟我来。"说着,转身就朝内室去。

大太太只好跟了进去,就看见太夫人正坐在床边的锦枕上垂泪,身边还立了个穿着胸前背后有葵花花纹的圆领衫的内侍。看见大太太走了进来,那内侍的眼睛就闪现同情之色。

大太太已有几分明白,两腿一软,竟然迈不开步子。

一旁的许妈妈眼疾手快地扶住了大太太。

听到动静的太夫人站了起来,一面轻轻擦了擦眼角,一边轻声地道:"亲家太太,你这边坐吧!"声音里已有了哽咽。

大太太只觉得自己浑身发虚,由许妈妈扶着,跌跌撞撞地到了元娘的床前:"元娘,元娘……"

元娘面如缟素,唇色青灰,一动不动地躺在那里,连胸口的起伏都感觉不到。

大太太不由握了女儿的手,刚喊了一声"元娘",元娘眼睑微动,睁开了眼睛。

那是一双没有焦点的眸子,目光涣散,没有生气。

"娘!"她轻轻地喊了一声。

大太太眼泪已如雨般落下来:"是,是我。"

元娘嘴角就扯了扯,想笑,却没有笑出来:"我死了以后,谆哥就交给我妹妹十一娘。"她说完这句话,人就开始大口地喘气。

这是女儿在交代遗言。大太太忍不住哭起来,却还要大声地道:"我知道了,我知道了!"

一时间,屋里屋外一片低低的抽泣声。

元娘就吃力地喊了一声"绿萼"。

绿萼含着眼泪应了声"是",然后从元娘的枕头下面摸出一个雕红漆的匣子。

"给贵人。"元娘声若蚊蚋,"请贵人帮我交给皇后娘娘。"

绿萼恭敬地递了过去。

那内侍躬身应"是",屋里立刻安静下来,依然可以听到有人倒吸冷气的余音,内侍就恭敬地笑道:"夫人放心,咱家一定带到。"

"是我给皇后娘娘的奏折,"元娘嘴角微翘,"请皇后娘娘体恤我爱儿的慈母心肠。"

"放心,放心。"太夫人啜泣起来,"这件事,我为你做主。"

元娘整个人就松懈下来:"娘,我想见见谆哥。"

太夫人听了忙吩咐去抱谆哥。不一会儿,乳娘就抱了谆哥来。

谆哥睁着大大的眼睛,目光慌张,看见母亲,就要扑过去。

乳娘不敢放手,谆哥挣扎着:"娘,娘……"

元娘抬手,半空中又落下。

太夫人低泣:"让他去……"

乳娘这才敢把谆哥放在地上。谆哥立刻朝母亲小跑过去。

"娘,娘……"他熟练地爬上母亲的床,"您不睡觉了吗?"

元娘笑:"我要睡觉。不过,我睡觉的时候,你要听你十一姨娘的话。"语气轻得像羽毛般。

"十一姨娘是谁?"谆哥很是不解,歪着头望着母亲,"我为什么要听她的话?我听娘的话不好吗?"

大太太忍不住大哭起来。

大太太这么一哭,其他人想到元娘年纪轻轻,正是如日中天的时候却这样就要没了,不免生起世事无常之感,跟着哭起来。

或许是母子连心,谆哥本能地感觉到了害怕,吓得哭了起来。

乳娘忙上前安慰他,还有妇人上前给谆哥擦眼泪。谆哥打着那妇人的手,躺进了母亲的怀里。

那妇人表情尴尬,喃喃地退到了墙角。乳娘就道:"谆哥,秦姨娘要给你擦脸呢。"

大太太闻言猛地抬头来朝那妇人望去,就见那妇人三十来岁的年纪,中等身量,穿了件丁香色素面妆花褙子,生得面如银盘,眼若杏子,白白净净,让人看了十分舒服。

看着女儿的苍白憔悴,再看着这位生了庶长子的姨娘的珠圆玉润,大太太更觉得伤心,哭得更大声了。

谆哥吓得躲在母亲的怀里睃着自己的外祖母。

元娘听着,眼泪就无声地滑落在枕头上。

"罗家大太太别哭了!"有个温和的声音劝大太太,"四夫人一向刚强,这些年,不知道遇到了多少凶险,都挺过来了,相信这次四夫人也能逢凶化吉,遇难成祥的。"

大太太抬头,竟然是那位内侍。

那内侍就朝着大太太微微笑了一下,又去劝太夫人:"您这样一哭,可把谆哥也吓坏了。不顾大人,也要顾着孩子才是。"

说得大太太脸上一红,捂着嘴巴强忍住了哭。

太夫人听着也收了眼泪:"雷公公说得是。"

外面的人听着,哭声也渐渐小了。

那内侍就趁机告辞:"时候也不早了,咱家还要回去给皇后娘娘回话。"

太夫人亲自送雷公公,到了门口,雷公公就停了脚步:"怎敢劳烦您!"执意不让太夫人再送。

五夫人就自告奋勇地帮太夫人送客。

"那可好。"雷公公笑道,"咱家也很久没有见到丹阳县主了。"

太夫人见状,和那雷公公寒暄了几句,由着五夫人代自己去送客。

待雷公公走远了,一群人簇拥着太夫人回了屋。

刚进门,就有小丫鬟禀道:"二夫人来了!"

大家转过身去,就看见二夫人穿着一身漂亮衣裙急匆匆地走了进来。

"娘,四弟妹还好吧?"她眼睛红肿,像是哭过了似的,"我刚才得了信……"

太夫人擦了擦眼角:"本来不想惊动你……"

二夫人听了忙道:"我知道娘担心我伤心,可我也担心着四弟妹,怕您伤心……您还好吧?"

"好孩子。"太夫人就携了二夫人的手,"我还好,我还好。"

二夫人就扶着太夫人进了屋。

大家往内室去,就看见谆哥伏在元娘的怀里,元娘瘦骨嶙峋的手吃力地搭在儿子头上,正喃喃地和谆哥说着什么。

众人看着伤心。

"四弟妹。"二夫人有些哽咽着上前和元娘打了声招呼。

"二嫂来了!"元娘目光微转,却没有目标,就露出了一副侧耳倾听的模样。

二夫人的眼泪止不住地落下。

丫鬟们端了锦杌过来。

太夫人、大太太、二夫人、三夫人几个就围着元娘坐了,其他人则围立在一旁。

元娘就轻声地吩咐谆哥:"去,跟贞姐玩……娘和祖母、外祖母说话。"

谆哥见母亲和以前一样,乖顺地跟着乳娘走了。

元娘很疲惫地闭上了眼睛。

太夫人吓了一跳,二夫人忙上前给元娘把脉。

元娘突然睁开了眼睛:"我累了,想睡一会儿。"

大家听她这么说,不好再问什么,三三两两地出了内室,只留大太太和太夫人在屋里守着。

二夫人就有些担心地问姚黄:"太夫人今天都吃了些什么?家里还有没有羊奶,给太夫人和大太太端一碗去,养养精神。"

姚黄正要答话,就有小厮进来禀道:"侯爷回来了!"

太夫人刚说了一声"快请进来",就看见徐令宜一身三品的大红官服疾步走了进来。

他表情凝重:"元娘怎么样了?"说着,已大步朝元娘床边去。

只看一眼,徐令宜脸色大变,他在战场上不知道看过多少濒临死亡之人。默默地站在床前,过了好一会儿,徐令宜才轻轻地问太夫人:"她有什么交代?"

他的话音一落,屋子里已是鸦雀无声。

太夫人轻轻叹口气,道:"元娘想让自己的十一妹帮着她照顾谆哥。"

徐令宜扭头望着满屋子的人,神色肃穆,说了一句"我知道了"。

大太太就看见乔姨娘身子颤了颤。她不由心里一阵痛快。

那天晚上,大太太留宿在徐家。

第二天天没有亮,徐家有管事来拍罗家的大门:"四夫人已经去了!"

虽然早有准备,但当这句话实实在在地在大奶奶耳边响起的时候,她还是感觉到了愕然。

第十二章 · 嫡母哀十一亲侍疾

231

丈夫在考场还没回来,四叔罗振声又是个肩不能挑手不能提的。再看大老爷,好像一下子老了十岁似的,呆呆坐在那里,一句话也不说……没有一个当家做主的人。

大奶奶只好问那管事的:"四夫人是什么时候去的? 走得可还安详?"

管事忙道:"是早上寅时去的。侯爷、二爷、四爷还有大小姐都在旁边守着,走得安详。"

大老爷听着,眼角有水光闪现。

大奶奶叹一口气,喊了吴孝全陪那管事去吃早饭:"家里的事我交代交代就随您去。"

管事应声随吴孝全去了。

大老爷就捂着脸哭了起来。

大奶奶吓一跳,可毕竟是媳妇,有些话不好说,忙让人叫了六姨娘:"大姑奶奶去了,你在家里好好照顾爹,我带四爷、三位小姐去吊丧。"

六姨娘听着落了几滴泪,然后过去挽了大老爷:"您可要节哀顺变……大太太已经够伤心了,您要是有个什么三长两短,这家可怎么办啊!"

她一边劝着大老爷,一边和大老爷回了屋。

大奶奶回屋换了件月白色的褙子,吩咐杭妈妈快去报了三位小姐,然后又派人给二老爷和三老爷那边报丧。

五娘听了就拉着来报信的杏林问:"大姐可有什么话留下来?"

杏林答非所问地道:"听说大姑奶奶死的时候侯爷和几位少爷小姐都在。"

五娘不免有些失望,又有些担心。

万一罗家没有人坐元娘位置,那以后钱公子的仕途就少了个得力的人。

而十娘听说元娘死了,当着去给她报信的丫鬟就冷冷地笑了一声:"她还走得挺快!"

那丫鬟唯唯诺诺,不知道答什么好。

十一娘听了却怔了半天。

她想到了初见元娘时,元娘那温柔的笑容,还有小院里元娘自嘲的笑容……好像很熟悉,却又那样陌生……

不知道为什么,十一娘泪盈于睫。她不知道是为自己悲伤,还是为元娘悲伤……或者,为她们悲伤。

待十一娘和五娘、十娘一块儿去了大奶奶那里时,杭妈妈的纸钱、花烛刚买来,大奶奶还在等二房和三房。看见她们来,忙问:"吃了早饭没有?"

大家摇头。

大奶奶忙吩咐厨房的做些馒头、饼子:"二婶和三婶一到我们就走,吃完就罢了,吃不完,你们带着马车上去吃。"

十一娘见大奶奶不过二十出头的年纪,行事却有条不紊,心里十分佩服。

大家吃了一半,有小丫鬟跑进来:"二太太和三太太来了。"

二房来的是二太太和三奶奶,三房来的只是三太太。大家见面,少不了唏嘘感叹,潸然泪下一番。

二太太就催:"时辰不早了,大家还是快点过去吧,迟了让人说闲话总是不好。"

大家各自上了各自的马车,浩浩荡荡往荷花里去。

路上,十一娘透过十娘撩开的帘子看到有两三拨人始终不紧不慢地跟在自己的马车后面。刚开始她还有点奇怪,片刻后才醒悟过来。

原来大家都是往一个方向去……

待进了永平侯府,只见大门起至内宅门,扇扇大开,孝棚、楼牌早已竖立,管事小厮都穿起了白直裰,或站在一旁临时搭起的账房处候着,或进进出出地忙着事。

见了罗家的马车,立刻有管事迎了上来,叫了引客的媳妇子带她们去了内院。

还没进院子,十一娘就听到了谆哥的哭声。

"你们来了!"迎接她们的是憔悴的三夫人。

大奶奶点了点头,向二房和三房介绍三夫人。

大家行了礼,三夫人眼睛里噙满泪水:"快进去看看吧!"

大奶奶应了一声,和三夫人进了内室。

元娘睡在一张罗汉床上,带着一品夫人的九珠花钗,穿大红色翟衣,表情安详,神色温和,像睡着了一般。她头顶点了一盏灯油,脚尾围坐着四五个面生的夫人,正低声哭泣。谆哥和贞姐儿,还有一个十来岁的小男孩都穿着孝衣站在元娘的身边。贞姐和那男孩都低头抹眼泪,只有谆哥,张着嘴号啕大哭。

十一娘看着,眼泪一下子就涌了出来。大奶奶等人看着也都哭了起来。

一时间,屋里哭声一片。

不知道谁说了一句:"谆哥,你十一姨娘来了。"

谆哥一听,哭得更厉害了,一边哭,还一边抽泣道:"我要我娘,我不要十一姨娘。"

大家的目光都望向了十一娘。有人面面相觑,有人若有所思,有人惊愕不已……气氛变得有些诡异。

十一娘很是震惊,她没有掩饰自己的情绪,想以此告诉大家自己的诧异,但心里却不禁嘀咕:谆哥怎么说出这样一番话来?

好在三夫人十分机灵,见气氛不对,立刻叫了引客的媳妇子送她们到大太太那里去,"现在在丽景轩休息,想必几位太太、奶奶和小姐都十分挂念。"

大奶奶也的确是惦记着大太太,道了谢,大家跟着引客的媳妇子去了丽景轩。

春末的丽景轩,繁花似锦。

大太太面如白纸地躺在临窗的大炕上,和风徐徐,有柳絮落在她的被褥上。

"大嫂,您要节哀。"二太太坐在床头安慰大太太,"逝者已逝。"

三太太也附和:"是啊,大嫂,您千万要保重!"

大太太嘴角微翕,泪珠又滚落下来。

一旁的许妈妈含着眼泪道:"大太太,您从昨天夜里一直哭到现在……可要仔细眼睛。"

大家也七嘴八舌地安慰着大太太。

过了半晌,大太太终于止了眼泪,沙哑着嗓子问:"声哥呢?"

大奶奶忙道:"和三叔、五叔、六叔一起在外院的大厅里歇着呢。"

大太太就挣扎着坐了起来,向二太太和三太太道谢:"劳烦你们了!"

"大嫂这可是说了句见外的话。"二太太笑道,"我们也是元娘的娘家人啊。"

大太太听着提起元娘,眼神又是一黯。

三太太正欲说两句话岔过去,有小丫鬟进来禀道:"四姑奶奶来了。"

二太太道:"我说怎么还没有来……"

正说着,四娘穿着一身月华色的褂子走了进来。

她未语先垂泪:"大姐怎么就这么去了呢? 丢下了侯爷和谆哥,这以后的日子可怎么过啊!"说着,拿了帕子拭泪。

三太太道:"我们刚把大嫂劝好,这又要来劝你。"

四娘听了,就收了泪,和大家见礼,又道:"既是来了,要不要去给太夫人问个安?"

"自然是要去的。"二太太又和大太太商量,"要不,我们去看了太夫人再来陪大嫂坐?"

大太太想了想,道:"也好,我精神不济,就不陪你们了。"

二太太就叫了引客的那个媳妇子进来,领着罗家的女眷去了太夫人处。

太夫人听说是元娘娘家的人来了,亲自迎了出来。

大奶奶就向太夫人引见众人。

大家给太夫人行了礼。太夫人就睃了十一娘一眼,看见她眼睛、鼻头红红的,神色间也略见郁色,这才微微点了点头。

进了屋,大家这才发现太夫人这边还有四位女客。十一娘认识其中的两位——忠勤伯府的甘夫人和威北侯府林夫人。

那林夫人正和身边的一位四十来岁的美妇说话:"听见云板敲了四下,知道这边出了事,立刻就差了人来问,这才知道侯爷夫人没了!"说着,拿出帕子擦了擦眼角。

那美妇就叹了一口气:"只可怜孩子少了照顾。"

"谁说不是!"林夫人应和着,看见是罗府的人进来,就笑着收了音,端起茶来啜了一口。

太夫人向她们引见众人。

那和林夫人说话的美妇竟然是陈阁老的夫人。

陈阁老现在是大周的首辅,没想到,陈夫人这么年轻。十一娘微微有些惊讶。

另一位面生的妇人是姜柏的夫人。十一娘不由仔细打量她,三十五六岁的年纪,相貌很平常,可举止温柔,笑容亲切,让人一看就心生好感。

而三太太知道那美妇是陈夫人后就有些不自然起来,陈夫人却落落大方地和三太太行了个礼。

十一娘开始还以为这是胜利者的宽容,仔细观察了一下,这才发现,这位陈夫人却是事事处处都既不在人前,也不落人后,守着中庸之道的人。而姜夫人却有些不同,什么事情都把自己摆在最后。加之甘夫人一向不出风头,那林夫人就成了那个领头的人。她们在太夫人屋里坐了半炷香的工夫,十一娘就听着这位林夫人说话了。

好在林夫人说话也不粗俗,又有二太太时不时地附和一下,也算得上气氛融融了。

二夫人来了,拿了钦天监阴阳司择好的日子来给太夫人过目:"您看看,还有没有什么要添减的。"

太夫人却没有接,道:"你做主就行了。"

二夫人听着就将那帖子重新放到了衣袖里,道:"原没有想到客人这样多,只怕外花厅那边要用屏风隔出来摆流水席,想借您库里的那三架黑漆云母石的屏风用一用。"

太夫人就叫了魏紫来:"去把黑漆云母石的屏风给二夫人。"

魏紫应"是",二夫人和众人客气了一番,然后带着魏紫去取那屏风。

十一娘不由暗暗吃惊。没想到,元娘的丧礼是由二夫人主持。她以为会是三夫人。

念头闪过,她就听见林夫人叹了口气:"这样能干的一个,可惜……"

可惜没能成为永平侯府的女主人吧?十一娘在心里暗忖着,就看见太夫人望了自己一眼。

有陈夫人在,三太太到底是不自在,二太太虽然没有走的意思,可三太太站起来说要去看看大太太。二太太不好多坐,只好起身向太夫人告辞。

太夫人那边正好又有几位尚书夫人来了,见留她们不住,就亲自送她们到了院门口。

二太太目光微闪,笑着问太夫人:"不知道二夫人在哪里起坐,我想问问大姑奶奶停几天灵,哪天发丧,我们回去说与大伯听,也好让他放心。"

太夫人看了十一娘一眼,道:"就在点春堂的花厅,二太太可能不知道,但几位小姐是知道去处的。"

二太太听了,和太夫人客气了几句,就去了点春堂的花厅。

一溜的媳妇子都站在檐下等着回事,看见二太太,忙去禀了二夫人。

二夫人由丫鬟、媳妇子簇拥着迎了过来:"亲家太太可是稀客,快到屋里奉茶。"

大家见了礼,二太太就把来意说了。

二夫人立刻道:"择日停灵七七四十九日。"

二太太就道:"我回去也好说与大老爷听。"

两人寒暄了几句,二太太就向二夫人告辞:"还要去看看大嫂,您这边也忙着。"

二夫人客气了几句,然后送二太太到了夹道才回去。

十一娘却想着自己的心思。她就感觉到太夫人刚刚一直在看自己,眼底闪过一丝不悦。

太夫人为什么不悦呢?是因为问了元娘葬礼的安排,太夫人认为罗家作为娘家人太失礼了呢,还是太夫人不喜欢自己这样绕着弯子行事的做派呢?

她就想到二夫人、三夫人和五夫人……

很显然,沉默的二夫人和活泼的五夫人都很讨太夫人的喜欢,而伶牙俐齿的三夫人却不大讨她喜欢……是因为嫡庶之别呢,还是仅仅是个人喜好呢?

还有二夫人,见礼的时候她盯着自己看了半天。加上之前谆哥的话,是不是可以理解为,徐府的人都知道了元娘想让自己成为徐令宜继室的事呢?

这样一来,自己倒显得有些尴尬起来,胡思乱想着,她们很快回了丽景轩。

大太太正拥被而坐,由许妈妈服侍着吃粥。

看见大家回来了,许妈妈道:"大太太从昨天晚上到现在才吃了这碗粥……太夫人特意嘱咐厨房用黄粱小火慢慢熬的,大家也尝尝吧。"

谁都不好意思在徐家吃小灶,纷纷婉拒了。

二太太把徐家对葬礼的安排告诉了大太太。

大太太听着道:"既然是钦天监阴阳司择的日子,那就这样吧!"好像还有所不满似的。

停灵四十九天,每天的柴米油盐、灯油蜡烛就是一笔不小的开支。徐家对元娘的葬礼,还是挺重视的吧?

晚上,她们回到家中,大老爷忙出来问情况。

大太太就按照二太太的话把什么时候发丧、什么时候下葬说了,又想起还在考场参加考试的罗振兴,她不由双手合十喃喃祈祷:"元娘,你在天之灵一定要保佑你弟弟高中,还有你妹夫……"

大老爷听着沉默了半晌,才黯然地道:"你也累了,早点歇了吧!"

大家应声,各自散了。

第二天一早起来,大太太恹恹的,感觉不太舒服,以为是这几天伤心气郁于心,吃了柏子仁丸,略好了些了,也没有在意。过了晌午派了吴孝全去考场接罗振兴,两人到了酉初才回来。

大太太拉着儿子上下打量:"可瘦了不少。"

罗振兴笑道:"我在里面吃得好睡得好,没有瘦。"又问来迎他的罗振声:"你什么时候来的?"

罗振声忙上前答话:"昨天刚来。"

罗振兴这才发现大家都穿着白色的衣裳,自己的妻子头上还戴着两朵小白花。

"这……"

大太太抽泣起来:"你大姐,她、她……"

罗振兴的表情从喜悦转到惊讶。

"我要去看看大姐!"他抬脚就要去荷花里。

大太太心痛女儿,也心疼儿子,拉着罗振兴:"这都什么时辰了,你明天一早再去也不迟。"

罗振兴却不依,叫了小厮套车,回房去换了件素色的衣裳。

大太太只得让罗振声陪着罗振兴一起去。

两兄弟很晚才回来,刚躺下,有人叫门。

值夜的提着灯笼问是谁,没想到来人是钱明。

罗振兴让人开了门,钱明就嗔怪他:"大姐去了,你怎么不跟我说一声? 要不是我有同窗父辈去给大姐吊丧,我还不知道这件事呢!"

"今天太晚了。"罗振兴迎了钱明进来,"准备明天通知你的。"又见钱明一身露水,道:"今天你就睡这里吧,明天我们一起去徐府。"

钱明应了,眼里不禁闪过喜悦之色。

罗振兴此刻不由怀疑:自己撮合了五娘和钱明,不知道是对还是错。

第二天,是元娘的大殓。按理罗家应送三牲祭桌到灵堂给元娘烧纸钱,谁知道大太太一早起来就吐了满身,大老爷吓得脸色发白,忙差人去请大夫。罗振兴知道了急急赶过来探病,大太太怕耽搁了元娘那边的时辰,只催着儿子快去:"家里有许妈妈,还有你父亲和六姨娘,你有什么好担心的?"

罗振兴犹犹豫豫。

大太太就说要把十一娘也留下来:"你这个妹妹一向沉稳,你应该放心了吧?"

正说着,二房那边的三爷罗振达和四姑父余怡清、三奶奶、四娘来了。

"快去吧!"大太太道,"我没什么事,不过受了些风寒罢了,免得大家都等你。"

罗振兴想了想,叮嘱了十一娘一番,这才去了倒座房。

钱明已经和余怡清相谈甚欢了。二十岁的罗振达还只是个童生,罗振声却连童生也不是,两人唯唯诺诺地站在那里,自然一句也不敢说。见罗振兴来了,余怡清就笑着问起他会试的事来。

罗振兴自我感觉还考得不错,但这种事可不是凭感觉就能高中的,不敢说大话,含含糊糊地应酬了几句,就叫了小厮去门口候着:"五爷和六爷怎么还没有来?"

"这两个家伙只知道玩。"余怡清个子不高,却长得清秀斯文,不大的眼睛炯炯有神,透着一股子精神。

钱明就笑道:"他们年纪还小,正是喜欢玩耍的时候嘛!"

余怡清一笑,正要说什么,门外已有小孩子气呼呼的声音:"还是五姐夫人好,不像四姐夫,什么时候都要冒充大人。"

大家望过去,除了五爷罗振开还有谁?

余怡清就哈哈大笑起来:"我本就是大人,何来冒充之言?"

罗振开鼓着腮帮子还要说什么,罗振誉就拉着哥哥的衣襟:"娘说让你出门听大哥的话。"气得他直瞪弟弟。

罗振兴见了就道:"既然大家都来了,我们就快过去吧!"

大家就收敛了笑容,和罗振兴一起去了徐家。

徐府门前白茫茫一片,人来人往,三品以上官员才能乘坐的青帷饰银螭绣带的黑漆齐头平顶马车停了一溜。

钱明咋舌:"燕京的大员都来了吧?"

余怡清看着也颇为激动:"侯爷好像只比我大一岁。"

"嗯。"罗振兴苦笑,"侯爷今年二十六岁。"

正说着,有眼尖的管事看见他们,疾步迎了上来,殷勤地领他们进门。

远远地,罗振兴就看见穿着一身白衣白袜的徐令宜站在孝棚前,正和两个四旬左右的男子在说话。看见罗振兴,他和那两个男子低声说了两句,就迎了上来:"你们来了?"

待走近了，罗振兴才发现徐令宜面色有些憔悴。

大家忙给徐令宜行礼，钱明就自我介绍道："学生宜春钱子纯，见过姐夫。"

徐令宜微怔。

罗振兴忙解释道："是五妹的未婚夫，刚下的聘。"

徐令宜听着就朝钱明点了点头，然后和余怡清寒暄："还是过年的时候来过，一直在准备会试的事？"

余怡清点头："三年一次的机会。"

徐令宜微微点了点头，钱明在一旁笑道："我今年也和大舅兄、余连襟一起下了场，只是学问浅薄，不知道能不能高中。"

"不试试怎么知道有没有机会。"徐令宜淡淡地道，然后亲自领他们去了孝棚。

至于大奶奶和四娘等人，早有专引女眷的婆子带到了内院元娘停棺处上香哭灵。

只是罗振兴等人刚进孝棚，就有管事的来报："皇后娘娘的祭礼到了。"

徐令宜就叫了管事招呼罗振兴等人，自己去了正厅。

十一娘被留在家里，松了一口气。她真怕谆哥在灵堂上说出什么话来，让场面难看。

服侍大太太躺下，十一娘就端了锦杌在她床前做针线。

不一会儿工夫，大夫来了。

十一娘回避到了东间，等大夫走后才重新回到内室。

"大夫怎么说？"

"说是胸中有热，胃中有寒，胃失和降，所以呕吐。"许妈妈把药方拿给十一娘看，"开了黄连汤。"

十一娘笑道："我不十分懂这些，想来大夫说的不会有错。可差了人去抓药？要不我来生个小炉子，等会儿药抓回来了也好及时煎了。"

许妈妈听她说得乖巧，忙笑道："怎能让您生炉子，吩咐小丫鬟就是。"

十一娘笑道："这本是分内之事，妈妈不用客气。"

两人闲聊了半天，抓药的人回来了。

十一娘把药给许妈妈看了，拿了其中的一包去一旁的耳房，生了小炉子给大太太煎了一服药。

端进去的时候，大太太正在和许妈妈说话："总不能让她两眼一抹黑……"

看见十一娘进来，大太太就止住了话语。

"总不能让她两眼一抹黑"，这个她指的是谁？两眼一抹黑又指的是什么呢？

十一娘不敢表露心中的困惑，笑吟吟地服侍大太太吃药。

大太太吃完药就睡了,十一娘就和许妈妈坐在床前做针线,看着天色不早,就去厨房给大太太用黄粱米和花白米熬了碗白粥。端进去的时候,大太太正好醒来。

"十一小姐真是有心。"许妈妈当着大太太的面表扬十一娘。

十一娘笑道:"平日看着妈妈这样服侍母亲,就跟着学了。"

"哎呀,敢情还是我的功劳!"许妈妈笑起来。

大太太看着微微点头。

吃了晚饭,罗振兴等人回来了,赶过来问大太太的情况。

知道大太太没什么事,四娘、五娘、七娘就围着讲起元娘的祭礼来:"皇后娘娘的不算什么稀罕,不过是三牲六礼,有个叫什么杨文雄的都指挥使,送来的东西那才叫丰厚:猪羊祭品、金银山、缎帛彩缯、冥纸烛香,有一百多抬呢!"

大太太却问:"知道文家都送了些什么祭礼?"

大家面面相觑。大奶奶却坦然地道:"只不过送了些猪羊祭品。"

大太太点了点头。

现在元娘去了,大伯母肯定是忌讳文家吧?四娘觉得自己好像看中了大太太的心思,就笑着起身告辞:"今天天色不早了,明天再来看大伯母。"

大太太也不留,由大奶奶送了出去,然后对留在屋里的十一娘道:"扬州文家当年攀上了徐家,靠着徐家做内府的生意,南边的织造、北边的马场都涉及,却还能这样低调,十分难得。"说着,她若有所思地看了十一娘一眼,"要知道,送祭品都是些台面上的东西,送到账房的才是真金白银。"

十一娘愕然。大太太……是在教导自己怎样处事吗?她又想到大太太那句"两眼一抹黑"的话……难道是指自己?

从那以后,大太太果然常要十一娘在身边服侍,还不时讲些徐家的事。

十一娘虽然很认真地听着,却并不把它当成唯一的标准。毕竟,每个人都有自己看事情的层面和理解事情的方式。

从头七到五七,三姑六眷都要再去祭拜一番。所以三月二十五,罗家的人又去了一趟徐府。

十一娘依旧被留下来照顾大太太——大太太的呕吐好了很多,人却总是没精神,可能身体无恙了,但元娘去世给她的精神打击太大了的缘故吧?十一娘在心里暗忖着,却接到了甘家七小姐差人送来的一封信。

在信里,她先谢了十一娘上次送的帕子和荷包,然后说起元娘去世的事来,让她节哀顺变,保重身体。说,她找到机会就来看十一娘,还让十一娘没事就多看看佛经,还说佛经里有大道理,自己的继母甘夫人就很喜欢看佛经。

十一娘拿着信不由失笑,更多的,却是感激。

三夫人是她的堂嫂,徐家出了什么事,谆哥那句话是怎样来的,可能她比自己还清楚,却还能以这种隐讳的方式来安慰自己。

所以十一娘不仅给她回了一封信,说自己一切都好,还让那个送信的人给甘家七小姐带去了两条自己亲手打的五蝠络子。

第十三章　红榜定五娘羞备嫁

　　到了三月二十八日那天,罗振兴、罗振声和吴孝全一早就去看榜,结果到了中午还没回来。大太太心急,既怕儿子没中受了打击不愿意回来,又怕儿子高中被人拉去喝酒,就差了杭妈妈的儿子杭新才去找人。结果杭新才前脚得了差事,后腿就跑了回来:"大爷中了,大爷中了!"

　　大太太听了忙起身朝外去,与罗振兴碰个正着。

　　"娘,我中了,中了!"罗振兴很兴奋,"第六十六名。"

　　"快,快,快,"大太太满脸欢喜,"祭祖宗。"又道,"快去告诉大老爷。"

　　家里一下子就欢腾起来。

　　罗振兴又道:"四妹夫也中了,第九名。"

　　大太太一怔,忙问:"那钱公子呢?"

　　罗振兴迟疑片刻,道:"只能等过几年了。"

　　大太太的愉悦就少了几分,但还是道:"这也是没有办法的事,你三叔当年也考了好几回。"

　　"是啊!"罗振兴就是怕母亲失望,忙道,"他的事太多了,要是能安心读书,状元榜眼肯定如囊中取物。"

　　大太太的脑子一转,立刻道:"你等会儿就把他请来喝酒吧! 一来可以安慰安慰他;二来要是他愿意,国子监三年的费用由我们家出。"

　　罗振兴一怔。

　　大太太已道:"罗振声已经是个扶不起来的人,你总得有人帮衬帮衬吧!"

　　罗振兴想了想,没有拒绝,立刻差人去请了钱明来。

　　钱明再也没了以往的意气风发,但听完罗家愿意资助他读书,他激动地起身给罗振兴作揖:"大舅兄,大恩不言谢!"

　　罗振兴见他没有酸气,也挺高兴的,揽了他的肩膀:"喝酒,喝酒!"

　　那边五娘听说钱公子没有考中,忙问罗振声:"那四姐夫呢? 大哥呢?"

　　"大哥和四姐夫都考中了。"罗振声道,"而且四姐夫比大哥考得还好。"见姐姐脸色发白,他不由安慰五娘:"姐夫也不过是这次没考中,多考几回不就中了。我和大哥去看榜的时候,还看见好几个比父亲年纪还大的人和大哥是同科呢!"

五娘气不打一处来,直接把他给撵了出去。

罗振声不知道自己哪里又把姐姐给得罪了,讪讪然出了门,迎面碰到琥珀。

"四爷,地锦姐姐可好些了?"

罗振声不由眉头微蹙:"不知道是怎么了,到今天还没有好利索,我说给她请个大夫,她又说大姐去了,母亲心里不高兴,知道了只怕会怪她多事。你要是有空,就去看看她,也免得她天天躺在床上恹恹的。"

琥珀不由掩袖而笑。不怪大家都说四爷好脾气。

"您来看五小姐啊?"十一娘这段时间天天被大太太带在身边,她们这些做丫鬟的反而没什么事可做,琥珀闲着无聊,和罗振声说话。

罗振声点头:"五姐夫落榜了,我来安慰安慰五姐。"

琥珀笑道:"四爷真是细心……"

家里的丫鬟都喜欢和罗振声说话,罗振声也喜欢和丫鬟们说话。

他就和琥珀闲聊起来:"你看我大哥,大嫂把他照顾得多好。再看钱公子,听他说,进场的那天早上为了省一两银子的雇车钱,差一点迟了……"

"是吗?"琥珀笑道,"那钱公子能到国子监读书,还是很了不起的。"

罗振声点头:"我也这样跟五姐说……"

两人七七八八地说了一大堆,直到罗振声屋里的丫鬟找来才各自散了。

晚上十一娘回来,琥珀就和十一娘说起这事来:"说起来,钱公子落第全因家境太贫寒的缘故。"

十一娘认为钱明没有考上的大部分原因是花在其他地方的心思太多了。不过这样,五娘肯定很失望吧?

她正思忖着,滨菊提了热水进来:"小姐,三老爷来了。"

"这个时候?"十一娘很是吃惊。

滨菊点头。

琥珀立刻道:"我去看看。"

十一娘点了点头。

待她梳洗完了,琥珀才回来,不住地笑:"三老爷也派人去看榜了。知道大爷高中了,十分高兴,特意跑来指点大爷怎样参加殿试呢。"

十一娘不由失笑。

第二天一大早，十一娘去给大太太请安的时候，大太太就把三老爷来的事告诉了她："你看，亲就是亲，叔伯就是叔伯，要不是你三叔家两个孩子年纪还小，又没女婿，他又怎么会来指导你大哥？要不然，你大哥是'振'字辈里第一个过了会试的，怎么不见你二叔来跟你大哥嘱咐几句？"

意思是说二老爷不来指导罗振兴，是因为有个女婿和罗振兴会同殿竞争，二老爷把亲生的女儿看得重，所以把女婿也看得重。而三老爷之所以来，是因为目前罗振兴和罗振开、罗振誉没有利害冲突。

大太太说这样一番话是想告诉自己，只有罗振兴才是自己的大哥吧？十一娘诺诺称"是"。

大太太脸上闪过满意之色。

到了殿试的那天，大老爷和三老爷亲自送罗振兴去了东华门——罗振兴会在太和殿里参加殿试。

第三天，殿试的结果出来。

余怡清中了探花，罗振兴二甲第十名。

罗家举家欢庆，弓弦胡同这边虽然没有披红挂绿，但每个人脸上都洋溢着无法掩饰的笑容。罗大老爷在祭祖的时候也不禁喃喃地道："罗家又可以兴旺四十年了。"然后给自己的同窗好友写信，告诉他们这个好消息。

永平侯在第一时间送上了贺礼——碧玉镶白墨床。

罗振兴非常喜欢，还写了一封信去表示谢意。

三老爷则嘱咐他好好读书，准备接下来的庶吉士考试，还时常来这边检查罗振兴的功课。

考上了庶吉士，就意味着罗振兴能留在燕京；考不上，罗振兴就会被外放。两个不同的起点，意味着两种不同的仕途。

罗家充满了紧张的氛围，大家走过倒座房时脚步都会不由放轻。

自己儿子在紧要关头，大太太也没有忘记钱公子，不仅在国子监附近给他租了个环境优美的院子，还让杭妈妈的儿子杭新才带了两个小厮、两个婆子过去服侍。

没几天，就到了四月二十二日元娘出殡的日子。

十一娘被大太太留在了身边，罗振兴天没有亮就和二太太、三太太，还有罗振达、罗振声、罗振开、罗振誉、余怡清、钱明、大奶奶、三奶奶、四娘、五娘、十娘等人去了徐府。

大太太就让十一娘帮她张罗着送太夫人寿辰的礼物：寿山石盆景一对，天蓝釉百折花囊一对，豇豆红福禄寿三星翁一尊，青花釉里红太白翁一尊，青釉梅瓶一对。

十一娘和许妈妈忙了一个上午才把这些东西装好。

大太太就问十一娘："大奶奶让你做的两双圆口青布鞋你可做好了？"

"做好了。"倒不是十一娘对大奶奶给她的单子十分熟悉，而是这双鞋的尺寸她从来没有做过。

大太太点头，让十一娘把鞋拿过来，然后指了屋里的东西："这些是我们罗家送的，你也要表表心意才是。"

如果没有小院的事，这样做自然会让人觉得贴心暖意，可现在……十一娘想到在小院时太夫人看自己的眼神和给元娘吊丧时太夫人看自己的眼神，觉得这样太过刻意，只怕太夫人并不会领情。可她又不能反驳大太太——毕竟所谓的让自己进府，只是推测和传言，谁也没有当着她明言。

到了晚上罗振兴回来，大太太少不得要详细地问元娘葬礼的事，自然又哭了一场，大老爷在一旁好生安慰了半晌，大太太这才略微好一些，由落翘服侍着歇下。

第二天，大太太吃过早饭正差人把给太夫人的寿礼送过去，禁卫军虎威营都指挥使王大人亲自带着王琅登门拜访。

因为姐姐去世，他们要服大功，守九个月的孝，因此五娘和钱公子的婚事只能等到冬天再议。没想到，王家却在这个时候来了。要是等不得，想就此一拍两散就好了。

十一娘忙差了琥珀去打听王家人来都说些什么。

琥珀却回来道："王家的人说，想十一月二十八就下定。"又笑道，"珊瑚姐姐说，那王公子身材高大，仪表堂堂，出手阔绰，虽然言辞间很是倨傲，但想他身份尊贵，有些脾气也是常理。"

十一娘却听着心里发凉。

五娘却是十分气愤："又不是什么金枝玉叶，怎么就这样等不及？刚服完大功就下定！"

紫薇和紫苑自然是要劝五娘的："姑爷如今能安心地读书了，金榜题名指日可待。到时候，您诰命、前程都有了，怎是一个有名无实的国公府可比的。我们府不也没有爵位，可这日子不照样过得滋润！"

五娘听着却脸色不变："不对……"

紫薇和紫苑不由面面相觑，不知道五娘是什么意思。

"母亲那么不喜欢杨姨娘，怎么就会因为杨姨娘死了就善待十娘呢？"她目光炯炯，"而且，我能感觉到，当初那位姜夫人分明看中的是我……"

紫薇和紫苑听着大惊失色："您是说……可王公子看上去十分体面……"

五娘就笑起来："这日子还长着,我们走着看就知道了!"

那边太夫人听说罗家送来的寿礼里面有十一娘亲手做的两双鞋,特意让魏紫找出来。

是两双很普通的青布圆口鞋,但看上去却比平常所见的青布圆口鞋显得光鲜亮丽很多。

太夫人微怔。

魏紫已惊讶地道："太夫人您看。"说着,拿了眼镜给她。

太夫人仔细一看,这才发现,原来那鞋帮鞋头上全绣着同色的"福"字。

"心思真是巧!"魏紫拿了另一只仔细地打量,"这样若隐若现,可真是漂亮!"

太夫人拿在手里半晌没有说话,却吩咐魏紫："你去帮我把针工局的牛嬷嬷找来。"

待牛嬷嬷来了,太夫人就指了鞋问："你帮着看看,哪里出的青布,哪家的丝线,能不能看出来是什么时候做的?"

如果自己的大姐死了她还有心情做鞋,那……太夫人想着,心里不由冷笑一声。

牛嬷嬷仔细看了半天,笑道："布是淞江的三梭青布,宫里用的也是这样的青布。丝线看不出来是哪家的,但肯定是从江南来的。至于是什么时候做的鞋,真不好说。看着挺新,可要是仔细保管着,有些做了余年的鞋也能看上去像新做的。"

太夫人听了不免有些失望,和牛嬷嬷说了几句,就露出了倦容。

牛嬷嬷立刻机灵地起身告辞。

太夫人少不得让人打赏,送了牛嬷嬷回宫。

杜妈妈就安慰太夫人："她年纪还小,又是庶女,自然得听嫡母的话。有些事,等她嫁过来了,您慢慢教就是了。"

太夫人就叹了口气："我倒是希望我多心了!"

"怎么是您多心呢?"杜妈妈就笑着给太夫人斟了一杯茶,"罗家突然塞了个媳妇给您,您想仔细看看也是正理嘛!"

徐令宜听说各家亲戚都送了寿礼来,少不得到太夫人处商量过寿的事："虽不至于大操大办,总要请几桌酒。"

太夫人却摇头："又不是什么整岁,家里人吃个饭就行了。"

徐令宜还欲再劝,太夫人已道："对了,我听说皇上要对西北用兵了?"

"您消息倒比我还灵通。"徐令宜知道母亲是担心自己,笑道,"我如今有孝在身,何况朝中猛将如云,皇上原先也只是念着皇后娘娘的恩情抬举我罢了。如今功成名就,自然要懂得适时退隐才是。"

太夫人点头:"你能这样想最好。"

"可是有人在您面前说了些什么?"徐令宜笑道,"还是谁想做粮米生意?"

"鬼机灵的。"太夫人笑道,"是你三哥,说林家有人约他入伙,问我行不行。"

徐令宜听太夫人的口气,已知道答案,但笑不语。

太夫人就叹了口气:"月满则亏,水满则溢。知道的人多,做得到的人少。"很是感慨的样子。

徐令宜想安慰母亲一番,又不知道该从何说起,正为难着,有丫鬟进来禀道:"五爷和五夫人来了!"

太夫人听着满脸是笑。徐令宜不由心中一松,五弟总是能让母亲高兴。

就有一男一女并肩走了进来:男的插着碧玉簪,穿着月白锦袍,面如冠玉;女的穿着湖色素面妆花褙子,乌黑的青丝斜斜梳了个坠马髻,眉目含情,娇艳如花。两人站在一起,比观世音前的金童玉女还要清贵几分。

"来,来,来。"太夫人看着就从心里欢喜起来,"坐到我身边来。"

徐令宜听着就站起来给徐令宽夫妇让座。

徐令宽见了母亲,脸上全是高兴,刚亲亲热热地喊了一声"娘",抬头看见四哥站了起来,那高兴就少了七分。他下意识地就向后退了两步,有气无力地喊了一声"四哥"。把太夫人和五夫人看得目瞪口呆。

"你可是在外面又做了什么事?"太夫人朝着小儿子挤眼睛。

"没有,没有。"平时十分机灵的徐令宽此前却有些呆头呆脑的,"真的没有。这段时间我天天在园子里听戏,哪里都没有去。"

徐令宜哪里还看不出来母亲维护弟弟的心思。父亲去世的时候,三哥忙着家里的事,他忙着外面的事,母亲身边只有幼弟侍疾,情分又有不同。他自己不能安慰母亲,也就默许了幼弟在母亲膝下承欢,这才养成了幼弟有些轻佻的性子。严格说起来,自己是有责任的,不能总怪他行事浮躁。

这么一想,他不由笑着出言为幼弟开脱:"他这些日子天天都去御林军点卯,他们李副统领对他也是赞誉有加。娘不必担心。"

太夫人听着就长吁了口气,笑容里就添了几分舒服:"好,好,好,你能这样听话,可比什么都强。"

"娘,"徐令宽立刻"活"了过来,笑着坐到了母亲身边,"您不要看见了我就怪我。自从四哥教训了我,我知道自己做错了,现在已经改了。"

太夫人就笑起来:"知道了,知道了,以后再也不说你了。"语气十分宠溺。

五夫人看着抿嘴一笑,上前给太夫人和徐令宜行礼。

第十三章·红榜定五娘羞备嫁

太夫人就指了一旁的锦杌："小五,坐那里去,把位子让给你媳妇。"

徐令宽就有意嘟囔："看您把丹阳惯得,过几天就要欺到我的头上去了。"

"丹阳可不是你说的那样的人。"太夫人呵呵笑,"来,丹阳,坐到娘身边来。"

五夫人忙提裙坐到了炕上,自有小丫鬟端了太师椅过来给徐令宜坐。

丫鬟们上了茶,就有小丫鬟禀道："太夫人,二夫人来了!""快请进来!"太夫人话音刚落,二夫人就捧着个雕红漆的匣子走了进来。

看见徐令宜,她微微一怔："侯爷也在这里。"

徐令宜站起来恭敬地喊了声"二嫂"。

徐令宽则把自己坐的锦杌端到了二夫人的面前："二嫂,您坐!"

二夫人笑着向徐令宽道了谢,然后又给太夫人、徐令宜行了礼,这才坐了下来,然后把手中的匣子递给一旁服侍的姚黄："幸不辱命!"

那里面装着徐府内、外宅的对牌、账册。

徐令宜忙道："多谢二嫂,这几天让您操劳了。"

"侯爷客气了!"二夫人忙站了起来,"平日里大家都容着我懒散,如今能帮上忙,就让我尽点心意,怎谈得上操劳。"

太夫人听了就笑道："一家人不说两家话,都坐下来吧!"

两人一笑,重新坐下。

太夫人就道："怡真,这次多亏有你。不然,元娘的葬礼不会办得这样体面。"

二夫人笑道："娘让我和侯爷坐下来说话,怎么自己倒客气起来。"

一席话说得大家都笑起来。

有丫鬟进来禀道："太夫人,内府说是奉了皇后娘娘之命,送了两筐樱桃来。"

太夫人听着一喜："拿进来看看。"

丫鬟抬了樱桃进来。说的是两筐,加起来不过二十斤,用绿叶铺了,十分可爱。

太夫人立刻让人把其中一筐拿去清洗,又吩咐魏紫："去,把三夫人和几个孩子都叫来尝尝鲜。"

元娘的葬礼刚过,三爷徐令宁去给那几位送了牲祭又没有来的人道谢了——如皇后娘娘身边的内侍雷公公。

五夫人刚张口欲提醒太夫人还有乔莲房,又想起如今她不如往昔,把话咽了下去。

魏紫应声而去。

太夫人指了另一筐："给甘府、孙府和罗府送去。"

二夫人父母已逝,只有一个养兄在信阳任知府,并无亲戚在燕京。

姚黄忙安排人去送樱桃。

很快，三夫人带着几个孩子来了。

屋子里叽叽喳喳十分热闹，就是刚刚丧母的谆哥，也露出了笑容。

太夫人就把那个雕红漆的匣子递给了三夫人："你依旧管着吧！"

三夫人有些羞愧地低下了头："娘，还是让二嫂管吧，我实在是心有余而力不足。"

太夫人知道她是指春宴之事，笑道："不吃一堑，不长一智。这次你看着你二嫂怎样行事，应该也能学到些东西才是，以后注意些就是了。"

"是。"三夫人低着头接了。

五夫人就拉着她坐下："三嫂快吃樱桃，要不然就被抢光了。"

大家一阵笑，三夫人也自在了一些。

徐令宽就趁机说了太夫人过生辰的事："早上起来我们兄弟几个来给您拜寿，吃寿宴，让庚长生给您唱两折，晚上到点春堂，让小五福的杂耍班子给您耍戏法。"

太夫人看着幼子说得眉飞色舞，知道他是用了心安排的，再看徐令宜，含笑望着弟弟，目光却瞟得很远，刚才的欢快已没了几分。

徐令宽还在那里说着自己的想法，太夫人已笑着打断了他的话："这段日子人来人往的，明天的生辰，你们几个兄弟来我这里吃寿宴就行了。"

"哦！"徐令宽有些失望。

晚上回到家里，徐家三爷徐令宁知道三夫人重新得到了管家的钥匙，不由笑道："娘心里还是有你的……"

三夫人冷冷一笑，打断了徐令宁的话："你知道什么！她是怕到时候罗家十一娘进了门不好办，所以让我这个名不正言不顺的媳妇当家，到时候也好随时把钥匙要回去……"

"怎么又说起这些来？"徐令宁不由低声道，"我虽然是庶出，娘也从来没有把我当外人……"

"你少说两句吧！"三夫人不待见地打断了丈夫的话，眼睛一转，又亲热地搭在丈夫的肩上，"上次林家说的事，你准备怎么办？"

徐令宁"哼"了几声。

三夫人眉角一挑："问你话呢！你就不能好好地说？怎么在太夫人面前事事都答应得清楚，到了我这里，就事事都说不明白了？"

徐令宁听了不悦地道："娘说了，这事不成！"

"为什么不成？"三夫人沉着脸，"人家建宁侯跟寿昌伯还跟工部的都水司做生意呢，而且做的还是无本的买卖。我们可是真金白银地入股，凭什么就不行？"

建宁侯和寿昌伯是当今皇太后的两位兄长，工部都水司掌握天下川泽、水船。

"那不同,太后娘娘对皇上有再造之恩……"徐令宁含糊不清地道,"皇上就是知道了,也会睁只眼闭只眼的!"

三夫人气极而笑:"什么再造之恩,她不过是生不出儿子又不想被废,所以把皇上养在了名下罢了。要不是徐家,要不是皇上,当年她早就被叶贵妃给拉下了位……"

徐令宁听她说出这样的话,吓得忙捂了她的嘴:"你小声点,你小声点,可别让人听见了,爹临死之前可是有交代的,谁也不准在世人面前提'当年徐家'之类的话。"

三夫人扒了丈夫捂在自己嘴上的手继续:"撑死胆大的,饿死胆小的。徐令宁,我可告诉你,你有两个儿子要养呢!那可是你的亲骨肉……"说着,眼泪就扑簌簌地落了下来。

"徐家送樱桃来了?"大太太眼底闪过困惑,"请那两位妈妈进来。"

许妈妈笑道:"说是皇后娘娘赏下来的,太夫人特意送来让尝尝鲜。"

大太太点了点头,许妈妈笑着将徐家的两位妈妈请进来。

两位妈妈给大太太行了礼,说明了来意,大太太道了谢,说了几句客气话,打了赏,依旧由许妈妈送了出去。

她打开细湘竹编成的小筐,绿色的树叶上躺着一小捧红玛瑙似的樱桃,十分漂亮。

大太太就叫了落翘来:"留一半给大老爷,另一半送到大奶奶那里去。"

落翘应声而去。到了大奶奶那里,却碰到了四爷罗振声。

他满脸涨得通红,看见落翘进来,匆匆打了一个招呼就告辞了。

落翘暗暗觉得奇怪。平常四爷见到她们总会说笑几句,今儿个怎会一副落荒而逃的样子?

大奶奶好像也不愿意多谈这事,忙问她:"可是娘那边有什么差遣?"

落翘就把这事丢到了脑后,笑道:"皇后娘娘赏了徐家一些樱桃,徐家送了一些过来,大太太就让我们带来给大奶奶尝尝鲜。"

"真漂亮!"大奶奶看了十分喜欢,叫了杏林,"送一半到大爷那里,送一半到麻哥那里。"

杏林应声而去,又赏了落翘一块素帕子。

落翘谢了大奶奶,转身出门却看见罗振声正和赶车的小六子说着什么,一面说,还一面从衣袖里掏了几两碎银子塞给小六子。小六子刚伸手要接,抬眼看见落翘,忙推了银子,转身就跑了。

罗振声不由望了过来,看见了落翘。他有几分不自然地走了过来:"想让他帮着买点吃食,谁知却是个狗眼看人低的!"

落翘微微地笑:"可惜大哥不在,要不然,让他去办,定能办得好。"心里却想着,这外面买办的事,雁过拔毛,谁会推了这样的美事?只不过被自己撞见了,不好意思罢了。自己还是早点走,说不定那小六子就自己寻上门来给四爷买东西了。然后略应酬了罗振声一句,转身回了屋。

到了晚上大老爷回来,大太太忙上前服侍更衣:"吃过饭了吗?"

大老爷一面任大太太帮着脱了衣裳,一面点头:"吃过了,在老三家吃的。"

大太太就让落翘去把樱桃端出来:"太夫人送来的,说是皇后娘娘赏的。虽然不多,是个心意。"

大老爷"嗯"了一声,洗了脸上炕坐下,道:"老三的差事有着落了,放了四川学政。"

"真的?"大太太喜道,"这可是个好事!"

大老爷点头:"说是侯爷帮着打的招呼。"

大太太脸上下意识微滞,迟疑道:"那您的差事……"

"我怕是不成了!"大老爷长透一口气。

大太太心里一跳,挨着坐了过去:"出了什么事?"声音也低下来。

"今天和老三说了半天。皇上既然任了陈子祥为首辅,那就是下定决心推行新政。我是柳阁老的人,只要陈子祥在位一天,我就没有出头之日。"大老爷苦笑,"不识庐山真面目,只缘身在此山中。今天三弟坦诚以告,我也大梦初醒,知道了缘由。"说着,摇了摇头。

大太太就犹豫道:"难道,就没有其他法子了?"

"有。"大老爷自嘲道,"新政失败。"

大太太不说话了。

"朝廷上怕站错了地方,"大老爷很是感慨,"更怕改弦易辙。当初柳阁老为茶税之事,特嘱咐我上书反对。老二和老三当时都没有参与,还好说一点,我却是决不能在这种情况下拥护新政的。"

大太太早年也跟着父亲住在官衙里,自然明白大老爷话里的意思。正如大老爷所言,坚持到底不认错,风骨犹在;如果改弦易辙,只怕谁当政也不会再用。

"那,我们岂不要回余杭去?"大太太掩不住失落。

"不是还有兴哥吗?"嘴里虽然这么说,神色间却有淡淡的怅然。

夫妻对坐,沉默半晌。

不知是谁从窗棂下走过,发出低低的欢快笑语。

大太太听着火从心起,站起身来,正想大声呵斥,抬头看见坐在自己对面垂头丧气的丈夫,又怕他觉得自己小题大做借机泄愤失了贤名,到口边的话就变成了:"落翘呢? 让她去端个樱桃,怎么要这么长的时间。"

一旁服侍的杜薇把两人的对话听得清清楚楚,知道大太太的火气上来了,忙道:"大太太,我去看看。"说着,匆匆去了一旁的耳房。

耳房里灯火通明,落翘、珊瑚、玳瑁、翡翠……几个都在,个个没头苍蝇似的在屋里乱找。

"这是怎么了?"杜薇急急地道,"大太太在催,樱桃怎么还没有端上去?"

落翘抬头,脸如纸白。

一旁的翡翠急道:"怎么办? 怎么办?"又道,"刚才是谁守在这里,一个个叫来问,我就不相信了,那樱桃还飞上天不成?"

杜薇这才明白——原来刚才大家是在找樱桃。

珊瑚的脸色比落翘还要白上几分:"得赶快跟大太太说去。要不然,拖得越久,大太太心里越不舒服……还不如好好地说说,大太太心里一高兴,也许就没事了。"

事到临头,落翘反而镇定下来:"我去回大太太去。"

她挺着脊背走了出去。

"落翘姐,"杜薇喊住落翘,把刚才大太太和大老爷说的话简明扼要地告诉落翘,"只怕不是时候。"

落翘一时面如死灰。半晌,才勉强露出一个笑容:"就算这样,也不能杵在这里不动吧!"说着,大步走了出去。

珊瑚气得两手攥成拳:"给我找,今天非把那偷吃樱桃的家伙给找出来不可。我就不信了,她能把樱桃吃到肚里,还能把装樱桃的甜白瓷盘儿给吃到肚子里去不成?"

玳瑁听了迟疑道:"要不要去禀了大奶奶? 这屋里的事毕竟是大奶奶在管,说不定还可以给落翘求求情。"

翡翠一听立刻跑了出去:"我去求大奶奶去。"

珊瑚"喂"了一声,她已跑得不见了影。

珊瑚不由跺了跺脚:"这个猛张飞,也不想想,这个时候去跟大奶奶说,大奶奶还以为我们是在说她的不是呢!"

玳瑁听了就要去追。

珊瑚叹了口气:"算了,这个时候要追也来不及了。"又道,"我们不如去看看,要是能说上话就帮着点。"

玳瑁听着有道理,和珊瑚去了屋檐下。

待靠近了,就听见大老爷道:"不过是盘樱桃,没了就没了,明天让人到东大门去买了就是了!"

"大老爷说得不错。"大太太的声音里带着冷屑,"不过是盘樱桃,就偷偷摸摸地惦记着,这要是金子,岂不是眼睛也不能眨一下? 我这是住在自己屋里还是住在贼窝子里!"

正听着,就看见翡翠陪着大奶奶来了。

珊瑚和玳瑁忙迎了上去:"大奶奶……"

大奶奶的脸色有些不好看,朝着她们点了点头,就进了屋。

三人就支了耳朵听。

开始听得不大清楚,只知道大太太的语气很急,大奶奶一句话也没有说。到了后来,大太太的声音突然拔高了几分,几人才听清楚:"还飞了天不成? 关了门给我搜!"

大奶奶应了一声"是",吩咐杜鹃去叫了杭妈妈和江妈妈,分头搜正院和后院。

江妈妈知道后院住着几位小姐,带着婆子们叩开角门,然后就站在那里不动了。

有婆子道:"妈妈这是怎么了? 大奶奶还等着我们回话呢。"

江妈妈笑道:"正院丢了东西多半在正院里,我们还是等正院那边搜完了再说吧,免得白白得罪几位小姐。"

婆子们都不说话了——后院住着三位小姐,一位是要做公卿夫人的,一位是举人娘子……还是江妈妈人机灵。大家都跟着江妈妈侧耳听着正院的动静。

不一会儿,她们就听见跟着杭妈妈去搜屋子的一个婆子禀道:"杭妈妈,盘子没找到,找到几个樱桃。"

江妈妈大喜,朝着几个婆子使了个眼色,然后施施然地走了过去:"大奶奶,我们这边什么也没搜着。"

大奶奶朝着江妈妈等人挥了挥手,精神全都集中在了杭妈妈那边。

"给我看看!"

婆子忙把用青花瓷盘装着的樱桃递了过去。

就有丫鬟在那里低声地辩道:"大奶奶,我没有偷吃……我真的没有偷吃……"

江妈妈望过去,竟然是四爷屋里的地锦。

大奶奶看也没看她一眼,去了大太太那里。

地锦满脸是泪,却不时转身望向西厢房:"我真的没有偷吃……"

西厢房大开的门扇后面探出几个小丫鬟的头,却没有人站出来说一句话。

不一会儿,大奶奶出来,冷冷地望着地锦,道:"先关到柴房去,明天再说!"又望着大家:"都散了吧!"自有婆子拉了地锦关到柴房去。

地锦挣扎起来:"四爷,四爷,我真的没有偷吃……"

西厢房的门扇静静地立在那里,只有昏黄的灯光透出来,照在白石台阶上,光线虽然柔和,却显得很孤单。

不知道为什么,珊瑚她们看着都眼睛涩涩的,翡翠甚至侧过脸去偷偷擦着眼角。

落翘就想起自己早上看到四爷给小六子钱的事。可这个时候,谁又能作声?

她的表情阴晴不定,好一会儿,才低声地道:"我去跟四爷说说去。"

珊瑚拉了她:"四爷要是想为地锦出头,地锦被拉出来的时候就出头了……"

落翘犹豫半晌,终是跟着珊瑚回了屋。

落翘上了床,却翻来覆去睡不着。

和她一个屋的是珊瑚,被她吵得不能入睡,打着哈欠道:"你就别多想了,快睡吧!这事好歹过去了。"

珊瑚越是这么说,落翘越是不安。她索性披衣起身,趁着月色到外间倒了杯水,站在桌前小口小口地啜起来。

过了好一会儿,落翘感到身上有些凉,正要转身回屋,看见玳瑁揉着眼睛走了进来。

"哎呀!"她一时没看清,吓了一跳。

落翘忙笑道:"是我,落翘。"

"原来是落翘姐姐。"玳瑁舒了一口气,"你也起来喝茶啊?"

落翘心不在焉地"嗯"了一句,她看到玳瑁轻手轻脚地倒茶,想到她平常也是这样小心翼翼,从不多言多语,心里一动,不由道:"玳瑁,你相信是地锦偷吃的樱桃吗?"

玳瑁微怔。

或许是心里也和落翘一样有疑问,或许是黑暗中人变得软弱。她低声道:"平常四爷来给大太太请安,地锦也随行,别的我不敢说,可偷吃樱桃这样的事,应该不会吧……何况,还把没有吃完的樱桃就那样放在柜子里……我记得装樱桃的盘子是个甜白瓷的……"

就如同遇到了知音。

落翘就把早上看到四爷找小六子买东西的事告诉了玳瑁:"我以前就听人说,四爷和地锦好。你说,会不会是四爷买来讨好地锦的?"

"那、那岂不是冤枉了地锦?"玳瑁越听越觉得这事有些蹊跷。

"我想去跟四爷说说……"落翘不死心,想得到玳瑁的支持。

玳瑁犹豫半晌,道:"要不,我陪姐姐一起去吧?"

落翘听着就下定了决心。

好在都住一个院,两人去叩罗振声的窗棂。

立刻有声音警惕地道:"谁?"

声音很低,反应很快,显然屋里的人根本没有睡。

"四爷,我是落翘。"落翘贴着窗棂低声地道,"我有事找您!"

"什么、什么事?"罗振声的声音磕磕巴巴,"有什么事明天再说吧!"

落翘和玳瑁不由对视了一眼。

"这春寒料峭的,只怕地锦受不住,四爷还是想办法给地锦送件薄被御寒吧!"

"我知道了。"罗振声有些落寞地回了一句,就再不出声了。

落翘站在那里,只觉得这暮春深夜透骨地寒。

第二天一大早,五娘和十一娘一起去给大太太请安。

自从五娘的婚事定下来以后,五娘的心好像也落定了,比起往日,对十一娘热乎了很多。

两人进了屋,大太太正由许妈妈服侍着坐在炕上喝茶。

这场景虽然和平常没有什么两样,可不知道为什么,十一娘感觉到今天大太太的神色间有几分疲惫之色。

看见五娘和十一娘,大太太表情淡淡的:"你们来了?"

"母亲!"两人屈膝给大太太行了礼。

"坐吧!"大太太点了点头,"吃了早饭没有?"

"吃过了。"两人异口同声地回了,坐在大太太炕边的小杌子上。

五娘应道:"母亲昨晚睡得可好?"

大太太就冷冷地看了五娘一眼。五娘觉得莫名其妙,不知道自己这句话哪里说错了。正心里惶恐着,庥哥来了。大太太立即冰雪消融,待庥哥问了安,立刻把他抱到了炕上:"早上都吃了些什么?"

庥哥却道:"祖母,樱桃好吃。"

大家一怔。

大奶奶就小心翼翼地问庥哥:"祖母耳房里的樱桃,是你吃了?"

庥哥看着母亲神色不对,忙躲进了大太太的怀里:"祖母的樱桃好吃,娘给的也好吃。"

大奶奶的脸色一下子变得很难看:"娘,我不知道……我没有想到……回去以后一定好好教训他。"

"好了,好了,又不是什么大事。"大太太笑呵呵地望着扑在自己怀里的孙子,"樱桃好看又好吃,大人都爱,何况是个孩子。"

"娘,君子有所为有所不为。"大奶奶的脸色很不好看,"他要吃什么,大大方方地说了,谁还不给他吃,却偏偏要偷偷摸摸地溜到您耳房里去……"

大太太听着就有些不高兴。

大奶奶看着,忙收了话,望着麻哥的乳娘:"你是怎么带的孩子? 桌上还有个甜白瓷盘呢?"

乳娘怯生生地道:"我、我不知道。"

麻哥听了就要下炕。

他"噔噔噔"地跑到一旁的小几,抽出小几的抽屉,拿出一个甜白瓷盘:"你们都找不到!"

大奶奶气得全身发抖,偏什么也不能说。

大太太就笑起来:"还是我们麻哥聪明。"

麻哥就从那抽屉里摸出几个樱桃:"给谆哥吃的。"还抿着嘴笑,很得意的样子。

大太太一听,眼睛立刻红了起来,起身抱了麻哥:"好孩子,真是个好孩子。"话没说完,眼泪已忍不住落下来。

把五娘和十一娘看得一头雾水,不知道这都是演的哪一出!

大奶奶忙问大太太:"那您看,地锦她……"

听到大奶奶提到地锦的名字,五娘不由满脸诧异。

大太太已冷冷一笑:"让杭妈妈去问,那樱桃是从什么地方来的。"

提前上市的樱桃十两银子一斤,一般的人家根本不可能这个时候买,只可能是罗振声。难怪他昨天要向自己借银子,难怪地锦被关他不敢出声,买了东西不先来孝敬父母,竟然给了丫鬟。

大奶奶立刻明白了大太太的意思,点了点头,正要去吩咐杭妈妈,已有小丫鬟禀道:"大太太,杭妈妈来了。"

"让她进来!"大太太的话音刚落,杭妈妈已三步并作两步走了进来。

看见五娘和十一娘,她微怔,神色间就有了几分犹豫。

大太太看得分明,就吩咐五娘和十一娘:"你们回屋歇着吧!"

五娘和十一娘应声而去。

杭妈妈就在大奶奶耳边低声地道:"地锦好像有了身孕……"

大奶奶脸色大变,对大太太耳语了数句。

大太太听了冷冷一笑:"想不到,我们的四爷还有这本事! 他自己可知道?"

杭妈妈低声道:"地锦说不知道……"

"那就告诉我们的四爷!"大太太眼底全是凌厉之色。

麻哥看着害怕,就有些害怕地喊了一声"祖母"。

大太太一笑，摸了摸麻哥的头，平静地对大奶奶道："找个人牙子来吧！"

大奶奶望着婆婆，满脸震惊。

五娘从大太太屋里出来，匆匆对十一娘说了句"我去看看四弟"，就带着紫薇和紫苑去了罗振声处。

十一娘就朝琥珀使了个眼色，然后和冬青回了屋。

燕京的四月，风清日暖。偶遇下雨，又不像余杭那样淅淅沥沥不停，空气中都含着水汽。这里雨过后马上就晴，天空碧蓝，空气中飘荡着草木的芳香，格外新鲜。

十一娘深深地吸了一口气，感觉人都好像在这空气中舒展开来。

离元娘去世已经一年多了，五娘的婚事重新被提起。大太太还矜持地想拖些日子，结果大老爷很是不快："五娘今年都多大了，你难道还准备让她留在家里当老姑娘？"

黄夫人听了喜上眉梢，连着三天到罗家来磨蹭。

大太太觉得面子足了，松了口，五娘的婚期就定在四月二十八日。

而今日是永和四年四月二十七，为五娘铺嫁妆的日子。

"小姐，小姐，三太太来了，问起您，大奶奶让您去问个安。"秋菊跑进来，"五爷和六爷也来了！"

"知道了。"十一娘笑着随秋菊去了正院。

三太太正和大奶奶站在垂花门前说话，走近了，才发现垂花门外堆放五娘嫁妆处有两个小孩，一个坐在马桶上，一个紧紧地抱着一床帐子，嘴里嚷着："这是我的！五姐夫不给钱，就不让拉走。"

两人把大家惹得哈哈大笑。这样调皮，除了罗振开和罗振誉还有谁？

去年五月，三老爷放了四川学政，三太太刚为罗振开和罗振誉聘了一位姓赵的先生做西席，怕耽搁了两人的学业，就留在了燕京。

十一娘上前给三太太行礼："三婶，您来了？"

三太太就打量着她："又长高了些，人更漂亮了！"

十一娘落落大方地笑道："多谢三婶夸奖。"

三太太就笑了笑，然后问大奶奶："五姑爷什么时候派人来接嫁妆？"

大奶奶笑道："说巳正是吉时。"

三太太看了看天，道："看这样子快到了……还好我没有来迟。"

她话音未落，礼宾已喝道："三爷、四姑爷、三奶奶、四姑奶奶到贺！"

大家见了礼，说了几句客气话，大奶奶就将三人请到一旁的厢房喝茶。

外面就响起了锣鼓声。

有人喊道:"姑爷来搬帐子了!"

有年长的女眷就站在垂花门前的台阶上看热闹。

罗振兴、罗振达、余怡清就堵住了门:"红包拿来,红包拿来。"

罗振兴考上了庶吉士,要在翰林院学习三年。大老爷虽然还在候缺,但已没有了当初的急切,反而有点像旅居燕京般的悠闲,今日去赴诗会,明日去观山景,过得很惬意。

外面就有人把门敲得当当响:"开了门就给红包!"

罗振誉和罗振开走不开,听着又是急,又是气,一齐放开嗓子喊:"还有我的,还有我的。"

满院的人大笑,十分热闹。

好不容易把门叩开,媒人进来说了吉祥话,给了红包。笑声中,钱家的挑夫就鱼贯着把嫁妆挑走了。

大奶奶跟着到钱明那里给五娘铺床去了。

望着空旷的院子,十一娘不由感觉到有些冷清。

王家已经几次上门议亲了,听大太太的口气,嫁了五娘就会和王家定下聘的日子。

真应了"琉璃易碎,彩云易散"这句话。她们三姐妹,只怕要各奔东西了。

不过,听说王琅去年九月在御林军谋了个差事,虽然因口角和人打了几次架,但还能每天点卯。也许年纪大些了,脾气会好些。

十一娘不免有些鸵鸟。姊妹们能嫁得好,总是件好事。像四娘,四姐夫余怡清在翰林院任修撰,不几日得了皇上的赏识,听说常叫去听他讲《易经》。

有小丫鬟来禀她:"十一小姐,要开席了。"

十一娘就回了自己的屋,迎面碰到紫薇,看见她像看见救命稻草似的:"十一小姐,我们家小姐一直问您怎么还没有回来。"

十一娘微怔:"五姐找我吗?"

"是啊!"紫薇点头。

十一娘去了五娘处。

五娘平日里用的东西都随嫁妆送到了钱明处,屋子里显得有些空荡荡,黑漆木衣架上挂着的大红底绣金凤嫁衣熠熠生辉,十分耀眼。

五娘本是端坐在炕上的,看见十一娘,竟然下了炕。

她一把抓住十一娘的手:"你去哪里了?怎么没有回屋吃午饭?"

"我正准备回来吃午饭呢!"十一娘刚答了一句,五娘已滔滔不绝:"中午我等了你好半天也没有看见你的影子。你中午吃些什么?厨房给我送了一道小雪菜黄鱼,一道龙井虾仁,一道鸡丝蜇头,一道姜汁白菜……也不知道找的是哪家包厨,黄鱼不新鲜,虾仁炒老了,蜇头像蜡头,白菜不嫩……"

总之,很多抱怨。十一娘突然明白过来:五娘,在害怕!

嫁给一个陌生的人,嫁到了一个陌生的地方,以新的身份开始新的生活,谁又能全然坦然? 她不由紧紧握住了五娘的手,想通过这种方式安慰安慰她。

"不知道燕京的宅子贵不贵,租房子总不是个事。谁像我这样,一嫁过去就要愁吃愁穿的。也不知道四弟现在怎样了。他怎么变得这么糊涂,竟然被地锦给迷了心窍。要不然,他也不用回余杭了。我出嫁,还能送我一程!"

五娘说着,嘤嘤地哭了起来。

十一娘知道她只是想宣泄一下心中的担忧罢了,见她哭出来,反而认为是件好事,叫了丫鬟来给她打水净脸。

洗过脸,五娘的情绪好多了。

"十娘天天把自己关在家里,也不知道她在干些什么。"她道,"我要出嫁了,她也不来看我一眼。我们好歹是姊妹,就算有什么深仇大恨,看在就要各分东西的分上,她就不能正常些……"这一年多,十娘从来不理会什么,有点我行我素的味道。不知道是不是因为大太太已经想好了对待十娘的招数,对十娘有种让人不安的包容。

去年五月,皇上对西北用兵,一开始用的是五军都督府的大都督蒋飞云。结果七月战事不利,皇上不顾大臣反对,封了徐令宜做征西大将军,主持西北战事,一直到了十月才有好消息传来。

仗一直打到了今年的三月,虽说是捷报频传,但好像伤亡也不小,还有御史弹劾徐令宜督军不力。虽然皇上都留中不发,但十一娘一直有些担心。

她希望徐令宜能平安归来。毕竟自己要嫁徐家的话已经说出去了,要是到时候有了什么变故,她不知道前面等待自己的将是什么。想到这里,十一娘不由叹了口气。

大太太却什么也没有跟她说,只让她做了很多针线,包括当初说是给五娘做的嫁妆,全收到了她的箱子里。只说她做得慢,五娘的嫁妆全托给了针线班子上的人做。看样子,又像是早有准备的。

那边琥珀看着五娘拉着十一娘说个没完没了,只得闯进来笑道:"十一小姐,您看,饭菜要不要端到这边来?"

五娘这才惊觉十一娘还没有吃饭,忙道:"那你快去吃饭吧!"

十一娘这才得以脱身。

回到屋里,十一娘刚吃了两口饭,就有小丫鬟道:"十一小姐,徐府的三夫人来了,大

太太让您去一趟呢!"

十一娘不由皱了皱眉。

前几日太夫人生辰,大太太要她一起去,她装不舒服,推托了。没想到五娘的婚事三夫人来了,大太太又安排她去见客。是不是表现得太急切了些?

尽管有些不愿意,但小丫鬟频频催她,她想了想,还是去了。

原来热闹的厢房此刻更是热语喧阗。

"……听说身子骨不舒服,太夫人惦记着,特意嘱咐我,来的时候看看十一小姐。"远远地,十一娘就听见三太太爽朗的声音。

"也没有什么事。"大太太笑着,"就是前几天帮着五娘赶针线人累着了。这几天我派了丫鬟看着她,不准她再做针线了。"

就有人笑着:"早就听说十一小姐的针线十分厉害,得了仙绫阁的真传,这是真的吗?"

大太太呵呵笑:"请了仙绫阁的一个绣娘来家里教女红,没想到得了她的眼,也就打络子、双面绣能拿得出手了!"话说得谦虚,听着却隐隐含着骄傲。

那人就道:"既是如此,哪天让十一小姐也给我打几根络子。"

大太太正要答应,小丫鬟就道:"十一小姐来了!"

"快请进来!"大太太笑着应着,十一娘就走了进去。

三太太满头环翠,穿了大红如意纹妆花背子,梳了坠马髻,戴了青金石的耳坠,打扮得十分华丽。看见十一娘,她立刻迎了过来:"我说去看看你,偏大太太要叫你来。你可好些了?"

十一娘屈膝给她行礼,笑道:"多谢三夫人挂念,我只是前几日有些乏力,养了几天,如今已没有什么大碍了。"

"那就好,那就好。"说着,携了她的手就坐到了一旁的玫瑰椅上,"太夫人还特意让我来看看你。还让我问你,上次送来的樱桃可好吃。要是好吃,过几天宫里赏下来了,再送些来!"

屋里的女眷个个望着她笑。

十一娘很是不舒服。她和徐家所有的不过是个口头的约定,无名无分的,这样说算是怎么回事。

十一娘一面朝大太太望过去,一面笑道:"这几天是五姐的好日子,不免事杂。原准备过几天去谢太夫人,今日三夫人过来,正好帮我带点东西过去。"说着,叫了跟来的琥珀:"把我前几天绣的那扇子拿来给三夫人。"又转头对三夫人道:"有劳三夫人转给太夫人。"

三夫人笑道:"我们太夫人可赚到了,一盘樱桃换了幅扇面。"

大家都跟着笑了起来。大太太也笑,眼底却闪过一丝满意。

三夫人当着大家的面提什么樱桃不樱桃的,不外是想说太夫人对十一娘另眼相看。可十一娘和侯爷又没正式下定,要是这事成不了,对罗家当然伤害最大。别人是不知道,会这样想,可她心里清楚,元娘临终前给皇后娘娘上的遗折就是为了确保这事能成。要知道,皇后娘娘也和元娘一样,最担心的就是孩子的安危。

想到这里,大太太的得意变成了黯然。如果元娘还活着,该有多好……

三夫人笑得却有些勉强。她实在是很腻烦徐、罗两家的约定,不说别的,到时候对着个比自己儿子大不了两岁的小丫头片子喊弟妹不说,有个什么大事还要到那小丫头手里去拿对牌。不先刺她一刺,她实在是咽不下这口气。

十一娘的笑容是淡淡的。能这样把心思表露出来的人不可怕,怕的是那些什么事都藏着掖着的。

众人各有各的想法,笑过,闲聊了几句,琥珀的东西也就送来了。

十一娘将红漆描金的匣子递给三夫人:"劳烦您了!"

三夫人眼睛一转,笑道:"我可要先睹为快。"说着,就打开了匣子。

团扇,绡纱的,湘竹柄,绣了枝栩栩如生的怒放牡丹花。果然好针线!她在心里赞一句,笑道:"真是漂亮!"

随手反过来,却是两朵并蒂牡丹花,一朵含苞待放,一朵刚刚吐蕾。

三夫人怔住。

三太太看着分明,忙笑道:"这就是我们家十一小姐的双面绣。原来在仙绫阁挑大梁的简师傅被大嫂请来家里教针线,我们家五娘和十娘也都一起跟着学了些的。"

大家纷纷围过来,你拿过来瞧一眼,我拿过来看一下,没有一个不交口称赞的。

该争的时候争,该斗的时候斗,可该抱成一团的时候就得抱成一团。要不然,自家人先闹起来,别人更不把你当回事了。

三太太就有些得意地看了大太太一眼,大太太微笑着朝三太太点了点头。三太太心里不免有些遗憾,要是那天去给太夫人拜寿的时候送这扇子去就好了!再转念一想,送去的东西都是给管事的,也没办法当面显摆,还不如这个时候呢!

正想着,有小丫鬟跑进来:"二太太赶回来了!"话音刚落,二太太就风尘仆仆地走了进来。

"大嫂勿怪。"她急急地道,"西北从山东调粮,驿路封了三天,要不早到了。"

"辛苦了,辛苦了!"大太太正说着,大家纷纷上前见礼。

三太太就找了机会对大太太道:"他们家富贵,我们家也差不到哪里去。有些事,还是缓点好!"

大太太知道她的意思,不由叹一口气:"听说陈阁老新法推行的成效显著,西北军用花费颇大,全赖去年茶税的收入……大老爷是不行了,我们再不走动走动,只怕有些人家就要把我们家看扁了。"

"可是,就怕事有万一……"三太太还是有几分犹豫。

有些话,大太太不好对三太太说,含含糊糊地道:"放心吧,这事我心里有数。"

三太太不好再说什么。

两人正说着,二太太拢了过来,递了一沓银票给大太太:"这是老爷和我的心意。"

大太太略略一看,全是一百两一张的,估计也有两千两:"这,太多了……"二太太忙摇手:"爹原来在的时候,家里的事我们从来没有操过心,每天只知道伸手拿了公中的银子贴补家用。如今家里正困难着,也是我们该出力的时候了。大嫂快接了,不然我回去不好跟老爷交代。"

三太太不免有些不自然。二房出手也太大方了些。可这个时候,她也挣不起这硬气来,不免讪讪然地笑道:"是啊,大嫂,您就接了吧!听说过几天王家要来下聘了。到时候讲究也多,花钱的地方也多。只是我们家老爷那里是清水衙门,我们虽然手面少,但这跑腿的事也还做得来。"

大太太就一边携了二太太,一边携了三太太:"一家人不说两家话。四姑爷如今正是鸿运当头,过两年兴哥也出来了,家里的日子又好过了些。"

三太太听着直点头,二太太却是眼神一沉——女婿再好,不比儿子,何况余家还有那么多的弟妹。

第十四章　庆凯旋十一定归徐

十一娘去了大奶奶那里。

出了门,路过正院的时候,正好看到大奶奶去了大太太那里。

"亲家母和亲家公都没有来,说是家里正忙着春播,不能来。来了个族叔,带了位从兄,两人穿得还算体面,但行动举止间不免有些拘谨,看得出来,不是见惯世面的人。另外还有位婶婶,说起话来八面玲珑,只是手面很小。"

大太太微微点头:"也好,免得嫁过去镇不住。"

陪着大奶奶过去铺床的杭妈妈就笑道:"您没看见,那位婶娘见了我们送去的嫁妆,眼都直了。我特意吩咐守夜的妈妈让仔细点,可别少了什么东西。"

大太太很满意,对杭妈妈道:"下去歇着吧!"

杭妈妈应声而去。十一娘未进去,转而想去看看十娘。

去年过年的时候,大太太让十一娘陪着一起去庙里给元娘上香,十娘当着全屋子里的人冷冷地望着大太太:"我喘哮发了。"

大太太什么也没有说,派人请大夫给她看病。

大老爷听说她病了,忙喊了大夫去问,结果大夫很倨傲地道:"你们家从什么地方请来的庸医,这位小姐明明好好的,怎么说三年前就染上了哮喘?"气得大老爷发抖。要不是大太太劝着,大老爷早就把十娘丢到庙里去任她自生自灭了。

当时十一娘不免想,说不定把十娘丢到庙里,她还有一条活路。

说实在的,她觉得现在的十娘就好像一个病入膏肓的人——知道自己时日不多了,通常都会做一些自己最想做却一直没有勇气或是机会去做的事。所以她比在余杭的时候更随心所欲,更肆无忌惮,带着破釜沉舟般的勇气,不,或者是任性,想去挑衅大太太的耐心,让大太太也感受一下自己这几年的不快。

却不知,在旁人眼里,她只是一只扑火的飞蛾。她不由得想起四姨娘来,十娘到底知不知道自己的生母已经去世了。

快一年了,大姨娘和二姨娘却一点消息也没有,就如同有个谜语横在大家面前,所有的人都猜不出答案,而知道答案的那个明明就在眼前,却谁也不去问,然后无视它存在般地绕道而行,硬生生让这件事变得诡异。

十一娘犹豫了片刻,还是去了五娘那里。五娘拿了上好的西湖龙井招待她。

十一娘就打趣道:"是想知道大奶奶都说了些什么吧?"

五娘强作镇定:"有什么好问的!"

十一娘笑道:"明天嫁过去就什么都知道了!"

"这个促狭鬼,"五娘嗔道,"就你知道得多!"

十一娘大笑,还是把大奶奶的话告诉了五娘。

五娘听着若有所思。

十一娘趁机告辞:"五姐明天一大早还要起来梳头。"

五娘让紫薇送她出门。

十一娘回屋,丫鬟忙打水服侍她梳洗。

十一娘到后半夜才迷迷糊糊地睡了。正睡得香,被琥珀叫醒了:"十一小姐,给五小姐梳头的人来了。"

十一娘爬了起来,由丫鬟服侍着梳洗了一番,然后草草吃了早饭,去了五娘处。

屋子里灯火通明。江妈妈陪着个四旬的白胖妇人坐在一旁喝茶,看见十一娘,江妈妈忙站了起来,向她引见:"这位是鸿胪寺主簿章培云的夫人。"

想来就是请来给五娘梳头的人了。

行了礼,十一娘就嚷道:"怎么不见五姐?"

给她捧茶的穗儿忙笑道:"正要沐浴!"

十一娘抱怨道:"小心误了吉时。"

"不会误,不会误。"那章夫人笑道,"新郎那边正午才发轿,要到了申酉时分才来,不会迟到。"

正说着,大太太和大奶奶来了。

大太太今天穿了一身宝蓝色葫芦双喜纹的遍地金褙子,大奶奶则穿了件大红色百蝶穿花纹的遍地金褙子,两人都显得精神焕发。

大家笑着起来见礼,刚坐下来,五娘沐浴出来。她白嫩的脸上有淡淡的红晕,显得十分娇艳动人。

她上前给大太太和大奶奶行礼。

大太太笑望着她,表情很是欣慰:"一眨眼,都要嫁人了。"

五娘眼睛有些湿润。

那章夫人就笑道:"这可是好事啊!"

大太太听了就笑起来,由大奶奶陪着焚了香,告了祖先,然后请了章夫人为五娘梳头。

丫鬟们就簇拥着五娘坐到了梳妆台前,章夫人拿起早已准备好的黄杨木梳子从头梳到尾,一面梳,还一面说着"一梳梳到尾,二梳白发齐眉,三梳儿孙满地"的吉祥话。仪式完了,还端了百合红枣莲子花生羹给五娘吃。

章夫人就帮着五娘换嫁衣、梳头。其间有人来禀大太太,说二太太和三太太来了。

大太太就带着大奶奶去迎。不一会儿,她又和二太太、三太太一起折了回来。十一娘忙上前给两位姊姊行礼,大家就笑吟吟地坐下来看五娘装扮。

渐渐地,人多了起来,家里也喧闹起来。

五娘装扮好了,也到了正午,十一娘陪着五娘在屋里吃饭,其他人到外间去坐了。

十一娘睡得晚,起来得早,吃完饭,就打起哈欠来。

五娘却一点睡意也没有,不时问紫薇"我那双绣了麻姑拜寿的鞋带了没有""我那条大红销金的汗巾在哪里",十分紧张的样子。

十一娘就在一旁笑。五娘根本不理睬她。

也不知道过了多久,琥珀过来喊两人:"新郎官来了。"

五娘屋里只有零零星星的几个人,十一娘不由一怔,就听见外面传来一阵热烈的喧笑声。

灼桃满脸兴奋地跑了进来:"小姐,大爷出了十道谜语,说姑爷过了关就开门,过不了关就不开门。姑爷好厉害,一口气全答对了。"灼桃掩嘴而笑,"四姑爷又上去了。这次不出谜语,改出《论语》了,让姑爷答什么'三人行必有我师焉'……"五娘不由急道:"大哥怎么说话不算数。"满屋的人都笑起来。五娘羞得满脸通红。灼桃就道:"姑爷也这么说。结果大爷说,我这一关你是过了,可没说只有我这一关啊!"

"五姐,我们帮你去看看!"十一娘也觉得有意思,跟着去了正院,就看见垂花门紧闭,门旁架了一个出墙的梯子。余怡清正站在梯子上和外面的人答话:"这句勉强算你答对,再答这句:'治本于道,道本于德。古今论治者必折衷于孔子,孔子告鲁君为政在九经,而归本于三德。至宋臣司马光言,人君大德有三:曰仁,曰明,曰武,果与孔子合欤?'"

"这又不是写策论。"余怡清的话音刚落,罗振兴第一个跳出来反对,"换一个!"

余怡清"扑哧"一笑,朝着众人道:"看见没有,这就帮上了。"院内院外一阵笑。

有人喊道:"钱姑爷,你可不能辜负了我们大爷的一片心意。""放心,放心。"门外传来钱明的回答。门内门外一片寂静。过了好一会儿,钱明清朗的声音缓缓传来:"何谓大本?敛之渊微之内,而达诸应感之交,凝神于端庄静一之中,而浑融无间者是已。何谓大机?审诸时势之宜,而推诸运量之际,兼容并包,不流于姑息;先见玄览,不失于苛察,总揽独断,不嫌于刻核,观变于动静阴阳之妙,而化裁无迹者是已……"

这是标准的策论回答。十一娘很是意外。钱明,有真才!

而考他的余怡清,脸上的嬉笑戏谑渐渐褪去,取而代之的是端凝,罗振兴更是侧耳倾听。

"借令为治而不本之以德,则虽有所设施注厝,亦将堕于私智小术,而推行无准。何以端天之治本,而跻一世于雍熙?修德而不运之以机,则虽有所谋谟智虑,亦将流于偏见寡识……"

"好!"突然有人大声喝彩。

众人循声望去,便看见大老爷红光满面地大步走下台阶。

"……虽有所设施注厝,亦将堕于私智小术,虽有所谋谟智虑,亦将流于偏见寡识。"他停步在院中央,大声道,"开门,迎我罗氏佳婿!"

大家都一怔。

罗振兴已高兴地道:"快,快,快开门!"

旁边的小厮会意,忙去开大门。

便有人"哇"的一声哭了起来:"我的红包还没有拿呢!"

大家一看,竟然是五爷罗振开。

满院的笑声再起,热闹而欢快。

坐在西厢房次间等着女婿来行礼的大太太便叫了许妈妈:"去,再封一百两银子。"

许妈妈会意,去内室开箱拿了一张一百两的银票,加上之前的四十两,一共一百四十两,封了一个红包。

钱明在厅堂饮过三次茶后,到大太太处行礼。大太太笑眯眯地给了他一个封红,语重心长地说:"五娘自幼在我膝下长大,我现在把她托付给你,你可要好好照顾她。"

穿着大红喜袍的钱明精神抖擞,恭敬地跪下给大太太磕三个头:"岳母放心,我一定会好好照顾五小姐的。"

大太太点头:"你可要记住你的话!"

钱明忙点头:"决不违言。"

礼宾就把钱明请至厅堂与罗家众人行礼——不管年长年幼,他都恭敬地弯腰作揖。

罗振开看着眼珠子直转。

行完礼,按规矩,罗氏兄弟要给钱明敬上马酒。

罗振兴刚端了酒杯,罗振开不知道从什么地方钻了出来。

他捧了一个海碗:"五姐夫,我也要敬你!"说着,仰头满饮,然后吩咐身边的小厮:"去,照着五爷的给五姑爷倒碗酒来。"

那小厮应声飞奔而去。

他一个小孩子,怎么可能喝下那样一碗酒,多半装的是水。

大老爷不由板了脸:"胡闹!"

把罗振开吓一跳,缩到了罗振兴身后。

钱明却不以为意:"摇篮里还躺爷爷,尊卑不分年纪。既然舅爷要敬我酒,我岂有不喝的道理。"

他话音刚落,那小厮已捧了一海碗酒来。钱明二话不说,接过来一饮而尽。

罗振开看得目瞪口呆。其他人却喝起彩来。

钱家的媒人看着立刻给礼乐使眼色。

礼乐见多识广,哪里不明白,敲锣打鼓放鞭炮,催着去接新娘子。

喝了五娘的回门酒,二太太回了山东。

大太太和大老爷商量:"您看,是不是要为声哥说门亲事才好?一来年纪不小了,二来有个媳妇管着,他也能长进些。"

"嗯!"大老爷点头,"你考虑得周到,这件事,你就多操点心吧。"

"看老爷说的。"大太太笑道,"这本是我的责任。"

大老爷就叹了一口气:"这些年,家里多亏有了你……声哥,还有十娘……"说着,摇了摇头。

大太太嘴角就翘了起来:"老爷,都是我不好,没有把他们教导好。不过你放心,我以后一定会多花些精力在他们两人身上的。"

正说着,有小丫鬟来禀:"大老爷、大太太,禁卫军虎威营都指挥使王大人来访!"

大老爷就和大太太交换了一个眼神。

"你快去见客吧!"大太太笑道,"王家也是门极好的亲事,王公子你也见过了,而且,十娘年纪渐渐大了,过了这个村,只怕没有那个店了。"

大老爷点了点头,然后和王大人把下聘的日子定在了五月二十日。

大太太和大奶奶就开始给十娘置嫁妆。

十娘跑到大太太面前,说要去白云观玩。

大太太望着她温柔地笑道:"你是待嫁的姑娘了,到处跑什么跑。"

她一声不吭,找了梯子翻墙,婆子们立刻去报大太太,大太太还没有开口,大老爷气得脸色紫红:"让她给我滚,谁也不准拦着,我倒要看看,她胆子有多大!"

大太太忙拦了大老爷:"不行,不行,我们和王家有婚约呢。"使眼色让许妈妈和江妈妈带了粗使的婆子把她给拉了下来。

大老爷又不能像对罗振声似的把她打一顿,想了半天,让人把她关屋里,哪里也不许去。

十娘望着大老爷,眼神像千年的寒冰:"你们怕什么?我出去玩一下都不准!你们到底怕什么?不就是个国公府,我倒不知道,我们罗家什么时候要靠着姻亲过日子了!"

正好戳到大老爷的痛处了。

自从知道了元娘的遗嘱,说等元娘孝期过了,十一娘就嫁到徐家去后,大老爷翻来覆去好几天没有睡着。虽然十一娘嫁到徐家是去享福,可他也怕人家说他是攀龙附凤——罗家现在不比从前。要是他还在位上,哪里会畏惧这些!

大老爷上前就打了十娘一巴掌。

十娘捂着嘴笑:"您有本事把这门亲事退了啊!"

"退就退!"大老爷暴跳如雷。

大太太挡在了大老爷的面前:"你胡说些什么!婚姻是儿戏吗?说退就退。许妈妈,把十小姐扶回去好好地歇着。从明天开始就做些针线,免得天天这样闲着,把人都闲得不知道轻重了。"

许妈妈是什么人,大太太刚开口就和江妈妈一左一右地架了十娘,大太太的话音刚落,两人已架着十娘朝外走。

十娘大笑:"您卖女求荣!"

大老爷一口气没有喘上来,倒在了地上,吓得大太太脸色煞白,忙喊大夫来,又唤了十一娘到床前侍疾。

正好五娘派紫薇送豆糕来,听说后立刻要来看大老爷。钱明正和五娘如胶似漆的时候,听说五娘要回娘家,忙问出了什么事。五娘就照直说了。

钱明听说十娘是为这事闹,很是意外:"和茂国公府结亲?"

五娘点了点头:"十娘从小就这样,你要她向东走,她偏要向西走;你要她往西走,她偏要往东走。你看我出嫁,她竟然送也不送我。"

五娘和钱明赶了过来。婚后的五娘梳了圆髻,本来就很艳丽的脸庞变得更加激滟动人,眼角眉梢都透着欢快。看得出来,她日子过得很是不错。

姐妹见过礼,还没来得及说上一句话,大太太已拉过她诉苦:"你说,我还要怎么待她?就差没有割股做汤给她喝了!"

躺在床上的大老爷咳了一声:"让人给五姑爷泡壶武夷茶。"

钱明忙道:"怎敢当,怎敢当。"

一抬头,却看见一张玲珑细致的脸庞。他不由心中一晃,忍不住,又看一眼,乌黑的眸子,出奇地平静安宁。

五娘已发现丈夫的异样,立刻笑道:"是我十一妹。"

钱明半垂了眼睑,笑道:"实在是失礼,没想到在这里遇到十一妹。"

十一娘不喜欢钱明的目光,像在看一尊古董花瓶,虽有赞美,但更多的是想知道它是什么工艺,什么年份,值多少钱。但她还是微微屈膝给他行了一个礼。

"不敢当,不敢当。"钱明有些慌张。

"自家人,不用这样客气。"大太太就留了两口子在这里吃饭,"等会儿你大哥也回来了。"

钱明很是大方,笑道:"正好有学问上的困惑要求父亲指点指点。"

大老爷自诩还是有几分才学的,听了钱明这话自然是十分高兴,留了钱明在床前说话,大太太和大奶奶、五娘、十一娘去了堂屋。

大奶奶到厨房安排晚饭去了,大太太就支了十一娘:"你去看看十娘怎样了。"

十一娘应声而去。

大太太就悄悄地问五娘:"我记得你是这几天的小日子,来了没有?"

五娘羞涩地点了点头。

"那紫薇几个有没有……"

五娘摇了摇头:"他说,当妹妹待了,以后寻个好人家嫁了也是一样。"

大太太不由一怔,笑道:"你是个有福气的。"笑容不免有几分勉强。

五娘却是真心的:"说我是个有福气的,这福气也是母亲给的。"

十一娘奉命去看十娘,她正倚在临窗的大炕上看书——《大周九域志》。十一娘愕然,那是自己最喜欢的一本书。

一直如临大敌般守候着十娘的江妈妈就低声地道:"回来后不哭也不闹,拿了手里的那本书看。我、我真不知道她要干什么。"

十娘一直低着头看书,表情认真,好像沉浸于书里的精彩内容而无暇顾及其他一样。

十一娘就嘱咐几句"好好照顾她"之类的话,去了大太太处。

五娘拿着美人槌,一面给大太太捶着肩,一面和大太太说着话,两人脸上都洋溢着愉悦的笑容。

看见十一娘,大太太笑道:"怎样?十娘她好些了吧?"

"好些了。"十一娘笑道,"正倚在炕上看书呢!"

大太太点了点头,不去说十娘。

有小丫鬟禀道:"大爷回来了!"

话音刚落,罗振兴已撩帘而入。

他满脸的兴奋,看见大太太几人,忙道:"爹呢?"

大太太不由问道:"出了什么事?"

"好消息,好消息。"罗振兴目光明亮,"侯爷打了大胜仗,五月底就可以班师回朝了。"

大太太怔住。

罗振兴已激动地道:"这次侯爷一直打到了格桑,活捉了可汗嘉戎,西北至少可以太平十年。"

"什么? 你说什么?"大老爷突然走了出来,"侯爷活捉了嘉戎?"

罗振兴点头,但看见钱明扶着父亲,很惊愕:"爹,您这是怎么了?"

"我没事。"大老爷挥了挥手,"你说说看,到底是怎么一回事?"

"捷报是昨天晚上送来的,今天早朝皇上亲自宣布。现在燕京城都传开了。"罗振兴上前扶了父亲到一旁的太师椅上坐下,"说侯爷且战且败,且败且退,把嘉戎引进了攻峡,然后像包饺子似的把他给活捉了。"

西北不宁已有近百年,如今一朝平乱,只要是大周百姓都会高兴,何况是大老爷。

他高声唤酒:"今天一醉方休!"

那天晚上,大老爷和儿子、女婿喝得十分尽兴,忘记了十娘带给他的不快。

丫鬟们把他扶进屋里的时候,他嘴里还念叨道:"上马击狂胡,下马草军书。这才是大丈夫啊! 不像我哪,手不能提,肩不能挑……"他瞪着大太太,"我要是再年轻二十岁,也去西北军……"

把大太太逗得掩嘴直笑,亲自服侍丈夫歇下。

可这高兴只维持了一个晚上。

第二天大老爷因宿醉起得有点晚,正喝着醒酒汤,钱明来了。

自从大老爷赞了钱明有才后,大太太对钱明的态度也是有所改变。

她听了忙起身去了厅堂:"五姑爷吃过早饭没有?"

钱明却是大急,匆匆给大太太行了礼,道:"岳母,不好了。我听人说,太后娘娘召了建宁侯进宫,商量姐夫续弦的事去了!"

怎么会这样? 大太太只觉着脑子"嗡"的一下,人都蒙了。一直以来,她所倚仗的不过是皇后娘娘当初接受了元娘的遗折。可万一太后娘娘下了懿旨,皇后娘娘难道还会冒着背负"不孝"罪名的风险去拦太后娘娘不成? 徐家还能不顾皇家威严抗旨不成? 只怕到时候,不仅仅是拒绝太后娘娘的美意这么简单的事了!

钱明却是怕大太太不知道这其中的轻重,忙道:"太后娘娘以前便有让建宁侯和姐夫结亲的意思,只是建宁侯不大愿意,想把女儿送进宫去,这事才一直拖着。现在姐夫立了不世之功，只怕这件事便由不得建宁侯不同意了……"

短暂的失神后，大太太很快清醒过来了。

"你跟我来！"她忙带着钱明进了内室。

大老爷正由丫鬟服侍着在漱口，看见大太太领着钱明进来，吓了一大跳，忙道："出了什么事？"

钱明就把刚才对大太太说的话向大老爷说了一遍。

大老爷也蒙了。

大太太不由急起来："这可怎么办啊？总不能让我们家去徐家质问吧？"说着，眼圈一红，"我今年才见了谆哥三次：一次是初三，一次是清明，一次是元娘的周年……何况那建宁侯小门小户出身，能教出什么好女儿来。要不然，皇上早就纳了，还等到现在……"

大老爷听着她说话越来越不靠谱，皱了眉："你先出去，这事自有我和姑爷商量。"

大太太没有办法，只得退出来。刚在厅堂站定，又看见罗振兴大步流星地走了进来。

"你怎么回来了？"

罗振兴脸色铁青，勉强地朝着大太太笑了笑，道："我有点事要和爹商量，爹醒了没有？"

大太太立刻意识到了罗振兴为什么而来，她不由拉了儿子的衣袖："是不是为了侯爷的事？"

罗振兴还欲瞒着母亲，大太太已道："你五妹夫都告诉我了，他正在和你爹商量呢！"

"娘，您也别担心。"罗振兴只好安慰母亲，"三个臭皮匠顶个诸葛亮。难道我们还商量不出一个办法不成？"

大太太现在心慌意乱的，也没有个主意，只能暂时听儿子的，胡乱地点了点头。

内室的大老爷已听到动静，高声地道："是不是兴哥回来了？"

"爹，是我。"罗振兴高声地应着父亲，又低声地安慰了母亲几句，这才去了内室。

"小姐，小姐……"秋菊脸色苍白地冲了进来，"不好了，不好了！"

十一娘正和冬青坐在炕上做针线，看见她神色慌张，冬青不由皱了皱眉："这是怎么了？大呼小叫的，没个规矩！"

"不好了！不好了！"秋菊没像以前那样听到冬青的训斥就笑嘻嘻地站好，而是喘着粗气跑到了十一娘的面前，"侯爷要娶一个什么侯爷的女儿了！"

这下子，满屋子俱变色。

"你说清楚一些。"十一娘神色凝重，"到底怎么一回事？"

秋菊忍着喘息，片刻后才道："刚才五姑爷来了。说，太后娘娘召了建宁侯，要建宁侯把女儿嫁给侯爷。"

十一娘听着,渐渐镇定下来了。也就是说,她现在面临着被退亲的危险?不,根本就没有定亲,何来的退亲?

"那徐家怎么说?"冬青急得眼泪都要落下来了。

秋菊就望了一眼神色有异的十一娘。

"哎呀,这都什么时候了,你还在这里磨磨蹭蹭的!"冬青有些不耐烦,"你快说啊!"

"五姑爷说,外面都在传,说、说徐家一直嫌弃我们小姐是庶出,所以才迟迟没有来提亲的。"话说到最后,声音已有些怯生生的。

一时间,大家都怔住。

"这能怪我们小姐吗?"冬青不由道,"谁不想托生在太太们的肚子里……"

"是啊!"秋菊眼睛也红了,"大太太也正后悔着呢!说,早知道这样,应该把十一小姐养在自己名下的。"

"你说什么?"十一娘惊愕地望着秋菊,"你刚才说什么?"

秋菊看她的样子有些激动,心里不由害怕起来,磕磕巴巴地道:"大、大太太,正后悔着,说、说早知道这样,就应该把您养在、养在自己名下。"

也就是说,自己是上了族谱的。火石电光中,十一娘突然明白过来,大姨娘和二姨娘根本就是骗自己!念头闪过,她不由想到十娘。她会不会和自己一样,也受了两位姨娘的骗呢?十一娘不由苦笑。没想到,两位姨娘平日里吃斋念佛,竟然会做出这样的事情!

想到这里,她突然灵机一动。皇上不是太后亲生的,太后一直想把娘家的侄女送进宫而没能成功,她退而求其次,想和徐家联姻,不管是皇上还是皇后,恐怕都不好拒绝吧?这样一来,徐家又怎么敢冒天下之大不韪抗旨呢?所以,这桩婚事十之八九是成不了了!

如果徐、罗两家的亲事告吹了,她是受害者吧?一般的人,都会同情受害者,那她是不是可以抓住这个机会改变一下现状呢?

十一娘细细琢磨了半天,她站起来问秋菊:"母亲现在在哪里?"

秋菊看着十一娘,怎么感觉她有点高兴的样子。

可这个时候,她怎敢多问,忙道:"正在厅堂里!"又想着这话说得不大妥当,补充道,"大奶奶正陪着大太太!"

"侯爷要娶建宁侯家小姐的事还有谁知道?"

"刚才大太太发了好大的脾气,满院子都传遍了。"

是主动出击,还是佯装不知随机应变呢?十一娘思忖了片刻,决定主动出击。因为这桩婚事对罗家来说太重要了,指不定大太太会干出挟恩以报的事来。

她吩咐琥珀:"弄点辣椒水来。"

正院气氛整肃,丫鬟、媳妇子们个个垂首恭立在自己应该站的地方。

可当十一娘红着眼走进去的时候,这些人或同情或好奇的目光都不约而同地落在了她的身上。打帘的丫鬟甚至有些紧张地禀了一句"十一小姐来了"。

"让她进来吧!"大太太的声音里还带着无法掩饰的余怒。

进了厅堂,十一娘看见大太太坐在罗汉床上,站在一旁的大奶奶满脸的无奈。

"母亲!"她刚喊了大太太一声,眼泪就开始在眼眶里转起来。

大太太看着十一娘红肿得像桃子似的眼睛,心里已有几分明白。

虽然这事她从来没有对十一娘提起,但也从来没有回避。她多多少少应该听到了一些风声才是。

十一娘跪在了大太太脚下:"女儿想出家为尼!"

"胡闹!"大太太望着十一娘的目光如鹰般犀利,"你这是想做什么?"

"母亲。"十一娘声音平静,"胳膊拧不过大腿。我出了家世人自会怜惜我的不易;我不出家,白白让人笑话而已。母亲,您让我出家吧!"

她的意思是说,如果自己出家,那社会的舆论就会倒向罗家,也许皇家为了颜面,会给罗家几分体面。

但十一娘毕竟不是大太太亲生的,这话听在大太太的耳朵里就变了味道——她看十一娘的目光又犀利了几分:"你是说,我们罗家保不了你的周全?"

十一娘听这口气,心里不由冷了几分。三年了,大太太对自己却没有一点点的信任,出了事,首先往坏处想。她刚才抹辣椒水时的一点点内疚全没了。

"母亲,罗家不是父亲的罗家,也不是母亲的罗家,更不是大哥的罗家、我的罗家,"她的声音冷静而理智,"而是我们大家的罗家。"

大太太怔住。十一娘,从来没有这样跟她说过话。

"我因为有了罗家的庇护,才能锦衣玉食,才能跟着简师傅学女红。如今,家里遇到这样的危难,我又怎能坐视不理?刚正不阿,风光霁月,这才是世家的立足之本。我们用不着求谁!我出家,让世人看看,我们余杭罗家也是富贵不能淫、威武不能屈的……"

大奶奶看着十一娘玲珑的眉眼,想到她要到五月才满十四岁,心里就发酸,眼泪不由落了下来。

"你,你……"大太太嘴角微翕,却说不出一句话来。

有人从内室走出来,对着十一娘长揖到膝:"十一妹,你放心,只要有我罗振兴一天,我就会供奉妹妹一天。不,就算没有了我,还有麻哥,没有了麻哥,还有麻哥的儿子……只要我们余杭罗家在一天,就不会忘了妹妹的大义。"

十一娘松一口气。听说,出家人是方外之人,没有男女之别。听说,有名的僧尼都有机会受到邀请,到别的寺庙里去讲经。这样一来,那本《大周九域志》就能派上大用场了。

回程的脚步,十一娘走得格外地轻松惬意。现在,只要安排好冬青她们,她就可以去享受山川河流之美了!十一娘嘴角忍不住翘了起来。真要感谢徐令宜把那个什么戒的给活捉了!她心情极好,回到屋里找了《大周九域志》倚在临窗的大炕上看。

冬青就招了琥珀到外面说话。知道婚事十之八九不成了,十一娘还要出家,两人都觉得心酸得很,不知道说什么好。正面面相觑着,看见许妈妈和几个丫鬟模样的人簇拥着徐家太夫人身边的杜妈妈走了进来。

两人大吃一惊,杜妈妈已看见琥珀和冬青,笑着和她们打招呼:"两位姑娘怎么站在这里?十一小姐呢?"

琥珀和冬青忙上前给杜妈妈行了礼,笑道:"我们小姐正在屋里看书,我们怕吵着小姐了,所以出来走走。"

"哦!"杜妈妈目光微闪,笑道,"我奉了太夫人之命带了东西送给十一小姐,还烦请两位姑娘通禀一声。"语气十分客气。

太夫人身边的人,两人哪里敢怠慢,由冬青亲自去禀了,琥珀打帘,迎杜妈妈进了屋。

杜妈妈见屋里花几、长案上都点缀着兰草绿叶,布置得十分雅致,不由暗暗点头,再看十一娘,穿了件半新不旧的石蓝底素面妆花褙子,衬着一张素脸,分外晶莹,又让杜妈妈欢喜几分。

去年见时还是小姑娘,今年大不一样了。真应了女大十八变之说。

她笑着给十一娘行了礼,笑道:"太夫人说,扇子绣得精细,她极喜欢,正好家里的杏子结了,让我带一些来给十一小姐尝尝。"说着,身后的小丫鬟就递了个匣子过来。

一旁的琥珀接了匣子,十一娘谢了太夫人的好意,杜妈妈和十一娘客气地寒暄了几句,就起身告辞了。

十一娘觉得蹊跷,命琥珀打开匣子,一匣子青杏子,比莲子米大不了多少,一看就是没熟的,根本不能吃。

她脸色微变,立刻吩咐琥珀:"快去问问,杜妈妈都跟大太太说了些什么。"

琥珀心里隐隐有些明白,听了这话,立刻应"是",去了珊瑚那里。

不一会儿,她折了回来:"小姐,杜妈妈不是一个人来的,和她一起来的还有永昌侯府的黄老侯爷。说黄老侯爷是受了太夫人之托来提亲的。大老爷已经允了,亲自写了小姐的生辰八字让黄老侯爷带去了永平侯府。"

十一娘心里还抱一丝侥幸:"难道五姐夫所言不实?"

"不是。"琥珀轻轻地摇头,"太夫人就是知道了这件事,所以才派杜妈妈来见大太太的,还说徐家不是那忘恩负义、背信弃义之人。两家既订了婚约,自当遵守。其他的事,自有徐家出头,让大太太只管放心,准备嫁妆就是,待侯爷回来就成亲。大太太可高兴了,正和大奶奶商量着给小姐置办嫁妆的事呢!"

十一娘倒吸一口凉气。其他的事,自有徐家出头。这才是真正的徐家吧?掩饰在低调内敛之下的强悍!

十一娘之前不是没考虑过。既然皇上阻止太后的娘家人进宫,一方面说明皇上现在有这个能力去阻止,另一个方面也隐隐表明了皇上对太后娘家接近核心政治圈的态度。她以为,徐令宜不在家,徐家人未必看得出来。没想到,太夫人竟然是个巾帼不让须眉的,不仅看出来了,而且还杀伐果断,立刻作出了反应。

她,太小瞧永平侯府徐氏了! 十一娘的表情变得有些凝重起来。

冬青却十分高兴:"天可怜见! 侯爷没有辜负我们家小姐。"

十一娘不由皱眉。

滨菊却连连点头:"谁说不是,侯爷五月份才回来,可千万别出什么变数才是。"又问琥珀:"你说是不是?"

琥珀好像有些神不守舍,听见滨菊问她,"哦"了一声,含含糊糊地道:"大家同意我也没什么意见。"

滨菊微微有些不快。自从那次琥珀去十娘屋里显摆后,她对琥珀就一直亲不起来。

而十一娘看着却心中微动。

"我去的时候正在看书,是《大周九域志》,看那封皮摩挲得都有些毛了,应该是平日里就常看的。穿了件半旧不新的石蓝色褙子,神色看上去十分从容。"

太夫人不由微微点头:"没想到,她小小年纪,竟然这样沉得住气。我原还有些担心她,现在看来,倒是多余了。"

"怎么是多余呢!"杜妈妈笑道,"您这是爱护她嘛! 她要是知道了,心里指不定会怎样感激了。"又道,"我去的时候,看罗家众人的样子,应该是知道了这件事。当时把来意一说,罗家的人都面露喜色。我也和您一样,有些担心十一小姐。谁知道见了十一小姐,竟然和往常没什么两样。不说别的,就这份涵养,足以配得上侯爷了。"

太夫人颔首,眼底闪过几丝欣慰,"这就好,这就好。只望她嫁进来以后能恪守妇道,为我们徐家开枝散叶。"说着,问道,"罗家怎么说?"

"大太太说,这两天就会把十小姐的婚事定下来,让您不用担心,婚事定能顺利进行。"

太夫人微怔:"十小姐的婚事已经有眉目了?"

杜妈妈笑道:"我听那口气,已经定了人家。不过,大太太没有多说,我也不好多问。要不,我差人去打听打听?"

"不用了。"太夫人不以为然地摇了摇头,"她一向喜欢装神弄鬼的,我们还是少管闲事的好。"两人的话题渐渐转到徐令宜的婚事上来:"日子定得这样急,礼数却不能少。让老三把上房东边的小院重新粉一粉,做新房。家具什么的也不用罗家打了,匆匆忙忙的,也买不到什么好东西。我记得我还有套黄花梨木的陪嫁,就给了他们吧!你到时候再看看小院里哪里要种些花花草草的,趁着还没有立夏,赶紧办了。我听说罗家五小姐出嫁的时候是四个丫鬟,两房陪房。照这样,过来了只怕不够用。元娘以前的人她想留就留,不想留依旧在原来的院子当差。你用心给她挑几个机灵的丫鬟、灶上的婆子……"事无巨细,竟交代得十分清楚。

那边大老爷已差了人去请王大人。听说罗家想提前把婚事办了,王大人想到这两天关于永平侯府的传言,心里也明白几分,笑着和大老爷把下定的日子定在了五月初二,迎娶的日子定在了五月初十。

大太太听了十分满意。

大老爷不免有些不安:"委屈十娘了。"

大太太撇了撇嘴,没有搭腔,和大老爷商量起两人的嫁妆来。

"十娘的呢,就比照五娘;十一娘的,我想多给点,虽然一样是二十四抬,东西的成色上却要好一点,装得也多一些……也免得她嫁到徐家不好做人。"

大老爷懒得和大太太说这些琐事,只道:"这些事你做主就是了,只是别让人说闲话就成。"

谁知道第二天王家的管事陪着王大人来拿陪嫁礼单去官府办婚书的时候,那管事却低声嘀咕:"只有一个院子,一百亩地啊!"语气十分不屑的样子。

大老爷听得分明,气得脸涨得紫红,道:"我家不止一个姑娘,既不会亏了哪个,也不能抬了哪个让其他人没脸。你们要是觉得不好,那就把我们家姑娘的八字退回来吧!"

王家的人没想到大老爷这样的强硬,不由一怔。

王大人却气得发晕,狠狠盯了那位管事一眼,冷冷地道:"我是媒人还是你是媒人!"这才把王家的那位管事给压了下去。

十一娘知道了不由黯然。看王家这态度,根本就没把罗家放在眼里。可她自己的烦心事也不少。

五娘嫁过去的时候,除了两房陪房,身边服侍的都带了过去。这两天大奶奶买了两个丫鬟、两房人进来,据说是准备给十娘的。照这样看来,自己也只能带四个丫鬟、两房陪房过去。不管怎样,罗家在大面上是要一碗水端平的。

自己这边带谁过去是个问题。十一娘有意问琥珀:"你说,我们该怎么办好?"

琥珀脸上不由流露出几分慎重来。她知道,这是一个十字路口,也是她这一年来尽心尽力服侍十一娘所得到的一个机会。

虽然说自己是大太太赏的,去徐家十一小姐定会把自己带过去。可带过去之后呢?大太太怎么会为了一个丫鬟和十一小姐翻脸呢?而且,她一直细细地观察着十一小姐,发现她并不像大家说的那样仅仅是温柔敦厚——她的温柔中带着疏离和客气,敦厚中带着低调和隐忍。而最让她心惊的是,十一小姐从来不抱怨。

不管是受到不公平的待遇,还是听到了不堪的流言,她都沉静如水,不躁不急。说起来,十一小姐还只是个十三四岁的小姑娘。

每当想起这一点,琥珀心里就隐隐有些害怕。如果十一小姐发起脾气来,又会是怎样一番情景呢?念头只是一闪而过,她没有片刻的犹豫,道:"冬青姐姐今年都二十岁了,家里的事多,大太太一时没有想到,要是您走了,只怕会随便拉个小厮配了。"琥珀把自己能想到的都坦白地说了出来,"冬青姐是一定要带走的;滨菊服侍小姐十分尽心,竺香虽然话语不多,但是姨娘介绍来的,我瞧着都挺好;至于秋菊,她虽然机敏,却是家生子,我们去了徐家,有些事她未必能打听出来。"

意思是说冬青、滨菊和竺香对她都是忠心耿耿的。秋菊以前是因为父母都在罗家,可以帮她打听消息,现在去了徐家,她的优势就没了。如果要在五个人里面淘汰,那就淘汰秋菊。

很有见地。不过,她留秋菊下来的一个很重要的原因,是她不想到时候让秋菊左右为难。毕竟,谁也不知道她去徐家以后会发生什么事,特别是不知道大太太会对她提些什么要求。如果仅仅是保住谆哥的性命,那本是她应该做的,还好说,就怕大太太还有些别的想法。

第十五章　悲欢嫁姐妹终殊途

吃了端午节的粽子没多久，王家的人来下聘。

衣饰、聘金、鹅、酒满满三十六抬，引得左邻右舍都跑出来观看。大太太觉得很有面子，翁姑新郎的鞋袜、衣袍满满地回了过去。

待二太太从山东赶回来吃酒，三太太不免和她感叹："兴哥是庶吉士，一个女婿是举人，一个女婿是国公府的世子，大嫂的命真是好。"

她笑着邀二太太去看十娘："听说谁也不愿意见！真是女大十八变，那样天不怕地不怕的人，也知道害羞了。"

二太太笑着点头，和忙出忙进招待客人的大太太打了声招呼后，就和三太太去了后院。

路上，她低声地问三太太道："有些话我不好问大嫂。听说十一娘要嫁给侯爷了，是真的吗？"

"连你都听说了？"等于是变相地承认了。

"怎么一回事？"二太太停住了脚步，和三太太站在抄手游廊说起话来，"怎么也没人跟我说一声？我还是听我们家老爷说，太后要把建宁侯杨家的大小姐许配给侯爷，结果徐家说，早和我们家的十一娘有了婚约。老爷当时急得不得了，不知道怎么扯到我们家头上来了，怕家里被这件事拖累。正准备写封信回来问问大伯，结果又听说根本没有这回事，是皇上要把建宁侯杨家的大小姐许配给中山侯唐家的三少爷。左一下右一下的，没个准信。这次回来，老爷还特意吩咐问问大嫂是怎么一回事。"

三太太就把自己听到的讲给二太太听："说是建宁侯杨家的大小姐年纪不小了，怕找不到合适的，太后娘娘就起了这个心，想撮合杨家和徐家。不知怎的，皇上知道了，说，杨家大小姐虽然年纪不小了，可也用不着去做继室，就让宗人府的给留了心。宗人府的就推荐了中山侯唐家的三少爷。皇上一看就喜欢，当场就赐了婚。先头中意的是侯爷，后来又要嫁到唐家去，建宁侯家的自然要放出风声来，说根本没有这回事了。"

"原来是这么一回事！"二太太恍然大悟，又担心地道，"那我们家十一娘和侯爷……"三太太掩袖而笑："上次我来给大嫂送端午节节礼的时候就问过大嫂了。大嫂说，因为隔着建宁侯这桩事，所以就没大肆宣扬。不过，已经和徐家说好了，五月二十六下定，到时候再定成亲的日子。"

二太太一愣:"这样说来,侯爷又成了大房的女婿哦!"语气有些酸溜溜的。

三太太笑道:"也不知道以后遇到了侯爷时是喊声大姑爷呢,还是喊声十一姑爷?"

二太太却没觉得这话好笑,支吾了几声,和三太太去了东厢房看待嫁的十娘。

十娘屋里冷冷清清的,只有丫鬟银瓶带了个小丫鬟轻手轻脚地在收拾东西,看见二太太和三太太,忙笑着迎了上来,穿着家常的石榴红褙子歪在床上看书的十娘却只是点了点头。

家里的人都知道她性情古怪,不以为意。

五娘出嫁的时候,家里热热闹闹不说,五娘常会患得患失地流露出一份娇羞,那种待嫁的喜悦让人看了就会心一笑。轮到十娘,不仅没有新嫁娘的喜悦,甚至表现出一副万事与她无关的架势。

买了丫鬟给她过目,她看也不看一眼;请人来给她做衣裳,她理也不理,依旧躺着看书;请人来打首饰,她一句"随便"就把老吉祥的人关在了门外。

大太太正为请客宴席的事忙着,总不能事事都让大太太来处置吧?许妈妈没有办法,帮着她挑丫鬟,拿了旧衣裳来量尺寸,做主给她打了首饰。

东西送到她面前,她只说了一句"真是丑死了",把一向面带笑容的许妈妈气得青筋直暴,让帮她筹备婚事的人都泄了气。

到了出嫁的那天,她睡到日上三竿也不起。许妈妈顾不得那么多了,把十娘强拉了起来。

十娘无所谓地让人给她梳了头,穿了嫁衣,又倚到了迎枕上看书。

许妈妈劝她:"等会儿再看。"

她抬眼冷冷地看了许妈妈一眼:"花轿不是还没有来吗?你急什么急?"

许妈妈语塞。

来陪十娘的五娘不由拉住了十一娘的手:"她要做孤家寡人,看样子我们不成全她是不行了!"

昨天晚上,五娘特意来给十娘恭贺,十娘关着门,任五娘怎么说也不开。

十一娘笑着带五娘去了自己屋里:"我们姊妹一场,她是怎样的性子,五姐还不知道?"

五娘有了台阶下,这才消了些气。

两人正说着,王家接亲的轿子来了。

十一娘见五娘满脸的好奇,笑道:"五姐去看看吧!回来说给我听听。"

她现在是成了亲的妇人,相比十一娘要自由得多。

她犹豫了一会儿,道:"那你一个人在这里要不要紧?"

"我有什么要紧的!"十一娘笑道,"这满屋的丫鬟,你还怕我渴着饿着了?"

五娘听着笑起来,说了几句客气话,就去了正院。

新郎官刚拍开了罗家的大门,罗振兴、罗振达等人都退到了垂花门,准备给新女婿下马威。

钱明看见五娘,就笑着迎了过来:"你不用陪着十妹吗?"

听见丈夫关切的语气,五娘眉眼全是笑:"她由全福夫人、喜婆陪着……我来看看热闹。"

钱明就嘱咐她:"你站到正屋的台阶上去,免得等会儿接亲的人一拥而入,把你给挤着了。"

"嗯!"五娘应着,脸都红了。

余怡清就促狭地喊钱明:"你站在妇人堆里做什么呢? 快来帮着扶梯子!"

满院子的人都望了过来。五娘的脸红得能滴出血来。

钱明虽然有些不自在,但他很快就恢复了洒脱:"今天是新女婿来,四姐夫为什么总要抓着我不放啊!"

众人听了一阵大笑。

有人甚至道:"王公子是新女婿,您也是新女婿。"

又惹来一阵笑。

外面的人就把门拍得直响:"快开门,快开门,别误了吉时。"

罗振兴正要说一两句,罗振开突然蹦了出来,"唰"地从衣袖里拿出一张纸,扯着嗓子隔着门喊道:"要进门可以,小爷这里有十道谜语。答对了就进;答不对,不能进。"说着,就念了第一道谜语:"人无信不立。打一个字。"

外面就喧笑起来,有人答道:"是'言'字。"

"再猜这个,金木水火。"罗振开不服气地嚷道。

"坎!"

"一边红,一边绿,一边喜风,一边喜雨。"

"秋!"

……

不一会儿,十道字谜就猜完了。

外面有人笑道:"还不开门?"语气里有几分得意。

因为王家的人把谜语都答了出来,罗振开早就气得腮帮子鼓得像只青蛙,再听对方语带得意,他几乎要跳起来了。

一直跟在他身后的罗振誉见状就上前一把将哥哥推开，朝着门外嚷道："你们答出了这条我们就开门。"说着，也不待对方答应，已大声道："小小个，毛外衣，脱了外衣露紫袍，袍里套着红绒袄，袄里睡着个小宝宝。你们答对了这个，我们就开门。"

大家全怔住了。这是个什么谜语？

有个站在五娘身边的妇人听了就掩嘴而笑。

垂花门外沉默良久。

罗振誉得意地道："怎么样？猜不出来了吧？只要你认输，然后送上三个大大的红包，再回答了我四姐夫的《论语》，我们就放你进来。"

"你这是在为难我们。"门外有人叫嚣着，"根本就没有这个字。"

"我又没说一定是个字谜。"大家的目光都落在他身上，罗振誉简直就有些得意洋洋了，"你们也太蠢了。告诉你们，我五姐夫来迎亲的时候，所有的谜语全答对了。不仅如此，还当场做了一篇策论。别说是开门了，就是开门的红包也免了。"

是因为当场的气氛太好，不适合要红包罢了。不过，三日回门的时候，钱明还是主动把罗振开和罗振誉两人的红包补给了他们。要说他们现在最喜欢谁，恐怕就是钱明了。

外面的听了一阵窃窃私语。

钱明眉宇间不免有了几分喜色。

越是这个时候，越要宽宏大量。他忙走到罗振兴身边，却听见和罗振兴并肩而立的余怡清正小声嘀咕着："这是个什么谜语。肯定不是字谜，那就是打一个物件了。范围这么广……"

罗振兴笑道："定是这两个小家伙特意从哪里找来为难十妹夫的，只怕没那么容易答出来。"

看见钱明走过来，两人停止了交谈，笑着喊了一声"子纯"。

钱明就笑道："时间不早了，免得误了吉时。我看，还是给个台阶下的好。"

余怡清点头："可这谜语我也答不出来。不然，我早就说了谜底破了这个局了。"

钱明听了就笑着朝门外喊道："既然答不出来，那就留下买路钱。五个红包，让你过关……"

他的话音还没有落，外面突然有人叫嚣起来："他妈的，这算什么意思？你们不想嫁，我还不想娶呢！兄弟们，回去！他罗家想结这门亲，让他们把闺女给我送去。走，走，走，回家喝酒去……"语气很是粗鲁。

罗家的人都闻言色变。常言说得好，抬头嫁闺女，低头娶媳妇。谁家媳妇不被岳家调侃一番？没想到，王家竟然……

最难受的却是钱明，刚才可是他出的头。说起来，他活这么大，一向被人赞有急智，

却在嫁十姨妹的时候,当着岳家的这么多人栽了这么大的跟头,也不知道等会儿岳父、岳母会怎样看他……

罗振兴和余怡清却是呆住了。他们从来没有想到,有人会这样。他们成亲的那会儿,被人闹得比这还凶,也没人敢掉头就走啊!

一时间,内院一片寂静。而外面的人听了那个的叫嚣,都起哄起来:"走了,走啊……"

"世子,世子……"王家那边就有人苦苦哀求,"您可不能走,国公爷问起来我怎么交代啊……"可惜这声音无力,很快被淹没在了怪叫声中。

"怎么办?"余怡清有些手足无措了。

罗振兴也拿不定主意:"要不,就开了门吧?"

"开门?"余怡清犹豫道,"那岂不是让人说我们怕了新姑爷,急巴巴地把人送上门去?这颜面可丢大了!你让十娘以后怎么在王家做人?"

两人说着,不约而同地诧异钱明怎么不说话,都朝钱明望去,就看见他满头是汗地站在那里。

"子纯,你的主意一向最多,好歹拿个主意。"

罗振兴的声音刚落,外面已传来砸东西的声音:"走了,走了……"

罗振开和罗振誉一开始也被吓呆了,此刻外面一阵"噼里啪啦"的声音,让两人不由一个激灵,害怕起来。他们对视一眼,然后一起朝后院跑去——他们准备去找十一娘,好歹让她找个地方让自己躲躲,等会儿大人们回过神来,肯定会找他们出气的。

只是他们刚进院子,就吓了一跳。新娘子住的东厢大门敞开,仆妇们个个神色肃然,却悄无声息地端着铜盆穿梭似的进进出出。

"这、这是怎么了?"罗振誉有些目瞪口呆。

"走,看看去。"罗振开也很好奇,立刻忘记了自己到后院的目的。

罗振誉一向以哥哥马首是瞻,跟着罗振开朝东厢房去。

看见他们的丫鬟吓得脸都白了,有人尖声叫道:"有人来了!"凄厉的声音反而把罗振开和罗振誉吓得连退了两步。

"怎么回事?"随着一声严厉的质问,两兄弟发现琥珀出现在门口。

"您(你)怎么在这里?"三人异口同声地问道。

一时间,三人面面相觑地呆在那里。

"琥珀,谁在外面?"屋里就传来了十一娘有些严肃的声音。

罗振开从来没有听过十一娘用这种口气说话,本能地感觉到事情很蹊跷。

"十一姐，"罗振开立刻冲了进去，"是我！"

琥珀看着不由苦笑，和罗振誉一前一后地进了屋。

十一娘脸色有些苍白地坐在临窗的大炕上，她的膝上枕着一个女子，乌黑的青丝逶迤拖在大红的锦袍上，美艳之余更让人感到惊悚。

"怎么是你们？"十一娘很平静地和罗振开、罗振誉打了一个招呼，然后沉着地吩咐身边的人，"再灌。"

罗振开这才发现，炕头立着的那个穿着丁香色褙子的妇人竟然是大太太身边的许妈妈。

听了十一娘的吩咐，她立刻捏着十一娘膝上的女子的下颌把那人的口给掰开了，另有一个丫鬟就将海碗里的水往那女子的嘴里灌。那女子就咳了一下，水从嘴里溢了出来。

罗振誉不由"啊"了一声。

虽然那女子闭着眼睛，脸也被她们弄得有些变形，但他还是一眼就认出来了，枕在十一娘膝上的女子就是今天的新娘子——十娘。

琥珀就走了过来："五爷、六爷，我带你们到隔壁去吃糖。"

两人从来没有见过这样的场面，既好奇，又感觉有点惊恐，不免犹豫起来。

而琥珀心里虽然急，却不敢强行把这两位爷给拽走。

就在这时，有妈妈捧着一大盆热腾腾的东西走了进来："绿豆水来了，绿豆水来了！"十分兴奋的样子。

琥珀一手扯着一个，把他们从炕前拉开。

"快弄凉了。"十一娘声带有些低，但声音平稳，能让人镇定下来。

端绿豆水来的妇人听了立刻跑进净房拿了个空铜盆来，然后把绿豆水从这盆往那盆倒，来回倒腾着，想让绿豆水很快凉下来。

"再灌。"十一娘吩咐那丫鬟。

丫鬟眼泪扑簌簌地落下来："十一小姐，灌、灌不进去了！"

"这可怎么办？"罗振开发现许妈妈惊慌地望着十一娘。

十一娘想了想，道："妈妈还是去回了母亲吧！这事是瞒不住的，越瞒越不好收场。"

许妈妈迟疑片刻，咬了咬牙："这里就有劳烦十一小姐了，我立刻去禀了大太太。"

十一娘点了点头，许妈妈飞奔而去。

十姐，是不是要死了？罗振开想着，不由上前几步想看个明白。

结果他看见十一娘突然伏下头去，在十娘耳边说道："你可真听话！她想你死，你就乖乖地死了。"

罗振开就发现十姐一直静静地覆在眼睑的睫毛颤了颤。再看十一娘,已抬起头,脊背挺得笔直,声音沉静地说了一声"再灌"。她的声音不大,声调也不高,却有一种凛然之气,让人不敢不听。

那丫鬟立刻又开始往十娘嘴里灌水。

"十一小姐,绿豆水,绿豆水来了!"在一旁倒腾着绿豆水的妇人有些怯生生地望着十一娘。

"换上绿豆水。"十一娘吩咐那丫鬟。

丫鬟和妇人都不敢迟疑,一个忙把绿豆水端了过去,一个拿起海碗舀了就往十娘嘴里灌。

罗振开就听见十一娘又附耳对十娘道:"我不知道,你原来一直是个乖女儿。"

随着十一娘的声音,他就看见十娘一直有些僵直的手指动了动。

罗振开不由抬头望十一娘,发现十一娘好像松了口气似的,眉宇间松懈了很多。

也不知道过了多久,好像只有一盏茶的工夫,又好像过去了一炷香的时间,十娘突然"哇"的一声吐了出来。

罗振开发现有惊喜的神色从十一娘眼底掠过,而且,她的声音也比刚才略略高了几分:"再灌!"

门外就传来了杂乱的脚步声。

罗振开不由循声望去,只见许妈妈搀扶着面白如纸的大太太走了进来:"活不活得成?"

满屋子的人都半蹲下去给大太太行礼,大太太看也没看一眼,径直朝临窗的大炕走去。她盯着十娘的眼神里全是怨愤,看得罗振开打了一个寒战。

"不知道。"十一娘声音很沉稳,"尽力而为。"

大太太立刻吩咐许妈妈:"你去跟大爷说,王家愿意娶媳妇,就给我规规矩矩地当着媒人和两家人的面磕三个响头;不愿意娶,明天让媒人来,把该退的退了,该还的还了。我们家不勉强。"

许妈妈立刻应"是",小跑着出了房门。

十一娘不由满脸狐疑。

大太太冷笑:"你大哥拦门,王家那小子就发起脾气来,还扬言要退婚。"说着,看了十娘一眼,"好,我们也不用找什么借口了。她要是能活过来,我们就嫁女儿;她要是活不过来,就说不堪受辱自尽了。"

"可是,王家不是要退婚吗?"十一娘的声音里带着几分让罗振开不明白的悯惜,"我看,那王公子的涵养这样差,不如趁机……"

"你知道什么!"大太太的声音更冷了,"事关我们两家的名声,可不是他一个黄口小儿能做主的。"

罗振开就发现十娘的手指又动了动。

十娘是半夜醒来的,守在她身边的只有一个银瓶。

看见她醒了,银瓶惊喜万分,一面叫小丫鬟去回了十一娘,一面亲自去回了大太太。

当时大太太已经歇下了,隔着帘子说了一句"知道了",就没有了下文。

十一娘也歇下了,听说十娘醒了,让滨菊带话给小丫鬟:"多喝点绿豆水,解毒。"

十娘听了什么也没有说,由着银瓶给她换了衣裳,然后沉沉睡去。

十一娘却是大半夜没有睡着。她原以为十娘随身带着的镯子与余杭老家所失财物有关,结果,十娘的镯子虽然是空心的,放的却是砒霜。不知道是那砒霜放的时间长了,还是买的时候成色就不好,十娘慌慌张张地倒了一半在茶水里,撒了一半在地上,喝下去没多久就开始发抖,嘴唇也变成了乌紫色。一直注意着她的许妈妈立刻发现了异样,又怕闹到正院去丢了罗家的颜面,想到自己这边有了动静十一娘是瞒不过去的,索性把她叫去帮忙。她一阵胡乱折腾,没想到竟然把十娘给救活了。

自己虽然是好意,可等待十娘的又将是什么呢? 谁也说不清楚。

第二天一大早,王家的媒人王大人就来了。

他先是开口把王琅狠狠地骂了一顿,然后拿了三千两银票给大老爷,说是茂国公府赔偿给罗家的损失。

大老爷没有要,把十娘自杀的事说了,坚持要退婚:"实在是两家没有这个缘分!"

王大人很是尴尬,客气了几句,然后起身告辞了。

"难道就这样退婚了?"大太太听了不免有些唠叨,"以后谁还会上门提亲?"

大老爷却是真心想退这门亲事:"那王琅实非良婿,而且十娘宁死也不嫁,我看还是算了吧!"

大太太不由冷笑:"那敢情好,以后父母做的但凡有一点不如儿女的意,就都学着要死要活的好了!"

大老爷听着有点恼:"那你说怎么办?"

"当然是要让王家大张旗鼓地登门道歉了!"大太太理直气壮地道,"您可别忘了,我们家还有四爷、十一娘和十二娘的婚事没着落。不能因为十娘,把那三个耽搁了。特别是十一娘,徐家就要来下聘。太夫人的意思是侯爷回来就定日子,可您看这事……我们怎么跟徐家的人定日子啊?"

大太太的话处处占理,大老爷不作声了。

大太太就出主意："王公子成亲，她胞姐肯定在燕京。我看，这事还要她出面。不如我们以退为进地给她写封信，说我们家十娘配不上王公子，辜负了她的美意之类的，然后提出罗家颜面尽失，只有退婚这一条路走……以她的聪明伶俐，肯定看出我们的意思。"

大老爷点头同意了。大太太就亲自执笔给姜夫人写了封信。

只是信还没有写好，永昌侯黄老侯爷来了。

夫妻俩一怔。

大太太就抱怨道："老爷，我说吧，这事会影响到十一娘的。您看，徐家那边这么快就派了人来。"

大老爷半信半疑地去了厅堂。

谁知道黄老侯爷却是来送礼单的："这是徐家的聘礼、聘金，您看看。"

大老爷微怔。他没想到，徐家竟然一点也没有受这件事的影响。

黄老侯爷就与大老爷商量："太夫人的意思是，既然十小姐的婚事一时定不下来，不如先把十一小姐的婚事办了。先收小麦再收大麦也是有的！"

相比王家，徐家对罗家礼数十分周到。大老爷自然是满口应允，定了二十六日下定。

回来说给大太太听，大太太也颇有些意外。

大老爷不免叹道："还是徐家通情达理。"

大太太就暂时将十娘的事放下，一心一意准备十一娘的下定。

谁知道，第二天姜夫人却带了弟弟王琅亲自登门谢罪。

大老爷气得连呼"不见"，大太太不免劝道："冤家宜解不宜结。王琅是年轻人，年轻人又哪个没有点脾气的。真要是不答应，十娘以后怎么办？"说了大半天，大老爷脸色微霁。

大太太就去见了姜夫人和王琅。

姜夫人低声下气，说的全是道歉的话："这件事全是我们的不对，我们拿三千两银子出来赔偿那天您家的花费。我弟弟知道错了，特意来给您赔不是。"说着，朝王琅使着眼色。

王琅坐在那里喝茶，一副没有看见的样子。

姜夫人没有办法，不停地为弟弟说好话："千错万错，他总是您的女婿。常言说，一个女婿半个儿。您也要给他几分薄面，让他以后能在舅兄、连襟面前抬得起头才是。"

原来如此！

大太太听着不由在心里冷笑，怕在舅兄面前抬不起头来是小，想和永平侯做连襟是真吧？

不过,如果是自己生的,抓住这个机会,这门亲事是无论如何都要退的。可又不是自己生的……想到十娘自救过来后一声不吭却埋头大吃大喝的情景,她隐隐不安,总觉得还会有什么事发生似的。

早点嫁出去也好,免得看着就让人生气! 大太太脸色微霁。

姜夫人极会察言观色,立刻拿了一个红漆描金的匣子出来:"这里一共是五千两的银票。另外两千两银子是您这次嫁十小姐的花费,全由我们王家承担了。"

大太太不由一笑:"姜夫人说得我好像出不起这银子似的……"

姜夫人听了忙道:"不是这个意思,不是这个意思,完全是我们想表示一下歉意……"好说歹说,大太太这才让许妈妈接了匣子。姜夫人趁机提出五月二十四日来迎娶十娘。

大太太犹豫道:"二十六日徐家来下聘,这是早就说好了的,就怕唐突了王公子。"

二十四日嫁的话,二十六日是三天回门的日子。

谁知姜夫人一听立刻道:"二十四就二十四吧。说起来,都是我们误了吉日。"说着,看了弟弟一眼,"我们和徐家也是世交,正好来瞧瞧热闹。"

大太太不由看了王琅一眼——他自从进门,一句话也没有说。

王琅见大太太打量他,就斜睨了大太太一眼,十分倨傲。

大太太不喜欢,想到了钱明。难怪娶亲那天会做出拂袖而去的事! 不过,她也不是为找个好女婿才答应的这门亲事。想到这里,大太太微微一笑,立刻答应了姜夫人的要求。

姜夫人谢了又谢,寒暄片刻后就带着王琅起身告辞了。

大老爷听大太太说后,不由叹了口气:"也好,嫁了人就安生了。"

五月二十六,既是十娘三天回门的日子,也是徐家下聘的日子。

天刚亮,罗家已是大门大敞,张灯结彩。

王琅和徐家的人一前一后到的。

大太太就将王琅两口子安置在了罗振兴住处,由罗振兴两口子作陪,其他的人都去迎徐家的仪仗。

徐家的聘礼三十六抬,相比徐家的门第有些寒酸,但打头是太后娘娘赠的一对玉如意,第二抬是皇后娘娘赠的福禄寿三星翁——就这两样,已是其他人家不能相比的了。

大太太很高兴:"当年迎元娘是六十四抬。"

许妈妈听了连连点头:"侯爷还是尊敬大姑奶奶这个嫡妻的。"

来送聘的是徐家三爷徐令宁,他本是个谨慎的人,对人十分客气,余怡清心性宽和,钱明又是个有心结交的,几句话下来,气氛就变得十分融洽。

大老爷看着十分欢喜。

吃饭的时候,罗振兴陪着王琅来了。

徐令宁看见王琅并不奇怪,笑着和他打招呼。

王琅看见徐令宁却是一怔,道:"怎么五爷没来?"

徐令宁笑道:"这可是下旬,五弟去定南侯他岳家了。"

罗振兴忙请大家入座。

徐令宁态度谦和,让众人先入座。王琅却不客气,大大咧咧地坐在了首位。

罗振兴就低声向徐令宁解释:"今天是十妹夫和十妹回门的日子。"

徐令宁就笑道:"王家和我们家也有来往,王公子是这样的脾气,您也不必挂怀。"说着,坐到了下首。

罗振兴不由松了一口气。余怡清对这个连襟更不喜欢了。钱明却在心里暗赞徐令宁有大家气度。

后院,大奶奶设宴招待十娘。

十娘穿着一身大红遍地金水草纹褙子,脸上没有一点新嫁娘的喜悦,自顾自地吃了一碗饭,然后说了一声"饱了",就丢了碗,叫银瓶把自己的书拿来,坐到临窗的大炕上看起来。

陪坐的四娘、五娘和大奶奶不由面面相觑,只好私下问银瓶:"十小姐没事吧?"

银瓶笑道:"国公爷和夫人十分喜欢十小姐。"

能得到公婆的喜欢,这日子就好过了一半。大家这才稍稍安下心来。

下定后没几日,徐令宜班师回朝。

大军停在离燕京六十里以外的西山大营,徐令宜将带领麾下三千官兵于六月六日午时举行献俘仪式。

那天,万人空巷看徐郎。

十一娘却带着琥珀和冬青在家里晒衣、晒被,借着这个机会收箱笼。竺香就端了绿豆汤来给她们解渴。

"歇一下吧!"十一娘望着炎炎烈日,招呼在院子里忙着的琥珀和冬青。

两人带着炙人的热气进了屋,捧了绿豆汤一口气喝完才放下碗。

"放了冰糖的?"冬青笑吟吟地问竺香。

竺香点头:"我说是十一小姐要的,厨房里就放了冰糖。"

还没有嫁到徐家去,众人对十一娘屋子里的人已大不相同。

竺香犹豫道:"厨房申妈妈说,她的侄女十分能干,小姐走的时候,能不能把她的侄女带过去。"

大家都望着十一娘。

十一娘笑道:"跟她说,这种事得母亲做主。"

琥珀就含含糊糊地道:"小姐,您要不要看几个人……总是有办法的……"

十一娘没有作声。

冬青抬头看了看天空:"这么热的天,也不知道侯爷受不受得住,可别热出病来才好!"

十一娘不由莞尔:"你放心,徐家已经下了聘,不管他出了什么事,我总是要嫁过去的。"

冬青听着却正色道:"小姐,侯爷对您那么好,您可不能再说这样的话了!"

她嘴里所说的"好",是指徐家给十一娘的聘金是白银五千两,相比王家给十娘的一千两和钱家给五娘的二百两而言,实在是太给自己长脸了。

十一娘决定保持沉默。在这个问题上,她和冬青实在是说不到一块儿去。

聘金是摆在明面上的,既是罗家的面子更是徐家的面子。何况,因为徐家聘礼总价超过了一万两银子,大太太因此不得不水涨船高,为她置办了一万两银子的嫁妆。当然,这种结果是十一娘非常愿意见到的——谁还会嫌自己的陪嫁多啊!加上徐家给的聘礼中那些真正值钱的金银首饰、衣料布匹都会给她,到时候会作为自己的陪嫁带到徐家去。

真正算起来,徐家也不过花了两三千两银子罢了,可她却带了两个田庄、两个院子过去,仅这就值五千两银子。徐家真正是既挣了面子又挣了里子。相比之下,还是罗家吃了大亏。如果是自己为儿子聘媳妇,只怕也会这么干!

不过,大太太的大方也出乎了她的意料。毕竟五娘和十娘出嫁,一碗水端平了的,都是一百亩水田和一个院子。

而冬青看见十一娘没有作声,知道她不喜欢自己说这些,可她实在是忍不住。夫为妻纲。嫁到了徐家,是生是死,是好是坏,全看侯爷的了。不把侯爷服侍好了,怎么会有好日子过?小姐要是不明白这一点,以后会吃大亏的!她不由劝十一娘道:"小姐,您读的书比我多,知道的道理也比我多。只有夫唱妇随,才能家道兴旺……"

就有小丫鬟跑进来道:"十一小姐,去接五姨娘的轿子回来了。"

十一娘"腾"地一下就站了起来:"真的,在哪里?"

小丫鬟笑道:"刚进胡同,这会儿怕是进了院子。"

这也是和徐令宜定亲的福利之一——家里有什么关于她的事,大家都很积极地向她通风报信。

十一娘就让琥珀赏了那小丫鬟几个铜子。小丫鬟接了,千恩万谢地走了。

十一娘就慢慢地坐了下去。

冬青奇道："您不去迎接姨娘吗？"

"到时候，母亲自然会叫我。"十一娘脸上有着淡淡的悲伤。

有些东西，是互为表里的。要不然，怎么有母以子贵、子以母尊的话。只有她好了，别人才不敢怠慢五姨娘。

可过了好一会儿，也没有人来叫她。

十一娘不由急起来，差了秋菊去打听："看看是不是出了什么事。"

秋菊应声而去，很快就折了回来："小姐，五姨娘没有来。"

十一娘大吃一惊："没有来？为什么没来？是身子不舒服，还是出了别的什么事？"

"不知道。"秋菊摇头，"不过，这次吴孝全两口子都来了，吴孝全家的应该知道。"

十一娘心急如焚，面上却佯作镇定，直到下午等来了吴孝全家的。

她也爽利，开口就道："姨娘说了，您有了好归宿，就比什么都好，她就不来了，免得出阁的时候让姑爷为难。还让我给您带信来，让您到了夫家，上要孝敬婆婆，下要尊敬姑爷，可不能做出什么有失伦常的事来。"

十一娘有些发呆。五姨娘，不管什么时候，最先想到的还是自己这个做女儿的。

吴孝全家的看十一娘眼圈有些发红，忙笑道："十一小姐还不知道吧，我们四爷要娶媳妇了。"

十一娘果然被这消息吸引，吃惊地道："四哥要娶媳妇了？"

吴孝全家的点头："是虞县林桥周家的小姐，也算得上世代书香了。祖父曾经做过大名府的知府，只是父亲去世得早，家道有些没落了。"

十一娘点头。要是好，大太太肯定不会同意。

吴孝全家的见十一娘对这个话题并不反感，上前几步，低声道："不过，我听说周家小姐的性格十分泼辣，左邻右舍的人都不敢惹她，所以到了十八岁还没有说婆家。"

"十八岁还没有说婆家？"琥珀低声道，"那岂不是比我们家四爷还大？"

吴孝全家的掩袖而笑："今年二十岁，正应了'女大三，抱金砖'的说法。"

"这门亲事是谁做的保山？"十一娘不由道，"三姨娘知道吗？"

"是杭州知府大人的夫人保的媒。"吴孝全家的笑道："大太太亲自托周夫人帮着找的，三姨娘知不知道有什么打紧的。听说，知府大人曾经和周小姐的祖父共过事，暂定了九月初十的日子，特意让我来商量成亲的事宜。"

所谓的"商量成亲的事宜"，是指来找大太太拿钱吧？毕竟，不管是下定还是聘娶，没有钱总是寸步难行。何况，今年过年的时候，大太太又差人回余杭拿了两万两银子来。

这边吴孝全家的和十一娘说着话，那边大老爷正在犯愁："我说了姐妹几个要差不多，你偏不听。现在好了，声哥成亲怎么办？"

"有什么不好办的？"大太太冷冷地道，"把他原来住的地方粉粉，家具什么的也是现成的。不过下定的时候添些金银首饰、绫罗绸缎之类的，花不了二百两，加上筵席上的鸡鸭鱼肉，最多四百两就够了。"

"不行！"大老爷道，"你让我四百两娶个儿媳妇，左邻右舍的不笑掉大牙才怪，怎么也得一千两银子。"

"一千两银子？"大太太端着茶盅冷笑，"你也不看周家是什么人家！你拿一千两银子去，人家周家怎么还礼？你可别忘了，徐家一万多两银子的聘礼就让我们前前后后地花了两万两银子嫁十一娘。徐家见惯大场面一向出手大方，我们总得为周家想想吧？说不定就这四百两，周家都要举债嫁闺女。"

大老爷只好嘀咕道："那也太少了。兴哥的时候，可花了五千多两……"

大太太不耐烦地瞪了丈夫一眼："媳妇的陪嫁也有三千多两！"

大老爷算账是从来没有算赢过大太太的，有些气闷地转过身去喝茶。

"九月初十这日子也得改一改。"大太太沉吟道，"徐家前两天来问过我。说钦天监说了，九月里只有初十是好日子。要不，就要等十月二十二。我瞧徐家那意思，是想定在九月初十。声哥的日子等徐家那边定了再说吧！"说完，又叫许妈妈："去接了五姑爷和五姑奶奶来——声哥成亲是大事，总得与他们两口子商量商量。"

现在五娘事事都听钱明的，钱明呢，和大太太一样，事事都要先顾着徐家。大老爷只好不说话了，只有等徐家来报了日子再说。

徐家果然是看中了九月初十。

因是和大太太商量好了的，大老爷当即就同意了。

大老爷大手一挥："声哥的婚事定在明年开春好了。"

"明年，周家姑娘二十一了！"大太太反对。

大老爷没有一点犹豫，立刻道："就这么决定了！"

大太太脸色微沉。

秋日的夜晚，月光很明亮，轻盈地透过窗棂洒落在青色的地砖上，充满了安宁静谧。

望着挂在衣架上的大红遍地金锦衣，十一娘全无睡意。明天就要嫁到徐家了，自己真的做好了准备吗？她不由翻了个身。

吴孝全从余杭来燕京，除了为罗振声的婚事，更为她的——因为陪嫁有两个庄子、两个院子，所以大太太让吴孝全从余杭老家带了四房陪房来。其中一个叫江秉正的，据说是江妈妈的小叔子，今年三十刚出头；一个叫刘元瑞，和江秉正一样的年纪；一个叫万义宗,三十八岁;一个叫常九河,三十二岁。

吴孝全家的曾经不无得意地告诉她,说这四家都是她帮着选的。那万义宗和常九河种田都是把好手,江秉正原来做过罗家杭州铺子上的掌柜,因为得罪了负责罗家杭州城生意的陶总管,所以被赶到了庄子上,陶总管就是元娘身边的陶妈妈的小叔子,是个十分阴险狡猾的人,就是陶妈妈,也要防着几分云云……至于刘元瑞,人十分老实,庄稼活也做得好,选他的主要原因是他老婆做得一手好饭菜,庄户上但凡立春、秋收这样的大日子,全是刘元瑞家的主厨,十分能干,到时候可以让刘元瑞一家去管院子,闲着时去院子里住住,也有个照顾吃喝的人。

十一娘笑着向吴孝全家的道了谢,却没有去接触那四家人,反而问琥珀:"你可认识?"

琥珀沉吟道:"认识刘元瑞。此人原是庄上的庄头,为人十分老实,后来被……"说到这里,她顿了顿,"被许妈妈的侄儿挤了下去,要不是他老婆能干,搭上了吴孝全家的,只怕没法在庄子上立足。不过,她做得一手好饭菜,常被人请去为红白喜事帮厨。江秉正我虽然不认识,但听说过,说他十分活络,当年还想和陶总管争杭州铺子总管的位子,后来因为私吞了货款被陶总管发现,给踢到了庄子上。要不是有吴总管保着,大太太早就把他给赶出去了。"说着,她犹豫了片刻,"此人不会种地,就是在庄子上也是三天打鱼两天晒网的,偏生有吴总管这关系,大家又拿他没有办法……"

十一娘奇怪了:"吴孝全为什么要保他?"

琥珀笑道:"他娶了吴总管的侄女。"

一边是江妈妈,一边是吴孝全,还和陶总管争位子,这背景还挺复杂的。不过,能来,都应该有两把刷子才是。比如刘元瑞家的,丈夫的差事被许妈妈的侄儿给顶了下来,她还能和吴孝全家的搭上关系,最后还被送到燕京做陪房。

十一娘不由微微颔首。

"万义宗和常九河我从来没听说过,"琥珀道,"要不要我去打听打听? 刘瑞春家的应该知道。"

都是年纪不小的人了,相由心生,见了面就知道是怎样的性格了。

十一娘笑道:"算了,这只是吴孝全家的一面之词,谁知道母亲会怎么安排。"

她想起另一桩事,昨天许妈妈对她说,大太太会让她带四个丫鬟过去。她思忖着,就让琥珀去叫了冬青过来,然后她遣了琥珀,单独问冬青:"可能到时候只能随四个过去,你看怎么办好?"

冬青听着一怔,垂了头,半晌才道:"小姐,看在我服侍您一场的分上,您、您把我配个正经人吧!"说着,眼泪无声地落了下来。

十一娘不由轻轻叹了口气。冬青定是以为自己为难,特意私下提点她,让她有个心理准备。

"你放心,我头一个就会把你带走。"她笑着安抚冬青的无措,"不会让你落到姚妈妈手里的。"

冬青含泪点了点头:"小姐,我来生做牛做马报答您的恩情。"

"我要你做牛做马干什么。"十一娘不由笑起来。

她又叫了滨菊来问。

滨菊很爽直:"自然想办法把琥珀留下。"还出主意,"小姐,要不我们也像以前那样,让琥珀吃点泻药……"

十一娘不由笑起来:"那可不行!"

"那怎么办?"她皱了眉,"我看着她就心里发毛。"想了想,把琥珀曾经去十娘那里显摆的事告诉了十一娘,"您常让我们多多忍耐,她倒好,为了几件衣裳就得意起来。我怕她给您惹事。"

"嗯。"十一娘笑着点头,"我知道了,这事我会看着办的。"

滨菊就松了口气。

十一娘问秋菊。

秋菊想了想,认真地望着她:"小姐,我留下吧!"

十一娘很是意外。

秋菊笑道:"我想回余杭,我娘、老子还有哥哥、弟弟都在余杭。"

知道什么时候说什么话,知道自己要什么。十一娘突然间很舍不得她,不由握了她的手:"你有什么特别想要的?"

秋菊暗暗松了口气。虽然她知道自己服侍的主子不是那种心胸狭窄的,但这样放她走了,却也让她很意外。

她笑道:"我想学小姐的双面绣。"

不管是从时间还是现在的情况来看那都是不可能的。十一娘考虑了片刻,道:"我会交代吴总管,让他把你送到杭州宅子里去当差。再给简师傅写封信,你拿我的信去找简师傅。至于学不学得成,就看你的造化了。"

秋菊忙跪下给十一娘磕了三个响头:"小姐的大恩大德,我一辈子都记得。"

是指自己放她回余杭和父母团聚吧?

到了分别的时候,十一娘才发现原来秋菊是颗珍珠,可惜,自己没有发现。带着淡淡的遗憾,她问竺香:"你说,我选哪四个好?"

竺香满脸震惊。她是小丫鬟,一向只跟在秋菊或是滨菊的身后,自己这样问她,她感

到意外也是自然。

十一娘就笑道:"你是五姨娘介绍来的,我不能把你丢在家里。但去了徐府,我们人生地不熟,又是外来的人,我只怕遇到的事也多。到时候,你们几个要是不能拧成一股绳,我只怕会举步维艰。问问你们,我心里也好有打算!"

竺香低着头,绞着手指头半天没说话。

十一娘也不催她,静静地喝茶。

过了好一会儿,她才细细地道:"把、把秋菊姐留下来吧!她还有娘、老子在余杭。"

十一娘心中微震,却笑道:"秋菊进府就服侍我,我有些舍不得,倒是琥珀……"

她的话音还没有落,竺香已抬起头来。

大大的眼睛盛满了慌张:"您可千万别……大太太不会同意的……五姨娘还在余杭呢!要不,把我送回余杭吧?五姨娘身边总要有人服侍。"

十一娘望着她微微笑起来:"我知道了。"

竺香却道:"小姐放心,这事我不会对其他人说的。"

十一娘的笑容更深了。

过几天,大太太引见她认识四个陪房。

那江秉正果如琥珀所言,是个机敏人,一双眼睛十分灵活。他和刘元瑞、万义宗、常九河站在门口,另三个低头哈腰头也不敢抬一下,江秉正竟然拿眼睛睃了十一娘好几下。

十一娘仔细地观察了四人的手:江秉正的白净整齐,不像是庄户人家的手。刘元瑞、万义宗和常九河的手都指节粗大皮肤粗糙。但万义宗又与刘元瑞、常九河不一样。万义宗的手洗得很干净,刘元瑞、常九河指甲缝里还残留着泥土。

想到这些,她又翻了个身,窸窸窣窣的衣裙摩擦声在这幽静的夜晚显得很响亮。

"小姐,您睡了没有?"是睡在床踏板上值夜的琥珀在问她。

"没睡。"十一娘轻声地道。通常这个时候,琥珀都有话对她说。

等了半晌,琥珀果然开了口:"侯爷这样,就算是到了天吧!"她的声音轻得几不可闻,就像要融入这月光中一样的缥缈,"我常听人说,盛筵必散……"语气里也有了浓浓的试探,"又说,登高必跌重……侯爷,不是那样的人吧?"

徐令宜得胜回来,皇上再次提出给他封爵,徐令宜写了一份长长的谢恩书,再次婉言拒绝了。皇上就赏了徐令宜一万银两,良田十顷。

大太太听了只是冷笑。大老爷却是叹了口气,说了句"可惜"。

没想到,琥珀却有这样的见识。有个一直在她心里盘旋的念头再一次浮现在她的心里。

十一娘侧过身，头枕了手臂望着琥珀："你知道母亲为什么把你给我吗？"

"不知道。"琥珀心头一震，"我也在想，姊妹们都那样聪明。许是觉得我呆愣，所以送了出来？"她侧望着十一娘，目光在黑暗中闪烁不明。

"我也不知道。"十一娘笑道，"不过，她既然选了你，肯定有她的用意。我现在想问你一声，你愿意跟着我吗？"不是问她愿不愿意跟着自己去徐府，而是问她愿不愿意跟着自己。这其中，有本质的区别。

"你不用现在回答我。"十一娘重新躺下，"好好考虑以后再回答我吧。"

难道还回大太太那里不成？她从来没有过选择。进府当丫鬟，是多娘的意思；到大太太身边，是许妈妈的意思；调到十一小姐的屋里，是大太太的意思……可她知道，自己从来都只能一心一意。一女二嫁是没有好结果的，身在曹营心在汉一样没有好结果。

琥珀笑："我自然是要跟着小姐的。"声音不急不慢，带着点郑重的味道。

黑暗中，十一娘嘴角微翘，翻身去睡："你要记得你说的话。"

第二天天刚亮，大奶奶就和全福夫人鸿卢寺主簿章培云的夫人笑吟吟地走了进来。

秋菊忙把两个红包给了章夫人。

琥珀几人今天要坐全福夫人的马车陪着十一娘一起去徐府，也要打扮一番，所以十一娘屋里就由秋菊和大奶奶身边的杏林打点着。

章夫人笑着接了，给十一娘道了贺。十一娘就由冬青服侍着去沐浴。出来的时候，正听到那章夫人笑道："先是大爷考中了庶吉士，然后五姑奶奶做了举人娘子，十姑奶奶嫁了国公府世子爷，如今十一小姐又配了永平侯，今年可真是鸿运当头啊！"

大奶奶满脸是笑："承您的吉言，承您的吉言。"

真应了外人看热闹那句话。十一娘五味杂陈地坐到了镜台前，任章夫人帮着她梳了头，插了珠钗。秋菊和杏林服侍十一娘换了大红嫁衣，然后在她肩头铺了粉红色的帕子。章夫人上前给十一娘描眉画眼。

不一会儿，收拾停当。十一娘看着镜中人，雪白的脸，弯弯的眉，红红的樱桃小嘴，虽然变了个样子，但看上去像阿福娃娃，很喜庆。

想到五娘出嫁的时候也是这副打扮，知道这是常规的新娘妆，她不由笑了笑。

厨房就端了饭来。

十一娘学着五娘嫁时的样子含了一大口在嘴里，然后吐在了章夫人手中的红纸上——章夫人会把她吐出来的饭一分为二，一半放在罗家的米柜上，一半由徐家的全福夫人带回去放在徐家的米柜上。

不知道这是什么讲究。她正思考着，二太太和三太太、四娘、五娘几个由各自的丫鬟

簇拥着走了进来。

大奶奶忙招呼几人坐下。秋菊和杏林忙着沏茶倒水。

几人坐下,四娘就望着十一娘笑道:"今天可真漂亮!"

十一娘微微笑了笑,问五娘道:"怎么没见十姐?"

五娘就撇了撇嘴:"母亲昨天就派了人去接了。王琅说有事,刚才开席的时候才姗姗而至,十娘根本没来。母亲问起来,王琅只说十娘不舒服。再问,就有些不耐烦了。家里客人多,母亲总不能盯着他问吧?"

十一娘听着有些担心了。希望是十娘发脾气而不是有什么事才好。

就有小丫鬟来禀:"开席了!"

大奶奶就领了大家去坐席。

秋菊拿了装着参片的青花瓷盒:"小姐,您要不要含一片?"

可能是怕婚礼途中要上厕所,早上起来十一娘就水米未沾,大太太只让秋菊拿了参片给她含。

十一娘摇了摇头:"不用了,我不饿。"

两世为人,还是第一次做新娘子。她有点紧张。

"我那本《大周九域志》你们收了没有? 我想看看。"

秋菊能感觉到十一娘人绷得有点紧,忙应声去找了书来。

十一娘就歪在临窗的炕上看书,可心里又觉得慌慌的,手里拿着书,却一个字也没有看进去。放了书,又觉得很无聊,复又拿起。

这样反反复复了半天,外面的筵席也散了场,有人留在正院看热闹,有人到十一娘屋里来坐。

迎亲的队伍来了。

三太太忙一手拉了罗振开,一手拉了罗振誉:"你们给我老老实实地待在这里。"

上次的事虽然没有谁追究他们,可一想到十娘当时的情形,他们心里就不好受,两人老实了很多。

"噼里啪啦"的鞭炮声中,罗振兴几人象征性地讨了红包,就开了门。

穿着大红礼服的徐令宜一脸平静地走了进来,他身后还跟着两个神色谦和又带着几分威严的年轻男子。

余怡清一怔,失声道:"顺王,范总兵!"

钱明听着浑身一哆嗦。

顺王的父亲是先帝的胞弟,顺王是当今皇上的堂兄弟,真正的龙子凤孙,掌管着内府。范总兵名范维纲,原是皇上的贴身侍卫,曾经跟着徐令宜平过苗乱,现在是正三品武将——宣同总兵。

那范维纲已咧嘴笑道："今天只有迎亲的,没有什么顺王和范总兵!"

罗振兴就有些不安地喃喃："这、这怎么能行呢……"

徐令宜就问他:"在翰林院可还习惯?"

罗振兴恭敬地道:"长了不少见识。"

徐令宜微微点头,道:"周大人、胡大人都是鸿学之士,你能听两位大人讲筵,既是难得的缘分,也是难得的机会。"

旁边就有人笑道:"侯爷,今天可是您大喜的日子。要不,您改个日子再训?"

顺王和范维纲都笑起来。

范维纲就拍了那个的肩膀:"老兄,怎么称呼?"

"在下钱明,字子纯。"钱明笑道,"是罗家的五姑爷。"

顺王就朝徐令宜笑道:"你这个连襟挺有意思的。"

徐令宜嘴角轻翘,有了一丝笑意。

钱明暗暗松了一口气,笑容却越发平和:"时候不早了,岳父还等着侯爷敬茶呢!"趁机引他们去了厅堂。

徐令宜给大老爷磕了头,按照习俗去了大太太屋里。

大太太喝了徐令宜敬的茶,什么也没有说,递了一个红包给徐令宜。徐令宜接了红包,给大太太行了礼,重新回到厅堂。钱明拿了小酒盅敬徐令宜上马酒。

顺王不由调侃:"你是怕把侯爷给灌醉了吧?放心,他还是有几分酒量的。"

钱明却点头,一本正经地道:"我这也是同病相怜啊!"

把大家都逗得笑了起来。

大老爷就道:"时候不早了,发亲吧。"

十一娘盖着盖头,看不清外面的情景,但罗振兴把她背到轿子里的时候,她只听到噼里啪啦的鞭炮声,却没有听到嘈杂的笑语声。

她就想到在小院与徐令宜的初次见面,有点泰山崩于前而面不改色的味道。但通常这样的人有点死板,不太能接受调侃的话。

十一娘念头闪过,轿子已被抬起来,鞭炮声响得更密集了,锣鼓也敲起来。

喧嚣中,轿子摇晃了一下,开始往前走。

随着一声声的赞礼声,十一娘就知道自己出了罗家的垂花门,出了大门,出了胡同……然后鞭炮声渐渐听不到,只余锣鼓声。

就这样离开了吗?十一娘突然觉得有些不安起来。那个家虽然让她觉得窒息,可真的离开,却又有几分留恋。她下意识地回头,眼前依旧是一片艳艳红色,泪水就那样毫无预兆地落了下来。

不知道走了多久，十一娘听到有人喊着："来了，来了……"

随即是震耳欲聋的爆竹声，把锣鼓的声音都盖住了。

十一娘忙从衣袖里掏出手帕，把眼角的泪水擦干，然后捧了宝瓶正襟端坐。

轿子停下来，徐家的全福夫人扶她下轿来。

杂沓的脚步声，喧嚣的谈论声，铺天盖地扑过来，让她有点分不清楚东南西北的感觉。而脚下软软的地毯，又让人觉得掉进了锦绣堆里，全然找不到使力的地方。

十一娘有些懵懵懂懂地跨过了马鞍，拜了堂，进了新房。

女子的窃窃私语声中夹着环簪摇曳之声。

有女子笑道："侯爷，快挑了盖头，让我们看看新娘子！"

头上的盖头就无声地落下来，银光雪亮般的灯火让十一娘眼角一闪，只感觉到满屋的珠环玉翠，彩绣辉煌。

"新娘子真漂亮……"

"白白净净，一看就是个有福气的……"

赞美声如潮水般涌来，射向她的目光充满了好奇、审视、衡量、怀疑……十一娘不由在人群中寻找。她看到了威北侯林夫人、中山侯唐夫人、忠勤伯甘夫人、程国公乔夫人……还看到了站在床边的徐令宜，他身姿笔挺，表情冷峻，神色淡定，没有一点点新郎官应有的喜悦或是不安。

不知道为什么，十一娘突然镇定下来。她坐直了身子，有全福夫人过来示意她坐到床西边去。

许妈妈曾经对她说过，这叫"坐富贵"，到时候闹洞房的人会说些调侃的话，让她千万不要说话，也不要动，半个时辰后大家就会自行散去的，然后就可以喝合卺酒了。

十一娘就盘膝坐到了床西，全福夫人就请徐令宜坐到了床东。

屋里的人都笑嘻嘻地望着他们。

十一娘就发现屋里的妇人年纪都偏大，只有两三个二十来岁的妇人。而且这些妇人都戴了花钗，最少的是四品命妇的六株，最多的是一品命妇的九株。

就有小厮跑进来："侯爷，侯爷，圣旨到了。"

就有妇人笑道："可真是巧，我们到花厅里去坐吧！"

十一娘望过去，发现说话的是甘夫人。甘夫人就朝她微微一颔首。

徐令宜就吩咐十一娘："你等我一会儿，我去换件衣裳。"

是在向她交代自己的行踪吗？十一娘应了一声"是"。

互相尊重,是个良好的开端。

就有两个眉清目秀的丫鬟上前帮徐令宜换了官服,两人一前一后出了新房。

外面是个院子,两旁的抄手游廊上挂满了各色的灯笼,灯火辉煌,花团锦簇。

十一娘随着徐令宜往西,走了大约一盏茶的工夫,到了一个大院子。

院子里灯火通明,徐令宽穿着四品官服正陪着个内侍说话,太夫人、二夫人、三夫人和五夫人也都按品级大妆等在那里,看见徐令宜和十一娘,大家都松了一口气。

那内侍就笑道:"侯爷,人齐了吧? 那咱家就来宣读圣旨了。"

徐令宜说了一声"有劳贵人了",就带头跪在了院子的青石砖上。

太夫人等人随着跪下去。十一娘很自觉地跪在最后。

那内侍就打开了五彩织白色云鹤图纹的圣旨开始宣读。

"奉天承运,皇帝诏曰:国家思创业之隆,当崇报功之典。人臣建辅国之绩,宜施锡爵之恩。此激劝之宏规,诚古今通义。永平侯、征西大将军徐令宜奉职有年,忠心益励,懋绩弥彰,允称弼亮之才,不负亲贤之选,加封从一品太子少师衔。元配罗氏,相夫克谐,宜家著范,追封贞顺侯夫人。继妻罗氏,性秉柔嘉,心存恪慎,封一品夫人。"

十一娘静静地伏在地上,脑子却飞快地转着。大周最高官职三公三孤,三公是正一品,三孤是从一品,不是一口气封了三公而是三孤之一的太子少师。能不能这样理解,皇上还是想用徐令宜——如果封了三公,一旦战事再起,徐令宜就不能再领兵打仗了。而且,封无再封,让以后的继位者再拿什么赏徐令宜?

她不由长长舒了一口气。现在,徐家的安危是最重要的! 封建制度的连坐法可不是好玩的。

至于给元娘封诰和给自己诰命,恐怕是对没有给徐令宜相应爵位的补偿吧?

十一娘来不及细想,谢过恩后,皇后娘娘的赏赐来了。

这次是给她的:步摇、宝花各一对,"万事如意""富贵花开""年年有余""戏婴图"宫缎各四匹。

送走皇后娘娘的内侍,太后娘娘的赏赐来了,也是给她的:一面铜镜,刻着"忠贞世笃"的字样;一柄铜尺,刻着《女诫》。

徐家所有的人第三次跪下去谢恩。

内侍就笑着对十一娘道:"以镜为鉴,以尺为诫。夫人要谨记太后娘娘的教诲才是。"

自己嫁进来毕竟是驳了太后的面子,只给她送一面铜镜、一把铜尺已经是很给面子了。

"多谢公公提点。"十一娘恭敬地道,"妾身谨记太后娘娘的教诲,自当谨言慎行,恪守不渝。"

太夫人不由看了十一娘一眼,小小年纪,第一次接旨,进退间毫不畏缩。一抬眼,她看见儿子的目光在媳妇身上打了个转。太夫人不由嘴角微翘。

那内侍见十一娘态度恭谦,有些倨傲地扬着脸笑了笑。

徐令宜亲自上前打点内侍,皇上和皇后派来宣旨赏物的内侍由徐令宽打点。

那位内侍的态度越发倨傲了,笑着对徐令宜道:"侯爷有空要多到慈宁宫走走才是。太后娘娘一直惦着侯爷,还常和咱家说起侯爷小时候,跟着皇上把长春宫里的鸟窝都给捣了的事……真是没想到,侯爷小时候那样的顽皮,如今却也是国之栋梁,朝中股肱。"

看样子,徐家虽然在皇上的支持下娶到了自己,但这其中的过程并不轻松,甚至可以说,徐家的胜利不是一边倒的绝对胜利,还可能是在夹缝中得到的一个机会。十一娘思忖着,发现徐家众人都面沉如水。想来是这内侍对徐令宜的态度刺伤了徐家众人。

而徐令宜却笑容谦和:"小时劣迹,让公公见笑了。"

那内侍对徐令宜的态度很满意似的,哈哈笑了几声,亲切地和徐令宜小声说了几句话,就告辞了。

徐令宜亲自送他出去,院子里的空气一松。

十一娘忙上前给太夫人等人行礼。

太夫人笑吟吟地受了她的礼。二夫人是寡居之人,她立刻回避了:"天色已晚,我那里路不好走,先回去了。"

大家都不好挽留,目送她离开。

三夫人就给十一娘回礼:"四弟妹,恭喜恭喜,看样子四弟等不及上报礼部,直接为你求了诰命来。"

按制,他们成亲后由徐令宜上书礼部,然后由礼部报皇上核准后才会正式授予她相应的品级,而且,元娘是嫡妻是正一品,她是继室是正三品。没想到,皇上追封了元娘,她因此水涨船高得到一品夫人的诰命。

可这个时候怎能说出这样的话来?别说她刚进门,就是三夫人词语中什么"四弟等不及上报礼部"的话就很是不妥。一旦传出去,徐令宜不免留下纵宠内眷的名声,给人以轻浮之感,自己则更糟糕,说不定会被人说成是狐媚轻佻。

十一娘想到太夫人在自己婚事上的果断杀伐,就有些惊慌地望向了太夫人。

太夫人果然脸色一沉,道:"来贺礼的诸位夫人可都安排好了?"一副让她快去招待客人的样子。

三夫人神色微微有些不自然起来,笑道:"已经安排好了。"

一旁的徐令宁看着,立刻道:"既然这边没什么事了,你还是去后院看看吧。我也要到前面去招待客人了。今天可是四位王爷、两位驸马,更别说那二三品大员了,只怕是燕京数得上的都来了。"

太夫人点了点头:"可别让人家说我们失了礼数。"

徐令宁恭敬地应"是",三夫人给太夫人行礼,两口子一起出了门。

十一娘这才发现,这院子位于两座厅堂之间,前面的一座七间厅堂,后面的一座五间厅堂,都门扇大开,灯火明亮。可因为视角的关系,后面厅堂看得清楚——摆了长案太师椅,是个待客的地方;前面的厅堂就有些看不清楚了,不过,她能听到前边厅堂左右两边有喧阗声。

徐家外院的酒席就摆在那里吧?她猜测着,太夫人已上前携了十一娘的手:"累不累?我让丫鬟先送你回屋吧?"

十一娘不知道自己所在的地方位于徐府的哪里,但太夫人一个"先"字让她立刻意识到,徐令宜可能还会回到这里来。她垂下眼睑,带了几分羞赧:"我还是等候爷一起回去……"

太夫人听了脸上的笑意就多了几分。

一旁的五夫人就笑道:"你一个人在新房怕不怕?偏偏我有了身子,钦天监的人又说,新房不能进属羊之人——等过几天,我去看你。"

"啊!"十一娘很是惊喜地上下打量着五夫人,"你有小宝宝了?什么时候生?"

五夫人脸色微红:"刚四个月。"

徐令宽就在一旁傻笑。

"那要注意点才是。"十一娘很为这对夫妻高兴,"刚才跪了好几次,有没有感觉不舒服?"

五夫人微微摇头:"前段日子不太好,现在都好了。"

而太夫人看她和五夫人说得投缘,眼底的笑意更浓了。

说了两句话,徐令宜折了回来,看见只有他们几个,奇道:"三哥和三嫂呢?"

"今天他们负责招呼客人,"太夫人笑道,"我让他们先去了。"又道,"刚才匆匆把你们叫出来接旨,还没有喝合卺酒吧?快回新房吧!满屋子的人还等着你去敬酒呢!"

徐令宜听母亲这么一说,就看了十一娘一眼。十一娘立刻低头垂目,一副乖顺的样子跟在了徐令宜的身后。

徐令宜朝着太夫人行了礼,抬脚就上了抄手游廊往东去。

十一娘胡乱给大家福了福身,忙跟着徐令宜由原路返回了新房。

新房里看热闹的人都走了,只有徐家请来的两位全福夫人和给徐令宜换衣裳的两个漂亮丫鬟在屋里。看见两人一前一后进来,两位全福夫人松了一口气,不约而同地迎上前来,一个拉了十一娘就往屋里走,一个喊外面粗使的丫鬟:"让厨房送了席面上来。"

十一娘刚坐下,厨房的席面就送了上来,不外乎是些取了吉祥名字的鸡鸭鱼肉。

闻着香喷喷的菜香,十一娘感到一阵胃痛,从早上到现在,她只吃了三口百合莲子红枣花生羹。

她强忍着馋意,在两位全福夫人的指导下和徐令宜喝了合卺酒。成亲的仪式就算结束了。

两位全福夫人笑吟吟地给徐令宜和十一娘道贺。

十一娘各给了两个大红包。两位全福夫人就笑着退了下去。

徐令宜则吩咐屋里的丫鬟:"去叫了夫人的丫鬟过来。"

其中一个丫鬟立刻应声而去。

"给我换身便服。"

另一个丫鬟立刻上前娴熟地给他换衣服。

新房是个四进的宅子。倒座西边有个角门,直通刚才去接旨时走的抄手游廊。穿堂三间各带两个耳房,正房五间各带一个耳房。他们的内室设在正房的西边。

徐令宜在西梢间换衣裳,十一娘就坐到了西次间临窗的大炕上。

不一会儿,徐令宜换了身紫红底云纹团花直裰走了出来,看见正襟危坐在炕上的十一娘,他不由一怔。

十一娘已下炕给他屈膝行了个礼。

徐令宜眼底飞逝过犹疑:"我去敬酒了。"

十一娘低声应了一声"是",然后送徐令宜出了正房。

返回屋子,她笑着问丫鬟:"你叫什么名字?"

丫鬟恭敬地道:"奴婢叫夏依。"

十一娘点了点头:"另一个和你一起当差的叫什么?"

"叫春末。"

正说着,春末领了琥珀和冬青进来。

不过是两个时辰未见,但对于一直担心着十一娘的琥珀和冬青来说,却像是隔了两年似的。

她们不由泪盈于睫,异口同声地道:"小姐,您、您没事吧?"

"没事,没事!"十一娘笑吟吟的,心里却道:就是饿得很! 所以"你们吃过饭了没有"的话脱口而出。

两个连连点头:"吃过了,我们都吃过了。陶妈妈亲自带了粗使的妈妈端了饭菜给我们。"

十一娘笑着点头,对春末和夏依道:"你们都退下去吧! 有她们服侍我就行了。"

两人犹豫了片刻,还是屈膝行礼了才下去。

十一娘吩咐冬青和琥珀:"帮我换件衣裳吧,这身穿着太难受了。"

两人点头,去给十一娘准备洗澡水和换洗的衣裳,十一娘却坐到桌边吃了一小碗饭。

等徐令宜带着酒气走进来的时候,十一娘已洗净了脸,绾了平常的髻儿,换了身湖绿色褙子,正歪在大迎枕上看书。

"侯爷回来了?"她忙放下书,下炕给徐令宜行了个礼。

徐令宜脸微微有点红,眼睛却不见一丝醉意,只是比平常更明亮几分。

十一娘却暗暗提高了警惕。有一种人,喝得越多眼睛越亮,就是醉了,也看不出来。但通常醉了的人对自己情绪的控制力就弱,她可不想引起徐令宜的不快。

徐令宜却看也没看她一眼,径直走到炕边拿起书,凑在羊角宫灯下念道:"《大周九域志》。"

这家伙肯定是喝多了,要不然,不会一个字一个字地从嘴里蹦出来。

十一娘正要解释一番,徐令宜已丢了书朝净房去。

她立刻叫了春末和夏依进来。两人去净房服侍徐令宜沐浴,十一娘把一些零零碎碎的东西都收好,然后换了亵衣坐在床上等徐令宜。

过了好一会儿,徐令宜头发微湿地走了出来,拉了一床被子,侧头就躺在了床上:"快睡吧,明天一早还要去宫里谢恩。"

到宫里谢恩?十一娘吃了一惊,但想到今天收了那么多的礼物,好像也应该去道声谢。她"嗯"了一声,见徐令宜已侧身躺下,望着他留给自己的半边床,十一娘长长吁了口气。至少不是唯我独尊的人。

她安排冬青在东次间值夜,待春末和夏依收拾好净房后,蹑手蹑脚地走到了床边。

与一个完全陌生的男子,睡在一张床上,共度一夜。十一娘不免有几分犹豫,谁知道会发生什么。念头一过,目光就落在了那个人的身上。他背对着她,身子微弓,一手枕着头,一手自然垂搭在腰际,看上去睡得很沉。她再静下心来观察,发现他的呼吸绵长,却很均匀。

真的睡着了!十一娘不由透了一口气,人也放松了下来,可随即她又觉得自己有点好笑。这个男人虽然陌生,但他对她却有绝对的权力。难道他扑过来时自己还能大叫不成?

念头闪过,她的迟疑渐渐褪去。两世为人,成亲意味着什么,难道自己还不知道?既然已经嫁了过来,就如同在契约上按了手印。这个时候再反悔,是不是迟了些?是不是惺惺作态了些?

十一娘扪心自问,心境慢慢恢复了平和。她笑着弯腰俯身,动作轻柔地将他搭在腰际的手臂放进被子里,然后转身吹了灯,拉了另一床被子,轻手轻脚地躺在了徐令宜的身边。

黑暗中,人的听觉和嗅觉都会比平常灵敏。

徐令宜身上散发的薄薄暖意,呼吸间溢出的淡淡酒香,让她感觉醇香而温暖,睡意顿生。明天还要谢恩……可不能出错……得养好精神……

蒙蒙眬眬中,有结实的手臂将她揽了过去,十一娘一下子惊醒过来。

一双带着厚茧的大手已伸进了她的衣襟……十一娘睁大眼,想看清楚罗帐四角都挂着些什么样式的香囊,可任她再努力,还是漆黑一团。

有温和的大手轻轻地抚了抚她的头。十一娘直觉地想侧脸避开那双手,可就这样一个小小的动作,就让她倒吸一口冷气。她从来不知道,做这种事情这么疼的……

"能不能把我的丫鬟叫进来?"她小声地征求徐令宜的同意。

徐令宜的身体明显地僵了僵。

十一娘没有心情去照顾其他人的心情,刚才的经验真是太糟糕,一个没有办法放松,一个好像为了完成一桩任务似的急切。

半晌,徐令宜都没有作声。

算了!那就等天亮再说。十一娘思忖着,徐令宜却窸窸窣窣地坐了起来。

"我去把你的丫鬟叫进来!"

"谢谢!"十一娘轻声地道。

不一会儿,冬青紧张地跑了过来:"小姐,不,夫人,您怎么了?"

"给我打水,我洗个澡,然后换件衣裳。"

冬青吃惊地望着她。

十一娘的耐性告罄:"难道不行?"

"不,不,不。"冬青表情慌张,"我马上去给您倒水。"

屋子亮起来。

十一娘在水桶里泡了半天,身体才渐渐松弛下来。

等她穿好衣服重新回到内室,徐令宜坐在床边等她。

"睡吧!"他语气淡淡的,"明天还要早起。"

十一娘发现被褥都换了。她点了点头,钻进了还散发着淡淡茉莉花香味的被子里。

后来,十一娘做了个梦。她梦见自己被一个巨人追杀,她人小腿短,没跑几步就被追上了,任她如何求饶那巨人都不愿意放过她,然后张开血盆大口把她一口吞了下去。

十一娘被惊醒,满身大汗。

身边的徐令宜倒是机警,立刻问她:"怎么了?"

"没事。"她长长地吁了口气,"被子太厚了。"

徐令宜什么也没说,起身去叫了冬青来服侍她。

又能怎样呢? 十一娘苦笑,重新打水擦了擦身子,换了件衣裳躺下再睡。只是再也无法入睡,支着耳朵听着外面传来丫鬟们起床、铺被、洗漱的声音。

第十六章　为新妇十一稳应对

杜妈妈从内室出来,笑容无法掩饰地洋溢在眼角眉梢。

她屈膝给徐令宜和十一娘行礼:"恭喜侯爷、夫人!"

徐令宜点了点头。十一娘则有些不自在地垂下了眼睑。

杜妈妈的笑容就更深了,将昨晚铺在床上的白绫收在雕红漆的匣子里,然后让厨房送了莲子羹来。

徐令宜和十一娘吃了莲子羹,徐令宜就被杜妈妈"请"到了堂屋,全福夫人给十一娘开脸,然后梳了妇人妆的圆髻,插了徐家下定送去的如意金簪。

杜妈妈望着眉目玲珑的十一娘,笑意到了眼睛深处:"我们去给太夫人问安去。"

十一娘由丫鬟簇拥着,跟在徐令宜身后去了太夫人那里。

三夫人正服侍着太夫人喝茶,看见十一娘,忙笑着迎了出来:"说你们要先去宫里谢恩,下午再认亲?"

"是啊!"十一娘笑着点了点头。

三夫人眼中就露出艳羡的目光:"那还是早点启程吧,免得耽搁了下午认亲。"

十一娘微微地笑。

就看见杜妈妈将那雕红漆的匣子交给了太夫人,然后低声在太夫人耳边说了几句,太夫人的目光就停留在了徐令宜和十一娘身上,露出了一个欣慰的笑容。

徐令宜和十一娘上前给太夫人问安——因是第一次,又是新婚的第二天,两人恭敬地给太夫人磕了三个头。

"快起来,快起来!"太夫人满脸是笑,然后拿了一个雕红漆花鸟匣子给十一娘做见面礼,"以前的一些首饰,你拿去戴吧。"

因是匣子装着的,十一娘也不知道里面都装了些什么,笑着道谢收了。

太夫人笑着让杜妈妈送他们出了门:"早去早回!"

十一娘跟着徐令宜拐进一坐南朝北的角门,去了昨天他们接圣旨的院子,绕过七间的厅堂,直接到了外院的仪门,然后登车去了皇宫。

皇上还在早朝,他们先去了太后的慈宁宫。

太后看上去不过三十四五岁的样子,白白胖胖,相貌十分普通,如果不是眉宇间流露出来的那种高人一等的优越感,估计丢到西门大街去,别人肯定以为她是哪家的老妈子。

十一娘不免对她的形象小小地吃惊了一下。

徐令宜恭敬地向太后表达了谢意。太后却对着十一娘长篇大论地说了一通类似于"妇不贤则无以事夫,妇不事夫则义理坠废"的话。

十一娘垂手恭立,听着她的教训,在心里暗自告诫自己,一定要看上去恭顺谦卑,免得惹了太后的眼。

正说着,有宫女来禀道:"皇后娘娘来了!"

太后这才打住了话,笑着对徐令宜道:"正好,你们也不用特意去皇后那里了。"

皇后看上去和徐令宜差不多的年纪,中等身材,曲线玲珑,有一双和徐令宜一样既大且长的凤眼,笑容很甜美,是个难得的美人,没有想象中的高傲,反而感觉很亲切随和。

给太后问过安后,她笑望着十一娘:"这位就是新娘子了?"声音清脆。

徐令宜恭敬地应了声"是"。

皇后就笑道:"也难为你们一大早就来宫里谢恩。"

太后笑道:"这既是皇家的体面,也是徐家的体面。"

皇后就笑着应了一声"是"。

徐令宜就感念起皇上赐的那十顷地来,然后话题渐渐转到了太后的弟弟寿昌伯那里去了:"定窑的东西虽然好,可价钱也贵,不是一般人家用得起的,又早已自成流派,打进去不容易。我看还不如就在景德镇找个地方开窑,成本低,来得也快。"

寿昌伯做内府的瓷器生意。

太后果然很感兴趣:"你仔细说给我听听。"

徐令宜就谈起这段时间的海运贸易来,说怎样低买高卖,怎样雇船跑海,怎样担保入股……把太后听得一怔一怔的,直问徐令宜是不是也在做海运贸易。

"我也是听别人说的。"徐令宜笑道,"我在西北待的时候长了,刮风下雨膝盖就疼。太医说是有足痹之症,得好好养几年。所以到处问问,看有没有什么事能消磨日子。"

十一娘就若有所思地望了徐令宜一眼。

太后却是正色地点了点头:"你这些年东征西讨的,也是要休息几年了。"

正说着,皇上下了早朝过来了。

十一娘就随着慈宁宫的女官回避到了偏殿。

就有人窥视她,还小声嘀咕:"看见没,永平侯的继妻……"

"年纪好小……"

十一娘神色镇定地坐在那里任那些人打量。

大约过了两盅茶的工夫,有女官来领她去太后那里:"皇上走了。"

皇后也跟着皇上走了。

徐令宜和十一娘小坐了一会儿,陪着太后说了几句闲话,借口快到晌午,告退出宫回了荷花里。

回到荷花里,十一娘和徐令宜先去了太夫人那里问安。

太夫人看见他们回来很高兴,忙让杜妈妈去传饭菜。

徐令宜就笑着坐到了太夫人对面:"您吃了没有?"

"吃过了。"太夫人望着立在徐令宜身后的十一娘,神色间就有了几分犹疑。

徐令宜看着就笑了笑,道:"娘不用担心,我们见了太后娘娘,没什么事。"

太夫人欲言又止。

十一娘看出来了,太夫人有话和徐令宜说。

她笑着给太夫人屈膝行了礼:"我去看看饭菜怎么还没有来。"

母子俩眼底都闪过一丝诧异,却俱没有挽留她。

十一娘看得明白,笑着退了下去。

太夫人望着十一娘的背影微微颔首:"真是个伶俐的小姑娘。"

不知道为什么,徐令宜听着就微微咳了一声,道:"娘,太后娘娘那边不会有什么事的。"然后把和太后的对话告诉了太夫人,"寿昌伯正想插手海运生意而不得其法,现在我这么一说,太后哪里还顾得上先前那点小罅隙!只怕今天就会招了寿昌伯去说话。"

太夫人听了不由轻轻叹一口气:"这些年,建宁侯和寿昌伯霸着都水司的生意,别家是针插不进、水泼不进,没想到又打起内府的主意来。说起来,杨家这些年赚得不少了,怎么就不知道收手呢?她怎么就想不明白,这天下只有皇帝给的才是铁饭碗,其他的,都华而不实,有多少钱也是虚的。"

徐令宜就笑道:"天下间又有几个人能像您似的,看破这些荣华富贵。"

太夫人不由大笑:"你这孩子,倒知道打趣起母亲来。"又笑道,"看来还是屋里有个人的好,连说话都利索了不少。"

徐令宜不由脸色微赧,左顾右盼地道:"认亲是什么时辰,免得等会儿我们迟了?"

太夫人笑道:"怕你们回来得晚,定在申初。"

徐令宜就掏了怀表出来看了一眼:"还有两个时辰。"

太夫人点了点头,道:"有个事我想和你商量一下。"说着,也不待徐令宜回答,径直道:"谆哥,还是放在我屋里吧。"

徐令宜微怔。

太夫人已道："她既是孩子的母亲,更是孩子的姨妈,我没什么不放心的。我是担心她年纪小,刚刚进府,事又多,顾不上来,我先帮她看些日子。等她事情上手了,再让谆哥跟着她也不迟。"

徐令宜突然想到昨天晚上那盈盈一握的腰肢来。

"是太小了些,"他沉吟道,"您就先帮着看着好了。"

太夫人微微颔首,又道:"既然她进了家门,家里的事让老三媳妇帮着管着也不大好。可这是元娘在时就定下的,她一进门就把钥匙拿了去,怕是会有闲言碎语传出来,我的意思是,还让老三媳妇管着家里的事,等找个机会再说。"

"娘考虑得周到。"徐令宜笑道,"就照您说的安排吧!"

"嗯!"太夫人见两桩事他都依了自己,脸上的笑容更深了,问起徐令宜的事来,"你的事怎样了?"

"太医说我有足痹之症,不能再去苦寒之地,得花个三五年好好养着。要不然,只怕会瘫痪在床。"

太夫人笑起来:"这足痹之症好,又看不出什么异样来,发病不发病全凭天气,可这天气谁又说得准!"

"正是这个道理。"徐令宜笑道,"以后只怕会赋闲在家了。"

"赋闲在家好。"太夫人望着儿子的目光中充满着怜惜,"你也该好好在家里歇歇了。小三老实忠厚,小五又不足以成大器,你可是家里的顶梁柱……"

"娘快别这么说。"徐令宜说道,"三哥是谨慎惯了的人,小五还没长大,以后就好了。"他不欲和母亲讨论这个话题,立刻转移了话题,"五弟妹是什么时候生产? 您看还有什么事我能帮得上忙的? 要不要换个地方住,或是搬到西山的别院去?"

"哪有那么多的讲究。"太夫人笑道,"钦天监的说了,牛羊不碰头。丹阳是属羊的,只要不遇到属牛的就没事。我已经让杜妈妈亲自去办了,家里所有属牛的暂时都搬到西山别院回避回避……不会有什么事的。"

徐令宜点头:"那就好!"

"也不知是怎么了,我生了四男一女也没你们这样费劲的。"太夫人语气怅然,"只希望菩萨保佑,丹阳能一举得男,为我们徐家添丁进口。"

这个话题徐令宜不好搭腔。正好有姚黄来禀:"饭菜摆哪里?"

太夫人就指了东间:"就摆那里吧。"

姚黄和小丫鬟们忙去撤了东间临窗大炕上的炕桌,换上已摆好饭菜的炕桌。

徐令宜不由问道:"四夫人呢?"

姚黄笑道:"正和杜妈妈在耳房喝茶呢!"

徐令宜微微有些意外。他以为她会很无聊。

姚黄看着忙道:"魏紫姐姐已经去请四夫人了。"

徐令宜点了点头,就看见十一娘姗姗然走了进来。

"和娘打个招呼就过来吃饭吧!"他淡淡地朝着十一娘点头。

十一娘应了一声"是",依言去和太夫人打了招呼,坐到了徐令宜的对面。

丫鬟打了水给她净了手,她要了一小碗的粥,见徐令宜要了一大碗米饭,就边吃边等徐令宜,等徐令宜放下碗,她也吃完了。徐令宜的目光落在她的碗上。

十一娘以为他会说什么,"我饭量小""平常也吃这么多"的借口她都想好了,偏偏徐令宜却什么也没有说。

两人谢了太夫人的饭,然后回屋梳洗,准备下午的认亲。

徐令宜就问她要不要歇会儿:"认亲要到下午申初。"

十一娘觉得自己都要散架了,也不和他客气,立刻点头:"我睡一会儿。"

徐令宜点点头,去了书房——他的书房在前面院子的东厢房。

十一娘立刻松了口气,简单地梳洗一番,倒头就睡着了。

冬青把她喊醒的时候,她还小小地赖了会儿床。

徐家一世祖不过是个不知道父母是谁的放马孤儿,机缘巧合随了太宗皇帝,这才有了这份家业。后来受"郑安王谋逆案"的牵连,几房各奔了各的前程。到了英宗朝复爵的时候,除了落户南京的一位叔叔,其他几房都找不到了。

因此三夫人向十一娘介绍南京来的亲戚时只是说:"这是南边来的宏大奶奶、富二奶奶、定三奶奶。"

她们是叔伯的三妯娌,除了宏大奶奶的丈夫徐令宏比徐令宜大,其他两人都比徐令宜小。

十一娘屈膝行礼,递上自己做的针线。

三位奶奶各送了十一娘一套头面。

至于二夫人、五夫人、谆哥和贞姐儿她都是认识的,所以她仔细地打量徐令宜的长子徐嗣谕和徐令宁的两个儿子徐嗣勤和徐嗣俭。徐嗣谕十一岁,白净的脸庞,一双又圆又长的凤眼,不仅相貌像徐令宜,举止有礼、进退有度的那股沉稳劲更像徐令宜,和徐令宜像一个模子里印出来似的。

徐嗣勤比徐嗣谕大三岁,"嗣"字辈里他排行第一。和所有正是青春期的少年一样,他长得瘦瘦高高的,五官却很秀美,像三夫人。

可能因为和十一娘同岁的关系,行见面礼时他表情有些尴尬。

徐嗣俭既不像只比他大几个月的堂哥徐嗣谕那样稳重,也不像他的胞兄徐嗣勤那样羞涩,他长得瘦瘦小小的,目光机敏。十一娘刚把给他的针线拿出来,他立刻迎上去接了:"怎么敢劳四婶大驾,我来,我来!"

小孩子说大人的话,自然惹得大家都笑起来。

大家在花厅里吃了饭。太夫人亲自送走了黄夫人。

徐令宽就嚷着要出去走走:"难得来一趟,总得到处看看吧。"

南边来的三位堂兄都有此意,徐令宜和徐令宁就陪着一起出了门。

宏大奶奶和定三奶奶去了二夫人那里歇息,富二奶奶却要去三夫人那里歇息:"还是四夫人过世的时候见过面,想好好说说话儿。"

回到屋里,冬青不由为十一娘抱不平:"说话也太伤人了些。"

十一娘却把四个丫鬟叫来,正色道:"大姐是侯爷的元配,这是谁也不能抹杀的事实。我希望你们能接受这个事实,而不是去回避这个事实,或者因此而胡思乱想。"四个人齐齐屈膝应"是"。

琥珀主动留下来值夜。

"您让我打听的事我都打听清楚了。"她帮十一娘散发,"陶妈妈说,太夫人每天卯正时分起床,辰初出内室,辰时三刻吃早饭。大家会在辰正时分至巳初时分去请安。巳初一过,就会由几位常在身边服侍的妈妈陪着到庵堂念经。午时吃午饭,未初歇午觉,未正起床。下午会或逗着贞姐儿、谆哥玩会儿,或和三夫人、五夫人抹纸牌。酉初吃晚饭,然后会到院子里走一回,酉正左右回屋,戌初就歇了。"

既有规律,还符合养生之道。

十一娘沉吟道:"既然这样,那你们以后就每天卯正时候喊我起床吧。"

十一娘正和琥珀说着话,有小丫鬟禀道:"四夫人,陶妈妈来了。"

这个时候,她来干什么? 十一娘一怔,忙道:"快请进来。"

陶妈妈应声而入,看见十一娘正散着发,忙道:"哎呀,我的夫人,您这个时候怎么就把头发散了? 几位姨娘还等着给您磕头敬茶呢。"又指挥琥珀:"快帮夫人把头发绾起来吧!"

十一娘和琥珀都很吃惊,十一娘不由朝窗外望去,琥珀却是有些紧张地"嗯"了一声,忙将十一娘散了的头发重新绾成高髻。

"不过是几位姨娘罢了。"陶妈妈笑道,"又不是见什么贵客,随便绾起来就成了。"说着,她接了琥珀的手,三下两下帮着十一娘绾了个十分漂亮整洁的纂儿,又从妆匣子里找了对珍珠耳坠给十一娘戴上,低声道:"那文姨娘的眼睛贼尖,像这样莲子米大小的南珠,一模一样的一对十分难得。"又从十一娘的衣柜挑了件大红色云纹褙子,"这屋里,也就只有您能穿红了。"

这就是所谓低调的华丽吧。十一娘大开眼界。这个陶妈妈,真是一把好手。不过,这恐怕也是在元娘身边学的吧?

她心情有些复杂,让琥珀把早已准备好的给几位姨娘的见面礼带上,随着陶妈妈去了堂屋。

陶妈妈就轻声地嘱咐她:"您不用理她们,她们让您舒服了,您就给个笑脸,不舒服了,直接走人。"

这是让她在几个姨娘面前保持上位者的喜怒无常,从而达到震慑的效果呢,还是怂恿着她挑起双方的矛盾呢?

十一娘笑着没有作声。

陶妈妈已笑着亲自去撩了帘子:"几位姨奶奶快请进,再晚点夫人就歇下了!"

有三个女子鱼贯着走了进来。最前面的是文姨娘,依旧梳了坠马髻,神色妖媚,只是耳朵上的坠子换成了猫眼石的,微一微动,就闪烁着变幻莫测的光芒。

跟在她后面的是乔莲房,她穿了件豆绿色柿蒂纹杭绸褙子,绾了个牡丹髻,戴了串莲子米大小的珍贵发箍,偏插了朵酒杯大小的珊瑚玳瑁绿松石宝结,打扮得十分华丽。

最后进来的是个三十岁的妇人,她穿了件翠蓝色素面杭绸褙子,头发规规矩矩地绾了个圆髻,插了支嵌蜜蜡石的赤金簪子,戴了朵大红色绢花,珠圆玉润的脸上带着几分不安,显得很憨厚。

秦姨娘……十一娘的目光不由落在了她的身上。看样子,应该是从小就服侍徐令宜的。

她思忖着,文姨娘已笑吟吟屈膝行了一个福礼:"恭喜姐姐,贺喜姐姐,得了一品夫人的诰命。"说着,她抬脸扫了陶妈妈一眼。

看样子,是想挑起陶妈妈的不平……十一娘想着,却看见陶妈妈冷冷一笑,望着文姨娘的脸上露出几分不屑来,然后笑着指了秦姨娘道:"这位是秦姨娘,闺名叫石榴。"

文姨娘是直接进的门,但秦姨娘却是在文姨娘之前生下了孩子。元娘一直拿捏着这事,没有给两人一个明确的排行。所以大家只能文姨娘、秦姨娘地叫着。陶妈妈第一个向自己介绍秦姨娘,也有些趁机打击文姨娘的意思。

十一娘微微笑着,就看见秦姨娘立刻上前跪在她的面前——要不是琥珀眼疾手快地递了个垫子过去,她就要跪在青石地砖上了。

她恭敬地给十一娘磕了个头,然后接过一旁小丫鬟茶盘里的茶,双手举过头顶:"夫人,您喝茶。"

十一娘笑着接过茶盅象征性地啜了一口,然后送了一对碧汪汪的翡翠手镯给她做了见面礼。

秦姨娘接了镯子,沉默地退到了一旁。

文姨娘就上前几步,笑吟吟地跪在了垫子上,给十一娘磕了一个头,亲亲热热地喊了一声"姐姐"。

秦姨娘是婢女出身,不能喊正夫人姐姐,文姨娘这一声姐姐,也颇有些向陶妈妈反击的意思。

十一娘喝了她敬的茶,送了一对赤金嵌红宝石石榴花耳坠给她做见面礼。

乔莲房却是表情淡淡地跪下给十一娘磕头、敬茶,轻轻地喊了一声"姐姐"。

十一娘送了一串碧玺石的佛珠手链给她。

陶妈妈就笑道:"好了,好了,时候不早了,大家快歇了吧!"

乔莲房听了转身就走。文姨娘却笑着和秦姨娘给十一娘行个礼才转身离开。

乔莲房还保留着几分赤诚。十一娘微微一笑。

"夫人就应该这样,"陶妈妈表扬十一娘,"不能远了,也不能近了……"

她正说着,有小丫鬟来禀,说徐令宜回来了。

这么早就回来了。大家都很意外。

陶妈妈正要去撩了帘子,徐令宜走了进来,看见陶妈妈,他眼底闪过一丝意外。

陶妈妈笑道:"几位姨娘要来拜见夫人,我帮着引见了一下。"

徐令宜就看了十一娘一眼。

十一娘什么也没有说,只是问徐令宜:"我叫了春末和夏依进来服侍爷更衣吧。"

徐令宜点了点头,先去了净室。

陶妈妈就小声地告诉十一娘:"春末和夏依是半月泮的婢女,您要是不喜欢,就打发回去好了。"

十一娘想到新婚之夜是春末和夏依服侍徐令宜沐浴更衣,说不定是怕她身边的人做不好。

她只是朝着陶妈妈微微点头:"我知道了。"

陶妈妈屈膝行礼退了下去。

琥珀忙悄声地道:"小姐,不能把春末和夏依打发回半月泮。既然特地带过来,肯定是平常就服侍得十分周到,万万不能退回去。"

"我知道。"十一娘对琥珀快速的反应很满意。

她安排好值夜的人。徐令宜梳洗完毕从净室里出来了。

琥珀忙带着人退了下去。

徐令宜突然道:"小五陪着他们去看杂要了,我就和三哥先回来了。"

是在向她说明吗? 十一娘就笑着"嗯"了一声。

徐令宜站在那里,有片刻的恍惚。好像第一次看见她的笑容……很温和……不像昨天,一直忍着,一声也不吭。后来也没有哭,只是小声地问他。他帮她喊了丫鬟来,还向他说了"谢谢"……

谢谢……他眼底就闪过一丝嘲讽。她的确要向自己说谢谢……要不然,新婚之夜没有圆房,她以后在府里只怕是寸步难行。

不知怎的,元娘的影子突然浮现在徐令宜的脑海里。她算准了自己决不会坐视不理吧? 不管是为了谆哥还是为了体面。想到这里,他心里不由些烦躁起来,抬头朝十一娘望去,她正在铺床,动作娴熟利落。

徐令宜突然想到了她为自己掖被子时轻柔的动作来。她好像很擅长做这些照顾别人的事。念头闪过,他眉头微蹙。或许她经常做这些事,所以才会很熟练,甚至擅长?

他思忖着,十一娘已转身笑望着他:"侯爷,您是这会儿睡,还是等会儿睡?"

徐令宜发现她语调不快不慢,声音柔和清晰,给人镇定从容的感觉,听着十分舒服。

他想了想,道:"还是早点睡吧,明天要早点起来,去宗祠行礼,然后去弓弦胡同。"

十一娘"嗯"了一声,服侍他上床,然后去吹了灯,窸窸窣窣地躺在了他的身边。

她就这样睡在了自己的身边。徐令宜心里怪怪的,好像昨天什么也没有发生似的。

过了半晌,他翻了个身,背对着她。她没有动静。

过了一会儿,他又翻了个身,面对着她。她依旧没有动静。弓着身子侧躺着,一手放在枕头上,一手搭在被褥上,表情恬静。

睡着了? 徐令宜不由愕然。

第二天十一娘被人推醒:"时候不早了。"

十一娘一个激灵坐了起来:"什么时辰了?"

旁边的人"啪"的一声打开怀表:"卯初过两刻了。"

十一娘松了一口气:"还好!"

旁边的人笑道:"还好什么?"

十一娘完全清楚过来,转头对徐令宜笑道:"还好有侯爷喊我起来。"

徐令宜一怔。

十一娘已披衣下床,喊丫鬟打水进来。

徐令宜跟着起床,和十一娘各自梳洗一番,就去了太夫人那里。

天还没有亮,太夫人那里已是灯火通明。

看见徐令宜和十一娘,早已收拾妥当的太夫人目光一暗,"走吧,东西我已经准备好了。"

徐令宜立刻上前扶了太夫人,出门坐车去了位于徐府最东边的宗祠。

里面除了徐家列祖列宗的牌位,还有徐令宜的父亲和病逝的二哥、元娘的牌位。

十一娘发现徐令宜的目光在元娘的牌位上停留了良久,而太夫人强忍着眼泪看他们行了见庙礼,走出宗祠就低声地哭了起来。

"娘,您别伤心了。"徐令宜赶紧安慰母亲。

太夫人却携了十一娘的手:"我没事,我没事,我这是高兴。"

十一娘见太夫人伤心,眼角不免有些湿润,忙掏了帕子给太夫人。

太夫人擦了擦眼角的泪,露出一个笑容来:"我们快回去吧,免得来接人找不到我们。"

三天回门,罗振兴应该来接十一娘。

一行人坐车回了太夫人处,刚坐下,姚黄已笑着来禀:"舅爷来接四夫人回门了。"

太夫人忙请了罗振兴进来。

罗振兴给太夫人行了礼,将装着一瓷瓯糯米饭、两尾鲶鱼、一盘肉饼的红漆描金食盒呈给了太夫人。

杜妈妈接了,服侍徐令宜和十一娘吃饭。

太夫人则请了罗振兴坐下说话。

徐令宜和十一娘象征性地吃了一些,然后辞了太夫人,随着罗振兴去了弓弦胡同。

罗振达、余怡清和钱明在大门口等,看见马车,迎了上去。

下了马车见过礼,徐令宜和十一娘去了大老爷和大太太处。

二太太、三太太、四娘、五娘、十娘、大奶奶、三奶奶,还有罗振开、罗振誉、王琅等人都在屋子里等他们。

十一娘看见十娘很是吃惊,但看她神色如常,心里多多少少有点安慰。

王琅见到徐令宜表情有些阴晴不定,但还是上前给他行了礼。

徐令宜对王琅笑着点了点头,态度很冷漠。

女眷却不同,围着十一娘七嘴八舌的,二太太还大笑道:"我们的一品夫人回来了。"让十一娘颇有些不自在。毕竟,被人忽视那么久,突然站到聚光灯下,任谁也得有个适应的过程。好在十一娘稀奇古怪的事情遇得多,笑着"二婶""三婶"的挨个儿地喊着,把二太太这句话沉了下去。

三太太就笑着拉了十一娘:"快进去吧,大伯和大嫂在等你们呢!"

徐令宜和十一娘就去西次间。大老爷和大太太早就坐在了临窗的大炕上等。

徐令宜和十一娘跪下给两人磕了头。罗振兴和大奶奶分别把他们搀了起来。

大老爷满面笑容地望着他们,亲切地问徐令宜:"十一娘没给侯爷添什么麻烦吧?"

十一娘不由冒汗。作为岳父,大老爷的态度是不是太谦恭了些?

而徐令宜的回答更让她意外:"十一娘大方有礼,家里人都很喜欢。"

十一娘忍不住看了徐令宜一眼,他目光沉静,神色肃然,没有认为这是句玩笑或是谦虚的话。可也因为他的这种态度,让大老爷一时不知道说什么好,脸上露出几分踌躇来。

大太太看着笑道:"老爷这是瞎操心呢!侯爷一向待人宽厚,说过谁的不是来着!"说着,她望着十一娘,"你在我跟前的时候,我也让你读了《女诫》《列女传》的。夫君谦和,你更要敬之;婆婆爱之,你更要慎之。不可恃宠而骄,不可恃爱而佞……"竟然训诫起十一娘来。

十一娘自然躬身听着。一时间,屋里的气氛有些沉闷。

徐令宜微微蹙了蹙眉。

钱明立刻笑着打断了大太太的话:"岳母,我们这些陪客的昨天就空着肚子等这一餐,肚子里早已唱空城计了。您再训诫下去,可是受不了了。"

大太太脸色微愠,其他人却笑起来,她也不好再说什么,含含糊糊地"嗯"了一声。

钱明就拉了徐令宜:"喝酒去,喝酒去!"又对罗振兴道:"今天我们做姑爷的最大,你可别说你没好酒好菜。"

又惹得大家一阵笑,气氛也活跃起来。

大老爷、徐令宜几人就去了罗振兴处,十一娘则和女眷们一起留在了大太太处。

丫鬟们在厅堂摆了张黑漆鼓牙桌。

大太太就携了十一娘坐了首位:"今天是姑奶奶回来……"

二太太和三太太笑着一左一右地陪坐在了下首。四娘挨着二太太坐了,五娘则挨着三太太坐了,三奶奶和十娘坐到了大太太和十一娘的对面。

大奶奶就招呼丫鬟们上菜。

五娘一双妙目骨碌碌地望着十一娘直转:与平时的朴素淡雅不同,今天的十一娘打扮得很华丽。乌黑的青丝梳成了牡丹髻,赤金镶紫瑛石的发箍,碧玺石的宝结,赤金衔红宝石凤钗,大红遍地织金通袖衫,杏黄色绣梅兰竹襕边综裙。发箍上的紫瑛石个个都有指甲盖大,宝结上的碧玺石大小、深浅不一,堆叠在一起却有种咄咄逼人的华美。还有凤钗口里衔着的红宝石,个个都有莲子米大小,熠熠生辉,光彩夺目。

她眼底不由露出艳羡来。

坐在她对面的四娘看着不由微微一笑,道:"五妹眼睛眨也不眨地盯着十一妹,是怕侯爷欺负了你妹妹不成？"

被人道破行止，五娘不免有几分尴尬，强笑道："我是想看看一品夫人什么样。不管怎么说，十一妹也是我们姐妹里的头一份。"

大家听着不免笑了起来。

头一份，头一份是元娘吧……可这个时候，还有谁记得她？大太太眼底寒光一闪，却笑着举了杯："来，来，来，大家喝酒。"

除了十娘，大家都举杯回应着大太太——她已自顾自地吃起菜来。

筵席就算正式开始了。

大太太率先夹了一块鲞鱼放到十一娘的碗里："这可是从余杭带来的，以后只怕少有机会吃得到了。"

十一娘就笑道："有您呢，不愁尝不到。"

大太太听着，满意地点了点头，又夹了蟹粉狮子头到她碗里："这是你最喜欢吃的！"

十一娘朝着大太太笑了笑，低声说了句"谢谢母亲"。

大太太慈爱地呵呵笑着。

五娘目光中就有了几分落寞。

三太太却感慨道："原来在跟前跑的一群小丫头，没想到，不过几年，都嫁了人不说，还知道心疼母亲了。"

二太太听了笑道："你也别羡慕，再过几年你也要做婆婆了，一样有人心疼。"

三太太笑着摇头："媳妇怎么比得上女儿？"话题就转到了罗振声的婚事上来，"开哥和誉哥太皮了，我是管不住了，正好多来信说想两个外孙子。我征求了赵先生的意思，准备让赵先生带着他们回大同，交给我爹管着，和我侄儿一起读书。两个孩子九月十八就启程，我随后去四川——老爷身边也没个照顾的人，我到底不放心，只怕声哥成亲的时候我不能回余杭了。"

三太太说着，满脸歉意地望着大太太。

大太太就笑道："还是三叔的事要紧，你记得包个大大的红包给侄儿媳妇就是了。"

三太太忙道："一定一定。"

二太太听着就抱怨起来："怎么说了周家？听说家当不过三亩水田，手下还有四五个弟弟。"二太太颇有些不以为然，"早知道这样的人家大嫂都答应，我就出面给声哥说门亲事了。别的不说，那几千两的陪嫁是有的。"

二太太也是虞县人，有个庶出的哥哥做生意发了大财，她一直想把侄女说给罗振声，因遇到老太爷的孝期就耽搁了下来。没想到，大太太不声不响地为罗振声定了这样一门亲事，她自然要说说嘴了。

众人的目光都落到了大太太的身上。

大太太淡淡地笑了笑："声哥的性情你们又不是不知道，得找个大一些的好好管管。周家门风还清白，又与杭州知府周大人是亲戚。我想着以后遇事能提携提携，就答应了这门亲事。"

二太太就说了一声"这可真是没有缘分"，又叹道："到时候恐怕只有让达哥代我们两口子回趟余杭了。"

"那三哥回不回燕京过年？"五娘听了突然笑道，"要是回燕京过年，正好送我回来！"

大家微怔，大太太眼底却闪过几丝笑意。

五娘就有些得意地望了十一娘一眼，道："相公说，让我陪着母亲一起回余杭。到时候，父亲和母亲会留在余杭，我却要回燕京过年。如果三哥回余杭，正好护送我回来。"

没想到钱明竟然会让五娘回余杭。十一娘颇为意外。

二太太的笑容就有些勉强起来："五姑爷可真是个有心人。达哥自然要回燕京过年的，不然老君堂那边的屋子岂不是没人照看？到时候让你三哥送你回来就是。"说着，忍不住看了大太太一眼，原本就因她在公婆床前侍疾，罗家三兄弟都对她另眼相看。现在她一个女婿是举人，一个女婿是国公府的世子，一个女婿是权倾天下的侯爷，只怕要在家里横着走了。

"大嫂可真是好福气。"她话里不免有几分酸溜溜的，"嫁出去的女儿还能在眼前服侍，不像我们四娘，上有公婆，下有儿女。"

是说大太太仗着钱明要罗家支持就把钱明欺到头上去了，以至于女儿只有娘家没有婆家。

大太太笑吟吟的，好像没有听到二太太的话似的，直劝众人吃菜："这菌子还是侯爷下聘时送来的，寻常有钱也买不到，大家尝尝。"

大家的话题就转到了十一娘的身上。

二太太笑道："听说侯爷有足痹之症，可是真的？"

消息传得可真快！十一娘笑道："太医是这么说的。"

"这可真是件麻烦事！"大太太很是担忧的样子，问起徐令宜的病情来，"是哪位太医诊的？都开了些什么方子？"

十一娘把自己知道的都说了，大家听着不免唏嘘感叹。话题又转到了今日燕京的一桩公案来——说是太医院的太医为未出阁的小姐把出喜脉来，被告到顺天府，结果被仵婆确认是有了喜脉。之后话题转到了三太太去四川应该带些什么药品、衣裳去……

之后，再也没有谁问起徐令宜的足痹之症来。

回到荷花里已是华灯初上。

他们先去给太夫人问安。

谆哥和贞姐儿正在炕上玩翻绳,看见徐令宜进来,两人都僵在了那里。

坐在炕边笑呵呵看着两人玩翻绳的太夫人不由摸了摸谆哥儿的头:"又不是老虎,还能吃了你不成?"

谆哥则紧紧地拉住了太夫人的衣袖,倚着太夫人怯生生地望着父亲。

徐令宜看着眉头紧锁。

谆哥的神情就更紧张了。

自己刚嫁过来,在徐家众人眼中还算是外人。父子这样对峙着总是不好,如果再说出了什么重话来又被自己看见,只怕太夫人心里会不自在。

十一娘就笑着问贞姐儿:"吃饭了没有?"

贞姐儿很是诧异,忙下了炕,恭恭敬敬地道:"已经吃过了。"

十一娘笑着点了点头。

贞姐儿眼底却露出几分戒备。

到底是小姑娘,怎么想就怎样表现出来了。不过,如果换成是自己,也会有所戒备吧? 十一娘不由莞尔。

有了十一娘这一问和贞姐儿的这一答,屋里的气氛缓和了不少。

太夫人看了十一娘一眼,眼底就有了几分宽慰。

待徐令宜和十一娘给太夫人行过礼,太夫人就笑着让谆哥和贞姐儿给两人行礼。

贞姐儿半蹲着福了福身,动作很稳当,姿势很优美。谆哥却有些别别扭扭,很生疏的样子。

十一娘想到她来见元娘时乳娘抱着他行的礼,猜测他平日可能很少给人行礼。

徐令宜看着眉头皱得更紧了。

太夫人忙道:"时候不早了,大家都歇了吧。"

想来是不想徐令宜当着她的面发落谆哥。可这样的直白,还是让十一娘有几分意外,又想到徐令宽的活泼……感觉太夫人有点宠孩子。不过,徐令宜好像没什么娇生惯养的毛病。

她不由望了徐令宜一眼,就看见他面带愠色地朝着太夫人行礼:"娘好生歇着,我们先回去了。"

十一娘忙跟着徐令宜行礼,和他辞了太夫人。

路上,徐令宜面沉如水,步履匆匆,十一娘走几步要小跑几步才能跟得上他的步伐。傻瓜也能猜到他的心情不好,傻瓜也不会在这个时候去触他的霉头。

丫鬟小厮,包括十一娘在内,一律屏声静气,蹑手蹑脚地跟在他身后。

两人进了屋,徐令宜直接叫了春末和夏依给他更衣。十一娘也不敢闲着,亲自去沏了杯茶。

徐令宜换了衣裳坐到临窗的炕上喝了一口,表情微怔。

十一娘就笑着解释道:"这几天都看着侯爷喝铁观音,就照着惯例给您泡了一杯。"

徐令宜点了点头,说了一声"挺好",脸色微霁,然后又喝了一口。

总算马屁没有拍到马腿上去。十一娘松了口气,笑着问他:"侯爷要不要吃点什么?我出门前嘱咐了厨房炖了冰糖莲子银耳汤。"

昨天晚上琥珀告诉她,说她们院子里有小厨房,徐家还给配了两个灶上的妈妈、两个粗使婆子、两个小丫鬟,日夜值班,随时有热水热饭。

徐令宜眉宇间又舒展了些:"我晚上不吃东西,你要是饿了,自己去吃吧。"

不出意外,两人会被绑在一起一辈子,眉来眼去的你猜我猜那是恋人间的暧昧,不适合他们这种情况。何不让生活简单些? 她虽然主动,但还是很委婉地向徐令宜解释:"原是怕您去了喝多了酒,所以让做了些甜的。我晚上也不吃东西的,怕积食。"

徐令宜挑了挑眉,什么也没有说,低头喝了口茶。

十一娘不由淡淡地笑了笑。她大学时也是个爱说爱笑的,还得过辩论赛的冠军。后来到了职场,因为工作的关系,回到家一句话也不想说。时间一长,邻居、朋友都说她太过沉默寡言。没想到,徐令宜比她的话更少。而且这种沉默还和她不一样,好像天生的——在太后面前他也是言简意赅,没有一句废话。

两人在一起虽然不用甜言蜜语的,可这样相对无言也让人有些不自在啊。难道以后由自己没话找话说不成? 想到这些,十一娘不由有些头痛起来。她也不是个擅长拉家常的人。而且,徐令宜不会喜欢听人说长道短的。

坐在十一娘对面的徐令宜却没有这么多的心思。他只觉得茶有点凉,但还可以入口。更多的,是想着谆哥。

元娘一直听信那个长春道长的话,后来折腾来折腾去,果然怀了孩子,就信得更厉害了。谆哥还没有出生就让长春道长算卦。长春道长当时说,这一胎是男丁,可不容易养活。十岁之前要经历血光之灾、水光之灾和无妄之灾。如果过了这三道坎,就能一生顺遂,如果迈不过这三道坎,就会凶多吉少,因此需要人极细心地照顾。结果元娘生谆哥的时候大出血,应了血光之灾;十个月时洗澡呛水差点丢了性命,应了水光之灾……从此后元娘就没有让孩子离开她半步。自己心里也不踏实,事事都睁只眼闭只眼,可没想到,把他养成了个姑娘家,只知道翻绳丢沙包。

想到这里,他不由深深地吸了口气。不能再这样了,养于妇人之手,只怕难成大器。

这个家还要他支撑呢!

有小丫鬟战战兢兢地进来禀道:"侯爷、夫人,文姨娘过来问安!"

十一娘就发现徐令宜的神色沉了几分,然后淡淡地"嗯"了一声。

文姨娘就笑吟吟地捧了个红漆描金匣子走了进来:"侯爷和姐姐这几日劳累了,正好文三爷前几日送了两支人参、一斤血燕来,我特意拿过来给姐姐补补身子。"说着,她眼巴巴地望着徐令宜,将匣子奉到了十一娘的面前。

这样的殷勤! 十一娘想到那日在小院文姨娘的窥视,就很想扮猪吃老虎把这种东西收下。可看着她大眼水汪汪地望着徐令宜,立刻改变了主意,决定不动声色让徐令宜去做选择。

而琥珀没有十一娘的示意,肯定是不会动的。

一时间,文姨娘捧着红漆描金匣子的白嫩柔荑就僵在了半空中。

徐令宜不明白十一娘为什么不接,就朝她望了一眼。正好,十一娘目带询问地望了过去,两人的目光就撞到了一起。

这是内院的事,难道还要他开口不成? 但一想到今天回罗家大太太那种毫不留情面的训诫,猜到她可能从来没有受到过这方面的教导,他不由自主地点了点头。

十一娘立刻明白过来,笑着朝文姨娘说了一句"让你挂念了",琥珀就上前两步接了匣子。

文姨娘心中微凉。自从知道十一娘会嫁过来,她就很后悔,当日在小院的时候真不该得罪她,一直想找个机会弥补一下,却一直没找到适合的机会。她今天特意来献药材,一是想告诉十一娘文家有的是钱,想震慑她一下;二是想看看十一娘的反应,是笑吟吟地接了,还是给她脸色看。如果是前者,只怕是个心机深沉的,那自己就得小心,想办法把这个心结解了;要是后者,那就没什么打紧的了,多拿些金银哄了她开心也就没事了……没想到,她竟然会看了侯爷,让侯爷帮她拿主意。而侯爷呢,从来不插手内院之事的,却告诉她如何行事,分明是要袒护她。

"侯爷和夫人累了一天了。"她望着十一娘精致的眉目虽然笑容依旧动人,心中却有无数个念头闪动,"奴婢就告辞了,免得误了歇息的时辰。"

十一娘笑着点了点头,目送着文姨娘离开,然后笑着问徐令宜:"侯爷要不要歇息?"

徐令宜正要开口说话,又有小丫鬟进来禀道:"侯爷、夫人,二少爷和秦姨娘、乔姨娘来问安!"

"让他们进来吧!"十一娘发现徐令宜眼底微微有了一丝笑意,口气很温和。

难道徐令宜不喜欢八面玲珑的文姨娘? 或许是很喜欢徐嗣谕?

思考间,徐嗣谕和秦姨娘、乔姨娘走了进来。

徐嗣谕看上去还是那么沉稳,秦姨娘还是那么憨厚,乔莲房还是那么冷漠,三人给徐令宜和十一娘行了礼,徐令宜让人端了小杌子给三人坐,问起徐嗣谕的功课来:"听先生说已经开始学《大学》了?"

徐嗣谕恭敬地应了一声"是",道:"只是略有涉足,不敢称'学'。"

徐令宜对他的回答很满意,微微点头,道:"'十目所视,十指手指',是何含义?"

徐嗣谕没做片刻的思考,立刻道:"君子立世,当以诚为本,众目睽睽之下亦不畏也!"

徐令宜又问他:"何为修身在正其心?"

"心不在焉,视而不见,听而不闻,食而不能知其味。此修身在正其心!"

十一娘不由看了徐令宜一眼。大太太不是说他不喜欢读书的吗?怎么还能随口考徐嗣谕?虽然在她看来这些问题都很简单,但至少说明徐令宜曾经好好读过书。

接下来徐令宜又考了徐嗣谕几个问题,徐嗣谕都很流利地回答了。

徐令宜眼底的宽慰之色更浓,交代了几句诸如"用心读书"之类的话。

徐嗣谕一一应诺。

十一娘趁着这个机会打量着秦姨娘和乔莲房的表情,前者望着父子两人憨憨地笑着,后者低垂着眼睑正襟危坐,姿势显得有点僵硬。

她就想到了阿谀奉承的文姨娘,还有冷眼旁观的自己。突然觉得这场景有点可笑,看似热闹喧阗,却各有各的心思。念头一闪,她不由朝徐令宜望去,明亮的灯光下,他表情认真的侧脸有一种成熟男子才有的内敛与沉稳。

平心而论,徐令宜是个难得一见的美男子,相貌英俊,气质稳重,给人一种勇于承担一切的安全感。当初自己不排斥他,与此也有很大的关系吧?这样一个出众的人,还有让人艳羡的身份地位,如果自己处在乔莲房那样的年纪,也会动心吧?

她胡思乱想着,眼角不禁瞟向乔莲房,就感觉一道像利刃般锐利、充满了寒意的目光直直地射向自己。

十一娘突然意识到,乔莲房一直在打量着她。

可没等她抬头望过去,乔莲房已恢复了眼睑低垂、正襟危坐的娴静模样,一点也看不出来她曾经用那样的眼神望着十一娘。

十一娘不由苦笑。一切果如元娘所愿。

她在心底微微叹了一口气,就听见徐令宜吩咐徐嗣谕:"时候不早了,你也回去好好歇着吧!明天还要上课。"

徐嗣谕和秦姨娘、乔莲房就站了起来。十一娘看了琥珀一眼。

琥珀立刻蹑手蹑脚地给他们打帘。

"不耽搁父亲、母亲休息,孩儿告退了。"徐嗣谕恭敬地给徐令宜和十一娘行礼。

秦姨娘也简短地说了一句"奴婢告退了"。

十一娘颔首,轻声吩咐他们:"路上小心。"

乔莲房却没有作声,随着徐嗣谕和秦姨娘退了下去。

琥珀送三人出门。

徐令宜的心情明显比刚才好了不少,让十一娘叫春末和夏依进来服侍他沐浴:"明天有早朝。"

十一娘颇有些意外。不是说有足痹之症吗? 还以为徐令宜会在家休息一段时间。

但她什么也没有说。在没有完全信任一个人的时候,总会有选择性地说话。徐令宜对自己是这样,自己对琥珀、冬青何尝不是这样?

她笑着应"是",叫了春末和夏依进来,自己也去了东次间,让滨菊帮自己把头上的钗簪卸下来:"全是太夫人赏的,可别弄坏了!"

到徐家之前,她重新把几个丫鬟的差事分配了一番。

琥珀正式做了领头的;冬青负责她屋里的丫鬟、媳妇、婆子的值夜当差;滨菊负责首饰、衣裳、月例、陪嫁的器皿等物;竺香负责吃食和浆洗,这两样都是要和徐府的人打交道的,竺香话少,心里明白,最合适了。

滨菊望着那些钗簪满脸是笑——太夫人对夫人真是好。她小心翼翼地把十一娘头上的钗簪卸下来。

新婚第二天去拜见太夫人的时候,太夫人曾经给了她一个雕红漆花鸟匣子,落手十分沉,她当时就感觉里面的东西很贵重,因三夫人在场,她立刻转手让滨菊收了。回门那天特意打开看,发现全是一些很罕见的嵌宝石首饰。在婆家要给娘家争气,在娘家要给婆家争气,好比是在上司面前要照顾下属,在下属面前要维护上司的尊严一样,她当即换上了太夫人赏的首饰。徐令宜的目光中就有了几分满意。

十一娘低声地吩咐滨菊:"仔细收好了,一件东西也别丢了。"

说是赏给她的,可自己又不能卖,又不能重新打,还不如说是借给她的,把借的东西弄没了,可不是什么好事。

滨菊笑道:"夫人放心,我仔细着呢! 太夫人特意赏的,要是丢了,可伤了太夫人的一片心意。"

两人正说着,琥珀进来了。

滨菊就不说话了,快手快脚地帮她收拾好,然后退了下去。

琥珀指挥着小丫鬟抬了热水进来,服侍十一娘洗澡。

泡在洒了玫瑰花露的松木桶里,闻着清雅的松木香和馥郁的玫瑰香,如走进了大自然般让人觉得清新起来,她不由深深地吸了一口气,感觉一天的疲劳都没有了。

这也是嫁给徐令宜的好处——铺嫁妆的时候,徐府送了成亲当天要用的水粉胭脂,其中有两瓶香露,一瓶是玫瑰,一瓶是茉莉。

哪天问问还有没有别的味道。或者,自己可以试着提炼一些。徐府后花园不是有很多的花吗?特别是那个丽景轩,据说一年四季姹紫嫣红,繁花似锦。她想到第一次到太夫人院里时看到的那些花木,徐家肯定有专门的暖房,还有擅长种植的仆人。

一想到这里,她有些跃跃欲试起来。和所有的女孩子一样,十一娘是很喜欢花花草草的,以前工作那么忙,还在阳台种了一棵栀子花。

明天徐令宜不是不在家吗?正好可以趁着这机会看看周围的环境,然后把家里布置起来,像这样摆满了玉石盆景,华丽有余,但总觉得呆板。

不过,既然是两个一起住,还是提前给徐令宜打声招呼的好。虽然这样想,十一娘却隐隐有种感觉,觉得徐令宜不会在这事上和她多做计较。这算不算嫁给徐令宜的又一桩好处?十一娘不由哂笑。

不是说婚姻是要靠双方经营的吗?自己这样,算不算是在苦心经营呢?怎么感觉不是在经营自己的婚姻,而是经营自己的自由。

一时间,她心情前所未有地好。

“琥珀,你发现什么没有?”十一娘笑着问琥珀。

琥珀看着十一娘很高兴,不由犹豫了片刻。

“怎么了?”十一娘问她。

“从您这里出去后,乔姨娘直接回了院子。秦姨娘送二少爷出了门才回自己的院。”琥珀沉吟道,“不过,秦姨娘回去没多久,文姨娘那边有丫鬟提了东西到秦姨娘那里。”

这个文姨娘,可真是一刻也不消停!感觉水有点冷,十一娘起身擦了身子,琥珀服侍她穿衣。

“我们住的院子实际上分东、西跨院。”

十一娘一时没有明白。琥珀便低声地道:“我们是西跨院,还有个东跨院。三位姨娘就住在东跨院。三座院子前后排列着,文姨娘住最南边,秦姨娘住最北边,中间是乔姨娘。”

十一娘有些意外。这两天她很忙,根本没有时间和机会注意几位姨娘住在哪里。

“是刚搬进去的,还是早就住在那里了?”她思忖道。

“早就住在那里了。”琥珀道,“据说秦姨娘后面应该有个院子的,二少爷小的时候,太夫人做主把那院子并到了秦姨娘的院子里,变成了三个院子。因此前面两个院子都是一进的,只有秦姨娘的院子是两进的。去年二少爷搬到外院的宅子里单过后,秦姨娘就一个人住在那里了。”

在别人眼里，秦姨娘也好，乔莲房也好，都是属于徐令宜的，也就是一家人，得住在一个院子里。元娘却搬进了徐令宜的院子……是因为生病，还是有其他什么原因呢？

琥珀帮她擦干了头发，十一娘回了内室。

徐令宜已经上了床歇下，依旧留了半边床给她。

十一娘吹灯上床躺下，开始在心里暗暗数绵羊。

隔壁的人却一会儿翻个身，像烙饼似的。

这个人明天早上寅时，也就是凌晨三点之前要到达午门，至少要提前一个时辰起床。作为妻子，自己要比他起得更早，然后给他准备早饭，服侍他穿衣起床。等他走后，还要去给太夫人问安。

"侯爷。"她轻轻地喊徐令宜。

"嗯!"他随口应了一声。

"我睡不着。"十一娘窸窸窣窣着坐了起来，"想看几页书……"

是自己吵得她睡不好吧? 可他心里实在是不好受。特别是看到徐嗣谆那样懦弱，徐嗣谕那样聪明持重。不知道为什么，他突然想起自尽的五皇子，有一次喝醉了，站在景山万春亭，望着脚下的亭台楼阁大哭："我样样都比他强，可他只是出身比我好，就胜过我百倍千倍，就能把我打入凡尘，万劫不复!"

后来的"巫蛊案"，大家都知道不可能是太子，可没有一个皇子站出来为太子说一句话。

一想到这些，他就翻来覆去睡不着，口里像含了苦胆似的不是滋味。

"我吵着你了吧?"徐令宜的声音里有几分落寞，"你去暖阁睡吧!"

为什么是我去暖阁睡，而不是你去暖阁睡? 十一娘不由在心里嘀咕着。总算见识到了什么是真正的大男子主义。

"没有。"她笑着，"很想睡，可不知道为什么，就是睡不着，所以想看看书。"

"可能是太疲惫了。"徐令宜心不在焉地应了她一句，没有提出反对。十一娘就披衣下床，点了灯，拿了放在内室临窗大炕小几上的《大周九域志》，然后钻进被子里，倚了大迎枕看书。

她的身影正好挡住徐令宜的头部，徐令宜倒也没觉得灯光照着的不适。

过了一会儿，十一娘问他："侯爷，苗疆在哪里?"

"你问这个干什么?"可能是躺在床上的原因，徐令宜声音里没有了刚才的清明，反而有种放下戒备的慵懒，加上低沉的嗓音，给人醇厚温暖的感觉。

十一娘微微笑："我听说您在那里打过仗，可书上却没写苗疆在哪里。"

十一娘的语气让徐令宜觉得很奇怪，不是那种要引你说话的抛砖引玉，也不是那种寒暄前的试探,她只是好奇,然后像一个遇到难题请教先生的学生一样问他。

徐令宜不由沉默了片刻才道:"在贵州那一带,四川也占一点,很偏,很多山。"

十一娘"哦"了一声,然后徐令宜就听到"哗哗哗"的翻书声,显然是在找他说的那些地方。

见她那么认真,徐令宜忍不住问:"你怎么喜欢看地域志?"

十一娘侧过脸来笑望着他:"因为这样,就会知道外面很广阔,自己的那点小烦恼就不算什么了!"

她的声音幽幽的,有空山余音的回味。徐令宜怔住。她是在开导自己吗?

背对着光,她望着自己的眼睛熠熠生辉,闪着莫名的光芒,又隐含着深意。他突然发现自己心跳得很厉害,想说什么,又不知道说什么好。

十一娘已转过脸去,低头翻书:"西北又在什么地方?"

她声音轻柔,白皙纤细的脖颈微微垂着,形成一道优美的弧线,橘黄的灯光落在上面,细细的绒毛像被撒了一层金粉似的,朦朦胧胧。然后他闻到一股淡淡的香味,说不出是什么香,若隐若现,却直逼心底。鬼使神差的,他突然伸手抚上了她的后颈。

她一下子呆住。不会吧……

翻书的声音骤然停止。手掌下柔软的肌肤变得有些僵硬起来,那天晚上她隐忍的表情就突然浮现在他的脑海,如碰到烫手的山芋般,徐令宜猛地缩回了手臂:"快睡吧,明天还要早起。"

十一娘愕然。她很肯定,那不是无意间的扫过,而是带着目的的摩挲,却毫无征兆地放弃了。

为什么?但结果却让她松了一口气,她自然不会傻得去追究些什么,佯装毫不知情,笑着应诺,俯身吹灯,缩进了被子里。

不知道为什么,徐令宜暗暗地松了一口气。

十一娘很快睡着了。她知道,如果他要她,她没有拒绝的权利。所以,想这些没用的,还不如好好地睡觉,养足精神,应付明天的事。

蒙蒙眬眬中,身边有很轻微的窸窣声。难道还在翻身?这个家里他最大,他有资格做任何事,包括半夜不睡觉,她却不能。念头闪过,她翻了个身,又沉沉睡去。

待她醒来,四周漆黑一片,十分寂静。她愣怔了片刻,立刻朝身边摸去,空荡荡的。

"冬青!"她的声音低哑。

罗帐立刻被撩开,有明亮的灯光晃过她的眼睛。

"夫人,您醒了?"冬青的声音镇定,而且隐隐含着笑意。

十一娘微怔:"什么时辰了?"

"卯正还差一刻钟。"

十一娘不由叹了一口气。还好，没有耽搁去给太夫人问安的时辰。

"侯爷上朝去了。"冬青声音里的笑意更明显，"不让我们把您叫醒。"

"所以你就没有把我叫醒……"十一娘小声嘀咕着，想到蒙蒙眬眬中听到的窸窣声，是徐令宜起床的声音吧？

冬青没有听到十一娘的嘀咕，笑着转身撩了罗帐，五连珠圆形羊角宫灯柔和而明亮的光线洒了进来。

"侯爷丑初就起来了。"冬青服侍着十一娘起床，"喝了一碗粥，吃了两个馒头、三个包子，还带了几个肉饼，丑正出的门。临波来接的侯爷。"她细细地交代徐令宜的事。

"知道了。"十一娘点了点头，去净房梳洗了一番，刚坐到镜台上，有小丫鬟进来禀道："夫人，陶妈妈来了。"

这么早！

"让她进来吧！"

小丫鬟去传了陶妈妈。

第十七章　避属相侯爷斥亲弟

一个二十五六岁的圆脸妇人轻手轻脚地走了进来,屈膝给她行了礼,然后拿了镜台上的黄杨木梳子开始给她梳头。

这妇人丈夫叫南永,大家都称她南永媳妇,是府里专司梳头的,被太夫人挑出来赏了她。回娘家时梳的牡丹髻就是南永媳妇的杰作。

"梳个简单的纂儿就行了。"十一娘吩咐南永媳妇。

南永媳妇满脸是笑,轻声地应"是",手脚利索地给她梳起头来。

陶妈妈就快步走了进来。

"请夫人安!"她笑吟吟地屈膝给十一娘行礼。

"妈妈这么早可是有什么事?"

陶妈妈就看了南永媳妇一眼。

十一娘感觉到南永媳妇的动作更快了。

她很快地绾了女孩子纂儿,然后屈膝行礼退了下去。

陶妈妈就道:"大姑奶奶身边原也有梳头的,您何不就用了? 这样说起话来也方便!"

十一娘想也没想就拒绝了:"南永媳妇就是太夫人赏的。"

陶妈妈不由一顿,过了一会儿,才低声道:"大姑奶奶屋里的人,您看什么时候见一见合适?"

"等我去见了太夫人再说。"

元娘去世一年多了,太夫人对这件事必定有所安排。

陶妈妈不由眉头微蹙,还欲说什么,有小丫鬟进来禀道:"夫人,三位姨娘来给您请安了。"

十一娘点了点头,小丫鬟就去传了三人进来。

文姨娘就笑着和陶妈妈打招呼:"您早啊!"

陶妈妈有些冷漠地点了点头。

因为要去见太夫人,十一娘和她们寒暄了几句就打发了她们,然后吃了早饭,换了件衣裳去了太夫人那里。

她到时辰正还差一刻钟,没想到三爷、三夫人、五爷和南边三位爷、三位奶奶早到了。

看见十一娘，三夫人笑着打招呼："四弟妹早啊！听说侯爷去上朝了，一大早服侍侯爷起来很辛苦吧？"

十一娘没作声，只是笑了笑，然后和大家见了礼。

有小丫鬟气喘吁吁地跑了过来："四夫人，太夫人请您过去说话。"

十一娘就朝着三夫人笑了笑，然后跟着小丫鬟去了太夫人那里。

谆哥和贞姐儿正在院子里跳绳，看着十一娘进来，两人微怔，贞姐儿忙拉了谆哥上前给十一娘行礼。

谆哥却挣开贞姐儿的手跑了。

十一娘颇有些意外。贞姐儿却急急地向十一娘道歉："母亲，谆哥有些认生，熟了就好了。"

这不是认生不认生的问题吧？不过，自己并不是来讨他欢心的，而是照顾他，让他能顺利长大。后者才是重点，用不着本末倒置。贞姐儿的反应却让她很喜欢。

"我不知道他这么认生。"十一娘笑道，"谆哥还有什么习惯，你记得提醒我一声。"

她就看见贞姐儿松了口气，认真地点了点头："我一定会提醒母亲的。"

十一娘笑着问她："你要去找谆哥吗？要不要和我一起去祖母那里？"

她想了想，道："我还是去找谆哥吧，免得他跑到念慈堂去了。"说完，又有尴尬的神色。

"念慈堂？"可能是元娘的屋子，谆哥和贞姐儿私下取了这个名字。不过，谆哥年纪小，要取，也是贞姐儿取的。她笑道："是你帮着取的吗？"

贞姐儿有些不安地点了点头："他哭得很厉害，所以我就……"

十一娘就朝她笑了笑："贞姐儿不愧是姐姐，把弟弟照顾得很好。"

贞姐儿的表情就有几分吃惊。可能没想到自己会这样赞扬她吧？

"好了，你快去找谆哥吧！"十一娘笑道，"我去见祖母了。"

贞姐儿点点头，由丫鬟婆子簇拥着朝后门去。

十一娘就喊了声"贞姐儿"。

贞姐儿诧异地回头，眼底又有了戒备之色。

"找到了谆哥，记得告诉我一声。"十一娘笑吟吟地望着她，"免得我担心。"

"嗯！"贞姐儿点头，身影消失在抄手游廊，十一娘这才进了太夫人的屋子。

太夫人携了十一娘的手坐到了内室临窗的大炕上，笑着打量她，"可还习惯？"

"习惯！"十一娘点头。

太夫人神色间就有几分犹豫。

十一娘也不急，跟太夫人拉起家常来："婚礼的事又多又繁，南边的客人也走了，您这

几天应该好好歇息才是。"

"你有心了。"太夫人笑吟吟地拍了拍她的手,又闲聊几句,终是开了口,"我想把谆哥多留些日子。"

意思是说要把谆哥养在她身边吧?这很正常。虽然对大太太来说,谆哥是元娘唯一的骨血,可对太夫人来说,也是心爱的孙子。

十一娘真诚地道:"我年纪小,不懂事。别的不说,要不是您赏了个梳头的媳妇给我,第二天回门的时候只怕就只能随便绾个纂儿了,何况是教养谆哥这样大的事。他在您身边,我也可以跟着学学怎样照顾孩子。"

太夫人很宽慰地点了点头,又说了管家的事和对原来在元娘身边服侍之人的处置。

听太夫人说把元娘的陪房交给自己处置,她并没有吃惊。毕竟,罗元娘的人是从罗家带来的陪房。元娘去世后,应该由谆哥继承,现在谆哥年纪小,交给了别人,不免有闲话传出来,自己既是谆哥的继母,又是他的姨母,交给谁也不如交给自己省心省事。

她笑着点头应了,并道:"我等会儿回去就见见大姐的陪房,至于怎样安排,我再来请教您。"太夫人点头。

就有小丫鬟进来禀道:"三夫人来了。"

"让她进来!"太夫人笑着应了,十一娘亲自去撩了帘子。

三夫人就带了个穿着青绸比甲的丫鬟走了进来,那丫鬟手里还捧着几本账册。

太夫人笑着问三夫人:"可是有什么为难的事?"

三夫人望着十一娘,欲言又止。十一娘就笑着对太夫人道:"娘要是没有别的什么事,那我就先回去了。"

太夫人点了点头,笑道:"你要是闲着没事,下午过来我这里抹牌玩。"

抹牌不免要带彩,带彩就有利益。家里的关系还没有摸透就掉进另一个是非圈里,实属不智。而且,一旦开了头,以后恐怕要常陪着太夫人抹牌,耽搁了自己的事。太夫人的话自己又不能驳了,只能到了牌桌上装痴作傻让太夫人主动放弃她为妙。

念头闪过,十一娘已笑道:"好啊。我还不会,正好来请教太夫人。"

太夫人就笑道:"你去吧!想必院子里还有一大堆事等着你。"

十一娘屈膝行礼,正要告退。

三夫人却叫住了十一娘,吞吞吐吐地说道:"说起来,这事和四弟妹也有些关系。你刚进门,我怕我说了你心里不痛快,可不说,我又不知道如何是好……"

十一娘就看见太夫人眼底闪过惊讶。显然,这件事太夫人是不知道的。

十一娘微微地笑道:"正如三嫂所说,我刚进门,很多规矩都不知道。要是无心触犯了,还请三嫂多多指点。"

太夫人听了微微颔首。

三夫人见了,脸上就露出几分讪然:"是这样的,四弟妹你也知道,五弟妹怀了孩子,慈源寺济宁师太给算过,说是与属牛的相冲。我让秋绫把府里属牛的人都造了册,还有四弟妹那里……"说着,还望了太夫人一眼。

十一娘微微地笑。下聘之前,两家会商量聘金,男方会把家里分给男方的产业拟了单子给女方,女方也会把嫁妆拟了单子给男方。想来三夫人特意去查过她的人了……冬青是属牛的。如果所有房头的都要回避,她自然不能独树一帜,可是如果只是她一个房头,这件事只怕没那么容易。

她看了太夫人一眼,发现太夫人面露犹疑之色。对太夫人的态度心里有了底。十一娘笑道:"可是我那里有属牛的人?"

三夫人笑着点了点头,从秋绫手中拿了账册:"好像有四个,一个是弟妹身边服侍的冬青,一个是叫常九河的陪房,一个是万义宗的长子万大显,一个是刘元瑞的次子刘盛春。"也就是说,她五拨人,就有四拨涉及了。

十一娘笑道:"子嗣是大事,理应照着规矩回避。三嫂把单子给我,我照着把人交给您就是了。"又道:"只是不知道这些人都发放到哪里。说起来,我自己也有两个陪嫁的院子。如果用得上,三嫂只管开口。"

三夫人听了笑道:"还不至于要动媳妇们名下的院子。"

"十一娘这话倒提醒了我。"太夫人突然开口打断了三夫人的话,"怡真那边也有属牛的丫鬟。虽说是为了老五的事要这些人回避,可传出去了,别人还以为我们家在赶人。"

"娘!"三夫人听着神色有些急切,"我不是这个意思……"

太夫人摇了摇手:"你也不用急,本来这是我的意思,你只是遵照行事。只是先头考虑得不周详,没有想到涉及的人这么多。我看这样,各房的人由各房安置。这样一来,也免得各房少了人周转不过来。"

话说到这个份上,谁也不敢反驳,三夫人立刻笑着应了"是",吩咐秋绫:"你把四夫人屋里属牛的名字给四夫人。"

十一娘默不作声,笑着接了事先早就写好了夹在账册中的字条,然后向太夫人告辞:"这是头等大事,我先去把这些人安置了。"

太夫人见她什么话也没有说,不仅顺从,而且还雷厉风行,满意地笑了笑:"去吧!"

十一娘就带着琥珀出了太夫人的院子。

琥珀这才开口:"夫人,难道真的把人遣了?那四房陪房本就是从余杭来的,我们根本不了解。这样一行事,只怕以后别人以为我们怕了三房的人……"

"我知道。"十一娘笑道,"不过,事情从来都有好有坏。说不定,这还是件好事呢!"说

着,望着五夫人住的地方笑了笑。

　　她们回了屋子,陶妈妈还在那里等。十一娘索性晾一晾她,叫琥珀把自己的几房陪房叫来。琥珀应声而去,叫了四房陪房来。既是四房,那就是四家人,一齐拥进来,屋子里立刻挤满了。

　　除了江秉正和一个穿着鹦哥绿潞绸褙子的妇人偷偷地东张西望外,其他人都低头垂睑动也不动一下。

　　十一娘就让琥珀照着名册点了人。知道那穿着鹦哥绿潞绸褙子的妇人是刘元瑞的老婆,就记在了心里。她还注意到那个万义宗的长子万大显——小伙子人长得精神,面也老实,和冬青同岁。

　　十一娘就留了江秉正四人说话:"所有属牛的都要暂时避到田庄上去。"

　　江秉正立刻道:"夫人,这可不成。要是任他们这样拿捏了,以后怎么办事?"

　　十一娘笑着微微颔首:"那你有什么主意?"

　　江秉正立刻笑道:"我是蠢人,哪有什么主意,一切都听夫人的。夫人让我往东,我决不往西,夫人让我往西,我决不往东。"又问身后的三个人:"你们说是不是这个道理?"

　　刘元瑞和常九河连连点头,万义宗只是低下了头。

　　十一娘就让江秉正和刘元瑞、常九河退下了,留下万义宗说话:"你怎么看?"

　　万义宗非常吃惊,沉默良久,然后露出一副壮士断腕的决心,低声地道:"我们初来乍到,还是随大流的好。"

　　知道把自己的指甲洗干净,说明他是个对自己要求很严的人;能说出刚才这番话,说明他是个务实的人。

　　十一娘对他很满意,道:"你为什么要做我的陪房?"

　　她看万义宗一家的穿着干净整洁,大方得体,她相信,他在原来的地方应该也混得挺好。

　　万义宗恭敬地道:"燕京的机会多一些。"

　　万义宗又道:"江南地少,能请人帮着管庄稼的就更少了。我有三个儿子,学手艺不免沦为贱籍。北方不同,动辄上千亩的大田庄多的是……所以就跟着来了。"

　　他的声音很沉稳,但额头上晶莹的汗珠却泄露了他的紧张。

　　十一娘笑了笑,问他:"我只知道陪嫁了两个田庄,一个有五百多亩,一个有三百多亩,都在宛平一带,却不知道这两个田庄都种些什么,每季的收成是多少,都挨着哪些人家的田地。五天之内来回了我,可有什么为难之处?"

　　万义宗抬头,惊愕地望着十一娘,半晌才道:"小人遵命。"

十一娘端了茶，他躬身退了下去。

"我在城北不是有个四进的院子？"她吩咐琥珀，"让冬青带些银两过去，把人都暂时安置在那里，等过些日子再具体分配哪些人到哪里去！"

琥珀犹豫道："您要不要也把江秉正等人叫进来问一问？要不然，只怕这万义宗会成为众矢之的……"

就是要让他成为众矢之的，他才知道只有跟着自己，才能活下去。

十一娘笑道："暂时不用，看这万义宗怎样行事再说！"

琥珀自然不敢再说什么，叫了陶妈妈进来，然后去冬青那里传十一娘的话。

听太夫人那口气，元娘留下来的人暂时都交给了陶妈妈管。一来她不是正经的主子，有些事没办法作决定；二来如今是三夫人当家——不比从前，还有元娘在一旁看着，现在她独立主持中馈。一朝天子一朝臣，类似于买办这样的好差事肯定早就换上了自己的人——像陶妈妈这样的人每月也不过二两的月例，更何况别人。没有了其他收入，仅仅靠月例过日，艰难之处可想而知。

陶妈妈面带微笑地走了进来，手里捧着一摞账册。她屈膝给十一娘行礼："夫人！"神色非常沉着。

十一娘点了点头，让丫鬟给她搬了小机子来。陶妈妈坐下，小丫鬟上了茶。她就将手中的账册递给十一娘："这是大姑奶奶去后，太夫人交到我手里的账册。如今您来了，自然就交给您了，请您过目。"

十一娘并没有接账册，笑道："既然太夫人交了给你管，你就暂时管着吧。"

陶妈妈一怔，继而明白十一娘的意思。她不想插手谆哥的事。

陶妈妈气得脸色通红，全身发抖，却不敢和她撕破脸，只拿好话说："四夫人，我毕竟是个下人，管着大姑奶奶留下来的东西，名不正，言不顺。不比您，是主子，说一句，比我们说十句都强……"

元娘去世一年多了，自己又嫁了进来，十一娘本来就怀疑陶妈妈压不住下面的人了，现在听这口气，更肯定了。

她索性笑道："可是有什么人说闲话，或是有什么人不服气？"

陶妈妈一怔，望着十一娘。大太太不是说她年纪小，什么都不懂，让自己拿好话哄着她就成了吗？怎么像都知道了似的。或者是身边有人教她？这也不对。大太太为了防止有那些不知道进退的婆子仗着年纪大、知道的事多怂恿十一娘，所以没有安排陪嫁的妈妈……难道大太太看走了眼？

她心里七上八下的，却见十一娘端起茶盅，不紧不慢地啜了一口。虽然姿势十分优美，神色十分惬意，陶妈妈看着心里却更急。

十一娘分明是要和她打时间仗——看样子，应该是知道了些什么。可现在的情况却由不得她。十一娘随便什么时候都可以接手元娘留下来的摊子，反正东西在自己手里，出了事也是自己的事。自己却等不得……晚香那个臭丫头步步紧逼，底下的人跟着起哄，再拖下去，惊动了太夫人是小事，让三夫人知道了，被她笑话事小，只怕会利用这件事打击原来跟着大姑奶奶的人。

不管怎么样，十一娘背后还有个大太太。念头只是一闪而过，陶妈妈已拿定了主意。

"夫人真是火眼金睛。"她笑容里带着几分谄媚，"您刚进门，按道理，我不应该这么早就拿这些琐事打扰您。可我被晚香那个小蹄子逼得实在没有办法了，只好来求您。"

这还差不多。十一娘在心里暗暗点头。在出嫁之前，她就打听过，元娘嫁过来的时候是四个大丫鬟、两个妈妈、四房陪房、两个院子、两个田庄。四个丫鬟早嫁了人，其中有一个叫晚香，最得元娘的喜欢，嫁了徐家一个没爹没娘的小厮陈续，夫妻两人就管了厨房——陈续负责采买，晚香管事。两个妈妈里面，一个就是陶妈妈，她是元娘的乳娘，另一个早在十年前就病逝了。两个院子都是三进，一个在四条胡同，一个在石碑胡同，都在六部周围，每年的租金就能收二百多两。两个田庄，都在大兴县，一个有六千亩，一个有两千亩。六千亩的那个，由陶妈妈的儿子陶成管着，两千亩的那个，由另一个陪房高碾管着。

这样看来，应该是晚香和高碾对陶氏母子管着元娘的东西又不能给他们谋利而不满了！

她表情淡淡的："你说说看，都是些什么事？"

陶妈妈就细细地把事情的经过告诉了十一娘。

和十一娘猜的一样。自从三夫人当家以后，先借口上次鲥鱼的事换下了陈续，然后又因为元娘丧事期间花烛不够的事撤了高碾的在买办处当差的长子高盘。至于其他人，什么守大门的、值夜的、管花园子的，撤下来的就更多了……却动也没有动陶氏母子一下。晚香就和这些人搅到了一起，天天吵着要见十一娘。

十一娘笑了笑："既然想见我，就让他们来吧！"

陶妈妈笑道："按道理，他们也该来给您问安。只是有几件事我得先跟您说说，免得您吃了闷亏。"

"妈妈请讲。"十一娘笑道。

"我想，晚香、高盘那群人，只怕都打定主意让您帮着谋个差事，您可要咬紧了牙关不能答应。"

陶妈妈的话让十一娘微微有些吃惊，她还以为陶妈妈会试着说服她帮这些人出头。

"大姑奶奶陪嫁的收益大都在陶成管的田庄了，那些人再怎么闹腾也玩不出什么花样来。现在您刚进门，太夫人又没有发下话来，就去和三夫人争那些，赢了，别人认为是应当的，您可是侯爷夫人；可要是输了，那就闹了大笑话了。"说着，又觉得自己失言，笑道，"我不是说您会输，我是说，没有侯爷的支持和太夫人点头，您胜算不大。"

"妈妈说得有道理。"

"所以说，您当务之急是要服侍好侯爷，服侍好太夫人。其他的事，缓一步再谋划也不迟。"

不愧是元娘面前最得力的妈妈，心思十分细腻，考虑得也很周到。十一娘眼底闪过一丝欣赏："那就照妈妈说的办！"

她就发现陶妈妈整个人都松懈下来："那我就让晚香他们来给您磕头！"

十一娘应了。

陶妈妈留下账册："这是大姑奶奶那边的人和这一年来我帮您管的账目。"

十一娘就让小丫鬟去把琥珀叫来，自己翻了翻账册，笔迹一样，一看就是新誊的一份。

正好琥珀进来，她把账册交给琥珀："你仔细看看，把这些人名及相互之间的关系都记清楚了，到时候看看有没有能担大任的人。"

琥珀应声收了账册。十一娘支肘沉思起来。

平心而论，元娘管家的这几年经营得很不错，陪房开枝散叶，都或娶或嫁了徐家一些比较资深的管事家里的，最有油水的买办全是她的人，就连账房，她都安了两个人进去……就算换了自己，也未必比她做得更好！

过了好一会儿，陶妈妈带了五六个妇人和两个男子过来。

她介绍其中一个目光精明的妇人："这是陈续家里的，闺名叫晚香，如今管着厨房。"又指了一个瘦高个子的男子："这位是高盘，原在买办处专司香烛、炭火的。"

也就是说，现在没有什么差事了。十一娘思忖着。

陶妈妈又向她介绍了其他几位，原来也都是管一方事的，现在都赋闲在家。

给十一娘行了礼，那个高盘就迫不及待地道："夫人，您可要给我们做主啊。我们可是跟了罗家一辈子的人，就这样让三房给换下来了，这既是打大姑奶奶的脸，也是打您的脸。"

其他几个人也都纷纷附和，群情激动。

十一娘就发现一个叫杨辉祖的男子和一个被称为韦禄媳妇的妇人没有作声。据刚才陶妈妈介绍，这个杨辉祖十几岁就跟着元娘到了徐家，原来在买办处专司仆妇们的胭脂水粉、四季衣裳。韦禄媳妇专管内院各门值夜。

十一娘安慰了那些人几句，说自己刚进门，有些事还不清楚，等把情况摸清楚了再

说,然后打发他们走了。

那些人脸上不免露出失望的神色来。

十一娘就和陶妈妈去了元娘的院子,宛若她还在,一切都保持着原状,想来是陶妈妈的功劳吧?

她让琥珀照着陶妈妈给的册子点了人:嫣红、绿萼、绛紫、宝兰四个大丫鬟,梅沁、竹秀、桂芬、水芝四个二等丫鬟,还有什么芳菲、桃蕊二十几个三等、四等丫鬟,十来个婆子,林林总总,加起来四十几号人。

十一娘就与陶妈妈商量:"嫣红几个大的呢,帮着寻个好人家放出去吧!再留几个精明能干的帮着照顾院子,不要让这里荒废了。"

陶妈妈点了点头,想起过世的元娘,眼里就有了几分泪光。

十一娘看着天色不早了,就去了太夫人那里。

三夫人和五夫人都在,一个和丫鬟们在摆箸,一个和太夫人亲亲热热地挤在炕上说话。

看见十一娘进来了,两人纷纷和她打招呼,太夫人也指了对面的炕:"听说你忙了一早上,累了吧? 快歇歇。"

听说……听谁说的? 十一娘发现三夫人嘴角带笑。

她笑着给太夫人行了礼,然后坐到了炕上,把自己的打算告诉了太夫人:"像嫣红和绿萼,年纪都不小了,就来讨您的主意,看可行不可行?"

"这是好事啊!"太夫人笑道,"就这样办好了!"

十一娘应了"是",那边三夫人已经摆好了箸。

太夫人并不要媳妇立规矩,让姚黄叫了谆哥和贞姐儿出来。待两人给长辈行了礼,一起围坐着吃了午饭。

太夫人和孩子们去歇午觉了,三个媳妇退了出来。

五夫人就挽了十一娘的手臂:"我们下午来太夫人这里抹牌吧?"

早上太夫人也提到过一起抹牌,看样子,太夫人常在下午找了人抹牌。

十一娘思忖着,笑道:"我就是不会。"

三夫人却委婉地拒绝了:"我哪有这福气,还有一大堆事等着呢!"

五夫人就笑望着十一娘:"不要紧,我来教你。"

十一娘笑着应了,大家各自散去。

路上,十一娘吩咐琥珀:"你没事就跟陶妈妈多走动走动,看看那些人都在干些什么,正好借这个机会看看这些人品性如何,特别是打听一下那个杨辉祖和韦禄媳妇从我们这里出去都做了些什么。"

琥珀点头记下了。

回到屋里,不免要把琥珀、冬青、滨菊、竺香都叫到跟前,告诉大家冬青要暂避出府的事。

冬青听了眼神微黯:"都是我连累了夫人。"

"说的是什么话。"十一娘笑道,"各房也都有这样的事。还好我们有自己的田庄和宅子,你又是我身边最得力的,当着别人只说是要安排那边的事,总算顾了几分体面。"

竺香就低声道:"那我们的差事岂不是要重新安置?"

"也不用这么麻烦。"十一娘笑道,"不过四五个月的工夫,让琥珀暂时带着冬青的差事就是。"

几人应了"是",冬青和琥珀服侍着十一娘歇了个午觉。未初过一刻时把她叫醒,南永媳妇进来重新给她梳了头,她对着钟点去了太夫人那里。

进门的时候正好是未正差一刻。

十一娘暗暗记下了自己屋里到太夫人屋里的脚程。

这一次,她来得最早,太夫人刚起来,正在梳头,忙叫杜妈妈端了山楂梨子水给她喝。

"让她等会儿,我就好。"

不是应该上茶吗?怎么给她山楂梨子水喝……这应该是哄孩子的吧?

十一娘望着透亮的棕褐色甜水,低下头,小口小口地啜着,只觉得那酸酸甜甜的味道是那么的绵长,一直落到心里头。

杜妈妈就扶着太夫人走了出来。

"好不好喝?"太夫人笑呵呵地望着眯着眼睛喝着山楂梨子水的十一娘。

十一娘笑着点头:"好喝!"

太夫人笑起来:"我年轻的时候可喜欢喝了,现在年纪大了,沾了甜的东西牙就酸……"

正说着,五夫人快步走了进来,她身后还簇拥着一大堆丫鬟婆子。

太夫人忙道:"你慢点,你慢点。"

杜妈妈已上前搀着她。

"我没事。"五夫人笑道,"要不然,也不敢到您这里来——五爷知道我不舒服还乱跑要骂我的。"嘴里嗔着,眼角眉梢却全是喜悦。

看得出来,两人的感情很好。

太夫人听着也喜欢,让杜妈妈凑数,一起去了东次间。

魏紫和姚黄指挥着粗使的婆子搬了黑漆草卷边的四方桌进来，一个亲自铺了茜红色的毡毯在桌上，一个亲自去拿了竹雕的麻将牌来。

十一娘有些无措地道："谁来告诉我？我不会。"

姚黄笑着应了，端了小杌子坐到了十一娘的身后。

魏紫就坐到了太夫人的身后。

"哗啦啦"地搓了牌，姚黄就告诉十一娘怎样起牌，怎样打牌，哪些能吃，哪些能碰，怎样叫和牌。

十一娘笨手笨脚的，不是推翻了牌就是卡了壳，不知道该怎么办好，把姚黄弄得满头大汗，以至于太夫人、五夫人和杜妈妈得不时停下来等她。

"原来四嫂真的不会啊？"五夫人笑道，"我还以为你在谦虚呢。"

"我这是第一次。"十一娘小心翼翼挪动着自己的牌，然后打了一个一筒出去。

"和了！"杜妈妈喜笑颜开，"大三元！"

"怎么又冲了。"五夫人呻吟着，数了三十个铜板。

"不好意思，不好意思。"十一娘忙道，"我看着我好像不要。"

或者是年纪大了怕寂寞，太夫人并不是要打牌，只是要这热闹的气氛。她只是呵呵地笑。

有小丫鬟来禀，说贞姐儿和谆哥醒了，过来给太夫人问安。

大家暂时停下，待贞姐儿和谆哥行了礼，又重新坐下来。

贞姐儿就和谆哥坐在一旁的大炕上丢沙包。她抬头就看见十一娘笨拙的样子。过了一会儿谆哥要上净房，贞姐儿落了单，就过来看十一娘的牌。

十一娘心中微动。潜意识里，你会关注你在意的人的举动。

她特意拿了两张牌，犹豫来，犹豫去，伸出去又缩回来。

姚黄道："打这张。"

"我觉得要打这张。"十一娘和姚黄唱反调。姚黄又不敢指挥她，只好笑道，"那张也可以。"

贞姐儿忍不住指了指刚才姚黄指的那张牌："母亲打这个吧。"

十一娘想也没有想，立刻把贞姐儿说的那张牌打了出去。

顺利过关。

太夫人起了一张。

十一娘大喜，拉了贞姐儿的手："你好厉害！"

贞姐儿微怔。

那边五夫人放冲给了杜妈妈。

"贞姐儿，你可真是我的福星，这次总算不是我放冲。"十一娘冲着贞姐儿直笑。

大家看着有趣，也都笑起来。

贞姐儿就有些不好意思地抿着嘴笑了笑。

就有小丫鬟禀报："太夫人、四夫人、五夫人，侯爷和五爷回来了。"

"今天这么早。"大家推了牌，纷纷去屋檐下迎徐令宜和徐令宽。

兄弟俩穿着官服穿过院子。徐令宜身姿如松地走在前面，徐令宽则耷拉着肩膀走在后面，场面十分好笑。

太夫人不由低声地道："小五不会又做了错事被小四给捉住了吧?"十分担心的样子。

"不会吧?"五夫人声音里有几分犹豫，"他说了，要做个好父亲的……"话没有说完，徐氏兄弟已经走近，她忙收了话题。

两兄弟给太夫人行礼，太夫人的眼睛却盯着徐令宽："你们兄弟怎么碰到一起了?"

徐令宽看了一眼徐令宜，没敢作声。

徐令宜神色自然，笑道："我没什么事，就提早回来了。正好在西华门遇到了小五，就一起回来了。"

太夫人松了一口气，笑道："快进来，快进来!"

兄弟俩随着太夫人进了屋。徐令宜一眼就看见了东次间的麻将，瞅了十一娘一眼，问太夫人道："打牌了?"

太夫人就笑望着十一娘和五夫人道："两人陪了我半天!"

大家说着落了座，乳娘把谆哥抱了出来。

贞姐儿和谆哥上前给徐令宜、徐令宽行了礼，又有小丫鬟进来道："大少爷、二少爷、三少爷下了学，特来给太夫人问安!"

"今天可凑一块儿去了。"太夫人满脸是笑，"快请进来，快请进来。"

徐嗣勤三人走了进来，恭敬地给长辈行了礼，太夫人忙让丫鬟端了杌子给他们坐，关切地问他们："先生都教了些什么? 听不听得懂?"

徐嗣勤和徐嗣谕规规矩矩地坐在那里，一一回答。徐嗣俭却像坐在针毡上似的不自在，不时望着炕上的谆哥挤眼睛。

谆哥一副想和徐嗣俭闹又不敢的样子，偷偷看徐令宜。

徐令宜看着脸就沉了下去，正要说什么，三爷和三夫人来了，他忍着没作声。

大家又是一番喧阗。

待坐下来，三夫人就问十一娘："你今天陪着娘打牌，是赢了还是输了?"

十一娘讪讪地笑："还好，还好。"

五夫人就笑道："四嫂根本不会，帮我们凑角罢了。"

徐令宽就睃了徐令宜一眼,见他神色还算平和,笑着接了妻子的话茬:"多打几次不就会了!"

十一娘却连连摇头:"太难了,我以后还是坐在一旁看吧。"

屋里的大人都笑起来。

徐嗣勤就看向身边的徐嗣谕,见他一脸正色地坐在那里,就朝谆哥望去,谆哥低下头去,玩着自己的衣角,好像根本不知道大家都在笑似的。

他又望向贞姐儿,贞姐儿微微地笑,笑容却有些苦味。

徐嗣勤不由轻轻叹了一口气。

十一娘看得分明,若有所思。

太夫人笑呵呵地吩咐杜妈妈:"去把怡真也叫来,难得这样热闹。"又对徐令宜和徐令宽道:"快去换了衣裳来吃饭。"

十一娘和五夫人听了忙起身,各回各屋里去换衣裳。

徐令宜走进门,却看见冬青提了个包袱站在通往后罩房的角门前和滨菊说着什么,一边说,还一边擦着眼角。

"这是怎么了?"他眉头微蹙。

"没什么。"十一娘笑道,"我的几房陪房都是从南边来的,不熟悉庄子的情况,我让冬青过去暂时帮看着点。"

不知道为什么,十一娘的笑让徐令宜想起元娘处置佟氏时那种看似漫不经心却心存戒备的神色来。他看了十一娘一眼,目光不自觉地就流露出凛冽来。让十一娘心里微微一颤,笑容不免有些生硬起来。

徐令宜淡淡地一笑,径直指了冬青:"你过来!"

冬青和滨菊这才发现徐令宜和十一娘回来了。两人有些不安地快步走了过来行了礼。

徐令宜就望着冬青手里的包袱:"这是要干什么去?"

冬青的目光一掠,很是紧张,嘴角翕了半天,硬是没有说出一句话来,只好朝十一娘望去。

十一娘却有些狐疑。按道理,徐令宜不是那种会管这些事的人啊? 今天是怎么了?

不过是一念的工夫,徐令宜的声音已拔高了几分:"问你话呢!"

像闷雷打在耳边,连十一娘都被他吓着了,别说是冬青了,话就不假思索地蹦了出来:"说我属牛,和五夫人八字相冲,让我暂时搬出去住一些日子。"

十一娘不由大急,冬青太不会说话了。这件事涉及五房的切身利益,又是太夫人同意了的。如果等会儿进了屋好好地和徐令宜说，就是个告知。现在这种情况，却像是在告状……要不然，冬青到哪里去说话不好，偏偏在徐令宜回来的时候，站在通往后罩房的通道上面。

滨菊也急，冬青说话怎么也不拐个弯。要是侯爷往偏里想，以为夫人是假惺惺地在告状，岂不是怪夫人不懂事，不知道顺从恭谦暗中寻事吗？

望着十一娘有些焦急的神色，徐令宜挑了挑眉，突然大步朝外走去。

十一娘就想到了在小院里，元娘说他和人私会时他的表情，也是这样，一言不发……她忙追了上去。

"侯爷，妾身服侍您换件衣裳吧？"她声音里有掩饰不住的紧张。

十一娘感觉到自己有点把握不住徐令宜的思路。好比刚才，他应该是自恃身份不屑过问才是，可偏偏他过问了。好比现在，他应该不动声色私下质问自己才是，可他偏偏像个热血少年般地冲了出去！

他要干什么？要去找谁？十一娘心里很慌张。好多年没有这样子了……他们之间相处的时间实在是太短了，了解有限，却又到处充满了荆棘。

思忖间，她听到徐令宜喊临波："去，把五爷给我叫来！"

叫徐令宽来……是对质，还是训斥？不管是哪种情况，凭着徐令宽对徐令宜的畏惧，等会儿去吃饭多半会面露异样。而太夫人一旦发现，肯定会追问，徐令宽说不定会如竹筒倒豆子似的全告诉太夫人。

男人往往仗着自己是儿子的身份直言不讳，婆婆却把变化归结是媳妇从中挑拨离间。这种罅隙一旦出现，就好比破镜，花比原来百倍、千倍的努力只怕也未必能重圆。

她不由苦笑："侯爷，五爷换了衣裳也要去太夫人那里吃饭。"十一娘声音轻柔，带着点劝慰，"有什么事，不如等吃了饭再说，也免得五弟妹担心。"

徐令宜看了十一娘一眼，然后转身回了屋。

十一娘脑子飞快地转着，想着待会儿徐令宽来了自己怎么向他解释。现在三夫人处处针对自己，决不能再让五房和自己产生什么矛盾了。要不然，她初来乍到，又陷入孤立的状态，以后在府里的日子只怕不好过。

她一边沉思着，一边跟在徐令宜的身后进了屋。

徐令宜已喊了春末和夏依帮他更衣。两个小姑娘也是机灵人，感觉到屋子里的紧张气氛，都露出惶恐的表情，匆匆忙忙地去了净房。

十一娘趁机问冬青："你提个包袱干什么？"

冬青也很委屈："因说明天就启程去城北金鱼胡同的院子里住五个月，我把给您做的小袄赶着做完了，想着等会儿几个小丫鬟要来帮我清理衣裳，怕她们不懂事，把您的小袄给弄脏了,所以特意拿过来……"

"那你哭什么?"

冬青没说话,滨菊在一旁嘟囔着:"刚才有点东西掉眼里去了,我帮着冬青姐吹了半天。"

这还真是无巧不成书!连自己都以为冬青是为了出府的事在那里伤心。

十一娘叹了一口气,接了包袱:"你放我这里吧。"

冬青就望了望净房:"那侯爷……"

"你别管了。"十一娘道,"你去收拾你的东西吧。"

冬青知道自己这个时候帮不上忙,有些不安地应了一声"是",转身回了后罩房。

十一娘就将那包袱放了平常徐令宜常坐的次间临窗大炕炕桌上,又想着自己就这样立在一旁等着徐令宜,气势上不免太弱,就算着时间去沏了一杯茶。等转回来的时候,徐令宜果然已梳洗一番,换了件石青色团花暗纹的直裰。

她笑着将茶端了过去:"侯爷喝杯茶再过去吧!"

徐令宜望着笑容恬静、神态大方的十一娘,想到刚才她在自己身后略带惊慌的身影,心里不由一软。平时看上去再怎么镇定从容,也不过是比贞姐儿大几岁的小姑娘,看见自己生气,也会惊慌得不知所措。他望着十一娘的目光又柔和了几分,端起茶盅来啜了一口。

感觉到徐令宜周身的冰冷开始消融,十一娘松了口气,等到他再喝了自己端过去的茶,十一娘基本上可以肯定他的怒气已消了一半了。

一时间,屋里的气氛变得平和起来。

"这是什么?"徐令宜望着炕桌上的包袱——他认出来了,这是刚才冬青手里的包袱。

"哦!"十一娘笑道,"冬青给我做的小袄,说是要去金鱼胡同了,特意给我拿来的。谁知道有东西掉眼里去了,在那里揉了半天,正好遇到我们回来。"说着,当着他的面打开了包袱,露出里面的红绫小袄。

徐令宜已看出来,又是端茶,又是把包袱放在自己眼前,花了这么多的心思,十一娘就是想向他解释。是怕自己误会吧?他脸上就有了几分笑意。

十一娘把他脸上的表情看得一清二楚的,不由怔住。就算是释然,也用不着笑啊。得想办法把这家伙的脾气摸透才行,要不然,总被牵着鼻子走,局面太被动了。她正暗下着决心,有小丫头战战兢兢地禀道:"侯爷,五爷来了!"

"让他进来。"

十一娘发现徐令宜的目光又变得凛冽起来。

两兄弟的事,自己这个做嫂嫂的最好不要插手才是。她就笑道:"我给五叔沏杯茶去。"说着,也不待徐令宜说什么,转身撩帘而去。

徐令宜知道弟弟一向怕自己,遇到了不免有几分瑟缩,他并不希望十一娘看到。不管怎样,徐令宽毕竟是个大老爷们,被夫人看到气短的样子总是不好。正想着该怎么跟她说,没想到她自己找了个借口出去了。

他不由暗暗点头。自己当初没有排斥这桩婚事,虽然有堵住其他人嘴的意思,也未尝不与她在小院时表现的聪明、懂事、识大体有关。

念头闪过,徐令宽已磨磨蹭蹭地走了进来。

徐令宜一看到他这个样子,突然想到了谆哥,本来已经平息了的怒火"腾"地一下又冒了起来:"怎么回事? 娘先跟我说,家里属牛的都回避到西山别院,我还以为只是娘屋里和你们屋里的人,没想到各方属牛的都要避开。你知不知道家里有多少属牛的人? 还有红灯胡同那边,你们平常家里住半个月,老侯爷那边住半个月,你又知不知道老侯爷那边有多少属牛的?"

他一阵劈头盖脸的,徐令宽半晌没回过神来。

"你说话啊!"徐令宜看弟弟一问三不知的样子,心里更恼火,"这话是谁说的? 钦天监的哪个说的? 是法善和尚还是长春那个牛鼻子?"他指着门外,"你去问问长春,他不是会算么? 让他算算,算算他有多长的寿辰!"

徐令宜的声音虽然称不上咆哮,但也不小,十一娘端着茶盘站在屋檐下,听得一清二楚。她吓了一跳。没想到,徐令宜对那个叫长春的道长这么反感。

"他说什么你们就信什么,这家里的日子还要不要过?"

那边的徐令宽已回过神来,忙认错:"四哥,我再也不敢了,我这就去跟丹阳说。"说着抬脚就要往外走。

"你给我回来!"徐令宜看着他毛毛躁躁的样子,觉得自己是白生气了。

徐令宽听见哥哥喊自己,不敢走,重新折了回来,垂首立在徐令宜的面前。

徐令宜不由深深地吸了一口气,因为强压着怒气,声音比平时低沉了三分:"我也盼着你们生个大胖小子呢! 这话既是钦天监说的,总是有点根据的。平时你们回来只走娘那里,我就误会是娘和你那里回避,娘问我的时候,我也就答应了。你这样去跟五弟妹说,会误会我们出尔反尔。你去跟五弟妹商量商量,凡是属牛的都回避,只怕老侯爷那里也吵得不能安生,不如你们搬到西山别院去住。这样一来,我们或是老侯爷那边的人可以随时去看你们。"

"丹阳先前也说过这话。"徐令宽吞吞吐吐地道,"可西山在西边,主金,丹阳五行缺木,这金木相克……"说着,就望了一眼面带冷峻的徐令宜。

这个弟弟,心眼全放在没用的地方。徐令宜轻轻叹一口气,道:"你只管去跟弟妹说,她知道该怎么办的。"

徐令宽一向对这个哥哥信服,"哦"了一声,小声道:"那、那我回去换衣裳了。"

徐令宜摆了摆手:"快去吧,免得等会儿娘看不到你的人,担心你。"

徐令宽应声而去。

十一娘赶在徐令宽出门前避到一旁的耳房,等他走后才端了茶进去。

"咦,五叔走了吗?"

徐令宜没有回答,而是道:"你要不要换件衣裳?要是不换,我们现在就过去吧。"语气里带着几分疲惫。

十一娘看他脸色不好,又想着太夫人还等着人到齐了开饭,就笑着打量自己:"我瞧着我这衣裳还行。"

徐令宜见她突然语气调侃,知道她定是听到自己发脾气,想调节一下气氛。可是这个时候,他实在无心应酬,脸上依旧带着冷意,抬脚就出了门:"走吧!"

十一娘松了一口气。这场暴风雪总算过去了!

她忙将手中的茶盘给了一旁的小丫鬟,快步跟了过去。

到了太夫人那里,没想到二夫人已经到了。

她穿了件半新不旧的宝蓝色杭绸褙子,乌黑的青丝绾了个纂儿,通身只有耳朵上坠了对珍珠耳坠,素雅中带着几分清贵。正坐在太夫人身边问徐嗣勤和徐嗣谕这几天的学问,不仅屋里的人都正襟危坐,就是徐嗣俭也不像刚才那样调皮,规规矩矩地站立在一旁听着。

看见徐令宜和十一娘,二夫人笑着站了起来:"四弟、四弟妹,你们来了!"

十一娘忙给二夫人行礼,眼角却睃着徐令宜,发现他的神态很恭敬。

"二嫂!"

二夫人忙回了礼。

太夫人就笑道:"好了,好了,一家人不用这样客气,快坐了吧!"

徐令宜就坐在了太夫人身边的太师椅上。十一娘立在了他的身后。

二夫人就笑着对徐令宜道:"大少爷和二少爷的学问如今小有成就,我看,得换个更鸿学的先生才是!"

徐令宜笑道:"原先也想过,只是一直没有合适的,就耽搁下来了。"

太夫人就笑道:"这种事一时半会儿也急不来,慢慢找就是了。"

十一娘却心中一动,沉思起来。

不一会儿,徐令宽夫妻到了。

徐令宽神色间果然有几分沮丧,太夫人忙追问他出了什么事。徐令宽忙笑道:"没事,没事。"好歹把太夫人搪塞过去了。

五夫人却似笑非笑地看了十一娘一眼。十一娘只是微微地笑。有些事,她虽然不希望发生,但发生了,也不会去回避。

大家互相见过礼,笑着说了会儿话,然后男一桌,女一桌,老一辈,少一辈地坐了,热热闹闹地吃了一顿饭。

回到自己院里,十一娘和徐令宜刚坐下,有小丫鬟来禀,说徐令宽来了。

十一娘颇有些意外。这么快就有了反应?

徐令宽和哥哥商量:"我们想来想去,搬到落叶山山脚下的别院最好,那里安静,景致也好,免得吵到两家的老人家。"

"那怎么能行?"徐令宜立刻反对,"那地方太偏了。这样,你们这两天暂在家里住着,明天有早朝,我到时候与老侯爷商量,看看他老人家的意见。至于家里该回避的还是暂回避回避,你们也不要乱走动了。"

徐令宽应诺,起身告辞。

徐令宜送了弟弟出门,回来吩咐十一娘:"家里不是有一斤血燕吗?你明天一早给娘和五弟妹各送些去。五弟妹怀了身孕,你是做嫂嫂的,多去她那里走动走动才是。"

十一娘诺诺应"是",心里却道,你这样打一巴掌给个枣的,只怕这位丹阳县主不会领情。

此刻,五夫人也正和她的乳娘石妈妈说着话:"属牛的全都回避了,不说别的,就娘屋里,就有五六个小丫鬟,难道还为这事临时买几个小丫鬟进来不成?就算买回来了,还得要妈妈们调教调教吧?一时半会儿也上不了岗啊,这本就是个兴师动众的事。原准备过几天跟太夫人说说,搬到慈源寺旁的放生胡同去——离慈源寺不远又不近,我有个什么事,济宁师太也能赶过来看我。可他这样逼着我搬,我心里难免不痛快。"

石妈妈小心翼翼地将五夫人的腿并放到贵妃榻上,笑道:"您想多了些,侯爷可不是那样的人。"

五夫人听了突然"扑哧"一声笑了出来:"五爷却是听不得我在他面前哼哼。"说着,脸就红成一片霞色。

"那也是五爷真心心疼着你。"想到老侯爷反复叮嘱他,不要和侯爷起了冲突。石妈妈笑着将薄被搭在五夫人的身上,"您平时使小性子不要紧,可不能让五爷和侯爷有了冲突。何况侯爷这样的人,就是老侯爷见了,也要礼让三分。有侯爷撑着,您大树底下也好乘凉。要知道,上阵父子兵,打架亲兄弟。这家里要过得好,先要兄弟和谐,妯娌和气……"

"知道了,知道了。"五夫人娇嗔道,"要不然,我怎么就这样不吭不响地让五爷去回了侯爷。你这样天天在我耳边唠叨,你说着不烦,我听着也烦了。"

石妈妈呵呵笑了两声,不再作声,望着五夫人的目光却满是慈爱。

五夫人就拉了石妈妈的衣袖:"你说,三房要是知道我搬出去,会不会气得跳起来?"

既然五夫人听了她的劝,这个时候,自然要顺着她说。石妈妈立刻笑道:"那是自然。说起来,您这一招让她也吃了个闷亏。要知道,外院的白大总管也是属牛的,还有回事处的赵管事,也是属牛的。这两人都是侯爷用惯的。要是她借着您这件事给这两人下绊子,到时候难免连累到您。可是我们的县主聪明,根本不理她那一套,大大方方地搬到放生胡同去。再说了,那里是您的陪嫁,里里外外都是我们自己的人。您想什么时候起就什么时候起,想什么时候睡就什么时候睡。五爷看了只有欢喜没有责怪的。"

五夫人笑着点头:"我让她折腾去。不就是想分家吗?她要是明明白白说了,娘还会拦着她不成?"

石妈妈只是笑,一句话没有说出来。

没钱,分什么家啊!

第十八章　闹出家罗府几蒙羞

十一娘照着往日的习惯铺了床,回头看见徐令宜站在净房门口望着她。

"侯爷要不要喝杯茶?"十一娘笑着问徐令宜。

"不用。"徐令宜大步走过来,"你的丫鬟呢?"

是看着她自己铺床,所以困惑了吧?不是琥珀她们不帮忙,而是十一娘拒绝了,对着陌生的徐令宜做点事,免得胡思乱想,可以稳定情绪。

"不过是些小事。"她笑着解释,"随手而已。"

自从知道徐令宜要上早朝后,她就有了每天早上丑时起床的心理准备。

吹灯上了床,徐令宜突然问她:"你身边的丫鬟是从小跟着你的吧?"

因为冬青和滨菊都比她大一些?

十一娘要抓住每一个他感兴趣的话题:"小时候跟着父亲在福建任上,回来的时候,乳娘舍不得离开家乡。琥珀、冬青、滨菊是我回余杭以后母亲赏的,竺香是我生母赏的。"

徐令宜还是没有动静,但她听到了均匀的呼吸声。睡着了吧?十一娘就想到了五姨娘,眼中也有了郁色。

她望着帐顶,轻声地道:"也不知道她在余杭过得怎样。"

大太太就要回去了。自己如今嫁到了永平侯府,是永平侯的夫人了,她看在谆哥的分上,会给她几分体面的吧?

"你要是想她,让岳父把她接到岳母身边服侍就是了。"黑暗中,徐令宜低沉的声音如晨钟般幽远地传来,"用不着这样总念叨着。"

十一娘翻了个身,枕了手臂望着身边的人。十五的月亮十六圆,十四也很明亮,透着罗帐映进来,可以看见徐令宜的轮廓。肩宽腰细,腿很长。记得和他站在一起,自己只到他的肩膀。

"我是不是话很多?"她笑着问他。

十一娘等了好一会儿才听到徐令宜的回答:"还好。"

"相比侯爷而言,我的话的确多了些。"十一娘忍俊不禁,微微笑起来。

望着她愉悦的眉目,半明半暗的罗帐里,徐令宜的眸子闪闪发亮。

十一娘不记得自己是怎么睡着的,好像有一搭没一搭和徐令宜说了半天话,然后眼

皮一搭,就睡着了。再醒来,有人在一旁轻轻地推她:"夫人,夫人,丑时了。"

她一个激灵就坐了起来,就听到徐令宜含笑的声音:"再睡一会儿吧!又不是没丫鬟婆子。"

十一娘完全清醒过来,笑道:"妾身服侍侯爷起床吧!"

"不用。"徐令宜毫不犹豫地拒绝了。

但十一娘怎么睡得着,还是跟着起来,盥洗、更衣、吃早饭,送徐令宜出门,回到屋里已是丑过一刻。她打着哈欠:"还好离皇宫近,要不然,只怕子时就要起了。"

琥珀服侍她上床:"夫人再歇会儿吧,长期这样下去可受不住。"

十一娘点头,爬上床,一觉睡到卯正时分,然后起床梳洗,又吩咐琥珀把陶妈妈找来。

南永媳妇给她梳头,她和南永媳妇闲聊。问她什么时候成的亲,丈夫在做什么,有没有孩子,孩子多大。南永媳妇有些怯生生地回答她,她和丈夫都是徐府的家生子,从小订了婚。十二岁就入了府,原来在针线房做针线,因梳了一手好头,被太夫人身边梳头的妈妈看中了,然后跟着学了几年。十八岁的时候成的亲,今年二十二岁,丈夫在马房喂马,有个三岁的女儿。

"你这么早出来,女儿怎么办?"

南永媳妇羞涩的脸上就露出一个甜甜的笑容:"我托了隔壁住着的赵家婶子看着呢!"

"赵家婶子?是做什么的?"

"她是回事处赵管事的媳妇,没在府里当差,平时做些针线拿出去卖,是个很好的人。"说着说着,南永媳妇渐渐放开了,"我会梳十几种髻,您明天要不要试试别的?"

十一娘看着暗暗点头。她可不希望身边的人看着自己就战战兢兢或是都像木偶似的,那有什么意思。

"我是怕麻烦!"她笑道:"这样简单地梳个纂儿多好啊!"

十一娘的话音刚落,南永媳妇已将最后一缕头发绾上,从雕红漆的匣子里拿了对金镶红宝石石榴耳坠:"您试试这对。"

她依言戴上了,就有了几分俏丽。

"不愧是专司梳头的。"十一娘赞扬她,南永媳妇就抿着嘴笑起来。

有小丫鬟进来禀道:"陶妈妈来了。"

南永媳妇就给十一娘屈膝行礼,退了下去。

十一娘就低声地问陶妈妈:"你可听过长春道长这个人?"

"当然听说过。"陶妈妈笑道:"长春道长是长春观观主,能拜雪雨,被先帝封为靖微妙济守静修真凝元衍范真人,卦算祸福也十分灵验,燕京很多权贵人家都拜在他门下。说起来,我们大姑奶奶能有谆哥儿,多亏有长春道长。"说着,就把当年长春道长怎样给元娘看风水,怎样给她破孤煞星,怎样帮她求子,怎样算出谆哥儿是男丁,甚至谆哥十岁之前有"三灾",一一向十一娘说了。

十一娘见陶妈妈说起这个长春道长的表情就像说起自己的偶像似的激动,打不住话题,知道她也深信长春道长,就笑道:"这样说来,大姐应该是长春道长的门徒了?"

"那是自然。"陶妈妈笑道,"要是哪天您有空,也应该去长春观拜见一下道长才是!"

十一娘点头:"总不能我一个人去吧?家里还有谁是长春道长的门徒?到时候也好一起去。"

陶妈妈笑道:"家里的人都信,不过太夫人、侯爷和二夫人是信佛的,所以不大去长春道长那里罢了。"

十一娘微微点头,有小丫鬟禀道:"三位姨娘来给夫人问安了。"

陶妈妈就虚扶着十一娘去了堂屋。

三人向她行了礼。文姨娘立刻殷勤地问了十一娘"睡得好不好"之类的话,十一娘应酬了她几句,琥珀过来传饭。

秦姨娘忙帮着琥珀安箸摆碗,文姨娘就笑着指挥丫鬟服侍十一娘净手,乔莲房站在一旁,脸色有些僵硬。

十一娘不想为难谁,笑道:"大家都散了吧!我等会儿还要去给太夫人问安。"

乔莲房转身就走,秦姨娘却笑道:"夫人也让我尽尽心。"

十一娘笑道:"以后大家在一个屋里住着,日子长着,也用不着急在这一时半会儿。"

陶妈妈也看出她不想留三位姨娘,也在一旁劝着,这才把秦姨娘和文姨娘劝走。事后还道:"四夫人这样做就对了,那文姨娘的一张嘴就没有关得住的时候。她今天服侍您吃了顿饭,等会儿就传遍了。不知道的,还以为她天天在您跟前服侍着,白白便宜了她。"

十一娘笑起来。这还真像她能做出来的事。

笑着遣了陶妈妈,她问琥珀:"送太夫人和五夫人的药材可准备好了?"

琥珀点头:"照您的吩咐,两支人参各一支,六两血燕给太夫人,另四两给五夫人。"

十一娘点头,吩咐冬青:"你这几天待在后罩房不要出来,免得遇到五夫人。"

冬青连连点头,十一娘就带着琥珀和滨菊去了太夫人那里。

知道十一娘给她和五夫人送了药材来,太夫人很高兴:"我这里不缺这个。"

十一娘笑道:"这还是侯爷吩咐我送的!"

"是吗?"太夫人听了更是高兴,忙让杜妈妈收了,又让姚黄陪着琥珀去了五夫人那里。

乳娘就陪着贞姐儿和谆哥过来给十一娘问安。

大家刚说了两句话,徐嗣勤和徐嗣谕来了,接着三爷和三夫人带着徐嗣俭来了,然后五夫人由一大群丫鬟簇拥着来了。

一时间,太夫人屋里热闹极了。

待把徐嗣勤、徐嗣谕和徐嗣俭送去上学,又把三爷送去铺子,五夫人就说起搬家的事来:"把两家的父母都吵得不得安生,我们做晚辈的实在是过意不去。正好我陪嫁的院子里有一座在慈源寺附近的放生胡同,您也知道,慈源寺的住持济宁师太医术了得,五爷就和我商量,我们暂搬到那边去。"

三夫人一听,立刻道:"这怎么能行,五弟妹怀着我们徐家的骨肉,怎么能在外生产?这样也不吉利啊!"

太夫人没有作声。

"也不算是外面了。"五夫人看了一眼一直没有作声的十一娘,笑道,"既然是我的陪嫁,自然也算是徐家的产业……"

"五弟妹是怕兴师动众,有人说闲话吧?"没等五夫人的话说完,三夫人笑着望了一眼太夫人,"说起来,这可不是五弟妹你一个人的事。想当初,二嫂小产需要静养,二嫂就提出来把二哥身边的两个丫鬟开了脸。二哥不同意,娘也心疼二嫂,没有答应。结果,二哥如今连个供奉香火的都没有,二嫂孤零零的一个人……"

"别说了!"太夫人厉声道,"这件事就这样定了,家里属牛的全都回避!"

没有人敢再提出异议。

三夫人脸上就有得意之色闪过。

五夫人不由望向十一娘,却发现十一娘依旧沉静如水,没有任何异色。

她不由微讶,却听到小丫鬟进来禀道:"太夫人,慈源寺的济宁师太来拜见您。"

大家一愣。

太夫人已道:"快请进来。"

小丫鬟应声而去。

太夫人就问五夫人:"可是你和济宁师太约好了的?"

"没有,没有。"五夫人忙道,"我也不知道她来干什么。"眼中有几分茫然。

不一会儿,小丫鬟就领了个身穿青绸缁衣的白胖尼姑走了进来。

她双手合十念"阿弥陀佛"给众人见礼,太夫人、三夫人、五夫人纷纷起身喊那尼姑"济宁师太",十一娘也随着起身迎那尼姑。

太夫人叫了小丫鬟端了太师椅给那尼姑坐,上了清茶。

济宁师太笑着坐下,啜了口茶,和太夫人寒暄了几句"还是盂兰盆会上见了"之类的话,然后就把目光落在了十一娘的身上:"这位是府上新娶的四夫人吧? 只是我前些日子做了道场,没有前来恭贺,还请四夫人不要责怪。"说着,起身双手合十,给十一娘行了个礼。

见太夫人这样礼遇济宁师太,十一娘自然不敢托大,笑着起身回了礼:"俗事不敢打扰,济宁师太太客气了。"

济宁师太听了就笑起来:"早听说四夫人谦虚有礼,是罗家小姐中的头一人,还以为是有人夸大其词,如今见了,才知道所言不虚。"

十一娘愕然。其他人也很惊讶。

济宁师太就笑着对太夫人道:"说起来,我和尊府也是相熟,只是这事我受人所托,想请太夫人行个方便,让我和四夫人私下说两句话。"

太夫人听着目光微闪,笑道:"师太行事向来庄重,我自然信得过。"又对十一娘道:"既然师太受人所托而来,你少不得听听师太说些什么。"

十一娘自然应诺,随着济宁师太出了太夫人的正屋,去了一旁的东厢房。

自己从来没有见过这位济宁师太,更谈不上什么交情了。是什么人托了她来找自己? 说起来,自己认识的人也有限。

这么一想,她不由心中一跳,手心骤然冒汗。可当着太夫人的面,她不动声色地笑着随济宁师太出了太夫人的正房,去了一旁的东厢房。

丫鬟给两人上了茶,济宁师太笑道:"四夫人,不知道您认不认识分别叫段霜影和袁雪衣的两位妇人?"

大姨娘和二姨娘! 虽然隐隐猜到,但被证实,十一娘还是觉得很惊愕。没想到,她们还有那么好听的名字。不过,既然济宁师太通过太夫人找上门来,在众目睽睽之下要和她单独谈谈,又开门见山地问她认不认识两位姨娘,想来早有准备。

她微微一笑:"我娘家大姨娘和二姨娘一位姓段,一位姓袁,只是不知道是不是您所提的两人。"

"那就是了。"济宁师太笑道,"大姨娘说,夫人是个直爽人,让我找您,说您一定会帮她们的。"

在骗了所有的人之后,两位姨娘凭什么认为自己会帮她们? 十一娘笑望着济宁师太没有作声。

济宁师太对她的态度并不吃惊,而是笑道:"二位姨娘说,她们多年信佛,诚心想出家供奉佛祖。只是主母怕有多事的人说些闲言碎语,以为两位姨娘出家是不堪主母虐待才不得已而为之,因此一直没有答应。这次随贵府的人到燕京之后,更是看破红尘,所以才离家出走托身我寺。我不知道夫人知不知道慈源寺。在燕京,我慈源寺虽然不能与护国寺、白云观这种受僧道禄司庇护的寺院、道观相比，但也不是那默默无闻之地。"说到这里，她脸上流露出骄傲神色，"两位姨娘识文断字，进退有度，言辞文雅。托身我寺，不仅能潜心修佛，而且能一展所长。夫人如今落籍燕京，人生地不熟，何不为两位姨娘大开方便之门呢？"

两位姨娘真是好计谋！仅仅是"识文断字，进退有度，言辞文雅"恐怕不会入了这位师太的眼！

"不知道两位姨娘托身贵寺，捐了多少香火钱呢？"十一娘淡淡地望着济宁师太。

济宁呵呵笑："夫人果是直爽人，不过五千两银子。"

十一娘费了一番工夫才控制住自己没有露出惊讶的表情。

那济宁已笑道："这些银子永平侯夫人自然不会放在眼里，可对二位姨娘来说，却是孝敬菩萨的功德，所以才苦苦哀求贫尼帮着走这一趟。"

十一娘不禁为杨姨娘感到悲哀起来。刚开始，她以为十娘手镯里装的是银票，后来发现却是砒霜。她当时就在想，那些钱去哪里了，或者，是用来干什么了。故事到这里，才有了答案。

十娘留在大老爷看不到的余杭，只会被大太太如钝刀子割肉般地收拾了，还不如奋起一搏，说不定还能有个出路。而两位姨娘定是像糊弄自己似的取得了杨姨娘的信任，共同定下这围魏救赵、金蝉脱壳的计中计。杨姨娘以自己的死引开了其他人的注意力，同时也希望大太太知道自己死了，能对十娘存一丝怜悯，让两位姨娘借参加庙会的机会带走十娘，然后结伴进京。

十娘出现得那样巧，想来到燕京已有段时日了，只是不知道是谁给她们通的风报的信。

受人之托，忠人之事。既是如此，十娘嫁王琅，两位姨娘为什么不出面阻止呢？

济宁却好像能看透她的心思般，笑道："两位姨娘还让我给夫人带句话。说，十小姐求仁得仁，求义得义。她们也不过是个弱女子，求个活命的机会罢了！"

十一娘不由苦笑："这毕竟是我娘家的事，只怕还要我母亲做主。"

"那是自然。"济宁笑道，"只是罗府的大太太既然能把您嫁到永平侯府来，想必有一番思量。两位姨娘，有不为多，少不为憾，想来这个账罗府的大太太是算得过来的。可对我慈源寺却不同，能有像两位姨娘这样言之有物的人，想必很受高门女眷的青睐。这也是我不得不来夫人面前求这个恩典的缘由。"

她反复强调中意两位姨娘，欢迎两位姨娘到慈源寺出家。看样子，是铁了心要蹚这浑水了。

十一娘也能理解。寺庙要发展，必须要有相应的人才。一般出家之人不是因为生活贫苦无所依靠，就是家庭变故心灰意冷，前者没受过什么教育，后者对世事很是冷漠。像两位姨娘这样，曾经为大老爷红袖添香夜半陪读过，见识谈吐自不一般。这般年纪还折腾着离家出走，估计也有想重新开始新生活的憧憬。这样的两个人能加入慈源寺，还捐了大笔的香油钱……不管从哪个方面来说，济宁都是要出这个头的。何况，十娘嫁到了茂国公府，自己嫁到了永平侯府，事情的真相说出来，十娘私自离家，得不偿失的是罗府。

所以，济宁师太才敢这样直言以告。

"既然夫人不反对，那我等会儿走趟罗府。"济宁师太见目的达到了，笑眯眯地站了起来，"如果太夫人问起，我会说是两位姨娘想到慈源寺出家，特托我来请夫人到罗家大太太面前说项。至于其他，自会一字不提。"

敢情自己还要感谢这位济宁师太和两位姨娘不成？十一娘有些啼笑皆非。她突然有点理解徐令宜的无可奈何。

那天在小院，明明知道是元娘设的一个陷阱，明明知道会有什么后果，为了那些顾忌的人或事，却只能眼睁睁地跳下去。

回到太夫人那里，济宁师太果如在东厢房所言，说是受两位姨娘之托来请十一娘到大太太面前说项。

大家听了虽然都觉得有些意外，但济宁师太的话说得通情达理，又是十一娘娘家的事，也就没人这个时候去追究。

济宁师太说了一会儿话就告辞了。太夫人看着时辰不早了，和杜妈妈去了佛堂。其他人自然也就散了。

十一娘回到屋里就找了冬青来，把济宁的来意告诉了她。

"你回去一趟，把这事告诉大奶奶，特别要提醒大奶奶，看济宁的样子是打定了主意要插手这件事了。"又叮嘱，"暂时别跟大太太说，先跟大奶奶说，请大奶奶拿个章程，看我这边该怎么办。"

冬青应诺而去。

十一娘又叫了陶妈妈来："能不能挑几个机敏伶俐的人，我这边还有两个二等丫鬟、六个三等丫鬟、四个粗使婆子的缺。"

陶妈妈忙道："夫人放心，交给我来办，下午就把人领来您看看。"

十一娘点头，又低声道："能不能安两三个人到外院的书房当差？"

陶妈妈微怔后立刻低声道："三位少爷在家学里上学，那边有好几个是我们派过去的。夫人想知道什么，只管问我就是。就是我一时半会儿答不出来的，下午也能有信给您。"

不愧是元娘的人！十一娘微微摇头："听侯爷的口气，只怕是在给三位少爷寻合意的先生，到时候肯定是在外书房别设讲堂。谆哥儿今年都六岁了，身子又弱，多半会跟着几位哥哥在外书房启蒙。太夫人根本没有把谆哥交给我带的意思。而且，我们毕竟是内宅妇人，不比爷们在外见多识广。如果有个好先生在身边时时指导，既占了名分，又能督导谆哥的品行学问。有什么事，我们也可以和先生说，让先生去教导谆哥，岂不比你我这样胡乱插手的好？"

陶妈妈不由赞赏："夫人这主意好。我知道了，这就去办。"说着，竟然急急起身。

"你也不用这么急。"十一娘笑道，"一来是先生的事还没有定，二来也只是先备着，怕到时候引人耳目。要知道，还有三位少爷一起读书，知道的，是我们想着谆哥；不知道的，还以为我们是要去看着二少爷。"

陶妈妈立刻点头："夫人放心，我自会做得神不知鬼不觉。"说着，又露出几分犹豫，"就是晚香那里，还有些麻烦……"

"你说说看。"

"晚香昨天跑到我这里来说，府里大小厨房共有十一个。昨天下午三夫人发话说，除了太夫人屋里的厨房，其他十个厨房都要按单子配菜，不允许再点菜。如果谁临时要加菜，自己出钱由厨房里单做。"陶妈妈还怕十一娘听不懂，解释道，"以前大姑奶奶掌家的时候，是按厨房的大小拨钱，多少自负。有的厨房上半个月用得多了些，下半个月就省点，也没有出现过超支的事。临时加菜，是超出来的费用，自然也由各人自掏。可三夫人这样一来……"

"这样一来，十个厨房就可以一起买菜了。"十一娘笑着接了话茬，"厨房采买可就发大财了，是不是？"

陶妈妈怔住。十一娘的笑容依旧是那样，温和中带着一点点的亲切，可眼中却有种洞察一切的镇定从容，好像在说，不过是些小伎俩罢了，你不必慌张。

陶妈妈突然间脸色涨得通红，不由辩道："夫人，我这是在为大姑奶奶和您担心呢。她这样不管不顾地敛财，只怕账目上也会做手脚。那时候，她不是赖到我们大姑奶奶的头上，就是把个烂摊子丢给您。她得了好处我们还要给她背黑锅！"

十一娘笑道："内院的钱应该是外院司房拨进来的吧？司房应该设有两位管事专管着内院的账目吧？就拨了多少，用了多少，还剩多少，都是有账可循的。就算这两三年账目不清，可大姐掌家也不是这一两年的事，早年的账目应该都入了库。她就是要做手脚，也不过是这几年的钱，她想把以前的账全翻过来，只怕她的手还没有那么长，能伸到司房里去。"说到这里，她笑了笑，"而且，她这样迫不及待地改革，触犯的可不是我们一房的利益。别人都不说，凭什么我们要出头？退一万步，三夫人管家，是太夫人决定的，就算出了再大的纰漏,那也是太夫人的意思,难道还喊打喊杀闹得尽人皆知不成?三夫人未尝不是仗着这点才乱指挥,只管坐着就是了!"

陶妈妈望着眼前神色自若的十一娘,眼底全是震惊。大太太不是说她年纪小,性格虽然沉默,但也有些懦弱吗?怎么会知道这些事!念头一闪,她立刻意识到——大太太看错了人。

陶妈妈心乱如麻。如果说之前她对交代的事充满了信心,现在,则充满了怀疑,她深切知道"有备无患"的重要性,很多时候,都是因为有了防备,所以才能全身而退。可现在,这个十一娘到底表露了多少,又有多少隐藏在她们看不见的地方,真正的目的是什么?会不会为难谆哥呢?一切的一切,都让她略一思忖就觉得汗透背脊……

一时间,她望着十一娘的目光中充满了戒备:"夫人说得是!这件事,我、我们还需要从长计议。"

十一娘看着陶妈妈的神色从震惊到失措,从失措到担忧,从担忧到强作镇定……她不由得微微笑起来。看样子,自己的目的达到了——徐府这样复杂,她唯一能用得上,也让她用的,不过是元娘留下来的人。她要和这些人合作,而不是被他们利用,或是被当成挡箭牌,那就要向他们展示一下自己的能力。要不然,没有人会把她的话放在心上。

所以她索性借着这个机会问了陶妈妈一些比较重要的问题。

"你可知道侯爷名下有多少产业?"

陶妈妈迟疑了半天,嘴角一动,一副不好回答的样子。

十一娘看着也不着急追问,而是道:"三房这样急着敛财,你不觉得奇怪吗?"

陶妈妈听了果然神色一变,忙道:"说起来,当年老侯爷为了支持皇上继位,家里的产业卖掉了大部分,二爷死后,老侯爷感觉世事无常,活着的时候就将徐府仅剩的那点产业分了——包括死去的大爷在内,每人一份。后来老侯爷去世,侯爷继承了爵位,家里内忧外患乱得很,加之太夫人还在,没有谁去提分家的事,这样一来二去,家里世道越来越好,就更没有人去提了。"

十一娘沉吟道:"知道死去的大爷那一份由谁掌着吗?"

陶妈妈道:"当时就拿出来买了祭田。老侯爷说,让后人也念着大爷的功德。"

"一共是多少亩?"

陶妈妈额头已微微有汗:"一共有两千亩。"

两千亩,大太太给自己买陪嫁田庄的时候好像一亩地是五两银子,就以这个折算,每房可以分一万两银子。也就是说,徐家也不过五万两银子左右的家当,这其中应该还包括了房产、古玩、字画之类一旦变卖就会折价的东西,真正分到手里的,未必有一万两的现银……再看现在的徐家,仅青帷小油车里仙绫阁的绣品就价值不菲,更不要说元娘屋

355

第十八章·闹出家罗府儿蒙羞

子里的那些陈设,太夫人院子里的那些一年四季绿意盎然的花木。而徐令宜领三份俸禄:永平侯,每年一千三百两银子,五百二十二石米;太子少师,每年七百二十两银子,二百八十八石米;五军都督府都督,每年五百二十二两银子,二百一十石米。就这样,有时候银子还会折成绢……

她不由笑望着陶妈妈:"也就是说,不是很多了?"

陶妈妈听着脸色微变,"我怎么一直没往这上面细想……就一直纳闷,三房那样聪明的一个人,怎么蹦来跳去得这样急。原来所谓的公中银子,全是我们侯爷的家当。还有二房,今儿要买张画,明儿要买个花瓶,百两千两的花起来一点也不心疼。我就奇怪了,大姑奶奶从不是个小气的人,前两年怎么为了钱的事和侯爷生气。"说着,已是团团转。

十一娘听着目光微闪,笑道:"妈妈别急,既然府里没钱,用的都是太夫人的陪嫁,说不定二夫人也用的是自己的陪嫁!"

"哎呀,你知道些什么啊!"陶妈妈已有些激动起来,"您"也变成了"你","二夫人嫁过来的时候不过一个四百亩的小田庄,三十六抬嫁妆。听说,就这三十六抬嫁妆,有些也是太夫人为二夫人做面子拿了体己钱子给填的窟窿。后来二夫人守寡,膝下又没个孩子,太夫人怕她没有个依靠,就把自己的陪嫁分了。二爷、四爷、五爷,各一份。二爷的,给了二房;五爷的,聘五夫人的时候就拿出来了;侯爷的,我们大姑奶奶可是一直没看见。和你成亲的时候,根本就没有写公中应分多少田产地亩给你们……还有侯爷得的那黄金一万两,十顷良田。那个时候大姑奶奶已经不在了,你还没有进门。这账到哪里去了?谁也不知道啊!"说着,团团转起来,"不行,这事我得找人到司房打听打听去。这些产业,可是有谆哥一份的!"

十一娘听着不由暗暗叹一口气。锦帛动人心。徐令宜还没有死,不怪有人为争产杀人放火都做得出来。

"这件事你也别急。"她弄明白了自己想知道的,笑道,"免得没影的事吵出个影儿来。"

陶妈妈听着有道理,强压了心中的激动。而十一娘看着时间不早了,遣了陶妈妈,去了太夫人处。

五夫人还没有到,三夫人拿着账册正和太夫人说着什么,看见十一娘进来,就打住了话题,笑着和十一娘行礼。

她就想到了陶妈妈说的关于三夫人要改革厨房制度的事。应该是在说这事吧?

十一娘笑着回了礼,又上前问了太夫人的安,笑道:"娘和三嫂在算账吧?那我帮着魏紫她们布箸去。"说着,也不待太夫人发话,转身去了西次间。

三夫人就继续着刚才的话题："这样一来,也免得那些人为吃饭扯皮吵嘴,少了很多的麻烦。"

太夫人听着微微一笑："厨房的大买办是谁啊?"

三夫人笑容就有了几分勉强："是甘老泉。"

太夫人望了她一眼,笑道："既然如此,那就照着你说的办吧。"

"嗯。"喜悦无法掩饰地从三夫人脸上溢出来。

"不过……"太夫人话音一转。

三夫人立刻露出紧张的神色："不过什么? 娘您尽管吩咐!"

太夫人慢慢地啜了一口茶,不紧不慢地道："不过,让各房把各房喜欢吃的拟出菜单子来,然后再让厨房照着搭配,不要自作主张想做什么菜就做什么菜。"

三夫人忙应了一声"是",表情却有几分失望。

"既然没事了,你去帮着十一娘摆箸吧。"太夫人淡淡地道,"她年纪小,刚进门,你又是做嫂嫂的,要有个样儿。"

三夫人心里更是憋得慌,深吸了一口气,这才笑着站起来应了一声"是"去了西次间。一旁服侍太夫人的杜妈妈不由叹了口气。

太夫人听着也叹了口气："你是想问我,我明明知道她想敛财,为什么还放手让她做吧?"

杜妈妈就笑道："您一向心慈,这是怜惜三夫人,怕她以后的日子不好过呢。"

"我不是怜惜她。"太夫人神色有些落寞,"我是怜惜勤哥儿和俭哥儿。"又道,"说起来,她能想到这法子,也动了不少脑筋。只可惜,心眼用在别的地方!"

十一娘在太夫人那里吃了饭,服侍太夫人睡下,回了自己屋。

冬青已在那里焦急地等："夫人,大奶奶说,她等会儿抽个空来见您。"

也好,事已至此,无可挽回。既不能撕破了脸,大家除了要商量怎样劝大太太,也要商量怎样和十娘说这件事。

她睡了午觉起来,大奶奶还没有来。

十一娘又怕大奶奶来了找不到自己,留了话,先去了太夫人那里,正好未正差一刻进门。

太夫人刚起来,笑道："这孩子,还按着点进!"

杜妈妈正服侍太夫人穿鞋,笑道："可不是,今天一早也是和昨天一样,辰正还差一刻钟到的。"

太夫人"哦"了一声,眉角挑了挑。

十一娘给太夫人问了安,说起自己想从元娘那边挑几个人到自己屋里当差的事,"娘

如果同意了，我这几天就暂时定几个人，到时候您再帮我拿个主意。"

太夫人落在她身上的目光十分柔和，笑道："本就留给你处置的，你自己拿主意就是了。"

358

正说着，贞姐儿和谆哥一起来了。两个孩子给长辈行了礼。

谆哥就问太夫人："今天我们还去不去二伯母那里？"

十一娘有些意外，不知道谆哥怎么会说出这样的话来。

太夫人就呵呵笑着问他："你喜不喜欢去？"

谆哥眯着眼睛点头："二伯母那里有糖包子吃。"

太夫人笑起来："你就惦记着吃。"

谆哥站在那里笑。

太夫人就对十一娘道："怡真的学问好，勤哥、谕哥、俭哥没启蒙之前，也都跟着她学了几个字。先前天气太热，后来又忙着你们的婚事，就把谆哥留在屋里了。昨天怡真考勤哥学问，这孩子听着，也惦记着上学的事呢！"语气间流露出对谆哥懂事的欣慰。

难怪昨天三个孩子对二夫人都那样尊敬。

十一娘暗暗吃惊，脸上露出了几分惊讶："我听说过二嫂的学问好，可没想到竟然能指导孩子们的启蒙。"又笑着望了一眼贞姐儿，"贞姐儿的学问也是跟着二嫂学的吧？"

太夫人笑着点头："怡真什么都会。说贞姐儿手指长，所以特意教她音律，如今也能弹上几支曲子了。"

十一娘的目光不由落到了贞姐儿的手上。果然，十指修长，骨节分明，不像一般养在深阁里的小姐般软若无骨，而是隐隐透着几分劲拔。

贞姐儿见十一娘望着她，有些不好意思地握成了拳："我的手不好看……"

十一娘笑道："认真的手最漂亮。"

贞姐儿一怔。

十一娘已笑道："要是不常常练习，手指怎么会有劲，要不是有劲，又怎么能弹出好曲子。"

贞姐儿微微地笑，面颊有淡淡的粉色，十分漂亮。

十一娘嘴角微翘。贞姐儿不是传统意义上那种身姿如柳、眉目如月的美女，却目光清澈，淡然娴静，有大家之女的磊落之风。说起来，有点像二夫人……和文姨娘相差得太远了！

想到这里，她不由一阵庆幸，还好太夫人把贞姐儿养在身边，要是跟着文姨娘恐怕会成为第二个话篓子。

太夫人就叫了魏紫去准备些吃食带过去，然后对十一娘笑道："我们也去那里吵吵她。"

陪太夫人,十一娘自然是义不容辞。刚笑着应了,三夫人来了,拉着十一娘:"我去你屋里找你,说你来了太夫人这里,正要和你商量厨房的事。"

十一娘故作不知:"厨房的事?我又不懂。不知道三嫂要我做些什么?"一副全力配合的样子。三夫人就絮絮叨叨说起管家有多难,家里的开支有多大之类的话。

太夫人看着她们一时说不完,笑着牵了谆哥的手,对三夫人和十一娘道:"我送他们去怡真那里,你们慢慢说。"

十一娘正惦着罗家那边的消息,笑着应了,送了太夫人和孩子们出门,然后往自己屋里去:"三嫂到我那里坐坐,我们好好说说。"

三夫人急着把这事做成,笑着跟十一娘去了她那里。

"你们把自己喜欢吃的拟出菜单子来,让厨房帮着拟出菜谱来……没找到四弟妹,我先去了五弟妹那里,把这事跟她也说了,她连声赞好,让我来问四弟妹。只等你同意了,明天就可以开始把以前的老规矩改一改了。"

十一娘就笑道:"现在是三嫂当家,家里是什么情况,没谁比三嫂更清楚。三嫂既然觉得这样好一些,自然就有它的好处,我没什么意见,到时候你只管吩咐我院里管厨房的吴妈妈就是了。"

过程出乎三夫人意料之外地顺利,她不由微微一怔。

就有小丫鬟进来禀道:"四夫人,陶妈妈来了。"

十一娘就和三夫人客气了几句,送三夫人出了门。

回到屋里,陶妈妈拿了一份名单给十一娘,然后逐一向她介绍这名单上的人:"您看满意不满意?"

陶妈妈给她挑的这些人都是没什么背景,以前在元娘屋里做小丫鬟的。

十一娘很满意地点了点头:"正是要这样的。"

年纪大一点的虽然有经验,但也喜欢凭着经验办事,机灵些的早做了大丫鬟,不机灵的早被淘汰。而这些小丫鬟年纪小,又经过一定的训练,品级又低,到自己屋里来一下子就做二等、三等的丫鬟,应该会珍惜这样的机会。

陶妈妈见十一娘很满意,笑道:"那我就把人领来。"

十一娘见大奶奶还没有来,笑着应了。

不一会儿,陶妈妈就领了六个丫鬟、四个婆子来了。

丫鬟的年龄在十二三岁间,都素着脸,看上去干净整洁,模样儿也机灵。婆子都四十来岁,面相老实,打扮得很干练。

几人给十一娘行了礼,都恭手立在了一旁。

陶妈妈就一个个给十一娘介绍。

四个婆子的丈夫有的在元娘的田庄上帮忙,有的在徐府打杂。六个小丫鬟一个叫绿云,一个叫红绣,一个叫双玉,一个叫芳溪,一个叫秋雨,一个叫雁容。其中绿云和红绣准备做二等丫鬟,其他几个都是三等丫鬟。

十一娘想到元娘身边的两个大丫鬟,一个叫绿萼,一个叫嫣红的,就仔细打量了两个丫鬟一眼。相貌都很普通,气质却很沉稳。

她不动声色地把人和名字对上,然后简短地说了几句"以后要听姐姐们的话,和睦相处"之类的话,就让琥珀把人领了下去。

然后让冬青磨墨,把几个人的名字重新誊了一遍。

陶妈妈在一旁看着她的字迹娟秀却带着几分洒脱,有几分女子的婉约,又有几分男子的飞扬,心中不由一颤。

大太太说,她善女红不喜读书。她心里不由生出几分怨怼来。大太太到底知不知道这位十一小姐的底细! 抽空要去罗府问一问。

十一娘见陶妈妈看见了自己的字迹颇为动容,微微一笑。她前世从五岁开始学习书法,除了在罗府的三年,不管在什么情况下从未间断过。要不然,明明知道古代讲究"字如其人",怎么会把精力全放在女红上? 怎么也要把一手字写端正了!

把名单写好,十一娘递给陶妈妈:"看看有没有写错的。"

陶妈妈看了一遍,一字不错。知道十一娘都记在了心里,微微有些吃惊,却再也没有那种愕然。她对十一娘已有了精明能干的印象,惊奇感也就少了很多。

十一娘就叫了滨菊和竺香来,让大家一起拟菜单子。

陶妈妈发现十一娘知道很多菜,有一些,连她都没有听说过。

竺香不由犹豫:"要是厨房做不出来呢?"

"做不做得出来是他们的事,拟不拟单子是我们的事!"滨菊不以为然地道,又在菜单子上添了一道"佛跳墙","最考食材,既可以是鲍鱼海参,也可以是五花肉大白菜,我倒要看看他们怎么个配送法!"一副刁难人的口气。

陶妈妈自然是喜闻乐见的。三房掌家就推翻了元娘以前的规矩,就是变相地否认元娘的功劳。

十一娘却笑着嘱咐陶妈妈:"想办法看看五房都拟了些什么菜。"

陶妈妈立刻明白过来。五房还怀着身孕,四房这个时候越过五房去,别人看了不免觉得四房在暗中下绊子。

这个时候这样做也的确有些急切了。陶妈妈笑着应声而去。

十一娘就随着滨菊和竺香在那里发挥。等琥珀回来说人都安置好了,她又让琥珀领着滨菊和竺香去挑人:"你们各找各的帮手。我呢,吃得不好我只找竺香,没衣裳穿了我只找滨菊。"

两人听了倒露出几分郑重来,跟着琥珀去挑人。

冬青笑着给十一娘沏了杯茶。

十一娘端着茶盅不由问道:"现在是什么时辰了?"

冬青去看了钟:"申正过了一刻了。"

十一娘听了不由暗暗焦急起来。这个时候大奶奶还没有来,不会是出什么事吧?

正思考着,有小丫头进来禀报:"罗家大奶奶来了!"

"快请进来!"十一娘一边说,一边迎了出去。

门帘子一撩,头戴金丝累凤珠钗、身穿大红通袖衫的大奶奶已疾步走来。她眉宇间有几分急切。

十一娘看着心中暗暗觉得不妙,忙携了大奶奶的手:"怎么这个时候才来?"

"不好了!"大奶奶一语既出,眼角已有泪水,"娘听说两位姨娘要在慈源寺出家,气得昏死了过去。"

知道大太太会生气,但没有想到会气成这个样子。

"现在怎样了?"

"已经请了太医院的刘太医,"大奶奶掏出帕子抹着眼角,"一直没醒。我来的时候正在诊脉,多气得直骂人。你大哥那边,五姑奶奶那边,我已经差了人报信。只是十姑奶奶那边不知道该怎么办才好,当年吴孝全陪四叔来燕京住了一年多,谁也没提起四姨娘的事……"

第十九章　遭算计罗母身成瘫

十一娘和大奶奶匆匆下了马车，早有眼尖的丫鬟跑去传禀："十一姑奶奶回来了！"就看见五娘疾步撩帘而出："十一妹，你可来了，母亲正念叨着你呢！"

十一娘见她两眼泛红，心中不由一惊，一面问她："母亲现在怎样了？"

五娘跟在她身后："人已经醒了，却说不出话来了……"说着，低泣起来。

十一娘已进了内室，一眼就看见了躺在床上脸色蜡黄的大太太。她快步走了过去，坐在一旁的小杌子上："母亲，您怎样了？要不要紧？"

大太太望着她，眼中先是高兴，然后转为怨怼，嘴哆哆嗦嗦地要说话，却只是"咿呀"了两声，说不出来。

十一娘心中一沉。这分明是中风的样子。

跟过来的五娘忙道："母亲，大夫说了，让您别心急，静心养着，您有什么话，等好了再交代十一妹也是一样的。"

大太太吃力地摇头。

十一娘犹豫了片刻，道："您是担心两位姨娘吧？"

大太太就眨了眨眼睛。

十一娘就望了大奶奶一眼，说："大嫂已差人去叫大哥回来了。到时候，让大哥和那济宁去交涉去。我们几位做女儿的，自然听母亲的。"

大太太眼中露出安慰之色。

"您先歇着吧！"十一娘帮她掖了掖被角，"等会儿大哥回来了，我们再跟您商量。"

大太太就闭了眼睛。屋子里变得静悄悄的。

十一娘向许妈妈做了个照顾大太太的手势，然后和大奶奶、五娘退了出去。

大老爷正坐在此间临窗的炕上，看见十一娘出来，怒气就上了脸："你去跟那个济宁说，她想打官司，我们罗家奉陪！"

十一娘知道大老爷是气极了。大奶奶却怕得罪了十一娘，先安抚十一娘："十一姑奶奶不要放在心上，多这是被两位姨娘气的。"又对大老爷道："十一姑奶奶这前脚才踏进来，连事情的首尾都不知道。要发火，等我跟十一娘说了您再发火也不迟啊！"说着，朝十一娘使眼色："十一姑奶奶随我来喝杯茶吧。"

她也想知道济宁来到底怎么说的,笑着给大老爷行了礼,和五娘一道跟着大奶奶去东梢间。

原来,冬青前脚来报信,大奶奶正犹豫要怎么跟大太太提这个醒,结果那济宁就来了。没等大奶奶的话说出口,济宁就把两位姨娘要到慈源寺出家的事说了。大太太一听,气得脸色铁青,无论那济宁怎样说也不答应,还嚷着要济宁把人交出来,不然,大家就去见官。说着说着,大太太一时激动,昏了过去,醒来后就手脚颤抖,说不出话来了。

正说着,罗振兴和钱明来了。

十一娘还想避着点钱明,大奶奶却低声道:"这个时候,多一个人多一条路,何况五姑爷一向有主张,对家里的事又热心。我们这里避着他说话,只怕五姑奶奶回去就会告诉他。"

她想着五娘听到钱明来就喜上眉梢的样子,知道大奶奶说得有道理,苦笑着应了。

"不能报官。"钱明看了十一娘一眼,"这事本来就蹊跷,要是再闹到官府去,一传十,十传百,再龌龊的话都传得出来。到时候,不是也是了。何况徐府一向低调,十姑爷又是个跛扈……只怕会生出什么事来!"

五娘自然是赞同钱明的话。

罗振兴则想了想,道:"要不,就依那济宁的话,同意两位姨娘出家吧?俗话说得好,强扭的瓜不甜,两位姨娘既然铁了心要走,就是留得一时,也留不得一世,闹得大家都不痛快。"

钱明就望着十一娘。十一娘也觉得这样好一点。这就好比瓦罐碰瓷器。两位姨娘已经做出了这样的事,不托身慈源寺出家而是被罗家揪住当了逃妾就是个"死"字,没什么好怕的,可罗家还有这一大家子人要过日子。

"大哥言之有理。"十一娘应道。

罗振兴就轻轻吁了口气:"爹只是一时气极了,我去说去。至于娘那里,就暂时瞒瞒,等她老人家好一些了再说也不迟。"

大家一致点头。

罗振兴的目光就落在了大奶奶身上:"这事就请娘子多多担待些,别让那些丫鬟婆子在娘面前嚼舌根,再就是娘如果问起,我们也不要乱说。就说拿了侯爷的帖子,请官府的去捉两位姨娘了。"

大家都点头。

就有小丫鬟怯生生地道:"大爷,侯爷来了!"

屋里的人俱是一怔。

十一娘松了口气。还好,他这个姑爷算来了,没有拿架子让自己在娘家人面前不好做人。

钱明已第一个撩帘而出："快请进来。"然后迎了上去。

罗振兴见钱明出去，也反应过来，跟着走了出去。

暮色中，徐令宜表情冷峻地走了进来，目光一转，就落在了十一娘的身上。

十一娘恭敬地朝着他屈膝行礼。就为他这样赶来，自己也要表现得恭谦温顺一些才是。

钱明已行礼："侯爷！"

罗振兴也喊了一声"侯爷"。

"出了什么事？"徐令宜望着他，声音不高不低，却带着一种居高临下、让人敬畏的威严，罗振兴一时竟然不知道怎么回答好。

钱明看了一眼周围的丫鬟、婆子、小厮，忙道："我们进屋说吧！"

徐令宜微微颔首，跟着钱明进了东厢房，大家坐下，钱明就简明扼要地把事情说了一遍。

十一娘只觉得脸烧得滚烫。她总觉得徐令宜对罗家很看不起，偏偏又发生了这种事。

徐令宜看了十一娘一眼，发现她红着脸坐在一角，神色很不自然，像做错事的是她一般。

"能不能在家里修个家庙？"徐令宜道，"如果是钱的事，我们一起想办法。"

徐令宜的提议让众人沉默下来。

两位姨娘的本意不是出家，而是要逃离罗家。只有出了家，成为方外之人，世俗的一切事情才不会再被追究。修家庙，就算是大老爷同意了，只怕两位姨娘也不会同意。

罗振兴却道："侯爷这个主意好，待我同父亲商量了再说。"

徐令宜点了点头，笑道："我去给岳父请个安，就和十一娘回去了。"

外面已是灯光点点。

众人忙簇拥着徐令宜去了大老爷那里，当着大老爷只说听说大太太病了，所以特意来看看。

大老爷谢了徐令宜的好意，说了几句"不打紧"，要留徐令宜吃饭。徐令宜借口天色太晚，执意要走，大老爷见家里乱着，也不多留，送了徐令宜和十一娘出门。

两人各上了各的车，跟车来的婆子突然塞了一个油纸包给跟着回来的冬青："姑娘，给夫人填填肚子吧！"

东西来得不明，冬青哪里敢给十一娘吃，敷衍地谢了那婆子。

那婆子是专跟车在外行走的，会看眼色，笑道："姑娘不要嫌弃，是侯爷给的。"

冬青听了喜笑颜开地给十一娘：“侯爷心里惦记着您呢！”

十一娘笑着打开油纸包，是还冒着热气的肉包子。

她咬了一口——猪肉白菜馅。

十一娘又找到了嫁给徐令宜的一个好处——只要是他身边的人，就会被他保护和照顾。

回到荷花里，两人依旧先去给太夫人请安。

太夫人问起大太太的病情来。

十一娘没来得及回答，徐令宜已淡淡地道：“没事，两位姨娘要出家，有些生气。”

太夫人点了点头：“亲家太太没有大碍就好。”

十一娘谢了太夫人的关心，太夫人就问徐令宜：“吃过饭了没有？要是没有，我让厨房做去。”

“吃过了。”徐令宜神色淡淡地道，“只是吃不惯江南菜，没吃饱，待会儿回去下碗面就是了。”

十一娘很吃惊，没想到徐令宜会这么说。也很感激，免得太夫人认为自己的儿子去岳父家，岳父却怠慢了女婿连顿饭都没有招待……实在是今天的情况有些特殊——如果留在罗家吃饭，恐怕要很晚才能回来。

太夫人听了笑起来：“你什么时候这么挑食了。”

徐令宜笑着没有作声。

太夫人想起儿子一向不喜欢那个岳母，只怕是不想吃罗家的饭菜，就没再在这个问题上多纠缠，笑着让他们快回去。

两人给太夫人行了礼，回了自己的住处。

十一娘忙张罗着给徐令宜下面。

灶上的妈妈本是太夫人赏的，自然十分熟悉徐令宜的口味。香喷喷的炸酱面，就着碗鸡鸭大骨熬成的清汤吃了一大碗，看得十一娘有些目瞪口呆。不知道是怎样保持的身材……

徐令宜却看着十一娘小口小口地喝汤，面前的面条却只吃了两根，问她：“不喜欢吃？”

“吃不下去。”十一娘想着十娘的事。她不回去看大太太，是婆婆真的不舒服，还是借口？

徐令宜却想到了生病的大太太，迟疑道：“你要是想回去看岳母，就自己跟娘去说。”

这样说来，徐令宜是赞同自己去看大太太的。而他让自己去对太夫人说，是怕太夫

人认为自己行事不够磊落,连想回娘家这样有道理的事都暗暗支使丈夫为自己出头,心里不痛快吧?

十一娘忙点头:"我知道。这件事我会自己去跟娘说的。"

徐令宜见她明白自己的意思,点了点头,去净房更衣洗漱去了。

十一娘很仔细地铺了床,还特意把四方的荞麦枕抖了抖,重新整齐地摆好。

晚上,她问徐令宜:"侯爷明天一早还要上朝吗?"

"嗯!"

"每天都要上朝吗?"

"不是,每月初十、二十,最末一天可以休息一天,再就是过元旦、元宵、中元、冬至……都可以休息。"

"哦!"十一娘笑道,"再过四天侯爷就可以休息了。"

"皇上不休,臣子哪敢休?"

"也是。"十一娘很是感慨,"说起来,做皇帝也是很辛苦的一件事。"

"嗯!"

十一娘沉默了一会儿,话题突然一转:"侯爷认识济宁师太吗? 她是个怎样的人?"

徐令宜沉默了半晌,道:"她好像会点医术,所以常在高门大户里走动,给人看个鸡眼、脚气之类的小病,时间长了,妇人们都喜欢找她看病。"说着,又添了一句,"建宁侯夫人和寿昌伯夫人极是信她,慈源寺里的两尊镀金观音像就是她们家捐的。"

这是在提醒自己吗? 十一娘思忖着。

十一娘好恨这该死的制度,她必须每天丑时起床。送走了徐令宜,十一娘打着哈欠倒在了床上。冬青忙给她宽衣。

"不用了。"她闭着眼睛,语气慵懒,"过两个时辰我还要去给太夫人请安。"

冬青不由掩嘴而笑。

十一娘就有些迷迷糊糊地道:"你把春末和夏依也排个班吧,这样还不把人给折腾个半死! 不过,最好的办法是让两人传授经验,要不然,她们就只能像这样天天服侍了。"

冬青笑着应了,十一娘又睡了一会儿起来。

三位姨娘早等在檐下。

在屋檐下等? 就是去给太夫人问安,太夫人也没有让谁在屋檐下等的。十一娘微微笑,吩咐琥珀:"以后让她们就到厅堂等。"

琥珀应声而去,请了三位姨娘进来。

请了安,文姨娘立刻笑道:"听说大太太病了? 不知道得的什么病? 可好些没有? 要不要什么好药材?"

"没事,年纪大了,这样那样的毛病就多了。"十一娘含糊其词地应付了一番,然后去了太夫人那里。

行了礼,问了安,十一娘就提出来要回娘家去看看。

太夫人立刻应了,还让杜妈妈拿了些药材给十一娘:"代我送去,等她好一些,我再去看她。"

十一娘谢了太夫人,带了冬青回了罗家。

在罗家门口,她碰到了五娘。

两人俱是一怔,然后笑着行了礼,一齐走了进去。

大奶奶得了消息立刻迎了出来。

十一娘把太夫人让送来的药材递给了她:"太夫人的一点心意。"

大奶奶道了谢,把药材给一旁的杏林,带着两人去了内院。

许妈妈把三人拦在了外面。

"我们正给大太太洗漱呢!"

大奶奶不由望了望天空:"这个时候……"

许妈妈眼神一黯,半晌才道:"大太太失禁了!"

三人不由面面相觑。

许妈妈也顾不得应酬几位姑奶奶,转身回了屋子。

大奶奶等人就在院子里等了一会儿。

"你们大哥一早就去松鹤堂请大夫去了。"大奶奶苦笑道,"希望能治好娘的病。"

"这事也急不得。"十一娘已经敢肯定大太太是中风了,"慢慢帮着调理就好了。"

"但愿如此。"大奶奶叹着气,有小丫鬟进来禀道:"大爷回来了,还带着个大夫。"

几个忙回避到了东厢房,待看病的大夫走后才走了出来。

罗振兴拿着药方子差人去抓药,大奶奶忙问怎样了。

他不由苦笑:"只能慢慢养着,别让生气。"

大奶奶和五娘不由唏嘘感叹了半晌。

罗振兴就对五娘和十一娘道:"你们也都是有家有室的人,娘的病一时半会儿也不能好,你们也不用天天回来,有空的时候来看看就行了。要是有什么事,我会差人告诉你们的。"

两人点头,正好许妈妈收拾完了,一起进去看了大太太。见她说不出话来,只是一味地瞪眼鼓腮,都有几分伤感。

十一娘问起罗振声的婚事来："可要改期?"

"不用。"罗振兴道，"爹过几天就启程，把四弟的婚事办了就回来。"

也只能这样了。又问起十娘："可让人去送了信?"

"送了。"罗振兴的脸色有些不好看，"说是茂国公夫人也有些不舒服，等过几天抽了空，再回来看看。"

五娘冷冷地一哼，十一娘忙劝道："听说茂国公夫人今年也是五十出头的人，又正值秋季，偶有不适也是常有的事。"

罗振兴很不满意地"哼"了一声，不再提十娘。

大奶奶要主持中馈，五娘和十一娘、六姨娘几个在大太太跟前服侍了半天，大太太看着屋里的人，神色好了不少。

六姨娘找了机会偷偷对大老爷道："大太太这病一时半会儿也不会好，大奶奶天天这样忙里忙外的，不如把几位姐姐接来照顾大太太。屋里人多，又热闹些，大太太的心情也好些。"

老爷沉吟道："你说得也有道理。"

正说着，三太太来了。大家都有些吃惊。

"是相公告诉的三太太。"五娘突然道。

罗振兴脸色微愠："怎么好让人请三婶来探望娘!"

"当然不是刻意去请的。"五娘不免有几分得意，"誉哥和开哥要走，我给两人各做了件秋裳，准备这两天送过去的。今天一早，相公就差人将秋裳送了过去。然后顺便提了提，说母亲病了，我要回家侍疾，恐怕没空送誉哥和开哥了，让三婶不要见怪。三婶不就知道了。"

罗振兴不由摇头："这个子纯。"一面说，一面领着大奶奶、五娘、十一娘迎了过去。

三太太满脸焦急："怎样了? 怎样了?"身后还跟着罗振誉和罗振开。

罗振兴一边陪三太太进屋，一边把大太太的情况简单地说了说。

三太太不免叹气："风瘫之症不能急只能养。"

罗振兴点头，一群人进了内室。

大太太看见三太太一家人，眼角不由微湿。

三太太忙坐到旁边的小杌子上安慰她。说了一会儿话，大太太面露倦意，大家又退到了次间。

三太太出起主意来："听说原翰林院周大人也是得的这个症，后来找了个太原的名医医好了。我当时只是听听，等回去就差人问问。"

大奶奶忙点头，把三太太说的事记下。眼看着到了晌午，她忙去安排午饭。大家在一起吃了饭。三太太要回去收拾衣裳，带着罗振誉和罗振开要回去。

十一娘送三太太出门，趁机问她："赵先生准备就留在山西坐馆吗？"

三太太摇头："只是帮着看誉哥和开哥，说是七八年没回家了，想趁着这个机会回家乡去。"

十一娘点了点头，送走三太太后就去找罗振兴："谆哥如今在太夫人身边养着，启蒙也是今年或明年的事，想着给他找个好一点的先生，学问、人品上也有个指导。听三婶说，专给誉哥和开哥聘的赵先生送了两人就回乡了，只是不知道此人人品如何。如果可行，倒可以在侯爷面前推荐一二，以后谆哥也有个照应。"

"十一妹这主意极好。"罗振兴连连点头，"只是不知道赵先生的学问如何，只怕侯爷那边要求高。要不然，不会拖到现在。"

"我也知道。"十一娘叹一口气，"总得试一试。说实在的，谆哥对我亲不亲倒是次要，我就是怕他人小主意弱，身边全是些奉承的人，坏了他的品行。"

罗振兴心里也明白。只要谆哥不做出什么大逆不道的事，他以后的前程一片锦绣。可听十一娘这话，他很是惊愕："谆哥可是说了什么？"

"那倒没有。"十一娘苦笑，"只是遇到我就躲。他又在太夫人处，我一时也找不出原因来，只能慢慢来了。"

"你放心，这件事我来办。"他立刻作了决定，"二叔、三叔那里我都会写信去，务必给谆哥寻个好先生。"说到这里，他突然想起什么似的表情一顿，道，"关于两位姨娘的事，你也和侯爷说一声。多同意让她们在慈源寺出家了。"

十一娘很担心："要不要和两位姨娘约法三章？免得到时候没有了个拘束，肆无忌惮的。"又把徐令宜提到的慈源寺两尊金佛由建宁侯夫人和寿昌伯夫人所捐的事告诉了罗振兴。

罗振兴不由一阵沉思。

钱明来了。

罗振兴正没个主意，就把十一娘所说的一五一十全告诉了钱明。

钱明笑道："十一姑奶奶的担心不无道理。我看，我们虽然已经同意两位姨娘出家的事，但不可答应得太痛快。到时候，再提一些要求，相信济宁会同意的。总不能让两位姨娘就这样出了家！"

罗振兴觉得钱明的这个法子好，就和钱明商量着到底与济宁怎么个说法。

徐令宜来了。十一娘迎了出去，陪着徐令宜给大老爷行了礼，大家坐下来商量两位姨娘出家的事。

不像刚才小范围地说说，这个时候，只要男人都有发言权。大奶奶和五娘、十一娘就

帮着上茶上点心,然后退到了厅堂。

六姨娘来问大奶奶是不是还按原来的时间启程回余杭。

大奶奶道:"船都已经定下了。"

六姨娘就笑道:"那我就去给大老爷收拾箱笼了。"

大奶奶点了头,她就笑着问十一娘:"姑奶奶可有什么东西让我带回去的?"

"一些药材、衣料罢了。"十一娘道,"明天我让人送过来,烦请六姨娘交给五姨娘,让她得了闲来燕京玩。"

六姨娘笑着屈膝行礼退了下去。

五娘脸色微红,低声对大奶奶道:"大嫂,我就不回去了,在燕京侍疾。"

大奶奶微怔,旋即有些明白,小心翼翼地道:"难道你……"

十一娘想到刚才五娘只捧着白米饭吃,也有些猜测,不由望向五娘。

五娘脸色红得能滴出水来,低了头:"才知道!"声若蚊蚋。

"哎呀!"大奶奶满脸喜色,"这可是好事啊!"

钱明和五娘都不小了。十一娘也为两人高兴:"五姐,恭喜你。"

五娘斜睨了十一娘一眼,妩媚如花:"你知道什么!"

十一娘掩袖而笑。

大奶奶忙道:"有多少时间了?"又道,"明天别来了,小心动了胎气。"

五娘脸如朝霞:"说是刚上身,也让我小心点。"

大奶奶就拉了五娘在一旁说悄悄话。十一娘在一旁笑。

可能是有话说,时间过得特别快。那边罗振兴和钱明送了徐令宜出来,屋外的三个女人都站了起来。

徐令宜的表情依旧是淡淡的,他对钱明道:"这件事就有劳子纯了。"

钱明闪过受宠若惊的表情,忙作揖道:"有侯爷做后盾,这种跑腿的事我有底气,想来不会出什么大错!"说着,朝徐令宜笑了笑。

徐令宜脸上也有了几分笑意。

罗振兴忙道:"五妹、十一妹,时候不早了,你们也回去吧!"

十一娘知道他们都谈妥了,和五娘去看了大太太,到大老爷处辞了行,随着徐令宜上了马车。

两人各坐了各的车回到徐府,因时候还早,先回屋更衣。

徐令宜趁机对十一娘道:"我的意思是,二位姨娘既然铁了心在慈源寺出家,济宁又愿意为这件事出头,这其中只怕是有什么我们不知道的缘由。这些家务事常常是公说公有理,婆说婆有理,在这上面纠缠也不能解决什么事情。不如想个两全其美的办法,让两位姨娘在慈源寺出家,日常用度由我们供养,寺中一切杂务与两位姨娘无关。这样,两位姨娘就可以专心佛法,早求大道。"

不知道为什么,徐令宜最后一句话"早求大道",让十一娘想到了"早死早脱身"这句话来。也不知道他是在说两位姨娘,还是在说自己——早点解决,他可以早点脱身!

她不由掩袖而笑。徐令宜愕然。

十一娘忙敛了笑容,正色道:"还是侯爷的办法好。您来之前,我们几兄妹商量了大半天也没拿出个章程来。只觉得这样不好,那样也不好……"

徐令宜望着十一娘亮晶晶的眸子,微红的粉颊,不由在心底嘀咕:鬼才会相信这番说辞。可不知道为什么,心底有淡淡的喜悦洋溢。

因徐令宜觉得罗振兴过于耿直,而钱明处世圆滑,所以就把和济宁谈条件的事交给了他。

五娘因为怀了身孕不方便,九月十八日罗振誉和罗振开走的时候就差了紫薇送了些吃食过去。十一娘也没亲自去,差人送了五十两银子的程仪、两套笔墨纸砚,听罗振兴说赵先生的事:"我把意思跟三婶说了。三婶原先也想让赵先生在家里多教誉哥和开哥几年,没想到刘阁老让两人去山西,心里原就觉得对不起赵先生。如果能去你们家,那是再好不过。我也跟赵先生提了提,他说受人之托忠人之事,要送誉哥和开哥去山西,一副婉言拒绝、兴味索然的样子,只怕成事的希望不大!"

十一娘也有些失望:"本就不知道他符不符合侯爷的要求,这下只怕更难找。"

罗振兴安慰了她两句:"燕京藏龙卧虎,我们再细细找就是。"

两人闲聊几句,去看大太太。

家里的人都当着大太太的面说两位姨娘已被下了大狱,如今只等审讯。大太太的精神好了不少,能简单地说上几句话。十一娘看许妈妈照顾大太太极为细心,渐渐把精力放在了自己家里。

因为罗振声的婚期定在十月二十二日,迟于九月二十日启程只怕会赶不上。家里的事有罗振兴,外面的事有钱明,虽然大太太卧病在床,大老爷还是决定二十日回余杭,二房的罗振达一路陪同。

徐令宜和十一娘去送大老爷。

因为是回去主持婚礼,徐家除了送给大老爷一百两银子的程仪,还随了三百两银子的礼。徐令宜自己又拿了一百两银子作为给新娘子的见面礼,徐令宁和徐令宽则各出了六十两做见面礼。太夫人、二夫人、三夫人、五夫人送的是首饰。十一娘又比太夫人她们多送了几件首饰。

回到家,琥珀不免抱着钱匣子苦笑:"夫人,只有五十两了!"

十一娘也很苦恼。

大太太一分钱的压箱钱都没有给她,认亲那天倒是收了很多名贵饰品,却是只能看不能动的。

她就想起五姨娘把赤金的手镯拿出去当的事,半开玩笑半认真地道:"要是不行,我们就当首饰吧?"

琥珀脸色发白:"这要是让人发现了,可不得了。"

十一娘就问起那个杨辉祖和韦禄媳妇来。

琥珀忙道:"那个叫杨辉祖的,如今靠着给院里的丫鬟婆子带些手帕、翠花过日子。听说三夫人面前的甘老泉找过他,想让他帮着管厨房,他没答应。他老婆和他吵了一架,他反把老婆打了两耳光,他老婆这几天天天嚷着要寻死,各房里的人都等着看热闹呢。"

十一娘微愣:"知道他为什么不去吗?"

"不知道。"琥珀道,"我试着问了问,各房里的人都说杨辉祖这人话十分少,但做起事来却十分牢靠,因而大家有什么事都喜欢让他帮忙。"

十一娘就问起韦禄媳妇来:"她怎么样?"

琥珀忙道:"听说和大少爷的乳娘走得很近。有风声放出来,过两天要掌管浆洗房了。原先管浆洗房的蔡妈妈如今上蹿下跳的,急得不得了。"

"你注意一下就行了。"十一娘笑道,"正好趁着这事看看各人的秉性如何,以后也知道哪些人用在哪里合适。"

琥珀连连点头。陶妈妈来了。

"五夫人那边送到三夫人那里的菜谱,有寻常小菜也有些名贵的大菜。轮番下来,大约要一百二十两银子左右。"拿了一个单子给十一娘,"我照着拟了一下,您看看可行不可行。"

十一娘没有接,而问她:"大概要多少银子?"

陶妈妈道:"一百两银子左右。毕竟五房那边现在是一个人吃两人补。"

十一娘点了点头:"那就照着八十两银子拟个单子报到三夫人那里去。"

陶妈妈面露难色:"这也太低了些。这个家里除了太夫人和侯爷,可是您最大!"

十一娘觉得陶妈妈太好强,有时候是好事,有时候却是坏事:"谁天天吃佛跳墙不成?"

陶妈妈知道她这是在示弱,想想也觉得说得有道理,笑着屈膝行礼退下去,重新拟了单子报到了三夫人那里。

又有万义宗来给她回信:"五百亩的那个田庄是片坡地,三百亩的那个田庄是块沙地,两个田庄隔着不过十来丈的距离。"

"坡地？沙地？"十一娘很是意外，"还只隔了十来丈的距离？"

万义宗点头："中间是一户刘姓人家的田庄,这沙地原是种花生的,那坡地种着枣子。"说着,他神色微有些不自在,"我们那边种水田。这花生、枣树我还是第一次见到。"

十一娘苦笑。别说是他了,就是刘元瑞、常九河只怕也是第一次见到。

沉默半晌,十一娘道："要是我让你去,你有几分把握可以管得好？"

万义宗没有表态,只道："我尽力而为。"

十一娘从来没有接触过农活,此刻也是一筹莫展,找了陶妈妈来商量："家里可有种田的好手？"

"田庄上的事属于外院管,外院的总管是白总管。"

"家里有几个书房？"

"外院有个大书房,后花园里的半月泮,您屋里的小书房,三爷、五爷房里各有一个书房,大少爷和二少爷各有一个书房。"

"帮我看看,有没有关于种地的书。"又补充道,"类似于《天工开物》之类的。"

陶妈妈点头,问了几个管书房的小厮都没有找到,有个小厮还道："种地这种事哪里还值得写书！"

十一娘只好嘱咐万义宗："你到附近看看,看看大家都种些什么庄稼,收成如何。"

万义宗神色间就有几分犹豫。

十一娘笑道："有什么话你只管说,三个臭皮匠还顶个诸葛亮呢！"

万义宗就小心翼翼地观察着十一娘的神色,道："我听说,那沙地和坡地原也是刘家的,刘家老太爷曾经做过官,是免田赋的。可去年老太爷死了,那沙地和坡地所得还不够付田赋,所以刘家才把两块地卖出来的。"

十一娘早就猜到自己的两个田庄收成不会太好,可低到这种程度……好在她不是个在困难面前绕道走的人。

"你以前种水田,同样一块地,有人整出八十斤稻子,有人整出一百斤稻子。"她望着万义宗淡淡地道。

万义宗神色一凛,低了头："我这就去周边打听打听去。"

十一娘就露出满意之色来。

万义宗脸色一红,匆匆而去。

那天十一娘一直在想这件事,偶尔露出几分恍惚来。

从太夫人那里吃了晚饭回来的路上,徐令宜突然问她："岳母的病情可有什么变化？"

十一娘不知道他为什么问起这些来,笑道："没有,今天差了琥珀过去看,说已经能吃

粥了。"

徐令宜没有作声。

到晚上，十一娘吹了灯躺下，徐令宜又突然道："你好像不太高兴的样子。"

这件事，可不是自己逞强就能成的事。她把田庄的事告诉徐令宜。

徐令宜"哦"了一声，然后躺下睡了。

十一娘倾诉了一番，心情好多了，也很快睡着了。

谁知道第二天徐令宜走后没多久，白总管突然求见。

十一娘吓了一跳。有什么事白总管要见她的？隐隐觉得十之八九是徐令宜跟他说了些什么。

她请了白总管到厅堂坐。

白总管果然是得了徐令宜的吩咐来为她解决田庄的事："我们府上专管田庄的是贾管事。他去天津收租去了，过两天就会回来。到时候我会派他亲自去您田庄上看看，再和您商量到底种些什么好。"

十一娘客气地端茶送了客，心情顿时飞扬起来。这田庄虽然不好，毕竟是自己的。如果能有好收成，可以养活几房陪房不说，自己也不用捉襟见肘了，如今她手里缺钱得很。

琥珀也很高兴，雀跃着告诉她："夫人，辰正差两刻。"

该去给太夫人问安了。

这段时间十一娘总在辰正差一刻钟到达太夫人那里。她还把留在元娘院子里当差的人和调入自己院子当差的人的名册带上了。

到了太夫人那里，三夫人和五夫人都还没有来。

杜妈妈就请她先进去。

十一娘婉言拒绝了："我还是在这里等吧。"

杜妈妈见了不由暗暗点头，觉得十一娘是个规矩的人，就笑道："太夫人年纪大了，睡得少，早就醒了，特意让我来请您进去。"

十一娘听了，这才随着杜妈妈进了屋。

太夫人正歪在枕头上喝茶，见了十一娘，叫了魏紫："给四夫人来碗羊奶子。"

魏紫应声而去，端了羊奶子来。

十一娘道了谢，忍着腥味喝了下去。

太夫人看着呵呵笑："你们南方人不习惯这个，可这东西养人。"又吩咐杜妈妈："以后每天早上给她送一碗去。"

杜妈妈笑着应了。

十一娘就拿了名册给太夫人："您帮着看看，妥当不妥当。"

太夫人看着那字眼底就有几分惊讶，笑道："这字写得不错！"

十一娘笑道："以前先生总说不够秀气，没想到得到了娘的夸奖。"

"是你写的？"太夫人更惊讶了。

十一娘笑道："写得不好，以后会抽空多练练的。"

太夫人半晌没作声，突然道："你抽空给我做件褒衣吧。"

这下轮到十一娘惊讶了，可也有惊喜。做褒衣呢！是不是表明，婆婆已经开始接受她这个媳妇了呢？

她笑着应了，然后用手给太夫人量了尺寸，又问了平时喜欢穿什么布，让琥珀去库里领了料子，就回到屋里撒粉裁衣，烧斗烫衣。

徐令宜见了不免有几分惊讶："你这是做什么？"

十一娘笑吟吟地喊了春末进来给他更衣："给太夫人做些小东西。"

徐令宜在她脸上打了几个转，"哦"了一声，进了净房。

那边太夫人却吩咐杜妈妈："把那两双绣了'福'字的鞋找出来。"

杜妈妈和魏紫、姚黄在专放箱子的耳房找了两刻钟才找出来。

太夫人就穿着在地上走了一圈："还挺合脚的！"

杜妈妈不由掩嘴而笑："您不是说这鞋花哨吗？"

太夫人颇有几分不以为然地道："我年纪大了，反反复复一下也是常有的事。"

杜妈妈不由大笑。

田庄的事多亏有徐令宜帮忙。晚上他回来，十一娘细细地把和白总管的对话告诉了他，向他道谢。

徐令宜平静地点了点头，然后上床歇了。

十一娘不禁嘴角微翘。不知道他有没有把自己当成另一个包袱。不过，他的包袱反正已经够多了，大概也不在乎再多一个吧？想到这些，心情愉悦地吹灯上了床。

徐令宜却突然道："怎么不看书了？"

十一娘颇有些意外，笑道："怕吵着您。"

"没事。"徐令宜语气淡淡的，"你想看就看吧！"

他怎么突然说起看书的事来了？难道是睡不着，想和自己说说话？

十一娘本就有睡前看书的习惯，现在既然他觉得可以接受，她自然从善如流。

她一面点灯，一面笑道："侯爷怎么知道我睡前喜欢看两页书？"

徐令宜不知道她有睡前看书的习惯,他只是今天心情不好。

有人在早朝弹劾宣同总兵范维纲族兄强抢民女,皇上大发雷霆,让内侍带了问罪诏八百里加急送往宣同。是觉得范维纲治家不严丢了自己的体面呢,还是飞鸟尽良弓藏的征兆呢?

他已派人去打听,相信很快就会有结果,却不知道为什么,觉得很是气闷。千里之堤,溃于蚁穴。范维纲是从小在皇上身边当差的,那些一个个只手遮天的重臣哪个不是倒在那些看似无足轻重的小事上……如今他也是正三品的武官,难道反而看不透这其中的道理了不成?

徐令宜听着身边的人窸窸窣窣地上了床,强迫自己把注意力放在身边的小事上:"看的是什么书?"

"《大周九域志》。"

"还没有看完吗?"

十一娘笑道:"只带了这一本书来。"

徐令宜这才发现,十一娘好像从来没有向他提过什么要求。

他不由沉默半晌,道:"东厢房里有藏书。"

只说东厢房的藏书,却没说家里有藏书。十一娘突然兴起了想去半月泮看一看的念头。

她轻轻地笑:"可以借阅吗?"

徐令宜"嗯"了一声。

"我最喜欢看野史画本,觉得很有意思。"十一娘笑道,"侯爷喜欢看什么书?"

"看《史记》。"

看《史记》,据说这样的男人通常都很有野心。十一娘微微地笑,"沙沙"地翻着书。

"看到什么地方了?"徐令宜有些漫不经心地问道。

"萍乡。"十一娘笑道,"说东有罗霄山,罗霄山水发源于此,分二支。东的一支为虞溪水,下流为秀江,管宜春县界。"说着,她侧头望徐令宜,"五姐夫是宜春人,可是四川宜春?"

"天下同名同姓的地方多着。"徐令宜闭着眼睛,"原礼部给事中叫万春,广西新喻人,太仆寺有个主簿,也叫万春,广西新喻人。有一年,吏部有个高州县令的差,礼部的万春找人,好不容易答应了把这个差使给他。结果他等了大半年也没有消息,跑去吏部一问,吏部的人说,万春早就上任去了。他就在那里嚷了起来,吏部的人看着不对劲,把文书找来一看,去的竟然是太仆寺的那个万春。"

十一娘笑起来:"你骗我!他既找了人,肯定是递了条子进去的,籍贯、年纪都会写得一清二楚,又怎么会弄错人。"

那种愉悦的声音直击他心。徐令宜睁开眼睛,就看见伏在大红锦缎迎枕上的粉脸,一双眸子荧光浮动。

他的心突然跳了一下,声音变得有些呆板起来:"没骗你。是太仆寺的那个万春无意间得了消息,找小吏换了条子,吏部的人没仔细核对,结果被偷梁换柱。"

十一娘觉得很有趣,眼睛笑成了月牙儿:"后来怎么办了?"

徐令宜目光一闪,她脸微扬,斜斜的衣襟里露出白瓷般的肌肤。他突然想到那天自己留下来的痕迹,印在她身上像绽开的粉色花朵,又想到她柳眉紧蹙时的娇弱无力……身体突然燥热起来。

"只能亡羊补牢了!"徐令宜望着她,目光灼灼,"吏部尚书、侍郎都惊动了,大家商量了半天,承诺一有空缺就让礼部的万春去补了。"

手却轻轻地拂上了她的面孔。十一娘的脸"腾"地一下红如朝霞。

她又不是不懂事的小姑娘,当然知道他是什么意思,可想到眼前这个人不过认识十几天,又觉得尴尬。

"那、那很好啊!"她絮叨着掩饰自己的不安。

而徐令宜看着她神色慌张,脑海里浮现她态度端庄、笑容大方的模样,压在心底的不安突然就烟消云散了。他的手臂健壮有力,轻而易举地将她从被窝里抱出来,搂在自己的怀里。

虽然有思想准备,但身体突然落到一个滚烫的怀抱里,她还是小小地惊呼了一声。

"后来金华府缺个知府,"他的声音一路沉下去,如抚在肩头炙人的手,一路滑下去,"就让礼部的那个万春去了。"

她感觉自己像落在热锅里,不管碰到哪里都是烫的,只好继续絮叨:"知府换县令,比、比原来还好……"

"是啊!"徐令宜看着她一副不知道如何是好的无措模样,感觉到手下虽然细腻得不可思议却又有几分僵硬的纤细身子,有些拿不定主意,心不在焉地应着十一娘的话,"而且到了金华知府的位子上还算勤勉,连续三年的考核都得了个优。"

手掌宽大温暖,细细地摩挲着她,带着无限的耐心……她觉得自己全身都热起来,只好把注意力放在两人的对话上。

"那、那不错啊!"

"嗯!"徐令宜感觉怀里的人慢慢软起来,轻轻地啜了她的耳垂,含含糊糊地道,"到高州的那个也不错,平了一次苗乱,升了锦州知府,又三年,升了参议……"

热气扑在脖子上,十一娘不由小小地战栗了一下。

徐令宜立刻感觉到了变化,眼底就有了几分笑意:"过了两年,他督粮有功,升了甘肃布政使……"

怀里的人轻轻颤抖着,贴着他的脸烫人。他微微地笑,动作轻柔地翻身,把人覆在了自己的身下,爱抚着她湿漉漉的鬓角。还好,没有像上次一样拒绝他。想到这里,徐令宜不禁在心底叹了口气。到底年纪小了些,到了最后又成了忍耐。

"我叫丫鬟来服侍你?"徐令宜小声地问她。

"嗯!"十一娘静静地由他抱着,觉得动一下手指都累。

徐令宜起身叫了丫鬟,自己去了净房。

冬青扶了十一娘起来,衣襟微敞,就看见初雪般的肩头有紫红色的痕迹。她不由脸色一红,忙眼观鼻、鼻观心,低下头去。

十一娘感觉刚刚入眠就被身边的徐令宜给吵醒了。

"到了丑时?"她声音沙哑,带着慵懒的妖媚。

徐令宜笑着摸了摸她的头,在她耳边低声道:"再睡会儿,等会儿还要去给娘请安。"

十一娘实在是累了,怕自己等会儿在太夫人那里支持不下去,"嗯"了一声,自顾自地睡去了。

徐令宜叫了夏依进来服侍他更衣。

冬青不由大急,拉了拉十一娘的衣袖。十一娘翻了个身,沉沉睡去。

徐令宜吃了早饭,照影带着几个提了灯笼的小厮来接他。

他犹豫片刻,去看了十一娘,她拥被而眠,长长的睫毛静静地垂落在白玉般雪肌上,静谧中透着几分安详。

没事就好! 他很少失控,这一次,是自己太猛了。徐令宜不由长长地吁了口气。

早上,秦姨娘和文姨娘来给她请安,却没有看见乔姨娘。

文姨娘立刻笑道:"说是一早起来吹了风,有些不舒服。"

十一娘吩咐琥珀去给她请个大夫来:"免得拖成了大病。"

"姐姐真是菩萨心肠。"文姨娘奉承着十一娘。

十一娘表情淡淡的,和两人寒暄了几句,就去了太夫人那里。

三夫人在她之前到的,正在厅堂里喝茶,看见她,立刻迎了上来:"四弟妹才来!"

十一娘笑着和她屈膝行礼。

三夫人就拿了菜单子给她:"这是你们房里的,弟妹看看还有没有什么要改的。"

难道她和自己一样差钱? 要不然,怎么会这么急。

十一娘笑着接过菜单。

早餐很丰富，仅粥品就有五种，面点有八种，小菜十来种。午餐却很简单，她的是五菜一汤，三位姨娘的是三菜一汤。晚餐也很丰富，她的是八菜一汤，三位姨娘是四菜一汤。三十天的菜单全拟了出来，每天不重样，荤素搭配，还有点心、水果。

徐令宜会在家里吃早餐和晚餐，真是动了很大的一番脑筋啊！

十一娘笑着将菜单递给了三夫人："三嫂费心了，就是我自己点菜，也没有这样周到。"

说得三夫人笑容满面，就和她说起另一桩事来："太夫人正在催各房属牛的都快些出府呢。"

不是她不想早点送冬青出府，而是派了人去金鱼巷，结果发现那里的宅子有些陈旧，不仅要重新粉壁，家具也要置办，一来二去就耽搁下来了。

"明天就出府。"十一娘笑道，"三嫂也知道，我这边来了些小丫鬟，想让她帮着调教几日，就留了她几日。"

她当然不会对三夫人说自己陪嫁的房子有问题。

三夫人见她同意了，不由松了口气，和她寒暄几句，五夫人由一大堆丫鬟婆子簇拥着走了进来。

她又上前把五夫人屋里的菜给五夫人看，五夫人接过菜单看也没有看，笑道："就照三嫂的意思就是。"

三夫人笑逐颜开。

五夫人就过来携了十一娘的手："四嫂有空给侄儿做几样针线吧。"

十一娘笑着望了望她的腹部："只要你不嫌弃我手艺差。"

五夫人笑吟吟的："连娘那样见多识广的都觉得四嫂针线好，更何况是我。"

三夫人就笑着问道："四弟妹又做了什么东西给娘了？怎么不拿给我开开眼界！"

太夫人的亵衣，别说没做好，就是做好了，也不可能拿出来显摆。

十一娘笑道："一些小东西，不值一提。"

三夫人还要追问，魏紫撩帘从内室出来，笑着给三人屈膝行礼："太夫人请诸位夫人进去！"

三人不再说笑，跟着进去给太夫人问安。

太夫人就问起三夫人十月初一的祭祀来。

"娘放心。"三夫人笑道，"东西都准备好了。初六就把丫鬟们的冬衣都发了。"又歉意地对十一娘道："府上的人多，七月份就开始做冬衣了。之前四弟妹那边有多少人陪嫁过来还不知道，所以没做你们那一房的冬衣。不过，我会把银两补给你们的。"

她要银子做什么？难道能拿了不给屋里那些丫鬟婆子们衣裳穿？何况她看徐府那

些丫鬟婆子穿衣,除了各房一等的丫鬟和像杜妈妈这样体面的妈妈,都穿着统一的衣衫,她屋里的丫鬟婆子怎么能例外?

十一娘笑着:"她们总是要穿衣的。三嫂就不用补银子给我了,让针线房的给她们补做衣裳就是了。"

太夫人听了微微点头:"赶在过年之前做出来就行了。"

"是。"三夫人听了忙点头。

回到自己屋里,十一娘喊了陶妈妈来问:"我原来在娘家的时候,大丫鬟和体面些的妈妈每年四套衣裳,其他的是每年两套衣裳。徐府是怎样个规矩?"

陶妈妈笑道:"大丫鬟和体面些的妈妈每年八套衣裳,其他的是每年四套。因人多,春衫是冬季做,夏衣是春季做。三月初六换春衫,五月初六换夏衣,九月初六换秋衣,十月初六换冬衣。都是随着宫里的规矩来,只是比宫里晚两天。"

十一娘点头,心里却感激太夫人没有让自己一进门就主持中馈。不然,就这些零零碎碎的东西都要伤一番脑筋。

陶妈妈又跟她讲了很多徐府的规矩,据说基本上和宫里的差不多,只是没有那么隆重,礼节上也简单了很多,还笑道:"所以我们皇后娘娘掌管六宫,根本没有费劲。"

两人一边聊,十一娘一边做针线。

陶妈妈看着颜色有些鲜艳,不像十一娘自己的,笑道:"夫人这是在给谁做针线呢?"

十一娘笑道:"帮娘做点小东西。"

陶妈妈目光十分复杂。

送走了陶妈妈,十一娘喊了冬青来。

"明天就搬过去吧,有什么不好的地方,暂时先住着。"又让琥珀把最后五十两银子给她,"你省着点用。"人在困境中有希望就更有斗志,又对她道,"侯爷派贾管事和万义宗去看我们的田庄,等过了这段日子就好了。"

冬青含着眼泪笑道:"这五十两银子够用好几个月了。您可别忘了,当初我们二两银子也过一个月。"

十一娘笑起来:"你能这样想就好。"

第二天,琥珀就让人送冬青出府。

到了中午,十一娘去太夫人那里吃了午饭。太夫人下午会带贞姐儿和谆哥二人去二夫人那里。十一娘要做针线,午觉起来就没有去太夫人那里。

有事情做,时间过得飞快,要不是徐令宜回来,她不知道都到了申正时分。

十一娘喊了夏依进来给徐令宜更衣,自己收拾针线,待徐令宜从净房出来,一起去了太夫人那里。等徐嗣勤几人下了学,大家围着一起吃了晚饭。饭后又移坐在厅堂喝茶,聊了半天闲话才各自散去。

路上,十一娘很沉默,回到屋里,给徐令宜沏茶、铺床,然后吹灯睡了。

"怎么不看书了?"望着把自己裹在被子里的十一娘,他淡淡地问。

"今天做了一下午针线,有些累了。"十一娘笑道,"让眼睛歇歇。"

徐令宜"哦"了一声,觉得没什么话好说的,闭上了眼睛。过了好一会儿,他感觉到身边的人呼吸变得均匀起来。

徐令宜借着月光望过去,发现十一娘已经睡着了。

"真是个孩子!"他不由嘴角一翘。

过了两天,贾管事回来,白总管陪着他来见十一娘,十一娘早叫了万义宗在一旁等,互相引见后,万义宗和贾管事去了宛平。

大奶奶来了:"说好了,两位姨娘,每人每年二十两银子,在慈源寺剃发修行。"

十一娘很想问问那五千两银子的来路,也不知道大奶奶她们知不知道这银子……想了想,还是没有开口。

大奶奶看着十一娘欲言又止,以为她在担心每年的供奉银子,笑道:"这次多亏了五姑爷。那济宁师太开口就是每人每年一百两,要不是五姑爷和她耗着,每人每年一百两不出,那五十两是要出的。"

"五姐夫一向很精明,又会说话。"十一娘笑道。

"谁说不是。"大奶奶提起钱明很是欣赏,"五娘也是个有福气的。只望后年五姑爷能金榜题名,出人头地。"

十一娘问起大太太:"母亲可知道?"

"依旧没告诉她老人家。"

"那十姐那里……"

"你大哥说,总不能躲一辈子。昨儿一早去了趟王府,告诉了十娘。"大奶奶叹气,"十娘不哭不闹,竟然一副早就知道了的样子,只是盯着你大哥的目光十分阴沉。你大哥回来后说,只怕从此就恨上我们了……"

十一娘笑着和大奶奶说了些家常,看着天色不早,大奶奶起身告辞:"家里现在离不开人。"

她和大奶奶去给太夫人问安,然后亲自送她到垂花门:"常带麻哥来家里玩玩,也免得他们兄弟生分了。"

大奶奶连连点头:"得了空就带他过来玩。"

送走了大奶奶,十一娘把做好的裹衣用白绫绸包着,送去了太夫人那里。

太夫人看着那严密的针脚,十分喜欢,让杜妈妈收了。等徐令宜回来,在太夫人那里吃了饭才回去。

徐令宜问十一娘:"贾管事回来了?"

十一娘笑着应了一声"是"。

又过了两天,万义宗给她来回话:"贾管事说,沙地最好种甜瓜,坡地最好种果树。徐家的田庄里都没有熟手,不过可以帮着找找。让我来回夫人,如果找到了,是雇了,还是派人去学?"

"你的意思呢?"十一娘问万义宗。

"直接雇了最好。"他声音有些沮丧,"派人学,只怕是一时学不会。"

大周律令,就是徐家这样的公爵之家也只有二十户的奴籍,罗家根本没有资格。而万义宗这样的人,因为贫苦,没有田种,罗家以极低的银子雇他们做工。可如果家里遇到了婚丧之事或是有谁生病,工钱根本不足以支付,就会向东家借银子。一来二去,银子越借越多,每年做的工钱根本不足以还债,时间一长,东家成了最大的债权人,加上有父债子偿这一说法,这些人也就成了虽有自由之身却没办法自由的良民。

如果十一娘要重新雇人管理自己的田庄,他们这些人就连口饭都没有吃的了,他又怎能不沮丧?

"你不是有三个儿子吗?"如果连自己的陪房都保不住,那些跟着元娘的人又怎么会跟自己呢? 十一娘已是骑虎难下。而且,她也不想把自己的几房陪房丢下。他们千里迢迢从余杭到京都,也不过是为了吃一口饭罢了。

万义宗眼睛一亮:"夫人放心,要是能找到学种甜瓜和种果树的师傅,我们一定尽心尽力地跟着学。"

"只怕没这么容易。"十一娘笑道,"你抢别人的饭碗,别人怎么可能乖乖地把饭碗送给你们?"

万义宗笑道:"师傅领进门,修行在个人。"

这个态度还差不多! 十一娘满意地笑了笑,然后细细地嘱咐万义宗:"你去市面上打听打听那些瓜果多少钱一斤,我们心里也有个数。"

万义宗应声而去。

晚上徐令宜回来,感觉十一娘的心情好了很多,就问她:"你想回去住几天?"

十一娘一怔,半晌才回过神来。过了两天就是十月初十。不知不觉中,她已经嫁到徐家一个月了。说实在的,她根本不想回家去住。

"我想想,明天告诉您。"她要去问问陶妈妈,三夫人、元娘和五夫人都各回家住了几天。

徐令宜想到她行事一向谨慎,知道她肯定是去问陶妈妈之流回去住几天合适,遂道:"太夫人那里,我去说。"

可千万别!十一娘在心里暗道。哪个婆婆喜欢儿子在自己面前维护媳妇……至少罗家就没这样的事!

她忙笑道:"娘一向宽和,我又不是怕在她老人家面前说这些。我是真没有想好。"又怕徐令宜追究,笑着转移了话题,"今天大嫂来过了,说五姐夫已经和济宁师太说好了,每人每年二十两银子的奉养……"

徐令宜看着她急急转移了话题,不由陷入了沉思。是真没想好,还是根本不想回去?

过了两天,十一娘的小日子来了,她不由大大地松了一口气。说起来,她的小日子从来没有准过,她正为这事担心。没想到峰回路转,一时心情大好。陶妈妈则提醒她:"您准备让谁做通房?"十一娘一时怔愣住。成亲后,她感觉徐令宜并不是个十分看重美色的人,加之两人又有了夫妻之实,隔壁还住着三个小妾……并没有感觉到徐令宜一定要个通房。陶妈妈见十一娘没有说话,还以为她心中不快,忙在她耳边劝道:"再大,也是您屋里的奴婢。要死要活,要抬要压,全凭您一句话。我看,冬青和琥珀都合适,夫人也该考虑考虑。"冬青?怎么提到她?十一娘感到很吃惊。

陶妈妈笑着解释道:"我看着冬青这么大还没有嫁,以为……"

十一娘忙摇头:"不是,不是,她从小服侍我,我想给她挑个好的。"

陶妈妈不太相信,可在这件事上也不好多说,反复叮嘱了几句就退了下去。

难道一定得准备个通房?十一娘感觉很棘手。主要是没有个值得信任的人商量商量,不知道这是徐府的规矩,还是陶妈妈个人的想当然。她决定先看看徐令宜的态度再说,但让她告诉徐令宜自己的生理状况她也说不出口。想了想,吩咐陶妈妈去说。

待晚上回到屋里,徐令宜与平日没有什么两样,见她看书还问她看到哪里了。

十一娘也不知道陶妈妈和他说了没有,笑着和他说了两句话,徐令宜就先睡了。

她第二天问陶妈妈:"侯爷怎么说?"

"只说知道了。"陶妈妈的表情好像也有点困惑的样子。

既然主角都没有意见,她们这些配角也不用瞎操心了。十一娘把陶妈妈打发走了。通房的事,就这样搁在了那里。

而太夫人看着十一娘每天神色自若地按时给自己问安,心里不免有些嘀咕,特意吩咐杜妈妈去浆洗房问。知道她没动静,不免有几分失望:"不是说两人挺好的吗?"

杜妈妈低声笑："哪有那么快。何况年纪还小,更是不容易。"

"我年纪大了,今天不知道明天的事。"太夫人有些怅然,"也不知道看不看得到。"

"我还准备再服侍您三十年。"杜妈妈笑道,"我都没有服老,您倒服老了!"

"三十年?"太夫人听着笑起来,"你还想让我活成妖怪啊!"

"家有一老,好比一宝。"杜妈妈笑着帮太夫人散了发,"四夫人年纪还小,您怎么也得帮着看顾几年吧? 以后给您添了孙子,那事就更多了。她们年轻人哪里懂这些啊!"

"那倒也是。"太夫人自信地笑道,"别的我不敢说,带孩子我最拿手……"

图书在版编目(CIP)数据

庶女攻略. 壹 / 吱吱著. —2 版. —杭州:浙江文艺出版
社,2018.1(2021.2 重印)
ISBN 978-7-5339-4839-9

Ⅰ. ①庶… Ⅱ. ①吱… Ⅲ. ①长篇小说—中国—当代
Ⅳ. ①I247.5

中国版本图书馆CIP 数据核字(2017)第 059814 号

策划统筹　柳明晔　王晶琳
责任编辑　王晶琳
封面题字　天　勤
插　画　唐　卡
装帧设计　荆棘设计
责任校对　许龙桃
责任印制　张丽敏

庶女攻略　壹
吱吱 著

出版　浙江文艺出版社
网址　www.zjwycbs.cn
经销　浙江省新华书店集团有限公司
印刷　浙江海虹彩色印务有限公司
制版　浙江新华图文制作有限公司
开本　700 毫米×980 毫米　1/16
字数　460 千字
印张　24.25
插页　2
版次　2012 年 11 月第 1 版
　　　2018 年 1 月第 2 版
　　　2021 年 2 月第 2 次印刷
书号　ISBN 978-7-5339-4839-9
定价　42.80 元